粤派批评丛书·名家文丛

本项目受广东省宣传文化发展
专项资金资助出版

广东省作家协会
广东人民出版社
组编

谢望新集

谢望新 著

SPM
南方出版传媒
广东人民出版社
·广州·

图书在版编目（CIP）数据

谢望新集 / 谢望新著. —广州：广东人民出版社，2018.1（2023.1重印）
（粤派批评丛书）
ISBN 978-7-218-12457-5

Ⅰ. ①谢… Ⅱ. ①谢… Ⅲ. ①中国文学—当代文学—文学评论—文集 Ⅳ. ①I206.7-53

中国版本图书馆CIP数据核字（2017）第321806号

XIE WANGXIN JI
谢望新集 谢望新 著

出 版 人：肖风华

责任编辑：梁 茵 胡 婷
装帧设计：河马设计
排　　版：广州市奔流文化传播有限公司
责任技编：吴彦斌 周星奎

出版发行：广东人民出版社
地　　址：广州市大沙头四马路10号（邮政编码：510199）
电　　话：（020）85716809（总编室）
传　　真：（020）83289585
网　　址：http://www.gdpph.com
印　　刷：三河市同力彩印有限公司
开　　本：787毫米×1092毫米 1/16
印　　张：27 **字　　数**：420千
版　　次：2018年1月第1版
印　　次：2023年1月第2次印刷
定　　价：98.00元

如发现印装质量问题，影响阅读，请与出版社（020-85716808）联系调换。
售书热线：020-87716172

“粤派批评”丛书编辑委员会

总 序

在近百年来的中国文坛，“京派批评”“海派批评”以及20世纪80年代崛起的“闽派批评”已是大家公认的文学现象，但“粤派批评”却极少被人提起。其实，不论从地域精神文化气质，从文脉的历史传承，还是从批评的影响力来看，“粤派批评”都有着自己的精神气质和文化品格，有它的优势和辉煌。只不过，由于历史、现实、文化和地域的诸多原因，“粤派批评”一直被低估、忽视乃至遮蔽。正是有鉴于此，我们认为，以百年“粤派”文学以及美术、音乐、戏剧、影视等评论为切入点，出版一套“粤派批评”丛书，挖掘被历史和某种文化偏见所遮蔽的“粤派批评”的价值，彰显“粤派”文学与文化的独特内涵和深厚底蕴，这不仅能更好地展示广东文艺批评的力量，让“粤派批评”发出更响亮的声音，而且有助于增强广东文化的自信，提升广东文化的影响力，促进区域文化发展，从而在当前打造广东“文化强省”的进程中发挥积极的文化效应。

出版“粤派批评”丛书，有厚实的、充分的历史、现实、文化和地域等方面的依据。

1．传统文化的影响。岭南文化明显不同于北方文化。如汉代以降以陈钦、陈元为代表的“经学”注释，便明显不同于北方“经学”的严密深邃与繁复，呈现出轻灵简易的特点，因此被称为“简易之学”。六祖惠能则为佛学禅宗注进了日常化、世俗化的内涵。明代大儒陈白沙主张“学贵知疑”，强调独立思考，提倡较为自由开放的学风，逐渐形成一个有“粤派”特点的哲学学派。这种不同于北方的文化传统，势必对“粤派批评”的形成起到潜移默化的作用。

2．文论传统的依据。“粤派批评”的起源可追溯到晚清，黄遵宪的“诗界革命”，梁启超的“小说界革命”的倡导，开创了一个时代的风潮，在全国产生了普泛的影响。上世纪二三十年代，黄药眠在《创造周刊》发表大量文艺大众化、诗歌民族化文章，产生了很大影响。钟敬文则研究民间文学，被视为中国民间文学的创始人。建国后的“十七年”，“粤派批评”的代表人物是黄秋耘、萧殷和梁宗岱。黄秋耘在“百花时代”勇猛向上，慷慨悲歌，疾恶如仇，高举着“写真实”与“干预生活”两面旗帜，大声呼吁“不要在人民疾苦面前闭上眼睛”。在中国当代文学理论批评史上，萧殷也许不是一流的评论家，但却是一流的编辑家。王蒙曾说过：“我的第一个恩师是萧殷，是萧殷发现了我。”而梁宗岱通过中西诗学的贯通，建立起了现代性与本土经验相融汇的诗歌理论批评体系。新时期以来，“粤派批评”也涌现出不少在全国有一定知名度的批评家。如在广东本土，“30后”的有刘斯奋、饶芃子、黄树森、黄修己、黄伟宗；“40后”的有谢望新、李钟声；“50后”的有蒋述卓、程文超、林岗、陈剑晖、郭小东、金岱、宋剑华、徐肖楠、江冰；“60后、70后”的有彭玉平、谢有顺、贺仲明、钟晓毅、申霞艳、胡传吉、纪德君、陈桥生；“80后”的有李德南、陈培浩、杨汤琛、唐诗人，等等。在北京、上海、武汉及香港等地的有杨义、洪子诚、温儒敏、陈平原、陈思和、吴亮、程德培、黄子平、古远清等，其阵容和影响力虽不及“京派批评”和“海派批评”，但其深厚力量堪比“闽派批评”，超越国内大多数地域的文学批评。如果将视野和范围再开放拓展，加上饶宗颐、王起、黄天骥等老一辈学者的纯学术研究，“粤派批评”更是蔚为壮观。

3．地理环境的优势。从地理上看，广东占有沿海之利，在沟通世界方面具有得天独厚的优势；同时，广东处于边缘，这既是劣势也是优势。近现代以来，粤派学者在中西文化交汇的背景下，感受并接受多种文明带来的思想启迪。他们视野开阔，思维活跃，不安现状，积极进取，敢为人先，因此能走在时代变革的前列。黄遵宪、康有为、梁启超、孙中山等是这方面的代表人物。他们秉承中国学术的传统，又开创了“粤派批评”的先河。这种地缘、文化土壤的内在培植作用，在“粤派批评”的发展过程中是显而易见的。

“粤派批评”有属于自己的鲜明特点。

1．从总体看，“粤派批评”除发生期的梁启超、黄遵宪外，“粤派批评”家不像北京的批评家那样关注现代性、全球化、后殖民等宏观问题，也不似“闽派批评”那样积极参与到“朦胧诗”“方法论”“主体性”的论争中。“粤派批评”家有自己的批评立场、批评观念，亦有自己的学术立足点和生长点。他们师承的是梁启超、黄遵宪、黄药眠、钟敬文这些大家的治学批评理路。他们既面向时代和生活，感受文艺风潮的脉动，又高度重视审美中的文化积累和文化传承；既追求批评的理论性、学理性和体系建构，注重文学史的梳理阐释，又强调批评的实践性，注重感性与诗性的个性呈现。比如，古远清的港台文学研究，饶芃子的海外华文文学研究，郭小东的中国知青研究，陈剑晖的散文研究，蒋述卓的文化诗学研究，宋剑华对经典的阐释重构，都各有专攻，各擅胜场，且处于国内领先地位。

2．中国现当代文学史写作，是“粤派批评”最为鲜亮的一道风景线。在这方面，“粤派批评”几乎占了文学史写作的半壁江山，而且处于前沿位置，有的甚至成为中国现当代文学史写作的高地。比如20世纪80年代，钱理群、陈平原、黄子平联合发表的著名论文《论“二十世纪中国文学”》，其中的陈平原、黄子平均为粤人。洪子诚的《中国当代文学史》以方法先进、富于问题意识、善于整合中西传统资源和吸纳同时代前沿研究成果著称，它与陈思和的《中国当代文学史教程》被学界誉为中国现当代文学史的“南北双璧”。杨义的三卷本《中国现代小说史》是比较方法运用于文学史写作的有效实践，该著材料扎实，眼光独到，分析文本有血有肉，堪与夏志清的《中国现代小说史》比肩。此外，温儒敏的《中国现代文学批评史》、黄修己的《中国现代文学发展史》、古远清的港台文学史写作也都各具特色，体现出自己的史观、史识和史德。

3．“粤派批评”还有一个亮点，即注重文学批评的日常化、本土经验和实践性。粤派批评家追求发现创新，但不拒绝深刻宽厚；追求实证内敛，而不喜凌空高蹈；追求灵动圆融，而厌恶哗众取宠。这就是前瞻视野与务实批评结合，经济文化与文学批评合流，全球眼光与岭南乡土文化挖掘齐头并进，灵活敏锐与学问学理相得益彰，多元开放与独立的文化人格互为表里。这既是广东本土批评家的批评践行，也是他们的共性和个性特征，是广东文化研究和文学批评的可贵品格。

“粤派批评”的这种特色，可以用八个字来概括：

创新。从六祖慧能到陈白沙心学标榜“贵疑”“自得”，再到康、梁，粤地便一直有创新的传统。这种创新精神在百年的“粤派批评”中也得到充分的践行和展示，这一点在当下应受到特别的重视。

实证。康有为的老师朱九江，其著述被称为“实学”，他倡导经世致用的实证研究，这一批评立场和方法，在后来的许多粤派批评家身上也清晰可见。

内敛。“粤派批评”虽注重创新，强调质疑批判精神，但它不事张扬作秀，它的总体基调是低调务实，是内敛型的。正是因此，它往往容易被忽视，被低估，甚至在某些时段被边缘化。

精致。“粤派批评”比较个人化，偏重民间的立场和姿态，也不热衷于宏观问题的发声和庞大理论体系的建构，但粤派批评家的批评实践具有“博”与“精”并举，“广”与“深”兼备，“奇”与“正”互补的特点，这形成了“粤派批评”细微却精致的特色。

建构“粤派批评”，不能沿袭传统的流派范畴与标准，即需要有一面旗帜、一个领袖、一套共同或相近的文学理论主张、一批作品或论著来证明体现这些理论主张。事实上，在当今中国的文学语境下，纯粹的、传统意义上的文学流派或学派是不存在的。因此，“粤派批评”更多地是描述一个客观的文学事实，即“粤派批评”作为一个实践在先、命名在后的批评范畴，并非主观臆想、闭门造车的结果。它不是一个具有特定文学立场、主张和追求趋向一致性和自觉结社的理论阐释行动。它只是一个松散的、没有理论宣言与主张的群体。因此，没有必要纠结“粤派批评”究竟是一个学派，还是一个地域性的概念，但有一点可以肯定：“粤派批评”已是一个特色鲜明的客观存在，即虽具有地方身份标识，却不是局限于一地之见的文艺理论家批评家群体。

“粤派批评”丛书不仅要具备相当规模，而且应做成一个开放、可持续发展的产品链，这样才能产生较大的规模效应，发出自己强有力的声音，并将这种声音辐射到全国。为此，丛书分为“文选”和“专题”两大版块。文选共38本，分“大家文存”“名家文丛”“中坚文汇”“新锐文综”四个层次。专题共12本。两大版块加起来共50本，计划在三年内完成。以后视情况再陆续补充，使之成为广东一张打得响，并在全国的文艺版图中占有一席之地的文化名片。

党的十九大报告指出，发展中国特色社会主义文化，就是以马克思主义为指导，坚守中华文化立场，立足当代中国现实，结合当今时代条件，发展面向现代化、面向世界、面向未来的，民族的科学的大众的社会主义文化，推动社会主义精神文明和物质文明协调发展。在广东省委宣传部的指导支持下，广东省作家协会和广东人民出版社联合编纂出版“粤派批评”丛书，是贯彻落实十九大关于文化建设发展精神和习近平总书记关于文艺工作的重要指示的一项重要举措，是讲好中国故事、传播中国声音、阐发中国精神、展现中国风貌的一次文化实践。我们坚信，扎根广东、辐射全国的“粤派批评”必将成为新时代坚定文化自信、实现中华民族伟大复兴路上其中一块最稳固的基石。

“粤派批评”丛书编辑委员会

2020年5月15日

作者近照

作者简介：

谢望新，生于1945年3月15日，江苏省金坛县人。中山大学中文系毕业。一级作家。广东省文艺评论家协会顾问。曾任《南方日报》记者、编辑，花城出版社社务委员、《花城》杂志副主编，中共广东省委宣传部文艺处处长，中共鹤山县委副书记（挂职），广东省广播电影电视厅党组成员、副厅长兼广东电视台台长、党委书记、总编辑，《南方电视学刊》主编，广东省作家协会党组成员、专职副主席，《作品》杂志主编，中国作协文学理论批评委员会委员、中国小说学会副秘书长，广东省新闻学会副会长、电视家协会副主席等。先后出版《谢望新文集》（1—5）等11部著作；先后获得首届中国当代文学研究表彰奖，第三届冰心散文奖，广东省第二、三、八届鲁迅文艺奖，第五届全国广播电视学术论文一等奖，广东省新世纪电视理论贡献奖等；获多项国家大奖的电视连续剧《情满珠江》《英雄无悔》《和平年代》主要策划人之一。

目 录

第二辑

第三辑

第四辑

第五辑

谢望新的八十年代

（代前言）

郭小东

写下这个题目，已经是二十一世纪的第七个年头了。离二十世纪八十年代那激情的岁月已经有十七个年头了。十七年，整整一代人！而在我记忆里，我所认识的谢望新是八十年代的评论家谢望新。一个人的青年时代，如果有幸和一个伟大的年代结缘，那么他将不枉此生，不管后来发生了什么变化。

我对于八十年代的人事，有如海明威所说："假如，你有幸在巴黎度过青年时代，那么，在此后的生涯中，无论你走到哪里，巴黎都会在你心中，因为，巴黎是一个流动的圣节。"这是海明威在1950年，回忆他二十年代在巴黎的青年时代所写下的。这是一位老人，在回顾他金色青春时的遐想。回忆是一种饥饿，一种对青年时代风云际会的渴望与分析。

回忆令人充满渴望，追忆却使人对这种渴望拥有了绝对的自由，思想的自由。我们已经有足够的理性，去辨认评价八十年代那个狂飙突起、激情燃烧、奇诡丛生的文学革命年代了。

二十世纪七十年代，我在黎母山中伐木，偶尔到镇上去，翻翻饭馆里的《南方日报》，其中有一个名字让我记住了。那就是谢望新。他的评论文章，有时整整一大版，那些和彼时革命形势非常合拍的文学评论，虽然也很革命八股，但因着年轻的血性，读得人血脉贲张。进入八十年代，谢望新的文学热情和理论视野豁然开朗。七十年代非常时期的文学历练，使他比之八十年代初露头角的青年评论家们，少了一份莽撞多了一些智性，有着一种圆熟与练达的技巧与胸襟。比之五六十年代成名的老评论家们，他又少了一些暮气而多了些激情和锐气。

在八十年代的广东评论界，谢望新的确是傲然屹立的人物。他年轻，有中山大学中文系的金字招牌，有七十年代党报《南方日报》及后来四大名刊《花城》的记者编辑经历。在媒体和文坛，他都拥有得天独厚的运势。他称得上是八十年代岭南文坛炙手可热的人物。他因之有幸代表广东参加1981年《文艺报》编辑部组织的第一届（1977—1980）全国优秀中篇小说评奖预选的读书班。这个读书班成员都是各省当时被认为最优秀最有实力的中青年评论家。当时的组织者，著名评论家刘锡诚回忆说："读书班临结束时，要求到会者每人写一篇论文。他把他的构思和角度同我谈了。我发现他很善于从纷乱的现象中进行概括、抽象。……这篇题为《在对生活思考中的探求》的文稿，发表在《文艺报》1981年第7期上。他在这篇文章里，用宏观的观察较为准确地把握和评价了那一时期中篇小说的思想艺术价值和作家创作的探索趋向。这是他写作途程中的一次飞跃，也是他从广东走向全国的第一步。"这一步对于广东文学在全国的推广有非凡的意义。

以北方文学为旨归的中国文学，长期以来关注的视域，从北向南首先是北京，称为京派；再之是上海，称为海派；向西囊括了陕西，称为陕军；最远抵达湖南，推为湘军；岭南是一块被遗忘的土地。尽管这块被遗忘的土地历代才人辈出，从梁启超、康有为到孙中山，他们都演出过震撼中国文学和革命的活剧，但在中国当代文学格局中，岭南文学始终处于一种飘摇的状态，一种"鸟语"的嘈切声中。她始终以其阴柔的人性的柔软与懦弱，被排拒于北方文学黄钟大吕的轰鸣之外。从北京归来的谢望新，也许他已然在强手如林的中国文坛上，嗅到了南北文学差异的气息，也许他的评论视野已牵引他率先从地域的视点上，去反观广东文学的历史流变。1983年，他提出了"走出五岭山脉"的文学口号。这是一个向外看的口号，寄望广东作家必须走出岭南的视域局限。这个文学口号的提出，有一种号召广东文学北伐的革命意味。而其对广东文学的意义，一直延伸到现在，也成为新时期广东文学的心病。此后广东文学的沿革，都被这个痛苦的梦魇所缠绕。广东文学也许永远无法挣脱这个梦魇，众多作家都在拼命企图获得北方文学的认同，而其认同的历程太漫长也太痛苦。这也许是一个不得不屈服的宿命。

我愿意绝不虚伪地说，没有一个广东作家不希望得到来自北方，更准确地说来自北京的认同。故稍有可能，广东作家作品，其讨论会都首选在北京召开；若在广东本土召开，也必得邀请一大批来自北京的评论家们，花重金请来，哪怕是对作品说几句无关痛痒的感言，也因之荣耀加身。指出这一点，再回过头来，重新体味谢望新的“走出五岭山脉”的文学期许，其中深藏的历史文化隐曲，是有深刻现实感悟，又是蕴含着地域的历史之痛的。这并不影响这个文学口号的理性高度。我理解谢望新提出这个口号，不仅止于希望更多的广东作家作品跻身于全国优秀行列，更在于希望广东作家，在深刻理解广东的同时，在全国背景上展开对广东本土的文化认知，冲破狭隘的地域文化樊篱，而实现文学的大气象和大作为。这是“走出五岭山脉”的基础。

1989年，谢望新在经过了五年的新时期文学历练和思考之后，他又提出了建立“广派文学批评”的口号，并以其自身的文学实践，证明了广派文学批评的建构实力和实现的可能性。这是一个“向内看”的口号。旨在构筑广东文学批评独特的形态、品格、风貌与个性。

这个口号的提出，直逼文学批评的文化主体性，也即对批评内部的文化构成，取其师法源流的内容和形式。谢望新是较早也较敏锐地把广东的当代文学批评，置于广东文化地理和历史传统之中，进行审视进行建设的先行者之一。他为其论证提供了如下事实：“以广东为典型代表的南方文化，已从原来地域意义上的大南方文化中区别与独立了出来；以京派为代表的中原文化，以海派为代表的大南方文化，以广东为典型代表的南方（岭南）文化，形成了当代中国文化的三个主要潮流。”而南方文化，因伴随着无可抗拒的改革开放大潮的进一步兴起，现代商品经济运动的进一步发展……将更加使地域性与超越性、时空性与超前性、个性与时代趋向性紧密结合。谢望新的断语虽然没有得到全方位的实现，但十几年之后的广东文化的确如他所预言的，正经历着一种前所未有的超越，这就是新移民状态下，南方文化的重度改良。我称其为文学的新南方主义的文化现象。二十一世纪广东对于建成文化大省的努力与期许，也暗合他当初对于广派文学批评的建设性刍议。

这些文学口号的提出，都是植根于广东本土文学，在外力冲击下不得不思索的话题。谢望新是八十年代广东批评家中，少数把文学批评目光射向全国，和中国新时期文学走向保持着同步的人。八十年代初期，他与李钟声就已经基本上完成了对当时比较活跃的广东本土作家的创作评述，合著了评论集《岭南作家漫评》。八十年代中期，他开始把评论视野扩展到全国，密切关注新时期文学动向。《〈愿这里长起参天大树——读全国部分获奖作者、优秀青年作者小说专号〉致“延河”编辑部》《“文汇”风格——兼评〈文汇月刊〉1984年报告文学》《在对生活思考中的探求——读1979、1980年的中篇小说》《真实的，更是文学的——关于报告文学的一个观点》《文学的三重奏——谈几位作家的中篇创作》《历史会记住这些名字》《女性小说家论》《夫妇作家论纲》《中年女性评论家论》。这些宏观绪论，是他站在文坛制高点上的发言，也是他从广东本土文学出发，追寻文学的全局观念的牛刀小试。这是以往广东文学批评家较少涉猎的领域。同时，他的评论目光也逡巡到文学的远处，而不仅仅是本土的文学圭臬。批评的史诗角度是不囿于地域却充分散发着地域的魅力的。所以，进入他评论视野的作家作品，其地域意义是开广的。许多外省作家作品成为了他挥斥方遒的对象。他非常自觉地将自己拔离了广东评论家的限制范畴，而置身于中国新时期文学的批评群体之中。

喜欢或不喜欢谢望新的人，都不得不对八十年代的评论家谢望新刮目相看。都不得不承认这样一种事实，那就是谢望新承接了广东老一辈评论家萧殷、黄秋耘、楼栖、黄树森、饶芃子、黄伟宗、易准等的文学批评传统，又团结且提携比他更年轻的评论家们，对广东文学批评做出了有益的思考。谢望新是传承链条上，不可或缺的一环。他在八十年代所思考和建构的问题，在九十年代的广东文学批评中绵延不绝。时至今日，广东文学依然没有能够真正意义地走出五岭山脉，依然在为如何走出五岭山脉，如何强化“南方文化意识”而苦苦探寻。再来谈谢望新写于1991年的这一段话：“南方更要强化自己的批评意识与批评准绳。南方批评家仍然没有从北方文化、北方文学许多固有的观念中独立出来。从而丧失或淡化了人类至为重要的一种品格——独立性：独立的思考、独立的见解与独立的判断……它应该是不折不扣属于南方的、属于现代南方的。”这个现代南方到来了吗？我不知道，但是我以为，这样的文学思考即使在今天，也依然是非常新锐且中肯的。

我所认识的谢望新，是我们这些稍为年轻的人们，曾经追赶着的八十年代的谢望新。在那些岁月里，我们有过激越昂扬，煮酒放歌的经历。1992年，谢望新去担负更大的责任，官也越做越大。我便自觉地敬而远之。唯恐以我辈的特立独行、放纵不羁和自由思想，影响了朋友为官的使命；我便时常站在远处，从电视新闻和报纸重要位置上，去获知朋友谢望新的消息。为他的进步和光荣高兴，在心中埋藏起一份对之的祈愿。

若干年后，谢望新到作协参与主持工作，我更是恪守克己复礼，唯恐因为彼此曾经是朋友，不慎获得什么好处，会给他添什么意想不到的麻烦，因而君子之交，比水还淡。幸而谢望新对我辈而言，是原则尤强的，他对我更为严格。他曾向我约写《作品》卷首语，我如期奉至，他阅后觉得不合时宜，大笔一挥毙了。这可能是由他约写而又唯一被他毙掉的“卷首语”。不久前，我赴南沙群岛巡航，回来后写了长文，我自从1983年在《作品》发表文章之后，未曾给《作品》投稿。以为谢望新当《作品》主编，会有变化，便把稿子给《作品》，三审时让谢望新又给毙了。他打电话告诉我说稿子毙了，我说没事，但好文章不用，似乎有些匪夷所思，这文章还是花城出版社采用了。看来此生我与《作品》无缘了。我没有如约把文章写得更合时宜，或如他要求那样去写，枪毙是必然的。

在北京开全国作代会时，谢望新当着饶芃子先生，说起“郭小东应该承担更多的责任，广东对他太薄”云云。他的话令我记起1992年，他评论我的文章，其中说道：“按照他的才华，他的才华质量，他所奉献于社会和人类的精神财富，可以处于社会与生活更中心的位置，但历史没有为他提供这种机缘，让他获得更好的命运，甚至是社会某种普遍的弱点有意无意地遮蔽了他的光焰。”这样的话语当然是非常悲天悯人也充满智慧的。令人感怀，也自然令我诚惶诚恐。我笑说已经很厚了。十五年了，谢望新还记得他曾经的心思，又一次为朋友的命运鸣不平。而我，自然有别样的心情故事。我没有谢望新“天降大任”的胸怀与理想，我只祈求生命赐我以自由，哪怕是贫困的自由，只要是奔放不羁就好。

以上也是我对作为评论家的谢望新而不是官员的谢望新的自由的随想。不知合时宜否？

第一辑

五台山车祸与蒋子龙创作心态

——读《饥饿综合症》写下的梦话

1987年8月13日11时35分，蒋子龙、刘心武一行在五台山佛母洞山崖旁遭车祸。

我滞留几天后即返穗，便接到关于子龙《饥饿综合症》评论的紧急约稿。

读子龙新作，思绪又时时被拉回到五台山车祸。交错、扭结，无法解开，无可名状。于是，有了这篇不合评论规范的“梦话”。

——题记

关于饥饿的梦话：当代人类的所有灾难皆来自饥饿。中国尤甚。

五台山，中国四大佛教圣地之一。应山西省作家协会《黄河》笔会之邀，游子们，你们来到这块吉祥之地，仅仅是为了切磋文学？为了探测小说的新观念？为了预知评论的命运？

在你们的自觉意识中，潜意识中，心灵深处的一角，还有什么“谜”，什么“隐秘”，什么“难言的苦衷”，需要神明的启迪，佛的导引？

刘心武，你还在停职审查期间，你不愿离开京城，不想招惹是非，是郑义硬把你“裹拽”来的。一路上，你寡言，郁郁不欢，极少与人交往，连微笑也是吝啬的。同伴们把你说成是“最沉默的人”。你心中有什么解不开的结？停职审查结束后，前途如何？重新复出，对等调动，抑或削职为“民”（做一个纯粹的作家）？呵，五台山，你会将刘心武的思绪珍藏！

子龙，你也来了。1982年你第一次参加“笔会”，相隔整整四年，你这是第二次涉足“笔会”。你的看法：“文人宜散不宜聚。”否则，“满城风雨，不可收拾”。你不想将是非曲直扯出津门之外，但是，你的文学讲习所第五期学员、朋友——成一、韩石山的盛情，你再也执拗不过了。你是重义气，重友情的。你谈笑风生，坦荡不羁，“无隔阂”的天性使你与谁都十分融洽，笑声如同淙淙泉水，随时流溢出来。你被同伴们称作“最豁达的人”。你刚从低谷（辞职）走出来，登上了“权力”的高位。你正在主持天津作家协会的工作。可你的笑声之中，有时不也含有因某种隐忧带来的苦涩吗？

史铁生，每远足，必占一卦。此行，得《易经》上一句箴言：“先号咷而后笑。”史铁生，你只是为了验证命运无可抗拒的力量才上五台山的吗？作为残疾人，你如此眷恋大自然，眷恋生命，不也寄托着某种深沉的厚望吗？

张炯，你是为瞻仰佛教圣地而来？何西来，你是为发思古之幽情而来？曾镇南，实在看不出你是为何而来。青春年少的高洪波呢？还有驾驭现代文学观的黄子平呢？

周介人，吴亮，一瘦一肥，“上海帮”中的两极。一见佛，必叩头跪拜。佛珠挂满胸前，仙气飘然。你们两位心够诚了。心诚则灵。你们决不只是为了暂离大都市的尘埃，来换一换新鲜空气，你们希冀什么变得灵验呢？李劼，你动情地描绘了看到现代“佛”的辉煌景象：郑义推着史铁生的双轮车，走向太阳。同行者无不为你玄远的想象而激动。但不也正是你，发出了“人生的最高追求是死亡”的宏论吗？你是把佛作为印证观念的客体，还是作为你自我体验的主体？程德培、蔡翔呢？

章世添，你这位迟到者，你不为名山大海，而为名人名作而来。你的职业敏感仍在支配着你的神经中枢。在佛面前你不可以变得超脱些吗？

三位未婚的年轻小姐，小奚，小李，小朱，你们是为编织青春的梦幻，期待佛光出现而来？

郑义、成一、韩石山、蒋韵、周山湖（珊泉）、张发、秦溱、张锐锋、赵建平、陈建祖，你们仅仅是来尽东道主的义务吗？你们那北方人的心的流向，也像南方人一样的缠绵、娟秀吗？

谢望新。你自己呢？为友谊而来？山西作家中有你好几位老朋友。为实现三上五台山的宏愿而来？1986年5月，你一上五台山，为寺庙群落的壮观雄放而惊叹：为智慧菩萨——文殊菩萨在寺庙群落中的突出地位而兴奋，你多么希望在这里多汲取一点灵气、灵感！这次再上五台山，你是为友谊而来，为实现三上五台山的宏愿而来。但曾几何时，你的人生大道上却竖起了一个大大的惊叹号！你遵从文学界朋友的意愿，以牺牲自我价值的实现，来换取更多同行价值的实现。“你在那个位置上与不在那个位置上是不一样的。”作家朋友路遥就是这样说的。不幸的是，一阵“冷风”平地拔起，将你良善的意愿吹落。你并不软弱，但你不愿把双脚陷在泥沼之中。于是，你坦然地离开了是非之地。人“灾”人“祸”，曾迫使你的神经一度绷紧，你也需要松弛松弛。在友人那里，你会因得到人间宝贵的情谊而哭泣。

这个世界太狭小了。人口密集的程度太大了。人们总是在摩擦和碰撞之间生活。摩擦、碰撞击出的火花，使空气的热度膨胀，有时简直可以使人窒息。于是，便有了各种各样的呻吟，各种各样的投诉，各种各样的呐喊，各种各样的反叛……人，甚至会因此生出奇妙的想法，超越地球，到太空中去飘游。因失重，人们之间再也不会相互摩擦、碰撞了。

蒋子龙，你作为中国当代“改革文学”开先河之士，你的“开拓者的家族”成员，运用“权力”——这种现代社会活力的杠杆，攻克了一座座障碍。在旋风般行进的过程中，你的改革者们内心世界也有深沉的痛苦，甚至有泣血的痛苦。但那毕竟是试图驾驭生活大船的掌舵者的痛苦，是强者的痛苦。你的改革者中的许多人，最终并未成就大业，甚至染上了浓重的悲剧色彩，但拓荒的先驱者们坚强的意志和魄力乃至信念，却使这种悲剧色彩，具有真正悲壮的崇高美。

可是，子龙，什么时候开始，你不再只是关注强者创造的喜剧和失败的悲剧，而同时也关注普通人的忧伤，普通人的人性呢？也许，自长篇小说《蛇神》始。

男主人公邵南孙为了获得女演员花露婵之爱，宁肯放弃自己优越的社会地位和身份。纯情的爱的追溯，成了邵南孙青年时代一种最高贵的梦想。但生活却无情地嘲弄了这种爱。当邵南孙的人生之旅在畸形时代经历了生与死、道德与价值观的蜕变之后，对于社会和人类慷慨馈赠的一切，邵南孙却采用一种扭曲的变形的“复仇”手段，激烈地施以惩罚。极端的命运，予以极端的回报。但是，邵南孙最终把握住了自我。人格力量的升华，使邵南孙毫不犹豫地远离尘世，到埋葬着自己恋人的荒山野林去开始新的人生进取。子龙，在邵南孙身上，你以往小说中那种较为单纯的人性观、道德观和价值观的思考与评判复杂化了，而且有了形而上与质的变化。人，不仅仅是为实现某种崇高的社会目的而尽义务生存的，还要获得作为一个人——大写的“人”的全部权利和全部正常的欲望（人格、人性、伦理、爱、才智、脾性、情趣……）。

蒋子龙，你发现了这个泱泱大民族众多人口中的一种饥饿症，且是综合的饥饿症。饥饿，饥馑，干涸，干渴……精神导引被堵塞。

在上五台山的这帮智商高、自控能力强的文人墨客中，不也各自有着心的忧患、意念的饥饿吗？

贫血——精神的贫血，人性的贫血，情感的贫血，人与环境失调而造成心理心境的贫血！

你了解中国的监狱吗？你了解中国的准监狱——收审站、收容所吗？你了解准监狱的准犯人——起诉、判刑前的收审、收容者吗？

这里是一片精神的荒漠，文明人类的准则在这里不适用，弱肉强食，人性荡然无存！

可怕的不是真正罪犯的混沌的疯狂。

可悲的是那些假想罪犯要学会当一个“真正”罪犯以适应生存！

真正的罪犯许多表现为兽欲的饥饿。

假想罪犯是一个正常人全部正常需求的饥饿。

真正的罪犯与假想罪犯之间，剩下的只是赤裸裸的兽性搏斗。后者甚至要比前者更厚颜无耻，更丑恶卑劣，才能在精神上和力量上压倒前者，才能逃脱犯人无形制订的法则的践踏。

荒谬世界的陷阱，听任荒谬的摆布。

陈公琦，《收审记》里假想罪犯的主人公，当你开始有了被霹雳击中的末日审判般的情绪，当你的神经、理智全被雷火烧毁，当你不再感到自己是一个有着神圣不可侵犯的尊严的人，你身上的恶性因子在集结，在膨胀，在繁衍，你铤而走险，你要用越狱的行动制造一个大的政治事件，你甚至萌发出给亲人创造灾难的欲望以揶揄不公正的命运安排，报复把你推入陷阱的阴谋，撕碎你永远把握不了的险恶而又微妙的人际关系，你，陈公琦就在步入真正毁灭的深渊！你使用的武器：非正义对非正义，邪恶对邪恶！

子龙，你满含悲怆，将现代中国准监狱的准犯人——包括真正的和假想的罪犯的精神的陷落，人性的沦丧，抒写得那样令人不寒而栗！

子龙，你为人类无情地构筑地狱，你也为人类梦呓般地建造天堂。

广漠的中华大地呢？经济的不发达，文明的欠缺，人际关系的严重异化，权力的过分崇拜，导致了精神生活的单调、苍白。精神饥饿症，在所有的饥饿症中为最。

尤其是年轻人的感情，被求学的焦虑，职业选择的困惑，个性张扬的艰难，大都市的拥挤，住房的狭小，压抑得有点变形了。然而，愈是压抑，愈是要喷发，要奔突。

蒋子龙，你期望将这种压抑不住的感情，单调、苍白的精神生活，引导到文明的方向，引导到高级的境界。你用你“乌托邦”式的荒诞，构想了一座人间“快乐碉堡”。这是感情的自由市场，是调整人际关系格局的变电站。心理、情感的合理释放，会获得一种从曲折痛苦的现实中解脱出来的群体感。男人和女人，非但不会超过既定的界限，反而会因感受到这里文雅、轻曼的氛围，结成一种美好的情愫，甚至诞生纯洁的友谊，诗意的爱情。虚伪、腐败、丑恶、竞争、苦恼的鬼魂被甩掉了。

你的“快乐碉堡”，走来了两位女性。

一位是柳一娴，文化教养、职业地位和心性都非常高的独身女人。你一副典型的老派的端庄与持重，审慎与贞洁。你那样远离潮流，又想让潮流激起的浪花拥吻你。你惧怕孤独，又疯狂地制造孤独。你是一个以孤寂作为自己生存宇宙的人。你的单调，反而增添了你周围环境的复合色调。可你毕竟记住了你是个女人，而不是人造电脑，不是机器人。你带着膨胀而又变形的理念走进“快乐碉堡”，仿佛也是来冷静地做一次试验，试验你作为人，作为女人的欲望究竟有多深，有多厚？当人类群体的感情爆发进入巅峰状态时，那特有的热烈、狂放与诱惑，柳一娴，你心灵封闭的墙坍塌了，隐秘的被抑制的情感苏醒了。

另一位，是小白，明艳俏丽，顾盼生姿，放肆而又迷人。肛肠医院的医士的职业，凝聚成你一种特别的心理状态。你意识中常常出现半人半兽，是天使，也是野兽，生活在天堂和地狱之间的幻象。你甚至赞赏“眼下没有比精神失常更时髦的了”。你无所顾忌地闯入了“快乐碉堡”。为“快乐碉堡”当义务舞伴；与“快乐碉堡”的主人作对到躲在黑暗中的情人们中间做活广告；以一种冒险的热忱，击退小流氓的进攻，此时此刻你不再因职业病而烦躁，倾斜的心态得以平衡。

子龙，你还写到了那些为消费过剩的荷尔蒙而来到“快乐碉堡”的低层次人们的种种形态、神志、情态，这更是中华人类精神饥饿的一群。

以前有一句话：“富贵思淫欲。”现在应改为：“饱暖思娱乐。”世界如此之大，中华人类如此之多，现代化进程历史性的推进，物质的富足，不再是最高、最后的追求了。人类追求的是健全的丰富的精神、文化、感情生活。人对物质富足的追求，是有限度有止境的；人对精神、文化、感情丰富的追求，则是无限度无止境的。人类要向着文明的人类、高贵的人类前行。

在前行的大道上，现代观念受到某些陈腐、僵死的传统观念的挑战，受到恶势力的无端攻击。“快乐碉堡”作为精神正常导引的场所，却被某些“左”公诬为“专门破坏正常家庭的‘第三者’的大本营，是‘插足者’的训练基地”。

呜呼！悲哉！哀哉！

婚姻家庭问题，在今天中国社会，日益被突出了出来。婚姻家庭作为人类的一个母题，观念的变更，却往往落后于别的一些精神范畴，甚至落后于自身的实践。然而，这又是极严肃严峻的。婚姻家庭观念上的任何停滞或退步，都会极大地压抑人类的感情，制约人类的精神生活。子龙，你已经非常清醒地注意到了这个领域已经暴露出来的“危机”。你非常巧妙地在叙述女主人公颜芳试图掌握自己选择生活的命运时，穿插进了另一位普通女性侯玉屏的爱情婚姻悲剧。

侯玉屏当断不断，当爱不爱，迫于世俗的压力，遗弃心爱的人，与引不起任何感情冲动、满身俗相劣骨的男人结合了。你，像是和木头人一样生活了十几年。所幸的是，你的心灵深处还贮藏着初恋的温情。当你获悉你的初恋情人并没有被地震夺去生命，你又重新滋生出性爱的欲望，你那似乎开始变得迟钝、干枯的器官全部复活了。你冲破精神的牢笼，寻找回你初恋的情人，积压已久的歉疚感、负罪感，思恋与痛苦顿时化作狂恋，化作白热的火焰。你不曾料到，你的初恋的情人在得到补偿和满足之后如同潮水般退却了，你的百倍追恋，得到的却是更加深刻骇人的孤单。你高声叫骂了：一个女人一生只爱一回，而男人的爱却像一条公狗……无情的现实是：你依然要与你不爱的人厮守一生。

呵，精神折磨的残酷，爱的饥饿！

子龙，真为你揭开脓疮的勇气折服呵。这种勇气，根源于你对民族和社会的责任感。你唤醒你的同胞对“饥饿综合症”的痛苦意识和治疗愿望。你不惧怕别人指责你的文学上的“功利主义”。只有那种蔑视人民大众情绪，那种感受不到社会脉搏跳动的文学主张和文学实践，才应该受到嘲弄。真正的人民性的文学，没有不与人民息息相通，息息相关的。

关于牢房的梦话：真正的牢房是人体自身，对人类威胁最大的是人类自己……

佛母洞，五台山游客极少问津的地方，也许，由于你坐卧在半山腰，车路不便；也许，由于你过于古拙、质朴，未经雕琢，不像经过人工塑造的神仙大佛那样令人瞩目。

《黄河》笔会的游子，你这群不愿随大流的文人墨客，你把自我选择看得重于一切。佛母洞的传奇色彩，催发了你们的好奇心。

佛母洞，洞口窄小如产门，仅接纳一个人的身体。洞内状如子宫，可包容五六人。凡进得佛母洞再折返的人，就获得了第二次生命，故又称“再生之地”。

人类寻求再生时，身体的弹性和伸缩性竟可以发挥到极限。在窄小的产门，个个柔软如游鱼。何西来，你这个“兵马俑”式的陕北大汉，虽身高一米八，体重八十公斤，一度卡壳，终也穿越洞门。你劳动者出身的蒋子龙，你身材魁岸的蒋子龙，绝无何西来“临产”的“笨拙”，出入潇洒自如。

《黄河》笔会的游子，你们如醉如痴，沉浸在佛母洞朝拜的亢奋之中。欢声笑语洒向山野阡陌。“再生”是轻松的。“再生”是愉悦的。“再生”是解脱的。

吴亮，对佛无比虔诚的吴亮，你怎么一反常举，始终滞留洞外。也许，因为你拥有年轻，不需再生？刘心武，你在洞门三进三出，终不得入内。完整的与非完整过程的“再生”，体味也一样吗？来生未必好过此生，你如此自信吗？

归程。上海出产的奔马牌大轿车开出。车速加快。车速飞奔。车速狂突。气掣失灵。手掣失灵。方向盘失灵。死亡，死亡，死亡！谁意识到了？谁敏感到了？谁反应过来了？东道主的首领——《黄河》主编周山湖清醒地意识到了死。你蓦地站了起来，紧紧抓住车顶上端的铁杆。此刻，你出奇的冷静。你知道，你的任何失态的神情举止，都会给你的客人带来精神上的灾难。那个迅疾蹲在椅背下，双手抱头，本能地保护自己的生命的是谁？周介人。在生与死的临界点，你的反应何以如此敏捷？一个“最完整的人”。

阴差阳错，鬼使神差，大轿车在一阵剧烈的摇撼声中，突然撞上左侧沟坎内低矮的堰墙，前轮扭折，大轿车定格。

乐极生悲。古训无情。

你经历过死亡的感觉吗？在车祸发生的瞬间，谢望新的脑思维一片空白，整整两个轮回的倒带般空白。躯体和灵魂竟是那样轻灵，飘忽。这么说，死亡是轻松的？但你愿体验吗？

短暂的死寂。

人类创造了机械。机械却被用来毁坏人类自身。人类何其渺小！机械的巨大力量，将椅背上粗大的螺丝钉扭弯、扭断。椅座齐刷刷地匍匐在地。有的双腿被卡住，有的手臂被拧着，有的胸脯被撞击，有的被飞溅的玻璃片划破面额。吴亮竟奇妙地作“飞行状”从车尾跃到车头。

死寂是短暂的。清醒的自救火速展开。

“史铁生呢？”游子们不约而同第一个想到的就是你史铁生呵。史铁生的腹下肢原本已丧失知觉，机械的惯性力量，架起一道滑梯，轻便地将你启运到车门口的踏板上。车门大开，你端坐如打禅，安然无恙。

奇迹，残疾人史铁生奇迹般安然无恙。

在灾难面前，人类的同情心、怜爱心，互助心，凝聚成了一股战胜灾难的伟大生力。

文弱如同云絮的蒋韵，女性和母性的双重力量，使你的胸襟变得如此博大，你想到的只是对每一个伤病员实施人道和友爱。你获得了同伴们赠送给你的“最温柔的人”的桂冠。

还有同行者中的小伙子张锐锋、陈建祖，正因为你们年轻，才更加感到了责任，你们忘却了自身的伤痛，担起背负伤员行进的任务，那沉重，如同座座山峰!

那个席地而坐、左额严重受损者是谁？你显得那么沉稳，俨如一座雕塑，陷入了严峻的思考之中。你，李子干，《小说月报》副主编，那个在朝鲜战场没流过血，三十多年后却来五台山流血的抗美援朝战士吗？李子干——“最勇敢的人”。

那个躺卧在地的是谁？你的左额重重撞击了一下铁框，拉开一道口子，天旋地转。可你，怎么不像李子干那样坚强不屈？却为同行者增添悲剧的氛围？霏霏细雨中，你双目紧闭，灵魂却在宇宙中行走。黑运、厄运，今年以来，你的运气真坏、在死亡的十字路口站了一站，可也终于回来了。你不愿离开你思恋的友人，你也不愿看不到天生喜好阴暗的邪恶之辈不受到惩罚就慷慨离开人间。你不认为天地人世间存在一种命运和偶然的神秘的力吗？你为友人祝福，也为自己祈祷。黑运、厄运，真的走到顶端了？呵，你感知到了同伴暖融融的情谊，蒋子龙、韩石山、成一、曾镇南、高洪波、章世添、周山湖、张发、秦溱……一个个悄声细语，询问伤势，慰藉心灵，为防止雨水感染伤口，你们脱下衣服遮蔽。子龙，请你再靠近些，靠近些，你是可依傍的人生大树。你将生命的热烈情怀无私奉献。

谢望新，唯有你呵，躺卧在地！你为何不像英雄那般挺立起来！！英雄的集体形象因你的怯懦而黯淡！！！一个“最委屈的人”。

子龙，目睹了人寰这活生生的一幕。前天在车上，你对于车行不灵，不是有所预感吗？你以你天然的坦荡情怀和对自己掌握人生命运的信心，和谢望新戏谑过这黑色的预感吗?

车祸无可抗拒地发生了。

然而，子龙，你看到的是人类在猝然而来的灾难面前的互助与友爱，坚强的意志和顽强的生命力。

返程前，张炯、何西来每日迎着晨曦，上山采撷带露的野花，供奉在车前的挡风玻璃下，芳香会解人意。

在返程的路上，东道主为消除因灾难造成的凝固沉闷的气氛，不苟言笑的周山湖，讲起幽默的故事和逗乐的方言，韩石山更是将这方面的才华发挥得淋漓尽致。此刻，即使真的通向死亡之狱，游子也会笑的。

何其巨大的反差呵。子龙，你的《饥饿综合症》提供的却是截然迥异的人生画面。

文明人类一旦退化，变成野蛮人，变成兽类，在吞吃同类的灵魂时，也吃掉了自己的人性。种种私欲、色欲、贪婪、仇恨、嫉妒、误解、恐惧……构成现代人的饥饿综合症。智商高的人比平庸的人过得艰难。心怀坦荡的人比心术不正的人受到现实更沉重的挤压。无所防范的人比天天算计别人的人更易遭灭顶之灾。君子比小人不舒畅。好人比坏人的日子黯淡。正常人比非正常人的生活秩序更加动荡。智慧疲惫地蜷缩。选择在艰难中跋涉。自我价值的实现遭到凌辱和践踏。那种被撕去伪装之后赤裸裸的丑恶，人性的厚颜无耻的沦丧，更是散发着血腥味。

真正的牢房是人体自身，对人类威胁最大的是人类自己——子龙，你何以有如此切肤之痛?你何以对人生洞察穿透如此之深?

子龙，你笔下那些被推入绝境，逼上悬崖者，虽不属人类最优秀最先进的一部分，但毕竟在作着人生的奋进，人生的选择。难道，奋进和选择的权利也要被剥夺吗?

邪恶的一类，毫不含糊：剥夺，连同剥夺你们生命的价值和生命的权利。

子龙，你将丑恶集束、曝光，你想在过于安分守己、忍辱负重、恪守中庸之道的民族情性中，撒上一把盐，点燃一支火炬，撼动一股风暴。

子龙，你还想告诉你的读者，中国的现代文明，中国的现代化进程，不只是依靠那些站在时代潮流的强悍、视死如归的改革者们的勇气与创举，还必须给予邪恶的势力、邪恶的人性，以毁灭性的打击，给予民族的惰性、国民的劣根性，以根本性的改造。

否则，改革的先驱者，正直、正派、善良的一类，等待你们的，不是法律的手铐脚镣，就是精神的手铐脚镣。你们甘愿束手待毙吗？

《收审记》中的男主人公陈公琦，《碉堡》中的男主人公曹家康，《情知不是伴》中的女主人公颜芳，你们称不上改革者，你们只是一些想借助机会的选择与把握，实现自我价值的一群。你们的悲剧，正在于始终不愿平静、泰然地接受命运的平庸安排，而要给自己的生命找到更理想的突破口，施展人生的抱负。要创造，要再生，你们必须付出代价。你们一开始起步，就被谗言、诬陷的魔鬼缠绕住了，或把你投入监狱，或把你推入困境，或摧毁你的信心。你们的心，冰冷如铁。

陈公琦，你一家工厂小小的生产科长，却有着别人不能替代的生产管理能力。仅此，厂长兼党委书记的朱刚，就断定你对他已经构成威胁，惧怕你成为他权力竞争的潜在对手。朱刚是宁可用平淡无奇的心腹，也决不用不依附他的能人的。朱刚，解放初期戏院子里一个烧茶炉的，历次政治运动，耍阴谋、弄权术的一套修炼得炉火纯青。难怪你陈公琦要发出感慨了：“……朱刚搞权术，我十个陈公琦摽在一块也斗不过他。”你无法把握由权力作经纬织成的社会关系和人际关系的铁网。朱刚的情妇、黑美人刘青萍曾一度离开生产科，为了对付你陈公琦，又被朱刚堂而皇之请来当了副科长，随时准备强取豪夺。你推荐出任设计科长的鲁植，忘恩负义，官迷心窍，竟也把你当做仕途升迁的竞争对手。还有那个不顾廉耻的统计员许掌妹，竟以诬告你强奸来保全自己的位置，与“仇敌”刘青萍言归于好。那个从阴沟里爬上来的二赖子严茂顺，更是毫无人性，极端残忍。长得矮胖，秃顶，神态活像一尊欢喜佛，叫人感到敦厚、牢靠。谁知，就是这个状如欢喜佛的严茂顺，心狠手辣，良心、道义扔了去喂狗。你陈公琦两次帮助严茂顺改变了贫困、底层的命运，严茂顺回报于你的，却是诬陷你经济上受贿，你猝不及防，跌入牢笼。可恨可憎的严茂顺，用货真价实的贿赂勾结毫不掩饰地以恶为快感的工商管理员雷彪，再加上那个一张嘴全是明枪暗箭的杨春检察员，陷阱越掘越深。而你所在的单位竟为将你抛出而欢欣鼓舞。

陷阱，疯狂的陷阱。

颜芳，平民家庭出身的一个女子，你的心中却默默立下了颜家必须从你这一代起“改变门风”的誓言。你崇尚知识分子家庭熏陶出来的那种高贵的女性气质，羡慕那种有知识有教养的妇女所具备的风度。你如愿以偿地找了个知识分子丈夫。当你的丈夫被权力平衡术捧上一个研究所所长的位置时，你发现，你的丈夫，也像多数男人那样，迷恋名誉、地位和权势。但你了解你的丈夫，气质不适合当官，正如你所料，不到两年的时间，你的丈夫在知识分子之间钩心斗角的混乱声中倒台了。无论你的丈夫雄心勃勃想用权力建树政绩，还是轰然倒台之后，你用一个妻子的全部情爱支撑着丈夫，舔吻着丈夫伤痕累累的心灵，你赢得了丈夫的无尽恋念。在延缓并终止婆媳关系的恶化趋势之时，你同样表现出一个女性的全部真诚和宽厚。还有，你那漂亮的脸孔，你那青春女性的诱惑力，曾使多少男子，尤其是那些伪君子垂涎呵。自古红颜多薄命。不，你要改变这种命运。你以你的自重，你以你俨然难犯的矜持劲儿，使那些垂涎者不敢越过不该越过的界限，你也不因此而改变女性的风韵，女性的美。

颜芳，你是一位信心十足的女性，十足的女人味的女性！

可你的个性不甘愿于长时间的默默无闻，不喜欢死气沉沉。你在等待。与其说等待，不如说选择。选择什么？选择机遇。

你刚踏上生活之旅，只是修缮队一名普通的泥瓦匠。由于你逝去的老泥瓦匠父亲这层关系，就被拉进理不清、剪不断的人际关系之中。不久，你被借调外出经商，创下一片事业，修缮队又为你的去留闹开了锅。但是，你依然没有放弃选择。你认定，人活着，最重要的就是选择，无能的人才抵却人生的诱惑。承包“大洋海味店”，大都市将浮现出一片绿洲，你的理性与智慧之光，在新的选择中熠熠生辉。新的巨大灾难也从天而降。你周围的歪才、庸才、蠢材、奴才在挤压你；卑鄙无耻之辈要在你面前逞能；有的人欲壑难填，赤裸裸地索取；有的人明火执仗，有的人暗枪暗箭，阴森莫测，无风也能起浪；有的人在官场八面玲珑，看不到底牌决不露声色；有的人像蛇一样狡猾，风大时，也小有进击和出卖。导演整你的人，可以当着面咧着嘴向你送来粲然一笑，一时撤换不了你，就把你吊起来用小火慢慢地熬着、烤着，谣言和嫉妒是最好的柴薪。

颜芳，你承受压力的风度和抗应变的能力，你的胆略壮识，你的女性魅力加上威慑力，当灾难临头需要勇敢和人格力量时，你可比许多男人更可信赖。

但你发出了感慨：为了对付阴谋，先得在阴谋诡计中摔打！

子龙，你比你的女主人公有着更深刻的悲哀感：灵感将你抛弃，思维变成了一汪凝固的死水。没有印象，没有想象，连虚假的幻觉也不复存在。世上最没有用的就是文人。非但拯救不了世界，甚而无望给予磨难者以微薄的切实帮助。善良的受了委屈又求诉无门的老百姓，却往往把作家当成了法官，当成了代言人。你只有呼喊：颜芳，颜芳们，需要的是更大的自由和得以施展自己才能的大时代！

于是，子龙，你为疲惫不堪的人类，为背负沉重的人类，为精神消费苍白的人类，设计一座你自认有着牢靠感和安全感的“快乐碉堡”——一间私人开设的营业性舞厅。

“快乐碉堡”的老板曹家康，你对多样选择时代认同的契机。你的命运感的驱使，你的不可思议的掌握时机的天赋，你跻身于上层社会的欲望，你那积攒过多的情与爱需要寻找喷发口的激情，让你从底层跃身于人类的大舞台，你想按照自己的方法，找到生活的真理，找到了人生的价值。

走进这座大都市的“堡垒户”，松弛的松弛了，排泄的排泄了，乐天的乐天了。你自己心中长久的郁积形成一股爆发力，在缤纷的色彩笼罩下，在旋转跳荡的人流中，你真正体验到了做一个健全的人的生命欢乐的疯狂，真实的你不存在，变成了一团轻飘飘的雾气。你欣然看到预示命运转机的征兆的出现时，以职业敏感取代了人的敏感的舞会管理办公室王主任一句不负责任的指控，将你合乎法律、合乎道德、合乎情性的幻想撕成碎布。“快乐碉堡”形同一口巨大的棺材。人情淡如水，唯金钱和权力才有凝聚力。那曾簇拥在你这王子身旁的“仆人”扬长而去，你反而成了“快乐碉堡”名副其实的“奴隶”。你的自由，你的无尽的眷恋，你那美如霓虹的记忆，不是在“快乐碉堡”，而是那个国民党时代留下的窄小、黑暗、肮脏、潮湿的真实的碉堡。你不再制造，你不再幻想，你不再腾挪。你在沉默中度过，在记忆的方程式中演算，在灰冷的心中营造，人类把你遗忘了，太阳的光照不再给予你了。你的存在，就是否定存在。丑恶的势力，丑恶的人性可以安枕无忧了。

“快乐碉堡”，苦难的碉堡。

子龙，不曾想到呵，像你这样一个以塑造大刀阔斧、雷厉风行、所向披靡的改革英雄著称的作家，创造压抑的痛苦，精神的综合饥饿症，竟会在你的心灵世界掩埋得如此深厚，如此冷峻，简直要让拥戴你的读者、作家、批评家朋友长歌当哭！你预期在你的《饥饿综合症》系列篇中显示的“人生的复杂性、神秘性和丰富性”实现了。你试图展开的“人和环境的尖锐对立”实现了。你让“人在绝境中完全去掉了伪装，变得赤裸裸了，袒露出自己的痛苦和弱点”实现了。

关于怪诞的梦话：任何怪诞都是人类精神的产物。

五台山车祸之后，通过新闻媒介向社会披露的，首先是8月30日的香港《文汇报》。正题为：《蒋子龙等三十位作家撞车受伤》。副题为：《幸无大碍，笑语话因由……》。

“因由”何在？香港《文汇报》闪烁其词。

《黄河》笔会的游子，你们对造成事件的直接主体——司机的疏忽，上海牌大轿车的失灵，不再感兴趣了。你们感兴趣的是你们自身。确证“幸无大碍”之后，突发的事变，反而为想象思维的腾飞创造了博大的空间。你们真正有点幸灾乐祸了。

生与死，福与祸，旦夕之间的转机、转换，真乃天意、天命？

一切在偶然中，一切在错位中，一切在预兆中。荒诞的命运，以戏谑的形式出现。

发生车祸的那天，是8月13日。“13”是一个不吉利的数字。

拜谒佛母洞刚起程，雨淅淅沥沥下起来了。老天爷为即将发生的不幸流泪。

从母体中而来，从“再生之地”而来，必然要带着污血。

游子中，谁人不信佛？呵，你，年轻的女性？韩石山请你给释迦牟尼佛供上一炷香，你淡然一笑："我才不信。"是佛惩罚了你吗？脑门心破损。天呵，慈悲为怀吧。千万别留下灾后的印记。因为你还年轻。

青年评论家中，何以唯独你的损失最大？佛母洞前，伴着纵声高叫，哄然大笑，你冒出一句诙谐的，却亵渎神明的话……如同晴空中划过一道闪电，令虔诚者惊心。

洞内，悠悠忽忽，朦朦胧胧，弥漫着神秘的氛围。佛母前的蜡烛突然灭了。你，请求洞外点燃了第二支蜡烛送进来，你虔诚地跪下朝拜，蜡烛忽然又灭了。你，心中掠过阴影。你一定要燃亮蜡烛的情绪也变得强烈了。第三支蜡烛在佛母前立着，闪亮闪亮的。于是，你重新跪叩，默默将心中的隐秘告诉神灵，祈祝保护。然而，你跪叩的一瞬间，忽然有一种预感……似乎要发生什么？

预感的拥有者，是你，谢望新呵。

错位！迟一天上五台山的《中篇小说选刊》的章世添，《海峡》的小朱，打破了车厢内固有的座位格局。章世添坐了韩石山的座位。韩石山坐了谢望新的座位。章世添无事。韩石山无事。谢望新左额出现裂口。错位。

子龙，你那男子汉的刚强豪爽，在灾难面前，愈加显出生命的强劲力量。你和郑义，和刘心武，和年轻的小伙子，一道给史铁生推车，登高爬低，还得加大手劲。你自我感觉良好，似乎毫无伤痛。谁想到，两天后到大同市医院拍片检查，游子中竟是你蒋子龙伤势最重——右肋骨裂。一直被误为病情夸大其词的刘心武，胸部软组织创伤。刘心武的沉默被加深理解了。

流血者，公认伤重。无血者，理所当然视作轻伤。人类多么容易轻信、轻率，视表象为质。

荒诞、荒谬。一种是庄严的扭曲，一种是浑噩的扭曲。

子龙，你于生活的态度是严谨的。这种人生的品格，直至影响到你揭露荒谬现实的艺术描写中。

《饥饿综合症》的小说本旨具有荒诞性，但由于你惯有的构筑真实生活框架的匠力，象征图像显影的生活内在的质，依然使你的《饥饿综合症》如此逼近现实，而本旨的荒诞性反而不耀眼了。现实的手法，写出了现实的荒谬。

但是，无可否认，你的《饥饿综合症》系列，毕竟让文学批评界看到你在艺术上不露声色地改变自己。

世界上任何一位大作家，在对生活的认识上，在艺术境界的开拓上，不会止歇。新的认知，新的开拓，艺术之树才能常青。

任何怪诞都是人类精神的产物。现代人各种饥饿症状全是人的心性的表现。子龙，你将引领你的小说主旨的钥匙交给了你的读者。

人类精神的饥饿，人性的饥饿，感情的饥饿，如果仅仅借助人的主体对客体的感觉叙述出来，也许难以震撼人的心。于是，子龙，你将人类自身的世界——心性和情状加以幻化，将人类在绝望绝境中的孤独感，人与环境的尖锐对立，由袒露进而变形，人类的美与丑因“夸张”“夸饰”，反倒会对人类自身产生磅礴的冲击力与震撼力。

变形的真实世界，要比真实世界更为真实。不合理性、不合逻辑、不合规范的方式，要比合理性、合逻辑、合规范的方式，更能表现不合理性、不合逻辑、不合规范的对应物。

读过《饥饿综合症》的首篇《收审记》的人，一定不会忘记里边写到的“耗子搬家，猫给开道”“饿极的青蛙”“一只黑色的小蚂蚁”“瘆人的猫叫声”“成精的耗子”，还有人化的“雄赳赳、气昂昂的蚂蚁”的种种表演。

陈公琦因遭诬陷被投入准监狱，身心陷入囹圄，与世隔绝。面对兽性的疯狂，陈公琦，你真正体验到了，在人变成非人，失却了自由的环境里，怎样渴求着人的呼唤，渴求着生存的权利，而切入你的记忆中的，切入你流动的思绪中的，令你真切感到生命之源仍未枯竭的，竟是与那些世界上微乎其微的动物为伍，发出的共感。

水泥马路上，一头大黑猫正在率领一群耗子精，徜徉而过。行人纷纷退避三舍。你意识中的景象：老鼠的海洋，人患的天下；青蛙成了蛇的食物。你看到：青蛙不甘愿束手待毙，突然一拥而上，向蛇发出了攻击；一只黑色的小蚂蚁附着了你的身体，因为身上寄养着一个可爱的小生命，你不再感到孤单；

发情的野猫在静夜中发出的激昂、尖刺的叫声，令幽暗中犯人的眼睛像猫眼一样闪着亮火。

陈公琦，你在入狱前曾打死过一只向你“专政”的耗子，结果遭到那群成精的耗子的复仇，自此以后，你再也不敢对任何动物轻易伤害。你对同一生命的感觉，因环境的变异改变了。在沉闷寂寞的牢房，老鼠磨牙的声音，你竟会当作音乐欣赏。

陈公琦，当你的命运趋于恶化，你竟幻化为一只雄赳赳，气昂昂的蚂蚁，与成千上万只蚂蚁排成五十里方阵，如同黑色的风暴席卷大地，扫荡一切，征服一切！

还有，那个哑巴犯人，为了听闻到关在楼下号子里的情人的声息，硬是从水泥板缝口用十指抠开一个小孔，借以传送感情，聊解爱的饥渴。别的男女犯人，更是把这里作为心理和生理上的导泄孔。

人性的饥饿，人性的反驳，人性的复归，人性的异化，在铁窗的一角，发出寒冷而又刺目的光。

在《碉堡》里，那些被邪恶蛀蚀的人类，企图扰乱文明的秩序，你曹家康眼里出现的是蛇的蠕动，是蛇阵对碉堡的围困。“快乐碉堡”，渗浸着死亡气息的空洞。黑色脑袋。黑色血液。黑色肉搏。黑色风暴。幻灭中，你竟看见自己的妻子变成了一只成了精发了疯的黄鼠狼。

在《情知不是伴》中，关于“哭的学问”，你写了整整一节文字。何其神妙呵。哭也有等级观念。有的人无权哭，以笑当哭。哭也有真伪之分。有的人哭流下的是血。有的人哭是润滑剂，只是为了适应某种利益的需要。颜芳的哭，却有一种强烈的犯罪感。职业、城市户口仿佛都是从死者身上哭回来的。

子龙，有人曾批评你艺术描写的“粗”。所谓“粗”与“细”，都是一个审美范畴的命题。艺术构架的大气和艺术描写的遒劲，是你蒋子龙的个性与风格。然而，你常常又“粗”中有“细”。那些对描写客体心灵的感觉、感应，那些丝丝入扣的精细状摹，那传神入化的想象、意念，不也赫然出现在你蒋子龙的作品中吗？

在人物行动的环境布局上，子龙你采用一种封闭式的结构。并将人类情绪对立的两极——“悲”与“喜”，作为基本的色调。环境的绝对封闭，实际上是你蒋子龙现实感觉的影像。《收审记》和《碉堡》的环境压迫，实际上是现实重压的折射。这也是一种大的空间、大的环境的变形。

现实中存在“收容所”这样的机构。但你蒋子龙构筑的类似监狱这样的“收审站”，则是人类精神的一座孤岛，一片荒漠，是饥饿综合症的摇篮。这已经是超越现实的“艺术环境”。你不想复制真实的世界，你只想创造感情与感觉、意念与想象、人格与自我的艺术世界。

《收审记》是人类的绝境。人类的人性在绝境中更能考验出真伪。人类的命运在绝境中才能显示出清晰的脉络走向。复杂化为单一，神秘变成明达，丰富变成简约。因为人类陷入绝境才能最彻底地暴露自我，张扬本来面目。审假与审恶与审丑，是人类在这种特殊环境中唯一的法则。

子龙，你如此大胆地展览了生活的丑恶，有时，简直称得上“极端的残酷”。但是，你对生活的信念并没有沦丧。坏事不一定带来坏运，坏事坏过了头就会走向反面。你的深沉博大的现实忧患意识，是由你的理性导引的。仅此一点，你的《饥饿综合症》系列，与你的壮丽的改革者诗篇，与你人性内涵饱满的《蛇神》，在精神血脉上是相通的。

陈公琦，你一进入监狱大门，感情就不自觉地偏向了犯人一边，与警察以及警察所代表的强大力量产生了一种无名的对立情绪。你人性美的一面在塌落。然而，你一旦学会了应付你生活的环境，你就懂得用人类的良知道义来加以改造。你终于获得了那个脸庞像石头一样冰冷而僵硬，具有冷峻的威慑感的公安局江维民科长的同情与信赖，出任十三号监狱的号长。你实行的“文治”，不也很快收获了吗？犯人们庆幸自己从前任号长的“武治”下，获得了解放。你也获得了犯人们的尊敬。

较之《收审记》，《碉堡》更是精神虚幻的营造。私人开设的营业性舞厅，现实中不复存在。何处是桃源？何处有芳草？人类试图超拔于现实，现实则以双倍的沉重偿还人类。那精神苍白、邪恶的一类，更是对那些挣脱精神挤压的人，以百倍的疯狂挤压。在现实的堕力面前，精神导引的碉堡，精神排泄的工厂，美妙而又极其脆弱。

子龙，你为你的《饥饿综合症》设计了两座建筑：一座牢房，悲观的外壳，悲剧的内观；一座碉堡，喜剧的外壳，悲剧的内观。人类对于生活的正常要求，往往遭到生活环境本身的顽强抵抗。人的个性、性格、意识、观念与社会剧烈冲突。于是，子龙，你将荒诞、虚幻、想象、影像借给了你的人物，你的人类同伴。非常不幸，非但没有自身世界的沉重，被拯救感，精神的十字架反而愈益的沉重。现实环境的重压，是由人类自身顽劣的本性累积的。在这里，你将你伸向人性本体的笔触，推进到了哲学的层次。

子龙，你惯于从经济政治的角度来考察生活。你的乔厂长（《乔厂长上任记》），是个典型。虽然，你也给乔厂长注入了道德的因素，那毕竟还不完全是本体的认识。你的刘思佳（《赤橙黄绿青蓝紫》）的出现，证明你创造的改革者的形象进入到一个新的境界。刘思佳性格的某种复杂性，正透视了人的本体的矛盾性。到《蛇神》，你打破了你的人物关系显然稳固的格局，将人的本体由个性、性格深入人性的复杂性、矛盾性。乃至《饥饿综合症》系列，你着眼的不再是纯粹经济政治的角度，你也从精神道德的角度反映社会问题。但你更为关注的则是人的本体本身。你透彻地洞悉了人的本体中的全部丑恶和残忍的基因、劣质，你将社会的文明和进步，寄望于人类自身的“内宇宙”的改造，人的精神素质的提高，人的观念的更新，友善的人际关系的建立。人类相互之间的折磨、争斗、蹂躏，是人类自身的最大悲剧。

子龙，《饥饿综合症》系列，在你的创作道路上是一个重要的发现。子龙，你的艺术本性还是你自己，但你也期求转换，期求改变，从而塑造一个更加社会化又更加人性化的艺术个性。

1987年10月18日于广州区庄村

不可磨灭的历史之章

——莫应丰长篇小说《将军吟》再认识

我的爱火向真理燃烧，为了照亮它圣洁的面目；我的爱人锻冶着正义的宝剑，让邪恶躲在黑暗里发抖。

——莫应丰

一、诞生于危难之际的革命文学

长达十年之久的“文化大革命”，是中国现代史上最晦暗、最愚昧的一个时期。现代迷信、极“左”路线、极“左”思潮在那么广阔的范围、那么长久的时期内，侵蚀和毁坏着一个民族的灵魂，真是“史无前例”呵！理智消融了。感情泯灭了。那么麻木，又那么疯狂。二十世纪的历史坐标远远偏离了真理的轨道，偏离了人民的意愿。1971年9月13日，林彪事件发生，人们从蒙昧状态中震惊过来，理智和感情都经受了一次严峻的考验。一部分勇于反省、正视现状的人们，从这骤然崩坍的历史断裂层中，发现了事物运动本身所固有的某些规律，更坚定地进行真理的求索。莫应丰长篇小说《将军吟》的最早构思，就是开始于林彪事件之后的1972年。作家吸收了这一特定时期一部分先进的中国人的思想探求的成果，并从自身悲喜剧杂陈的经历和体验中得到了印证和启示。他像当时绝大多数的年轻人一样，最初也是虔诚、狂热的，所不同的是，他较快地从迷惘、疑虑中清醒过来，站到了这场自己曾一度崇奉过的“大革命”的对立的立场上。

然而，历史是曲折前行的。尤其是我们这个民族，不经过如此剧烈的然而又是缓慢的阵痛，是不可能较为彻底地挣脱迷信、守旧、教条的羁绊，从而变得明智一些、开放一些、冷静一些的。林彪事件后，林彪反党集团的极"左"路线尚未得到根治，而另一条早已存在，与林彪路线互为依存的以"四人帮"为代表人物的极"左"路线，在以左批"左"的形式下，又急剧膨胀起来，继续蹂躏和践踏中国人民的心灵、良知和理性。抵制和反抗这场武化式的"文化大革命"的思想解放先驱者，如张志新、遇罗克等人，则正是先后在这一时期被送上断头台的。直至1976年四五运动，中国人民中最有觉悟的一部分先进分子，才打响了反抗"四人帮"暴虐统治的群众运动的第一枪，标志和预示着中国的一个新时期将在殊死的格斗中分娩。这一事件的触发点，是"四人帮"对中国人民悼念周恩来总理逝世的良知行动的疯狂围剿和残酷镇压。这年的2月，正在上海改稿的莫应丰，目睹了"四人帮"在上海的余孽的倒行逆施，无比的义愤聚积于胸，他坚信一条历史规律，任何一个大人物，如果试图践踏一个民族的感情，轰毁一个民族的精神、品格和美德的象征，终将被埋葬。《将军吟》的构思也正是在这个时期日臻成熟。

3月中旬，他从长沙躲到小镇文家市，秘密从事《将军吟》的写作，以此表明一个普通的、正直的中国人对整个历史进程的判断和预知。至四五运动的发生，作家已经完成了十八万字。4月6日，作家听了广播，通宵达旦，耿耿难眠。他从中国现代史上这一辉煌、神圣的诗章中，汲取了力量，坚定了信念，同时，他也从"四人帮"的疯狂反扑和垂死挣扎中，看到笼罩命运之上的巨大的阴影。4月7日，作家整整沉默了一天。他，面临着抉择——

> 写！一定要写出人民心里的话，这是一个作家的良心呵！
>
> 我要把人民对"文化大革命"的判词喊出来。你说喊了就得死，我说，死也要喊。与其窝窝囊囊地活着，不如大喊一声，暴烈地死去。

作家决定万死不辞，继续写下去。他常常在《国际歌》的节拍中，奋笔挥毫。至6月下旬，完成了这部近五十万字的长篇巨稿。

6月26日，当作家的忧国忧民之心化作《将军吟》的最后一个方块字时，他绷得紧紧的思维之弦突然松弛了，逆水行舟一百一十五天，他似乎有点累，仰靠长椅，长啸一声："唉！现在可以死了。"

迄今为止的事实证明，莫应丰这部关于批判林彪、"四人帮"极"左"路线、极"左"思潮的长篇小说，是极少的几部成稿于"文化大革命"期间的作品之一（另如张扬的《第二次握手》，也出自湖南）。它诞生于我们国家和民族的危难之际，仅此一点，它在中国革命文学史上的殊勋是不可磨灭的。作家和他的作品，将与新时期的思想解放先驱者的光辉名字，同载史册。

从这个意义上说，《将军吟》也是一部思想解放先驱者的书。历史告诉我们：文学的辉煌时代，并不都是生产力发展的鼎盛时期。在生产关系极为落后、乃至反动时期，往往会诞生伟大的作家和伟大的作品。而新旧交替的历史转折时期，更是呼唤着文学，为新文学催生。我国"文化大革命"时期的文学状况，则提供了一个相反的例证。这是一个毁灭文化的年代，也是使文学停滞、堕落的年代。除天安门诗歌运动外，我国这一时期的文学，几乎都深深地打上了极"左"年代的极"左"印记，成为殉葬品。剩下的，就是浩大的荒漠地带。真正经得起时间和历史检验的作品，是少而又少的。如果这也要总结一点什么历史经验教训的话，那应首先毫不留情地正视这样一个事实："文化大革命"十年，不仅仅是林彪、"四人帮"扼杀了文化、文学，同时也反映了我国作家和文学阶层的某种脆弱和不觉悟程度。唯有其中极少数不畏强权的先进分子才用自己的生命汁液，在文学的荒原上栽种了几片绿洲。你能说莫应丰的《将军吟》不是民族魂灵之光的闪耀吗？直至1979年春，作家把秘密珍藏了两年多的这部手稿奉献给人民文学出版社并得到了明确的支持。作家的勇气，编辑的胆识，说明他们是顺应时代的发展潮流的。其实，文学的创作实践早已证明：文学有时可以而且能够走在生活的前面，起着开拓历史的作用。

二、提供了历史发展线索，预知了未来

《将军吟》1980年出版时，我们的文学评论界没有给予足够的重视和注意，其中一个重要原因，就是用今天的眼光和认识水平来要求它，认为它对"文化大革命"的反映远不是那么深刻，那么艺术化的。

我记得马克思说过这样的话：解剖了人体之后再去解剖猴子，那就要容

易得多。站在今天时代的认识高度去看历史，那就一目了然。同样，如果我们仅仅用今天的水准，而不同时从作品当时所提供的对社会生活，对重大历史事件的描绘和把握中去加以评判，这样的评论，就不能说是客观的，公正的，真正历史唯物主义的。

《将军吟》的思想高度，远远超出了它当时诞生的时代，为我们提供了认识历史发展方向的线索，预见了未来。在六年多来正面、直接反映“文化大革命”的新时期文学作品中，它堪称较为深刻的一部力作。它所提供的思想价值、历史价值和审美价值，也主要是依助于生活画面和人物形象，较为艺术地体现和暗示出来的。

在作家笔下，“文化大革命”中一切被视为神圣不可侵犯的东西，都被当做扭曲了的不正常的生活现象，予以辛辣的嘲弄，强烈的谴责和无情的鞭挞。作家将自己的批判锋芒，首先指向了现代迷信。经历过那个年代的人们，今天回忆起那些怪诞的思想和行为，一定会觉得再可笑不过了。然而，那是真真实实发生和存在，并为几万万人所信奉、实践过了的。而谁稍加怀疑、抵触，迅即遭殃获罪。莫应丰将此诉诸白纸黑字，这在当时是大逆不道的。“文化大革命”中以最原始、最形而上学的方式表演了一场现代“造神”运动，它构成了这个特定历史时期的特异的声调和色彩。《将军吟》不仅通过具体的生活场景和画面，生动逼真地展示了现代迷信的种种丑恶形态，让你从中真切地感觉到那个时代的氛围，而且，借助作品中正面人物的言辞，尖锐地向现代迷信宣战。

不是有什么“红海洋”运动吗？

作品中的老红军胡连生的反感是毫不掩饰的：

……搞什么红海洋绿海洋，要买红油漆到墙上去涂字，碰他娘的鬼！

不是有什么“早请示、晚汇报”吗？

也是这个胡连生，敢于仗义执言：

毛主席也是一个人，不是个菩萨，你们如今把他当成菩萨来敬。早请示，晚汇报，像念经一样，这哪里是共产党！

不是“最新指示”一发表，就敲锣打鼓，鸣放鞭炮欢呼吗？
作品中的将军彭其司令员是这样唱对台戏的：

高射炮、机关炮也要放一放，过久了不放，会放不响的，炮管里会生锈。

不是还有什么领袖像章运动吗？

当战士把各类品种的毛主席像章选了一大堆送给彭其，他频频摆手，一连说了三声“不要，不要，不要”。

还有什么“三忠于”“活学活用”？
彭其直言不讳：

当兵不打仗，尽搞鬼！会亡国的！……

《将军吟》对现代迷信种种怪异现象的勾画及批判，不仅是作为作品的时代背景，而且是作为人物思想性格活动的环境存在的。

在这点上，你能说这部作品只具有尖锐性，而不无某种特别深刻之处么？

自然，它的深刻性不仅于此。《将军吟》仍然是迄今为止，第一部正面、直接再现“文化大革命”的一个长过程的大书。尤其是，它写的是军队内部的“文化大革命”，这是极难驾驭的。作家对历史进程的洞察和预见，高瞻远瞩，相当深刻。不要忘记，这种深刻性和高瞻远瞩不是在今天，而是在昨天，在整个历史进程的发展方向尚未明朗的过程中显示出来的。它的认识高度，它对历史把握的深刻程度，是在当时整个历史时代认识之上的。

现代迷信和极“左”路线、极“左”思潮，是“文化大革命”最主要的两个支柱。“文化大革命”的发生、发展及其覆灭的过程，也就是现代迷信和极“左”路线、极“左”思潮从贩卖、肆虐到破产的过程。莫应丰在将其批判锋芒指向现代迷信的同时，更集中于对极“左”路线、极“左”思潮的解剖上。从作品的环境、事件、矛盾纠葛及人物命运、人与人之间乃至家庭关系的变化上，无处不笼罩上极“左”路线、极“左”思潮的浓重阴影，无处不响起在极“左”路线、极“左”思潮的肆虐下，混合着悲与仇，血与泪、压迫与反抗的深沉而悲怆的歌。作家将特定的时代悲剧，投影于人物的个人命运之上，就有了更撼人心魄的艺术力量。

作品的具体环境，写的是一个兵营，但又非一般的兵营，而是空军一个兵团领导机关的所在地。这块曾被视作国家和民族尊严的神圣土地，在极“左”路线的冲击和荡涤下，到处深掘着阴沟，到处流泻着污水。从军内到军外，从部队到地方，从下——干部战士，到上——中央军委、中央，一切矛盾、一切是非、一切思潮，都汇合成一股汹涌的漩流，涌进了这座兵营。这里，每天都在演出各种悲欢离合、各种稀奇怪诞的人生故事。上层政治斗争的帏幔，也被撩起了一角。

作品的事件，起因于彭其司令员在一次军委扩大会议上公开批评吴法宪，从此，整个兵团领导机关不得安宁。事件是单纯的，但由此波及的矛盾关系却是错综复杂的。以这个事件为主干，“文化大革命”发动至林彪集团覆亡这一长过程中，各个阶段互相关联、互相影响、互相制约的矛盾都联结在这上面，诸如大字报运动、“红色恐怖”、“三忠于”、冲击军事机关，“揪军内一小撮”、大联合、夺权等等。

作品的矛盾线索，主要集中于两个方面：以革命者内部彭其司令员为代表和以陈镜泉政委为代表的两方；以彭其为代表和以反革命营垒内江醉章为代表的另两方。这两条矛盾线索又互相交叉、互为作用，展示了动乱年代各种势力、派别、思想、意识的重新分化、组合、裂变的复杂过程。

作品中的人物命运、人与人之间及家庭关系的变化，都在上述环境、事件、矛盾的启动下，集中到深刻的动荡这个焦点上来。彭其的命运变化，是极富代表性的。他的经历、身世、个性，反映了整整一代革命者在“文化大革命”的冲击下，骤然变化的许多特征。彭其与他的战友陈镜泉、彭其与他的秘书邬中、江醉章与邬中、刘絮云、范子愚等人关系的变化，也深深地烙印着“文化大革命”年代的特点。陈镜泉的进退维谷，邬中的反叛和投靠，刘絮云的“参政”，范子愚的殉葬，都是极“左”路线下的高压政策以及以争权夺利为目的的反动政治的派生物。在写这场大变动对家庭的深刻震荡时，邬中与其老婆刘絮云演出的一幕，是极其生动精妙、细致入微的。第五章《私房话》，是全书最精彩的章节之一。

当邬中将彭其目前的处境告诉刘絮云，并估计会牵连到自己时，只一瞬间，刘絮云完全变成了另一个人，昔日的温存、妩媚消失殆尽，面孔丑陋、眼光森冷，并歇斯底里地大发作。尔后，当邬中向她解开了悬疑，并强烈表示要到这场闹剧中去扮演一个出色的政治演员时，刘絮云刹那间掀起的风暴止息了。她有点后悔自己反应过敏，不会控制情绪。最后，邬中提出要她进行政治上的合作，刘絮云那冷漠的，像罩上了一层灰色的面纱的表情，又倏地升起在她的脸庞。为此，邬中的心里不由得生起一份感慨——

> 原来所谓爱情全是虚假的东西。当她爱你的时候，厚着脸皮缠你的时候，喋喋不休要跟你早日结婚的时候，说明你是大有希望的时候，在你身上闪着的富于诱惑力的光芒，不是你的才能、品行、相貌和健壮的身体，而是摆在你面前的机会，可以明显看到的前途。当她对你百依百顺、敬若家神、如胶似漆、形影难分的时候，也不是因为你和她在共同生活中建立起了真正的友谊和恩爱，而是因为你正在一帆风顺，左右逢源，你的房梁不塌，你家的燕子就不迁，爱情原来如此！

家庭中的夫妇关系，是人类社会最久远、最微妙、最亲昵的一种关系。它是神圣的，又是神秘的；它是稳固的，又是脆弱的。在大动乱年代极“左”思潮的冲击下，它部分地分化、解体了，夫妇双方各自心灵世界最隐秘的部分，全部裸露在外！

小说的结局，只写到林彪集团覆灭，周总理召见彭其，并没有直接写

“文化大革命”的结束。但是，“文化大革命”的必然结局，已经从作品的具体环境及其人物关系中，明确无误地显示了出来，而且，始终渗透在作家对其笔下人物的褒贬之中。彭其一方，代表着当时社会的正义力量，代表着人民的要求、愿望和意志，代表着历史发展的方向。江醉章一方，则是历史的惰力、破坏因素，终将从历史潮流的高处退去。

小说最末一章（第四十三章），有一段作家的议论，意在劝诫当时的人们——

> 历史是一条漫长的道路，道路上跑着一代又一代接力赛跑的人。上一代的不尽职会给下一代留下过重的负担；上一代走错了路，下一代还要绕回来……不要再花费精力做不必要的冒险了，祖辈的探索应是有意义的，应把这重大的意义变成财富才对。

遗憾的是，当时并没有能够冷静地听取类似这样饱含着亿万人民期冀的善良劝诫。

三、折射着个性光彩的社会性格

我们的文学评论界对《将军吟》没有给予足够的重视和注意，还有一个重要的原因，是认为它在人物形象的塑造上，只写出了社会性格，或社会的类型性格，而缺少个性，典型化。我认为，这种断言是缺乏分析的。关于这方面，我的评价是：既写出了社会性格，又有一定个性；某些成功的艺术形象，是颇具个性色彩，并有一定的典型性的；还有些形象，将作为新的艺术形象进入新时期文学的画廊。

从社会学的角度看，人们处在社会急剧变动的时期，由于命运受到环境的强制性的挑战和压迫，迅疾浮沉起落，思想、意识、心理、性格，乃至思维方式，极易染上强烈的社会色彩，而个性部分被钳制，被消融。一种思想，一种思潮，往往变成普遍的社会思潮，普遍的社会意志而得到承认、接受，原因亦在于此。《将军吟》里的许多人物，确实有某种社会类型性格的印记，彭其式、陈镜泉式、胡连生式、江醉章式、邬中式、刘絮云式、范子愚式、邹燕式、赵大明式、彭湘湘式、陈小炮式、徐凯式，你都可以从当时的历史环境中找到他们各自的类型。然而，区别在于，他们并不纯粹是某个社会集团、派别、阶层的标签式的人物，他们的社会性格除有各自的差异外，就其本身来说，也折射着个性的光彩。不能说他们的个性写得很充分，也不能说他们周围的环境写得很典型，对时代、历史有相当深广的概括，但他们之中的多数人物形象，毕竟还是活生生地站在了你的面前。

彭其是全书最有光彩的人物之一。他的形象，使我们容易联想起一些老帅们，当时他们处于逆境之中的品行和情操。他的思想性格，闪耀着时代精神的光芒，凝聚着人民的意志力量，但他又是有着自己的鲜明个性和多侧面性格的艺术形象。彭其的主要性格是刚直不阿，宁折不弯，但由于他所处的矛盾中心位置，以及对极左路线经历了一个逐步认识的过程，他的性格火花在错综复杂的矛盾中碰撞着，呈现出多种色彩。全书共四十三章，直接写到彭其的占了十章之多。由功勋卓著的将军而变为“阶下囚”的命运变化的轨道，他性格中各个具体部位的特点被充分地描绘了出来。最精彩的是第八章《公审大会》和第十四章《老人心》。

《公审大会》一章，精细入微地雕刻了彭其面对自己的战士和战友被极左路线涂炭时，心灵的极度悸颤和痛苦。小说写了三个细节。一个细节写他的幻觉。这位身经百战，经受过无数次流血牺牲考验的坚强领导者，置身于一个个战士被当做现代迷信的反对者任意宰割的惨淡境地，因极度的压抑，竟生出自己和战友们也被当做“罪犯”揪了出来的幻觉。一个细节写他求助于先烈的灵魂显灵。他的“同心结”的战友胡连生被“造反派”突然袭击当做“现行反革命”揪出来后，他悲愤至极，祈盼烈士的魂灵化作狂风，化作暴雨，荡涤这人世间的一切污秽。第三个细节写警卫连的战士黄春喜因神经极度紧张，将“谁热爱毛主席我们就和他亲，谁反对毛主席我们就和他拼”这句口号中“亲”字喊成了“拼”时，彭其因激怒而扬手朝战士的脸打下去，但将触到脸时又“忽然控制住，只轻轻地落了下去”。由此，我们可以想象，彭其在当时情境下承受的精神折磨，有多么巨大呵。更何况，他当时已经隐隐约约地感到有一只黑手在操纵这出悲剧的演出，但又意识到不能采取“硬碰硬”的方式，以致使他这个兵团司令员“眼睁睁看着那惨剧发生”。这里，彭其表现出了清醒的思索和坚韧的精神。

《老人心》一章，则将彭其坦荡的胸襟、宽容与原则结合的精神、柔中有刚的性格描绘得淋漓尽致。这一章通篇都是彭其的讲话，纯属一篇政治思想工作报告，却写得有感情，有色彩，有节奏，有起伏，毫不枯燥干巴。彭其先以自己“请君入瓮”的小小“计谋”作比，告诫“造反派”谨防野心家、阴谋家的“引诱”“小心上当”；继而又以与人为善的态度，要求“造反派”对革命同志要“有点感情，要讲点道理，起码，要有点同情心”，并大声疾呼：“今天为什么一定要消灭这九死一生留下来的几个老、弱、病、残！”当然，他这样做，纯粹是出于老一代革命者的赤子之心，他不可能认识到这场大动乱不是某个个人的意志所能阻遏的。但是，他决不妥协。“不要欺人太甚，逼人太狠，把人逼到死路上了，就会不顾一切的。”这铿锵的话音，就是彭其掷向野心家、阴谋家的一把利剑。

此外，在其他以彭其为表现对象的各章里，彭其思想性格的各个侧面也得到了丰富。

第一章《琴声、歌声》和第四章《夫妻、战友》，写彭其受到席卷而来的政治风暴的袭击，所产生的苦闷、疑虑、愤懑的心绪，并以此转嫁给自己的妻子、女儿，后又为这种失去理智的行为产生了一种沾着滚油似的烧灼的“痛楚”；第六章《革命行动》写彭其果决地用兵，用“诱使”造反派犯错误来教育他们的良苦用心，极富军人性格和气质特点。同时也反映了他对形势的恶性发展估计不足，有稚嫩的一面。第九章《做人难》写彭其暗示门诊部主任方鲁为胡连生作患神经病的假诊断，表现了他置个人安危于不顾，而尽其所能，保护战友免受更大祸害的崇高品格。第十九章《斗争会》写彭其面对造反派的蛮横，坚决不讲出偶然提到的空军司令员候选人的名字的那种执拗态度，显示了一个革命者高尚的人格。第二十八章《将军愤》和第二十四章《苦相逢》这两章，进一步写了彭其从一个将军沦为“囚犯”之后，对于伦理、感情价值观念的变化。过去，他以工作代替夫妻、父女之间的温存，现在才发现内心世界这种亲人之情的“深沉、强烈”；他由自己的冤案，想到“假如一个将军也要被冤枉夺去生命，普通百姓有了冤枉怎么活呀！”提出要爱惜人，体贴人，尊重人，显示了他博大深沉的胸怀和忧国忧民之心。大动乱的劫难，反而使彭其发现了人性、人情，这确是这个悲剧时代物极必反的结果。彭其的思想性格特质及其丰富性，就是在这连接着时代风云变幻的际遇中，通过一系列情节、细节、行动、场面，闪射出灼灼光华的。

在《将军吟》中，刘絮云也是写得相当成功的一个人物。她身上沾染的旧时代遗留下来的种种恶习——精于心计，巧于钻营，跻身于上层社会的欲望，穷途末路时的疯狂（用刘絮云自己的话说，就是“始终被一个更高的追求目标压抑着”）等等，一经与时代的病症相互作用，就升腾起一股带着毒焰的光彩。小说在揭示这个人物的这些性格特点时，主要是通过她的行为来完成的。误以为邬中将从金字塔上摔跌下来，以致表现出绝望的情绪，是我们看到的这个人物第一次丑恶的亮相。尔后，小说写她在腥风血雨中的三次出击，将一颗卑污的灵魂彻底地裸露了出来，第一次是奉邬中之命，将命运绑上江醉章的战车。邬中对此举的要求是：既达目的，又不过于外露、卑躬。刘絮云在江醉章面前表露出来的全部机巧、应变能力，使之获得了比臆想还要出色的效果。第二次是游说胡连生，妄图为彭其设下陷阱。她抓住胡连生“正直的愚蠢”的特点，欺他不明内幕，煽起他的愤懑情绪，步步加以诱逼。第三次是游说邹燕，将群众的仇恨情绪和心理引向彭其。她的手段，是抓住邹燕容易轻信的弱点，配以人情味的药剂，令邹燕听命于她。这三次出击，勾画了刘絮云“阴柔”的一面，而陷害方鲁不成，歇斯底里地大发作，则展露了她狂暴的另一面。她那挟雷带电般喷吐出来的恶言秽语，她那“变成鬼我也要咬断你（方鲁）反革命分子的脖子”的凶残叫嚣，令人毛骨悚然！刘絮云在一出多幕剧即将结束前的最后一次表演，即与邬中确定是否易主之前，运用了她全部心计，以及作为一个女人的全部特点，意欲摧毁江醉章关于后台靠山真实姓名的保密防线。这一行动，使这个人物的灵魂雕塑、性格刻画，纤毫毕露，极富视感。

在《将军吟》中，写得富有个性色彩的人物，还有胡连生。这位管理处长反抗现代迷信、极“左”路线、极“左”思潮的暴烈品格，令人肃然起敬。他的这种精神状态、精神气质，我们完全可以从当时思想解放先驱者的生命实体中，找到他的真实存在。然而，胡连生也有纤细的一面。他最初对刘絮云的驾到就存戒心，而一当发现她的不轨，让他出来作伪证，陷害方鲁并进而给彭其落井下石时，他迅即来个回马枪，令刘絮云狼狈不堪。

陈小炮是三个将军女儿中给人留下最深印象的一个。她是那种被时代潮流所抛弃，从而走向时代潮流对立面的青年。她自立的能力，略带稚气的果决，鄙视潮流的无畏，对人的真切同情，热忱和侠义精神，都表现得独具异彩。

徐凯是全书中着墨较少的人物，但却给我们留下了很深的印象。这是一个有血有性，又十分有主见，有韬略的人。他的身上，含纳了新的年轻一代军人的某些气质。直接写到徐凯的第十三章《兵临城下》的那段文字，是全书最精彩的段落之一。他那番对北京来电内容的分析，有章有法，有声有色，徐凯作为一个秘书的全部聪明才智，如机敏、善于思索、精于分析和判断、逻辑缜密等，都得到了有力而又动情的展示。他在彭其问题上表现出来的明显的同情心，使这个人物的思想品格又增添了一道光华。

如果从人物性格的复杂性来看，陈镜泉是全书中突出的一个。关于这个人物的评价，褒贬不一。一种意见强调他的“媚骨”，认为不足取；另一种意见强调他的“良知”，认为值得同情。我以为，作品中所提供的这个人物性格的丰富性和复杂性，绝不是这样单一。恰恰相反，正是在这个人物身上，我们较充分地看到了时代的环境因素是如何作用于一个人的性格，使之发生变化的。作家关于这个人物的创造，说过这样一个意见：“我处处原谅他，并不主张他去做无谓的牺牲。描绘他的形象可难了。一会儿写这一面，一会儿又写那一面。多灾多难的生活造就了不少多面人。他可以说很有一点时代特征。”

在当时极“左”路线的高压政策下，处于夹缝中的陈镜泉面临的选择只有三个：像胡连生那样，以硬碰硬；像彭其那样，宁折不弯；像江醉章那样，投靠叛卖。陈镜泉选择的结果是：不正面违抗，但也决不投靠，不与错误路线一起肆虐；在力所能及的范围内，还保护自己的战友免受其苦。陈镜泉之所以作这种选择，有环境的问题，有其思想觉悟水平的问题，也有自身性格弱点的问题。陈镜泉的懦弱和忠于职守，“文化大革命”中竟转而为盲目、愚昧、顺从。当看到彭其受到极“左”路线迫害时，他的感情、心理、性格也同时呈现出极其复杂的网状形态。这集中表现在对待彭其两次被整和两次被囚禁上。当所谓“无产阶级司令部”指定陈镜泉为斗彭其组长时，陈镜泉呼喊道：“这个任务比送炮弹还难。我会经不起啊！经不起啊！”我们看到了一颗创痛的心灵的蠕动！彭其第二次“失踪”后，他怀着一种负罪心理，叫司机开一部车，在冰天雪地中漫无目的地疾驰，以此“通过糟践自己来减轻压抑的心理”。而当徐凯帮他权衡利弊，认为没有必要再作牺牲时，陈镜泉才又清醒地回到现实之中来。

在人物性格及其复杂性方面，《将军吟》中的两对造反派夫妇：邬中与刘絮云，远胜于范子愚与邹燕（写邹燕的几个细节——“文化大革命”初期贴丈夫大字报；为彭其的真诚感动得呼口号；在江醉章面前表达一个普通人对生活安定的要求等，都是极精彩的。只是由于构思的关系，作品不可能给予她更多的笔墨），即使与处在认识的转变之中，有可能提供更为丰富、复杂性格的人物赵大明相比，也是高一筹的。

邬中是一个典型的两面人物。他表面上平静得如同一泓秋水，内里却蕴含着狂涛巨澜。他含而不露，引而不发，耐心地等待着时机，一旦出击之后，如发现于己不利，又会马上将锋芒藏起来，等待着下一次更致命的进击。他的人生格言是：“言多必失，得意而不忘形……”阴险、残忍、狠毒是他的本质特点。邬中是彭其的秘书。他原来是想依傍这棵大树，轻而易举地爬上高枝。“文化大革命”的浪潮，冲坍了他的美梦。他不愿“为了一个丧失了作用的老头子，把自己的一切赔进去”。于是，便改换门庭，投靠野心家、阴谋家江醉章。他的人生信条是：真有本事的人，不在舞台上演戏，而是在生活中演戏——“只有当政治家才有出息”。他在与江醉章进行政治交易和合作的过程中，始终不露声色，不张扬喧嚣，一步步攫取权力。后来，只是在与江醉章关于海洋生物生存竞争的一次谈话中，才险些露馅。但他迅疾巧加掩藏，重新把自己包裹起来。“在他心里，还有一个保险柜，钥匙已经化成铁水了，绝对不能打开，那里面藏的究竟是一些什么，只有他自己知道。”这种表里不一，关键时刻杀机毕露的人物，是我们生活中幽灵式的魔鬼，令人望而生畏。

在《将军吟》中，彭湘湘复杂的心绪也写得较为真切、细致。她也和陈小炮一样，被“文化大革命”的浪潮所抛弃。然而，陈小炮是明朗的，彭湘湘是抑郁的。她把自己看成是世界上最不幸的，像无依无傍，随时都会被海浪卷走的小船。她时时感到孤独，孤独像乌云一样袭击着她的心房。她祈盼着恋人赵大明的理解、同情，“心心相照，带来希望和勇气”，相信“神圣的爱是可以溶化一切的”。然而，赵大明对“文化大革命”的态度，使她失望，她甚至从心底里恨他这个“伪君子”。而当她得知父亲彭其决定对包括赵大明在内的“造反派”施以“红色恐怖”手段时，却痛苦不安，把对赵大明的怨恨遗忘殆尽，赵大明那象征着男性之美和力量的歌声，总是在她心头盘旋，萦绕，以致她终于将彭其的秘密泄露给了赵大明。彭湘湘在小说中的几次出现，都始终处于爱与恨、理智与感情的复杂纠葛之中。

读了这部小说，上面谈及的这些人物总是在脑际游移，不能抹去。而且，有些形象，如陈镜泉、刘絮云等，是新时期文学人物画廊里其他人物所不可代替的。这不也是《将军吟》的贡献吗?

四、作家的艺术追求，与时代的格调谐和

有一种意见，认为这部作品的艺术价值不高，认为它粗糙——人物刻画线条粗，语言粗。我以为，这部作品在艺术上确有某些粗疏之处，下半部由于过多地追求故事情节的戏剧性，以致削弱了人物形象，作品的思想不能继续深化、升华，它不及上半部所达到的水准，但不能由此而否定作家的艺术追求，以及已经取得的战果。我以为，作家当时所作的艺术追求，与整个历史时代的格调是相一致的。

“文化大革命”是一个动乱的年代，荒诞无稽的年代，思想空前混乱、封闭和愚昧的年代，但也是一个催人反省、思考和警觉的年代，是一个产生思想战士的年代。思辨的、政论的、哲理的色彩，是这个时代思想和思维形式的一个主要特点。《将军吟》在把握历史进程上，已充分显示了作家的思想高度，同样，在艺术表现上也反映了这个时代的特点。

《将军吟》是充分思辨的，带有杂文和政论的因素。“文化大革命”实行的是专制政治，人们的理智和感情被沉重地压抑着，但总希望通过曲折多变的方式加以宣泄，这就需要杂文。第二十七章《风雪除夕夜》开篇一段关于时局的议论，就是一篇很精致的杂文。作家由家门前的石山、天安门前的金水桥变化的缓慢，气候更替的周而复始，进而联想到“文化大革命”开始以来两百

多天的瞬息万变，再由政治连及到人的命运沉浮起落，最后点化出一种哲理：

> 原来是指挥别人的，现在可能被别人监禁了；原来是默默无闻的，现在可能成了风云人物；原来是生龙活虎的，现在可能变成残废了。每人都在变化，每人的变化又不同，可见人世间多么丰富多彩。

在这里，作家视野广阔深邃，思想纵横驰骋，由自然，而社会，而政治，而人生，既简洁鲜明地勾勒了“文化大革命”的人生图画，又触及了环境对于人的命运的深刻影响的思想。第三十九章《杀呀！杀呀！杀呀！！！》开头一段，则是一篇带点散文味的杂文。作家由北方和南方的秋风比较写起，虽“颜色不同，声音是一样”，并意味深长地点出：“不要看树上还有绿叶，只不过今年该落的可以留到明年落就是了。”然后，笔锋转到人们对现实政治斗争的厌倦，都期冀躲过肃杀的秋风。最后，又用特写镜头的手法移向新近衰败的“革命家”范子愚此时的心境描写上，写了他灵魂的忏悔，良心的责备。在这里，作家也是将自然与人生、与命运的画面叠印，从中引出对时间的针砭：

> ……他们目睹了整个冗长的戏剧。一会儿是喜剧。一会儿是闹剧，一会儿是恶作剧，当前又在演悲剧。

当作家感到用杂文的曲笔，尚不足以鲜明表明自己对时局的评判态度时，就直接采用政论的文笔。这里，较为典型的是第十八章《徘徊》开头一段关于伟人、理论、军队、人民相互关系的论辩，不仅思想大胆，且说理逻辑性强，层层剖剥，深入，透彻。这里，有对现实深刻的洞察，有对前景乐观的预期；有对“伟人”理论的深刻辨析，有对人民的意志和力量的由衷歌赞，称得上是一篇出色的政论短论。

就《将军吟》的实际情况来看，它的思辨色彩，更多的是通过人物的思想活动、语言体现出来的，作品中所有的人物，都或浓或淡地，从时代的潮流中汲取了思辨的智慧。

赵大明由造反，到觉醒、反叛，性格和心灵都经历过一个痛苦的过程。当他重新认识自我时，是用思辨的眼光来审视的。“文化大革命”刚开始，灾难、痛苦不殃及他，他有一种“满足好奇心的甜蜜”；当他投入了血与火的造反行列，每一条神经都处于极度紧张之中，“不知道起因是什么，过程是什么，结局又将是什么”，愚昧和盲目便主宰着他；不久，正义的反叛力量使他受挫，他尚来不及思索，又重新被推进火圈。他既不是兴致未了，也没有足够的力量自拔，只是到后来，发生了最残酷的虐杀，最卑鄙的阴谋，最无耻的勾结，才一扫他天真烂漫的幻想，他才较真切地看清了政治帷幕后面导演的一幕幕惨剧。他的结论是：

> 挺起腰杆来，冷眼看世界，戏还没有演完，我从自己认识上的变化看得出人家的变化来。人都在变化中，变化了的人心会产生出变化环境的力量。

赵大明的思索，为我们认识“文化大革命”各个发展阶段及其结局，提供了一条线索。

反面人物的思想活动也是带思辨色彩的，只不过染上了污秽。而已。邬中为了攫取权力，不惜连老婆也赔了进去。当动物性的嫉妒本能在他心中泛起的时候，他诅咒自己：为什么要狗一般讨取别人的赐予！但是，当理智战胜了这脆弱的感情机能时，他提出了“赐予制”理论，并以此慰勉自己：

> 是的，为了将来也能欣赏别人像狗一般讨取自己的赐予，暂时忍受这点羞辱，不是值得的吗？只要那表示最高利益的权利是靠个人赐予，就将永远存在着狗一样摇尾谄媚的人，要想获得赐予别人的权利，先得接受别人的赐予；要想获得别人的奉献，先得委屈着奉献别人。这就是赐予制的天理——万世不变。

邬中正是严格按照这一“赐予制的天理”来规范自己的言行，像狗一样被乞怜，将来又像狗一样乞怜别人。

彭其则相反，在人与人之间关系被扭曲的不正常年代，当他被当做囚徒给看管起来，与看守者的关系经历了由敌对到友谊的变化过程，他思辨的结果是：囚犯与狱卒之间从敌对到友谊是很自然的现象，因为敌对的基础本来就很薄弱，“与其说他们是敌人，还不如说他们是敌人手上的一把锁”，他们之间暂时处于敌对地位完全是“第三者所为”，他们任何一方本来根本不需要这样。有朝一日，这把锁又可以用来锁彭其的敌人。彭其的这个思辨，对于人们正确认识曲折年代种种复杂的不正常的人与人之间关系，无疑是有警策和辨析作用的。在《将军吟》中，这种思辨的色彩，往往会升华到哲理的高度，给人以更深邃的启迪。有时，它就是一种人生格言，渗透在作品人物的种种观念、意识、人生态度上。例如：

关于爱——

至于那失去了的人，既然那么容易失去，就一定不是宝贵的。

不爱大家就是因为太爱自己……爱一爱他人吧！总比光爱自己好些。

关于“文化大革命”——

确是到了一个反常的时代，一切原来不合理的事物，现在都变成最合理的了，原来合理的，反过来成了非常荒谬的。

枪是硬家伙，文章是软家伙；枪是呆家伙，文章是活的。硬的搞不过软的，呆的搞不过活的，文章能写得像，连撒谎都是真理。

在英雄的眼里，一个人躺倒在地上就如一只土蚁丧失了做工的能力，而同时有大量的土蚁正从窝巢里诞生，用得着哀叹惋惜吗？

反面人物的一些思想活动，用的也是带哲理性的语言，例如关于感情——

凡是大智大勇者都是没有感情只有理智的。

关于舆论——

舆论的延长线就是群众的革命行动。

威信就是一威二信。在实际上，信是没有用的，只要有威就行，有威就有信，有威，谁敢不信？

思辨性，是《将军吟》艺术上最主要的特色。此外，由于作家曾在文工团担任过编剧和作曲，他还借鉴了戏剧和音乐的一些表现手法，使之与作品重大的题材、博大的内涵相谐和。在作品的结构上，主要借助于戏剧精心组织矛盾，形成高潮的手法。小说第一章围绕砸琴事件，迅即将主要人物介绍出来，初露性格的端倪，悬念亦初步形成，勾画出了时代的氛围。尔后，采取立传式的写法，一章一章地对主要人物的身世、经历、现状写传（在这点上，它区别于中国古典小说序列立传的写法）。小说的前五章，可以看做是多幕剧的第一幕。之后，按照创造人物和故事发展的需要，精心组织了《公审大会》《老人心》《斗争会》《将军愤》《四面楚歌》等几个高潮，起到了波澜起伏的艺术效果。在音乐上，主要借助于交响乐再现和变奏的手法，将某一种思绪固定在一个特定的旋律上，有时又把各种不同的音响融会在一个画面里。第一章《琴声、歌声》，旋律是抑郁的；第八章《公审大会》，旋律是怨艾的；第十四章《老人心》，旋律是明快的；第二十八章《将军愤》，旋律是激昂的；第三十三章《热情奏鸣曲》，旋律是热烈的；第四十章《爱与死》，旋律是缠绵的；第四十二章《温泉夜》，旋律是挑逗的。但在同一章里的旋律，也有其他各种和弦；就是同一旋律本身，也有节奏、音响的多层次变化。思辨的色彩，与各种感情组合的吟哦式的旋律相结合，就构成了《将军吟》艺术上独特的格调。这种格调，不是以诗的语言、散文的韵味，而是从流贯于整个作品之中的内在的情绪力量体现出来的。

五、它的稚嫩之处，反映了一个时代的局限性

《将军吟》的某些稚嫩之处，是有目共睹的。我想无须回避这一点。这里有作家的思力和艺术功力方面的原因，但也与一个时代认识上的局限性有关。如前所述，我之所以给这部作品以较高的估价，其中一个重要原因，就在于作家的思想远远超出了当时时代的高度，而它的弱点，也恰恰是反映了当时时代认识上的局限性。从这个角度来说，这部作品仍有不深刻之处，是不足为奇的。

问题在哪里呢？我以为，其一，作品对“文化大革命”产生的背景、根源揭示不充分。作品在触及现代迷信、极“左”路线、极“左”思潮的种种恶果，是作了极为真实的写生式的实录。它体现了现实主义文学在危难之际的巨大力量。但是，在这种种社会现象及其联结方面，如何透视出“文化大革命”发生、发展及其覆灭的深刻背景和根源，似乎较为薄弱。“文化大革命”的发生，有其深刻的历史原因、现实原因、社会原因、政治原因，缺乏充分的估价和认识，就很难理解践踏人性、毁坏社会的“文化大革命”何以延续十年之久！《将军吟》中唯一两个对“文化大革命”的现代迷信、极“左”思潮持否定态度的人，他们亦不知其害何以为害？而胡连生则是更多地从直觉上，从自身经历的对比中，来看“文化大革命”种种怪异现象的。彭其对“文化大革命”持对立的态度，他还直接参与了上层的某些政治斗争，但他对这条路线的延续和发展，对动乱的原因思索是不够的。作品揭露了现代迷信的种种荒诞现象及其危害，但对于何以独独出现在“文化大革命”这个特殊环境里，也缺少形象的、令人信服的揭示。作品不能像一些以重大历史事件为背景的杰出作品那样，将整整一个时代的全部错综复杂的矛盾及其形成、发展，以及由此带来的人的思想性格和心灵世界的全部丰富复杂性，作史诗式的概括和提炼，这样，必然要削弱人物形象所蕴含的巨大的历史容量和作品的思想深度。

其二，我以为，《将军吟》对人物心灵世界的开掘还不够充分。“文化大革命”的风暴在作品的人物思想活动过程中的轨迹是较明晰的，但它如何撞击着他们的心扉，产生出各种奇妙复杂的灵魂震撼，却较为寡淡。彭其与陈镜泉是共事四十年的亲密战友，他们的矛盾纠葛贯穿“文化大革命”的始终。由

牢固的、长久的、亲密无间的关系，疾速产生裂变，这里除有巨大的思想震荡之外，感情世界会经历怎样的剧痛变化呵。而作品恰恰在这方面，对彭其的精神世界开掘不够。同样，在经历了巨大灾难之后，彭其对包括骨肉之情在内的感情生活的追恋，也写得过于简略。江醉章这个人物心灵世界的开掘，同样存在这方面的问题。但我不同意某些批评意见，简单地把这个人物的塑造归结为脸谱化。应该说，这个人物在一些特定情势下的思想复杂性，还是写得较为有声有色的。不足之处在于，由于小说按照流行的观念，首先把江醉章置于坏人（叛徒）的位置，这样，作家赋予这个人物思想与灵魂的复杂性就受到了一定的制约。如果相反，把江醉章写成一个因“文化大革命”的特殊机遇而逐步堕落的典型，我想，他所提供的生活依据和概括的历史容量可能会更大。

莫应丰在“茅盾文学奖”的首届获奖作家座谈会上指出，要建设好具有中国气魄的新文学大厦，要在现代世界文学中争中国文学的地位。我们期待着有中国气派和中国风格的新的鸿篇巨制的诞生。

1983年6月30日于罗浮山白鹤观

关于张一弓创作论辩的笔记

为了使自己能够在一条不那么好走的道路上走得较好一些，我期待着检验和批评。

——张一弓

由于我的习作大都带有强烈的政治色彩，并常常触及变革时期的政策，这就使我常常产生……一个困惑：我的每一篇习作几乎都受到过两种截然相反的批评。

——张一弓

一

一个社会，一个人，如果离开理性、理智之光的照耀，任凭情绪、感情的波流伸延，那就可能埋下不幸的种子。十年动乱，历史的意志主宰了人的命运，情性的无节制，远远超出了社会所能负荷的程度。新时期的转折，人们为自身的尊严和价值重新被确认，处于情绪的躁动之中，理智有时不免会受到冷遇。讨嫌扭曲正常、合理事物的邪恶势力，连同正常、合理事物的本身亦遭排斥，人们认识上的这种惯力作用，即是一个明显的例证。在文学上，人们厌恶那些曾扮演过演绎、图解政策，甚至在一个时期成为林彪、“四人帮”政治的婢女的不光彩角色的作品。新时期的一些作家，在实践“文学的当代性”的旗帜下，对开拓现实性的主题作着顽强和执着的追求时，我们常常可以听到这样一种不屑一顾的议论：“时文”“趋时之作”“急功近利”“永恒性的对立物——速朽之作”。然而，一个首先是公正，尔后才是热情的文学评论工作者，倘若亦取这种评判态度，是很难使作家心悦诚服的。他们是热烈的情感主义者，更是清醒的理智主义者。把握创作是非曲直、成败得失的客观立场，应浸润在评论家的个性和气质之中。

可钦敬和欣慰的，首先是张一弓自己能平心静气地听取各种批评，注意从中吸取养分。他虽也有一时的困惑和不安，但终究不为舆论所左右，改变自己对文学的这个“并不轻松的抉择”，而是果决地走自己的路。何至于此呢？因为作家在历经生活坎坷和磨难之中，熔铸了自己的人生经验，人生信仰，人生追求。

二

少年时代的张一弓，深得父母的文学熏陶，有着良好的教养。他步入人生的第一重殿堂，是新闻界。十六岁那年，他成了个“娃娃记者”。几近三十年的记者生涯，他没能在新闻天地留下具有震撼力的声音；记者生涯，倒是帮助他发掘和培植了成为一个作家的许多宝贵素质。这即是思想家的那种锐敏，社会学家的那种透彻，心理学家的那种深远。作为一个从记者的位置转入文学轨道的作家，使他有可能锐敏地感觉到历史运动及其转折过程中每一次细微的变化，透彻地解剖社会内部结构和层次中的每一回重新组合及离异，深远地体察到时代及其各个发展阶段上人们的新的愿望、要求和心理情绪。长时期的记者生涯，甚至使他不再满足于仅仅用笔反映社会的要求，而希冀能直接参加到改造社会的斗争生活中去。可是，热忱、赤诚、纯良的愿望，一付诸实践，却无情地染上了悲剧的色彩。在大动乱的岁月，他的思想和行为，也曾一度被引上悖逆于情理的轨道。历史巨涛卷走了“四人帮”及其极“左”路线、极“左”思潮，他才惊醒过来，原来在书本上和生活中获得的思想和认识，在历史的检验面前，露出了破绽。复杂的历史，嘲弄了一颗单纯的灵魂。然而，当历史在思索，并经过阵痛之后，又呼啸着前行了的时候，张一弓既没有带着羞愧和忧伤退出历史潮流，更未陷在历史的泥沼中不能自拔。张一弓是聪慧的。他有激情，也不乏理智。当令人不寒而栗的声音渐渐从历史的回声壁消逝，新时代的强音开始出现在中国大地时，张一弓在思索，准确地说，是在反思和反省，既反思历史，更反省自己。正是在这过滤和净化思想杂质的过程中，作家的梦在张一弓思维的空间高高地飞翔了起来，而且愈益强烈，无法遏止，他就“这样地把自己交给了文学”。几经风雨剥蚀的文学的梦，在历史与自身命运遽然变化的新旧交接点上，终于找到了归宿，这不也是新时期作家中一个带普遍规律而又独特的文学现象吗？

唯其记者生涯和“文化大革命”一段独特的际遇和失足，联结着民族、社会、人民命运的潮汐，张一弓才那么昂奋地让自己的思想和才华，在当代社会生活的格局里燃耀。时代的潮流，把他推拥进文学的殿堂；而他的文学创作，又总是传递着时代的信息。这就是张一弓。

三

每个作家都有自己的艺术领地。只有在这块领地上，作家才可能是比较完全意义上自由自在的人，他的艺术想象力，才能驰骋翱翔。

张一弓的艺术领地是当今中国的农村。长期任记者时，他主要采访农村；这几年，他又直接在农村基层工作。在这块贫瘠而又富饶、多灾多难而又混纺着绿色希望的土地上，他和劳动者一起耕耘、收获，一同思索，一同奋进。现实和文学带给他喜悦，也带给他懊恼。而农民和自身的不断进取和励治，又使他变得更加充实，更加自信。他不奢望获得“农民代言人”的桂冠，但他的文学总乐谱上的第一乐章，主题就是农民的命运，他们严峻的过去，起飞的现在，更辉煌的未来。作为同时代农民的“秘书”，他是兢兢业业的：

> 我总在提醒自己：要追随时代的步伐，为正在经历着深刻变革的我国农村做一些忠实的“记录”。

四

从宏观的角度，可以将张一弓的创作放在新时期文学的画廊里；从历史的纵深处，也可以将张一弓的创作放在“五四”以来中国革命文学的长卷中，尤其是与同为农民题材的创作进行比较，他的贡献是别人所不可代替的。

“五四”以来的中国革命文学，有着自己的优良传统：一是写革命战争，二是写农民，三是写知识阶层。这三者的发展，平衡又不平衡。在“五四”时期，写农村的题材出现了一些不朽之作，但数量最多、影响最大的，还是以知识阶层中的青年为主人公的作品，它曾帮助过处于迷茫、彷徨、探索之中的整整一代青年走向革命。到了延安文艺座谈会召开之后，成就最大的是写农民的作品，文学对农民情绪、感情的调动和凝聚，从来没有像这个时期这样直接、有力。中华人民共和国成立后的十七年中，曾在它的中期，出现过这三类题材并驾齐驱的壮观局面，至今回忆起来，仍令人感奋不已。进入新的历史时期后，整个文学都成为思想解放运动的一个重要组成部分，在各自的领域，都出现过震动全社会的翘楚之作。如果一定要衡量一下的话，这其中写知识阶层的作品，影响则要更广泛、更深刻一些。“五四”以后新文学中农村题材创作的发展及其起落，与整个新文学发展的轨迹是基本相一致的。但它仍有自己的个性和特点。

“五四”时期写农民的作品，主要贡献在于：揭示了两千多年错综复杂的封建社会关系铸造的农民性格，及其局限性，从中透视出整个国民的素质、灵魂和精神状态，展示了社会改造的方向。它的缺陷，是对处于革命战争环境下的农民几乎没有触及。

在延安文艺座谈会召开后诞生的农民作品，主要贡献则在于：展现了农民和地主阶级不可调和的、极其深刻的对立和矛盾，反映了实质上是农民土地革命的新民主主义革命的合理性。它的不足，是对革命农民内部的急剧震荡较少着墨。

中华人民共和国成立后十七年的农村题材的创作，有两个方面的贡献：一、写出了处于社会主义转变过程中的小生产者的改造历程；二、创造了为实现农业集体化而斗争的具有新的时代精神素质的新人形象。在形象的创造上，从整体来看，前一类比后一类要更为成功，但由于历史条件的局限，两者都有主客观上的失准之处。

打倒“四人帮”之后，我国农村题材的文学创作进入了一个新阶段，有了很大的发展。在对十七年农村道路的再认识上，在继续揭示农民的“国民性”的灵魂上，在展示农民与一代城市下乡知识青年的血肉关系和纠葛上，在揭示新时期农村生产关系重新调整过程中新旧思想形态、审美观念、价值标准的对立方面，都出现了当之无愧的优秀作家和优秀之作。那么，属于张一弓的独特贡献在哪里？

第一，在这个领域，他自觉地追寻和关注中国农民历史命运变化的轨迹；第二，在这个领域，他将农民在历史转折时期的进步要求、愿望和心理情绪表现得那么快捷和广泛；第三，在这个领域，他紧密地把中国农民历史命运的变化，与整个民族、社会、人民中间的物质利益和精神生活的深刻变动联系了起来。

五

历史转折时期的新文学发展，发端于“伤痕文学”，这是合乎人们思想感情发展逻辑的。当人们站在明媚的阳光下，回眸走过的路，但见晦暗中一片血污，心中的愤激与哀怨之情像岩浆一样奔突。作家们以沉重、凄切、压抑的笔调，将这一时期人们的一种普遍社会心理，抒写得淋漓尽致，这个历史功绩是不可磨灭的。当然，不能说作家们对那个特定时代的反映是无懈可击的，愤激哀怨有余，思虑探求不足，这种偏颇，正是“伤痕文学”的先天不足。这样，“伤痕文学”的演变和“反思文学”的出现，是势所必然的了。后者是前者的延伸，又是它的补充和发展，是新时期文学的第二个更新期。他们的一个突出的共同特点，都是“思考”。“伤痕文学”的演变，是把人从与环境，与现实严重对立的境遇下解放出来，在自我批判中，摒弃消极的因素，扩大积极的部分，把个人的命运与社会的责任结合起来，重新确定人生的位置，实现人生的价值，从更完整的意义上写人。这样，他们不再仅仅是旧环境悲剧的产儿，而是开始摆脱历史的重负，向人生新的旅程进行开拓的奋进者和改革者。“反思文学”则把人们的思绪和认识引向中华人民共和国成立十七年后的现实生活，从更为广阔和深远的社会背景和历史背景上，为曾猖獗于中国大地的极“左”路线、极“左”思潮，溯源寻根。倘若，“反思文学”的认识价值和审美价值仅于此，那也只不过是“伤痕文学”的翻版和重复。“反思文学”以其尖锐的揭露性和锋利的批判锋芒，将构筑十七年社会生活的全部现实关系和现实环境裸露出来，从中开掘民族赖以生存和缓慢发展的精神力量。严峻的生活画面上，有追忆和思索的苦汁浸润，更有不灭的理想信仰之光照耀。这就是“反思文学”的灵魂。我们只有将张一弓的称之为标志他“走上文学之路的第一步”的作品——《犯人李铜钟的故事》，放在新时期文学萌生和发展的整个进程中加以估量，我们才能认识其极珍贵的价值。

中华人民共和国成立后十七年，中国农民是怎样一种历史命运？张一弓在阴影与曙光交替出现的历史大转变时期，第一次的创作冲动，就是将我国农村经济困难时期的生活图景，触目惊心地呈现于读者面前。《犯人李铜钟的故事》，是新时期文学园地里一朵黑色的花。作品中冷峻地展开的一幅幅生活场景：那挣扎在暴风雪路上蠕动的饥饿人群，那生命行将完结时祈祷有一团棉花絮填塞饥肠的哀求声……令人窒息，不忍卒读。可是，就是在浓重的灰色画幅上，忽然站起了一个人，那就是李铜钟，一个普普通通的共产党员，一个有正义感和良知的共产党员，他要拯救万民于水深火热之中。于是，李铜钟与那个特定环境的全部纠葛、矛盾和冲突，不可避免地发生了。在人民利益与现行政策和法律之间，他毫不迟疑地选择了前者。他的牺牲，是理智的。由此而带给人们震撼之后的思索，也是理智的。《犯人李铜钟的故事》对我们国家付出昂贵代价的一段历史所作的这种回顾、反思和总结，对于生活在今天现实环境中的人们，它的现实主义的思想力量和艺术冲击力，还会延续一个更长的时期。

《犯人李铜钟的故事》从一个历史的横断面，再现了中国农民一个特定时期的不幸命运及其精神风骨。作家的另两部作品，《张铁匠的罗曼史》和《山村诗人》则跨越长达二十几年的时空，将一对普通青年农民夫妇的爱情罗曼史，一个带点癖好的山村文化人的遭际，置于整个国家政治生活和政策变化的节拍上，从中寻找农民命运兴衰荣枯的最真实最本质的环境依据。作品的认识价值和审美效果，正是从环境对于人物支配与反支配，制约与反制约的矛盾对比状态中显现出来的。腊月忠贞于爱情作出巨大牺牲的内涵力量，银锁对爱情执着和对背叛爱情鄙夷的强烈个性，李老怪不可更改的针砭时事的诗才，都在或明亮、或阴暗的环境里，闪射出熠熠光华。人物命运的变迁，不只为认识中国农村社会，甚至为认识整个中国当代社会历史进程提供了思想价值。

历史在行进。农村在行进。我国人民，尤其是广大农民群众，当他们艰难跋涉走到了历史新时期，他们长期压抑的巨大热情、历史的主动性和创造精神喷涌了出来，变革便成为他们之中一部分先进的代表人物的行动。与之相适应，新时期的文学，也进入了它的第三个更新期，它的主旋律，是奋进者的路，改革者的歌。赵镢头就是新时期农村题材文学中最早起来行动的先驱者之一。令人惊讶的是，张一弓给刚刚呼吸到新鲜空气的农村，涂抹上的第一道色彩，竟又是浓重的暗灰色。他将自己的全部同情，热爱和赞美，奉献给了一个奋进和改革的失败者。是作家偏爱悲剧的色调吗？是作家人为地制造人间的不平吗？否。作家的选材，是从现实环境呈现出来的极复杂极微妙的关系中，找到它的生命源流。打倒“四人帮”后的头两年，极“左”思想、极“左”思潮依然盘根错节。如不打破思想上的这种僵化状态，党和人民用巨大代价换来的胜利成果就有可能被断送。实践是检验真理标准的讨论，成了思想解放运动理论上的先导，它带给经济变革的第一个直接成果，就是我国农村的少数地方开始实行起生产责任制来。这是一个与农民的命运休戚相关，影响全局的方针。难怪，在那么短暂的时间里，全社会的目光都一下子引向了这里。各种思想、各种认识、各种观念，迅速积聚起力量，展开针锋相对的斗争。而张一弓，却那么适时地、准确地捕捉到了生活传递的这个指示信号，履行了作为一个作家的崇高历史职责。《赵镢头的遗嘱》，在一定程度上，也反映了处在历史转折时期的我国社会中变革与守旧、前进与徘徊的势力和思想之间尖锐的对立状态，体现了全民族的意志和时代的要求。

党的十一届三中全会召开之后，中国社会大踏步地前进了。广大农民为改变物质贫困的命运所作的努力，获得了前所未有的成功。同时，带来了农村社会各个方面——物质生活、精神生活、思想方式、行动方式、审美趣味、心理状态，以及生产关系、人与人之间关系的深刻变化。张一弓紧紧追随时代前进的步伐，在更为广阔的场景上，从矛盾及其联结，历史与现实的交错中，展示出现代物质文明和精神文明对于农村的巨大冲击，反映了农民新的历史要求和新的进取精神。如果把作家的这一组作品连接起来看，你就会发现有一种审美形态根植其中，一种精神美的追求含蕴内里。美的追求，精神美的追求，这是新时期农民命运变化的一个投影，也是区别于其他时代、时期农民的一种新的历史质素。《寻找》是反映这种交替变化的一个过渡性的作品。人物的心态起伏，有着极鲜明的象征寓意和哲理色彩。马套寻找失去的财富，结果找到了昔日的不幸和忧伤，找到了未来的美好憧憬，找到了实现这种美好憧憬的坚强的现实依傍。《流泪的红蜡烛》从物质富庶与精神贫困矛盾的相对运动中，展示了这种美好的追求须经受惨痛，但毕竟不是可望而不可即的了。李麦收从现代封建式的婚姻悲剧中苏醒过来，雪花终于挣脱了由蒙昧构筑的精神牢笼，就是一个明证。《黑娃照相》描写了青年农民黑娃的一个夸张的，带象征性的行动——“照相”，将美好的追求作了一次“显像”，使向往具象化了。“不真实”在这里转化为真实，它的条件，就是理想对现实的烛光。《山村理发店纪事》则宣告现代文明之风，带着一种奇特的方式——发式的变化，不可逆转地吹进了阡陌农舍。美和精神美的追求部分地变成现实了，虽然它仍不免要排除纷扰和阻力。《翠翠》则从更高更深更多侧面的层次上，通过描写翠翠对感情追求的不理解到理解，从对“不平等”的婚姻（除感情因素，还有性格的、文化的、志趣的等因素）的坚守到主动放弃，反映了新时期农民精神世界的新开拓，他们不再把追求美和幸福，仅仅当做自我的目标，而也应是属于别人，属于大家的目标。张一弓宣称——

> 我国革命现实主义文学的重新崛起……使我有可能十分警惕地提醒自己，让我的习作行走在生活的轨道上，避免重蹈图解政策的覆辙。

六

只见过高山、戈壁、莽原的人，渴望见到一个迷人、丰饶、宽广的大海，但要跋涉多少个滂沱的雨夜，才能见到一个真正的蓝色的大海啊。而大海奉献于人们的，不仅是风息浪止的宁静，也有呼啸咆哮时的骚动。从大动乱年月走过来的人们，希望生活变得富于诗情画意，这种愿望是可以理解的，也是合理的。但生活本身往往是严峻的，在我国现实条件下，政治、政策仍然是左右着整个社会生活的一个重要的，或者说是决定性的因素。政治、政策一经确立，就是全社会的意志，是一种强力杠杆。生活在中国的作家，尤其是主要以现实性的主题为创作使命的作家，想回避政治、政策，写纯之又纯的作品，那是绝不可能的。像张一弓这样的作家，他把自己对生活的热情，对艺术的挚爱，倾注于当代农民的身上，政治、政策的因素在他创造性的思维想象的王国里，便有了不容置疑的位置。在我国，政治、政策的因素对于农民的切身利益、命运和心理，起着如此直接、不可抗拒的作用。从某种角度来说，我国农村的命运，是与政治、政策的变化维系在一起的。张一弓的创作总是触及政治、政策，这固然与“属于他自己的包括选材习惯在内的写作个性”有关，但它的客观的质的规定性，却首先是由现实生活本身所决定的。

七

但文学并不是直接图解政治、政策的宣传品，更不等同于政治、政策本身。现在需要评判的是：张一弓在处理创作中的政治与艺术这个极其敏感的问题上，成功了吗？抑或失败了？得失各半？失多于得？

在多数时候，张一弓的作品冲击我的心扉的，是人物命运的起伏，人物精神状态、气质、个性中强者的力度，而只有在实施冷静的抽象思维时，才能把潜藏于形象、故事之中的政治、政策的因素分离开来。两者互相融合的结果，生发出一种特有的艺术力量：政治、政策的因素的渗透，使人物的命运，人物的精神状态、气质、个性，具有宏观意义上的历史深沉感、现实强烈感，以及萌芽状态中的时代精神趋向；人物的命运，人物的精神状态、气质、个性的艺术地再现，又使政治、政策的因素获得了血肉、生命。那种认定张一弓的不少重要作品“都是现成的政治结论的简单演绎”，这个结论，不能不说是轻率的。

张一弓的成功探索同时在两个方面显露了出来：一方面，长期的生活观察和体验，积累了丰厚的人物、故事、细节等素材，尔后，加以艺术的提炼和概括，在融会着深切感情的真实描写中，再现环境对人物的思想和行为的制约作用。在这里，政治、政策的因素不再是游离于人物之外的附加物，而是流贯整个作品之中的一条血脉。它的代表作是《犯人李铜钟的故事》《张铁匠的罗曼史》。另一方面，生活中偶发、突发的事件，触发了作家的敏感的思维机制，从中看到了政治、政策的因素的强力作用，尔后，在作家的自觉意识中，用以往的感受和新的体验加以补充和丰富，使人物的思想和行为在一个聚焦点上闪射出思想的亮光。在这里，作家从生活中获得的思想启示，不再是概念化、公式化地用以印证或演绎生活的所谓“形象化”手段，而是整个人物生命中的一个元素，一种基因。它的代表作是《赵镢头的遗嘱》《流泪的红蜡烛》。

张一弓从初学写作，到相隔二十年之后，拿出的第一部作品是《犯人李铜钟的故事》，而非其他，绝不是偶然的。正是作为新时期文学“扛鼎”之作中的一部，“奠定了张一弓小说家地位的第一块基石”。须知，这“第一块基石”的构成材料，不是大理石，不是汉白玉，而是农民的凄楚，是作家的磨难。张一弓不是农民的儿子，农民的爱憎，农民的喜忧，却哺育他成长、成熟。在作家辛勤垒起的生活库存里，农村的每一个人，都是一个世界，每一个家庭，都是一个社会。二十年的积聚，向哪里提取？二十年的思虑，方位定在何处？二十年的文学梦，从哪里高飞？终于，作家选择了河南农村1960年大春荒这一段“严酷的历史”，祭奠在苦难挣扎中死去的坚强不屈的灵魂。在再现历史的这一幕演出中，作家的思考和创造性的才华，得到淋漓尽致的发挥。作品中的每一个人物，李铜钟、杨文秀、李套老汉、张双喜、老杠叔、刘石头、朱老头、田振山……都以其典型的行动（事件）鲜明的性格气质，作为其存在的依据。他们聚合为一群，又构成了正剧、喜剧、悲剧、滑稽剧、讽刺剧交织的人生画图。党内和人民内部对立的两种精神道德，与极“左”政治、政策或碰撞、或迎合、或合流。作家注进的反思历史和沉痛的自我反省的理智成分，在形象的画面中，在感情的涌荡中，在理想的升华中，消融了。我们从中读到的是人，人的命运，是真实的动情的生活，而不是政治、政策。较之《犯人李铜钟的故事》，《张铁匠的罗曼史》要取得这种撼人心魄的艺术效果，显然难度要大得多。二十年的农村生活，要容纳在五六万字的一个中篇里，如果艺术上不能驾驭，就可能是印证或图解政策。现在从总的效果看，作品能运行在生活的轨道上。作家没有重蹈过去正面写“路线”“道路”之争的覆辙，而是竭尽才力去谱写人物的命运交响曲。银锁与腊月的结合、离异和重逢，是它的主旋律；银锁与腊月的初恋、银锁与李大翠的邂逅及辞别、银锁与刘忍的相遇及送别，是最揪人心扉的几个精彩乐章。凄婉迷人的故事，借助巧妙的艺术结构和精美的艺术形式，如诗如画，如泣如诉地展开和起落。在作家的一些出色描写之处，你简直察觉不到政治、政策的痕迹，而完全被其中的情致所牵动，所浸润。它勾起你对生命年华中最辉煌最动情的往事的怀恋，也撩开你对生命年华中最惨淡最凄厉的创痛的记忆。人物的命运，是历史的命运的折射，历史的命运，是人物命运的集束。

《赵镢头的遗嘱》《流泪的红蜡烛》两篇，依据的都是生活中偶然的、突发的真实事件。作家被事件本身的悲剧性质所震撼，更被事件本身所包容的社会认识价值所激动。似乎只是一个古老而又古老的要求——农民对土地的要求，似乎只是一个古老而又古老的婚姻悲剧——一位非土生土长的农家姑娘被逼嫁，但是，它们发生在今天农村的现实生活里，“古老而又古老”的故事却注进了新的时代内容。这即是：整个社会环境历史性的改造，为农民提供了无比宽广的活动舞台，他们在从事伟大的物质生产形式和生产关系变更的同时，日益增长着对物质文明和精神文明的需求。生活透过这两个事件传达的这种信息，作家迅速、敏锐地感觉到了。但感觉转化为艺术形象，需要时间，也需要同类生活的补充。显然，《赵镢头的遗嘱》写得过于仓促，如果酝酿和构思得更成熟一些，可能成为一篇立世之作。但我也不认为它就是作家自己“代之思考的结果”。《赵镢头的遗嘱》展现的生产责任制深得农民之心的典型时代情绪，及其遭受的严重阻力的环境氛围，是非常逼真的。赵镢头为代表的先进农民的创造精神，及为之进行的坚强不屈的斗争，也写得悲怆撼人。龚大平、李保这两个虽不同属一类型，却同是极“左”政策的产儿，他们所概括的社会背景和揭示的历史渊源，则更广泛和更深刻。《赵镢头的遗嘱》以粗重的笔墨，勾勒了生活中一个偶发事件的始末。《流泪的红蜡烛》在艺术描写的整体上，则要细致得多。它在故事的铺排上，发扬了《张铁匠的罗曼史》楚楚动情的特点，在人物心绪的描摹上，又比《张铁匠的罗曼史》更精致。雪花从逃婚，到抗婚、哭婚，李麦收从对此不理解，到疑虑、同情、理解，人物情绪的起伏流淌，始终融会着时代对物质文明和精神文明的呼唤，得到了有力度的真切表现。可以预见，随着农民群众乃至整个社会为改变物质贫困命运斗争的进展，人们会因为身上依然残留蒙昧的阴影羞愧不安，而愈益追求精神上的高尚与丰富。怎么能断定《流泪的红蜡烛》仅仅是作家“朝夕之间偶然触发的一点未经酿制的主观感受”呢？我以为，张一弓创作中出现的这一类现象，是不能一般地加以否定的。因为这里还涉及十分复杂的想象思维（我不用形象思维的概念）的规律问题。作家在艺术想象过程中，起决定性作用的是拌和着感情的生活形象，但并不排斥也不可能排斥思想、理性、逻辑的作用。思想、理性、逻辑只有在妨碍或替代了形象的创造的时候，才是应该排斥的。

八

政治、政策是整个社会生活的决定性因素，但也不是在一切条件下都处于这种神圣的地位，更非决定其他方面的唯一的因素。尤其是人及其命运、性格，政治、政策的因素虽对它们起着强力冲击的作用，但人作为一个完整的独立的生命实体，构成的质素要远为丰富和复杂。这里除了政治、政策因素之外的其他各种环境的影响，还有人自身内部各种力的相互作用。一个作家的敏感和兴趣，仅仅局限于政治、政策的范畴，而不将视野扩及社会生活的全貌，人的内心的隐秘之处，将环境和人物的全部复合性显现出来，是很难达到艺术上更高造诣的。一个能称之为大家风范的手笔，他的思力和才力总是并驾齐驱，他对时代把握的精确和对艺术把握的圆熟，也总是相谐和的。在这方面，张一弓是有欠缺的。有时候，作家提供的场景、画面、人物、细节、语言，还不足以载负生活的内容，整个作品的艺术描写就可能出现“断裂层”，导致印证政治、政策的不良后果。《张铁匠的罗曼史》关于“文化大革命”中腊月与夏谋的那段生活的描写，非但不能引起人的美感，这固然与人物关系的设计俗套有关，更主要的，是政治、政策的光环过于强烈。事件和人物的行动，缺少个性，显得苍白，而政治、政策的因素，却那么鲜明地横亘在作品中间。《赵镢头的遗嘱》中的一些章节，如《不寻常的会见》，由于时代的背景和启示被作为前景直接推了出来，人物外部世界和内在世界反而模糊了，作用于读者感官和心理的，是赤裸裸的关于某些现行政策的辩论。《山村诗人》这方面存在的问题，则更为突出。是的，作家写了主人公李老怪命运的浮沉、起伏，写了他主要是抗争，有时也违心地顺从的性格，以及某些时候心灵的悸颤，但是，变动的依据呢？我们看到的几乎都是某一个时期的政策在起正向或反向的作用。人物的行动（诗的内容）直接服务于政策，政策又左右着人物的命运。这样，人物行动成了政策的符号。而与此相联系或独立于其外的别的环境的因素，人物自身性格和心理上的潜因、契机、回旋消失了。环境，是理念的环境，人物，则是概念的人物。此外，作家笔下的不少人物，不论身份，不论素养，不论气质，不论心态，往往在评判某一种生活现象时，总是带哲理的思索，论辩的色彩，且往往都表现出较有知识，这表明作家过于注重自己的主观成分，有时就不顾及人物自身的位置和建树。张一弓的文学理念则是——

> 如果用一句话表明我的追求，那就是革命现实主义文学的批判精神与高昂理想的统一。

九

中国农民的命运，是与政治、政策维系在一起的，悲剧与喜剧常常发生戏剧性的转换。显而易见，张一弓的作品主要取材于生活中的悲剧或带悲剧色彩的事件，即使近似喜剧题材的处理，也深含着悲剧的成分。正是在这里，显示了作家创作的革命现实主义的批判锋芒。

悲剧主要来源于极“左”的政策，来源于被极“左”思潮的愚弄。这是为中华人民共和国成立后的全部社会生活所证明了的。但这种认识的获得，也包含着作家自己极苦涩而又极珍贵的人生经历和体验。有比较，才有鉴别。这种比较，不只是过去时代极“左”政策的猖獗，与人们中间反叛的情绪和行为之间的比较，更主要的，是新时期正确政策所获得的巨大成功，与过去时代惨痛的失败教训之间的比较。这后一种比较，使作家对过去时代生活的反思和认识，找到了一条清晰的思想线索；对今天现实生活的评判，也持有热忱而又清醒的态度。是的，在张一弓的创作中，作家毫不掩饰自己对极“左”政策和极“左”思潮的深恶痛绝之情。在作家展开的严峻的生活画卷中，我们看到了一颗坦诚的心——勇敢地正视人生和现实，一颗祈祷的心——国家的政治、政策昌明延衍，一颗热切的心——人们对物质生活和精神生活的合理要求愈益得到满足。

当作家的批判锋芒，指向悲剧发生在极“左”的政治、政策在某一历史阶段或某一局部的环境里起主导作用的过去时代，如《犯人李铜钟的故事》《张铁匠的罗曼史》《山村诗人》等所描绘的那样，它会引起人们情绪上的激动和深沉的思索，却不至于使人们感到震惊。因为它毕竟是对一段逝去了的岁月的褒贬。这种褒贬，是为历史的结论所证明了的。但是，当作家由对历史的反思转向现实生活时，注意力仍凝聚于生活中悲剧的因素，而不认为从此天空永远飘荡吉祥的红云，这样，他的革命现实主义批判锋芒的极严重的尖锐性，不能不使人感到忧虑和顾忌。对待正在证明和将要证明的现实和未来，作家能准确地而不是偏颇地把握住历史的尺度吗？还好，作家既没有出轨、出格，又不失其锋利、泼辣。作家的创作基点，是建立在这样一个认识基础之上的：在历史的运行轨道上，邪恶的思想和势力逐步失去了它昔日喧闹的声威，生活的主人重新回到他原来的位置，日渐变得自尊、自信和自强起来。可是，已经失去合理存在的思想和政策，并不因历史的转折就销声匿迹。而新思想新政策带来生活的急速变动，人们在认识上有时也还适应不了，习惯势力与极“左”的思想和势力联姻，悲剧就在酝酿，直至发生。当农民群众从束缚自身的历史堕力中挣脱出来，为改变物质贫困的命运开始行动，而代表社会生产方式最落后的一部分人则联合起来强加阻拦，赵镢头的悲剧便发生了；当农民群众用合法手段来行使自己民主的权利，而又无法与肆意践踏民主权利的邪恶势力抗衡时，王铁山老汉的悲剧又发生了。马套心灵上背负的历史忧伤，和对新生活的向往之情，周金锁老汉因一场误会而引起的全家惊恐，更是典型地传达了处于历史转折时期的农民的一种悲喜交融的心理状态。作家的这一部分作品，深深地浸透着悲剧的气氛，赋予现实主义的批判力量。人们从中获得启示：彻底轰毁极“左”思潮的堤坝，生活的转机才会变成现实的可能，转化为人们的物质利益和精神需求。

张一弓的革命现实主义是坚定的，彻底的。它贯穿于作家对整个历史进程的思辨认识之中，贯穿于作家全部创作实践的严谨态度之中。在人们尽情分享收获的喜悦时，在人们进行生机勃勃的创造性劳动时，作家没有把自己的笔转向对生活的廉价粉饰，没有离开时代的大潮去吟咏琐屑狭隘的情致，而是不回避尖锐的社会矛盾，在生活美与丑的对立斗争中及其相互消长的过程中，无情地暴露其丑，热烈地歌赞其美。因之，一旦历史赋予农民的命运以新的活力，作家仍以锐敏的眼光和犀利的剖析，发现了喜剧中潜在着的悲剧因素。李麦收获得了丰厚的物质，却没有获得合乎理性规范的合理的爱情婚姻，结果重演了一幕在贫困年月里的爱情婚姻悲剧；苏小海试图从发型上起步，改变农民长期形成的审美观念和心理，也不幸导致了一场轩然大波。作家在反映这一时期农村生活的作品中，集中突出物质富庶与精神贫乏之间的矛盾，是因为精神上的富有，较之物质方面，要困难得多。这里有深厚而广泛的封建传统和积习的影响，涉及道德、审美、社会、心理诸方面的因素。虽然，“物质生活上的富有与精神生活上的贫穷并不构成绝对的矛盾”，但是，在今天农村的现实生活中，二者之间毕竟有差别，有矛盾。不但精神生活有待于丰富和扩展，物质生活也需要更上一层楼。即如黑娃，他较之其他人物，对未来的美好生活更富于幻想，信念也更坚定，但是，作家在细致地而不无夸张地再现那幻化了的“未来图景”时，基调也是压抑的，流露出一丝淡淡的忧愁。这恰恰表明，作家希冀广大农民既是物质丰富的占有者，又是精神丰富的占有者。这也是时代的情绪，是社会向更高阶段发展的前景。

十

在批判的锋芒中，注进崇高的精神力量，这使得张一弓的创作区别于批判现实主义；崇高的精神力量，植根于现实的土壤，又使得作家的创作区别于空想理想主义。既是悲怆的，又是崇高的，是悲怆美与崇高美的统一，这就是张一弓农村题材作品特有的格调。

一方面，作家冷峻地将现实生活矛盾的态势揭示出来，另一方面，又始终以肯定的目光，展示生活发展的时代精神趋向，寄希望于现在和未来。理想主义的光芒，或从人物处于逆境的强烈抗衡中迸射，或从人物历经坎坷不幸的执着追求中闪耀，或从人物在初获生机后作更高目标上的登攀中升腾。有文章批评：“有的大队书记仿佛太高大了，在1960年仅仅为了一个村的群众吃上一顿饱饭就孤注一掷，不惜牺牲自己。”怎么能对李铜钟行为的意义，作这种令人难堪的解释呢？李铜钟殉道者的高贵精神品格和道德力量，正是他在特定环境中采取的“独特”的行动中爆发出来的，具有很高的真实性和概括性。这里，触及到了党性和人民性的关系这样一个非常敏感的问题。作家似乎将这二者推到了尖锐对立的位置上，其实，它摒弃的，是不能体现和代表人民利益的所谓“党性”，而以人民利益为最高利益的党性，在这里得到完美和谐的统一。李铜钟的行为，反映了一个特定时代的人民的意志、要求和愿望。作为他个人，是失败者。但他为之付出的牺牲，却可以唤起人们的警醒，并推动人们走向改造环境，改造社会的光明之路。理想的力量和时代的精神趋向，浸润于人物的命运之中，又从人物的精神状态、气质和个性之中显露出来。作家写新时期农村生活的一组作品，尤能体现这个特点。赵镢头为改变物质贫困命运的顽强奋进，雪花为获得合理婚姻和美好感情的不妥协的抗争，王铁山老汉行使民主权利时凛然不可侵犯的庄严感，黑娃把幻想中的真实变为现实中的真实的坚定信念……都渗透着作家自己的社会理想和美学追求。即使在布满阴霾的晦暗画面上，你也可以从人物的精神状态、气质和个性中，感受到生活的热力，看得见理想的亮光。

不无遗憾的是：从人物与画面中透发出的社会理想和生活发展的趋向，作家在艺术处理上，总是偏爱从人物结局戏剧性的转换中，并大都借助于哲理的思索和哲理的语言直接暗示出来。如《犯人李铜钟的故事》与《赵镢头的遗嘱》《张铁匠的罗曼史》与《山村诗人》，以及《山村理发店纪事》几个中篇，都是这样。每篇开头设置强烈的悬念，尔后展开历史回忆与现实纠葛的交错，或按照时序叙述，这种艺术结构和艺术形式总体安排上的雷同，应该视为作家艺术上的弱点。这里，确实有“广阔庞杂的内容与比较窄狭拘谨的形式之间的矛盾”，呆板而缺乏创造性，既影响用多样的形式来表现丰富的内容，也会减弱读者对一个作家的兴趣和关注。张一弓意识到——

> 对特异事件和外部情节结构的偏爱，也无疑是我习作中的一个局限。

十一

我曾在一篇论及张一弓创作的文章中说过：“张一弓的艺术所长，有时又表现为他……的所短。”这里一个最明显不过的事实是：记者生涯，发掘和培植了他后来成为一个作家的许多宝贵素质；记者生涯，也带来了他在观察生活和表现生活上的某些局限。有时，张一弓会因为一种习惯性的作用，用新闻的眼光而不是完全用作家的眼光（这两种眼光是不尽相同的）去看生活，在构思和描写生活时，有时又会不自觉地采用新闻的手段而不是完全采用艺术化的手段。新闻的眼光，使他对生活中独特、异常的——即具有新闻价值的事件，有特别的兴趣和敏感。作家的才力，又使他极善于把这些独特、异常的事件和尖锐的矛盾冲突，加以戏剧化，造成惊心动魄的情节，从而完成对人物精神状态、气质和个性的开拓，实现批判精神与高昂理想的统一。但是，由于作家过于偏爱事件的独异性和情节的戏剧性，而缺少在更深广积累基础上的反复酝酿，反复开掘，反复提炼，甚至描写失之得当，有时就不可避免地会离开真实的轨道，走向虚假。张一弓已经意识到自己的弱点，为长处转化为短处深感不安。他告诫自己：“宁肯失去十个情节性，也不要丢掉半个真实性。”艺术分寸感问题，是我们的文学评论长期忽视的一个问题。从一个作家的角度来要求，我以为目前张一弓创作中尤应加以警惕和亟待克服的毛病，正在于此。

十二

过分地追求特异性和戏剧性，在张一弓的创作中已经看到了什么不良后果呢？

第一，损害了作品的真实性和艺术整体上的审美感。《流泪的红蜡烛》在张一弓的作品中，是较优秀的一部。故事的基本框架和许多重要细节都是真实的。但何以会引起那么多人的反感呢？这固然有批评者以局部的败笔来替代对整个作品作客观评价的问题，但是，某些情节、细节处理的失真，伤害了批评者和读者的感情，不能不说是一个极重要的原因。作家意欲以特异性的事件和戏剧性的情节，来突出物质富庶与精神贫困之间的矛盾，结果把带浓重封建色彩的现代化了的蒙昧行为，夸饰到不恰当的程度，高贵的悲剧却产生了闹剧的效果。悲剧美被侵蚀了。作家的这种艺术处理，读者在感情上是难以接受的。作家新近发表的中篇小说《山村理发店纪事》，仍留有这方面问题的痕迹。小说写农民群众新的审美观念和趣味的变化，是从一种发式由城市“引进”乡村所造成的深刻、剧烈震荡中表现出来的。作家观察的锐敏，对事件特异性和情节戏剧性的处理，又一次得到了证明。但有的描写，如从女犯人的发型上寻找排他的依据，以及苏小海在环境的压力下，握刀时产生的心理上的异变，都不无夸饰，但从审美的角度看，却很难使人在感情上产生共鸣。对立之物，倘若不经过滤和提纯，虽泾渭分明，但不美。

第二，损害了人物的完整性和丰富性。关于张一弓作品中人物创造的得失，有文章认为：“继《李铜钟》之后，逐渐忽视了人，忽视了有性格的人的塑造。”甚至认为像《赵镢头的遗嘱》《张铁匠的罗曼史》这样较优秀之作，“活动在这里的人物，一个个仿佛提线木偶，任你呼之即来，挥之欲去”。我以为，这种评断是以偏概全，缺乏具体分析的。的确，较之人物性格的创造，作家更注重人物命运的展示；较之人物神韵、情致的雕琢，作家更着力于人物某种精神状态、气质和个性的开掘。迄今为止，他也还没有创造出一个可以与李铜钟“并驾齐驱”的、具有典型概括意义的艺术形象。但是，张一弓在《犯人李铜钟的故事》之后，为新时期农村题材的文学画廊，仍然贡献了为数可观的性格基调鲜明，行动性强，有力度，有思想光彩的人物形象。如银锁的敦厚耿直，腊月的柔弱执着，大翠的痴情明达，刘忍的坚忍善良，赵镢头的聪慧勇决，李麦收的良性良知，雪花的坚毅不屈，王铁山的疾恶如仇，姜欢喜的机智诡谲，老石匠的纯净豁达，翠翠的质朴通情……这些人物性格的某些突出侧面，还是给人以质感的，他们并不是某种观念的符号。对张一弓人物创造上得失的估价，我较倾向于这种意见：“人物思想与性格的基调十分鲜明和强烈，然而却缺乏应有的性格的丰富性与复杂性；人物有足够的力度却缺乏丰富的内涵和精微的分寸感。”张一弓笔下的人物，尤其是一些反面人物，确存在丰富性、复杂性不足，缺少多层次多侧面的问题。造成这种情况的原因是多方面的，但过分追求故事的特异性和情节的戏剧性，不能不说是一个重要因素。“忽视了人，忽视了有性格的人的塑造”的现象，往往是在这时候发生的。这里一个最典型不过的例子，就是如许多文章所曾正确分析的，赵镢头之死结局的处理。当人物性格在发展过程中，并没有预示或包含这种结局的必然性，现实的环境还没有足以提供这种结局的必然条件时，作家为了创造人物命运戏剧性的高潮，不是按照人物和情节的逻辑轨道发展，而是强制纳入作家主观意志安排的框子里，这样，既影响了对人物作进一步的刻画，也损害了人物的完整性。这里，还需要特别提及的一个问题是：新时期农村变革的生活，随着整个社会的前进，节奏迅速加快了。但在这个领域，张一弓仍未创造出一个较成熟较典型的改革者形象。即使是写得较好的黑娃，也只是写出了人物面对自己创造的初步成功，以及对未来更巨大创造的追求时的一种情绪、心态。从创造农村改革者的新人形象上来衡量，只是提供了一个性格的胚胎。至于续篇《黑娃的新闻》，人物非但没有在未来更伟大的创造中采取行动，反倒被推进一个颇有几分俗气的故事之中，令人失望。现在，作家已经有意识地将自己的目光，由“已看到了生活的光明和希望，但也分明带着历史的忧伤”的农民，转向了“掌握了自己命运”的新人物身上，并驱迫自己努力去感受它、认识它、理解它，可以预期，作家在“孕育的痛苦”之中，必将诞生较为成熟较为典型的农村改革者的艺术形象。

第三，影响了对人物内在世界作直接透视。《寻找》《黑娃照相》《石匠魂》三个短篇，是张一弓艺术构思上颇具匠心之作。它们依托的事件，都较为独特。尤其是《石匠魂》，写了老石匠在患了“不治之症”之后，寻找自己的精神魂灵，故事和人物都是奇特的。《寻找》《黑娃照相》在情节的安排上，虽不惊心动魄，却极富戏剧性。但由于作家采取了内部心理结构建立在外部情节结构基础上的艺术表现方法，着力展示人物的心理意识活动和情绪的波流，从而使事件的独异性、情节的戏剧性与人物外部、内部世界的丰富性统一了起来。但是，在作家众多的以外部情节结构为主的作品中，事件的独异性和情节的戏剧性，有时却约束甚至妨碍了对人物的内部世界作更直接更深入的开掘。人物在决定命运成败攸关的选择面前，有强烈的行动性，但内中的思维活动过程和心态的起伏变化，往往被掩盖了起来。作家写得精彩的一些人物关系片断，如李套老汉守护“花狸虎”、老杠叔移交保管钥匙……读来催人泪下，但读后细加回味，又感到有点欠缺，原因在哪里呢？就在于人物心灵的画面尚未更充分地展开。此外，作家对农民曾作为小生产者的历史特点及其历史负荷，以及历史与现实交替时期的极为丰富复杂的心理状态，也显然注意不够。这在一定程度上，影响了人物思想性格的广度和深度。

十三

张一弓作品的短处，像它的长处一样鲜明突出。我们不能因为它有失当甚至缺陷之处，就采取冷漠的态度。须知，这一类题材的创作，难度是很大的。评论者的责任，是和作家共同探讨。这样做，才能增强作家在这个领域的进取和探索精神。

要不要写，以及如何写现实性的重大矛盾的主题，是我国文学界长期争论的一个问题。“时代派”的观点认为：文学不能离开现实，回避矛盾，“文学的当代性”是作家崇高的目标；“永恒派”的观点认为：写普通的人性是文学至高无上的主题，具有永久的价值。我以为，二者的观点可以找到他们的共同点：写现实性的主题，要渗透到人的心灵之中；写普通人性的作品，要映照现实社会的光环。但是，需要指出的是：一、写现实的重大社会矛盾，它在文学创作中的位置是不能动摇的；二、这类题材要真正称得上是“艺术性”的作品；三、各类题材，各种风格的作家，不要互相排斥，而应互为补充。文学是时代的情绪、意志和愿望的集中体现。张一弓与同时代的其他一些作家，能较为艺术地传达出历史转折时期时代和人民的进步要求、愿望和心理情绪，这种创作态度是应予充分肯定的。断言凡这类作家这类作品，就一定“速朽”，显然是没有根据的。我们只能要求和期冀他们：要艺术些，再艺术些！

1983年10月15日于广州南方日报社六号楼

我，浪潮之外的孤魂

——关于肖复兴中篇创作的拟函题释

题释

“我”——肖复兴的假借；

“拟函”——仿肖复兴函作。

（请肖复兴原谅本文作者的真真假假。）

第一封信

××兄：

读您的文章，读您的信，我是宁肯把您看作作家，而非评论家的。您在用理性，用逻辑，用思辨，但您同时也在用形象，用声音，用色彩。有时令我感到困惑而神秘的是，您何以将具有充分排他性的两种思维规律，容纳进您的脑袋，尔后又化成了博大飘逸的文字？我不止一次地向您询问过，然而，您似乎一直不愿揭开它的奥秘。您只是说：您不是在用思维写作，而是在记录与作家心灵感应的符号。

最近，您在读了我的小说之后，写了这样一段文字——

新时期文学的十年，从来没有像1985年一样，勃兴起各种文学思潮和文学观念！整个文坛，顷刻之间，炸裂了似的。

您——肖复兴，独立于纷至沓来的浪潮之外的一只孤魂。

您——肖复兴，甚至不为一星浪渍所吸附。

复兴，您的个性和艺术的忍耐力，帮助您坚守自己，栽培您的文学之花，它哪怕只吐露一丝清香，也是真正您所拥有的。

1985年！身为作家的我，怎能感受不到文学因巨大裂变而产生的灼热感呢？“新批评派”和“寻根文学”的崛起，是1985年的文学最引人注目的两个事件。还有，唯美思潮——直觉、超感觉、象征、意向、荒诞、变形、朦胧审美意识的横向移植；非虚构文学——纪实小说的新进；中性文学——以两性关系为构架的作品的出现；软性文学——通俗文学的蜂拥……令社会，令文学界为之炫目。

当创作界和评论界冷静下来，为这种种文学思潮和文学观念作出实证时，往往又单纯把它看成某种社会思潮、哲学思潮、文化思潮的外化或延伸、变形，而忽略了作家的创作主体意识和主观意志自身。文学思潮和文学观念的变化，首先是也主要是作家创作主体意识和主观意志要求变动的直接结果。即如提出“寻根文学”的几位代表性作家，并不简单是对外来文化冲击的逆反心理所至。他们的一个共同特点，是都极其崇尚自己脚下那块土地孕育的民族历史的和地域的文化，在振兴中国民族文学，走向世界这面旗帜下，不约而同地找到它的理论源头。而在这大致相同的文学主张下，他们之间在创作实践上明显存在差异，与自身的理论主张也有距离。离开了作家自身特有的生活经历，特有的文化背景，特有的生活态度、美学理论和文学见解，特有的性格心理个性，您就无法认识作家艺术观念变动的“根”，无法解释作家的创作个性和风格的成因及嬗变。

作家在体察生活时，用的是个性和经验；将生活的体察升华为艺术世界，同样用的是个性和经验。个性和经验越发挥得淋漓尽致，作品的独特性格也越鲜明突出。作品平庸，既在于作家的个性和经验贫困，也在于他表现的外部世界苍白。可以说，在整个艺术创造过程中，起支配作用的，是作家的主体意识和主观意志，作家的个性和经验。

是呵，人是一个极其矛盾的矛盾体。即便是最理智或最狡黠的人，有时面对各种思潮和观念的纷起，也不免失去自控，跃跃欲试。处在潮流中心的人，处在浪潮之上的人，总是为社会瞩目的，总是被一种崇拜的氛围所包裹的。好在我已近不惑之年，懂得审视是比直觉更珍贵的东西。我由对思潮的翘盼，回到了自我位置。

正是为了不失去自己，不被文学的大千世界所淹没，我在刻意地追寻自己，坚守自己。

我就是我——肖复兴。

复兴

198×年×月×日

第二封信

××兄：

在我的印象中，您历来扮演的是“个性保护主义者”的角色。您评判我的小说，用了一句话：“那是肖复兴的艺术世界。”这给了我不小的慰藉。一个作家，最为忧虑的，不就是这个是否属于他的艺术世界吗？每一位作家是以自己独具特有的风格为印记，而让读者在当今浩如烟海的小说林中一眼能辨认出来。哪怕这一点点特征很渺小，但毕竟它是属于我自己的，而不雷同于他人。但我又是一个缺乏自信心的人。我从不敢做更大一些的非分之想。也许，这束缚了我的进步，总觉得，自己拼命地游呀，游呀，文学这个海洋的彼岸却遥遥无期。不过，有一条可以放心，我决不会在行进的途程中溺毙。

活跃在“肖复兴的艺术世界”的是一些什么人物呢？我是这样回答您的：

一、八十年代的青年；

二、七十年代的青年；

三、普通人类。

我之所以如此深重地关注八十年代的青年，是因为我是从七十年代走过来的“老”青年，他们一代是我们生命的延续。他们生逢盛时，我们却在困厄中长大。我不希望生逢盛时的他们这一代庸碌无为，我也不希望在困厄中长大的我们这一代沉滞不前。至本世纪末，这两代人，将成为民族复兴的中坚力量。我们和他们，都要自爱，追求崇高的信仰，实现自我的人生价值。

——我，不为我的小说的现实性和警世哲学而有寒碜之感。

我之所以如此深切地注视普通人类，毫不隐瞒地说，首先在于我自身是从大地的底层走来。贫穷和在社会上的弱小位置，曾是我晦暗命运的双重色调。后来我看到，人类的多数都在为不公正的命运安排，叹息，哭泣，抗争。我有过的不幸和骚动不安，通向普通人类。于是，我对于他们，依恋和仰慕之情共生。他们默然地分担着民族的重荷，保持着作为正直的人的宝贵的操守和精神格调。

——我，不为我的小说的赞歌品格而有羞怯之感。

以此，也可看做是支撑我的艺术世界的生活观和艺术观。

复兴

198×年×月×日

第三封信

××兄：

在我1983年到1985年间发表的十三部中篇小说，您给予《一路平安》和《苹果绿的颜色》两部充分的评价。这与我自己的感觉是大致吻合的。

《一路平安》同期被《小说选刊》《小说月报》选载。《苹果绿的颜色》被您选编进中国新闻出版社出版的《1984中国小说年鉴·中篇小说卷》。这在我，算是中篇创作中的殊荣。

不知您是否注意到，《一路平安》在我的创作中，更具有艺术表现上的价值。《苹果绿的颜色》则是我迄今为止唯一的一部以八十年代的青年为主角的中篇小说。

我的小说，除以“北大荒”为环境背景外，我的年轻的主人公和普通人类，他们活动着的舞台，多是街道小工厂。我置他们于这样一片相对狭小、封闭的空间，是想让人物有充分的可能展开其性格和心理的阳面和暗面，但又不至失去棱角。

极强烈的尊严感，是我的年轻的主人公们的一个重要特征。正是社会赋予他们一个微小的位置，他们的尊严感才像起伏的山峦的尖峰，兀立突起。

过于强烈的自尊感，可以同时导向两种迥异的结局：由节制无度而反叛社会，反叛他人，反叛公德；自强不息，既承诺社会责任，又充分发展自己个性。这后者，是现代青年的审美规范。也是现代人的审美规范。无个性，而只是某种精神信条的象征；有个性，而无视社会的任何道德规范，都不能称作健全的人类。

“自己得瞧得起自己！”——这是《苹果绿的颜色》中的主人公贺大鹏的人生宣言。也是我笔下八十年代的年轻人的精神个性。他们对一切都投以审视的目光，更相信自己的独立判断。他们的执拗、偏见，在正常状态下，更不掩饰它的锋芒。在非正常状态下，他们理智的克制力和博大的涵养，又令你为之惊羡。太阳的光辉没有遗忘这人生的小角落，这人生小角落产生的精神热能，也为太阳增添了辉煌。

贺大鹏以堂堂男子强悍的血性和骨气，赢得了青年女工周敏的爱——那是有“苹果绿的颜色”的轻柔的爱。可是，当另一位青年女工乔珊珊陷入爱的囹圄不能自拔，贺大鹏竟为了拯救这颗濒临于死亡的灵魂和血肉之躯，而接受了乔珊珊。在迅即之间，以爱为最高形式的结合破裂了，非以爱为最高形式的结合却实现了。有点不合乎逻辑吗？似乎有。而唯有借助爱的“转换”，才能唤醒一个新的生命，恰恰在这个关节点上，是合乎贺大鹏近于豪侠的性格逻辑的。

人类诞生以来，就是要经受磨难的，如同它的生与死，谁也无法逃脱。在磨难中，人类成熟起来，丰富起来，升华起来。周敏被猝不及防一击，经历了长长的感情痛苦，最终超越了自我，领悟到人生“不能没有爱情，又不仅仅是爱情”的要义，将新爱移植给了她那虽微薄却有价值的工作。在不治之症即将吞噬她年轻的生命时，她没有任何怨艾，唯一的遗嘱，是希望成全一对老人的“黄昏恋”。写得过于深化了吗？也许有点。但我不以为这就是作家的观念对人物的强制。周敏正因为爱过，而且爱得那么纯洁无瑕，她才愈益尊重他人的爱。

人应该是博大的，而不是狭隘的。人不只是为自己存在的，更是为社会存在的。当爱的奉献和牺牲能挽救他人的危难、危亡，或催生一种新爱，背负起人类的良心、道义和准则，这种奉献和牺牲就不应被嘲弄。贺大鹏和周敏在非正常的环境下，割断爱，施爱于他人，不只是在道义上认可，是否也要承认他们精神选择上的某种合理性呢?

我追求生活描写的切近感、逼真感——一种直观的色彩。利弊得失如何?浪潮虽然远离于我，为了新的进取，我在坚守自己，也在反省自己。尽管我依然是站在原有的支点上。我的艺术情性告诉我：直观易于驻守生活的浅层，而妨碍对生活的信息变化和容量作更大的囊括和更深的掘进。过分强调小说的所谓真实性，会带来拘泥的毛病。其实，真实只是创作的最低档。除了真实之外，我们还要给读者更多一些东西。杰出的、优秀的作家，游刃自如地驾驭直接感受的那部分生活，但最终目标在于突破、超越题材自身，给读者提供更高层次、更广阔内涵的生活认识和审美认识，更能折射这个时代，以思想上更大的刺激力和冲击波，也应该腾飞起更多的想象，创造更高一层的境界，使人不仅仅认识眼前正在发生或已经发生的一切，还应该醒悟出人生的哲理和真谛。

我拥有自己的一片艺术天地，有时，我不免为它过于平静的态势而不安。我也向往着用创造性的思维来打破这种平衡，造就艺术的新质。如果我将自己笔下的现代青年，放在一个更开放的现代意识范畴加以考察，放在时代飞旋变动的各种思潮进行扬弃，我的人物性格和个性的社会容量和时代素质，可能更鲜亮些。我的艺术感觉并不迟钝，只是没有在坚忍不拔的思考和探寻中深入下去，而停留于常人能看到的一个层次，而不是在对生活的全新的和独特的发现中，反馈社会的认识、意识、感知。

一个民族，在经济复苏、社会趋于稳定之后，一部分人，尤其是一部分青年人，社会和人类的服务意识和公民的责任感开始淡化，而崇尚非社会化的自我意识，崇拜物质主义，对感情和两性关系持松弛观念，这是为许多民族的历史进程所证明了的。我的小说，触及到了这两者关系的对立、矛盾和调整、调节，但却未能化作血肉丰满的形象个性。

当我将我的小说结集，重新审视我的人物画廊时，我对我那类代表物质崇尚和精神放纵的人物形象，就很不满意了。这也许就是你们批评家所指责的人物“类型化”吧。《苹果绿的颜色》中的秦琴，《高高的跳台上》中的维丽，《她们》中的叶丹丹，她们的精神格调、意趣大致一样，她们对两性关系均取“自由主义”的态度，甚而因放纵而被欺骗的经历也大致相同。这种雷同，实际上是将生活和人类的复杂思维和意识、心理的历史过程简单化，自此而可能引起人们对艺术创造的不信任危机，对生活的真实性表示忧虑。秦琴、维丽、叶丹丹只是生活中的一种青年女性，即便是这同一种青年女性，也一定是充分个性化、色彩化的。秦琴被一个大学生欺骗过，但并没有影响她对整个大学生的肯定和向往；她被一个冒名的导演欺骗过，并没有削弱她对艺术的追求和憧憬。这个结局处理，虽然艺术描写不那么饱满，但还是透露出个性特点的。这一部小说中的另一位青年工人梅放，由位置的改变，而扮演现代“陈世美”的角色，我的读者可能会批评这是对生活的简单复制。

您有同样感觉，那些着墨不多，却在某个心理或意志的侧面顽强表现自己个性的人物，则更能显示他们足以存在的逻辑力量。您用“战栗”两个字眼来表示对以下三个人物的印象：《苹果绿的颜色》中丁强对看来无望的爱的非凡耐心——“他相信只要自己真心实意，就是石头也能热的”真理；《高高的跳台上》中的石明明，残忍地以牺牲一位女精神病人的“感情”，来改变他自己认为不公正的命运；《我们》中的小王师傅对爱情背叛的无以容忍的冷酷之心。

个性与时代性的融合，是一个需要不断认识，不断实践的创作课题。自然，我愿长进。

复兴

198×年×月×日

第四封信

××兄：

确实有点出乎我的意料，您对我写“老”青年——七十年代知青一代的作品的整体评价，高于反映八十年代青年的作品。我的小说，大部分是写年轻人的。我自己则希望更多写写那些真正能称为年轻人的年轻人，而不仅是像我们这样所谓的“老”青年。青年题材的小说虽然很多，但真正为这些年轻人写的小说则少。而今，我的初衷却未能收获更丰硕的果实，怎样解释这种主客观背离的创作现象呢?

您认为，体察生活，是作家创作的第一个命题。感觉和思考，可以充实这个命题，但它不能代替这个命题。您将我拥有六年北大荒的知青生活，视作我人生和创作的一笔难得的财富。您甚至怀疑，肖复兴如果不去北大荒，是否能成为作家？由知青，而大学生，而作家的一群，崛起于新时期的文坛，只用他们自身的才华、天赋，是不能完全解释这种人才辈出的现象的。文学家的梦，除了幻想的才能，自我的先天丽质，倘若不借重一次民族和社会的大变动，将人的整个生存环境和思想从头到脚来一次颠倒，也许会出一个、几个、十几个作家，而绝不会成就一批、一代作家！不正是这种生活和情感的积累，常常启动着作家创造的激情吗？您对问题的看法，从来是这样决断，毫不含糊的。您认定：较之我反映那些“真正能称为年轻人的年轻人”的作品色调、线条的单纯，我的写“老”青年的作品却是浑厚的、浓重的。这不仅因为我曾经体察过，还因为我过滤过，思索过——民族历史上这一段奇特的人类劫难。

我的一片情思飘散在北大荒的原野。虽然，在那里，交织着我的恨与爱，泪与笑，痛苦与欢乐，挫折与失败，以至种种可笑的幼稚和可怕的天真。至今，我的身上还留下北大荒所给予我的三块永难抹掉的伤疤。我的心上，更留下拂拭不去的阴影。但是，在那里，我毕竟度过了对于我来说是人生最可宝贵的青春岁月。

北大荒帮助了我。是它提醒并告诫了我：为什么不写写北大荒？这才是属于你自己的、独特的、感动了的生活！当我醒悟到这一点，重新审视北大荒，重新审视我自己，我才对什么叫小说开始了一点点真正的认识。我真是后悔莫及。我为什么要舍弃北大荒呢？那里是我生活和写作起步的发源地呵！那里珍藏着无数的珍宝可以去挖掘呀！

您很赞赏我的“老”青年作品的格调。这是我在写作中有意识地追求的。在动荡、浩劫之后没有沉沦，不甘于现状，对生活有思索、寄托和憧憬，这就是我的“老”青年们的人生基调。任何一个民族，在经历了一场巨大的动荡、浩劫之后，更需要提倡和褒扬一种自勉、自强的精神品格，把民族的复兴作为最高的利益和最高的目标。任何有意无意散布悲观主义、混世主义、遁世主义以及纯粹的享乐主义的行为，对正在为民族复兴而奋发有为的千百万人类，都是一种罪过。理所当然，我们并不因此要人们在深重的灾难的阴影和现实中新的悲剧面前，闭上眼睛。文学，从本质上说，是批判的，在批判中，进行肯定和歌赞（把任何一种肯定和歌赞等同于粉饰，也是偏见）。

是的，我的小说，没有创造出在民族复兴时期诞生的杰出人物、优秀人物，那些傲立于时代潮流前面的先驱者，他们的牺牲和开拓精神，代表着民族的现在和未来。但是，我是力图把这样一种奋进图强的精神性格，贯注进我的“老”青年的主人公身上的。

我的“老”青年主人公对现实持积极的人生态度，是因为他们对自己留下的历史足迹重新作了严厉的审视。过去，他们曾将自己的聪明才智、真诚热情，奉献给了愚昧和狂热，为了今天不再重演这些悲剧，我的主人公们必须作出这种审视。这种审视，是从微观，即感情领域开始的。

《她们》这部中篇小说，我写了除叶丹丹外的另四位女性，她们都是两个时代承上启下的人物。她们在并不完全理解感情的时候，就被荒诞的历史嘲弄了，以至要用漫长的岁月和心灵的折磨作为补偿。

夏芳琼

这是我这篇小说中第一位到过北大荒插队的知青。生活的变形，她爱的观念也变形了，甚至说，她还不懂得爱。当一种正常而又平凡的爱的要求降临于她面前，惶恐使她不假思索地把它送给了“政治”。她因此而像一朵被风簇拥着上升的云朵，身不由己。当时，她得到了许多。她并不知道自己同时已经付出了许多。而且一直延续了十年、二十年，也许还要继续付出。为此，我写了以下的话：

她哪里懂得什么叫生活？正像她根本不懂得什么是革命一样。

夏芳琼反省的痛苦，像火一般灼热。孤独感随时像潮水一样淹没她。但她不能再失去现实。

冠明华

这是我这篇小说中第二位到过北大荒插队的知青。她有着水一样澄澈透明的心。为了让丈夫顺利完成高等教育，她含辛茹苦，忍辱负重，牺牲了孩子，牺牲了作为一个女人的许多正常要求，只维持着再简单不过的生存方式。然而，丈夫祝生在完成了高等教育之后返回社会，他们原来不对等的生活位置却来了一个转换。生活的沉重使祝生失去了创造的勇气，他奉行一种庸人的哲学：“生活，从来不是对等的。犯不上和它较劲。”而明华却从生活的底层，坚强地伸直了腰，一种要求改变命运的勃勃生机，流贯于她的整个生命。他们如同许多有现代观念的青年一样，开诚布公地承认彼此之间不可愈合的差异，友好地和平地分手。他们同时获得了婚姻和感情上的解脱。

茅玉润

这位“文化大革命”前的高中毕业生，她的男友为了她的爱，被极“左”的政治放逐。而男友在荒漠的远山最需要她的爱的温存时，她却为了一个单身女子莫名其妙的名誉，而铸下了终生无法挽回的悲剧。

与其说她是在为爱而活着，不如说是为舆论而活着。

这就是茅玉润和茅玉润那一代年轻人的不幸。

我写茅玉润感情上的反思，不仅使她有个性的特点，而且有现代意识。

茅玉润毕竟爱过和被爱过。这种爱和被爱虽然只有握过一次手的回忆和一本留着情意的日记，虽然没有被婚姻和家庭的形式固定下来，但这柏拉图式的精神恋爱，是真正属于她生命的一部分。她真正做过一回女人。既然爱上了，就如同藤攀上了树，一直从树根攀到树梢，一直从叶绿攀到叶黄、叶落……她奉守爱的坚贞，决不缔结无爱的婚姻。没有爱，宁可独身。

独身，社会上为什么就不承认，不尊重，不照顾独身呢？女人是多种多样的，生活的目标和方式也是多种多样的。独身，也是一种呀！为什么独身就不能享受和婚姻的同等待遇？为什么非得把独身的统统都像赶羊入圈一样，赶入家庭的藩篱？

茅玉润为独身主义者抱不平。在没有找到爱之前，她宁可将自己的感情移植给创造性的工作和事业，也不愿像无爱的男女公民那样在家庭挣扎。未来社会的家庭结构方式，应该也可能是多种多样的，独身主义亦不妨为其中一种。它同样有它存在的合理性和合法性。

秦弦

秦弦这位“文化大革命”前的高中生也爱过。但这种爱一旦用婚姻关系确立之后，她不是去继续培植和发展爱，而是置丈夫方林于劳动机器的地位，连索取知识的要求也受到钳制。爱、感情稀释了，淡漠了，像大洋中两块冰，越飘越远，以致相互看不清了。这时候，另一位姑娘，像一缕温馨的春风，飘然走进方林破损的心。“第三者”出现了。

关于“第三者”，这是一个极其复杂的社会问题和伦理道德问题。我想还是取分析态度更合情合理。

……有没有无辜的甚至可以同情、可以理解的第三者呢？这样的第三者出现，不是插足，而是那两者已经破裂，已经难以维持，像虫子的蜕壳，从旧的壳里脱出来，走向一个新的天地呢？

我的这两位男女“老”青年的结局，是走了一个三百六十度的圆圈，又回到了原来的起点。尽管他们彼此的痛苦都埋在心底，但没有幸福。我之所以作出这样的艺术处理，大概也反映了我在这个十分敏感的问题上的踌躇、彷徨。我是把环境现实、家庭其他成员利益等更复杂的一些因素估计进去了的。当方林的母亲拉扯着孙儿一下子冲到那位姑娘面前跪下来哀求时，我写了姑娘内心另一层次的活动：

她听见孩子哭了。那哭声像刀子，剐着她的心。爱，从来不仅仅是单一的，不能是自私的。表面上，它只限于两个人之间。其实，它总要包含着他人。……爱，是具有排他性的，又具有更广泛、更博大的内涵。

真的，我从心底，是祈愿我同时代的人们，正视生活，正视现状，在爱情、婚姻、家庭伦理道德领域，作出新的，艰难的，然而又不无价值的跋涉的。

我将审视的触角伸向感情领域，是基于这样一种考虑：思想、感情、意识、心理的健全，是一个社会进步的第一根标尺。尔后才谈得上追求和创造。追求和创造是更重要的。在追求和创造中，人才能从更高境界中获得思想、感情、意识、心理的健全。因之，我也写了“老”青年中那种从逆境中出来，仍坚忍不拔进行追求和创造的人物。我虽然无力为我们民族的时代性格塑像，但我想总可以做一点添砖加瓦的工作。

夏菁——我的小说《高高的跳台上》的主人公。他追求一种有文化有教养的精神生活。事业上有所作为。可命运的每一次转机，像弯流的回旋，一下子又消失了。结束了北大荒的知青生活，返城后被安排进街道纸盒厂，他作了改变自身环境的一次次拼搏。报考电大，失败了；当游泳教练的梦，破灭了。在爱河中，他同样在试验自己的力量，竭力想把八十年代的一位现代女性，纳入自己的轨道，并列在同一水准线上，也以离异告终。付出的一定会留下痕迹的！会有收获的！挫折反而锤炼了我的主人公的意志力和坚毅品格。

夏菁的形象，与其说显示了艺术创造的力量，不如说具有再现生活原生状态的力量。他是“老”青年一代的精神象征。——这是您的最后评价。

经历了那场浩劫，那场知青运动，“老”青年的队伍出现了分化，像有夏菁一样，沉沦者、弱者的产生，也是一种必然。历史的惰力，历史污秽的积淀，依然在我们一代人中有如此强烈的日光返照，这时时使我的良心受到刺激。我用我不无痛楚的笔，勾勒了像《魔方·飞蝶·X》中沉沦者的重要角色——也是北大荒知青顾仲的形象。

顾仲的素质本来就低劣，在扭曲的历史环境下，恶习、丑陋的一面迅速膨胀了。他将全部的人生经验概括为两条：“三分才七分混”（并美其名“现实主义和浪漫主义相结合”），“整个人生就是一场交易”。他甚至厚颜无耻地将这种市侩式的人生信条，引进了神圣的情感领域。爱、妻子、情人，都是他用来进行人生交易的一个筹码！他的年龄与我们年轻的共和国几乎同龄，可灵魂已经朽烂了。

根据我的心理体验，我常常为之巨大感叹的，倒不是顾仲这样的沉沦者、堕落者，而是那些在人生行进中的落伍者、弱者。他们大都素质良好，有过美妙的理想和出色的才华。遗憾的是，岁月给他们留下空白，他们的惰力也在岁月中增生。他们不再有勇力创造条件施展才华，以至廉价地采取与社会对立的情绪。顾仲的兄弟顾伯劳，曾经有过人生的光彩夺目。他的一张业余摄影照片《雪》，给他带来了荣耀。也正是这一幅《雪》，吸引来了一位年轻姑娘的眼睛和心。在洋洋洒洒纷飞的雪花中，他们相约、相爱。大动荡结束后，我的这位“文化大革命”期间的“末代大学生”，非但没有借助民族又一次勃发的活力进行新的艺术创造，却越来越苛求环境，把艺术世界与现实世界作为对立的两极。“要不是耽误了这十年，我早就成了！”他日复一日，年复一年，像祥林嫂那样叨叙，在一片牢骚声中自焚。《中学时代》中“文化大革命”前的高中生关山，后来也变成一个“牢骚型”的人物，不过，我把他的层次处理得要轻些。至于《发生在炎热的夏天》中的知青梁维彬，那是灵魂变形，最终走向罪恶深渊的一个极端例子。

我的小说几乎写的全部是年轻人的生活。这不仅因为我本身便是青年，写他们便等于写自己。更主要的是今天读文学作品的，大都是青年。历史上，大概还从未见过在全国各地，乃至偏远的城镇小乡，拥有着这样众多的文学青年。我不知道为什么在十年动荡之后会出现这样的现象。我也不知道这一现象，于今天，于社会，于我们国家的未来，究竟是一出喜剧，还是一出悲剧，抑或是一出悲喜剧？不管怎么说，未来的世界是青年的。因此，对于青年题材的小说，便不能不引起人们的关注。自然，我想努力。

我不知道我的青年朋友们，将怎样看待我的这些小说？

复兴

198×年×月×日

第五封信

××兄：

当然，我不想单纯去写“他们”——八十年代的年轻人，而是把他们放在“我们”——七十年代走过来的“老”青年之间交织来写，写出“他们”与“我们”之间在人生观念、社会观念、伦理道德观念、审美观念各方面的异同、矛盾。起码这里有我和我的同代年轻人生活的轨迹，心的投影、苦恼、彷徨，和一点点小却真诚的希望。

我笔下的“他们”，不仅有《苹果绿的颜色》中的一群，有秦琴、维丽、叶丹丹这样现代放浪型的女性，有大学生梁良（《发生在炎热的夏天》）这种邪恶势力的大无畏的进击者，我还特别注意“他们”中站在两代人中间投以审视眼光的年轻人。他们的思想、观念还在建构过程中，呈不稳定性状态。我把他们放在一个特定的观察视角，让他们自己用眼睛，用心去感受，去比较，去判断，由此找到人生的真谛。

《高高的跳台上》中的夏菁，《魔方·飞蝶·X》中的三妹云云，我都让她们从爱的选择这个关隘，取得人生经验和人生信仰的。矗立在云云面前的，一种是她的男友万明明“商品交换”式的爱和人生，另一种是她的哥哥夏菁以人生理想、志同道合为基础的爱和人生，她宁可相信哥哥是真正的男子汉。夏菁在这两代人观念反差强烈的对比中悟出：一个女性，一个女人，并不只是沿着恋爱、结婚、生育孩子这样一条道路走完自己的一生。在生活的高高的跳台上，别变得那么卑微、低下，而永远站得高些。云云直接面对的，是大姐夫顾伯劳、二姐夫顾仲人生理想的色变。她的结论：大姐夫曾像鲜亮的绿颜色的飞碟一样，飞上蓝天，飞出过一条漂亮的弧线。但它现在不再起飞了。它，永远不是一只鸟。它，没有翅膀。二姐夫是一个变幻着花样，闪烁着色彩的“魔方”式的市侩。在爱和人生的选择上，她在心里偷偷编织过无数未来的图画，但是，前车之鉴，使她懂得在等待和创造中追求。

我的青年题材小说，之所以这样结构人物关系，目的是使它具有层面感，交叉的立体感。也许，由于这里的人物，不处于纠葛的中心位置，更多场合是一个静态的思索者，而不免有时会限制他们活动的天地。艺术描写上的捉襟见肘，在一部作品完成之后，我才更痛切地感觉到它。

复兴

198×年×月×日

第六封信

××兄：

您十分推崇“题材的超越性”，并把这看作作家是否优秀的一个重要条件。我理解，所谓“题材的超越性”就是作品提供的社会价值、审美价值、文化价值，突破了题材主体自身。于生活，由较纯粹的政治意识，变成了内涵丰厚的以人为中心的架构；于作品，由主题的单一，走向多义、多元；于读者，由审美欣赏习惯的直接感知，而扩大了想象的思维。为此，您对我的另几部中篇小说——《学院墙内外》《远方的雪》《五花草地》《中学时代》给予了特别的关注。您的卓识，也超越了作为小说创作者的我。

是呵，当我在酝酿和构思这些作品时，也有一种朦朦胧胧的预感，这里似乎还有更深沉更宽广的涵盖，究竟是什么？我没有追寻下去。我只是凭我的艺术感觉把它们写了出来。

您从我的作品里发现了“奥秘”，我确实不大不小地惊讶了一阵子。但再三的咀嚼，我承认，您的“诱导”式的评判方式，无疑是正确的。

您断定：您在这些作品里，看到了肖复兴可观的才气和潜在的创造力量。

您奉劝：揭开这些作品创作的全部生活的和心理的契机，要比沉湎于青年题材和普通人类题材小说的颂扬，对我的创作发展，有更紧迫的意义。

正是您的不容争辩，我才下决心循着您的思绪的提示，探讨一下自己创作这些作品的前因后果。

《学院墙内外》《远方的雪》《五花草地》三篇，写的都是北大荒知青的生活，也许，正是由于我截取了知青之间一段特殊的人生关系，和一段特殊的人生经历，我所面对的，就不再是直观的狭义的知青生活，而是整个人生和社会的忧患意识和思考。创作的对象仍然是具象的，它提供的生活形象却是写意的，象征的。我发现：人生位置正负走向的变化，在改变着感情价值和人生价值的正负走向，在侵蚀着一个民族的心理环境。人类的这种生态现象的滋生，引起了我飞絮的联想，牵动着我的创作诗情。我的心，不时掠过一丝淡淡的哀愁。

一个民族，一个国家，在由浩劫的噩梦中醒来，走向复兴，人的命运的沉浮起落，会是一个最为敏感的社会问题、情感问题。有时，甚至会像发疟疾一样，蔓延为一种病态的社会性心理。我们不妨为下列常见的几种面孔作一简单勾勒：

从峰巅跌入深渊，重又站立于峰巅之上，傲慢和冷漠，主宰着他的心境，甚而连在危难中拯救、医治过他的创伤的美好的人，美好的感情，也遗忘殆尽；

在大潮中兴风作浪者，受到历史和人类的良心谴责之后，连最起码的人格尊严也不去卫护；

从逆境中回升到顺境的平凡的一类，竟将良知、理性、道德沦丧……

人的尊严，人格的尊严，信仰的尊严，我视若神物。在您对我的这几部作品作出这种评价之后，这种意识更为清晰、自觉了。

雷蒙与章明明（《学院墙内外》）

雷蒙由“文化大革命”时期北大荒的一位风云人物，落泊为一个大学的清洁工；章明明由极“左”路线的受害者，成了堂堂的大学生。批判者和被批判者之间，十年河东，十年河西，人生的位置来了一个颠倒。所幸的是，雷蒙冷静地、严厉地对自己的过去进行了深沉透彻的哲理思辨：在北大荒得到了，也失去了许多珍贵的东西，但不因失去，连纯真与诚挚，信念和追求本身也轻而易举地抛弃。他坚定地反对信仰贬值。他期待生活再赐给他一次机会，考验他的誓言和信念。不幸的是，当年为捍卫人生唯有的一次初恋，付出过巨大代价的章明明，今天，他却经不住实惠而庸俗的物欲和情欲的诱惑，不惜将初恋的宝贵感情一刀两断。他嘲弄雷蒙信仰追求是新的幼稚和狂热。在大致对等的新的历史环境下，一个获得了正确的人生信仰，倍加珍惜曾被他伤害的感情；一个却遗失了信仰，亵渎了珍贵的感情。不过，我也接触到了章明明信仰和情感蜕变时的惶恐，以及可以预期的新的觉醒。

常青与吴文钦（《远方的雪》）

他们从苦难中走出来，前者成了作家，后者当了农场管局宣传部部长。在不幸的岁月，他们曾同时爱过一位北大荒姑娘杨雪，而她在一次意外的事故中为了保护他俩的生命而献身了。对患难中共同培植的美好情愫，是珍惜，还是遗忘？吴文钦以为常青遗忘了，所以显得那样不容侵犯。其实，常青并没有遗忘。北大荒和杨雪，给予了他最初也是始终不渝的创作冲动。但作家桂冠的获得，使他素质中的那些世俗意识在升起。好在他懂得自省，并最终为美好的情愫举行了奠基礼。他和吴文钦，在感情和人格的天平上，仍然是对等的。

桂云与桂萍、赵旭、马斌（《五花草地》）

北京和北大荒都姓北，但北大荒姑娘桂云，却愿意离开土生土长的土地，选择了北京——她向往北京现代大都市的文明。她的妹妹桂萍也心向往之，但因性格的软弱，终于没有跨出这一步。我写这对姐妹归宿的对比，是要肯定现代文明追求者的进步意识。但整个作品立意的基点不全在这里。因之，我进一步写了表象追求的悲剧结局。桂云倚重的北京知青丈夫赵旭，在待业、房子等接踵而至的打击面前，失去了原来还闪射过光彩的“自我”。他抛弃了桂云。桂云在现代文明的大都市，开始领略到人生的艰辛的一面。她被迫重返生她养她的北大荒，用自己的劳动创造，重建对生活和人生的信心。在北大荒的荒草甸子，寻找象征着吉祥和幸福的五花草地。而曾经遭到她拒绝的北大荒小伙子马斌，仍给她以道义和情感的援助。

您认为《五花草地》人物关系容纳的意蕴，比起《学院墙内外》《远方的雪》，层次要丰富，可供读者联想的艺术空间也要广阔。我想，这可能与作品触及到现代文明建设这一为全社会瞩目的问题有关。现代文明的区域的不平衡无可回避，紧要的是要有打破不平衡状态的创造意识、开放意识。

《中学时代》不是写北大荒知青生活的。我试图探索的，是一个信仰危机的问题。我明显地写了两代人对信仰认识的差异。重大节日的仪仗队，只是作为反映这种差异的物化对象。作为母亲陈素欣一辈的中学生，把这视为神圣和骄傲，并为此背负过屈辱；而她的儿子关超一辈的中学生，却轻率地把包括仪仗队在内的一切神圣的东西，都当做“抽风、形式主义”大加挞伐。这也是一种逆反心理。这部作品，现在还只能说提供了一种生活现象，更深刻的开掘还有待时日。私下一个愿望是想在写作方法和素材积累这两方面，为长篇做创作准备。比如写《中学时代》，就是为了我写《中学生三部曲》的长篇的一次演习。我还是想采取把两代中学生交织起来的写法。

我这样来认识自己的这四部作品，不知然否？深度和涵量，将作为我的小说创作的一个主要追求。

复兴

198×年×月×日

第七封信

××兄：

您给予《一路平安》艺术上如此崇高的评价，令我受之有愧呵。您说，这部中篇，不是写作观念、写作方法、写作形式意义上的突破性的成功，而是艺术表现上的成熟所带来的成功。您认为，这部中篇，有着契诃夫形式的淡泊而隽永的风格。那么轻浅的生活，却采撷了那么多姿多彩的人生，这是作家艺术感觉和艺术概括进入最佳状态的表现。毫不夸张地说，我写这部中篇，有一种前所未有的轻松自如的感觉。

构思这部作品时，我作过一些考虑。我的小说，在艺术的追求上，希望质朴、自然，希望情节淡化而不淡而无边；注意读者的口味，但又力求避免戏剧化。读者是必须考虑的。因此，我不想只用一种方法，而想变化多一些方法。一切，只是实验。我觉得都很不成熟。虽有这种种变化，但艺术上给人整体的感觉，仍是一种较规范较正经的写法。写《一路平安》，我让自己的心境处在一种自由散漫的状态，尽量生活化一些。生活的主角是多变的，事件是不连贯而又细碎、胶着的，叙述的角度不是凝固的，支撑生活的内涵也不是一成不变的。我还特别注意采用细节的重叠、组合和递变，来构成丰富而充满情趣的生活画面，把一个杂乱的，瞬息万变的现实世界，呈现给我的读者。

由于采取自由散漫的写法，各色人物的形神也易于勾勒。心理描摹和性格点染交替使用。我自己以为写得较满意的，是那个自命懂得艺术而又充满市侩味的“推销员”角色。卖报小伙子给人的审美印象，由不佳，而渐好，而最佳，我认为也会出乎一些读者的意料。戏专女大学生、“作家”、卖瓜子的姑娘等其他次要人物，我都让他们在一种活水流动的生活画幅上，毫不拘谨地涂抹上思想的油彩。

在这部作品里，我追求一种生活放散，事件（细节）放散，人物放散，人物个性放散，心理放散的艺术情致。我为自己的收获高兴。

复兴

198×年×月×日

第八封信

××兄：

在幅状的结构上，《我们》与《一路平安》是一致的。但前者尚不具备后者那种纯粹的生活流的艺术效果，而明显可以察觉出作家的主观认识立于其中。——您这个看法，我是同意的。

《我们》中的一群人，生活在一个特定的空间环境——仓库小院，并没因此给他们心理上蒙上沉重、灰霭的压抑色彩。人物之间的纠葛、碰撞，由环境推动，结构的意识目标，是显而易见的。《一路平安》，由于整个生活画面呈自然状态，结构的意识目标，就不那么明朗。

您曾为我的报告文学创作，写过《赞美大海，别忘了涓流——为肖复兴的报告文学一辩》的文章，对我为普通人立传，予以赞赏。在中篇创作中，对普通人的命运进行关注，仍然是我创作的重要题旨。我的“两栖”创作——写报告文学，写小说，我觉得这两者之间似乎可以互相渗透，互相补充，互相推动的。“两栖”的灵魂，是普通人类的喜怒哀乐。我想您一定注意到了这一点。

写这类题旨的作品，我掌握了一个尺度：不一般地渲染人民的苦难，但不回避不幸和悲剧；歌赞人民的互助精神，歌赞心灵高尚的人。

我的结论是：

生活，是不容易的！每一个人都不容易。

正因为“不容易”，我才必须掌握人物的精神基调。

《我们》中人物的生活环境，在中国有相当的代表性，它的代表性，不仅在于空间的局限，而且这里是一块知识劳动者与体力劳动者、与半知识半体力劳动者的“交叉地带”。他们尽管文化背景、教育、经历有很大的不同，但面对共存的空间环境，最起码的生存需求，常常使他们心的相通被阻隔。然而，一旦真的祸殃降临于小院中的任何一位成员，他们又自然聚结一起，用仁义和友情，来抵御突发的不幸。工农兵大学生孙姨的孩子猝然发病，小王师傅失恋，“文化大革命”前毕业的大学生陈玉仙与丈夫的不和，门卫老赵头因反对不正之风而遭报复……小院的人们都伸出了援助的手。在这群人中，我还写了一个核心人物，也可以看做是小院的精神领袖——“文化大革命”前的大学肄业生大王师傅，他自身负荷重重：辅导儿子考大学，养育农村的妻儿，与陈玉仙如蚕丝不断的感情纠葛……他也渴望一种更健全、更自由的精神生活，但当其中的某些获得可能与小院的人们发生冲突时，他毅然作出重返农村大地的抉择。他将自己奉献出去，也就得到了解脱，获得了同样高尚的精神馈赠。我要告诉我的读者：人不能只为自己活着，还有他人，社会，整个民族。正是千千万万在艰难中辗转的普通人类，肩负起我们民族的兴亡。

《井架上的星》中的石油局医院大夫田岚，只因一次偶然事故的发生，奠定了她一生矢志不移的奉献精神。她把医生的岗位、职责、义务、良心看得高于自己，高于爱。我所要推崇的，也是这种普通人类的社会公德感。她的女儿小青继承母亲的事业，我是愿意看到我们新一代青年的人格和道义精神日趋高尚。

我愿我的读者也喜欢我的这些小说。

虽然，近几年来，一边创作小说，一边我也在学习创作报告文学，但最终也许我是要写小说的。它驰骋的天地更广阔，更令人心向往之。

复兴

198×年×月×日

潇湘一奇

耕耘：一块奇异的领地

聂鑫森首先是一个诗人。

但你能想象，他的诗，是在一个小小的木材加工厂孕育和创造的吗？

他最初奉献给文坛的工业诗，就是以木材加工为题材的。他寻找地面的诗，也在开掘地底的诗，名篇是《地球深处的旋律》。后来，他将自己的诗集命名为《地面和地底的开拓》。

哲理和思辨，从熨帖的形象和高远的联想中腾跃。他不十分炽热，却看得出蕴含着丰盈的激情。他不直抒胸臆，却将同代人的吁求和思索含衡其中。像大工业深厚的节律一样，他的诗具有新鲜的感受力、活脱的流动感、历史的纵深度和刚劲的哲理美。

——这就是我从诗中获得的聂鑫森形象。

1983年7月。辽宁。金县。园艺旅社。《人民文学》编辑部创作学习班。青年作者在“方格子”里坚毅地行进。黄昏。同窗好友纷纷涌向海滩。夕阳与海水相接的瞬间。举起的照相机。一个走进光圈的人影。未经梳理的蓬松头发。揉折的浅色上衣。随便系着的淡蓝长裤。黑框架眼镜。宽厚的前额。裂开的大嘴唇。漫不经心又若有所思的脸部神情。一个从社会底层浮升起来的人！一个嗜读古书的人！一个“夫子”！

——这就是我在现实生活中第一直觉摄下的聂鑫森形象。

现在，聂鑫森又是小说家的聂鑫森。在他兴笔挥就的诗篇中，我们只能在某个方面找到小说家聂鑫森的影子；在现实生活中，我们却处处可以印证小说家聂鑫森的影像。人的两面性，多重性，在同一个作家身上，如此浑然一体，真是绝妙！

聂鑫森的诗，以其整体的艺术个性，区别于别人；他的小说，则以开辟一个独特的题材领域，而显其奇崛。他的笔伸向了哪里？

一座江南山城，一条梧桐街。大千世界，江流汇海。但作家只取世界的一角，沧海之一粟。这一角一粟，联结着深厚的民族文化传统，书画、金石、工艺、音乐、医药……

在当代青年作家中，似乎只有聂鑫森才那么专注地用自己的调色板，去构筑街市小巷的“艺术王国”。绘画、音乐、建筑……越来越多地进入文学作品，有人批评这是“炫耀知识”。这种意见，是只执一端。“标签法”的问题客观存在。但同一事物还有另一面。社会的开放带来文化素养的普遍提高，合乎这一代人的思维和个性特征，因此，不能一般地反对写人物的知识水平。聂鑫森笔下街市小巷的特殊群落，本身有较高的文化层次，就更无所谓“炫耀知识”的问题了。

聂鑫森开辟的独特的题材领域，令人惊羡；而他对艺术的娴熟，更使我们由衷地增添了几分敬意。他没有受过高等教育和专门的艺术训练，长期的底层生活，他非但没有沾染上小市民、市侩的庸俗气息，反倒培养了他高雅的艺术趣味，掌握了多学科多门类的知识。

他论书法，间架、结构、布局、行文，头头是道；

他讲绘画，历代名人名画的成败得失，轶事趣闻，烂熟于心；

他谈金石，墨印演变，风格对弈，书法、章法、刀法融会，及至其他品种，无所不晓；

他假托装裱，托、刺、镶、复、装，俨若行家；

他描绘音乐，西洋管弦乐的主音、和声、复调、变奏、展开部、结合部，似乎他自己在指挥一部交响作品；

他行使医道，中医的“望、闻、切、问”，脉象的部位形态、薄厚、宽窄，好像他就是民间“郎中”；

……

这类知识，多见于散文篇章，冠之为“知识性的散文”。据知，聂鑫森写过一些小散文，可惜无缘拜读，不知是否也属这类性质。他的小说，带有浓重的“学者”味，这是可以证明的。

聂鑫森并不固守自己小小的“艺术王国”。他也不时地到别的领地神游。这样，似乎在题材选择上的矛盾现象出现了。他还写了一组反映青年生活的作品，这在题材选择的一致性上是矛盾的；但二者在题材的独特乃至某种冷僻性方面，又是异中有同。

且看作家笔下展开的青年生活画面——

一支自行组织的青年“太平洋乐队”，正在为一位不幸身亡的同龄女学生送别……

一间工厂，人事科长在按体重为青年分配工种……

大森林里，守林老人祈求着一位青年男子的投宿……

公共汽车上，貌美的年轻姑娘，扔下一枚硬币，笑等男子的殷勤……

一条漆黑的小巷，公共汽车的青年售票员，拾起年轻姑娘“蓄意”遗失的手提袋，急赶紧追……

气枪摊前，一位姑娘遇上了儿时欺侮过她的学友……

聂鑫森的笔，还勾勒了社会各个角落的众生相——

疯老婆子、“酒仙”、放风筝的老头、现代“机器人”、光绪“遗老”……

涉及文化艺术、青年生活及社会其他角落三方面的题材，在独特性上求同，在题旨的提炼上，也有某种共通性。

求索：人生永恒的真谛

聂鑫森在走一条偏执的路，这也是一条冒风险的路。而生活中有时毫无偏执，又会因其过于平淡无奇，而黯然失色。高明的人，在于找到一个坚固的支点，不至于使偏执完全脱离正常运行的轨道。题材冷僻，题旨价值丰厚，聂鑫森在二者之间架起了“桥梁”。

并非一般性的有价值的题旨，而是探寻其永恒性，这又是聂鑫森之“奇”。

永恒之物是不存在的。唯物论只承认相对永恒。我不否定这个真理的正确性。但同时我又坚信，在生活中，尤其是人的精神追求中存在着永恒的东西。永恒存在于流动之中，变化之中——我曾用这个立论，为那些反映现实性主题的力作的生命力辩护过；同样，我也相信凡人小事中，蕴藏着永恒的生命之热，生命之光。只是，我不赞成把他作为反对写重大的现实性主题的对立面。马克思赞美未来社会人的完美（人性的完美，包括情操和知识素养极大提高两个方面）。而正是在不仅构成人的物质元素，而且构成人的精神元素中，有永恒之物。人的品格和作风，正直，坦诚，真挚，善良；处理正常情况下的人际关系，互相信赖，互相尊重，互相平等，互相谅解，互相补充，宽于待人，严于律己，人类社会的过去，现在，将来，都不会宣布这些“规范要求”作废。

聂鑫森的小说，将它的视焦点集中在探索人性的完美和崇高上。它是严格意义上的或标准的“劝世文学”“劝善文学”。作家并不着意炫耀知识的广博，只是在人物的创造和题旨的需要时，才妙语连珠。他始终将笔力集中于人的缺陷的揭剖，以及为修补这种缺陷所作的种种努力上。如果将作家各个篇章独立人物某方面品格的升华和净化集束起来，那是我们理想境界的完人！

完人就可能是天国的偶像，抽象的人。作家笔下人物的行为，不是往往没有严格的时空概念吗？有时候，作家干脆将环境虚起来。这似乎为这种担心找到了依据。其实不然。除了极少数篇章，人物的行为与某个特定的现实背景联系起来，带有较强烈的政治性、社会色彩之外，更多的是从人类社会为提高自身文明素质的长期的历史运动中，去寻求人性完善和完美的合理性和可信性。这与那类决然模糊人物行为的动机及环境的因素，认识和审美价值低廉的作品，不能一概而论。

湖南青年作家叶之蓁的成名作，是以一条巷——建国巷为背景的，它让我们看到了历史老人留下的步履；聂鑫森笔下的一条街——梧桐街，艺术人才荟萃，他们与人类意识和潜意识中的劣质部分进行争斗，作家的立意与人物精神品格的潜心修炼信条化，律令化，具有久远的审美价值。

梧桐街的人物系列，有其共同特征——

不讳过。在艺专接受过正规训练的匡济时，及江南小城声名赫赫的装裱圣手窦洪声，一生清白，只因一念之差，促成一个荒诞行动，以赝品仿冒真迹，由此而出现心理上的裂痕，精神世界在煎熬中颤抖。而后自我醒悟，洗涤了污点，一颗惶恐不安的灵魂才得以安宁。郑板桥《风竹》的磊落胸襟和高远节操，是他们做人的格调和追求的境界。即便是先人留下的过失，也不应避忌。《护桥碑》中江南小城名匠张老的父亲，曾将祖父的失误，用立碑的形式加以记载。后来，张老自己又将“文革”中一度被毁的这块碑重新修复。目的是不让历史留下令人遗憾的空白，因有所欠缺而不完整。唯如张老，勇敢地正视自己的缺陷，才能警醒来者，化腐朽为神奇，化消极为积极。

要自重，顾伯钧扬名前，审慎行医，救人于危难，君子兰的高洁、清峻、幽香，是他的风骨和神韵的写照。而当有了大名气，世俗观念像霉菌迅速蔓延，最终以惩罚自己的启蒙师长为代价，才恢复了合乎人道的行医。命运变，地位变，为人立世的诚实准则不能变。一个较为平淡的故事，却包蕴着震撼人心的警醒意义。

人与人之间的理解和相通。金石刻印家金锲之与小学语文教师章达君，睦邻相处几十年，后因“田黄冻”藏匿的误会，心灵蒙上了一层阴影。金锲之临终前，主动将“秘密”揭开，并将“田黄冻”遗赠章达君，情思和友谊都升华到一个更高层次。作家用笔含蓄、细致，将心的理解和相通的祈愿，融进淡淡的情绪中，令人眷恋追思。

……一条梧桐街，一组人物，在完善精神道德这一总目标下，找到了共同的归宿。

历史在前行。新时期的梧桐街也进入了作家的视野。不过，他的注意力，仍然是人的观念中的缺陷部分、矛盾及其转化。有趣的是，《梧桐街风情》与叶之蓁的《我们建国巷》在取材角度、构思、立意上的雷同。前者写一个外籍友人来访，引起梧桐街人们观念上的冲突；后篇写电视机进入建国巷，带来人与人之间关系上的微妙变化。是创作契机上的一种共感呢，还是由于两位作家同处一地，又是好友，经常切磋交流信息所致？这恐怕只有作家自己才能回答。人的心理平衡被扰乱，世俗观念的浮升成了主导。最后，人们在“有骨气、有身份”，又不失礼义之邦风度的条件下，重新达到了心理上的平衡。虽然，它是通过某一个具体人物的一番“说教”，观念上的冲突随之冰消雪化，未免简单化，但作家坚信这块古老土地在新的时代信息冲击下，必将带来新的观念更新的改变，则反映了生活的某些本质的方面。更令我们赞赏的是，作家还敏锐地看到了梧桐街两代人之间在观念上的差异，并为他们心灵的沟通及观念上某些合理的延续及更新，通过创造的艺术形象寄托自己的理想。《燕燕坊》中的三个人物，父辈常望兴的人生信条是："就图个有衣穿，有饭吃。莫存贪心，守住本分。不想金榜题名、御街骑马，不要让别个注意你、只图个一家一室的清静。"这是典型的小农经济思想。后辈常承业由于现实条件的制约，被限制在一个特定的谋生位置上，但他不甘寂寞，要在有限的舞台上，演出人生有声有色的戏剧来。开拓精神，是他思想的基本特征，但他视父辈为"老古董""残废人"，则反映了他同时代的许多年轻人的偏颇。常承业的同龄人华汀，则试图把他们父子之间色彩和境界不同的梦与梦连结起来，到达理想的新岸。华汀是成熟的，具有新人的某些性质，她既不否定精神道德的历史继承性，同时又主张完善、更新和发展。从艺术表现来看，作品没有赋予华汀这方面更有创见、有力度的行动性，因而显得苍白，这是很令人惋惜的。

——梧桐街在净化自己的精神道德，也在更新自己的精神道德。其实，梧桐街不也就是一个各方面正在启动的现实世界的缩影吗？

咏叹：生活蕴含的诗律

聂鑫森的短篇小说写人，但并非创造性格，更不是创造典型性格，而只是显示人物某个方面的历史内涵，亦即作品的题旨。人物与题旨，又总是被一种诗化了的情感所包裹。情感是诗的神经。没有情感，也就无所谓诗。情感——这是他的短篇小说与诗的唯一纽带。

生活中没有诗，正像生活中没有音乐、绘画……一样，生活的色调要单一得多，刻板得多。各种艺术品种之间的渗透和嫁接，会使我们的文学百卉更加绚丽多彩。并不要求每一个小说家都具有诗人的气质，但小说创作不应该排斥诗，而可以包容诗。聂鑫森有的小说，如《太平洋乐队的最后一次演奏》《骆驼之歌》，堪称"诗小说"。它的意蕴、格调、节奏、语言都是诗的。它的基调，则是"咏叹调"。诗的旋律、韵味，与人物、题旨魂牵梦绕般相随。

《太平洋乐队的最后一次演奏》的主题——在逆境抗争中，求生存，求价值，不能说是新鲜的。它在截取生活面——横跨“文革”和新时期两个时代，人物情感的发展——逆境、抗争、希望三部曲，也是同类主旨的作品通常的构思方法。艺术形式上，乐章的格局与诗的实体相结合，谱写人物的命运，在小说创作中似乎还不多见。有着较深厚诗歌素养的聂鑫森，他追求小说创作的形式美，是合乎逻辑的。有可能用形式美来掩盖内容的平庸吗？一定的形式，尤其是创造性的形式，当它足以运载它的主题，就应该肯定它们之间的和谐性。当然，公允而论，这个小说的力量，首先或主要的不在于它的形式，而是一股撩人不止的激情。女主人公雷声是激情的产儿，小说的主旨也是激情的催生物。

绿洲的绿与沙漠的黄，是浩瀚戈壁舟的两种色块，对比极为鲜明，象征着生与死的雷电搏击。《太平洋乐队的最后一次演奏》的两组人物，一个冷色调，一个暖色调，反差极大。为亡灵奏乐，是太平洋乐队五名成员生命的灰暗符号；在创造中活着，在求索中死去，则是雷声生命的庄严旋律。小说用纯粹诗的语言，冷暖相间的感情，再现了一代青年走过的曲折坎坷的路，及在沉沦中的最后觉醒。人物思想感情的发展稍嫌直线式，但它的每一次契合都借助于美妙的构思，融和着浓重的韵味。

在为亡灵演奏中麻木自己的一群，巧遇为他们奉献过真诚、友谊和力量的音乐教员的女儿——雷声，从而开始了他们感情变奏曲的序幕。尔后，沿着雷声弥留之际为他们留下的一部管弦乐曲《地下的河》，用乐曲的演奏与历史画面的叠印，再现人物之间感情落涨的三个乐章：第一乐章——地下的河，在令人窒息的黑暗的岩层下，艰难地流动着、喘息着；雷声和她的伙伴悲怆的身影，飘忽在弯弯曲曲的山路上，人生之路——徘徊、惶悸、寻找、呼唤之路。第二乐章——地下的河，集结每一个波浪，每一朵水花，在岩层与岩层之间，在寂寞与寂寞之间，探索新的走向；雷声和她的伙伴为失去母爱的小羊争执，那代表生的希望之歌，雷声追求着，走进了高等学府，她的伙伴则被阴冷的情绪，不可自拔的世俗情绪所浸染。第三乐章——地下的河，呼啸着冲出了窄小的空间，走向广阔、波涛之上，柔软的云片，灿烂的阳光；病魔一块一块地吞噬着雷声充满活力的原始肌体，她将生命的美的召唤，力的进击化成乐章，馈赠自己的伙伴。小说最后让太平洋乐队成员演奏完《地下的河》，冰冷的心，涌上暖色波涛，升华着、净化着庄严的追恋——永恒的是奔腾着的活力，是不可压抑的激情，是生的祈愿和宣告。

几颗麻木了的灵魂，在为不死的灵魂演奏中，被犀利的穿透力，被惊雷的气势震醒过来，开始走向严肃。——这是作品诗化了的题旨，也是写给我们的人生启示录。作品博大的情思，将长久地盘旋于我们心灵空间之上。

《太平洋乐队的最后一次演奏》是一种激荡的咏叹，骆驼之歌倒是一种压抑的咏叹。二者比较，后者更显其内蕴。作品所表现的题旨，是鲜为人所触及的，它的敏锐性、尖锐性和深刻性，使这个作品成为聂鑫森创作中的上品。

小说起笔就是一首景情并茂的诗：

烈日炎炎，一望无际的沙漠上，行进着一队疲惫而沉着的骆驼，驼铃沉缓地响着，那是沙漠唯一的不屈的脉跳……

作家以这个画面为象征，用哀婉的、压抑的而同情的笔调，展开了骆敏人生经历中忍辱负重的一段心灵历程——

童年和少年时代，他和他的弟妹一样，承受晨曦、晚霞、朝阳、落日……所不同的是，他却从父亲的一幅《沙漠行旅图》的即兴写生画中，神领到一种精神，一种境界——为了别人，人可以像骆驼一样，沉毅地跋涉，奉献生命的光焰。

“文化大革命”，使他有可能实践这种精神信条。“父死，长兄为父。”为了一家安然渡过困境，他亵渎了父亲的灵魂。非常感激作家有力度的描写，没有让我们心灵的天平倒向骆敏的弟妹们，而把同情和理解留给了骆敏。

骆敏主观意识明确地背负起苦难的十字架，用自己生命的汁液，喂养和充实了弟妹们孱弱的躯灵，为此而付出了青春、事业、爱情的代价。当生活的轨道恢复了正常运行，是骆敏的弟妹们率先采摘了命运的鲜花和果实。而曾为他们的安危冷暖奉献了许多许多的骆敏，却被当做罪人，钉在他们记忆的屏幕上。作家真切地又不肆渲染地，再现了人物的生活历程及相互关系，命运结局，引领人们去思索人生。作品最后给骆敏的未来抹上一缕亮色，暗示了他将独立自主地去寻找生命的绿洲，从而给我们过于压抑、沉重的心，注进了一泓清流。

像《太平洋乐队的最后一次演奏》《骆驼之歌》这样，在较为复杂的人物结构关系中，渗透进强烈的情绪，生发出隽永的题旨，在聂鑫森的作品中，占的比例为数甚少。更多的，是对生活中某一瞬间的镜头的捕捉，用速写式的线条勾勒，传达人物的主观感觉，将令人寻思的题旨含蕴其内。诗歌中的主观感觉，是通过作家的“自我”传达出来的。聂鑫森小说中的主观感觉，则是借助某个人物或人物之间主观感觉上的差异反映出来的。这样的构思，使他的不少作品称得上是名副其实的短篇小说。长则三四千字，短则一千五百字。他打破了短篇小说精于白描的写法，将笔伸向了人物的感觉世界，让思想在一瞬间曝光。

《早晨，雨潇潇》写男女主人公申冀和邢文芝在接受工种分配时的相遇，他们心的“默契”，是在脸部表情迅速反应，及极短的一句赞叹式的肯定话语中，通过主观感觉映现出来的。而他们的离异，也只是因雨天环境，脸部神情的反向变化和极短的一句邀约式的话语中传达出来的。“心有灵犀一点通”是一般规律。这个短篇却写了人与人在偶然间产生的距离感。主观感觉的误差是其根由。作品由此遣人思索：人与人之间的理解和相通，不仅需要真诚，有时还需要时间。

《子夜，末班车》写“大姑娘”尤小珠乘坐末班车的心理感觉，和感觉的最后选择，“即她决定将自己迟到的爱，奉献给普通的一位售票员。作品没有涉及任何一点情爱的描写和抒发，而只是冷静地写女主人公在车上的短暂时间内，对男售票员每一个细致动作的主观感觉，终于作出了可靠性的判断”。

《遗作》俨若国画中的一幅飘逸的写意画，给人们的追思留下了更为辽远的空间。主人公一夫是一位著名国画家的关门弟子，为了不损害导师晚年的崇高形象，他在导师不能扶笔的情况下，巧施“小计”，留下一幅“空白”画。作品并让各种人物的主观思维活跃起来，作出自己的判断，留下种种“玉照”，从而反映出各各不同的精神格调。

《穿过大森林》写被“寂寞”折磨和“还不知道‘寂寞’是什么滋味儿”的两者之间，心的隔膜到心的相通，是后者在离开了沸沸扬扬的世界，独自深入茫茫森林，主观感觉引起诗化一般变异之后才实现的。森林守护人的特殊心理状态，是由特殊的环境造成的。不同生活境遇的人，要懂得尊重别人的意愿。作品的寓意即在于此。

《到枫溪湾去》中的鄢兰，天生丽质，使她长期处在一种接受“奉献”的特殊心理条件下。庸人的追求，使她失去了时间和奋进的力量。魏小强的出现，她的这种心理状态才受到挑战、贬值。来自外界两种截然不同的评判，是通过鄢兰偶遇时的心理感觉反映出来的。在一次次自我否定中，女主人公恢复了心理上的平衡，决心依靠自己的力量，去进行开拓和创造。选材的独特，题旨的新鲜活力，使作品爆发出一股深沉的思力。

《头上是一片宁静的蓝天》中卖风筝的瘦老头，自始至终沉默寡言，胖老头和外界的褒贬反映，只在他内心的屏幕上留下影像。小说的结局是绝妙的一笔，当人们承认其价值，他却取了一个常人鲜见的行动，将手中捏着的一把麻线剪断，让风筝在湛蓝的天空自由飞翔。作为以此为主要谋生手段的老人，他的这个突发行动近于不可思议，但从人物在精神境界和工艺水平的俗与雅的对比中，自始至终表现出来的独立不羁的秉性和对自己价值的坚定信念来看，又是合乎逻辑的。

作家并非出于追求所谓“纯情文学”的需要，为写感情、写感觉而写感情、感觉，也不是为了用诗美去装点作品。他或是创造浓郁的感情氛围，或是勾勒淡淡的感觉意识，在饱含诗韵的境界中，树起某种信条的旗帜，以启迪和开导人生。而有的篇章，作家将这种题旨和艺术上的追求，升华到理智和哲理的高度。

升华也切忌格式化、模式化。现在的诗、散文，就有一种典型的“格式”“模式”：取某景某物作为起兴，尔后节律式地加以铺陈、渲染，篇末直统统地点出某种道理。追求诗韵特点的小说，如果也走同样的路，只能是散文“格式化”“模式化”的小说，那将很快被读者摒弃。

聂鑫森是机敏的，富于变化的，他作了种种尝试——

笔墨质朴，看似毫无惊人之处，结末处，奇峰突起，人物的情绪置于一个带主观色彩的类同自然环境，作品的题旨被强化。《穿过大森林》中的“我”，带着一种对护林员害怕“寂寞”的不理解的心情，踏上了行途，越往前行，寂寞的潮水也慢慢溢满了他的心胸。这时，他对周围环境的感觉是：“路好像没有个尽头，四周的树木绿得凝重。枝叶上西斜的阳光变得暗淡、清冷……哨楼早已隐没在不断加浓加厚的绿的色块后面。”心灵感觉差距的缩小，使他开始理解何谷生老人。当他从枝梢间听到掠过的三声清脆枪响，意识到老人是在为他解脱孤独感时，“大森林好一阵亢奋的骚动”的情绪也传染给了他。景情的交融，“我”的主观感觉世界的色彩和内涵的变化，使作品的题旨增加了力度。

没有任何暗示和点染，在冷静的描写中展伸思想的力量。《头上是一片宁静的蓝天》通过一个卖风筝老头的遭遇，触及到了价值观的问题。虽然作品中没有任何一处旁及于此，但它逐步裸露出来的思想锋芒，易于引起人们对同类生活现象的联想和反思：重表面，重叫卖，而不问其实际价值，甚至人为地抹杀价值，这正是酿成许多悲剧的根源。

直抒胸臆，大声疾呼，作家的急切吁请之情，跃然纸上。《骆驼之歌》在再现了生活和家庭对骆敏的不公正之后，作家自己站在字里行间呼唤人们拆除“文化大革命”给人们心灵中垒起的障碍，“在同一块湛蓝的天空下友爱地相携并进”，那是多么的感人肺腑啊！

具有韵味的小说，只有篇末的感情升华是不够的，还必须讲究感情层次变化的适度。《凌风阁》在感情层次的递进，顺乎自然地伸延，直至走向高远、开阔的境界的把握上，不愧为聂鑫森的一篇较为完美的作品。

小说先用三分之二的篇幅，写了书法家顾子风感情发展的三个层次：作为一个书法家，生平的快事，是把自己的墨迹赋予名山圣水，而其同学马其远却把它当做仕途晋升、谋取私利的纯商品。字画虽好，但“烟火味”太重，退休园艺工高耕圃一语破的，令书法家为之侧目。小说后三分之一篇幅，笔锋转向登临凌风阁，将人物的感情引向深的层次。作家用诗笔，描摹了远距离中的凌风阁不同凡响之处，登楼远眺，一个奇异的景象映入书法家的眼帘：

……天宇下，整座古城如积木一样小巧，那条刚才走过的盘山大道，竟细如丝缕，而宾馆宽大的庭院变成了小小的盆景……

书法家的胸壑顿时开阔了，感情向更高的境界攀援。此情此景，令书法家浮想联翩，由无名氏的题词“无天下第一等胸襟第一等气度休登此楼”，颖悟到自己不单单艺术功力不够，更重要的是尚有尘念，缺少包罗万象的胸怀和气度。一个哲理思想由此诞生：

足以与岁月同在的，是一种高远的真纯的精神寄托。

像这样较为严谨的散文式结构的小说，我们还可以举《疯老婆子》。较之《凌风阁》，这一篇更是韵味十足，给予人的思索和联想不是停留在表面，而是由感情的内核生发开来。现代派作家热衷于写人的感情裂变，呈辐射状，如果这种扭曲、不规则的形态，能从中找到逻辑的线索，亦无不可。我们的作家多采用感情凝聚的写法，它的长处是脉络有致，层次分明，浓淡相宜。《疯老婆子》中的“我”，对疯老婆子以病态形式表现出来的纯真的母爱，由恐惧，而理解，而同情，而接受，而回报的心理变化历程，写得细如游丝，动如泣诉。那倔强的、固执的母爱的象征——菊花绵缠的情意，贯穿人物情绪的始终，使之具有更真切动情的热力。显然，作家并非要从神经不健全者身上，故意去挖掘爱的天性，而是要通过这样一组特殊的人物关系及其感情纠葛，旨在唤起人类的理性和良知，构筑心灵相通的桥梁。相信这个短篇在多数读者那里，会找到心灵的回声。

每个作品都渗透着作家的一种独特的气质，甚至可以嗅到某种特殊的气息、气味。不过，成熟的作家，显现得鲜明些，尚不成熟的作家，显现得淡弱些。聂鑫森追求题旨的韵味，追求语言诗的色彩和表现力，这就使得他的小说在这个主要方面，得益于诗的写作实践。只要稍稍留意一下，就会发现，诗的语言，那么突出地横亘在他的作品之中。

下面摘录的是一组关于自然环境及与自然力抗争的描写——

太阳滚烫的金轮，在我们的脊背上碾过……一把把汗珠子落在地上，啪啪作响。

纤绳绷得像弓弦一样直，黑亮的脊背有力地倾斜着。在烈日下闪着光。……这是一场力量的抗争。

关于心理描写——

目光使劲地相撞了一下，她似乎听见了撞击时发出的声音，像金属那样脆亮。

她幽幽地哭起来，那声音很冷，冷得袭人。

他呆滞的眼睛里忽然跳出一点火花，那么灼亮，那么火炽。

（这样写心理感受，真是奇笔！非诗人莫属！）

关于哲理的思辨——

在求索中死去是一种幸福，在沉沦中活着是一种耻辱。生命的长与短，并不显示一个人的价值，而在于生命创造力量的大小。

肉体活着，而心却死了。死得太久了。而你在追求与创造中死去，但却是真正的活着。

乐曲是你无字的履历。而日记是你内心世界的真实记录。你鄙夷死，但并不畏惧死；你渴望生，但又不是去乞求生。你的永恒的死，就是永恒的生。

关于象征性的寓意——

纸团燃烧起来，抛掷出一个巨大的光圈，像一个巨大的句号。那是个人生的句号。

石壁边的蹬道上，一摇一摇地走来了一个人。因为胖，像个小小的球在滚跳。

聂鑫森小说的语言，烙印着现代诗的影响。但从多数作品的谋篇、布局、行文来看，他似乎受我国古典文学优秀传统的陶冶更深。对话、描写讲究练字遣句、意蕴意境，不少篇章、章节，融会着古典散文的写法。关于作家语言在这方面的成就，需要专题讨论。

拓展：现实纵深的层次

聂鑫森是携带着工业的韵律和节拍步入文坛的。他最初的几篇小说，也是以工业生活为题材的。只是后来，才转向我们上述提及的“艺术王国”，及社会其他一些僻静的角落。最近，他又写了几篇与自身生活经历较为密切的伐木工人生活的作品，如《绿城堡》《红月亮》等，与早期的工业小说相比，写法上可以说是大相径庭了。作家同样追求具有韵味的题旨，追求诗的语言色彩。这里，我们仍想对作家最初的几篇工业小说，试图作出评价（也许不那么确切），是基于这样一个愿望：在作家熟悉的工业题材领域，期望能走出一条新路来。

当我们将作家这几个工业小说认真做了一番审视后，我们惊奇地发现：他开拓了作家后来小说创作的一些特点，但总的水准不高，与他的工业诗相比，简直有形陋之感。是还不善于用小说家的思维来感受生活和表现生活，抑或有更复杂更深刻的原因？我们希冀着有一天能与作家一起来探讨这个有趣而又带点苦涩的创作现象。

特点在哪里？

一、作家着眼于较小的一些生活剖面，深入人际关系的描写，探索立世行人的基本道德信条。虽然，由于生活内容的变更，这些道德信条注进了新的观念，但它的基本方面，仍然具有普遍人性的价值。《师傅、师兄、师弟和我》是聂鑫森的第一个中篇。作家不像那些以工业为主要描写对象的作家，从宏观的角度，从大场景，从生气勃勃的工业结构的变化，去寻找推动人与人之间关系变化新的经济原因，从中展示时代的风貌。聂鑫森笔下的工业环境，仅仅是人物的一种依托，并无特别的不可分割的内在关系，不像他的工业诗那样，是从活泼跳动的现代工业的节奏中，寻找思想和哲理的光亮。他截取的只是大背景下的一个小场景，用整个时代环境变更的履带，去对某一群落的精神道德作激光照射。谐和、纯真的一群，经过十年浩劫，发生了种种变化：师傅由单纯走向成熟，有主心骨；师兄武盛强由耿直变得圆滑，趋炎附势；师弟丁贵由纯朴变得庸俗，以油滑作为向不正之风抗争的武器；“造反”起家的任其远，以权谋私，不择手段。作家褒贬扬抑鲜明，人物精神道德上的分野明朗。

二、在较小的生活画面上，又致力于寻觅特异的生活和特异的人。《〇号首长》中的生产班长柯大发就是一个较为特殊的人，他的领导“艺术”也有独特性。柯大发是在一次民选中被推上舞台的。他凭着自己的直觉经验，希望依靠人与人之间的相通和互利来解决矛盾，他上台的三个行动——“巧”发奖金、整治懒汉佟云富、为“黑面狸”找媳妇，都突出了人物一种特殊的思想性格素质。《早晨，我从梦中醒来》写了一个“机器人”式的劳模“毕长腿”，由趋时到反叛的觉醒过程，在生活现象选择这一点上，也还是奇特的。

作家反映现实生活的作品，让我们看到它们在艺术追求上的开拓意义及延续性，同时，也明显地看到了它们之间在思想艺术水准上的差距。

一、直露而缺乏新意。追求人物和题旨的独特性，追求艺术格调的韵味，是聂鑫森小说创作的一个主要特色。而他的反映工业生活题材的作品，恰恰在这方面有较大的欠缺。作家只善于在一般性的背景下展示人物的关系及其命运变化，题旨的类通性，使其缺乏光彩。《师傅、师兄、师弟和我》在对人的精神道德信条褒贬上是可取的，但它又有题旨泛泛、类通的毛病。在许多不同的环境下，我们都可以找到这种人物。几个人物的性格也有“类型化”“定格化”的毛病。《早晨，我从梦中醒来》中的劳模经历，只是在作为“机器人”一面有其独特性外，但他的思想变化历程，以及周围环境影响的描写，也与许多作品大同小异，题旨直露，缺乏新鲜感。

二、矛盾的激化，往往借助于戏剧性的行动加以解决。这既说明作家还没有从生活中找到解决矛盾的更多的形象“积累”，因而不是借助于个别性的力量，而是求助于惯常的主观臆想的行动性。《绿城堡》写男主人公感情发展的层次是清晰的，也洋溢着诗意，但它最后给予人物一个救火的行动，用以升华人物的境界，则显得笨拙，苍白无力。《师傅、师兄、师弟和我》的结局，人物的全部纠葛集合在一起，这是最能显示作家笔力之处，遗憾的是，他又是用通常的办法——让师傅发生事故，以推进人物关系戏剧性的转变。《早晨，我从梦中醒来》最后设计人物装病，使之从现实难堪的境遇中解脱，也显简单。《“酒仙”谷老倌》中最后促成谷贵满戒酒行动的决心，是谷贵满与张吉禅为同一目的巧遇，戏剧性的成分很重，似乎过于夸饰了偶然性因素的作用。

聂鑫森的工业诗是有成就的。我们同样地寄希望于他未来的工业小说。作家的工业小说不一定要完全重复工业诗的道路，但工业诗卓有成效的经验，仍可作为工业小说创作的借鉴。

一、从工业生活中寻找新鲜活泼的形象。

二、从工业生活的现实运动中，寻找形象变化的契机和依据。

三、从现实的形象和契机中，拓展生活纵深的层次。

在取材和人物选择上，走其他题材之路，在题旨的诗意和开拓上，走工业诗之路。二者的嫁接，我以为是聂鑫森工业题材可能走通的一条新路。不知作家以为然否?

我不主张作家轻率地改变抑或否定自己已经初步建立起来的艺术个性和风格，但我同时又认为，当这种个性和风格还不健全时，就应补充、完善它。包括聂鑫森在内的一代青年作家，越来越追求题旨的非现实性，而崇尚一种有长久价值的美和力。作为一种艺术格局，无可非议。但每个作家的主客观条件不一样，因而也不要一概而论。聂鑫森驾驭现实性的主题，我以为就有很大的潜力。倘若作家也能像经营其他题材那样重视自己的工业题材作品，我坚信：曾经在工业诗中有过作为的聂鑫森，也一定能在工业小说中站立起来。工业小说与他的另一些题材的作品，必将并蒂开花。聂鑫森是我所认识的青年作家中思路敏捷，才气横溢，知识面较宽的一个。这篇断断续续的文字，也许对他的创作不会有太多的裨益，但诚挚之心可见。祝愿他尽快跻身于当代文坛有声望的作家之列。

1984年8月12日—26日，广州—西安—兰州—敦煌

注：《太平洋乐队的最后一次演奏》，湖南人民出版社1984年12月出版。

在对生活思考中的探求

粉碎“四人帮”后，我国的文学创作，经过一年的徘徊、沉思和摸索，才产生了以短篇小说《班主任》为标志的新时期文学。再一年，当人们渴求看到更广泛反映我们时代的作品时，以《大墙下的红玉兰》为开端的中篇小说创作又勃然兴盛。这在我国现代文学史上，也是未曾有过的。

评价一个时代的文学成就和价值，主要看它较之过去时代的文学，提供了多少新东西。中篇小说的创作，立足于现实的坚实土地，在对生活的思考中探求、创新。它所展示的新思想，反映了几亿人民总结历史经验，探索生活真理的时代精神，它所创造的新的艺术形象和典型人物，开拓了自“五四”以来新文学画廊的新生面；它所追求的新的艺术表现形式，丰富了我国文学创作的风格和流派。

一

我国的社会主义，走过了三十年的历程，有成功，也有失误。当民族的转机和希望的曙光已经出现的时候，党和人民面对严峻的过去，在回顾、思考和总结。党的十一届三中全会，是思想解放运动巨大成果的结晶。它的旗帜，是解放思想，实事求是；它的批判锋芒，首先指向以“左”的教条主义为主要特征的现代迷信。有高度社会责任感的作家，当他从历史的潮流中感受和汲取到这些新鲜思想时，就不遗余力地将它通过艺术的画面传达和再现出来。在中篇小说中，有相当比例的作品，是写“反右”、“大跃进”、“反右倾”、三年经济困难、十年浩劫这几个时期的生活的。那一个个浸透着人民的血和泪的故事，强烈地控诉和深刻地揭露了极“左”思潮和现代迷信，是怎样窒息着民族的生机，污染着国民的精神！白桦的《啊！古老的航道》和韩少功的《回声》，不愧为这类题材的力作。深沉、冷峻的描绘，爆发出撼人的现实主义力量。

白桦这篇小说的高妙之处在于：目的在揭露封建思想对社会改造和进步的危害，作者却让自己笔下的主人公任之初——一个终生以封建思想为信条的人，处处以胜利者的形象出现。这是颇耐人寻味的。作家在刻画这个人物时，视野虽然伸向近代史的一个纵深面，但着眼点仍在现实，即“反右”和“文化大革命”两个时期的生活。女儿和儿子的遭际，清朝光绪年间祖传的一面“忠”字旗赢得的殊荣，都强有力地印证了主人公奉行的“露头的椽子先烂”的信条，是如此的“不可动摇”“神圣”。这样写，看来作者似乎在褒，实则内心压抑着沉痛的感情！任之初形象的创造，意在唤起人们摆脱封建思想的禁锢，做新生活航道的疏浚者和开拓者。《回声》则通过落后、愚昧农民刘根满的悲剧命运，从另一面深刻反省了现代迷信思想对于人们精神的毒化。刘根满，一个十足的现代阿Q，他承继旧时代阿Q的种种劣习，“文化大革命”那个特殊的历史环境，又使之得到滋生和繁衍。当他按照自己所处的社会地位、经济状况、思想水平、爱憎好恶，权衡了这场“大革命”的利弊得失后，意识中潜在的落后、愚昧的一面，便急剧膨胀、恶化，终至酿成悲剧。像刘根满这样一个阿Q式的人物，也被卷进“文化大革命”的漩流，并成为一种不可忽视的社会力量，这不恰恰证明，这场“大革命”本身，是封建思想意识的一次疯狂复活吗？反对封建思想，破除现代迷信，这是新时期文学的重要任务之一。

十年浩劫，从根本上来说，是摧残和毁灭人，是人的价值的浩劫。人，是创造社会物质和精神文明的不竭泉源，是社会发展和进步的强大杠杆。历史唯物主义的这个最基本的结论，我们竟要付出如此沉重的代价，才重新得以确认和尊重，这不是一个时代的悲剧吗？中篇小说创作，在无情地鞭挞封建法西斯兽性的同时，又激情洋溢地挖掘和赞扬蕴藏在广大人民之中的优美的人性、人情、人道主义精神。宗璞的《三生石》中的梅菩提，在身患癌症，政治上被打成“现行反革命”的危难丛中，是陶慧韵的友情，方知的爱情，滋润、温暖了她那颗将要熄灭生命火焰的心；鲁彦周的《天云山传奇》中的罗群，在“反右”后被推到社会底层的坎坷岁月里，吸吮到了冯晴岚爱的汁液（小说结尾还预示了周瑜贞与罗群的结合）；刘心武的《如意》中，一个“天潢贵胄”的末代女人——“格格”金绮纹，在迟暮的年华里，却获得了一所中学的老校工石义海诚实的爱；叶蔚林的《在没航标的河流上》中的改改，被当做商品出卖给一个她所不爱的人，“走资派”徐鸣鹤无安身立命之地，却在盘老五的木排上，得到了人的礼遇和尊重……王蒙的《蝴蝶》，在这方面的探索，又有着特殊的贡献和成就。作家没有像上述提到的作品那样，去正面描写两种人性的对立，而是通过革命老干部张思远几十年生涯中社会地位、境遇的浮沉变化，从一个历史的范畴，来考察和探索美的人性的存在、异化和复归。小说深刻地揭示了主人公进行这种回顾和思考的契机和动因，即他从权力的峰巅，坠落到没有任何附加成分的“人”的时候，才真正发现和找到了自己的“魂儿”，自己通向人民的“桥梁”。作家借助张思远形象的创造，袒露了忧国忧民的赤子之心：恢复和建立被极“左”路线破坏了的党和人民之间的血肉联系，刻不容缓！冯骥才的《铺花的歧路》中，也写了一个被极“左”思潮煽起狂热的天真少女白慧人性复苏的痛苦历程，尽管还缺乏应有的深度。

中篇小说创作中，对爱情、婚姻、家庭关系等这些传统的伦理道德观念，也作出了新的探索。极“左”路线，十年浩劫，扭曲和破坏了人与人之间正常的关系，也给爱情、婚姻、家庭关系蒙上了一层浓重的阴影。人民希望作家们作出马克思主义的回答。这也就是《一个冬天的童话》和靳凡的《公开的情书》之所以能在社会上尤其在青年人中间引起那么广泛反响的原因所在。虽然，不能说作家在这方面的探索尽善尽美，但却是十分有益的。作家通过真实的艺术形象的创造，理直气壮地肯定了以感情为基础的爱情，以爱情为基础的婚姻，才是最合乎道德的。更可贵的是，作家还把这种对爱情和婚姻问题的勇敢探索，与国家、民族的忧患存亡联系在一起，因而有着强烈的时代色彩。

二

典型的创造，是文学的中心问题，也是作家的最高理想。

“文化大革命”前的十七年，文学创作中的典型形象，就其数量来说不算太多，而典型化程度很高、很深的则更是凤毛麟角。既要及时地反映深厚的社会生活内容，又要努力地创造出各种各样的新的艺术形象，这正是中篇作家们所孜孜以求的。可以毫不夸张地说，作家的辛勤耕耘，收获了丰硕的果实。中篇中，出现了一定数量的，过去文学作品中所未曾有过的新的艺术形象，其中，有的已接近典型的要求。较突出的，有陆文婷（谌容的《人到中年》）、李铜钟（张一弓的《犯人李铜钟的故事》）、吴仲义（冯骥才的《啊！》）、任之初（白桦的《啊！古老的航道》）、刘根满（韩少功的《回声》）、盘老五（叶蔚林的《在没有航标的河流上》）、宋薇（鲁彦周的《天云山传奇》）、张思远（王蒙的《蝴蝶》）以及“马列主义老太太”秦波（《人到中年》）、“权欲夫人”杨青蔚（张笑天的《家务清官》）等等。这些人物是个性化的，又是典型化的；反映了生活的本质真实，或某些本质真实的方面。他们不再是那种性格标签式的人物，也不是类型化的人物，更不是现实生活中根本不存在的虚假人物，而是活生生的社会的人。

中篇小说创造的新的艺术形象，首先重视加强其历史感、历史深度。这些比较成功的作品，无论是截取生活的横断面，还是纵剖面，作者都能抓住人物的某种特定的性格或精神状态，并把它放到一个较长的历史画面中去开掘和深化，从而揭示出人物性格或精神状态的历史共通性。这些人物，在作品所提供的具体环境中，是具体的人；在更广阔的时空范围里，又是一个历史范畴的性格或精神状态。

饱经沧桑，又意志坚忍不拔，构成了今天中国知识分子的一个重要特点。很难想象，有哪个国家，哪个历史时代，会像我国这一代知识分子那样，经历过如此众多的坎坷、磨难和曲折之后，仍然没有动摇革命的信仰，把全部生命和才华献给了社会的改造和进步事业。谌容笔下的陆文婷，这个极普通的知识分子，在“超负荷运转”（收入微薄、家庭拖累、工作繁重、政治上受歧视、社会世俗的压力等）的窘境中，她的善良、同情心、社会责任感、事业心、无私和人道主义的精神，时时闪发出动人的光彩。她那孱弱的躯体里，何以蕴含着如此巨大的光和热？因为她的心海中，流淌着我们民族和我党历史上一切优秀知识分子的生命汁液呵！毫无疑问，陆文婷的形象，将载入文学史。李铜钟是一个悲剧人物。小说虽然写的只是二十世纪六十年代初期大饥荒的一幕，却概括了极广泛、深刻的历史内容。人们透过主人公在这悲剧的一幕中的出色演出，看到和联想到，一个时期以来道义与极“左”路线、法制之间的矛盾，历史的要求和实际上的不可能实现之间的矛盾。而这正是酿成李铜钟悲剧结局的历史条件。这部作品，具有真正的庄严、崇高、悲壮的悲剧美。还值得提到的，是盘老五和“马列主义老太太”秦波的形象。盘老五的性格和精神世界是复杂的，矛盾的。他有时显得粗野，鄙俗，但深藏于他心灵中的美好人性，却始终没有泯灭和消亡。他富于同情心、正义感，爱打抱不平、锄强扶弱的品格，体现了中国农民的优良美德，很有历史感。秦波这一形象的出现，引起了舆论界的关注。人们从她身上联想到现实生活中某些人的思想行动，就不期然地产生一种共鸣。并非所有的典型形象，都能在生活中起到这样的作用；但秦波在社会生活中所起的这种作用，这种特殊的文学现象，却是很值得研究的。

中篇小说创造的新的艺术形象，还注意开掘其精神世界的丰富性和复杂性。生活本身的急剧变化，铸造了各种各样、千差万别的灵魂。作家在进行艺术的概括和提炼时，总是把它置于一种特定的历史环境下，让人物在与环境的对立、冲突、矛盾中，显现出多色调的感情、情绪、境界的全部复杂性。这方面，吴仲义的形象，是写得十分出色的。冯骥才以石刻刀雕的犀利之笔，深刻地解剖了这一在十年动乱中被残酷践踏、蹂躏的破碎的灵魂。吴仲义因一封涉及哥哥命运的信的失落，引起了一连串复杂的甚至是变态的心理活动，茫然、惊恐、侥幸、彷徨、自危、自卫、挣扎等情绪交织混纺，最后，在环境的步步逼迫下，精神支柱崩溃了。作家在揭示生活和性格的逻辑力量，剖析人的感情和心灵的复杂性方面，表现出了很高的才华。吴仲义的形象是有典型意义的，产生他这种精神状态的环境，还可以追溯到更远的年代。连绵不断的政治运动，阶级斗争的扩大化，“全面专政”，曾使多少虔诚、善良、懦弱的人，惶惶不可终日。要让人们生活在一个正常、融洽、和谐的环境、气氛下，这就是作家通过吴仲义形象的创造，发出的长长的带“啊”字的呼吁！

三

中篇小说创作，不仅在思想形象上，提供了新的东西，而且在艺术表现和艺术形式上，也有新的发展和新的创造。从我国文学的现状来看，在风格上独树一帜的作家还不多，真正形成、并能影响一代甚至几代人的流派则更少。我们要大力提倡和鼓励作家在创作中顽强地表现自己的个性。从题材选择、形象创造、结构故事到语言运用，乃至构成作品整体的艺术面貌上，都要有作家自己的风格和特点。要屏弃和反对那种浅薄、平庸、俗套、滞呆的创作倾向。

刘绍棠的《蒲柳人家》是一部在艺术上有独到的风格的作品，这部作品，是作家创造道路上的一个重大突破。作品色彩明丽、清新、恬淡，像是一幅民族风情画轴，又像是一支田野牧歌。谌容的《人到中年》，笔触诗情流溢，心理解剖细微。冯骥才的《啊！》构思奇特，角度新巧，注重在一个较小的生活画面，开掘人的心灵，开掘生活的内涵。宗璞的《三生石》，人物心理和感情交流的描写，细腻缠绵，婉约典雅。自传体中篇《一个冬天的童话》，直抒胸臆，如泣如诉。

作家们在建立和发展自己原有的艺术风格的同时，也在不断地探索和创立新的艺术风格和新的艺术表现形式。生活已经和正在发生着巨大的变化。人们感情、情绪、生活方式等各方面的变化，都会或多或少地影响着作家在艺术表现形式上的探求。从中篇小说来看，这方面的探求是有成效的。

有的作家在试图把写实派与现代派的表现方法熔于一炉。王蒙自写《布礼》开始，锐意追求一种新的艺术表现形式，到《蝴蝶》的发表，已取得了一些可喜的成绩。他吸收了西方现代派中意识流的一些表现手法，但又不完全同于西方那种不受任何客观生活限制，不经意识选择的纯主观活动的作品。小说打破了传统的情节结构的格局，而采用心理结构的方法，以人物的主观感受和意识活动为全篇的结构和贯穿线。但它又是严格写实的。

比如有的作家采用了抒情的、散文式的表现形式。叶蔚林的《在没有航标的河流上》就是这类作品的代表。小说把人物活动的环境，安排在潇水河的一块木排上，并随着木排的行进，变迁，把木排上的人物（情绪、行为）与两岸的人情物态交织起来，从而构成一幅完整的生活画面。小说有意识地通过“我”——一个在潇水河上漂泊两昼夜的大学生的眼睛，将周围的自然景色包容于人物的主观感受之中，或烘托，或反衬，或象征，以此来寄托、传达人物和某种感性、情绪和愿望。既有哀怨之曲的唱和，美好祈求的萌生，又有反抗火焰的升腾。奔流不息的潇水河上，有民族的呻吟，人民的呐喊呵！

还有的作家采用了类似旋转活动舞台式的表现形式。它的代表作是汪浙成、温小钰的《土壤》。小说一开篇，就将故事中三个主要人物（辛启明、黎珍、魏大雄）的命运、感情的纠葛，集中到一个焦点上，尔后，用类似旋转活动舞台的方式，让三个主要人物都以第一人称出现，逐个展开娓娓动听的内心独白，进行回忆、对比、叙述，通过这个“舞台”位置的不断变化，把人物的命运及其感情上的纠葛衔接、连贯起来，并以此推进情节的发展，展现时空的变化，心灵的画面，自然和社会的风貌。也许由于作者对这种新的艺术形式还把握不力，因而，某些生活场景、人物的心理活动略嫌重复、繁冗。

新时代的航帆已经升起，相信我们的作家一定会有更新的探求和创造。

1981年3月10日于北京苏州胡同一机部招待所

文学的三重奏

当我瞩目于近两年的中篇创作时，视野不期然地扩大到了整个文学领域。我在将各种文学样式的创作作了一番比较之后，得出这样一个印象：唯有中篇小说，发展最为顺利，也最有成绩。这个文学现象，是值得批评家和文学史家探讨的。

自然，我又将这两年（1981—1982）与前两年（1979—1980）的中篇创作加以比较，总的感觉是：有进展，亦有后退。在反映青年生活的题材中，出现了像《赤橙黄绿青蓝紫》《人生》这样很有思想深度和复杂性格的优秀之作；在军事文学和少数民族文学中，有以《高山下的花环》《黑骏马》这样在各自的领域里具有开拓意义之作；在反映“文化大革命”的题材中，《洗礼》《流逝》在主题和人物形象的创造上开掘了新意。较之前两年，这两年的中篇创作，在这几个领域，无疑是有突破的。但在反映伦理道德、探索人生方面，在艺术表现和艺术形式的丰富性、多样性上，显得锐气不足。此外，这两年，改革者的形象进入中篇创作也增多了，但似乎仍未创造出一个思想和艺术完美结合的典型形象来。

中篇创作与其他文学样式的比较，这两年与前两年中篇创作的比较，是一个大的比较。除此之外，我还隐约感到有其特别不同之处。究竟是什么呢？

第一届全国优秀中篇小说奖获奖的十五部作品，构成了我国新文学园地里中篇小说崛起形势的主旋律，其中多数是中年作家的力作。青年作家的获奖作品，由于它的稚嫩，声音显得那么微弱。老一辈作家，没有作品获奖，留下了一个空白。也许，主旋律是雄浑的，但未免单一了些，没有重奏，没有和弦。

两年过去了，人们从第二届中篇评奖的获奖作品看到一个令人欣喜的事实：中年作家继续有创造性的贡献；青年作家，不少是出手不凡的；老年作家，创作活力并未枯竭。这是一种振奋人心的文学的三重奏。它终究改变了中篇创作只此一种旋律的局面。

第一重奏——改革者的命运

在关注当代变革生活和人民命运的作家中，有蒋子龙和张一弓的名字。一个，把文学的触角伸向工、商领域；一个，根植于广袤的农村大地。一个，并不从今天返回昨天，写今天时，也在思考着明天；一个，在现实生活的变动中反思昨天，抒写发展着的今天。他们在各自的位置上，为使新生活变得更加美好和合理，进行了执着、顽强的艺术追求。蒋子龙笔下的艺术形象，被评论家誉为“开拓者的家族”，同样，张一弓笔下的艺术形象，堪称“农村人物列传”。我们从作家提供的生活画面中，聆听到了历史的回声，强烈地感到新的生活的节奏。他们的作品艺术地再现当代人民的命运，反映他们在历史转折时期的进步要求、愿望和心理情绪，这就是蒋子龙和张一弓的作品的总主题和主旋律，也是他们对当代文学的贡献。

蒋子龙与张一弓的艺术个性和追求，孕育于特定的历史环境，根连着人生的大树。历史和现实，正常和反常，纯洁和丑恶，交织融会为切肤的体验和深沉的思索。张一弓在上届中篇评奖获奖的《犯人李铜钟的故事》，可以看做是作家对付出昂贵代价的历史，也是对自我的一个反省和总结。在蒋子龙的作品中，也时时有对历史和自我所作的透彻的剖析，为了今天和明天不再重复昨天的失误，他们理智、冷峻地描绘今天，却注进了理想和热情，满含着改革者和创造者对明天的希冀和期待。唯如此，他们对新生活的感受和捕捉，才具有可贵的锐敏性、准确性和深刻性。张一弓在《犯人李铜钟的故事》之后，迅即将目光由历史转向了现实，向人们传达向前发展的新生活的信息。《赵镢头的遗嘱》揭示了农村实行生产责任制、调整生产关系过程中蕴藏着的深刻的新的社会矛盾；《流泪的红蜡烛》展现了农民经济上开始走向富足与精神上依然贫困之间的尖锐矛盾。作家既没有回避这些矛盾中潜在的悲剧因素，同时又对生活的发展方向持乐观态度。李麦收与白雪花纯粹建立在金钱基础上的荒诞的婚姻的破裂，张铁匠与腊月之间曲折的爱情的最终复合，都预示了这种前景。蒋子龙的《赤橙黄绿青蓝紫》，更形象地展示了这种历史变革要求和发展趋势的不可逆转性。《锅碗瓢盆交响曲》，则从广阔得多的社会背景上，反映了新时期改革潮流所带给生活各个领域的深刻影响。

在艺术表现上，蒋子龙是靠真实地再现人与人、人与自我之间的复杂的现实关系，创造性格，来实践“文学的当代性”的艺术主张的；张一弓则主要是通过真切地展示人物在一定历史环境之中的命运变化，突出人物的某种精神状态、精神力量、精神气质，来实践“文学的当代性”的艺术主张的。蒋子龙的《开拓者》，从艺术表现来看，在上届十五部中篇获奖作品中，还不能算是上乘之作。《赤橙黄绿青蓝紫》的发表，标志作家在寻求思想和艺术的完美结合上取得了很大的进展。解净和刘思佳，是当代文学中两个具有典型意义的艺术形象。这两个人物，在各自不同的位置上背负着历史的重荷，新时代生活的契机又将他们思想性格中的糟粕部分暴露于阳光之下。他们企求加以改变，不再停留在原来的位置上。作家较为真实地、信服地写出了人物思想性格正在变化的历史依据和时代条件。《锅碗瓢盆交响曲》中的牛宏和牛华，虽然性格没有像解净、刘思佳那样丰满、厚实，但写得也有声有色。人物的所作所为，又是从正在变革着的现实生活中汲取思想力量的。显然，作家在这些人物身上，强烈地注入了自己的社会理想和价值观念。他试图证实：未来社会的主人，未来现代化企业的管理人，应该是有思想、有作为、有创造精神，敢于正视社会和正视自己的年轻一代。读张一弓的作品，常会油然升起一种崇高感和壮美感。人物的命运，在由独异性的事件构成波澜跌宕的戏剧性情节中展开；人物的精神气质也由此凝聚、升华。赵镢头的“殉道”，李麦收被贫困埋葬的爱情和被金钱唤醒的婚姻悲剧，白雪花对建立在感情基础上的爱情的执着，张铁匠与腊月哀恸的爱情罗曼史，都有一种震撼心灵的艺术力量。

蒋子龙与张一弓的艺术所长，有时又表现为他们的所短。蒋子龙的作品，具有一种客观描写的真实力量。作家在把自己的人物置于自己熟悉的工厂环境时，是驾驭自如的；而一旦触及到人物性格赖以形成的工厂以外的社会环境，笔力有时就不够浑厚。人物性格也还有某种类型化的痕迹。作家现在已将自己的视野由工厂扩展到整个社会，《锅碗瓢盆交响曲》就是这种实践的最初成果。张一弓的作品，由于过于追求人物命运的戏剧性，有时就不免背离人物性格发展的轨道来写人物的命运，以致削弱了作品的真实性。他笔下的人物行动性强，有力度，有亮点，但远不够丰富、复杂。同时，某些细节的过分渲染，也破坏了作品整体的美感。

谌容也是一直注重反映当代社会生活的作家。她用“陆文婷精神”，坚韧不拔地在现实主义的道路上行进。她的几个中篇，不仅在题材内容和艺术表现上不重复自己，而且在作品的结构、人物形象的创造上也不重复自己。她的《太子村的秘密》运用推理小说的写法，来写农村现实生活，别具一格。在同时代的作家中，谌容是有独到之处的。

第二重奏——奋进者的人生

经历过历史浩劫的一代中国青年将向何处去？他们现在关注着什么，思考着什么，准备怎样走完人生之路？青年们在探索，青年作家也在探索。今天的青年是昨天惨痛经历的产儿，又是今天和明天的希望的耕耘者。路遥的《人生》、王安忆的《命运交响曲》、孔捷生的《南方的岸》和《普通女工》的发表，为历史地、辩证地认识当代青年提供了新的启示：青年们仅仅咀嚼和回味昨天的不幸是不行的，还要从历史的因袭中挣脱出来，面对现实，正视人生，寻找自己的位置和价值，不懈地进行创造。人生，应当是奋进者的人生，创造者的人生，是给予人生者的人生。这就是回旋于青年作家这类题材作品中的主旋律。

从《惊心动魄的一幕》到《人生》，是路遥创作上的一个突破。《惊心动魄的一幕》是上届中篇奖的获奖作品，与其他获奖的一些优秀力作相比，要逊色一些。作家是清醒的。名实有时不符。桂冠只表明荣誉，并不完全反映它的实际价值。他感到有一种压力，超乎寻常的压力。他整整沉默了一年。这一年，也是作家抗争命运，积聚才力，奋发有为的一年。他终于向读者奉献了《人生》，在当时较为沉寂的文坛，这无异于发出了强有力的一声震响了。路遥成功了。

农村青年高加林悲剧形象的创造，表明了现实主义的深化。他的存在几乎显示了历史与现实、人与环境的全部复杂关系，有着博大、深邃的内涵。高加林形象在当代青年中是有典型意义的。他在事业上的进取精神，他对发挥聪明才智的强烈欲望，他对现代精神文明生活的渴求，表明了当代青年精神世界中正在萌动着新的社会要求。他身上的弱点和局限，也像他的美好的部分一样鲜明、突出。现实环境中的不合理的因素，与他自身的弱点和局限互为作用，激化、抑制和锈损着他的正当要求，终于导致了悲剧的发生。高加林走向人生的第一步虽然失败了，但他为当代青年正确认识社会、认识自己所起的警策作用却成功了！高加林形象的出现，预示着处在现实变动过程中，有着更加鲜明时代特征的新的人物的诞生。作家对当代青年的认识和观察，较之以往反映青年生活的作品，又前进了一步。作家的另一部中篇《在困难的日子里》的马建强，也是一个在人生道路上顽强搏击的青年形象。

无独有偶。王安忆的《命运交响曲》，则从反面提供了与《人生》同样的认识价值。王安忆刚走上文坛时，她的创作才华甚至受到怀疑。她的短篇作品被有些人视作“文学殿堂里一块不起眼的砖石”。这两年，她发表了六个中篇，充分显示了她的创作才华，以及可以预期的发展前途。在《命运交响曲》中，作家创造了新时期文学中第一个知识分子的“多余人”的艺术形象。韦乃川曾有过“卡拉扬”式的幻想，当现实的环境未能为他的创造提供更充分的条件时，他性格中的全部弱点便像沉渣一样泛滥开来。他把一切归咎于命运的不公正，一味等待，从不行动，生命一片空白。

最后，连思想也枯萎、晦暗了。与此同时，作家借助精致、奇巧的构思，将生命中另一种昂奋、激越的旋律引了进来，这就是作品中的青年形象“我”对命运的挑战和抗争。两种旋律同时流贯整个作品，汇融、碰撞、排斥，最后点化成一个人生的哲理：人的命运由两种力量促成，一种是外在的、客观的，个人几乎无法掌握和难以回避的力量；一种是自己性格、意志和灵魂的力量。在命运所可能提供的条件下，人可以而且能够获得创造的价值，从而战胜命运。

有的评论家在论及王安忆的短篇创作时，认为它们的旋律和节奏总是由生活中微弱的音符构成的，是文学中的“轻音乐”。这种说法不是没有根据，但也未必贴切。她的中篇创作，在选材上，仍取自生活中平凡之事，但致力于向深处开掘。作家的另一个优秀中篇《流逝》，由于对生活事件和人物内在思想所作的深刻的现实主义描写，作品给予读者的思想启示实际上远远超出了作家自己点明的主题。《尾声》写了一个处在现实种种关系变动过程中，各种思想矛盾汇合的复杂形象魏团长，也有很高的认识价值。保持自己艺术上的长处，又在思想上走向深刻，这或许就是王安忆能比同时代的许多青年作家进步得快些的奥秘。

第三重奏——晚晴的光辉

当韦君宜将她的中篇新作《洗礼》《夕阳赋》呈献给文坛时，人们振奋了——原来，老一辈作家中，还储存着如此丰厚的生活积累和艺术才力！晚晴的光辉，也是灿烂的。

以“文化大革命”为题材的“伤痕文学”，曾一度如潮水般地涌向文坛，产生过一批佳作。后来，优秀之作日渐减少，平庸虚假之作时有所见。这时，《洗礼》问世了。它的出现表明：“文化大革命”的题材，也能开拓出新意来。作家为这类题材的创作，也为当代文学提供了一个具有典型意义的新的艺术形象——王辉凡。以往写“文化大革命”题材的作品，一是写“四人帮”的法西斯罪行给人世带来的苦难，一是写政治大浩劫中存留的人性美。《洗礼》则另辟蹊径，找到了一个表现“文化大革命”题材的崭新的角度。十年内乱不只是灭绝人性的一场悲剧，它的巨大的反面教训，还可以启迪一切不甘沉沦的正直的人们的心智和思想，完成灵魂上的“洗礼”。“文化大革命”前，王辉凡的性格核心就是对“左”的思想和政策的盲从。他自身的个性和思想，完全“被原则”消融了。直至爱情和家庭因此而破裂，亮光仍照射不进他封闭的心扉。“文化大革命”中，他的生活位置改变了。人民的痛苦，自身的磨难使他惊恐地发现：从“文化大革命”推行的极“左”路线中，竟可以找到他曾视之为“神圣”的某些思想和政策的影子！他僵直的灵魂震颤了。小说真实地、深刻地展示了王辉凡思想性格转化的逻辑力量。历史可能被扭曲，但人们却可以从反面汲取教益，从而把握住自己的位置。作家的《夕阳赋》用极深厚的情感，更具艺术感染力的文字表现了一位革命老同志与人民的关系。在艺术表现上，较之《洗礼》，更为完整。《洗礼》《夕阳赋》的创作，来自作家的真知灼见，更来自作家对生活的激情。

两支动情的和弦

一支是回族青年作者张承志的《黑骏马》，全篇回荡着深沉、含蕴、优美的旋律。一支是部队青年作者李存葆的《高山下的花环》，通篇洋溢着豪放、明快、壮美的激情。

在《黑骏马》里，那首连贯全篇的古老的民歌，那明净的伯勒根河，那辽阔的蒙古大草原，象征着民族的生命延续，一代又一代。生活的画面似乎是久远的、凝固的、静止的，有一种静态美。但是，当男主人公白音宝力格一进入这幅生活的画面，静态的平衡被揉碎了。一切都在流动，在变化。民族风情画中，有一股浩大的、深邃的民族感情在奔涌。人们的思想性格结合于民族的命运之中，熔注和造就了一个民族的整体形象——它的性格，它的心理素质，它的灵魂。白音宝力格是一个受过高等教育的大学生，当动乱的岁月结束后，他重返养育过他的大地，寻找昔日亲手培植和浇灌的友情和恋情时，他凄切地看到：索米亚的青春和贞洁被愚昧、邪恶的势力残酷地剥夺了。古老民族的命运，依然带着原始蒙昧的色彩。但与此同时，白音宝力格也体察和感应到了索米亚心灵中并没有泯灭的美好感情。她在自己的位置上，默默地劳动，创造，生息。小说的结尾展示了草原新一代命运的转机，他们决不会重复母亲的悲剧结局，会让自己的后代得到更多的幸福，而不被丑恶的黑暗所湮灭。可以肯定：在现代文明的冲击下，一切陈旧、腐朽的反人道主义的传统思想和习惯，它们的解体是不可避免的；而对新生活的要求，却在这解体中苏醒了。过去许多写少数民族生活题材的作品，时常出现三种倾向：一是孤立地、单纯地去写民族风情。大自然是美的，但作品的社会内涵却是空泛的。自然与世态没有水乳交融。二是演绎民族政策，把复杂的民族问题简化为一个阶级斗争的问题。三是仅仅把民族语言、习惯作为民族性的一种点缀，而没有着力去表现民族的个性、气质、灵魂，及时代所引动的变化。应该说，《黑骏马》在解决时代感与民族感的关系上，是提供了可资借鉴的经验的。作家在赋予作品独特的格调上，也有自己的美学追求。作品在展现内蒙古大草原的风情时，有时线条粗犷、苍凉，有时又极为细腻、纯净，带有明显的俄罗斯文学的影响。在运用象征、写意、意识流等手法表现人物的心理情绪时，朦胧而不灰暗。一位青年作家，能将现实主义与现代主义的一些技法融会一体，将民族灵魂表现得那么得当，这是不易的。

《高山下的花环》是近两年中篇小说创作的夺魁之作。许多文章认为，它的激情仅仅是萌发于作品中一些人物崇高的品格和情操。我以为，这样理解还是不够的。如果这部作品仅仅写了人物在战火中的英雄行为，在贫穷中存留有的精神美，它也可能激动人心，但绝不会像现在这样在如此广泛的社会阶层，各种职业、各种年龄的人们中间，产生出震撼心灵的思想力量。作品提供的只是一个具体的部队生活的画面，但它展开的却是一个广阔的社会和人生舞台。靳开来的“请功”，梁三喜的账单，吴爽导演的“曲线调动”……像几朵阴云一样，飘荡于这个社会和人生的大舞台上。赵蒙生作为全篇的中心人物，他的思想转变过程是贯穿情节始终的发展线索，是联结各种人物命运的一条纽带，是透视各种人物灵魂的一面镜子。他的存在，本身就包含着各种复杂的社会因素和矛盾。梁三喜、靳开来、薛凯华、梁大娘、韩玉秀、雷军长等人物形象，正是在军队内部矛盾和社会各种矛盾的交织、冲击下，闪射出思想光华的。新时期的军事文学，先是产生了写革命战争年代指战员高尚心灵美的《追赶队伍的女兵们》，继而是出现写现代战争具有复杂思想性格的新型战士的《西线轶事》，去年上半年发表的《射天狼》艺术地再现了和平时期部队日常的军事生活。到了《高山下的花环》问世，军事文学已经有了广阔的表现天地和各种不同的表现角度。在这批优秀作品中的一些人物身上，已经开始显露出当代军人的许多新的素质。

我们完全有理由这样期待：一种既有中国军人特有的革命素养和民族气质，又具备驾驭和指挥现代战争的知识和才干的新型的当代军人的艺术典型，不久就会出现在新时期军事文学的画廊之中！

1983年2月6日急就于北京西苑饭店，7日订正于郑州中州宾馆

历史会记住这些名字

要对一个地区的文学创作做出实事求是的估价，首先必须放到全国整个创作现状里去加以考察。我在将近一两年与前些年的文学创作作了一个粗略比较之后，以为：唯有中篇小说，发展最为顺利，也最有成绩。陕西的情况呢？陕西作家中，写中篇小说的人较少。但路遥成绩卓著。他由中篇处女作《惊心动魄的一幕》到《人生》的写作，不仅是作家自己创作道路上的一个重大突破，而且反映了我国整个中篇创作的新水平。尤其是《人生》，在新时期文学反映青年生活的题材中，具有新的开拓意义。它在创造复杂性格，人物的历史感和现实感，开掘生活深度方面，也是新时期文学的力作之一。这是否也预示着，陕西作家的中篇创作，会有一个新的起步，新的飞跃呢？短篇方面，在陕西作家中，先后有《窗口》《满月儿》《信任》《手杖》荣获1978年、1979年、1980年全国优秀短篇小说奖。1982年第2期《当代》发表的闻彬的《心祭》，虽未获奖，但我认为它仍是去年发表的较优秀的短篇小说之一，在读者中颇有影响。其他作家，也不断有新作问世，虽无更多思想和艺术上的突破之作，但从总的情况看，短篇发展还比较平衡，没有出现大起大落的现象。在散文方面，贾平凹以其独特的艺术个性，在全国文学界引起了注目，他的散文的成就似乎已经超过了小说。

陕西这些作家的作品，给人这样一些印象：一、内容坚实，可又显得有些单一。像黄土高原浑厚、浓重的色彩一样，陕西作家的作品带有一股强烈的泥土气息。在驾驭农村题材和革命斗争历史题材上，有较丰厚的生活积累，作品的内容，实实在在，较少浮泛虚假的东西。但涉及的生活面又不够开阔，即使上述提到的两类题材，所反映生活的多种侧面及其联结、相互作用上，有时也显得局促、拘谨。二、描写朴实，有时又未能脱俗。陕西作家绝大多数的作品，对生活和人物的描写，都较为朴实，但又有缺乏提炼和概括的毛病。从历史的纵深发展，从现实的广阔场景，从各个生活面的整体联结上去思索、把握和开掘素材，思力和笔力有时都显得不足。其中，一个突出表现，就是对人物所处的典型环境的描写，注意不够，对人物性格中所包容或可能包容的社会内涵及其深刻性、复杂性未能充分予以显示。生活的真实，还不能更好地升华为艺术的真实。三、艺术表现上特点鲜明，但又欠兼收并蓄。陕西的作家，从总体来看，崇尚革命的现实主义，并付诸创作实践。当然，也有例外，如贾平凹。他的小说和散文，从思想到艺术表现，都呈现出一种多元素的复合体的现象，有成功的经验，也有尚需改进和完善之处。我觉得，陕西的作家在以现实主义为主体的创作方法之外，可以而且应该允许和提倡各种各样的艺术探求。即便是现实主义本身，也需要借鉴其他艺术形式、风格和流派之长，来丰富和提高自己的艺术表现能力。与陕西相邻的甘肃，我感到在这方面要开放一些，明智一些，活跃一些，尽管它有过失误。陕西在举行单个作家作品讨论会的基础上，是否可以召开一个全国性的关于陕西作家创作的综合讨论会，我想，这对于进一步推动陕西的文学创作，是有益的。

我曾有幸参加了两届《文艺报》中篇小说读书会及全国优秀中篇小说奖的预选工作。这里，我想结合中篇创作的发展，谈谈有关提高小说创作质量的两个问题。

抒写历史是为了现在和未来

现在是从过去走过来的。未来是过去和现在的发展。真善美、假恶丑，都一起留在了人们的记忆之中。也许，由于我国政治生活的特殊历程，尤其是经过十年浩劫，阴影是不可能一下子从人们的心灵中抹去的。尤其是那些灵魂中带血的呻吟和呐喊，还会在一个长时期内存留在人们的记忆之中。这也就是这类题材的作品，至今仍在我们的创作中占有一定比例的根本原因所在。悲剧在过去发生，也可能在现在和将来发生。因之，认为悲剧的历史不能反映，显然是庸人之见，是违背整整一个时代的人们的感情和心理的。它的优秀之作，仍具有移人心志，感人至奋的思想力量。“茅盾文学奖”的六部获奖作品，就有四部是从各个不同侧面反映“文化大革命”的，这是有相当说服力的一个事实。

可以预见，这类题材的作品今后还会出现，虽然它不可能是大量的。“文化大革命”的悲剧，占了我们年轻的人民共和国几近三分之一的历史，但是，迄今为止，仍没有出现一部正面反映这场悲剧的史诗式的恢宏之作。现在需要探讨的是，这类题材的创作究竟发生了一些什么新的情况？如何认识它，才有利于创作上新的突破？

一些作家，由于其特殊的坎坷经历，对付出沉重代价的历史，有着丰富、深厚的生活积累、思想积累和感情积累。当他们重新握笔时，首先是以这方面题材的力作，震撼广大读者心灵的。当这方面的生活库存越来越少，而对流动、变化着的现实生活的感应和把握尚不足时，他们的创作确实面临一个“十字路口”。其中，一部分作家较快地将他的目光由历史转向现实，或在现实的描写中深化历史。另一部分作家，仍然依赖于搜索枯竭了的记忆库存，作品越来越缺乏生活的内涵，像是一个苍白无力的病人；有的作家，甚至把自己的某些经历，重复安排在不同作品的不同人物身上；有的将同类历史题材、故事、人物命运，乃至某些重要细节，抹上一层地方风情，以至变成现实生活的拼贴画；有的将自己笔下的人物羁绊在苦难的深渊，而向宗教、向西方“自由”求救；有的把一定的社会历史现象，单纯地归结为某些个人的行为，用压抑和牺牲正常的人性、人情、人道的要求，来人为地把人物推向心灵的高峰。当然，更为严重的，是粗疏地、简单地描摹悲剧历史。

为了克服这种种不正常的创作现象，我以为至少在两个方面应予注意。

一是目的要明确。写历史，是为了现在和未来，而绝不是为写历史而写历史。这里，起作用的首先是作家非常强烈的时代责任感和社会责任感，以及高度的美学追求和信仰的力量。在中篇创作中，张一弓的《犯人李铜钟的故事》在这方面的成就，可以说，至今仍无一部作品超越它。它不只是经济困难时期那段荒诞历史的艺术再现，而且对于帮助我们认识三十年来所走过的道路，都有着极其重要极其深刻的思想价值。作家在这个作品获奖后写的《作家小传》中，有一段话耐人寻味：“……我并没因屡受‘左’的打击而认清‘左’的实质和危害；相反，我却一贯虔诚地接受批判，诚惶诚恐地清算自己，终于在“文化大革命”后期的新闻工作中跟上了这一‘大革命’的‘历史步伐’，不幸犯了不折不扣的‘左’的错误。”“党的十一届三中全会的思想、政治路线，使我有可能对自己的错误和以往的曲折经历进行重新认识和思考。《犯人李铜钟的故事》就是对过去的一段历史进行重新认识和思考的产物。”这里，作家对历史的思索和描写，是从现实的教益中汲取思想养料的，且注进了深切的自我反省和自我批判的成分。文学界现在在议论文学的时代性和永恒性的关系问题。我以为，像《犯人李铜钟的故事》这样的作品，既是属于一定时代的，属于现在的，也是有生命力，属于未来的。它将留在文学史上。

二是在立意上一定要有新的开掘。这几年，写1957年反“右”，1958年大跃进，1959年反“右”倾，三年经济困难，1963年、1964年“四清”，“文化大革命”题材的作品，数量非常之多。在第一届中篇奖中，有像《犯人李铜钟的故事》《在没有航标的河流上》《天云山传奇》《啊！》《蝴蝶》《大墙下的红玉兰》《三生石》，其他也有像《如意》这样的优秀之作。在第二届中篇奖中，有像《洗礼》《流逝》《张铁匠的罗曼史》等优秀之作。在写“文化大革命”的作品中，《洗礼》和《流逝》是公认的在思想上有突破的两部作品。以往写“文化大革命”的作品，主要涉及两个方面的内容：极“左”路线带来的悲剧；极“左”路线践踏下所存留的人性、人情、人道美。但很少有作家思索这样一个问题：“文化大革命”作为一个时代的错误，是应予否定的。但它自身巨大的反面教训，即使在悲剧发生的当时历史条件下，是否也曾真实地而不是虚假地，辩证地而不是形而上学地启示和教育过整整一代人呢？我想，凡是经历过这场浩劫的人，回答是肯定的。当然，获得的教益会有不同的方面，也有不同的程度。《洗礼》与《流逝》正是在这一点上，对那个时代作了更为深刻，更为辩证的反映。《洗礼》是讲老干部王辉凡在“文化大革命”中经历的“灵魂的洗礼”，《流逝》是写一个中产阶级家庭的少妇欧阳端丽在“文化大革命”中所“失去”和“留下”的。王辉凡从“文化大革命”的惨痛教训中，看到了自己以前所卖力推行的某些政策，与“文化大革命”极“左”路线的共通性，而深深自责、反省，懂得了如何在曲折的历史进程中，把握自己，把握自己在社会中的位置。欧阳端丽在“文化大革命”中失去了尊贵的社会地位，优越的生活环境和条件，“文化大革命”使她像一个普通人一样生活，劳动，创造，而“文化大革命”之后，当以前失去的一切顷刻又回到了手里时，她反而生出一种失落感、怅惘感，她开始寻找自己人生的位置和价值。两个作品，在题旨、立意上，殊途同归，较之以往这类题材的作品，提供了对历史生活新的认识价值。这也反映了一代人对历史的思索、探求和评判的发展过程。

作家唯有在处理同类题材时，不要重复自己，也不要重复别人，而要思索、探求得深一些，新一些，才会有所突破。

在变化的现实中把握现实

一个作家，目力所及，不仅在于历史，更要关注当代人民的命运和现实生活。这里，涉及对当代文学和文学的当代性这个论题。文学是一定的时代的产物，一定的生活的产物，是为现时代人民所需要，所阅读的。因之，作家不能不考虑时代、生活、人民对文学的现实要求和愿望。所谓文学的当代性，一是指它所反映的生活是一定阶段的现实，它的社会风貌、人情世态等；二是指它的现实感和时代感。这是我关于这个论题的一个总的认识。当然，我也不主张在理解上过于褊狭。因为我们所处的时代，有其特殊性，新与旧，历史与现实，那么紧密地交织在一起，尤其是人们的情绪、感情、心理，更是深深地烙下了悲剧时代的印记。“伤痕文学”，从总体上来讲，是当代文学的一部分，这是毫无疑义的。但从发展的眼光看，它与今天那些直接反映新时期变革生活的作品来比，又不能说是反映现阶段的现实，具有充分意义的当代性的作品。

从第一届中篇奖到第二届中篇奖，真正将自己的目光由历史移向现实，并艺术地再现现实的作家，还为数不多。有不少作家，仍然将自己的眼光滞留于过去，——当然，这还不是问题的症结。诚如前面所分析的，对历史的回顾，并没有找到新的认识，新的表现角度，以至平庸之作时有出现。还有一部分反映现实生活的作品，由于作家认识上的肤浅和艺术表现上的浮薄，也是不堪卒读的。但也应该看到，在近两年的中篇创作中，也出现不少作家紧紧追寻时代的脚步和人民的思考，并在创作上取得显著成果。

这些作家的一个共同特点，就是十分注意把握现实生活的脉搏及其变化，从现实诸关系的变动中去汲取创作的激情。他们之中的一些人，对于悲剧的历史曾有过出色的动情的描写。但是，当生活的轨道开始改变，经济关系、人与人之间的关系，以及种种新的因素出现在现实生活的土壤之中，他们思索的着眼点迅即由历史转向现实，用新的艺术形象来抒写新的生活答卷。这里，张一弓的创作道路是极富代表性的。按照作家的生活经历，以及《犯人李铜钟的故事》所达到的思想和艺术上的成就，他在“伤痕文学”的领域，还大可驰骋。但是，作家被现实生活的急剧变动震撼了，被意识到的历史责任惊醒了，他在完成了《山村诗人》之后，毫不犹豫地投身于生活的激流。《赵镢头的遗嘱》成稿于1980年末，那时，农村的生产责任制还刚刚处于萌芽状态，作家就敏锐地看到了其中所潜伏的矛盾、阻力，看到了农民对调整生产关系新的历史要求和愿望。这个作品的深刻之处及其贡献在于：它写出了新时期变革最初时期悲喜剧因素的杂陈及其转化，从而展示了历史发展的必然趋势。《流泪的红蜡烛》反映了逐步富足起来的农民，与其精神贫困之间的深刻矛盾，以及对感情、精神生活的合理要求，这在当前农村现实生活中也是带普遍意义的主题。《张铁匠的罗曼史》提供的生活背景虽然主要是历史的部分，但是着眼点是寄希望于未来。如果说，短篇作家高晓声主要是通过农民自身的弱点，历史因袭的重负来揭示国民的灵魂的话，那么，张一弓则是试图通过中短篇创作，对历史的反思和现实关系的描写，来展现整整一代农民的命运，创造一个“农民世家”的形象系列。

蒋子龙、谌容和水运宪的中篇，都是直接反映现实生活矛盾的。蒋子龙创造的“开拓者的家族”，已经有了定评。“乔厂长”的形象，已经成为文学和生活的“共名”。这个作家的一个非常突出的特点，就是始终如一地对生活抱有激情和坚定的信仰。他的三个中篇，《开拓者》《赤橙黄绿青蓝紫》《锅碗瓢盆交响曲》，虽然思想艺术上的成就不一，但作家是力图从思想与艺术的完美结合上，来创造开拓者的形象系列的。客观地说，《开拓者》中的车篷宽的形象，理念痕迹还比较明显。但到了《赤橙黄绿青蓝紫》和《锅碗瓢盆交响曲》，作家有意识地作了三个方面的努力：一、创造有历史深度，有时代感的复杂性格，如解净和刘思佳。二、不断发现和认识现实生活中的新的矛盾及其新的表现形式，在描写今天的同时，还想到明天的发展。在解净、刘思佳、牛宏、牛华的身上，既有历史的负荷，又昭示了明天的前景。作家在冷峻的客观描写中，注进了自己的理想与热情。三、不仅从工厂，而且开始从社会生活的其他领域来展示我国新时期改革的历史要求及其必然性。《锅碗瓢盆交响曲》写的是商业战线上的一场改革。据说，作家还准备写一个知识分子题材的作品，希冀从各式各样的生活场景和典型人物身上，概括出更为深广的社会矛盾，开掘生活的内涵。作家说他自己是用“三分之二的时间研究社会，三分之一的时间研究文学”，这种努力是弥足珍贵的。

谌容这个作家，在我国新时期的作家队伍中，是较为独特的一个。在《人到中年》之后，作家将她的审视更直接更尖锐地集中于现实矛盾斗争，写出了《真真假假》和《太子村的秘密》两个中篇。遗憾的是，这两个作品发表后，批评界出奇地保持了沉默。这是不正常的。我以为，在同时代的女作家中，她这样做，是有胆略，有真知灼见的。《真真假假》用现实主义的白描手法，勾勒了一群知识分子面对文艺政策和极“左”的余毒，所产生的种种心理变化；《太子村的秘密》则用近于推理的“反证”手法，揭露了农村改革中的极左阻力。谌容在构思、人物形象创造和艺术表现上，都执意不重复自己。她还注意吸收、融化外来艺术之长，并赋予其民族的形式，仅此一点，也应予足够的肯定。

水运宪的中篇《祸起萧墙》出来后，上海开展了讨论，持否定意见的占了上风，且未深入下去，有点仓促收场。更令人费解的是，北京批评界当时对这样一个反映重大现实矛盾斗争的作品，竟也持沉默态度。诚然，这个作品在艺术表现上，还不能说是完整的，也确有粗疏之处，但作家那么敏锐，并能借助于相当复杂的种种社会关系及其纠葛，来概括新时期改革所面临的严峻斗争，这是难能可贵的。傅连山的形象写得有声有色。《祸起萧墙》成稿于1980年末，当时，改革之风还没有像现在这样四处吹拂，这在当时反映工业战线的作品中，也是独树一帜的。

路遥、王安忆等都是青年作家，他们近两年发表的中篇。多以青年为主人公。如《人生》《在困难的日子里》《命运交响曲》《冷土》《归去来兮》《南方的岸》《普通女工》等。他们的这些中篇，较之前几年写青年题材的中篇，有了很大的发展。原因在哪里呢？因为他们的作品，反映了整整一代青年对生活，对时代的再认识再思索的过程，这也是整个时代生活发展的轨迹。刚从浩劫中走过来的青年和青年作家，看到的是一片污血，是心灵中所受的巨大创伤。继之，是反映某些有思想的青年在“文化大革命”中的思索，这种思索，有时又会失去准星，变得迷蒙。当新的契机出现后，两类题材同时进入创作之中，一类是写青年开始蒙眬地意识到的时代责任感，但思想尚未完全成熟；一类是写青年在新旧交替时期的动摇、彷徨和探求。青年的出路在哪里？《人生》《命运交响曲》《南方的岸》《普通女工》的发表，作出了正确的回答。这些作品，提供了青年两个方面新的思想探求：经受过痛苦磨难和教训的青年，应该从“伤痕”中走出来，不要单纯地向社会索取，而要到生活中去寻找自己人生的位置、价值和创造；命运有时是不公正的，也是不可抗拒的，但是，在一定的条件下，人们自身的信念、灵魂的力量，可以而且能够战胜和改变命运。这些作品，因为都较为普遍地反映了现阶段青年的思想状况和要求，因而引起了广泛的反响。

小说创作从哪里突破？我以为首先应从反映现实生活的题材突破。文学不应回避矛盾，要迅速抓住现实变动中的生活信息，触及尖锐的社会矛盾和严峻的主题。文学是要写现实主题的，也需要从多方面来丰富和提高人们的精神、趣味、感情、情绪，但不能以反对写现实主题作为提出问题的前提。当然，文学不等于政治，作家不能满足于作为某些政治，尤其是某个时期政策的传声筒，而应力图使真实的思想与尽可能完美的艺术形式结合起来。

我坚信，为文学的当代性作出贡献的作家，历史会记住他们的名字。

1983年3月17—18日，深圳—广州

愿这里长起参天大树

你们知道，这第一次西北行，我寄予了怎样高的热情和厚望呵！我竭力排除一切纷扰，只用双脚，用心，去感受和领略中华民族古老传统和文化的精英。人生难得几回“行”。更难得返归大自然。西北行，会使我获得一次灵魂的净化和升华。

黄河故道，您这中华民族古代文明的摇篮，今天，又以怎样哺育现代文明的雄姿，出现在南国花城的来访者面前？！……可是，我尚来不及就近登上古长安的城墙，你们就送来了为中国作家协会文学讲习所（第八期）学员组织的短篇小说专号校样，约请撰写评介文章。此刻，我原本单纯、热烈的心，倏然被一道沉重的压力碾过，不过，这毫无责怪你们的意思。临离广州前，正是我写信给你们，对你们为中国作家协会文学讲习所学员开辟小说专号的谋识和魄力，表示了深深的敬意。我甚至责备自己和我们的刊物，为什么没有想到这一着高“棋”。默默接过你们递上的校样，我便把自己封闭在宾馆（这里俗称饭店）的屋子里，通宵达旦地读着。终至，我坐卧不住了，一股亢奋的情绪充溢心间，禁不住在房子里踱来踱去。那心态，那神情，那步履，简直像年轻朋友在等候会见他的恋人。文学，让千百万人着魔的文学！我一改以前冷静思索后才下笔的写作习惯，迅即铺开了纸页……

你们能想象得出，是一种什么力在推拥着我情绪的波澜吗？——是小说中喷薄而出的一种新的追求，追求中满含的希望，有希望的追求构成了有力度的情绪冲击波。从作家年龄来分，他们是标准的第三代。他们都是已三十岁又不足四十岁的人，多从“文化大革命”的后期或粉碎“四人帮”之后开始写作。他们小说中裸露出来的，不全然同于第一代老作家，第二代中年作家，及至不全然同于他们自己上一个时期创作的新的思想质素和艺术质素，预示了第三代青年作家创作上的某种发展信息和动向。虽然，我来不及读到他们在你们刊物第九、第十一期发表的另两个短篇小说专号，但我自信我的这个判断和预见，将伴随着这一代青年作家的成熟，而得到证实。

他们是执着追求的一代，又是执拗而近于偏执的一代。我想，你们从他们文前每个人“宣言式”的创作主张和艺术追求中，会获得这个印象。偏执不好，也不见得全坏。较之平庸无奇，我以为要好些。他们坦诚，直率，有不拘格局的独立个性，毫不隐晦自己。这一代青年人，将越来越少矫饰、虚假、虚伪等市侩习气。这也是时代的造化，社会的进步。他们不是公然宣称“人类最无用的经验是创作经验”吗？当读到这样的文字，你们也一定为他们偏执于此而发出另一层内涵上的“蒙娜丽莎”式的微笑吧。可是，事物的另一面，我们想到了吗？由这种偏执而可能带来的开创、开拓精神，会催化一个新的艺术生命的诞生。文学史，不是既证明“借鉴”可以造就伟大的作家和作品，如鲁迅和他的《狂人日记》，同时也证实无师承也足以造就伟大的作家和作品，如巴金和他的一些代表作吗？巴金的名言：“无技巧即最高技巧。”文学讲习所年轻朋友的文学宣言上也写着：在艺术上，没有阵地，只有一条进军的路，永远在路上，最后的归宿也在路上。

现在，要来分析分析，注进他们作品中新的思想质素和艺术质素是什么？

新时期，我国的青年文学，它的主干是知青文学。它的第一块路标——“伤痕”；第二块路标——“认同和回归”（主要是精神上的，而不是实践上的）；第三块路标——“崛进”（似乎潮头还未兴起）。中国作家协会文学讲习所学员朋友们的这个小说专号则表明，他们不再那么规范地遵循这一条历史和文学的逻辑线索来选择素材了，即便反映青年生活，也把它与社会多种结构层次，各种观念变化和更新联系起来。人性、思考性的因素和情感色彩越来越突出，单一的命题性的主旨越来越淡化。与之相适应，他们在艺术上也开始了突破性的追求。他们不再把政治的、政策的因素，当作文学创作的唯一主宰，神圣不可侵犯。即便触及到政治、政策的因素，也决不作赤裸裸的宣示或标签式的印证，而是尽可能地渗透到情节和人物中去，让它“隐蔽”起来。他们注重艺术表现上的客观性、自然性，并完全有可能形成一种共同的发展趋势。

> 我的作品应似山林中的一棵小树，或是一棵小草，把根须深深地植进泥土，从大自然的怀抱里汲取水分、空气和养料，自自然然地生长；也自自然然地带上自己的色彩和芳香。

以上的话，是你们陕西青年作家王篷写下的。这次他发表的《沉浮》，强有力地实践了这个艺术主张。不知你们是否有这样的感觉，读过王篷的其他作品，也不一定置信《沉浮》会是出自他的手笔。这是好现象，抑或是不祥的预兆？我是为王篷庆贺的。他在突破自己，甚至还可以认为，这表明沉寂了一个时期的陕西中青年作家群正在酝酿一次新的突破。你们记得，去年应约，我为贵刊“关于小说创作提高与突破的讨论”栏目，撰写过《历史会记住这些名字》一文，其中谈到陕西青年作家创作上的三个特点时，写道：题材、思想、艺术、形式、方法上“单一而不丰富”。当时，我是抱着热切之情，希望你们那里冒出更多的闯将，开拓者，进击者，不只是一个路遥、贾平凹，还要有第二、第三……个路遥、贾平凹。王篷的《沉浮》发表，使我看到了这种前景。

也许有人担心，肯定描写的客观性、自然性，不是陷进自然主义的泥淖吗？我目前还没有这种担忧。至少，从王篷，从其他一些作者类似的作品中，还看不出这种危险性。因为他们的创作实践在二者之间画了一条严格的界限：并非用客观性、自然性，排斥思想性、真理性，而是要在充分意义上的自自然然的真实描摹中，投射一束理性的光影。虚假的文学（不仅艺术假，思想也假），够讨嫌的了。它的余毒，不是还常常出现在我们的银幕和电视屏幕，以致使我们禁不住愤然而起，不屑一顾吗？

好了，让我们来共同探讨一下《沉浮》。

《沉浮》写女主人公的一次自我反省，环境安排在随时都可能被洪水吞没的生死存亡关头，这是奇特的，别开生面的。如果艺术上处理不好，就会非常“假”。不能不叹服作家笔力的深厚和细致，将发生在一个特殊环境里的一段心灵历程，写得那么逼真、自然、动情。没有性格的剧烈冲突，没有事件的刻意铺排，甚至连主人公的名姓也没有，唯有一个大写的“她”，现实的绵长思绪和历史的痛苦记忆，在咆哮喧嚣的洪水中升沉起落。造成“她”精神世界巨大变动的直接原因，是“她”所膜拜的恋人，霹雷闪电一瞬间的卑污行为，把“她”推到了绝境。在生与死搏斗短暂休憩的时刻，使“她”有可能检视别人，也反省自己。“她”精神因素中懦弱、依附，乃至在男性面前表现出来的过于拘谨的部分在削弱，而内在自强、自立的意志力一点一滴地在凝聚，在复活，从而使“她”的灵魂在“她”原来那个位置上，获得了一个层次的更新和升华。在洪水退去之后，“她”将现实地、勇敢地正视人生，开拓自己的精神世界。作家赋予人物的这种思想力量，不是在说教中，在理念中，在图解中，而是在自自然然的生活画面和场景中，在人物自身心灵矛盾的真实运动中流淌出来，具有不容置辩的可信性和说服力。

你们一定还会注意到，《沉浮》在文气上，较之王篷以前的作品，多了女性的细腻感和温柔美。环境虽然那样恶劣，但艺术表现上基本持冷静的态度（作家在人物与自然、与自身破坏力作剧烈抗争的攸关之处，有时情不自禁地发出几声过于沮丧的感喟，影响了作为读者的我们的感情上的审美的连续性），情感节奏的紧迫感，心灵画面的冲击力，理性思索的逻辑性，隐藏于平缓、从容、和谐的格调中。

无独有偶。《沉浮》写自我反省，湖南青年作家聂鑫森的《绿城堡》写自我改造，推动力都是外在环境。后篇被冠于专号篇目之首，证明你们是重视这篇小说、喜欢这篇小说的。我也有同感。

《绿城堡》写了一个有缺点的人物——护林员龙涛。写到这里，我的记忆中不期然地浮现出一些荒诞不经而又十分流行的人物“改造”画面：“路线斗争”+“阶级斗争”+“英雄抓坏人”＝犯有错误和缺点人物的转化。前些年，充斥于我们文学、电影乃至儿童文学作品中的，不正是这样一些模式吗？后来，又有了一大批用先进人物来影响和改造后进人物的作品。我们并不一般地排斥这样结构人物关系的作品，问题在于，这些作品是否艺术化，是否真实可信。聂鑫森显然希望这类题材的作品有所突破，他在走一条大相径庭的路。像他的工业诗和其他小说一样，他的这个作品所表现出来对生活现象的观察和感受，总是独特的，奇异的。龙涛从小任性、倔强，以“自我”为中心。当他被放逐到远离人烟的地方去守林后，他将自己的生命活力、情趣用于建立“绿城堡”的事业上。但环境的闭塞，如同被囚禁的困兽，又使他变得骄横暴戾。电话总机室姑娘华翩的出现，并理解和尊重他的“绿城堡”，心的相通，为龙涛更新自己提供了客观条件。一个鲁莽粗俗的人开始学会追求知识，提高素养；一个工作目的不明确的人，开始懂得了自己工作的价值和意义。会有人提出怀疑：龙涛思想意识的这个关键性的转折，仅仅发生在华翩一次偶然的电话问候以后，是否夸大了个人的意志，情感的力量？人生是复杂的。人与自身的缺点、弱点进行斗争的决心，乃至方式、方法也是各个不同的。某种特定的际遇，某个偶合的因素，都可能成为这种转变的媒介和触发点。只要它与主客观方面其他各种力的相互作用有机地扭结一起，就有了现实的可能性。虽然，《绿城堡》在这方面还欠缺更令人折服的描写，但总的来看，还是顺理成章，成其自然的。至于作品中设计龙涛救火那个情节，就俗套了，用以表明人物思想上意识质的内涵变化，也是脆弱的。这是作品明显的一处败笔。我的这个看法，你们能同意吗？

聂鑫森写了十几年诗，尔后才迷恋于小说创作的。诗的实践，使他的小说具有诗的“韵味”。作家在这期小说专号作了明确的表述（也是第一次见诸公开的文字）：

> 短篇小说……需要创造一种有强烈情感色彩的境界，使人物从中和谐地演绎出他们的“历史”来。诗是很强调感觉的，小说似乎亦然……

《绿城堡》在男女主人公对话后，就一直写前者的主观感觉，加之自然风物描摹的飘逸美，人物情感递进式的交汇和渐次强烈，至人物关系结局安排的含蕴，使整个作品染上了一层浓郁的诗意。

再来看湖南另一位青年女作家贺晓彤的《妈妈，你听我说……》。不瞒你们，我越来越不易动感情了。但读这个作品，几回拿起，又几回放下，不得不擦拭一下湿乎乎的眼睛，我的心有一种经历了创伤般的蠕动感……我非常非常喜爱这个作品。它也许写得笨些，平铺直叙，某些细节的琐屑和堆砌，可能使一些没有耐心的读者无法卒读。而我是被它深深地吸引住了。它写的是一个普通家庭成员之间的爱和爱的方式，并通过感情忏悔自省的追述形式重现出来。正因为它普通，是人所共同体验的，就会引起众多家庭的共鸣。作家在叙述的角度确立之后，只听任情感的涓流，潺潺流逝。素英对失去的，愧疚不已而又无法弥补的情感，宣泄得越真切细腻，越淋漓尽致，妈妈那普通的然而又是博大无私的爱，才能更深沉地激荡着我们的心扉，并由此唤醒和催化人类的良知良性。然而，我从“妈妈”这个形象获得的审美享受并不仅于此。有的批评者往往不加区别地指责评论家仅仅是为了某种需要，而任意宰割或片面夸大形象的质的内涵。其实，这并不完全公正。作家概括自己的生活体验和感受来创造形象，有时并不一定完全认识形象所可能包容的深广的内涵。评论家的责任正在于，他应将潜藏、包裹其中的深广内涵挖掘、揭示、提炼出来。比如，我从贺晓彤的这个作品，就得益于更深一层的启示：感情、爱在失去之后，才认识到它的弥足珍贵。由此进一步的引申，于事业、于人才，于一切美好的事物，不要等到它失去或被遗弃之后，才承认其价值。而应在它处于生气勃勃热烈澎湃的兴旺时期，就注意发现它，培育它，珍惜它，让它转化为改造社会和提高人类精神文明素质的热能。你们认为，我对作品所作的这个评判，是否牵强呢？

有的作家，对自己作品内涵的开掘，主观意识是毫不含糊的。下面是湖南又一位青年作家叶之蓁写下的话：

我注重的不是故事的本身，而是它的内涵和叙述的方法。

不知道你们是否读过我在《芙蓉》发表的关于叶之蓁小说创作的评论文章——《年轻的，也是有为的》？我是从取材、描写角度和人物形象的独特，并依据其与环境的关系，来论证作品题旨的典型意义和开掘的深度，以及艺术的个性的。读了作家这次在你们专号发表的《悲哀》，我看到了他的新的进步：前一阶段作品中那种描摹生活几近生活本来样子，而有时又开掘和提炼不足，在这个新作中得到了克服。作家既保留了惯有的描写的真切、自然、生动的特点外，更注意作品内涵的丰富和拓展，并将题旨深深地融合在故事之中。《悲哀》写一次相亲，故事再平淡无奇不过了。但是，随着介绍人和婚姻“仲裁者”黄老师（可叹可恨的还是一个为人师表者！小市民市侩习气已经侵蚀了她的骨髓）的灵魂逐步显示和剥开，我们的心仿若被锋利的刀尖戳了一下，痛楚无比、苦不堪言。还有什么比互不理解和相通更可悲的呢？还有什么比原以为理解和相通、实则并不真正理解和相通的悲哀还要悲哀的呢？这个作品，会带给我们对人生经历的许多联想。它是一篇写人与人理解和相通的作品！又是一篇激励自省自重自尊之作！难道生活于文学讲习所的这一群，他们也有心灵上的某种默契吗？——呵，我这样问自己。我想，会有的。

这期专号共发十一个短篇，其中有六篇是探讨这同一题旨的，占的比例很大。这个文学现象相信也会引起你们的关注。也许，你们在做编辑的工作时，就有过这方面的考虑。有人会忧虑：现在年轻的一代越来越倾向于人性、人情、人道主义。甚至可能质问：社会主义中国的进步，社会主义四个现代化，靠人的相通、爱，行吗？我们怎么回答这种极富想象而又令人难堪的问题呢？我的理解是：他们在生活感觉和艺术表现上，走着不同的路，但殊途同归，题旨一致，这是其一；其二，这一代青年作家越来越相信和祈求通过实现人与人之间的正常关系（包括人与人之间正常的心理关系这个极重要方面），人与人之间的信赖、平等、尊重、谅解、互补，来达到自我改造和自我完善的目的，以有益于社会，有益于他人。尖锐的斗争方式，只有在危及大多数人的利益，而病患者又毫无自觉性的情况下，才加以实施。我认为，青年作家将这个认识糅进自己的作品，是反映了现时代历史进步要求和人民愿望的，是人类整个精神文明向更高阶段发展的标志之一。

下面要谈到吉林青年女作家杜保平的《小城丈夫》及黑龙江青年作家孙少山的《绥芬河畔》，它们触及的也是上述题旨。对这两部作品的评价，意见可能不易统一。我愿坦率地表明自己的看法，与你们，与作者共同探讨，不当之处，请不吝指出。

对《小城丈夫》，我持肯定态度。社保平说她在文学乐池中是“吹草叶”的，真是妙语不凡，谐趣中包含着智慧。这个短篇是路旁的一枝草叶，也许不那么逗人心目，但它的色泽的新鲜感并不亚于一朵鲜花。因为它是用作家自己的体温和精血来培植的。在现代文明条件下，可能出现“小城丈夫”这么不开化的人物吗？——有人会这样指出问题。不过，我是相信它的真实性的。一个小城业余作者，旦夕之间获得了成功，在她即将改换生活环境——奔赴大都市的前夕，夫妇之间的心态平衡倾斜了。妻子萧月沉浸在宏大事业憧憬的甜蜜之中；丈夫陈矩忧心忡忡，黄鹤此去楼空，蓦然生出妻子（准确地说，是妻子的爱）可能被别人夺去的预感。夫妇双方由差异而产生的这种距离感，是合乎人物规定的特定环境的。一个默默无闻的家庭，一对长期厮守，按照普通人的生活轨道运行的夫妻，其中的一方突然跻身于社会的某个中心位置，心理状态不发生变化（包括极细微极微妙的变化），才是不可思议的。而具体到陈矩，他取了这种思维和心理方式。因之，他用以维系这种平衡的措施自然是更为荒诞的。禁止妻子与异性跳舞，就能把有感情的血肉之躯变成石头吗？陈矩的可爱和可悲也正在于此。现实教育了他，无情的禁锢，首先是扼杀了妻子的感情、理性和外界的正常联系。人与人之间为什么不能互相理解呢？女主人公寻求理解，而丈夫最后理解了她，于是同步生活由变音到和谐。女主人公寻觅温馨的感情境界，不也是女作家自身，是生活现实中的我们，所朝思暮想、孜孜以求的吗？

《小城丈夫》的思想脉络单纯、明晰，《绥芬河畔》要复杂一些、也艰涩一些。评判优劣的主要依据不在于它是单纯、明晰，还是复杂、艰涩，而在于它把握的准确程度。这里，想提出三个问题来讨论。一、时代背景。上述提到的几个作品，都不是现实性很强的主题，也没有什么十分具体严密的社会背景，从这个角度来说，它是不明朗的；但人物的行动和心理变化，又可以从中找到现实环境因素的某种依据，因而它又是明确的。《绥芬河畔》写新旧两代人“闯关东”，他们各自的人生经历、遭遇及性格、感情、心理，历史承继性的类通一面尤为突出，而质的规定性的差异一面则淡弱，这样，两代人之间由环境影响所带给精神意识上的追求，被“模糊”了。二、人的本能要求与感情的关系。我们并不一般地反对写人的本能的要求。人的本能要求只有在与姣好的感情追求联系在一起，才能看成是合乎理性要求的，是人的意义上的行为。恰恰在这个方面，《绥芬河畔》有可以挑剔之处。新一代建国先后与三个女性——家乡的姑娘、小云、秦凤之间的纠葛，停留在较为单纯的配偶关系上，而超越于性爱之上的圣洁的感情追求，却着墨不多；老一辈老安对异性的兴趣，更多地带病态的心理素质。与此同时，人物的某种本能要求，虽写得不粗俗，甚至有纯真的一面，但毕竟压抑了些，会给审美享受带来损害。三、思想力量。小说的结局，让建国、老安及于彬为拯救秦凤的生命聚合在一起，矛盾的部分沉淀了，心相通了，从而升华了他们的精神境界。但由于上述两个方面在描写上失之精当，自然要削弱人物行为的真实、健康的思想力量。这一段评论文字，一定会在文学讲习所，在作者那里引起议论，盼请转告他们的意见，不妥之处当修改。

上述论及的几个作品，反映了这一代青年作家在思想和艺术上的共同追求：写人生、命运中有恒长生命力的真谛，并力求其真实、自然、质朴、蕴含。那么，当他们面对一些现实性的主题时，是否也驾驭自如呢？这期专号，你们选了湖北青年作家姜天民的《山路弯弯，河水弯弯》和山西青年作家珊泉的《砍山》两个短篇，显然是希望他们作出较为满意的回答的。我认为，他们并未辜负编辑部的愿望。

在艺术上，他们与前面提到的几位青年作家，有那么多的共同点。

> 我力求使作品在冷静的叙述中，蕴藏着对于生活的热烈的祝祷，于轻描淡写之中，体现出生活的复杂和丰富，写来虽不动声色，却要处处闪烁着静静的思想的光辉。力求写出人物，写出新意，写出个性，写出自己的思考……
>
> ——姜天民

> ……艺术上的俗与雅、巧与拙、质朴与灵空，好像地球的南北两极，可以由磁力线相通起来，我虽是笨人，也可以源乎其笨，本乎其实，求其天然韵味，达到古人的所谓“拙趣”……
>
> ——珊泉

这样的艺术旨趣，似乎更适合从侧面表现现实性的主题。这两个作品，都是触及农村实施生产责任制后带来的新问题、新矛盾，而笔墨又都是落在生产关系调整过程中，人与人之间社会位置的某种变换上。青年女拖拉机手金英在公社化时期，是个放在哪里都会熠熠发光的幸运人物。实行生产责任制后，无形中她“失业”了；红土窝“三家村”中的“团结对象”——中农朱大四货，“依山靠山”，成了致富典型；“领导阶级”——贫农、生产小队长耿东昌被冷落一边；“依靠对象”——下中农田福成在动摇中终于选择了前者。一次新的生产关系的变更，一些人升浮，一些人沉落，甚至被淘汰，这是合乎规律的。问题在于转变，在于顺应时代的潮流。姜天民和珊泉富有说服力地写了这种变化，他们笔下的人物都没有停留或固定在原来的位置上：金英在新的社会需要中，找到了自己的位置；耿东昌虽然不十分心甘情愿，但他毕竟迈出了一步，走向同一条致富的路，朱大四货的精神境界在逐步起着质的变化。珊泉赋予朱大四货精神境界这一更新层次，丰富了作品的时代内涵，增加了作品的思想深度。

你们也一定会看到，这些青年作家还不善于，或许说，还不太注意从正面驾驭重大尖锐的现实性主题，而更愿意在较为普通的现实性题材中，开掘出题旨的新意，并显示它的普通意义。读完这两个作品，我们会这样去思索：生活前进了，你的心，你的思维，你的观念，你的社会行为，停留在原有的位置上抑或在不断认识和更新自己？这样的思索并由此进行的实践，对于社会、对于自身，都是一个进步。

充分艺术化了的作品，无论何种题材、形式，若干年后仍能给人以审美享受。正是从这个高度来衡量，这两个作品在艺术表现上，还不能令人十分满足。《山路弯弯，河水弯弯》笔墨过多地停留在赖毛这个人物戏剧化的历史性格展露上，冲淡了作为金英转变契机的更多必然性因素的描写；《砍山》中人物构思脉络尚嫌清简，影响了人物历史地位演变的力度和深沉感。

写给你们的这篇并不短的短简，还要接触到文学创作和文学批评中的一个极敏感的问题：东西方文学（目前来说，主要是现代派）的关系。我想，这是无需回避的。听说在陕西，这也是一个常常引起争议的论题。是吗？

我们这一代青年作家是不会保守的。他们决不重踏文学上的“闭关锁国”之路。他们对西方现代文学取宽容的态度，吸收、借鉴、改造，在吸收、借鉴和改造中进行再创造。

……东方的文学和艺术……西方的文学和艺术……它们之间，是否也可以嫁接一下？杂交能产生优势，嫁接呢？

这段文字，出自部队青年作家乔良的手笔，令我们肃然起敬。遗憾的是，他在这个专号发表的《石竹花开时》，似乎很难找到西方文学影响的痕迹。你们也这样看吗？也许因为浅薄，促成了我的鉴赏能力的呆滞。小说写失恋军人林九川的心理和行为的急剧变化，及至故事框架，行文节奏，结局安排，都很合乎我们现实主义的思维方法和写作习惯。如果说这个专号有较明显的西方现代小说影响的作品，倒是另一位湖南青年作家蔡测海的《会场·跳舞·挤车》。他以前发的作品，我无缘奉读，这个新作，不知可否是他一次在内容和形式上的探索？它使我联想起上海青年作家曹冠龙的一些作品：用扭曲的思维方式，反映荒诞不经的生活，常常不期然地带上某种尖锐性、尖刻性，穿透某个现实矛盾的坚硬冰层。怪癖的，又是有力度的，犀利的，深刻的。蔡测海的这个作品，似乎还达不到这个水准。除"跳舞"一个断片，易于引起人们对理想的憧憬和哲理的思索，赞同某些生活观念的更新和改变外，另两个断片"会场"和"挤车"，我实在没有完全读懂。你们能将对这个作品的理解告诉我吗？切盼。

我一直有个看法：我们的作家在吸收、借鉴和改造别的民族，尤其是西方民族文学、西方现代派文学方面，总是比较笨。先不说那种生吞活剥的创作现象，即便一些重要作家在进行这种尝试时，也显得力绌心竭，有时甚至别扭得让人发涩，发酸。这也许就是我们至今拿不出这方面力作的重要原因之一。在青年一代作家中，能出现这方面的优秀闯将吗？我们期冀着。

最后，必须提到辽宁青年作家邓刚。他为当代文学贡献了《迷人的海》《阵痛》这样的佳作，他创作的盛期是否过去？抑或在短暂的休憩之后，酝酿着更高的潮头。至少，我们现在还不能像看待张贤亮那样，做出充分的肯定的判断，但是，邓刚在补充自己，提高自己，而有了这种精神，就是有希望的。"不愿再回到实实在在的岸上重新吸吮养料和力气，那只能是筋疲力尽而一无收获。"邓刚正处在"爬回岸上"的境况下，我们不要勉强他。《锤与画》属仓促之作，但小说最后给业余艺校绘画姑娘无情的，近于冷酷的一击，依然让我们看到了曾轰动过文坛的邓刚，他的思力和才力的深厚根基。

写毕，我总还感到缺少点什么。在第八期专号里，我们获得了众多的新鲜的艺术感受，但是时代的典型情绪、意志要求和愿望，这迅速变更着的生活画面、节奏、音响呢？是不是微弱了些？也许，你们将更为雄浑、壮丽的乐章，安排在第九、第十一期专号里奏鸣吧。我倾候着。

中国作家协会文学讲习所，是目前我国唯一的一座专门培训作家的、有权威性的学校，祈祝这里长起参天大树，结成茂林嘉卉。——作为讲习所学员朋友的同龄人，祈祝着。

1984年8月18日急就于西安市钟楼饭店，23日订正于酒泉市酒泉宾馆

（此文是作者应《延河》杂志编辑部之约而写）

杰出传记文学在中国的缺失

走进来，发现走错房间了，因为太多陌生的面孔和太陌生的研究领域。但我还是来了，因为研讨会主办方吴东峰先生的盛情，也是为主角李春雷和他的《木棉花开》来的。

我是传记文学热烈的，甚至是疯狂的阅读者，我的藏书经过前一段大清理之后只余下三类：一是文学名著，二是凡我能够买到的政治大人物和文化名人出版的传记，三是各种领域包括历史、经济、军事、外交、法律、宗教的代表著作或是有争议的著作。中国二十世纪的八十年代，不仅仅是小说的时代，同时是小说和报告文学共存共生，思想解放的时代。中国至今没有或者不是那么容易产生伟大的传记作家。现今称得上优秀和知名的，恐怕只有叶永烈了。在西方的思想领域，有两类作家是受到社会极大的尊重和尊敬，这两类作家成为社会的尊严，比许多知名作家更知名。一类是专栏作家，一类是传记作家。如果说专栏意义上的作家中国尚有出色者，那就是柏杨，他与三十年代的鲁迅都是杂文大家。

至于大人物特别是政治家的传记，是不是应该具备一个基本特征或品格，即用国家的概念或用国家的形象或国家命运来记录书写。诺贝尔给传记文学最高的奖赏，就是二战时期反法西斯联盟三大巨头之一的丘吉尔，他的《第二次世界大战回忆录》获得了诺贝尔文学奖。杰出的大人物传记，比如美国历届的总统，写得最好的，或者堪称应该更加命运化，更加诗性。当然也包括新媒体中的某种时尚。杰出的传记文学可以把它当成一部诗歌来读，也可以把它当做戏剧来阅读。

我对现在的报告文学不是漠然，而是感到内心的失望。许久没有阅读中国的报告文学，今天读到李春雷的《木棉花开》，我不敢相信，还真的有这种报告文学，它感动了我。这部人物报告，在写作形态上，选择了一个具有历史标志性和话语权的人物，一个有着符号象征意义的人。回望中国最早期改革开放的历史，南下的任仲夷（包括广东深圳的袁庚），加上安徽的万里、福建的项南、河北的高阳等才构成了中国最早期改革开放的艰难起步，或者说商品经济开始向市场经济转换的秩序的一种启动。真没想到李春雷会在那么短时间内完成，因为他写的任仲夷，就是在广东生活了很多年的人或作家，也不一定能读懂他多少。尽管任仲夷只在广东执政了五年，我对其主观印象和价值的一种评价，属于不折不扣的中国第一代改革开放的拓荒者和扛鼎人物。《木棉花开》写出了思想者的智慧和人格的魅力，任仲夷绝对是这两者统一的一个领导者。这也是一部文学性很强的作品。在中国，一度曾是废墟下的文学没有崛起，废墟下的作家没有写作的自觉。沉默成了解脱的代名词。而李春雷则是一个具有写大的传记作品或者优秀的传记作品气象的作家。

西方传记中具有人类抱负和价值的军人有三个人，艾森豪威尔将军、英国蒙哥马利元帅、美国巴顿将军是二战战场最耀眼的三颗明星。传记还确证艾森豪威尔将军是二战盟军的一位天才人物和军事最高统帅。被谋杀的肯尼迪，如果用今天的话来说，是当年那些有大作为的美国总统改革理念在行进当中的一次巨大实践。自然我不能预言谁将是未来的美国总统，但希望他或她能像肯尼迪那样实现改革，给美国人民带来福祉，给世界人民带来福音而非灾难。我还特别欣赏里根，尤其是传记里关于里根东西方冷战思维的描写，以及思维过程产生的一种卓越智慧。此外，诸如印度甘地，英·甘地家庭的传记，那就不仅仅是一部带有东方传统文化的谋杀历史，而且是南亚、东南亚民族和国家走向解放或原始积累的血腥史；阿拉法特、约旦国王侯赛因等等的传记，从中可以看到一部中东的战争史，也可以看到一部中东的民族解放史和殖民史。

大的传记作家，应该有这种国家观念，拥有以国家形象创造的伟大责任和抱负。政治人物的传记、大人物的传记还应该要有宝贵的思想财富的提炼。一个名人没有名言不可能成为名人，一个名人一个大人物如果没有思想的财富，没有属于他的理念提炼，是不完全的，也是遗憾的，欠缺的。里根的东西方冷战思维下的观念，无论是对敌人、朋友或者对他自己及美国后来的统治者都有教诲意义。传记作品还必须具备文学的经典性和传播传世功能，这里不多谈虚构和非虚构文学，但是我赞成传记文学应该比小说对人物的刻画、塑造更经典，它的故事情节、人物历程在政治道德、人性和历史的冲突当中，就按照历史的真实和人生的真实的判断来写。但有一个前提来自作家自我：你必须完全进入人物内心，完全进入他的价值理念世界。如果成功的话，相信会成为中国作家勇于承担历史担当的一部关于政治人物大人物的传记。

最后给研讨会提两个问题：报告文学和传记文学各自的特性在哪里？报告文学和传记文学是不是两种文学的写作？

（这是作者2009年9月25日下午在广东从化文轩苑召开的中国传记文学中短篇研讨会上的即席发言）

第二辑

女性小说家论

“史”之评断

从民族史，从社会史，从文学史的角度，宏观地考察新时期的文学，时机成熟了。

文学，也可以在正当处于崛起兴盛的时期，镌刻它的“墓志铭”。

政治家、思想家、哲学家、科学家要有高瞻远瞩的预见性。这已成为人类的一条法则。何以最具丰富想象力和严密逻辑思维能力的文学评论家，将“预见性”遗失了呢？

下面，是本文作者关于新时期文学“史”之评断。狂妄吗？否。这只是一种探讨。

> 三千年的中国文学史，有三座伟岸的里程碑——汉文学；唐文学；新时期文学。

汉、唐、新时期，是中华民族历史上三个最开放、最富于进取心、最强盛的时代。这样的时代，必将诞生通达的、健全的、强壮的民族魂灵。文学，则是民族魂灵皇冠上的一颗明珠。

往昔一般的结论是：生产力、经济基础先进，不一定诞生优秀的文学，往往在生产力、经济基础薄弱、落后甚至反动的时期，诞生伟大的作家和作品（如文学史上公认的二十世纪二三十年代中国的“左翼文学”，十八九世纪俄国沙皇黑暗统治时期的革命民主主义文学）。

但是，任何事物都有两重性。文学与经济、与政治、与社会的关系也不例外。

因之，结论需要补充和订正。生产力、经济基础先进，思想解放的国度，可以诞生优秀的文学；生产力、经济基础薄弱、落后甚至反动的时期，也不一定诞生伟大的作家和作品（如林彪、江青反革命集团猖獗的“文化大革命”十年，虽然出现了以“天安门诗歌运动”为代表的民众文学、反叛文学，但它毕竟没有出现代表一个时代文学成就的伟大作家和作品。而且，“天安门诗歌运动”，严格地讲，是一种政治文学，或曰，是革命政治在文学上的异变）。

历史进程日益表明：生产力、经济基础的高度现代化发展，不是越来越束缚人、人的精神需求、人的文学创作，而是把他们（它们）从沉重的家务劳动和与现代文明相悖逆的观念中解脱出来，获得越来越充分的自由，越来越充分的个性。

近百年的中国近代史，有过三次伟大的政治革命：孙中山领导的旧民主主义革命；以毛泽东同志为代表的中国共产党人领导的新民主主义革命；社会主义革命。三次伟大的思想解放运动：五四运动；延安整风运动；新时期的思想解放运动。两座伟大的文学丰碑——五四文学；新时期文学。

孙中山先生是联结封建社会覆灭，旧民主主义革命开端的人。他领导的旧民主主义革命，主要是一场政治革命及对某些封建思想观念的冲击，这场革命的极不彻底及深刻的后遗症，不可能实现经济上的民族的腾飞；在文化，尤其是在文学上也没有太大的建树。而作为连接这两个时代的过渡性人物——一代巨匠曹雪芹，却诞生在孙中山先生领导的革命之前，但他实实在在是资本主义萌芽经济和萌芽思想的产儿。

中国共产党人的创始者及鲁迅、郭沫若、茅盾、巴金、曹禺为代表的文化人，是旧民主主义革命终结和新民主主义革命起始的联结人。新民主主义革命也主要是一场（武装的）政治革命，历史赋予它的特定环境条件和任务，也不可能使它在经济上实现民族的腾飞；五四运动，基本特征是思想文化战线上的反封建民主革命运动，它同时造就了中国现代史上的文学领域里第一次瑰丽繁荣的局面；延安整风运动，为确立马克思主义与中国革命实践相结合的思想路线，推动新民主主义革命深入，奠定民族革命解放战争的最后胜利，准备了思想条件。延安为代表的解放区文学，以其鲜明的无产阶级思想倾向性，及带有的社会主义思想的特征，进一步发扬了五四精神。

中华人民共和国成立，标志着新民主主义革命完成，社会主义时期起始，是一个划时代的历史性事件。经济上较之旧中国，有一个大的发展，但没有实现民族的腾飞；文学上的成就，主要体现在反映革命战争历史年代的生活画卷上，在某种意义上说，是新民主主义革命在文学上的一个延续和深入。在反映社会主义时期的生活方面，却没有出现多少经得起历史检验的作品，后来甚至越来越向“左”的轨道偏离。中华人民共和国成立后的二十世纪五十年代、六十年代前期，都没有出现可以称之为一代文化巨匠的伟大作家。社会主义时期思想解放运动的真正兴起，是在党的十一届三中全会之后，它波及包括政治、经济、思想、理论、文化、军事在内的一切领域，是一次划时代的全面的极富成效的革命，也是我们中华民族历史上最广泛、最充分、最深刻、最成功的一次思想解放运动，必将实现经济上第一次民族的腾飞——这已在地平线上看到了它的虹霓。文学上，已经出现了并将持续发展远比五四文学更为辉煌壮丽的局面。中华民族向现代文明挺进，已从这里起步。在伟大的思想解放运动的途程中，还可能会出现一些漩流，但终究不可能成为历史的高潮。一代文学巨匠的诞生，是需要多方面的主客观条件的，但从新时期文学发展的趋向来看，这种前景似乎已经出现了。

新时期文学两面不褪色的旗帜：中篇小说，报告文学。新时期文学的三支中坚力量：“老五七”（“右派”）作家，新时期涌现的一代青年作家，女作家群。

“天安门诗歌运动”，是新时期文学的先声；短篇小说和话剧，是新时期文学的前导；中篇小说和报告文学，后来追上，持续发展，在文学的各种样式中，处于领先地位。而且，这种趋势看不到有任何衰竭的迹象。这是一个时代现象，是一代人的文化结构和审美心理改变的有力佐证。

“老五七”（“右派”）作家，是一个历史概念，是以他们惨痛的命运为代价换来的，同时，也是以示区别“文化大革命”中的“新五七”战士（即下放“五七”干校的人的称谓）。二十世纪五十年代中期，他们大多是文学青年，以揭露时弊而享有声名。经过二十年的流离和被搁置，这几年，他们再一次崛起，并以自己的优秀之作重新在文坛上确立了无可争辩的历史地位。实践表明，他们至今仍有着强劲的生存竞争能力，他们中的一些优秀分子，在文学界还保有领先地位。中国作家协会第四次会员代表大会的召开，与全国第三次文代会一样在新时期的文学中具有开创性的历史意义。为他们之中诞生大作家、大手笔，提供了极其良好的外部自由。

新时期涌现的一代青年作家，以“老三届”（六七、六八、六九届初、高中毕业生）及现在二十岁左右的文学青年为主力军，充分显示出了自己的创作才能、创作个性和创作力量，以及可以预见的发展前途。但是，他们现在还没有完全成熟起来，他们只有不断突破自己的局限，奋勇自省，勤勉开拓，才能写出辉煌的历史篇章。

女性作家的涌现不仅是一个中国现象，也是一个世界性的现象。新时期我国女作家群的崛起和形成，有其历史的必然性及其存在的合理性。她们的作品和她们的名字，不仅为中国文坛增添了光彩，而且引起世界文坛的注目。

在国内，“序列小说”有兴起的趋势。“序列评论”，似未曾见。我愿做这方面的尝试。我的第一个“序列”家族，梦幻般拟建立在女性作家群落之上。总题为《女性作家纵横论》，含有《女性小说家论》《女性报告文学作家论》《女性争议作家论》《女性评论家论》《夫妇作家论》。

一条历史线索的追寻

理智的审视有时会是苦涩的。但为了评判的公允，又必须实行理智的审视。当我们将目光投向历史长河，理性地纵观女性作家的发展道路，一幅惨淡的画幅便冷酷地横在面前：几近两千年的封建社会，只出了两位堪以载入文学史的名女作家，而她们的生平时期，其间几乎整整相距千年！如果不是遭受社会离乱之苦，或沦落异域，或跌进底层，漫漫长夜，这两颗明星也许还升不起来。回首往昔，禁不住要为之哭泣，为之哀号！呵，我历尽沧桑的中华女儿！我饱经磨难的中华女性文学！

然而，这两颗明星毕竟令中华妇女骄傲，令中华民族礼赞。她们是汉魏时期的蔡琰（蔡文姬）和南宋时期的李清照。蔡琰留存给后人的诗仅三首，而作为奠定她文学重要地位的《胡笳十八拍》，则是我国文学史上最辉煌瑰丽的作品之一。李清照，是中国文学史上无可争议的一大词家，是“婉约”派的创立者，也是中国古典文学史上对后来文坛有深远影响的一位作家。后人辑录的《漱玉词》，收有她的词五十余首，多为珠玉。这里，还必须提到中国封建社会崩溃前夕的一位女作家——秋瑾。她的生平时期，距李清照，又几乎整整千年！秋瑾不同于蔡琰、李清照之处在于，她已兼备近代中国资产阶级革命启蒙时期一代民主战士的基本特征：革命与文学同时作为反叛封建统治阶级的双重武器。她的诗词，带有浓重的政治色彩。至于朱淑真、花蕊夫人、薛涛、陈瑞生等，她们在文学史上的地位和影响则要微薄得多。

中国文学史上第一次出现女作家群落，是五四时期。著名的有谢（冰心）、黄（庐隐）、冯（沅君）、凌（叔华）四大家，以及陈（衡哲）、袁（昌英）、苏（绿漪）、白（薇）。冰心是五四时期女作家中当之无愧的杰出代表，也是中国现代文学史上影响最广泛、最长久的作家之一。受五四运动思想影响，成名于大革命失败前后、左联及稍晚时期的有：萧红、丁玲、草明、陈学昭、冯铿、李伯钊、凤子、绿裴等。这一时期的代表作家是萧红、丁玲。

中华人民共和国成立后的十七年，虽然出现了一定数量的女作家，但无论创作的素质、能量、影响都不能与“五四”前后的女作家比拟。这是一个客观事实，令我们深入反省。二十世纪五十年代及六十年代初期成名的女作家有：杨沫、宗璞、茹志鹃、刘真、黄宗英、柯岩、菡子、季康、葛翠林、李纳、李蕙薪等。其中，反响最大的作品莫过于《青春之歌》《红豆》《百合花》《小丫扛大旗》《五朵金花》了。

女作家为数可观的群落的出现，形成中国文学史上第二次大潮，是在粉碎了“四人帮”，党的十一届三中全会之后的新时期。其中，评价大体一致，能列入全国量级较优秀行列的有：谌容、张洁、韦君宜、陈祖芬（北京），张抗抗（黑龙江），王安忆（上海），铁凝（河北），叶文玲（河南），航鹰（天津），李玲修（吉林），舒婷（福建），傅天琳（贵州），王英琦（安徽）。在全国有一定影响的女作家还有：陆星儿、凌力、田芬、孟晓云、喻杉、李小雨、韩蔼丽、德兰（北京），程乃珊、王小鹰、竹林、颜海平（上海），黄蓓佳、乔雪竹、范小青（江苏），柳溪（天津），方方（湖北），问彬、贺抒玉、李天芳（陕西），王小妮（吉林），林子（黑龙江），黄虹坚（广东），包川（四川），胡辛（江西），石楠（安徽）等。另，有争议的女性作家是北京的张辛欣、上海的戴厚英。女性评论家的出现、活跃及影响，对新时期文学有独特的贡献（中华人民共和国成立后十七年期间，文学评论方面有影响的女性，大概就算陕西的诗评家安旗了），她们的名字是：上海的李子云（晓立），河南的刘思谦，天津的盛英，北京的吴宗蕙、陈素琰（以现代文学评论为主），湖北的陈美兰，以及青年女评论工作者陈惠芬（上海），季红真、牛玉秋（北京），赵玫、王琲（天津）等。夫妇作家的出现也是新时期文学的一个特异现象，突出的有：内蒙古的汪浙成、温小珏，辽宁的达理（马大京、陈愉庆），北京的陈可雄、陆星儿（陆星儿后期独立作战，影响远远超过了合作时期），山西的柯云路、雪柯，北京、云南的晓剑、严亭亭。

以上，是我国女性作家发展的一个历史平面图。借此，我们可以从中引出哪些经验教训呢？

妇女在文学上的解放，首先取决于妇女自身的解放；妇女自身的解放，又首先取决于社会对于妇女解放的程度。在这二者的关系中，客观环境提供的外部自由，仍然是第一位的。妇女只有获得了充分的外部自由，内在自由才有可能发挥出来，也才有可能实现文学上的解放。尤其是在我国的历史条件下，妇女纯粹依靠自身的力量，去挣脱外部的枷锁，进入创作的自由状态，这种例证是极其稀少的。从世界范围来说，中世纪的愚昧窒息了包括文学在内的全部生机。但是，欧美、日本乃至澳洲，妇女在文学上的解放，先于我国，孕育和诞生了不少闻名世界的杰出的女性作家。在我国，妇女在文学上的解放，与整个妇女的解放一样，在一个相当长的历史时期，那么苍白，那么枯槁，在封建社会里，妇女在经济上，也在精神上处于社会最底层的地位。即便是农民在起义时期，或封建王朝处在上升、鼎盛时期，妇女的解放，从来没有当做整个社会解放的一个问题提出来。某些大家闺秀，也只有享受识文断字、琴棋书画的权利，她们与社会的交往，精神上的追求，被约束在严厉的封建道德规范里。这样，就不可避免地酿成了一个历史性的悲剧：妇女不仅在经济上，也在精神上处于被奴役的地位，她们在实际上被剥夺了包括进行文学创作在内的精神权利。

在中国现当代史上，先后崛起的两代女性作家群，是思想解放运动乃至整个社会解放运动、妇女解放运动的直接成果。以往在近现代史的研究中，思想解放运动作为推动中国近现代社会进步的历史转折性的杠杆作用，没有被突出出来。周扬同志于1979年提出的我国历史上三次伟大的马克思主义思想解放运动的观念，为研究近现代史提供了新的科学线索。这是周扬同志对新时期马克思主义理论宝库的一个重要贡献。第一次马克思主义思想解放运动——五四运动，对于建立了长久封建统治秩序和封建传统观念的旧中国，在思想文化领域进行了一次历史性的、卓有成效的批判和清理。它的旗帜，是“科学”与“民主”，它的口号，是反对“旧文化”、反对“旧礼教”。如果说，在封建社会里，尤其是民间流传的冲破封建家庭、封建礼教，寻求以爱情、婚姻自由为主体的人性解放的作品和人物，还带有某种理想的成分的话，那么，在五四时期，就变成了一个广泛的社会现实。五四时代，一批仁人志士寻求到了包括马克思主义在内的哲学、社会科学的先进思想武器，并用之于社会解放运动的实践。妇女的解放，妇女的权益，第一次被作为整个社会解放运动的重大历史使命提了出来。积极投身于五四运动，或直接、间接接受五四思想文化影响的一部分先进知识妇女，在更新自己的精神意识的过程中，走上革命之路，走上文学之路，就势所必然了。

新时期以党的十一届三中全会为标志的第三次马克思主义思想解放运动，则将整个社会的解放和妇女的解放，提到一个空前的历史高度和深度。对外开放、物质形式的较快发展，又将思想解放运动的范围及纵深层次和横向层次大大拓展了。已有的一切观念，都得经受一次历史性的审视和取舍。妇女的全面解放、妇女的全面权益及其观念，才能由理性的探讨变成强有力的社会实践。在我国条件下，与妇女有着更直接关系的爱情、婚姻、家庭伦理观念的更新和突破，可以看作它的第一个潮头。妇女中最优秀、最精华的部分，也随之脱颖而出。女性作家群的第二次崛起，为争取妇女的全面解放，捍卫妇女的全面权益，作出了其他领域女性所无可比拟的卓越贡献。也许，除了影视、体育女性中的名优，没有能像文学界的水准这样整齐、影响这样广博。自然，这与文学对于全人类具有通透性，不无关系。

从历史的角度看，女性在文学上走向成熟，也有一个历史的“积淀期”。从外部条件看，物质形式的发展和全社会思想解放的总值要大于妇女及妇女在文学上的解放分值；从内部条件看，女性作家在艺术准备上要比较充分，生活视野要比较开阔，思想水准要比较成熟。考察一下五四时期和新时期两代女性作家群兴盛的必然性，素质、素养是一个极重要的因素。她们大都受过完整的教育，有较高的文化层次。五四时期的一批有名望的女性作家，多出自名门闺秀，就读于名牌大学，有的还出国深造过。构成新时期的一批享有声望的女性作家主要是两部分人：二十世纪五六十年代或七八十年代受过高等教育。五十年代的中文科大学生，如温小钰、韩蔼丽、戴厚英、李天芳；“老五届”（1966—1970年毕业的）中文科大学生，如陈愉庆、孟晓云、胡辛、黄虹坚；由知青而成为中文科大学生继而成为作家的，如黄蓓佳、方方、喻杉、王小鹰、王小妮。此外，谌容、宗璞、程乃珊是学外语的，张洁是学经济的，凌力是学理工科的，陈祖芬、乔雪竹、陆星儿、张辛欣是学戏剧文学的，李蕙薪是学医的。一些无缘跨进高等学府的青年女作家，如王安忆、铁凝、张抗抗、李小雨，在家庭内部接受过极优越的文学教养。有成就或有一定影响的女性评论家、评论工作者，如李子云（晓立）、刘思谦、盛英、吴宗蕙、陈素琰、陈美兰及陈惠芬、季红真、牛玉秋、赵玫、王琲等，都是中文科的大学生。

此外，女性作家和女性评论家良好的素质、素养，还表现在知识面广，对于诸如绘画、音乐、戏剧、建筑等门类，有较深厚的修养。在知识结构上，既有传统的民族优秀思想文化一面，又有吸收、借鉴外国现代思想文化成果的一面。整体来看，她们的知识结构仍然是“东方型”的，或“东方主体型”的。她们并不过于激进，也不保守，易于接受新思想、新潮流，加之她们对文学一如既往的炽烈追求和献身精神，一旦历史提供了某种契机，她们必然要获得成功，成就为女中俊杰。

妇女的解放，女性作家的发展和成熟，取决于整个社会解放，取决于思想解放的程度。今天我国的现实，日益创造着多方面的有利条件，但思想乃至物质上的“板结”层带仍然十分坚固。——这就是我的第一个结论。

一个永恒主题的升华

爱情，一个永恒的主题；

爱情，一个现实的主题。

爱情，男性关注的主题；

爱情，女性敏感的主题。

爱情，男性作家有自己的观察和描摹角度；

爱情，女性作家有自己的认识和抒写角度。

呵，爱情，人类曾经为您演出了多少千古绝唱的悲喜剧；

呵，爱情，人类至今仍在为您生生不息地幻想、追寻、困惑、迷恋……

爱情，首先是一个历史范畴的概念。它有它的轨迹。它的起点。它的进程。哪里来，向何处去？归宿在哪里？它不仅仅属于未来学探索的课题，现实人类已经并继续在作出回答。新时期女性作家在文学上的第一个重大贡献，即在于探索爱情的历史道路及现实所提供的可能性上，合理地而不无强硬地反映了社会的一种普遍的情绪、要求和愿望。

张洁，新时期一位勇敢的女性，她甚至不惜自己的名誉受到严重挑战的代价，辟开布满荆棘的妇女文学之路，树起一帜。她是当代中国作家中探索伦理道德题材的卓越代表，是先驱者。

一、适时地传达了新时期女性在不同生活阶段，对爱情、婚姻、家庭自由的现实性的要求。洋溢着炽热的理想主义。并从社会学的角度加以考察，揭示其历史必然性和合理性。

二、严峻地展示了女性全面解放的艰苦磨难的历程。贯穿着激烈的现实批判精神。既是对历史因袭和现实环境某些积弊的批判，也是对人类自身弱点的批判。

三、艺术地再现了明丽的审美理想与压抑的现实境遇之间尖锐、巨大的矛盾。创造了感情、爱情追求上“强者”与现实行动中“懦夫”的复合形象。

四、在捍卫女性的权益上，始终是一个铁骨铮铮的战士形象。具有始终如一的不妥协的进击精神和锐利的锋芒。人格的尊严，精神的崇尚，道德的健全，是其创作的灵魂。

1.《爱，是不能忘记的》——由重人身自由转向重精神自由

张洁宣称：这部作品，是马克思恩格斯关于爱情、婚姻、家庭观的形象“读书笔记”。我以为，它更真实更急切的契机，是巨大的历史要求有转变为现实的可能性，然而又呈现出深刻的矛盾状态时触发的。女作家对老干部钟雨毫无一点伪饰成分的诚挚的爱，结局仍然是悲剧。男女主人公未曾料及，长久遏止的内心激情，一旦喷薄出来，理想在现实面前竟如此不堪一击，但由此产生的纯粹意义上的社会性悲剧，却长留人间。即便有人把这种爱指认为“神圣化”“偶像化”“净化”，但它作为一种象征树起的目标，给人类社会更高级的一种精神追求，指示了一个方向。

争取婚姻自由，把妇女从封建礼教的残酷束缚中解放出来，是砸碎几千年来加在妇女身上的第一道枷锁。过去这类题材的文学作品，都是以此为基本主题的。《爱，是不能忘记的》的发表，使这类题材的立足点发生了一个根本性的转变：在多数妇女获得了人身自由，及婚姻自由的今天，尤其是对于有着较高文化层次的知识妇女，非以建立在爱情基础上的婚姻形式，不再是最具价值的，重要的是精神上的，是爱的获取。这在新时期关于这类题材的创作中，无疑是一个重大突破。它远远超出了旧时代妇女解放的要求，反映了新的历史时期妇女精神意识的一个转折。甚至可以毫不夸张地说：《爱，是不能忘记的》建立了新时期爱情、婚姻、家庭观的第一块丰碑。

2.《方舟》——载负精神的苦难，争得自我存在的社会价值

在新时期的文学中，《方舟》第一个提供了“女强人”的形象（这个文学现象在我国的出现，依然可以看到苏联当代文学对中国作家的强有力的影响）。“寡妇俱乐部”的成员——梁倩、荆华、柳泉，虽遭逢感情和家庭生活的不幸，但通过开掘自身才赋和意志的力量，终在各自的岗位上有所建树。这组群像有独特的认识和审美价值：女性一旦被戴上精神的镣铐，就开始倔强地

塑造自己足以与男性、与社会抗衡和竞争，全面实现自我存在的社会价值的形象。她们追求独立的人格，高尚的思想，丰越的事业。预示着妇女的解放又迈出了重要的历史性的一步。

从客观的角度看，无论在思想、精神、地位、意识及社会的贡献上，男性始终处于社会的中心位置。一个正在向现代文明迈进的社会，应动摇和改变这种坚固的、封闭的人际结构。妇女在局部或整体上，都不再仅仅是男性的依附。她们通过自省、自尊、自强、自立，争得与男子全面平等的地位。《方舟》锐敏地捕捉了这个信息，意识到妇女解放新的历史要求和内涵。这是张洁对妇女文学的又一个重大贡献。

《方舟》中塑造的“女强人”形象，有某种“雄化”的特点，引起了争议。似应作具体分析。凡“女强人”必“雄化”，这并不是一般规律；但在现实条件下，“女强人”要真正站立起来，不付出某种代价，如肩负起沉重繁杂的家庭劳动及子女的抚养教育，作出某种牺牲——感情、精神生活的丰富性、和谐性相对减弱，恐怕困难重重。张洁的聪颖，在于看到了一种新的意识、新的观念、新的价值形象的难产。因此，我们不要一般地否定“女强人”从思维到生活方式上“雄化”的一面，而应看作人类在向更高级精神发展阶段中异化了的一个历史特点。当然，《方舟》中“女强人”对男性采取过于强悍的排他性，甚至以所谓“性沟”来淡化女性解放的社会性的矛盾冲突，则不可取。这是因感情的恣肆放纵，而导致艺术表现上的无节制的典型例证。

3. 《祖母绿》——超拔于个人感情纠葛之上，肩负起庄严的历史责任

在张洁的作品中，无论是明丽的感情，还是晦暗的感情，都经受着炼狱般的煎熬。人物无法挣脱沉重的精神十字架。《祖母绿》则宣告：由历史因袭、现实环境积弊及人际纠葛，带给女性精神上的创痛，不再对个人的命运起主宰作用，代之而起的，是历史的意志与女性自身的力量和意志的结合，缔造一种博大的精神境界和胸怀，实现主客观的新的平衡。使女性的生命价值在历史潮流的推动下，获得更崇高、更辉煌的意义。女主人公曾令儿在反向的历史意志的重压下，感情、精神上付出了无可估量的代价。在新的历史时期，当她感情生活中的对手为了琐屑的动机，而重新启用她的才学天赋时，她已经成熟

长大。她经历着一次精神上的更新：命运的沉浮，感情的哀乐，不再看成是超等神圣，不可染指的。国家、民族，社稷的利益高于一切。一个人的名字，只有与人类的进步事业联系在一起，才是永存的。曾令儿的形象，可以说是对《方舟》中主人公精神上的某种欠缺，作了修补。

《祖母绿》也有疏忽之处。正像《方舟》中因过于突出精神上的重压造成人物心理的变态一样，这篇则对往昔感情生活中应予摒弃与鞭挞之处，也加以容忍，这实在是一种扭曲。超然于个人感情纠葛之上，不等于不明辨感情生活中的是与非。

4. 下一篇？——是“女强人”，又必具女性的一切特点、美质（读者期待着张洁新的创造！）

张洁创造的三种类型的女性，代表着妇女在争取全面解放道路上的三个层次的追求，既是独立的形象，又是序列的形象，是现实生活中的追求通过文学审美想象的延续、升华。但无论哪个层次上的追求，都带有某种先天的缺陷。第一层次是实现了精神上的满足，却没有转变为现实；第二层次是自我存在的社会价值的显示，但却失去作为一个女人的许多幸福；第三层次是女性的全面解放在新的历史时期找到了自己的位置，但作为一个女人，在生活中仍然没有确立自己的位置。

随着社会物质文明和人类精神素质的不断提高和发展，历史正在孕育和催生一种崭新的女性形象：获得人身和精神的双重自由，自我存在的价值充分实现，是翘首于时代大潮之上的“女强人”，但又能获得作为一个名副其实的女人应有的一切幸福，保留作为一个名副其实的女人的先天的、自然的、社会的一切特点和美的质素。“女性雄化”，在现阶段也许有其存在的某种合理性，但从社会发展的角度看，无论如何都是一种畸形的病症，是妇女解放道路上面目狰狞的邪魔。

女性作家，当她获得了创作上较充分的外部自由和内部自由时，她们关注的第一命题，很可能就是感情、爱情生活及其观念的重新审度与变更。这是合乎她们的天性的。无视甚而蔑视这种意识，倒是反常的。新时期的女性作家，无论在扩大题材的领地与层次，还是探索的气度与质感方面，除了极个别的男性作家外——如张弦，是无可匹敌的。她们在揭示妇女感情生活的历史道路，及把握感情在新时代的变化契机上，创造了一系列崭新的女性形象，虽然表达的爱情观不尽然相同，缀合起来，却从整体上显示出生机勃勃的创造活力。

以下几种模式，具有现代爱情启示录的价值——

航鹰模式：《东方女性》——当“第三者”出现在感情乃至性行为的纠葛中，取理智的、感化的，并非剧烈对抗、激化的方式加以解决。

恰恰是在感情这个问题上，航鹰看到了极为复杂的一面。也许，在人的一切机制部分（生理的、心理的、个性的、性格的、气质的……），没有比感情因素更为微妙的了。尤其是在某些特定的际遇、情境下，简直蒙带上一层神奇的灵光。作家显然是在排斥了粗野的、卑劣的情欲、肉欲的前提下，触及了当今社会极敏感的“第三者”——“第三者”出现在感情纠葛中这样一个社会性的问题上。航鹰的爱情婚姻伦理道德观，从整体来衡量，是正宗的东方式、中国式的传统观念。然而，她又不完全拘泥于此，力图找到与现代观念和审美意识的沟通点。区别于旧道德，也区别于一般的传统观念。尊重历史，又鉴别历史；尊重现实的道德规范，又锐敏地看到了历史意志的推动力量。于是，航鹰在自己的形象系列中注进了丰润的时代信息，揭示了伦理道德观念面临更新、蜕变的痛苦过程。航鹰将自己的注意力集中在两个方面：承认和重现现代人对于感情、爱有更丰富、更高层次的追求，但反对随意性，反对弃置合理的社会和家庭义务；对于危及婚姻、家庭稳定性的感情冲击，不赞成用传统的习惯了的法律解决和道德批判的方式。有人谴责航鹰提供的这个爱情、婚姻、家庭的模式，是鼓励“第三者”的合法存在。我以为，这曲解了作家的创作意图。作家恰恰不赞同一般地充当“第三者”的角色介入别人的感情和家庭生活。应当承认，航鹰在自身创造的人物关系格局里，并没有错。当然，也无可否认，林清芬的形象是理想化的，她就是道德、道义力量的本质化。“理想化”这个社会的、哲学的、审美的观念，现在常常被嘲弄，这是不公正的。

理想中往往包含有未来社会、未来人感情的更健全、更高形态的萌芽因素，借此推动人们的认识，促进人们在现实生活中采取行动。理想可以转化为坚实的力。

陆星儿模式：《美的结构》——两性在形式（婚姻家庭）上的结合不一定是最神圣的，神圣的是感情，及与感情连结的更广阔的领域，友爱、友情、友谊、精神的依傍。

在我们的生活中，包括许多文学作品中，长期以来形成一条不成文的法规：两性之外，除了同志关系，就是爱情关系，超乎其外的友爱、友情、友谊、精神依托的关系，在实际上是不允许存在的。不是亚当，就是夏娃。这样造成的恶果，是大大地缩小了人与人之间关系及感情的内涵，从而变成了一种纯粹的利害关系。社会及家庭结构中时常会出现不和谐音调，这不能不说是一个极重要的原因。陆星儿深刻体察了人类中极细微也极易损伤的感情关系，创造性地构筑了两性之间的一种新型的“美的结构”——郑涛声与林楠相爱，但最终未能结为夫妻，并不因此反目为仇，或疏而远之，而保持一种超越婚姻家庭关系之外的，正当的、正常的感情。显然，作家试图建立一种包括两性关系在内的更为高级、更为文明的人际结构。并以此为轴心，推动整个社会心理结构的更壮实更合理的发展。也许，现实社会尚存的种种陈腐观念，会冲淡这种华美理想的色彩。但可坚信：未来社会，一定会矗立起陆星儿式的感情和心理结构大厦。爱情、婚姻、家庭生活的充实，必须有多种精神纽带相维系。

问彬模式：《心祭》——女性在她生命的整个历程中，都有追求感情的无可辩驳的权利。

这也许不算是一种模式。但这部作品通过特定的人物对象——中年寡妇对感情要求的权利，触及了我们社会中由于特定历史原因遗留下来的一个极普遍又极敏感的问题。这篇小说，是女性作家最具反响的作品之一。尽管它不无遗憾地没有以“国家级”文学奖（一年一度由中国作家协会举办的全国优秀短篇小说奖）的形式确认。但它在新时期文学史上的地位，是被界定了的。

中年寡妇再嫁，仍然是新时期文学一个不容忽视的反封建主题。问彬的这部作品，又将这类题材的创作境界大大拓展了，它越过了一般的妇女解放的题旨，提出如何尊重人的感情价值的问题。寡居的母亲巨大的精神创痛竟是由她受过教育的子女强加的。他们漠视自己没有文化的母亲的感情、爱的追求，及这种追求存在的价值。一个活生生的灵魂，终至被亲人的双手活活窒息，而萎缩、而枯死。从人道主义的角度看，这是反人道的行为。从存在主义的角度看，这是反对合理的存在。更何况，母亲对感情、爱的追求，不仅仅是人的一种本能要求，而且充分显示了其纯爱和崇高的内涵，它的被压迫，也是违反社会主义的道德规范和审美属性的。作为人，作为女性，作为中年寡妇，都有追求正常感情的权利，而且理应受到社会的保护。

谌容模式：《错，错，错！》——爱的理想必须植根于中国现实土壤之中，爱情与婚姻才有可能不分离。

毫无疑义，谌容不同意把爱情幻想化，也反对过于琐屑、过于狭隘的爱情，她追求一种符合中国大多数人、大多数家庭现状的爱情婚姻。作家以男主人公汝青对亡妻惠莲的忏悔，反复宣传一个主旨：婚前的爱的理想，一旦以婚姻形式固定下来，必须同时接受来自两个方面的约束：履行家庭义务，去掉幻想中的不合理成分。这样，通过调节理想与现实之间的矛盾与不均衡的部分，实现二者的充分和谐和一致，使爱情在家庭的范畴里，得到补充、扩展和延续。从而，减少由于爱的理想与现实条件的反差扩大而带来的婚姻家庭悲剧。

谌容的贡献在于：排斥造成爱情与婚姻分离的悲剧，纯属于政治思想及社会的因素，经济物质的条件只作为理想与现实矛盾的一种中介。在描写的重心上，也放在夫妇双方性格、心理、气质、感情的探测上。从而，在更广阔的范围里，真实地反映了中国家庭的现实情形。应该说，在伦理道德观上，谌容取清醒的现实主义态度。稍感遗憾的是，作品对于今天中国现实社会的男女性在精神生活上的高格调追求，有所忽略，偶尔还流露出嘲弄的情绪，这是欠妥的。物质条件可以在一定程度上制约爱的理想，但决不能成为爱的理想的不可逾越的障碍。这是可以断言的。

新时期的女性小说家，无一例外地都涉猎到爱情题材。并按照自己的伦理道德观和审美意识，表达出对爱情不同侧面和层次的追求。但她们都有一个共同基点：不赞成超越合理的道德规范，对爱情中的浪漫主义、理想主义，热烈向往，并充分肯定其崇高的道德价值。

宗璞对于在迟暮中绽开的爱情花朵，倾注了更热烈的情怀，歌赞它的纯真与洁净。在这畦芬芳的爱的土地上，没有通常的爱与伦理道德规范之间的原则冲突，唯有人的意志的力量，感情的力量，与恶劣社会环境的抗争与搏斗。这种爱，是典型的东方古典式的格调（《三生石》）。

叶文玲总是将男女之爱，置于纯粹人格和道德的悲剧形式中，崇尚一种隐忍的奉献的殉情美。作家恪守民族传统的道德规范，即便最终被欺骗，被遗弃，但向往和追求皎洁爱情的初衷并不消损（《心香》）。

王安忆、王小鹰的早期作品，追求爱情的纯真纯情，很少顾及包括社会在内的诸种客观因素的压迫，用感情的排他性来抗衡外力，如她们著名的雯雯们的"情绪"及黄山茶林场的情致。

张抗抗反对婚姻商品化，执着寻找爱情与人生道路之间的协调性。既有人生道路、人生哲学、人生观的歧异，又有更换恋爱对象和选择生活伴侣的自由。人生共同的志趣高于感情的要求，张抗抗的爱情婚姻观，带有鲜明的思想倾向色彩（《北极光》）。

黄蓓佳追求爱情与事业相互依傍的格局，二者并重。在事业越过一个又一个高度登攀征途中不断升华爱情，在绵延流长的爱情生活中强健事业的进取心（《请与我同行》）。

……

新时期的女性小说家，在探索和建设爱情、婚姻、家庭新的伦理道德观念和审美价值上，有突出的贡献：

一、精神追求是最崇高的追求。她们把爱情美满，归结为感情的和谐、对应和呼唤。由人身的自由转向重精神的自由。这是现阶段妇女普遍的社会意识。

二、塑造全新的妇女形象。她们不仅在精神追求上，在人格上、事业上、思想上都要有独立性。她们不再把自己仅仅视作被社会解放的对象，她们还要直接参与到社会解放的运动中去，与男性一道，肩负起改造社会的责任。

三、揭示了爱情的内涵随着物质的、经济的、生产力的状况，及思想解放、观念更新而产生的某些物质的变化。谋求建立在整体上符合社会主义道德规范，又是开放的感情体系，彻底摆脱封建道德、摆脱极左的影响，调整和完善人际关系。

女性作家在伦理道德领域，如同妇女解放运动的战士一样，进行了勇敢的、大胆的探索。但某些旧的观念、因袭仍顽固地束缚着她们。目前，我们仍未看到这类题材中具有很大历史容量和深度，充分传递时代信息、时代精神的典型形象的出现。——这就是我的第二个结论。

一条人生之路的开拓

五四时期的女性作家，她们在文学上的最重要的贡献，是树起了妇女个性和人性解放的旗帜，予千百年来践踏妇女权益的封建法制和封建传统观念有力的一击。新时期的女性作家，不仅为妇女的解放拓展了崇高的境界，而且将自己的创作事业与整个国家和民族的命运联系了起来。爱情、婚姻、家庭伦理道德，仍然是她们关注的一个重要命题。但不是唯一的命题。她们在日益创造和完善新时期妇女文学的形象，鸟瞰社会变动，开辟人生之路。较之她们为妇女解放的鼓与呼，建树更大，影响更广。她们之中的优秀作家和优秀作品，可以毫无愧色地与最优秀的男性作家媲美。

张洁与谌容，是当代女性作家中并驾齐驱的两位首领。张洁在爱情、婚姻、家庭伦理道德题材方面，谌容在驾驭现实性的主题方面，各树一帜。如果只有张洁，而没有谌容，女性小说家在当代文坛的地位，要黯然失色得多。在这后一个领域，可以说，现在还没有哪一位女性作家能与谌容匹敌。张洁和谌容文学上的成就，在全国作家中，也居前列。

谌容的创作宣言上写着："把人间的悲喜剧放在一定的历史范畴，探索决定人物的命运的历史渊源，写出更深刻、更本质的反映历史面貌的作品。"而作家的创作实践表明：主客观并不始终处于契合的状态，有时会发生分离，出现偏差，甚至导致失误。这种现象的产生，根本原因在于主观不能反映客观真实运动的节律。当作家的主观意识被一种非历史本质的时代主导精神倾向所诱骗，创作上的悲剧就在所难免。谌容1975年出版的长篇小说《万年青》，1978年初夏出版的长篇小说《光明与黑暗》，就是一个明显的例证，制约着作品中人物思想行动的大的社会背景，大的政治环境，是唯心的，反历史反人民的。因而，崇高的变得渺小，悲壮的变得孱弱。可见，作家如果对时代主导精神倾向、历史意志缺乏正确判断时，良好的创作意图就会被涂污。不能不叹服谌容，她并不因此在尖锐的、现实性的主题面前却步，龟缩于一隅，而是继续坚毅地朝着既定的目标前行，将自己的命运、声誉、价值，与反映新时期生活的创作成败得失紧密相连。谌容创作生涯中辉煌的时刻，奇迹般地出现了。在别人看来，极难甚而无法把握的一些现实题材，她竟然驾轻就熟，一点也不显得游移，也丝毫无倦怠之意。有什么秘诀吗？作家按照自己的主观愿望、意志，及感受和认识生活的水准进行创作，较少囿于外在客观环境的种种羁绊，进入一种内部自由最佳状态。

评论界有一种说法：1978年，是张洁年，《爱，是不能忘记的》风靡全国。1979年，是谌容年。这一年，她连续发表了几部有影响的中篇小说。次年伊始，她的《人到中年》轰动世间。1979年至1980年，对于谌容来说，确实有里程碑的意义。这是奠定她在当代文坛历史地位的年月，是标志她的创作走向一个新的转折时期，开始形成自己创作个性和风格的年月。此后，她最重要的几部作品，具有编年史的认识价值，记录着现实生活变动最明晰的印辙。意味深长的是，较之谌容对现实采取积极干预的创作态度，评论界对她的追求显得冷漠。对《人到中年》之后的中篇《真真假假》《太子村的秘密》《杨月月与萨特之研究》《错，错，错！》及一些短篇，评论界几乎一致沉默。即使偶有不公正的批评文章，亦不见旗帜鲜明的反批评文章出现。是作家过于犀利、尖锐吗？不错。但犀利、尖锐并不一定就要排斥，问题在于把握的准确。谌容描写的生活画面，平静中藏着锋芒，但又不失真诚，不失分寸。这恰恰是谌容比许多人，尤其是比许多易于偏激的年轻人胜一筹的地方。犀利、尖锐之处，淋漓痛快，患有“左”视病的人感到不舒服，但也无从还击。

可以这样认为：对谌容这类题材的创作不敢评论，不敢褒扬，在实质上是贬低作家对现实的热情和严肃的创作精神。基于此，拟就《人到中年》及另几部看来最为棘手之作，试加评判。

《人到中年》——为知识分子的献身精神礼赞，为知识分子的不幸鸣不平。作家并不着眼于知识分子坎坷的历史命运，而是笔力沉重地揭示其在现实环境中遭受的不公正的待遇。虽然，陆文婷伟大的奉献精神闪耀的光芒，遮盖了批判色彩的浓重底色，但作品在无情地解剖“马列主义老太太”秦波的灵魂的反差对比中，裸露出了毫不避讳的尖锐性。作品已有定评，某一类人一直不能容忍，原因即在于此。谌容为当代文学贡献了陆文婷这样一个知识分子的典型形象，创造了新时期文学和社会的“共名”人物——“马列主义老太太”，勋劳卓著。

《真真假假》——锋芒直指思想文化领域里的极“左”影响。如果将作品与当时的社会背景联系起来考察，足见作家的胆识和韬略（真是大逆不道呵！无怪乎，评论界一声不吭。评论界在为新时期文学的呐喊鼓吹中，扮演了勇士的角色，有时又像小媳妇那样怯懦）。思想文化领域里，“右”的倾向始终是主要的。这似乎成了定论。谌容却反其道而行之，抛出了这样一篇“背时”之作，大喝一声：否！“左”的势力和倾向，才是思想文化领域里最长久最深远最根本的危害。作家还通过极富机智，有时又不免畏缩的知识分子群像的生动描摹，证实逆悖民心民意的极“左”思潮、极“左”思想不得人心，以及知识分子自身的灵魂悲剧。

《太子村的秘密》——提供了在反常的政治环境、政治条件下，与极“左”思潮迂回作战的人民群众的生动形象。它的矛头所向，是农村盘根错节的极“左”势力和影响。

《杨月月与萨特之研究》——这一篇不只是大胆，简直有点犯忌了。要在中国一个被遗弃的普通女性身上和心灵上，找到与萨特、萨特主义及其研究之间的联系点、沟通点，是否有些荒诞？谌容却在貌似荒诞的形式中间发现了真理无处不在。中国的杨月月，外国的萨特，都是复合的、多元的存在实体。对人，对主义都必须取分析、鉴别的态度，摒弃缺陷部分，发扬合理部分。这于当时简单的、一边倒的否定萨特及其研究的现状，有天壤之别。谌容这个作家，有思想锋芒，又很有一些辩证法。

《关于仔猪过冬问题》——在谌容的全部作品中，其尖锐性和直率而言，莫过于这个短篇了。它借助某一项政策的贯彻实施，触及了整个国家机器运转及体制改革的问题。正确的决策、政策，为什么有时不灵，不能畅通无阻，原因就在于不是这个环节、部位，就是那个环节、部位，有时几乎每个环节、部位都出了毛病。官僚主义是其中最顽固、最难根治的一种病症。谬误，不时以真理的面目出现，去消融原则，却得不到应有的惩处。

这里，有必要对谌容在中国当代文学上的创作业绩作一个小结。

一、在对生活的观察、把握和表现上，具有男性作家的特点。视野开阔，目光犀利，揭示深刻。虽然，她不正面写重大题材，但却能从较为平常的生活中，发现、提炼和概括出其中蕴含的重大题旨。历史的纵深感和现实的博大容量，构成了谌容作品独特的格调。

二、在女性小说家中，唯有谌容，始终关注着现实的变动，变动中的社会性矛盾，以及转折时期新旧思潮的搏斗，使自己的创作情绪一直处在时代的漩流中心，与人民群众的普遍情绪保持共感。

三、始终保有高昂的艺术激情。她的座右铭是："创作，不能雷同别人，也不能雷同自己的。"从选材、创造人物、立意，乃至艺术构思、艺术形式、艺术表现，每一部作品都独具一格。这种在艺术追求上的庄严感和神圣感，及自觉意识，在当代中国作家中，还为数不多。

四、典型形象、典型性格的创造，是作家的主要艺术追求之一。这在女性作家中，也称得上是鹤立鸡群。典型形象、典型性格，附丽于独立的个性，又贯穿着历史的逻辑线索。既有较高的欣赏、审美价值，又有较丰厚的历史内涵和社会容量。

在驾驭现实题材，开拓人生之路方面，从整体水平来衡量，女性作家的数量及质量，远比不上男性作家。像谌容这样，独占一鳌者，为数甚少。然而，当我们的视线沿着新时期文学的发展轨迹追寻，则发现，女性作家并不是在任何阶段，任何领域，都不如男性作家思维敏捷。有时候，发现权和创造权，首先在她们。

新时期文学的第二个潮头——“反思文学”的出现，是以茹志鹃的《剪辑错了的故事》和刘真的《黑旗》发表为开端，为标志的。更有趣的是，这两部发轫之作，都同出于五十年代出名的两位女性作家之手。这里是否也有某种规律或同代人心灵上的共同感应和默契呢？尤其是茹志鹃，当她于五十年代以短篇小说《百合花》独树“清新、俊逸”的创作个性时，几乎被视为异端横遭压制。倘若不是茅盾的及时支持，她这朵“花”断然无法生存。一当继续滋润生长，又遇到一场更为狂猛的人为风暴的袭击。经历过这个特殊年代的作家，当“文革”动乱结束复出后，根据自己的切身经验，结合对整个民族命运的思考，即将思力和才力转向被封存的历史记忆，撩开历史的疮疤，以引起现实的思虑，对现实的警醒、告诫，就成其自然了。只是，茹志鹃和刘真比别人更快捷一些意识到了历史提供的创作契机。《剪辑错了的故事》和《黑旗》为代表的“反思文学”，扩大了新时期文学的历史内容，拓展了其纵深感和历史厚度，为探索接踵而来的现实悲剧的历史基因，作出了不可磨灭的贡献。茹志鹃紧接着发表了《草原上的小路》，再一次证实了作家驾驭这类“反思”题材所拥有的优势。相反的例证则是，也是五十年代成名的女作家杨沫，她在“文化大革命”中后期构思、开始动笔，完成于1976年夏的长篇小说《东方欲晓》，同样是“反思”历史（年代上溯到新民主主义革命时期），但从人物到主题，及至整体艺术构思，都严重受到“左”的倾向的裹胁，以致无法认定它与作家的成名作《青春之歌》还有什么血缘延续关系！从宏观看，二十世纪二三十年代和四五十年代成名的女作家，创作上的爆发力、气势和质地，几乎难与新时期涌现出来的女性作家抗衡。像柳溪、德兰等，只是在反映新民主主义时期的斗争生活方面，建立了一定的声誉。不过，也有例外，这就是韦君宜。

韦君宜早于四十年代就开始写作，“文化大革命”前也断断续续发表过一些作品。客观地来评论，韦君宜作为一个出色的编辑家和出版家，知名度更大。而作为一个作家的名望，她是迟至粉碎“四人帮”后的1981年、1982年才享有的。文学的桂冠，在她过了花甲之年后奉献了给她。为此，我曾写下过这么一句话：“晚晴的光辉，也是灿烂的。”

在新时期全国历年或历届优秀长、中、短篇小说及报告文学奖的评奖中，老一辈作家只有极少几个人拾级登高。韦君宜有幸名列其中。而且，她的获奖中篇《洗礼》，文学界一致给予了很高评价。在题材上，它开拓了“文化大革命”描写的新生面，揭示了老一代革命者灵魂自省和自救的历程；在形象创造上，为新时期文学贡献了一个新的艺术形象——王辉凡。他的深刻认识价值在于：“左”的思潮、思想生生不息，延续不断直至以“文化大革命”的灭顶之灾为代价，干部队伍结构中主观意识的禁锢、板结，排斥合乎客观规律的思想、意志，是一个不能低估的重要因素。这样，就把人们的认识引到痛处。已到高龄的作家，对新思潮、新思想的感受还这样锐敏，与“左”的东西决裂得这么坚决，堪称难能可贵。周扬、夏衍、巴金，被公认为当代文坛的精神领袖，也是从这个意义上来说的。

女性作家在反映现实题材方面作出重大贡献的，除谌容外，张洁是令人注目的一个。张洁的创作，如同她做人一样，是非常奇特的。人们原只以为她在捍卫妇女的人格和尊严上是强者；殊不知，她在揭示现实矛盾方面，也是极坚强极果断的。而且，这方面的艺术才力，并不逊色。她的力作《沉重的翅膀》是长篇小说领域里第一部反映经济改革斗争的作品。仅此一点，就可见其开拓者的勇士气概。也许，在当代作家中，没有谁能像张洁的作品那样，会引起如此广泛的注意和争议。在第一届（1979—1981）“茅盾文学奖”评选时，《沉重的翅膀》由于众所周知的原因，未能中元，但它并不因此而减轻价值。它的发表，预示着一种新的进步的时代主导精神倾向，开始进入新时期文学，尤其是长篇创作之中。作品通过对称的两组人物——改革与反改革势力的对立和斗争，在很大程度上，反映了刚刚吹起改革之风的我国，矛盾的严重性和尖锐性。并旁及了政治生活、经济生活、社会生活及伦理道德等极为宽广领域的种种带根本性的问题。作家丰富、深厚的经济知识和一些卓越的经济见解，更给这部作品增添了光彩。作品的影响，已经大大超越了文学界自身，在经济乃至整个社会生活领域，产生了一次强力震级。这并非是简单的纯粹的改革斗争和经济观念的演绎，而是真正的文学。作家在改革矛盾的全部进程中，始终渗透着对人的命运和价值的出色描写。当然，由于作家在长篇创作中是初试锋芒，艺术整体构思尚未完全臻于成熟，在场景的连贯性、人物的调遣及矛盾复杂的一面，有时笔力不逮。

经过重新修订改版的《沉重的翅膀》，在某些方面，有发展，有进展，但无可否认：原作中的一些珍珠也由此失落。一部作品问世后，就是一个社会存在，社会和读者自有公论。我疑虑：作家在一个短时间里，对原作进行了多达三分之一篇幅的改写，这样做，是否合适？我在各种场合都声称：对原作进行充分公允的评价，较之对修订版一味歌颂赞扬，于作家于文学于读者更为重要。

张洁对现实所持的批评态度，较之绝大多数女性作家要更强烈一些。甚至可以认定：她的作品多为“愤世”之作。因此，总给人以沉重的感觉。《沉重的翅膀》无疑是沉重的。有影响的短篇佳品《场》《条件尚未成熟》《尾灯》，氛围也是十分严峻的。如果将这种创作现象，放在文学史的长河来考察，就会发现，这正是作家赤子之心的光照。只有对民族的命运忧思虑想的人，才有如此切肤之痛，才更寄希望于立于时代潮流之上的先行者们。对现实的挚爱，寓于对现实的批判之中。这就是张洁的创作个性。

在感应现实脉搏跳动的作家中，还必须提到叶文玲。她是女性小说家中第一个写“序列小说”的，也是女性作家中仅有的一位以农村生活为主要描写对象的作家。《心香》是她的名作。自此，有意识地开始了“长塘镇风情”序列小说的写作，“小溪风骨”的创作个性得以形成。这一组海角小镇的风情画，并不刻意去寻求历史的旧梦，而是寄希望于现实的变革，在变革中改变普通农民的命运，洗涤他们心灵上的积垢。叶文玲将这种转机的历史必然性，全部放在党的十一届三中全会之后大的背景上，诚挚之情可嘉；她对这类题材所作的巧致的艺术处理，也是值得称道的。

在青年作家中，王安忆在现实题材创作上的迅速突破，有特别重要的意义。正当人们为她创造的雯雯们的“情绪”天地惊羡不已时，她却毫不满足地大踏步前行了，把同属于她一辈甚而更年长一辈的许多人，抛在了后面一大截。王安忆是以写“情绪”瞩目于文坛的，但那些纯粹“自我”性质的心理体验，妨碍她进一步走向廓大和深刻。王安忆的成功，在于她懂得反省自己，从不陷入盲目性。她没有沉溺在不安之中，而是较快地行动起来，艺术上的灵气，总是不断可以找到新的喷口。《新来的教练》的发表，预示着作家创作个性上正在经历一次转折性的变化，至《本次列车终点》《尾声》《流逝》《命运交响曲》等的发表，表明这个转折性变化的完成：由重心理现实转向重客观现实，由情绪载体转向性格创造，由格局的整体单纯转向纷杂。《本次列车终点》将人物思想性格受制于现实矛盾的种种复杂性裸露了出来，《尾声》将变革最早阶段带原始形态的矛盾纠葛在人物心灵上的感应描摹得惟妙惟肖，《流逝》将一个特定身份的女性寻找人生位置的历程展示得光彩夺目，《命运交响曲》将一个主观意志永远屈服于外在环境约束的“多余人”形象如浮雕般树立起来。生活面的加宽，思想容量的加深，时代情绪的加浓，标志着王安忆走向成熟。但她并不因此失去和改变自己“自然协调的纯净、质朴”的艺术特质。许多早于或同于王安忆一个时期成名的作家，后来有不少为何迟迟不能突破自己，一个极关键的因素，就是不能将自己的内心体验和情绪直觉，与更广博更丰富的人生和社会的体验有机地融合一起。这样，他（她）可能一时成名，却难以造就为大手笔大作家。这也是王安忆给予当今一代作家，尤其是青年作家最珍贵的启示。

女性作家在反映现实生活方面的突出贡献，还比较集中地体现在对青年生活的有创造性有力度的反映上。代表作家有张抗抗、铁凝、乔雪竹、程乃珊、方方。代表作品是《夏》《没有纽扣的红衬衫》《北国红豆也相思》《蓝屋》《“大篷车”上》。

新时期的青年文学是以知青文学为前导的。这几年，知青文学一直是青年文学的一面辉煌的旗帜。然而，新时期女性小说家在知青文学领域里的进取，始终没有达到和超过男性作家的水准。较有影响，“伤痕文学”阶段有竹林的长篇小说《生活的路》。它出现在文学创作解冻的最初年月，血泪斑斑的写实。就足以震慑人的心魄。正像文学界和读者对待“伤痕文学”的代表作《伤痕》一样，感情上引起的巨大共鸣，原谅了它艺术上的粗浅。长篇小说《生活的路》，与短篇小说《班主任》《伤痕》，中篇小说《大墙下的红玉兰》《天云山传奇》，报告文学《哥德巴赫猜想》，在新时期的文学中，具有开拓一代文学思潮的价值。

知青文学由“伤痕”转向“反思和回归”的过渡性阶段，乔雪竹的作品具有某种代表性。她的《北国红豆也相思》《遗忘在病床上的日记》，比较集中地反映出了这一时期青年的思想、性格、心理的根本性特征。这即是从无法把握自己的命运，到开始聚集自己内在的意志力量，向不公正的命运安排抗争，并把这种抗争与历史的责任初步结合起来。乔雪竹作品最突出的个性，就在于总是赋予人物一种强悍、桀骜的精神气质，赋予情境一种苍茫、冷峻的色调，赋予叙述语言带男性特征的硬度。主人公为了争得自由和理想，人身和人格免遭玷污，敢于向最恶劣、最黑暗的环境和势力搏击，直至不惜付出生命的代价。它预示：经受过劫难的一代知青，最终从历史的积淀深处走了出来，摆脱曾一度迷惘遗失的困境，勇敢地面对现实，精神气质日趋强壮，人格信仰日趋独立。除乔雪竹外，在反映知青生活方面，陆星儿的一些作品，如《达紫香悄悄地开了》等，也显示了这种历史特点。新时期的知青文学在后来的发展阶段，女性小说家中一直没有涌现出像梁晓声那样有磅礴气势、有历史深度的作家和作品。

新时期青年文学的另一翼，是校园文学。较之知青文学，作品的数量要少，但少数几个作品的质量和影响，却远远超过了知青文学。从历史的角度看，自“五四”以来，我国的校园文学一直不太发达。这与青年学生在中国革命运动中的贡献，与青年学生思想敏锐、思维活跃的特点，是不相称的。这个创作现象，需要专题探讨和研究。新时期的校园作品，在读者中有一定反响的又受到评论界较为一致好评的，有喻杉的《女大学生宿舍》、黄虹坚的《桔红色的校徽》。前者是直接描写今天的大学生生活的，后者是反映“老五届”大学生重返校园的生活的；前者触及到了新时期大学生的某些思想见识和心灵隐秘，但反映得比较浮面，后者找到了两个历史时代的内容，在一代特殊的大学生身上的交接与沟通，承上启下，重新确立新的生活位置，在题材和题旨上都富有新鲜感。纯属于校园作品，又大大突破了一般校园作品思想内涵跨度的，则是张抗抗的短篇小说《夏》和铁凝的中篇小说《没有纽扣的红衬衫》。对这两部作品在当代青年文学中的地位，应予充分估计。历史新时期我国青年萌芽状态和正在生长的新的思想特征和精神格调，张抗抗和铁凝感应较早，把握准确，展示充分。在女性作家作品中，也是得风气之先。

《夏》中创造的岑朗的形象，《没有纽扣的红衬衫》中创造的安然的形象，她们对传统的某些做人标准、价值观念、道德信条提出了挑战，她们更愿意正视现在，按照现实时代的发展信息来塑造自己的形象，确立立世做人的准则。因而，脱俗（世俗、流俗和庸俗习气）独立不羁，不随波逐流，不投机取巧，讲信用，重情义，求实（重价值）而不图虚假（重名利），保持人格的尊严和完整，是他们的特质。在二十世纪五六十年代的作品中，是很难找到这类在思想意识和境界中“抗衡”型的人物的。也许是出自作家的自我感觉，抑或在现实境遇中，耳闻目睹这类因其锋芒和棱角的人物，常常遭到不公正的评判，乃至被“左”的舆论中伤，因之，她们对自己笔下的人物，渗透着一股强烈的同情感、崇敬感。一面是对现实环境的沉重毫无顾忌的宣泄，一面是对人物精神品格毫不掩饰的歌赞。作家这种对比明朗的情绪，显然是希望引起社会的回应，也能给这类青年（包括其他年龄层次的人物）以同等的理解和支持，让他们的个性和身心得到更正常更健全的发展。作家创造这类人物形象，旨在改变和提高整个民族的精神素质和心理素质。

与张抗抗、铁凝心领神会的作家，还有方方。她创造的“大篷车”式的人物系列，虽然具体对象是青年工人和待业青年，但在揭示新时期的青年思想和精神的共同质素方面，却殊途同归。所不同的是，她笔下的人物都有明显的后天缺陷和弱点。作家同情他们的生活遭际和情绪现状，但也不是一味地迁就，而是从其思想和精神的内核中，找出现实混合矛盾熔铸的基因，时代驳杂风尚酿造的习气，分解出糟粕和精华，引导他们，磨炼成一代新人；也引导社会为他们的长大成熟提供良好的环境和现实条件。张抗抗、铁凝、方方笔下青年的思想、性格、心理的变化，都有时代履带转动留下的深重印辙。一般来说，新的时代风尚、社会思潮、价值观念的崛起，首先是在青年那里迅速产生影响和作用。在女性作家中，敏锐地传递这种信息的，还可以追溯到航鹰的《金鹿儿》。什么是美？美学范畴的美又指什么？人为什么爱美？青年人为何更崇拜美？《金鹿儿》捕捉住了观念更新所带给审美标准和审美价值重新审度的征兆。女主人公金鹿儿的形象，包含有最早接受这种审度的“开放”型青年的某些气质。尽管它不是完全明朗的。因为，作家还仅仅是把一些表面的、细碎的感受编织组合，尚来不及将这种美的要求与整个社会整体的变动更有机地联系起来。美，却远不深刻。但这部作品在航鹰由戏剧转向小说创作的道路上，有界碑的价值，总的倾向还是要褒扬的。

文学的进步，总要不断开辟新的疆域和领地；在已有的疆域和领地上，也要不断开拓新思想和艺术，伸延和扩展生活的纵横层次。新时期的女性小说家中，程乃珊将一个带有神秘色彩，然而又辉煌困顿的民族资产阶级的富豪家族，携带进小说世界，令人为之侧目。此前，她发表过一连串教育篇章，仍旧默默无闻，“蓝屋”的子孙们，却帮助她一举成名。创造——无论是思想上的创造，艺术上的创造，题材上的创造，都使人因感到生命的流动，更新，而产生一种昂奋的激情。创造是美，创造是生命无穷尽的源头。

据知，《蓝屋》在中国作家协会第三届（1983—1984）全国优秀中篇小说奖评奖中落选，持反对意见的一个重要论据为：重精神要求，否定物质要求，柏拉图式的精神至上主义。我以为，这是对原作的曲解。《蓝屋》只是在精神与物质要求发生矛盾的情况下，而且是“蓝屋”的子孙们处在这种矛盾境地面临人生抉择的严峻时刻，将精神的要求放在首位，这有什么可以非议的呢？在人类社会中，即便物质文明发展到未来高度现代化的社会，精神的高尚、完美，永远是高于物质需求的。此外，《蓝屋》自身还有着别的作品所无可代替的特别价值：一、开辟了一个全新的题材领域。我国民族资产阶级第二、第三乃至第四代的子孙们，他们在我国社会主义时期巨大变动中的独特经历，文学创作还几乎没有反映过。《蓝屋》则填补了题材上的这一空白。二、对中国民族资产阶级的历史道路、历史价值，作了公允的评判。茅盾的巨著《子夜》入木三分地揭露了民族资产阶级极晦暗的一面；周而复的《上海的早晨》《东风化雨》，展示了中国民族资产阶级与共产党从较量到驯服接受改造的思想转变历程；《蓝屋》则充分肯定了来自“蓝屋”的一代知识分子，对中华民族所作的历史性的贡献，以及爱国心、民族感的一面。三、歌赞了崇尚自立自强的人格力量，否决了纯粹依附于金钱的寄生信条。并及此沟通了“蓝屋”子孙的生活道路与当代青年人生选择之间的共通性、敏感性的社会问题。程乃珊注意在社会和人生的大画幅上，处理具象的生活矛盾，这种艺术才气，特别应该受到保护。

由此，我想到了中国人习惯了的识别事物的思想和方法。有些人在真理面前，往往爱跨出一步，走向谬误。在谬误面前，却不愿向前一步，导致真理。而对于偏颇、偏激中可能包含的合理成分，又常常被忽略。《蓝屋》的落选，就是这种思想和方法的典型特征。由此，我还想到了我国的文学评奖活动。一些思想和艺术上不一定完整、成熟，但在某方面或某几个方面有突出的创造性价值的作品，则不易通过。仅就新时期女性小说家的作品而言，《爱，是不能忘记的》《尾灯》《真真假假》《关于仔猪过冬问题》《命运交响曲》《心祭》《蓝屋》《“大篷车”上》等，都可以进入国家级奖的行列，但最终挣脱不了那种习以为常的观念和评价的框子。文学评论，不是作简单的政治判决或道德判决，它是一种历史的、社会的、人生的、审美的、心理的综合评判。评论家的责任，更重要的是发现作家和作家中潜在的独特才华和独特价值，并把它诱发出来。同样，文学评奖也应持这种标准。

女性小说家在由普遍关注爱情、婚姻、家庭伦理道德题材转向更广阔的现实场景，并在反映知识分子命运、经济改革、农村变革、青年生活、民族资产阶级历史道路等几个领域，取得了显著的成就。但她们一般只在细小的事件中开掘深刻的社会矛盾和历史内容，而较少直接从社会和人生的大背景上概括生活，迄今仍未见雄浑大器之作。女性小说家要在这个领域诞生大手笔、大作家，不仅要付出身心劳力的代价，更要付出思想奋进和艺术砥砺的代价。——这就是我的第三个结论。

一个风格群体的比较

新时期的女性小说家，独立于男性作家之外，成为中国当代文坛一支重要的创作劲旅，一方面是由于她们的创作实绩，另一方面是因为她们初步形成了一个风格群体。与男性作家一样，女性作家风格群体的形成，也要受到外在环境和条件——时代的大潮、社会的习尚、伦理的观念、物质的文明，乃至民族文化的传统、外来文化的影响。但这种影响，最终要通过作家的“自我”——主观实体加以吸收和改造，造成纷呈奇妙、各异其趣的艺术个性追求。用宏观和历史的观点考察，女性作家由于先天的和后天的、外在的和内在的——生理的和心理的、情绪的和观念的机制运动，较之男性作家在思想和艺术上的探索，整体趋于闭守，内向，稳定性强。由此带来这个风格群体主导倾向上某些共性的特征：艺术格调上多不以思想的力度、题旨的博大，事件的奇伟取胜，而倚重灵巧、细腻、淡泊、清畅的情趣摄人心魄；审美形态一般表现为悲怆而崇高（高洁）；艺术形式上除极个别的作家，如谌容、张洁不拘一格，充分运用创造的自由（而谌容讲究内在的严谨缜密，张洁则散漫随意），及少数作家偶有借鉴一些西方现代手法外，基本上都采用传统的写实手法和结构形式；艺术素质的构成上，像宗璞这样比较明显地受到欧美文学完整的教育，多以民族的传统文化为主要成分；艺术语言上，具有散文和诗的韵美、律感。这里，着重探讨的，是通过女性小说家之间在艺术处理几个主要环节上的比较，找到她们各自的视点和位置。

1. 题材处理

谌容常于看似平淡无奇的生活素材中，找到历史与现实矛盾交叉的最佳连结点，开掘出重大的社会命题。张洁总是把目光集束在生活沉重、抑压的画面上，并用直观显露加主观评判的双向处理，让现实与理想、主观与客观发生巨大碰撞，实现作家对精神个性、精神格调的超现实主义的理想追求。在对现实环境和现实社会关系作解剖时，则取严峻的现实主义立场。宗璞的题材领域，全然为她所有。当代校园高层知识分子的一隅，是她灵魂驻足栖息之地。特殊的生活区域，特殊的人类群落，特殊的情操，以及作家自身接受的特殊的文化教养，使她的题材基调，有一种温情脉脉的诱惑力，既不剑拔弩张，也不追求内在爆发力，而是让它在淡远的画幅上，透视出人生庄严的色调。张抗抗向往题材含蕴的崇高性。在人生观、道德观、价值观尖锐对立的格局中，直接表达作家鲜明的臧否褒贬。题材的蕴藉感和含蓄美，有可能被削弱、简化。与张抗抗逆反，王安忆则近于狂热地追求生活化的倾向。生活素材不事雕饰地铺排，平朴，有时近于琐屑。但作家对社会和人生的深切体察，却融会其中，单纯而不浅薄。铁凝也从不站在生活风暴的中心位置，但又能让你感受到最迅速变化着的现实生活节律的颤动。诗画般的生活画面，有充实的时代信息，有深沉的人生忧患，叶文玲一般也不将生活的大潮牵引入自己的笔端，但整个画幅最直接的社会变动的大背景却清晰可见，时代风云的幻化在心灵世界回旋的流量、走向也澄澈清明。作家巧致地将自己的情怀潜藏于世态习俗之中。航鹰注重有缺陷和遗憾的生理和道德悲剧题材，却执意做净化处理。阴云被驱散，明朗的天空在人物心头升起。尤其是前期作品，有时现实被遗忘，作家的激情则喷涌不止。与宗璞并列，程乃珊是女性小说家中第二个辟出一块题材新天地的。对于程乃珊来说，最少是近一个时期，主要精力是在这块领土上深翻细作，培植更壮实之果，而决非匆匆忙忙转去开垦新的处女地。

2. 人物创造

在女性小说家中，谌容是追求形象创造最突出的一个，也是最重视形象的典型意义的一个。她笔下的人物，足足可以列出一个性格画廊。张洁的笔力主要不用于形象的性格创造上，她的人物心灵的隐秘，千转百回的心曲，以及她所嫉恨的人物，常有令人拍案叫绝的神来之笔。当然，她更注意人物与某种特定的社会问题、社会现实之间的联系，在与现实环境的激剧抗衡搏击中，强化人物某种独立不羁的精神气质、精神个性。她的人物的精神世界，带有未来时代、未来社会更高发展层次的理想光彩。宗璞和张抗抗都喜好将自己的人物，置于人生的十字路口。宗璞揭示了人物在人生信仰上的分野，以及分野渐进裂变过程中凄婉迷离、细致入微的复杂感情纠葛，礼赞超凡脱俗、傲岸挺拔、严于操守、自我完善的人格精神和人格力量。张抗抗的视焦却过于集中在人物关于人生道路抉择的褒贬上，尤为看重社会与环境的影响，而忽略了人物自身因环境引起的种种症变。张洁的创作也有主观意识干扰人物性格逻辑发展的问题，但她常常是站在人物之外，而张抗抗则是将自己的某些主观意识直接植入人物肌体。王安忆和铁凝在由“本色美”转向“再创造美”之后，着眼点是人物性格的历史容量和社会内涵，由一个人，一个人的一段经历，概括一个社会，一段历史。这一点，也是程乃珊人物创造所长，但她又有王安忆、铁凝所无的短处，她的作品的容量和内涵，不是在坚实的性格，鲜明的个性，而多是只在象征某一种社会意志的性格中裸露出来。人物的思想性格，人物的精神世界的冲突，也显得线条单纯。而对立思想、观念人物之间过于对称的设计，使可信性的程度不能不受到质疑。叶文玲褒扬人物民族传统的精神美德，毫不矫饰地歌赞生活美，情感美，人性美。航鹰前期的作品，突出人物抗击不幸命运的坚强品格，后期作品则突出人物的道德感化力量。乔雪竹的主人公，都有一副“傲骨”。方方则往往取变形、扭曲的技法，让人物折射出思想性格的光彩。

3. 艺术描写

谌容内向。心理叙述与写实手法并重。注意情绪节奏的控制，不容许主观随意性的泛滥。细节、事件、环境以及人物心理描写的真实，既透发出现实主义的内在热力，又融和着浪漫主义的理想成分。近期作品，出现冷峻、辛辣、诙谐、夸饰的色调，有强烈的主观思辨色彩，这可能与作家对生活的感受和理解的角度变化有关。张洁外向。张洁也重心理描写、内心独白，但不是含而不露，她长于用情绪不休止的骚动、战栗，来创造作品整体的紧迫感、严峻感。优雅轻柔中，不时会冒出尖利的锋芒。浅语淡色简墨，却能变抽象为具象，变形似为神似。宗璞内秀。她同样重心理感受，但很注意情绪的节奏，底色的适度。即便对于丑恶现象的鞭挞，也显得温良有余，不作狂风暴雨倾泻状。她是将现实主义的外观写法与现代主义的内观写法结合得最成功最纯熟的一个。张抗抗杂陈叙述语言与心理独白的手法，坚信思想性格的对立冲突高于一切，贯通一切。在人物命运转折性的关节点上，她则浓笔重墨，使一部作品常有突兀峭拔的画面。王安忆沉稳。她崇拜直觉，反对理性的过多干预。依据生活本身的节律、链条、网络去创造人物。与之相适应，她追求一种徐缓的节奏，不追求大起大落、大悲大喜的艺术效果。不是在炽热、奇警，而是在含蕴、素朴中，引起读者的情致。铁凝对生活的描写也接近直观，但更纯净。她的艺术感觉、思维程序和语言能力，天分很高，似乎有一种天然的质感。毫不雕琢，毫不夸饰，毫不芜杂。但令你感到惟妙惟肖，纤毫毕露。字里行间，散发出一股温馨的气息。虽然，生活环境的描写是沉重的。但在人物天真、真诚、质朴、单纯的心境、情绪、性情的染化下，淡化了。作家信奉的人生信条——纯真可以战胜邪恶。叶文玲灵秀。创造一种情意缠绵、画面清丽、语言娟美、基调明朗的艺术境界。她有时也写得沉重。所不同于张洁、铁凝之外在于，悲剧中的美被主观意志强化，丑恶则被纯化，闪烁着敦厚、宽容的人性、人道主义光芒。叶文玲与宗璞，与王小鹰，在女性小说家中，还特别注意人物的心境与自然环境之间的交融谐和。这是当代许多作家，尤其是青年作家所不重视的。叶文玲近期的创作，有单纯、明丽转向严峻、深沉的倾向。黄蓓佳较之许多青年作家，更酷爱西方二十世纪以后的现代作品，因而，她的作品的语言，情绪到节奏，都易于为今天的读者所欣赏。

4．审美形态

仿照孙犁对宗璞、铁凝小说论断的写法，试作概括。

宗璞：“明朗而有含蓄，流畅而有余音。”（孙犁）

铁凝：“在浓重之中，能作淡远之想”，“有方向而能作曲折”。（孙犁）

谌容：温柔而不失庄重，平朴而不失深邃。

张洁：激越与雄浑并重，柔韧与犀利连体，轻曼与峭拔同枝，超脱与制约共存。

张抗抗：崇高而欠蕴藉，明朗而欠含蓄。

王安忆：质朴而不乏联想，纯净而不乏思索。

叶文玲：隐忍中有奋发，灵秀中有清峻。

航鹰：明朗而不晦暗，直达而不迂回。

程乃珊：华彩而欠纯熟，清明而欠练达。

乔雪竹：遒劲藏于纤弱，傲岸藏于凄惶。

黄蓓佳：温文而有理想，淡泊而有求索。

女性小说家在进行思想探索自由的同时，也执着于艺术上的探求。艺术情趣、艺术格调和审美形态的初步确立，是她们共同努力的成果。但是，艺术上真正属于开拓型、突破型的作家还不多。尤其是建立了自己独特的艺术风格和艺术个性的作家则更少。——这就是我的第四个结论。

1984年12月下旬—1985年4月下旬，

广州—北京—广州—南京—广州

注：本文论及的作品，只限于1984年前报刊公开发表和出版的。

夫妇作家论纲

……在人类的精神活动中，是有着两种基本的思维方式的，如国外一些现代哲学家所以为的，一是男性思维方式，二是女性思维方式，这里的“男性”和“女性”都不是绝对的，而是指一种类型，当然两种思维方式都更多地体现在本性身上。如同人类的物质生活是由两性共同创造的，人类丰富的精神活动也只有两性共同的努力才能达到——那么可以说，夫妇作家的出现正无意中显现了人类的这一追求和本性。

——摘自一位友人的信

一、联姻与解体

1. 夫妇作家联姻代表了人类精神追求的一种指向

在成千上万的大大小小的作家家庭中，能成为夫妇作家的概率甚微。目前在全国知名度较大的仅有三对：达理（马大京、陈愉庆），汪浙成、温小钰，晓剑、严亭亭。早期合作的还有陆星儿、陈可雄，柯云路、雪珂。夫妇作家的联姻，这一文学现象本身，就代表了人类精神追求的一种指向。

世界是男人与女人共同创造的。男人与女人的结合，不仅是自然生命的延续，也是人类物质运动和精神运动的共同创造和推动。两性之爱，不只是性别的吸引，生理的需要，它区别于一切低等生物在于理智和情爱的升华。情爱的产生，有外部和心理内部审美基因的共同点，但最重要的，是相互的吸引，是相互情感的依恋和不可分离性。否则，就不能解释秉性、心理素质不同，职业不同的两性有可能结合成和谐体的事实。

夫妇作家的联姻，是人类两性之爱的一种升华，是人类智慧的一次高度聚合。在通往神圣而神秘的“人学”的道路上，他们将合力排除种种艰难险阻。

2. 夫妇作家联姻的基本点

夫妇作家，感情生活相对和谐，应是一个基本点。然而，他们又不能停留在一般市民阶层“过生活”的层次，也不仅仅是传统观念上的恩爱夫妻，他们面对同一性质的精神劳动创造，还需要别的一些共同点。

（1）文化背景和文化教养

倘若双方的文化观念和文化价值观念差异很大甚至对立，一方是纯西方现代派的，一方是标准的民族传统派的；一方是都市文明的，一方是穷乡僻壤“寻根”的，这样，要结合为一个共同的创作体简直是不可能的。唯有大致相近、相同的文化背景、文化教养，才可能由夫妇关系演进为夫妇作家关系。

达理夫妇出身于书香之家，又都就读于北京大学中文系文学专业。

汪浙成、温小钰夫妇就读于北京大学中文系文学专业。

晓剑、严亭亭夫妇同毕业于北京电影学院，现在又就读于武汉大学中文系“作家班”，晓剑的祖辈是有大学问的人，严亭亭也是书香门第闺秀。

陆星儿、陈可雄夫妇，一个就读于中央戏剧学院戏剧文学系，一个就读于复旦大学中文系文学专业。

柯云路、雪珂夫妇家庭背景的文化层次都很高。

在这几对夫妇作家中，他们接受的教育和文化观念，基本上可以归入民族传统的范畴。其中，唯有柯云路、雪珂夫妇，对西方现代哲学和社会学颇感兴趣，颇有研究，才形成了柯云路自己宣称的“现代现实主义”的创作方法。

（2）生活经历

作家的灵感和极佳的、持久的写作状态，它的直接媒介——永远是作家自身生活经历中那迷人的，也奥妙无穷的感觉和直觉的积蓄。大致相同的生活经历，才能产生共感、共鸣，才有可能选择他们共同体察过的情感、经验。

达理夫妇的创作一部分取材于知识分子，一部分着墨于普通劳动者，以及相互间的联结，这与他们在动乱的年代，作为末代——“老五届”

（六六——七〇届）大学生，下放底层，后又凭借新闻采访手段摄取创作诗情息息相关。

汪浙成、温小钰夫妇小说的“南北”的血脉相通，江南与塞北民情民风连理，这与他们长于南方，大学毕业又到内蒙古长期支边的独特生活经历有关。

晓剑、严亭亭夫妇的多数作品，直接取材于知青生活，人物关系的组合往往是大城市的知青与当地知青、边民的纠葛，这可看做是北京知青晓剑与云南知青严亭亭结合的成果。

陆星儿、陈可雄生活于上海普通劳动人民中间，后又双双到北大荒插队落户，上海市井生活和知青生活成为他们创作的双翼。

柯云路、雪珂夫妇同为北京到山西插队落户的知青，后又进入一个僻远的城市工厂，他们关注的生活面更为广阔，对历史的思考更为严峻，这与他们将民族土地上的变革置于整个开放改革的大背景下考察紧密关联。

3. 夫妇作家解体的因果关系

夫妇作家共同创造体的和谐，前提是“类同”。但又不仅仅是“类同”。还必须“同中有异”“异中求同”，相辅相成，互为补充，才能形成矛盾的又是和谐的共同创造体。

（1）气质

人之不同，主要是或首先是气质上，及由此引起的情感、性格和心理上的差异。不同的作品，明显地可以探测到作家的不同气质。即便夫妇作家，我们也可以从他们的共同创造中，分辨清由于双方气质的差异，而带来作品语言文字乃至文体风格上的差别。

遗憾的是，在我们当代文学批评中，在刚刚兴起的文艺心理学研究领域，因气质的差异而造成作家创作情绪和心理空间的差异，仍然是被忽略的。要揭开创作的全部奥秘，不能不进行作家气质的探寻。

一般来说，柯云路、陈可雄是开放、博大和凝重的；马大京、晓剑、汪浙成是明朗、旷达的；雪珂开放中葆有民族文化的沉稳；陈愉庆是东方知识女性典型的“秀慧于中”的气质；严亭亭有东方知识女性的“灵秀”；陆星儿细腻而又率真。

在写作方式上，大体是先有共同构思，由一方执笔，然后由另一方修改，直至两方大体认可、满意。

自然，非同一部作品，或某一个创作阶段，甚至全部创作历程，也有气质发生严重撞击的情形。

如陆星儿、陈可雄："并不如有的人所想象，全是在一种珠联璧合的气氛中完成的，更多的是两种相反意见的交锋，而作品的最后定稿则往往是两人筋疲力尽后的妥协。"

再如汪浙成、温小钰："一个作品往往是一个人先写起来，遇事搁笔了，或是碰到困难冲不下去了，另外一个人可以接着写下去，以保持创作热情不致冷却。发展到后来，一部作品不论谁写的稿，接手的人从头到尾再搞一遍，删掉自己认为是多余的部分，加进去自己的体验、积累，所以小说往往写得很长，因为谁都力图在小说中写进自己要表现的东西。有时在第二稿里删掉的东西，第三稿里又被原执笔人悄悄塞了进去，于是就要吵架。不过达成妥协还是容易的，因为两个人除了创作又都兼搞评论，用评论家的眼光来冷静分析作品，谁的偏爱也得让步。"

达理、晓剑和严亭亭、柯云路和雪珂夫妇，他们气质上的差异，一般不取剧烈碰撞，而取互补的形式，要显得和谐一些。柯云路与雪珂，气质的主导方面较为一致。雪珂在他们夫妇早期合作发表中篇小说《耿耿难眠》《历史将证明》之后，独立出来写作的第一部较为成熟的作品《女人的力量》，构思、结构、人物、语言，都可以看出"柯云路式"的印迹。当然，你在这一部作品里，也很少见到一般女性作家敢于处理硬性题材，以及赋予硬性题材"柔软"的质，女性人物驾驭严峻生活时"柔韧"的特点。

（2）风格

现有的知名度较高的几对夫妇作家，如：陆星儿与陈可雄，柯云路与雪珂在刚开始合作并有一定影响之后就分手了。陈可雄转向新闻界，雪珂则认为："一个树枝上不可能有两只鸟同时唱。柯云路比我有作为，比我成绩大，我甘愿作出牺牲。为他牺牲值得。"这也是一种新型的价值观。晓剑与严亭亭，即便合作期内，也常常分兵作战，近期似乎不再联合行动了。剩下的达理、汪浙成与温小钰夫妇，有继续坚持合作下去的意向。

这样看来，夫妇作家的解体，无疑也是一种进步，是两性各自的本性企盼在更大自由度上的伸展和张扬。创作个性、风格可能因此而鲜明、突出。

柯云路从早期合作独立出来后，从《新星》开始，包括《一个系统工程学家的遭遇》《黎明与黄昏》《孤岛》《夜与昼》，纯粹的“柯云路式”的宏大自我创造，深邃的历史感、社会学感和哲学感，以及思想的深度和涵盖生活的广度，大气派、全景式的创作风格独树一帜。所幸的是，在他们早年合作时期，他的创作个性非但没有被淹没，反而显露出了他的全部端倪。尽管这远不如现在这样成熟。

陆星儿与陈可雄合作时期，发表单篇作品或出版第一本集子，陆星儿的名字往往冠首，这本身也许并非偶然，也许体现了当今仍以男子为中心的社会的妇女平等意识；但至少说明，陆星儿在夫妇创作中的重要位置是不容忽视的。陆星儿单独作战后，沿着直觉经验与现实感受的导引，创作个性愈益明晰。

晓剑近期单独创作的短篇与中篇，人生思考更为驳杂，哲理意识更加浓厚，还有一种淡淡的幽默。

东方知识女性的雅丽、执着的特点，在严亭亭的个体创作中日益兀立。

那么，达理的风格呢？汪浙成与温小钰的风格呢？从艺术的整体上来衡量，格调、情调、色调都较为和谐。和谐也是一种风格。但气质差异的痕迹还是无法抹去的。

4. 夫妇作家解体是合理的趋势

从人类精神运动的本质规律看，夫妇作家的解体是不可避免的。男人和女人，对客体的直接感受和主观思维都不同，语言的结构、表达方式及至文体也都不同，所以夫妇合作尽管有互为补充的长处，本性仍不免会受到无形和有形的各种牵制，不易形成明确、统一、浑然一体的风格。至于两种笔调、风格的混融，则是创作个性明显的退化。自然，解体并不意味着联姻的完全消失。还会有不断的联姻不断的解体。但总的趋势会是解体多于联姻。

夫妇作家联姻，也有一个妇女自身价值全面实现的问题。不否定联姻是双方的附丽，可以相得益彰。但女性只有全面提高自身的素质、素养，独立地去展示自我价值、精华、光彩、魅力，才可能在最大限度内完善自我。

二、史评与比较

1. 总体评价

夫妇作家，包括成绩最大的达理、汪浙成与温小钰夫妇，现在都未能进入全国最优秀的作家行列。

在中国当代文学史上，目前还不会给予他们重要的地位。

夫妇作家各个时期的代表作，没有在一个时期成为领风骚、领风气、领潮流之作。

现在舆论公认的看法，从文学作品发表后的覆盖面（或称“风靡全国”的程度）而论，1977年是“刘心武年”（代表作是《班主任》）。1979年是“蒋子龙年”（代表作是《乔厂长上任记》），我认为是“张洁年”（代表作是《爱，是不能忘记的》）。1980年是“谌容年”（代表作是《人到中年》）。1982年是“路遥年”（代表作是《人生》，也有人认为是“李存葆年”，代表作是《高山下的花环》）。1983年是“邓刚年”（代表作是《迷人的海》）。1985年是“张贤亮年”（代表作是《男人的一半是女人》，也有人认为是“莫言年”，代表作是《透明的胡萝卜》）。1986年是“柯云路年”（代表作是《新星》，发表于1984年，但真正影响了全中国的却是改编为电视剧之后的1986年）。

达理、汪浙成与温小钰、晓剑与严亭亭夫妇，毕竟是新时期文学中有相当影响的作家，仅此，也令论家刮目相看。

2. 代表作

达理

早期：短篇小说《路障》；

中期：短篇小说《卖海蛎子的女人》《除夕夜》，中篇小说《无声的雨丝》《“亚细亚”之恋》；

近期：长篇小说《眩惑》。

汪浙成、温小钰

早期（以新时期创作界定）：中篇小说《土壤》《苦夏》；

近期：中篇小说《灰绿红黑交错的早晨》。

晓剑、严亭亭

系列中篇小说《一代人的情歌》三部曲：《世界》《长河》《逆行》及《雪痕》。

陆星儿，陈可雄

早期：中篇小说《我的心也像大海》《我们已经长大了》。

柯云路、雪珂

早期：中篇小说《耿耿难眠》《历史将证明》。

每个时期的代表作，都是作家那个时期创作最高水平的标志。而新的代表作的出现，往往又表明作家攀登上了一座新的艺术高峰。

这是作家自身的横向与纵向的比较。还有与整个新时期文学发展水平的横向与纵向的比较。

显然，在夫妇作家全部的代表作中，唯有汪浙成、温小钰《土壤》一篇，在新时期文学的发展史上占有重要位置。

《土壤》创造了一个新型的艺术形象魏大雄。这是当代文学中第一个集知识、才干与权力于一身，并借此极力推行极“左”路线的一个典型人物。魏大雄受过高等教育，有教养，有学识，有能力，在此起彼伏的政治运动浪潮冲击下，他的良知与理性被销蚀，庸俗的市侩气和政客的投机恶习急剧膨胀，学识、能力与投机、善变的结合，使他在仕途上实现了一次又一次的“重大转机”。他是“左”的土壤的产儿和宠儿。又反过来为极“左”思潮推波助澜。《土壤》反映了粉碎“四人帮”初期党的马克思主义路线与极“左”遗毒的严肃斗争。

3. 生活形态

从作品中反映的生活形态，可以判断作家驾驭整个生活的能力，以及艺术上熟练的程度。对熟知的、细小的生活，能否置于大的背景下透视出历史和现实的内涵；对大的生活事件和大的生活背景，能否演化为逼真、生动的艺术形象。

夫妇作家笔下的生活形态，基本上是两大类：对自身经历的生活的反思，和因某种触感的激发，进一步凭借新闻采访和“社会调查”手段，向其他生活领域进行的“辐射”。前者表现为较为凝固的形态，后者则表现为流动的形态，更具活力。

（1）对自身经历的生活的反思

在夫妇作家中，对由自身曲折坎坷的经历创造的那部分生活积累，几乎还没有启封的，最典型的莫过于达理夫妇。除了像《卖书》《无声的雨丝》这样的作品，为了反映人物之间心灵的落差，才触及高层知识分子家庭的某些生活氛围、情境、人物而外，达理夫妇还没有正面（像宗璞那样）反映高层知识分子生活的作品。而作为他们感同身受的，横跨两个历史时期的“老五届”大学生生活，他们则将记忆全部封存。

对自己亲身经历的生活作出热烈反应的，是晓剑和严亭亭、陆星儿与陈可雄夫妇，他们的笔力集中于知青和青年生活。

晓剑生于北京，长于北京，“文化大革命”中到云南省河口地区亚热带雨林农场插队六年。粉碎“四人帮”之后，在北京电影学院与云南白族姑娘、知青严亭亭相识、相知、相爱。知青生活成了他们共同创作之源、之“根”。

晓剑、严亭亭的知青小说，写出了一代知青在逆境中生命的坚韧力与再生力。有着那个特殊年代里凝重色彩的理想主义光芒。加上热带雨林浑厚环境的铺染，使得他们的知青小说线条粗犷。

《世界》无疑是体现这种人格力量和信仰亮度的最重要的一部作品。与之思想相因袭的，还有《但愿人长久》《山色》等。

《但愿人长久》写了知青在特殊年代的各种心态。它的凝聚力，则是由知青“管家”韩小兵播下的“同情、信任、友谊与希望”的种子萌发的。人性之光，智性之光，没有熄灭。

《山色》写了知青林涛在恶劣境遇下，顽强地、毫不动摇地虔信并寻找每个人实现自我价值的最适合的生存土壤和条件。他滞留边远山地，是因为他需要这里的阳光与空气，他牺牲爱情，奉劝恋人重返都市，是因为他知道她的才智的光华只有在那里才会闪耀。

《一代人的情歌》试图写出一代知青的命运和生活道路。他们的过去、现实走向及未来。显然，作家注入了更多的美学思考与哲理评判。

吴大路、路明水、水宇天三位主人公，代表了知青运动的三个历史阶段的终结与起始。

吴大路是知青运动中与原有的那个艰难、沉重的环境融合的代表。

路明水是知青翘拔于惨烈的感怀与悲壮的追思之上执着地与新的环境（改革）结合的代表。

水宇天的形象更具广泛性，他不再只是作为青年，而是作为正直、正派的人类，正直、正派的男人，在这个浩渺的大千世界，坚定地走着适者生存之路。

这三部作品，写到了知青命运、感情与生活道路在各个阶段的渗透、交错，甚或复归。作家就此展示了一个极复杂的知青运动世界。表达了作家一种庄严的历史思考和责任感。他不一般地否定，也不一般地肯定，他所强调的是各自的本性与其生存的环境之间的协调、和谐。不论在乡野、山地，还是都市，只要自我价值得到张扬，就是人生位置的最佳选择。环境退居于人生抉择的次要位置。晓剑、严亭亭夫妇的知青小说，在判断人类和社会的某种发展构想时，确有预见性。

这里，还必须提到他们的《雪痕》。这是晓剑、严亭亭作品中少有的一部具备充分超越意识的作品。特定的社会环境、特定的社会事件、特定的人物社会关系，不再是作家视野唯一关注的事物。他们从人生中永恒而古老的主题——生与死中获取新的命题。

三个年轻人面对着自然界一场暴风雪的突然袭击，生死攸关。伪善的一个，抛弃友谊与爱情，独自出走，被大自然超低温冻僵。余下的诚挚的二位，孤寂的灵魂与自然生命体，在超越性爱之上的纯洁友情及肉体的抚慰与温暖下，终于躲避万劫之复。作家歌颂了年轻人在厄运中那种超乎寻常的友爱力量和生命的再创造力。这是当代青年心理素质和心理结构的自我完善。

晓剑、严亭亭夫妇从知青运动的纵深处，来探索那个把命运交付给特殊年代的一代青年；陆星儿、陈可雄则从横断面，来把握新旧交替时期的当代青年的时代特征。他们合作时期小说的光彩，主要不是从吟哦北大荒的黑色土地迸射出来的，而是他们集中反映青年生活的两部中篇。其中《我的心也像大海》更为出色。

《我的心也像大海》写女主人公冰冰对一位正直的党的工作者凌青杉由崇拜、相爱到隔膜、离异，对一位同龄大学生谭华由疏远到重新亲近，产生新爱，这里起决定性作用的就是历史生活行进的力量，及由此对现实的冲击。在动乱年代，凌青杉无私的帮助，坚定了在政治漩涡中落泊的冰冰。生活在前行，冰冰的心随着时代的大潮澄澈、廓大起来，当她追寻新的生活足音，重新审视旧有的生活，审视凌青杉留在她记忆中的全部感觉时，她惊奇而不无痛苦地发现：凌青杉仍然残存着包括政治在内的一些陈腐的观念。冰冰失望了。旧生活投下的阴影，扰乱了新世界画面的和谐、完美，从而使双方失去了观察世界的共同一致的目光。令人欣慰的是，冰冰没有被这种意识所垄断和支配，不沉湎于痛苦，而思索裂变的必然溶解性。同样从旧的彼岸走过来，有了大海般兼收并蓄的博大，现今代表着新的生活见解和希望的谭华出现了。冰冰因观念的合流而靠拢谭华，这是不能避免的。固有的理想标准和价值观念就在这种更替中顷刻动摇了。陆星儿、陈可雄捕捉到一种特殊的生活沉淀现象——曾是政治生活反常时期的同行者，在进入政治清明时期，却出现了观念的反差，从而概括出一个时代的某些本质特征。

新的观念形态，是在新观念对旧的生活冲击，旧的生活对新观念的反抗中，萌芽与成长的。旧观念的节节败退，让位于新的观念，这是现代社会的一个潮流。

陆星儿、陈可雄思想与艺术上的这种锐敏、锐进精神，在思想解放的最初时期，尤其显得难能可贵。

（2）对生活辐射的把握

达理最重要的几部作品，都是他们先后到完全不熟悉的纺织厂、航空港等地深入生活以后写成的。他们如同见到浩瀚的大海，便渴望拥抱那激扬的浪花一样，对新时期的生活满腔热情。在经受过“文化大革命”重创之后的那一代大学生中，达理夫妇的情操是高尚的。

在达理夫妇反映普通劳动者的生活的作品及其代表作而言，我给予《“亚细亚”之恋》《无声的雨丝》的评价，要高于《卖海蛎子的女人》《除夕夜》及其他佳作《路障》《卖书》《腾跃》等。就其思想的容量与艺术的成熟，我以为《“亚细亚”之恋》更比《无声的雨丝》胜一筹。

一个艺术形象，如果成为一个特定的时代的写照、一段特定的历史的见证，就获得了很大的成功。

“亚细亚”——女工吴彩凤，既有半殖民地半封建的旧中国破产农民跻身于工人队伍的许多重要特征，又显露了民族文化心理深层结构带根本性的一些特征。她对那两台破旧不堪的劳动生产机器，倾注了心力和才力，几近于麻木；她对那一去不复返的初恋情人的痴迷，几乎是宗教徒般的虔诚；她善良地对待世界，一生忠于职守，对别人因保护她而蒙受的苦难，她总是怀有一种沉重的负罪感；对于自己不幸的命运，甘受屈辱折磨而坚忍不拔。机械般地劳动和创造，成了她全部生命的依托。她的无产阶级劳动者的先进性，体现在并非纯粹先进性的思想状态中。“亚细亚”承受命运的负载及其对命运挑战的独特方式，展示了我们民族性格在艰难境遇中生生不息的生命延续力，又浸润着民族传统性格中对外来异化力量固有的排他性和封闭性。“亚细亚”形象，有深邃的历史感。她可以帮助我们认识和了解整整几个历史时代的政治、经济、文化、心理、道德的那种顽强的堕力及沉重的因袭。我们的不少评论，在分析“亚细亚”这个艺术形象时，忽略了这个艺术形象的历史覆盖面积和容量。

唯其如此，作家才那么珍爱这个“异常美丽而光彩的形象”“小心翼翼地保存着她，看护着她，犹如手里捧着一汪水，唯恐洒落一滴”。

无疑，《无声的雨丝》也是达理夫妇的一部重要作品。柳茵写得很有个性。她是用脚踏实地的劳动，无声的沉默和刚毅的自我克制来表达心中的愤懑，倾诉自己的理想与愿望，在静中表现出一种强烈的动势、动感。静动的对比，是在人物与它所处的环境形成的强烈反差造成的。一是柳茵婆家在有文化有教养的背景下掩盖的极浓厚的封建尊卑意识，二是她丈夫在儒雅的谈吐、仪态、礼貌下掩盖着的同样不折不扣的封建尊卑意识。作者的艺术妙笔在于，它表现出高贵下的世俗，是在一种不轻不重、不深不浅、不浓不淡、不含不露的情绪氛围中发生的，更令人窘迫、窒息。倘若，作家能借此进一步深化掌握现代先进科学知识的头脑与其内里陈腐的道德观的冲突，更深沉地造成环境与人物的相反相成，必将提高人物形象的典型意义。

和达理夫妇一样，汪浙成、温小钰夫妇由直接体验而调动生活库存，辐射的生活面和题材领域也比较开阔。

他们的《苦夏》，因在新时期的文学中最早触及了升学考试（小学升初中，初中升高中，高中升大学）这一波连全国各个读者阶层的尖锐生活现象，因而引起了热烈的反响。作家最初萌发创作动机是有感于亲身经历，但当他们用作家的眼光来审视这场“全民战争”时，却超过了自己亲身经历的具体事实，果敢地撩开了招生考试制度的大幕。这样，写的仍然是“盛夏”中人们的苦恼、烦忧和骚动不安，但作品的锋芒要犀利得多，时代感也强烈得多。

《苦夏》最少揭示了目前招生考试制度中存在的三种弊端：一、升学竞争事实上成了谋职竞争，从而加剧了全社会本来就“供不应求”的就业矛盾；二、录取的可能性与对未来职业的功利考虑，代替了学生某方面潜在才华、专长发展的追求，学生成了分数的奴隶，影响了智力的开发；三、竞争意识若不与社会意识、他人意识、审美意识相结合，就可能从小培植损人利己的纯粹的生存竞争意识，从而影响整个社会的道德水准和民族素质。在现行教育体制还不完善的情况下，作家更多地寄希望于竞争中的“道德自我完善”，以调整这种失控、失重的现象。在这部作品里，渗透着作家强烈的现实主义精神和人民性。尚感不满足的是，作家的这种理性意识，还不能借助有力度的艺术形象的创造完全予以体现。

观念与形象，理性与艺术二者的最完美的统一，是汪浙成、温小钰夫妇近期的作品《灰绿红黑交错的早晨》。我认为，这是作家继《土壤》之后，一部突破性的作品。在“大墙文学”中，也有开先河价值的。他们运用现代科学的多学科综合眼光，来鸟瞰人生的这个角落，直率地探讨犯罪分子认识与改造中的人性、人道问题，这无疑是将会引起争议的一部作品。但我首先不能不折服于作家观念的大胆！这些新的观念，产生于小说主人公——新时期青年劳教管理干部周和平行为实践的思索中，精彩极了。这里，不妨先摘引几段：

劳改干部精神的本质特征，并不是铁面无私的严酷和权威感……应当是一种人道主义的虔诚，一种信徒般的心胸和精神。这种认识的基础，就是把犯人当作一个人来对待。

文盲和法盲有密切联系，无知容易走向犯罪，不断提高犯人文化水平是治本之举……

监狱“是专政机关，但也是道德学校，也是学校！”消灭犯罪，除了要荡涤产生犯罪动机和行为的社会条件外，还要对产生犯罪的心理因素进行研究，加以疏导和预防。

在人类潜意识中起主导作用的不但有性本能，还有死的本能……人不但有指向生命的生长和增进的生存本能和快乐本能，同时还存在着一种自我毁灭和破坏的本能。

当一个人的生存本能和死亡本能不能接受意识的控制时，就需要寻找各种渠道宣泄出来，要及时地诱导他们转移和升华。

以上引文，没有读过小说的读者，还可能以为摘自社会学、心理学、精神分析学、伦理伦常学的教科书或论著。不！周和平关于新观念的这些思考，贯穿于他切切实实地改造犯罪分子的行动之中。贯穿于作家炽热深情的艺术描写之中。理性，显现于感性之中。审美，是理性的感性显现。

周和平的种种新观念、新见解，无可辩驳地证明新时期劳改干部获得了种种新质：感受触角的灵敏，理性意识的清醒，行为实践的硬朗与快捷。它的基本点，是把罪犯也看作是有血有肉有感觉的人，而不是一个抽象的犯罪符号、概念。改造是基本出发点。

那么，固有的观念、见解是怎样嘲弄与反驳周和平的呢？

在一个以服从为第一要则的事业里，你的独立见解太多；在一个不需要激情的岗位上，你的主观感情色彩太浓了。

周和平最终扮演了一个悲剧角色。他不是性格悲剧，不是心理悲剧，而是观念悲剧。自然，也包括他对瞬息万变的灵魂悸动欠缺把握。他试图按照新观念改造罪犯的蓝本——米隆的理智正在拨亮心灵的闪光点，由黑暗王国透出一线光明时，又因突如其来遭到的“戏弄性”的惩罚，使他一刹那间又恢复了罪恶的毁灭欲望和本能，罪犯米隆与周和平的双重悲剧发生了。米隆又向罪恶的深渊迈进了一步。周和平的新观念蒙上了阴影。

新观念的诞生、延续和实践，将在一次次付出沉重的代价中经受考验的。但新观念必将前行。这就是汪浙成、温小钰夫妇贡献的周和平这个艺术形象的价值。

4. 艺术形态

就艺术形态的整体感而论，夫妇作家在艺术的群峰之中尚未构成翘然挺拔之势，在艺术的群芳之中尚未拥有灿若云霞之彩。

是因各自的个性消融或组合的结果吗？抑或各自的气质碰撞或毗连的结果呢？

必须找出各自个性、气质差异在融合过程中认同的指向，才能看到其初具轮廓的艺术形态。

达理夫妇的创作由最初的外向、外露，而渐进至含而不露、含蓄、内向、内在，力求写得像生活一样平实、质朴。

理性的色彩，激情的色彩，气度的色彩，一般体现了男性作家思维的特点。足见马大京的气质在他们夫妇早期创作中的相当影响力。但他们很快有了自省。他们在艺术描写上作了两方面的努力：注重作家在艺术想象思维行进时的体验、感觉，与所描写的对象尽可能达到契合融洽的状态；注重在人物摇人心旌的心理活动流程中揭示性格。《无声的雨丝》《“亚细亚”之恋》无疑是这种探索的最重要最成功的艺术实践。

如果认真加以鉴别，有时还可以看出达理夫妇的哪部作品以马大京为主，哪部作品以陈愉庆为主，那么，在汪浙成、温小钰夫妇自始至终的创作中，则不易找到这种痕迹。也许，正是由于双方要在作品中顽强表现各自的气质、体验，反而使得双方可以接受的共同点更多地保留下来了。从而形成了一种和谐、稳定的艺术形态。

直接介入现实社会的矛盾，表现了明显的艺术功利目的；作家和评论家的双重品格，赋予作品冷静、客观的政论色彩、时评色彩；正宗的文科教育和理论框架的凝聚力，作品从不离开艺术形象创造的轨道。这就是汪浙成、温小钰夫妇作为单一的整体，而不是联合体的艺术形态。

晓剑、严亭亭夫妇创作的艺术形态，则是男子的某种“野性”与女子的柔情的巧妙结合。这集中体现在他们对艺术氛围的创造上。读他们夫妇的作品，你总会被那种因环境重压而产生的“残阳如血”般的悲壮感，与描摹人物面对大自然生态环境那种柔情似水的艺术感受所激动。

陆星儿、陈可雄夫妇合作时期，尤以代表作《我的心也像大海》更充分地体现了陈可雄的艺术气质：冷峻峭拔的思辨色彩，善于旁征博引，语言的哲理化，人物创造的雕塑感和诗的激情的色彩。陈可雄对历史感与社会内涵锱铢必较的创作个性，有可能使他在新闻体的写作上有所建树。

三、困惑与突破

必须尖锐地指出：除了为数不多的作品，夫妇作家的创作在观念和艺术上给人总的感觉，是拘谨有余，平稳有余，而锋芒不足，冲击力不足，甚至表现出某种困惑。我以为夫妇作家只有意识到并承认这一点，在观念和艺术上双向突破，才可能跻身于新时期最优秀的作家行列。

1. 在新旧观念交错时把握的迷惘

新时期文学的重要成就之一，就是反映了强大的经济运动和外来思想文化冲击下的观念标准与价值标准的变化。从而使作品洋溢着区别于其他任何一个时代的新鲜气息。从中可以看到历史前进的巨大力量。

但是，当新旧观念处于一种胶着状态或取而代之的阶段时，我们的作家不时表现出某种困惑，尤其是触及到民族的传统美德、操守与新时期生活创造的新的性格、新的观念结合，更显得不那么挥洒自如，出现凝滞、沉郁的状态。

在我们论及夫妇作家时，有一种创作现象非常有趣：夫妇作家较少触及爱情、婚姻、家庭中尖锐的伦理问题。是否因为驾驭这类题材更需个体细致、精妙、神奇的体验、经验，甚至隐秘，以致夫妇作家也难免感到棘手，望而却步呢？

达理的《墙》和《让我们荡起双桨》，是夫妇作家中甚少触及“婚外恋”与“第三者”的作品。

这两部作品，写了夫妇双方无爱的两种类型：一种是不能履行妻子的职责，一种是因文化的差异而产生的气质、意识、格调上的差异。同时也写了新爱产生的两种类型：一种是充分奉献和履行作为一个女人、一个恋人的全部情爱和职责，一种是在复活了的旧有爱恋中构想新的家庭生活。可是，当达理夫妇面对人物未来的组合关系重新作出抉择时，理智竟都毫不犹豫地偏向了无爱的一方，而毫不留情地让拥有新爱的一方自责，在自责中完成对民族传统道德的维护。显然，达理在把握这种新旧道德观念的价值转化时，思虑是欠成熟的。试问：当无爱的双方重新回到旧有的墙内，而新爱的双方则各奔西东时，两者谁究竟更不道德呢？甚至，作者通过人物的“自审”堂而皇之得出了这样一个结论：

> 在我的面前矗立着一座坚实的高墙，它的一砖一石上，都凝聚着我们民族美好的道德传统，有些人想冲破它，到墙那边去寻找自己的爱情，结果采到的往往是酸果。当然，在人们中间，那些硬把人们彼此隔绝的樊篱是应该冲破的，但为了保证美好、健康的生活所必须的格局，是不该打破的。

人物面对自己心灵深处最真实、最珍贵的感情召唤，竟显得那样苍白无力，这不单纯是人物自身气质上的懦弱，也可看作是整个道德观锐变时期的一种惯性的反作用力。

由于我国社会特定的历史、文化条件，乃至异性之间各自差异尚未充分暴露而轻率组合的家庭，现在出现了许多离异的现象。具体到某一单个离异的家庭，可能会有正误之分。但从整个历史进程的指向来看，它表明千百年来在家庭观念和家庭结构中“一统天下”的旧有秩序被打破了，而新的层次、关系、结构、秩序、境界又正在顽强地拓展。作家在把握这个总的历史趋势时，要有一点反传统的勇气。

在伦理道德观上，晓剑、严亭亭夫妇则要开放得多。他们笔下人物的实践，甚至具有某种攻击力。

《逆行》中已返回城市的女知青林道静，为了挽救已扎根山乡边地的昔日的恋人吴大路的垂危生命，以同样病弱残躯在生命最后一息燃烧的光——超乎常人的坚强意志，圣洁的人道精神，女性热烈的情怀，获得了曾被吴大路伤害过，而今已行医的同龄人水宇天的信任和爱，吴大路是以尊严、男人的力量、钢铁般的意志，以及对在动乱年代的“过失”进行苦役般的惩罚，博得林道静的爱的。水宇天则是以善良，超脱世俗，默默信守一个正直人的原则，获得林道静的爱的。这两位男性并不因获得来自同一心灵深处的震撼的爱恋，而感到被欺骗，被污辱，反倒觉得承受了她整整一生的爱。这种爱的构架，是与传统的对偶制及至以夫权统治为主导的个体婚制悖逆的，却可以从现代性爱观中找到解释。随着现代文明的进程，性爱与家庭的形式不再是举足轻重、唯一的，情爱的升华、理想化的道德完善、多形式的家庭结构才是高于一切的。

2. 题旨意向欠缺锋芒、新鲜感和纵横捭阖的力度

在歌颂普通劳动者优秀品格方面，达理夫妇写出了一些艺术上堪称成熟的真正的短篇小说，如《卖海蛎子的女人》《除夕夜》。但反复细致地琢磨一下，又很难说出这里究竟对生活有多少新的发现？一方面，固然与作者过于拘泥知识分子与劳动者心理意识的落差来观察和认识生活的角度有关，所以，有见解的评论家最早在总结达理夫妇创作实践时，就敏锐地忠告：“作者太像他们所写的人物了。达理应当与人物适当地拉开距离。应当比他们的人物站得更高一些，而不是和他们站在同一水平线上去看待生活。”另一方面，是否还有一个观念更新的问题？人物本来按照现实的社会运转，已经具备了新质，但这种新质，似乎只有与传统的道德规范结合才是唯一的归宿。“新质”的棱角，为什么不可以在新的经济环境和人际关系中，更强健、更博大地张开自己的翅膀呢？传统美德要继承，但新的美德、道德观念更需开发。

汪浙成、温小钰夫妇的创作也存在类似问题。他们按照自己带有悲剧特征的美学理想写出的一些较好的中篇小说，如《别了，蒺藜》写一个被遗弃的女知青重新确立自己的人生价值，《白花苜蓿之蜜》写一个离休老干部在现实

生活中新的锐进，题材和立意，与同类作品比较，仍然缺少独创性和新鲜感。

达理与汪浙成、温小钰夫妇还分别从不同角度，涉及了孩子“退化”“早衰”的敏感问题。达理的《“爸爸，我一定回来！”》写少年儿童个性、天性的被压抑。汪浙成、温小钰的《小太阳的苦恼——献给年轻的父母》写对孩子无节制的放纵造成的恶果。作家从直接的生活经验中，提炼出了不少生动的情节、细节。但文学的冲击力仍不够强劲。原因在于未能从一个更为独特的角度切入生活具象，因而题旨的个性亮度没有那么耀眼。

这里有一个从超越意识上解决逼近生活，又与生活保持距离的创作课题。作家生活感觉的积累，艺术感觉的体验，不能滞留在自发的、原生的状态，还必须依助悟性，在整个人生的大背景下加以扩大，并找出其中性格命运与心理情境中新的基因，新的质素；也还必须依助想象，在想象中与生活的实质保持距离，使题旨由单一变得多元，由直向变得复杂，由单薄变得丰厚，由浅露变得深刻。

3. 人物的新质与复合色调较为薄弱

现实的变动改变着文学的观念，首先是文学中人的观念、人的行为的价值观念。从而直接改变着审美感受和审美标准。

现实的人一旦与现实的改革大环境结合，对人的观念的价值评价，许多旧有的传统观念和道德标准不可能作出准确的解释。而必须代之以新的观念和道德标准。从历史大潮中寻找人物思想与行为的合理性，则可以看到人的复杂的个性化历史，看到个人的命运、性格、心理、独立感受和思考的逻辑轨道。

晓剑、严亭亭的《长河》中的路明水，形象奇特，内涵复杂。他告别知青历史，一旦登上历史改革的舞台，丝毫也不肯放弃表现自己的意志和力量，不肯放弃任何获得成功的希望。作家赋予其主人公一个奇丑无比的外形，情感上因对现实阴暗面不满而铸成的冷酷色调，强者在荆棘丛莽般的邪恶势力面前的进击精神。他为实现目的采取的某些独特的手段、手腕，他对爱情、婚姻关于“强者之间的一种特殊形式的吸引与结合”的见解，他对官僚主义惰性及其顽固的劣根性的轻浅认识，都显示了新时期经济商品关系和人际关系变动中的某些根本性的特征。年轻一代正在迅速转化着观念和改变着心理气质。固有的英雄主义模式、绵延久长的传统观念，无法作为衡量其是非的尺度。虽然作家在把握这个人物时，并不处处分寸得当，但作为一个历史的、个性充分的人物的试验性创造，路明水具有非同一般的审美价值。

从整体水平衡量，夫妇作家中的不少人物创造，仍然过实、过平，过于透明。因而不易在读者心灵中造成一种震撼般的悸颤。

4. 批判的意识比较脆弱

文学的本质是批判的。作家正是有感于人世的不平，现实的不公正，才拿起笔，将自己所思所想而未能企及，又必须借助文学形象才能实现的美好的理想、愿望、情操抒写出来。可以说，具备了批判意识和悲剧意识的作家，才可能成为大作家。

夫妇作家创造的一系列形象中，似乎只有《“亚细亚”之恋》中的“亚细亚”，《土壤》中的魏大雄具有较高的典型意义。“亚细亚”有审美价值和历史感。魏大雄有审丑价值和历史感。

客观地评价，审丑意识和审丑形象在夫妇作家中是一个欠缺。似乎，理想主义的光彩有时过于耀眼。一旦触及到人性更深的层次，人的潜意识中的惰性和恶的基因，思想的解剖刀就显得不那么锋利，从而损害了作品的深刻性和整体艺术感。这既表现在对五十年代生活光明面的不适度崇奉，也表现在对传统伦理道德观的美的意识和力量作了过分的夸张，还表现在对悲剧意识中渗透的乐观主义都有模式痕迹的一般性颂扬。

5. 艺术个性较为单纯和少独创性

夫妇作家的创作指向，基本上可以纳入现实主义范畴。有一些优秀的篇什，在与新的时代生活结合中，仍然显示出了现实主义的活力，以及它对于其他新的创作思潮、方法的借鉴。但给人整体的艺术感觉，仍嫌规范、平稳，而缺少横空出世、平地陡起那样的突破，那样的气度。

在新时期文学的开拓期，汪浙成、温小钰夫妇的《土壤》不只是以自身的社会价值、认识价值赢得地位的，同时也是以自己艺术上新的探索受到文学界广泛注意的。《土壤》在新时期的小说中，首创旋转舞台式的叙事结构，三个叙述主人公，均以“第一人称”出现，承上启下地展开各自的内心世界及人物之间的社会命运、性格命运。

《眩惑》是达理夫妇，也是夫妇作家中的第一部长篇小说。达理夫妇由《卖海蛎子的女人》《除夕夜》起始，经《无声的雨丝》《“亚细亚”之恋》逐步成型，至《眩惑》鲜明地立起了自己的艺术形态。达理的心理现实主义在《眩惑》中廓大了自己艺术描写的天地，这对于近距离反映改革生活的作品，无疑是一个新的发展。

一、突破了长篇小说一般取宏观时空布局和驾驭外部世界的写法，对生活不再作“鸟瞰式”“全景式”“立体式”结构的囊括，而从主人公单一的视角、特定的心态（“眩惑”式的心理体验）、凝聚的时间（二十四小时）、窄小的空间（几个家庭）切入，观照与之关联的人物，构筑一个姿态各异的心理世界，从中折射出时代跃动不安、艰难前行的形象。

二、突破了长篇小说一般以主宰人物命运的主干事件作为全篇矛盾冲突贯穿线索的写法，而在集中笔力描摹人物流向及行为动作的过程中，自然逼真地展开对过去生活的回叙和对现实生活的追踪。过去时与现在时，心理时空与现实（场景、画面）时空、叙述主体与人物客体并存共融。

三、突破了长篇小说一般倚重纷繁复杂、纵横交错的人物社会关系结构的写法，人物的社会层次较为单纯，只写了一个“老五届”大学生的中年知识分子群体。人物之间也甚少通常长篇小说中那种剑拔弩张的正反对立、抗衡，而着墨于他们无以超越现实环境和传统文化教育制约的感觉与心态的差异。并有着浓郁的思辨色彩。

《眩惑》在长篇小说创作中取这种技法，是有创新意味的。达理夫妇是夫妇作家中唯一的一对“老五届”大学生，也是当今中国作家中寥寥无几的“老五届”大学生出身的作家。《眩惑》是他们第一部反映“老五届”大学生投身新时期改革浪潮的作品。虽无历史纵向的索取，但毕竟第一次截来了这一代大学生现实动向的一个横断面。此外，写改革者因失败造成的心理“眩惑”、退潮，这在反映改革者的小说中，也是有创造性的意识的。这对一味的乐观主义、英雄主义的审美指向是一个反驳。表明达理夫妇对生活的认识进入一个深的层面。虽然，这部作品的悲剧色彩比较表露，还缺少夺目的悲剧意识光芒，但它是不掩饰地揭示出一群中年知识分子面对最初的城市经济体制改革浪潮而产生的“眩惑”心态，却尖锐地反映了带民族性、社会性的局限，作家并借此作了某种批判与自我省察。我们这个民族群体对新的历史变动的心理承受力的脆弱，直接成为民族振兴的一种顽固、沉重的惰性、堕力。唯有强健自身的精神力量、心理素质和更新观念，加之有一个清明的政治环境，这是我们民族起飞的双翼。无论其中哪一翼折断了，我们的改革仍将步履维艰。《眩惑》在同类改革题材的作品中，给新时期的文学贡献了什么新的思想和认识价值呢？即在于此。

1987年5月10日于广州区庄村新居

注：文中论及的作品，截止于1986年。

中年女性评论家论

导言

中年女性评论家在新时期文学中有着确切不移的位置。中年女性评论家为女性作家的研究作出了独特贡献。晓立（李子云）和刘思谦是中年女性评论家的两位代表人物。

站在光华灼灼的庞大的女性作家群面前，女性评论家则零落不成军，黯然失色。对“传统批评派”的某些轻率否定，也殃及对女性评论家的公正评判。她们那并不特别耀眼的光芒，似乎全要被遮没了。

然而，并非任何一种舆论都可以改变是非的尺度。那样，舆论岂非万能？“传统批评派”、女性评论家，既是一个不容置疑的历史概念，也是一个发展的现实概念。认定“这一代人都已经呈现出共同的‘衰老’趋势”，是否为之过早？在我的心目中，这一代中年批评家对中国当代文学的影响，分量是沉甸甸的，这种影响将强有力地持续下去。更何况，她们还在充实自己，改造自己，完善自己！

可以纳入“传统批评派”范畴的中年女性评论家，只有五位——李子云（《上海文学》编辑部）、刘思谦（河南大学中文系）、吴宗蕙（北京师范学院学报编辑部）、盛英（《天津文学》编辑部）、陈美兰（武汉大学中文系）。她们或做编辑工作，或执教于高校，是标准的一代中年女性。女性作家之多，女性评论家之少，这个奇异的反差现象，需要专题探讨。我只想借用一句“套话”来表述自己的观点：做作家难，做女作家更难；做女作家难，做女评论家更难；做女评论家难，做名女评论家难乎其难。评论家要有比作家更宽广的艺术胸怀，更深厚的知识素养，更锐利的思辨能力，更精确的评判尺度。

可庆幸的是，新时期文学毕竟有了自己的五位女性评论家。而其中李子云和刘思谦的成就，足以与同一代中的许多男性批评家抗衡。她们在新时期的文学中，占据确切不移的位置。她们对女性命运和女性作家创作命运特有的关注，又使她们在这个领域整体的研究水平，超越了男性评论家。仅此，女性评论家与女性作家一样，在男性评论家和男性作家面前，不必有丝毫的卑怯感。她们有理由自信。

社会批评是批评家的一项重要任务。社会批评中包含有审美批评。社会批评的独立地位不可动摇。

某些批评家在论及“传统批评派”的“过失”时，不屑地捧来一顶帽子：“社会批评”！他们则自称为“审美批评”，似乎还是纯粹的“审美批评”。而且，轻易地把任何“社会批评”都推进庸俗社会学批评的深渊。我对这种批评的“轻率”，大不以为然。很难想象，文学批评可以置社会批评于不顾。

什么是文学？文学是人学。什么是文学批评？文学批评是面对艺术形象创造为中心的批评。因之，对于那些特别关注社会进步和人的价值的实现的文学作品，文学批评家给予高贵的礼遇。是题中应有之义，也是文学批评家的历史责任感之所在。

文学的社会性，文学批评中的社会批评，是文学和文学批评最基本最重要的属性之一。

在五位女性评论家中，刘思谦是最早也是自始至终尊重这一命题并孜孜不倦地为之实践的。

她的文学批评，是典型的人生的、社会的、历史的批评。而她的批评锋芒所向，首先是极“左”路线和极“左”思潮。读刘思谦的评论文章，你时时可以感受到她的理性世界和情感世界中，与极左抗争的不可遏止的激情和力度。她曾引用一位著名文学评论家的话，来表达她对“反思文学”的歌赞：“这样的作品，可以使那些想搞第二次“文化大革命”的人、那些想继续搞极

‘左’路线的人寒胆，使他们不敢再轻举妄动。”

奠定刘思谦作为一个评论家的第一篇重要文章，是《向“人学”攀登——谈刘心武的小说创作》。

在这篇文章中，刘思谦简明扼要地概括了刘心武创作的发展道路：《班主任》“成为新时期现实主义文学复苏的‘潮头’”，《我爱每一片绿叶》“从呼唤个性开始，迈出了他向‘人学’攀登的第一步”，《如意》和《立体交叉桥》“把具体的人作为自己观察生活、反映生活的出发点”“标志着刘心武在向‘人学’攀登之路上跨上了一个重要的阶梯”。并由此引申出一个重要的文学结论：

现实主义和人道主义，是通向“人学”高峰的双翼。

在刘思谦的所有理论概括中，这是最引人注目的。

刘思谦以其深邃的穿透目光，看到理想与现实、环境与人之间的距离。她认为文学不仅需要现实主义，也同样需要革命人道主义，并用革命人道主义来充实和深化现实主义。

刘思谦的宝贵之处，还在于她从不把自己的思想封闭起来，凝固起来。随着文学创作实践的发展，她同时在两个方面深化自己的思想。

一方面，她从与当代人的命运息息相关的作家和作品中汲取理性的力量和生活的激情。她的代表作有：《蒋子龙的“开拓者”家族》《张一弓创作论》。

另一方面，她在对当代文学作出历史的宏观的把握上，校正和丰富自己的文学见解。它的代表作有：《对中华人民共和国成立以来农村题材小说的再认识》《旧梦与新岸的辩证法——关于知青小说的回顾与思考》《文学追赶青年的轨迹》《他们和新中国同命运——当代文学中的知识分子》。

刘思谦给予作家蒋子龙和蒋子龙创造的“开拓者”家族的形象系列很高的评价，并准确地找到了这二者创造互为因果的关系。她指出：“开拓者的性格，正是和蒋子龙的心灵十分接近而又亲切的东西；在他们身上，倾注了作家自己那开拓者的精神、气质和探求，打上了蒋子龙的感情烙印。”“从某种意义上说，他自己也是一个开拓者。他是以一个开拓者的眼光、激情和气魄来创造开拓的形象的。”

对张一弓笔下新时期农民形象的创造价值，刘思谦评判的眼力也是十分准确的。“张一弓不愿意用自己的笔去证实鲁迅半个世纪以前对农民弱点的剖析而宁肯寻找农民身上那属于现在和未来的新的思想、新的灵魂、新的人物。这里表现了张一弓独立支撑的勇气。”“即使在那些以沉痛的心情回顾过去的作品中，他的艺术构思的支点，也牢牢地安放在现实的土壤之中。”

刘思谦选择蒋子龙和张一弓作为自己作家论的写作，绝非偶然。蒋子龙和张一弓，是当代文坛站立于时代生活潮流中心的两位重要作家。蒋子龙和张一弓，通过新生活开拓者形象的艺术创造；刘思谦则借助这类形象的理性解剖，来表达自己的政治观、社会观、生活观和历史观。他们执着于中华民族的兴衰和当代中国人的命运这点上，心灵是相通的。蒋子龙和张一弓创作的最杰出的价值，在于对现实生活的变动作出直接的评判，而刘思谦主要从社会学的角度来评判他们创作的成败得失，也就顺理成章了。今天的中国，政治和政策的因素，虽然不是决定每一个中国人的命运的唯一因素，但刘思谦宁肯相信，政治和政策的因素，对今天中国人的命运的影响还是强劲有力的。刘思谦是清醒的。这种清醒，是历史本身启示的。

因之，当刘思谦试图从纵向和横向，对当代中国文学创作进行宏观考察和把握时，她的社会批评就变得更为犀利，咄咄逼人。有时，她简直就在大声疾呼，愤怒鞭挞，或拍手称快，热烈颂扬。

《对中华人民共和国成立以来农村题材小说的再认识》发表后，引起了广泛的争议。这也是刘思谦的文学评论中有重大影响的一篇文章。评论家细致地分析和鉴别了十七年中几位代表性作家的代表性作品，如赵树理的《三里湾》，周立波的《山乡巨变》，柳青的《创业史》，李准的《不能走那条路》《李双双小传》，以及康濯的《水滴石穿》，孙犁的《铁木前传》，然后果决地亦有说服力地作出三个结论。

一、作家也是现实的、生活在一定历史阶段的人，他们很难超脱时代的制约和影响，而且他们自己对现实生活的认识，也难以超出一定时代所能够达到的高度。

二、一个作家如果是深入生活之中和群众共同着呼吸而又是善于思索的，如果他使自己的笔听从了生活真实的权威而又是从生活中提炼概括的话，他就会以自己对于生活的某些独特的发现，形象地显示出历史真实的某些本质的方面，为后人认识和了解这一段历史提供某些真实可信的生活画面。

三、写人，写人的命运、人的性格和人的心灵，是十七年间经得起时间检验的优秀作品提供给我们的宝贵经验。

刘思谦清醒地看到了在中国这个特殊环境下从事文学创作的一个尖锐的矛盾现象："时代的制约和影响"与听从"生活真实的权威"之间的矛盾。文学反映现实生活的要求的愿望是顽强的。作家的出路在哪里？在于突破和超越时代的制约和影响。以客观条件所能够允许和容忍的方式，使历史的真实曲折地、部分地得到这样或那样的反映。这就要求作家自己必须具有强健、明朗、独立的意识。对于那些以现实的社会生活为创作视野的作家，这个要求显得更为急切，也更具实效。

《旧梦与新岸的辩证法——关于知青小说的回顾与思考》《文学追赶青年的轨迹》《他们和新中国同命运——当代文学中的知识分子》三篇文章，则直接依据现实生活的同步发展，来探索文学反映当代知青、青年和知识分子的历史命运的成因及迁徙。

女性评论家中的另一位成员——吴宗蕙，坚守的也是典型的社会批评方法。只是，她选择了一个独特的视角——小说中的女性形象。她断定这些形象生动地反映出了现阶段妇女解放的程度和在解放进程中所遇到的严重障碍及其发展的趋势，反映出了今天社会的解放程度。这样，她的文学评论，就将社会的解放及妇女的解放，与文学中的女性形象，与评论家自己的评论主体意识这几者沟通了起来。她的观测坐标，在于文学中的女性形象与妇女解放有密切关联的题旨。诸如妇女解放的层次、范畴、条件等。

她从《天云山传奇》三女性的形象中，区别开妇女解放的三个层次，由道德的自我完善到理想、信念与爱情的完美糅合，到走向全面的思想解放。宋薇的人生道路，概括了五十年代初期参加革命的知识分子妇女的生活遭遇和命运。当她二十年后再一次经历政治的、爱情的、道德的涅槃，她才意识到原来只是由没有婚姻的爱，异变为无爱的婚姻，从而在意识和观念上获得了一次升华。冯晴岚则在二十年前，完成了宋薇付出了二十年时间代价的认识，在人生观、幸福观和爱情观上，为新一代妇女树立起非人工所能建造的纪念碑。周瑜贞是“新型的人”，她的观念和行为实践，都是粉碎“四人帮”之后的思想解放运动冲击的成果。吴宗蕙认为，妇女的解放，应由单向范畴进入多向范畴，进入全方位。《赤橙黄绿青蓝紫》中的解净，思想、意识、观念、心理等开始“由‘单色’向‘全色’发展”，就是实现这种转变的有力的一跃。吴宗蕙还清醒地看到了妇女解放必经的阵痛。她在对宗璞笔下的知识女性作了一番观照之后，得出一个结论：“她们虽然往往都是生活中的弱者，但却是道义上、精神上的强者。”《永远是春天》中的韩腊梅形象，“表现了我们这个时代的精华，也表现了我们这个时代的病痛”。弱与强、精华与病痛的矛盾基因，必然附着于妇女解放的整个历程。评论家还注意从文学形象的潜在层次，发现为现实和文学忽略的妇女解放的必要条件。她在总结《人生》中刘巧珍的爱情悲剧后指出：“掌握文化科学知识，以丰富的学识和智慧立世。”这是妇女解放必备的条件之一。在《玛丽娜一世》的玛丽娜这个“八十年代文坛上罕见的弥足珍贵的艺术形象”身上，评论家将妇女全面解放的观点表达得最为完整：政治上经济上的独立，取得与男子完全平等的地位；砸碎束缚自己的各种思想桎梏，求得精神上的彻底解放；依靠自己不懈的努力和创造，自尊、自重、自强，自己解放自己。

女性的爱情、婚姻、家庭的命运，是吴宗蕙更为深切关注的一个领域。她丝毫不掩饰自己在这方面为之泣诉，为之动情的心境。她宣称：“我所殚思竭虑的，我的拳拳之意，就在于对我国妇女命运的无限关注和深切同情。”她通过解剖张弦小说中的女性形象，有一个重大发现：“满足于或安于没有爱情的婚姻是我们的‘国粹’。”并由《心祭》中母亲的命运，发出衷心的祈愿：“愿社会主义社会的‘红颜’，从此不再薄命！”

社会批评同样可以动之以情，晓之以理。刘思谦、吴宗蕙的文学评论，就是一个证明。优秀的、杰出的社会批评，可以使读者唤起一种亲切感，产生共鸣，激发他们对生活的再思考和创造的热情。这是作家艺术创造的力量，也是评论家的理性和激情的力量。

社会批评并非法定枯燥无味的，它同样可以具有很崇高的审美价值，很优雅的审美情趣。

首先，社会批评是以艺术分析和艺术鉴赏为基础的。它不是脱离有着无比差异性的文学创作个体和文学现象所作的超然的社会批评。刘思谦关于认识当代，反映当代的文学见解；吴宗蕙对女性解放的观念，都是在对文学创造的形象作了细致的分析之后得出的。有的达到了鞭辟入里、情动于中的美妙境界。

其次，审美的概念是一个宽泛的概念。不是唯有艺术的审美，形式的审美，心理的审美才是唯一的。社会的审美，甚而思潮的考察，也应包括在审美范畴之内。当评论家透过艺术形象的分析，指出人生的、社会的、历史的、思潮的题旨中的真与假、善与恶、美与丑，就具有社会美学价值，并对人们的思想意识和道德行为产生某种制约或倡导的作用。扬其真善美，去其假恶丑。

再次，构成作家创作个性的因素是综合性的，创作个性的差异，主要是作家审美意识的审美经验的个性差异在创作中的反映。囊括进作家创作视野中的生活素材，及最终改造为艺术真实，起主导作用的，是作家的审美意识和审美经验。评论家找出和发现作家审美意识和审美经验的个性差异，这种个性差异可能是取材的，可能是艺术的，性格和心理的，也可能是人生的、社会的、历史的、思潮方面的。足见题材的现实性和社会历史的价值，不可能摒弃在审美批评的大门之外。

可以断言，社会批评仍然是长时期内文学批评的一个重要方法。社会批评在文学批评中的独立地位是动摇不了的。

准确鉴别作家的创作个性是批评家极重要的一种能力。扶持和保护作家的创造精神是批评家的神圣职责。坚持批评的独立性和自由是批评家宝贵的人格和文品。

在《关于刘思谦的文学批评》一文中，赫然写着这样的文字：

> 我注意到在分析一部作品的社会历史内涵时，刘思谦总是自由的、开放的、富于创造性的；一旦进入作家的灵魂世界、进入作品

的艺术结构中去，她却往往显得无所适从，目光滞浊。这还不仅是刘思谦一个人的弱点，在阎纲、刘锡诚、张炯等一批中年文艺批评家那里，我们都可以发现这个奇特的矛盾。他们的大脑既不灵活，而手中的一支笔也变得枯涩了。他们只能跟在文学家身后，用一种习惯了的思维模式艰难地追逐日益变化着的文学。”“同她的思想解剖刀相反，她的艺术解剖刀不仅鲁钝而且锈迹斑斑。”

我真为这种武断吃惊！

这里，我愿充当包括刘思谦在内的中年评论家的辩护律师。我要证明：他们的艺术解剖刀非但没有“鲁钝”和“锈迹斑斑”，也决不“一旦进入作家的灵魂世界、进入作品的艺术结构中去”，就“往往显得无所适从，目光滞浊”，而是有很高的艺术鉴别力和鉴赏力。

李子云是女性评论家中在这方面有非常高天分和很深厚功力的一位。她和刘思谦的文学评论所达到的水平，毫无愧色可以进入新时期中年评论家的前列。

李子云文学评论一个最显著的特点，就是她对女性作家观察世界和反映世界特有的思维和方式，以及由此构成的作家创作个性，有一种敏锐而又准确的感知和把握。并借助极简洁的结论式的评判语言加以表述。由于她发掘之深，之精确，它必将会受到包括文学史在内的许多教科书所器重。

以下，是李子云对当代负有盛名和有影响的几位女作家的创作个性的描述。

张洁——张洁是深沉的，对生活的解剖和评价是深沉的。她的散文和小说，追求一种更健全、更完美的人与人的关系的共有主题。这个信念使她的作品具有明快的基调。但是，因袭的负担和对今天生活中的缺陷的敏感和不满足，又使她的作品带有忧郁的色彩。这种沉郁是带着明朗色彩的沉郁。

宗璞——宗璞所选取、所塑造的人物的性格、气质，都有那么一股让人感到灵魂纯净的“兰气息”“玉精神”。

王安忆——王安忆早期是张开一双稚气的眼睛和心灵来感受生活的。因此，她带给自己的第一个特点，是对生活中那种美的、高尚的、带诗意的东西特别敏感。第二个特点，是她所谱写的知识青年的“命运”交响乐，虽也有悲凉或悲壮之音，但基调却是抒情的和具有信心的。

铁凝——铁凝将“小”题材、“小”人物、“小”事件切入时代的动脉，尽管它离开震动的中心比较远，因而颤动是微弱的，但人们毕竟从中分明地感应到了。

韩蔼丽——韩蔼丽选取的题材虽多带传奇色彩或浪漫色彩，但她却舍弃题材本身所提供的某些唾手可得的表面效果，而着重开掘人们的隐秘的内心世界，探究其中的波涛起伏。

在女性评论家中，吴宗蕙全力研究作品中的女性形象，李子云则集中探讨当代女作家自身，直接深入作家和作品的深层结构之中。

盛英也写了不少关于女性作家尤其是青年女作家的评论文章，她的一些独特见解也是光彩夺目的，可看作是对李子云的某种补充。

如她指出了王安忆对自己笔下的人物形象，“总是怀着一种深切的人道感”。而这种“深切的人道感”，往往又凝聚于弱者和病态者身上。她在有伤痛的心灵和被蒙蔽的心灵里，寻找爱、信任、希望、忍耐与觉醒，把它们唤醒，任它们燃烧；她体谅、同情、宽容被现实扭曲了的灵魂，愿他们伸展为健康而正常的人；她赞赏“小人物”的苦斗，格外看重他们的尊严和人格。令人赞叹的是，王安忆在为自己的人物的灵魂增进广阔性和注进力量时，并不居高临下。作家的崇高目标，旨在拓宽、升华人的尊严、理想、人性和情感。盛英还注意到王安忆爱情描写的非功利性。她“似乎很少有意识地把爱情当作一种教育力量去抒写，也不怎么喜欢沉浸到爱情与道德关系的圈子里去”。而善于描绘处于自然状态的爱情，使人们从真切动人的感情气氛里，享受着那种充溢在青年人整个心灵中不可抗拒的激情，窥视到人生中富于诗意的瑰丽的东西。

她从情绪——美学的感受性的角度，审视了茹志鹃奇异美妙的思维触点：并非从最广阔的现实现象都能产生情绪上的反应，也不善于摄取历史事件或重大事件的宏伟过程，“生活对于她容易留下印象的，往往是经历中的感情、心绪乃至氛围、节奏。她从生活的细微处、更深的层次里吸吮着养料”。

她对陆星儿爱情题材小说的评判：“着意追求的，都是爱情生活中的人格美。在作者看来，爱情是人类灵魂深处一种亲热的天然感情，它不做作，纯洁无私；它不是占有，只有奉献。”

她对当代女性青年小说作家的创作特点作了这样的概括：

> 真诚与敏思则标志着当今青年妇女文学的风采。

关于张洁作品的人生社会主题，盛英则是最早认识它的价值观念的——

> 张洁的艺术之犁，有时就爱开发人们心灵中“人的尊严”这块田地，为人们播下一颗颗“尊重自己”和“尊重别人”等美丽的精神种子。

在张洁后来的作品中，盛英指出她在妇女文学方面独树一帜，为文学锦缎织出瑰丽的经纬——关注和揭示“妇女意识”，也是见解锐敏的。

李子云准确地发现每个作家的创作个性，也准确地鉴别她们艺术上的欠缺，使作家心悦诚服，从中获得启示。无论是有名望的作家，还是处在发展中的青年作家，李子云均取这种态度。

李子云在分析了张洁由创作发轫期向成熟期转变过程中的一些名篇，诸如《从森林里来的孩子》《谁生活得更美好》《爱，是不能忘记的》《哪里去了？放风筝的姑娘》《拣麦穗》之后，坦诚指出她创作上的不足与值得注意的倾向：“趋向狭窄的倾向，这个狭窄，是两个方面的狭窄：题材的狭窄与思想的狭窄。”这种中肯的批评，是可能引起作家兴趣的。张洁后来写出了赢得工业和文学两界激烈争论和由此获得很高声誉的《沉重的翅膀》等力作，就是她在创作上突破自己、走向开阔的一次重要建树。

女性评论家对待张洁的创作，几乎无一例外在充分肯定她的成就时，又作了某种保留。陈美兰认为，张洁“有时她谴责一个人，在用力鞭挞的同时，却又容易出现主观感情的失控；有时她颂扬某种理想的追求，为强调其存在的合理性却会忽略了它应有的现实根基；有时她专注于生活某一角落弊端的揭露，而笔墨却又顾及不了我们周围还有更广阔的天地”。由此提出一个“艺术分寸感或适度感”的问题，认为“这是艺术创作中一个更高的境界，所以人们都把艺术分寸感的把握看作是一个作家成熟的标志”。

在关于张洁小说的批评中，盛英是最早也是最为激烈的一个。她在《她同社会对话——试评张洁创作》一文中，专门用了“她的偏颇”一节文字，详尽地进行了论证。盛英将自己的基本观点概括为：张洁“在其执着的追求中，却隐约地透露出她世界观中空想或唯心的因素”。其表现，一是对所谓永远不变的“童心”的作用作了“膨胀性的夸张”，“张洁把恢复人类创造时刻的纯与朴提到至高无上的地步，并非是进步的历史观。”二是理想问题。盛英认为张洁始终追求一种极致，爱的极致，善的极致，美的极致，追求人性的彻底复归。然而，“由于没有顾及到社会发展的物质根源，结果，使这些论述成为某种抽象的精神物”。三是作品的格调。盛英发问：“到底为什么张洁善于抒写内心世界的灾难，抒写失望者的希望呢？”盛英认为这与作家的社会观有关。她那思想意识里确实存在西方存在主义的“这种印痕”。

女性批评家关于张洁创作的种种批评，不全然准确。它反映了作家与批评家之间在生活认识和文学观念上的差异。但女性批评家勇于陈述自己的意见，则表明了批评家越来越强烈的独立意识。多有歌功颂德，极少见到泼辣、深刻、新鲜的批评，是当代文学批评的一个缺陷。

对年轻新进而又成就显著的女作家，李子云更为细致地分析她们各自创作道路上的发展梯阶，在对其艺术个性作出凝练的概括后，为她们的创作发展方向提出指示性的建议。李子云尤为重视作家“蜕变期”的观察，这里将显示出退化或萌生的全部观念、意识、形态。她认为王安忆和铁凝的早期创作“毕竟显得过于‘本色’了一些”，呼吁王安忆要从“反复咏叹的这一角走向更广阔的天地”，铁凝要抛弃“原来的虽则美丽却嫌狭窄的壳”，拓宽眼界，扩大视野，加深对周围世界的观察、认识和理解。李子云将她的这个见解作了精辟的表述：

> 再单纯、再天真不过的形象，也需要经过作家不单纯、不天真的处理。

李子云还严肃地指出了铁凝近期创作艺术上存在“过于‘小题大做’，

过分铺排与过分夸张的倾向”，以及语言运用的“过于堆砌”，“原有的那种有如行云流水一般的从容自然有所减少”的问题。

现在我们要说到刘思谦。

刘思谦的职业是高校教师。她的文学评论，在后来，极少学院气，极少教条八股味。在对创作现象进行艺术解剖和理论概括，她不时闪射出智慧的火花。责难她“一旦进入作家的灵魂世界、进入作品的艺术结构中去，她却往往显得无所适从，目光滞浊”，是不公正不客观的。具有讽刺意味的，恰恰是刘思谦发表过两篇探讨中篇小说情节结构的专论——《谈中篇小说情节结构形态之演变》《作为叙事体文学的中篇小说》。

专论将中篇小说情节结构的演变，放在小说发展的长河中加以考察，侧重点则放在新时期文学十年中篇小说创作这个实体上。抽象的概括附丽于活生生的创作现象，表现了评论家深厚、良好的艺术感知能力、艺术素养和蓬勃的再创造精神。“由故事化、事件化到生活化、性格化、象征化，以及由此带来的小说艺术空间的扩展和拓深”，这是刘思谦给予新时期小说在情节结构观点上的一个总的论断。评论家还从小说结构内部规律活跃的三个元素——“情节的弹性”“视点的变换”“时序的灵活处理”的流动变异，进一步论述中篇小说的“自我调节与超越”“艺术天地审美空间豁然开朗”的能动性。刘思谦将新时期中篇小说结构的发展归纳为三个阶段：结构形式的变化阶段，出现了双线结构、网状结构、旋转舞台式结构等新的形态；结构空间的变化阶段，出现了通过情节的浓缩来扩大艺术空间和通过情节的淡化来释放艺术表现的能量；以及情节的深层象征——由小说的全部人物、情节描绘所暗示出来的整体的象征意蕴等新的走向。并断言：小说结构目标由情节故事化，向人物性格转移，再向心理结构转移，是一个大的发展脉络，最终将走向交叉和无意向、无定向。

刘思谦的这些研究成果，相信会对创作产生积极的作用。

李子云、刘思谦这一代中年女性评论家，她们出身科班，长期接受过良好的文学熏陶和教养，又长期在高校教授文学，或从事文学编辑工作，她们不仅有着对倾向、思潮的特有的鉴别力，对艺术的感知、参悟、对话、反省，也有相当的功力。她们虽然主要接受的是较正宗的文学教育，但她们一个非常宝贵而可爱的品格，是不保守，不固守陈规，而是兼收并蓄，博采众家所长。就她们整个思想、思维和方法的体系而论，她们是开放的，而不是日趋封闭的。因此，她们对作家在思想和艺术上的探索和创造，持豁达的、乐观的态度，决不惊慌失措，视若洪水。

在中国当代文坛，王蒙是第一个把眼光投向西方现代派文学而进行艺术探索的。刘思谦也是评论界较早撰文支持王蒙借鉴外国文学之良规来表现我国现实生活的这种大胆的尝试的。现代派文学，过去是现在仍然是一个敏感的话题。刘思谦在《生活的波流——读〈布礼〉与〈蝴蝶〉》一文中，则开宗明义指出："长期以来，我们一直把它看作是一个反现实主义的颓废没落的文学流派而全盘否定，没有看到它的合理性内核。"而在当时，评论家作出这种评断，是需要理论和人格的勇气的。刘思谦文章的作法，更在于它始终如一的实事求是的作风，在于它的理性概括。它从西方现代派文学中"意识流"艺术手法的发展历史，比较王蒙的创作实践，从理论上找出了属于王蒙自己的艺术特征：特别注意主观与客观、意识与存在的不可分离的联系，注意人物意识的形象性；人物描写上有意识地控制人物意识活动的自然性、随意性和杂乱性，压缩了意识的感性阶段的内容，增加了意识的理性阶段的内容如思考、概念、判断等。刘思谦所作的这种描绘，可以说为"东方意识流"提供了一个雏形。批评刘思谦对王蒙艺术探索肯定的文字，不无嘲弄地认为"她不过是为王蒙的存在寻找一个合理的立足点而已""批评家无法从她的理论制高点上俯瞰作家，帮助作家，却不得不被动尾随其后，充当一个辩护师的角色"。这是否有点不近情理?

刘思谦提出：要用开放的眼光，宽宏的度量和不拘一格的鉴赏标准，来估价日趋明朗的小说多样化（包括审美观念、审美价值和审美思维方式及经验）发展态势。这实际上也是涵盖一切艺术探索和创造的标准，是评论家开放性的批评体系的一个宣言。

后来，刘思谦把她同感于文学版图不断扩大而喷涌的激情，集中于一篇《追寻探索者的足迹》的文章中。她对当时在思想和艺术上最富创造性的几个代表作家，一一加上深情描述：刘心武终于获得了一双"文学的眼光"，找到了"人""人生"这个"聚焦点"；冯骥才"穿过莽原奔向遥远的目标""筑起现实主义的新的阵垒”；蒋子龙“从时代的五脏六腑中孕育”小说；陈建功以创作的多元显示出开拓精神；茹志鹃在她原有的委婉与清新中，又增加了深沉和激越，有时候还稍稍有一点悲凉；高晓声独树一帜，佳作联袂而出。等等。

一个作家的探索和创造有了定论，成趋于一种明朗、积极、向上的态势时，评论家加以总结和认可，不是太难的事情。而当这种探索和创造出现某种偏差、失误，及至带来纷争时，中肯、适度的分析就变得难能可贵了。在这种情况下，评论家尤其需要保持批评的独立性和批评的自由。在女性评论家中，李子云在这方面所作的努力，是异常突出的。

张辛欣是当代文坛曾引起广泛争议，并受到严厉批评的青年作家。造成这种结局的主要因由，是她的中篇小说《在同一地平线上》的问世。李子云是对此较早持公允看法的极少数评论家之一。她以智者的眼力，首先看出张辛欣在这部中篇小说中提出了一个文明社会将会日益突出的社会问题，即“如何做到男女双方在事业发展上权利平等”和保持“女性美德”，避免“女人男性化”这样一种“违反自然的畸形形象”之间的尖锐冲突。但李子云同时又看到了张辛欣在认识和处理这个矛盾时却有失偏颇，没有抓准矛盾的焦点，而且流露出一股愤世嫉俗的偏激情绪，当作家最终求助于所谓“生存竞争”，李子云一针见血地指出：“这就使得问题变了调，使一个很有现实意义的问题改变了性质。”由于评论家敏锐地洞悉了张辛欣的创作主体与把握的客体呈现的裂痕，使得一个看似纷繁复杂的文学现象变得清晰起来，避免了批评的简单化，既保护了作家活泼的富于创造力的因素，也可以促进作家自省。

李子云为张抗抗的《北极光》所作的更为直截了当的辩护，表明了她独立不羁的批评性格和理论上的自信力。《北极光》发表后。公开的讨论文章多持否定意见。李子云直率地指出：这恰恰把作家对那些“值得重视的社会问题的敏锐观察当成缺陷进行攻击”。良莠不分，这是文学评论的末路。李子云认为《北极光》至少在两个方面作出了贡献：一是告诫“婚姻必须慎于始”“慎于始可以减少悔于后”，二是提示“在大多数情况下，找到理想的终身伴侣，需要不止一次的结识与交往过程”。评论家热情地赞美作家勇于冲破旧的观念、旧的思想的朝气与锐气，“如一束冲破云层的强烈刺目的阳光。阳光的灿烂与温暖，将会唤醒并鼓舞一些思想上还处于蒙胧状态的年轻人奋起争取自己的幸福生活”。对于一个评论家来说，寻找作品的缺点比寻找它的优长，尤其是混淆于杂质中的潜在才华，易于百倍。但这后者的寻找，则是一个优秀的评论家必备的素质，也是他的天分表现所在。

李子云的这种才力，还不时在她对一些有广泛争议的名篇的保护中，爆发出光彩。当文学界相当一个多数对《爱，是不能忘记的》表现的“理想的爱情”不予接受时，李子云的目光已经伸向了作品的深层，预见到“这是人类发展到一定历史阶段，物质生活达到一定水平，有了高度文化、教养之后才会提出的精神要求”。但是，无论如何也“不能将思想、精神方面要求较多的爱情归之于爱情理想主义或恋爱至上”。由于评论家是把一部具体作品反映出来的爱情观放在整个历史时代和社会环境来考察，看到了理想与现实、少数人与多数人的要求之间和谐又不和谐的状态，这种分析不仅是掷地有声的，也充分显示了一位评论家思想博大的蕴藏量。

在李子云整体的文学批评中，自始至终贯注着一种宽容和仁爱的精神气质。

航鹰也是当代有影响的一位女作家。关于她的伦理道德题材的系列小说，文学界低调的评价占了上风。航鹰为此感到“惶惑与苦恼”，希望与评论家之间能沟通。作为与航鹰同处天津的盛英，义不容辞地担起了这个责任。她针对舆论中提及的“正统”问题、格调问题，对航鹰的伦理道德小说进行历史的考察和现实的观照，进而作出较为客观的评断：一、透露了一条探索人性内在奥秘的轨迹，不断有所开拓，有相当社会容量；二、前期的这类作品，由于没有能够充分地以现代性爱的观点观照传统道德，或者说，当以现代意识对待传统道德时，常常会表现一种迟疑、困惑，使小说的思想犀利性受到损失，呈现了一些守旧性；三、自《东方女性》《倘若房间没有第四堵墙》的发表，标志着作家对现代性爱的观念有了变化，现代意识增多了，对传统道德里陈腐部分的批判，不再那么羞羞答答了，对封建伦理思想、极“左”思想的鞭挞要比以往大胆而真切了。如果说依然存有困惑的话，那也不再是作者自身的困惑，而是提出了社会在无爱婚姻面前的种种困惑，它是有分量的。至于爱情描写，盛英认为航鹰比较重视人物的精神感觉，重视灵与肉的结合，重视反映多种心理体验。灵与肉之间关系的更为审美化和心理化的写法，应当承认它在强化爱情魅力中的作用。盛英十分肯定地宣称“我个人不愿糟蹋这样的描写，相反，感到它是颇具特色的”“不应用格调低下去贬薄”。

每个人有每个人的批评世界。每个人有每个人的批评个性。“传统批评派”在提高自己的现代意识、理论意识和批评的整体意识中走向新的天地。

在现代社会，全智全能，仍然是属于那极少的天才。大多数人，能在某一两个领域，甚而某一两个方面有所建树，有所作为，就是对人类文明的贡献。

作家一般只提供感觉世界、经验世界，优秀的批评家还要提供理性世界、哲学世界。这是更高一个层次的境界。因此，我始终认为，理性思维和哲学探索是对社会、人生和历史的经验的更高概括。

也许，这也可以作为对女性评论家出现稀少的一种解释。

她们的出现，却是妇女意识和女权获得某种自由度的象征，也是女性智慧的一次释放。

然而，她们之间是有差别的。她们各自拥有的批评世界与批评个性，确立了她们各自独立存在的价值。任何男性批评家和作家，可以褒贬她们的得失，但无权对她们的批评地位作出否决。她们之间，谁也不能取代谁，别人——更无从插足。她们面对的，只有一种威胁，自身的禁锢和僵滞，会促使她们批评生命的枯萎。

现实是，她们仍以超越常人的负荷，在顽强地进取、拼搏。中华民族女性的坚忍性和载负能力，在她们身上得到延续。

女性批评家的批评世界的建立，多与其人生经历、感性经验有关。而男性批评家，一旦拿起批评武器，多用理智来选择其批评世界。

李子云的文学启蒙，是由“冰心的影响”，而又“迷上了泰戈尔”，为冰心作品中洋溢的“温暖宁馨的母爱、亲情所感动”。这种情怀不曾因她后来的独处而有所改变。她常常是以大姐甚或母性的眼光和爱，来注视女性作家的。她的批评世界的对象，是女性作家。

吴宗蕙的情状更典型。她有过不幸的婚姻经历，也似乎有过不算完满的感情体验，她内在感情的柔婉、痴执，与她外在纤纤淑女的形象，是十分吻合的。在她身上，体现着一种东方女性的古典美。在感情的追求上，有时她又是十分大胆的。她将自己的批评世界，建立于小说中的女性形象之上，与其说是实践批评的任务，毋宁说是自身情感的某种宣泄调节、完善。

在五位女性评论家中，刘思谦的外在和内在都是独特的。她受过家庭的良好的文学熏陶，但她的身世又是不幸的。她也有过曲折而隐秘的感情经历。凡此种种，反倒培植了她的男子汉的雄风。她像许多男性批评家一样，冷峻地审视着整个文学世界。她的个性和气质，使她更为关注文学形象创造中的现实社会和人生。

盛英、陈美兰的婚姬和家庭，是和谐的。盛英更多是站在一个编辑的角度，来选择她的批评世界的。但她对同类的关注和同情，追求女性的自立、自强、自爱、自重的观念，使她更为关心女作家的作品，并开始由对妇女解放的关注，进入到对妇女意识的关注。自然，她的批评对象并不局限于此。陈美兰更多地从学院的特殊环境和条件，以一个学者的身份，来介入文学的批评世界的。

她们各自的事业，都有了某种归宿，某种成就。这于她们的情感，是一个极大的填补。

由女性批评家的人生经历和感情经验选择的批评世界，一经确立，她们各自的批评个性也在悄悄地生长起来。公允地评价，李子云和刘思谦两位，已经大体形成了自己的批评个性体系，吴宗蕙、盛英、陈美兰三位，还只能说具有某些批评的个性特质。

李子云的批评个性体系，概言之：宽容而不尖刻，简约而不芜杂，清纯而不苍白。

刘思谦的批评个性体系，概言之：锋利而有力度，激越而有温情，思辨而有色彩。

李子云崇尚冰心为人作文的境界："透过那优美而从容的文字，所显示出来的清纯之美—— 一种没有诅咒、只有祝福的精神境界，始终使我钦慕不已。”友善宽容，是李子云处理女作家、作品关系的一条基本准则，也是她的批评个性体系的一根重要支柱。即便对待作家作品中的某种缺陷乃至失误，她也是取细致鉴别的态度，然后善意地加以修正、补充。可以认为，在批评界，李子云在这方面的工作是卓有成效，颇为出色的。她决不会让珍珠被污泥掩藏。正因为把握得准确，李子云批评的自信力就显得充足，于是，她在对作家作品下断语时，才如此简约。简约是宏大的孪生物。达到简约，决定于批评家宏大精深的文化教养和高尚的品格。芜杂——不只是简约的对立物，它简直就是世俗的产儿。思维和逻辑的清醒，从来是优秀人才必具的品格。喋喋不休，含混不清，语无伦次，是思维和逻辑的失常、错乱。李子云崇尚“全无半点骄（矫）饰与做作”“自然天成”。“美与自然的统一”的境界，还充分体现在那纯美致远的文字中。她在描绘某种文学形象，或从理性的高度进行概括时，文笔既简洁又优美，给人一种包容丰厚的感觉。自然，李子云作为批评家的才智，并没有在最充分的自由度上发挥出来。长期的繁重的编辑工作，移植了她不小的一部分才情，这是可惜的。但于整个文学界，又有某种必要。文学界多一些深明大义，兼收并蓄的编辑，文学的兴旺发达就增添了一种巨大的推动力。

与李子云不一样，刘思谦进入文学批评界的初期，起点并不太高。她还没有摆脱作为一个教师的那样的思维轨道和评判方法，更缺少一种对文学批评冲击的勇力，拘谨而又生气不足。她只停留在对作品一般性的注释的水平，偶尔也有灵感的闪光。作为她的文学批评的一个转折关节，是她勇敢地向《文艺报》投了一篇稿，并因此受到关注和厚爱，不久又参加了《文艺报》“第一届（1977—1980）全国优秀中篇小说奖”评选读书班（我有幸在这个班里结识了刘思谦，这个班后来被我们尊重为“黄埔一期”），刘思谦的文学批评开始了第一次腾飞。她从此显得信心十足，她的批评观念和文学见解也愈来愈有灵气。当她把自己的批评视野转向文学形象创造的现实世界时，她的男性批评的雄风——评判的锋利，思辨的敏捷，就充分展示了出来。而她作为女性批评家特有的另一面——温柔之情，仍时时流露于她的批评见解中。她的文笔具有男性的坚实，也融和着女性的徐婉。她的情感，运行于她的理性思维的轨道上。今日的刘思谦，已经远远超越了一个教师的那种古板、凝滞的种种陋习。

吴宗蕙的情感色彩，盛英的艺术感觉，陈美兰的客观性，构成了这三位女性批评家各自突出的个性特点。

关于吴宗蕙文学批评的情感色彩，顾骧同志为她的评论集所作的“序”，有极准确而动人的表述：“她生动细腻地捕捉人物精微的情感震颤、灵魂律动和心流涟漪；她抒发作品中那些弦外之音，韵外之致，她条分缕析地揭示出作家创造的一个个女性艺术形象复杂丰富的内心奥秘，探幽烛隐，品鉴入微。”每当作品中女性形象的命运遭际触发到自己的身世经历，吴宗蕙的笔就会产生一种奇迹，由联翩浮想发出弦外之音，成为对作品艺术形象的再创造。她在为社会主义的“红颜”多薄命感慨万千，为新时代走进“玩偶之家”的女性惆怅惋惜，为中年寡居女性再婚难请命……的时候，吴宗蕙作为一个女性批评家的全部才情和智性，得到淋漓尽致的发挥，文笔亢奋捷畅。她有时就无所顾忌，直接站在字里行间呐喊呼号！“为什么生活不能给她们以公允、正义、支持和保护？为什么双方的儿女们如此肆无忌惮地粗暴干涉她们的婚姻自由而不受惩罚？为什么卑俗之辈能对她们随意加害、胡作非为而不受社会应有的谴责？为什么社会舆论对她们如此触目惊心的遭际保持沉默或者只是偶尔提及一下。”这是吴宗蕙在为中年寡妇再婚遭到蛮横粗暴干涉写下的抗议文字！谁也可以想象，这令人战栗而不安的抗议文字中，不也饱含着评论家自身的血泪控诉？！

盛英是一位艺术感觉良好的女性评论家。在青年学生时代，盛英对文艺理论、哲学更有兴趣。后来，又重视马列主义经典、美学、心理学、伦理学等学科的基本原理的学习和运用。但这一切，并没有阻止她的艺术感受力的伸展。热爱生活，总是在生活里看到暖色，总是为不平之事义愤，多愁善感的脾性，这种气质，使评论家的艺术感觉始终保持新鲜的活力。她的艺术感觉的神经末梢，也往往易于触到作品的精华所在。评论家的才华，恰恰是在这种时候，最为光彩照人。

陈美兰文学评论的客观性，体现在她对作家作品严谨而公正的评判上。一般来说，她不那么偏激，误差较小。她论述的方法正规、正宗，但材料翔实，逻辑分明，论断坚决，证明评论家在理论上有扎实的功底。

坦率地讲，女性评论家的理论意识和批评的整体意识仍嫌薄弱，尤为缺少气魄。注重实证，宏观把握不足；注重微观，量度分析不够；注重个别，比较研究不多。驻足于有血有肉的创作实体，又能作规律性的概括和理论的升华，这样的评论仍然稀罕。

新批评浪潮的冲击，使“传统批评派”面临深化和开拓的迫切课题。理论意识、整体意识和现代意识的加强，“传统批评派”为之豁然开朗，眼前展开了一个辉煌广阔的新天地。

近期，女性评论家不约而同，不期而然地在整体批评中加重理性的成分，增强现代意识观照的能力，也可看作整个现实主义批评的一个新的意向。

盛英是女性评论家中较早反省这个问题的。她有良好的理论素养，但在批评实践中，却没有显示出更为充分的理论力度和锋芒，时而有点敏感，也未能继续作深邃的思索。针对这个弱点，盛英有意识地在这方面锤炼自己。前些时日，她同时涉足伦理道德题材小说演变和当代小说观念变化两个领域，理论上有明显的廓大和深入。特别令人惊喜的，是洋溢在她的文学观念中浓厚的现代意识。可以认为，在五位女性评论家中，盛英的这个步子走得最快。

盛英驾驭伦理道德题材的小说，集中考察了它的爱情主题的历史演变，并作出了一些重要的理论概括：

一、爱情是人性的重要组成部分，既包含灵，又包含肉，是人类精神生活中一种最深沉的冲动。

二、现代性爱的觉醒与发展，为文学艺术的爱情婚姻题材提供了广泛视野。古代夫妇之爱与现代性爱的质的区别在于：强烈的情多于有意识的爱情追求；从群婚制到对偶制，直到以夫权统治为主的个体婚制，实在都不存在着完全意义上的爱情。

三、资产阶级思想家、文艺家在开拓与反映现代性爱方面自有自己的历史劳绩，为人类提供了丰富的具有人民性和民主性的文化。但是，他们不可能科学地全面地揭示人性，而往往忽略社会性。

四、在社会主义社会，最个性化，最人性化的爱情，它同样是社会价值、社会理想与信念的承担者，写得好的作品，其社会的深刻性不一定亚于其他题材。

由此，盛英否定了爱情题材已经被写滥了的说法，慨叹伟大的社会主义的爱情名篇实在太少，深情呼吁有这方面才能的作家在这个领域里尽情驰骋，写出“大”作品。

明白无误地把爱情纳入人性的范畴，从灵与肉的结合，从社会价值、社会理想与信念的承担者的角度加以阐发，这在盛英，在文学评论界，恐怕至少有开拓新观念的价值和理论上的锐进精神。

关于当代小说观念变化的系列论题，盛英依然是从当代意识的视觉作宏观，这也是她的第一个论题。关于文化、审美、主体诸意识，评论家都将涉猎。盛英寻觅到了小说观念变化的基本特征，这即是作家对当代意识的自觉加强，与在作品中的大幅度灌注。当代意识是既有世界广度、时代力度，又有历史深度，贴近发展中的现实生活深处的新意识。盛英认为：当代意识在现阶段，又集结于社会意识的开放与变革道德在社会意识中的地位上，反映到作家的创作中，往往是通过对当今社会生活结构、当今社会心理，当今“人”的精神面貌的变化诸方面的探索来实现的。由于当今的改革生活是有实践性、多变性与探索性，使小说特别关注、洞察和探索社会心理的流向，改革与道德的关系，以把握生活的动向。盛英最后又把这都归结于深化“人”的主题，真实而思辨地抒写人的自我觉醒与自我更新过程，由当今“强人”意识反映时代的雄风，由“现代人”的复杂心绪思索生活的流向。盛英在一篇论及近期小说的文章中，更明确地指出：“从‘自我发现’到‘自我更新’，这是文学中‘人’的主题的一个重大发展，是‘人’已经跨上了一个新的阶梯。”

陈美兰在调整自己的视野时，仍未离开长篇小说这块基地。她主要不是从横向，而从纵向对长篇小说作整体性的批评。她的兴趣，似乎同时兼及两个方面，重视长篇小说创作最新成果的研究，也重视探讨长篇小说创作中一些规律性的问题。她的关于中华人民共和国成立后长篇小说创作浪潮的寻踪，就有不少新鲜见解，填补了某些研究的空白。

陈美兰指出了我们当代文学史研究中忽略的一个问题：当代长篇小说的第一个创作浪潮，是1957年至1961年这五年间。而这一时期，正是我国的政治生活和思想领域愈来愈偏离客观现实轨道的时期。

怎样解释创作与生活并不同步的这个矛盾现象？

为求得科学的结论，陈美兰将问题的焦点，集中在对这五年间长篇产生的“创作期要有准确的认识”上。她认为：这些长篇小说的“构思和写作时间，绝大部分都是在1953年到1956年前后”，这“正是新中国长篇小说第一次创作浪潮的萌动期”。评论家还从当时国内外的政治环境、文艺思潮，尤其是苏联的文艺思潮对我国文学创作的深刻的、巨大的影响方面，作了详尽的论证。陈美兰这样阐述了她的论断：

> 在一定经济政治生活教育的基础上，某种思潮的催化，往往是一种文学浪潮突起的关键因素。因此我们可以说，我国五十年代末六十年代初长篇小说创作的丰收，既是作家长期生活积累的产物，是社会生活安定的产物，同时，更重要的它还是文艺思想解放的产物。

陈美兰在探讨新时期长篇小说第二次创作浪潮的“文学的新质”时，有一点是饶有兴味的。她提出：这次长篇创作浪潮何以从反映古代历史生活的作品开始？评论家在对这批产品的作者作过普查后发现：他们当中的相当一批都是近一二十年中在政治上遭受过不公正待遇的人，他们都不同程度上有着同等的不幸命运。他们探索生活的目光自然就转向了历史，希望从历史生活中寻找现实生活的镜子，从历史发展的辩证法中获得生活的信心和精神的解脱。这是一种更为冷静的、深刻的现实主义精神。在这里，评论家触及了作家创造的主观意识的作用，以及“立世”与“为文”的关系。

在女性评论家中，刘思谦在理论意识和整体意识所作的超越，力度和深度仍要高出一筹。在文风上，她保持了她一贯有的激情洋溢、文笔优美的特点。但她囊括的新时期小说的审美价值的命题，仍然是一些传统的命题，第一个就是“崇高没有泯灭”。不能不使人折服的是，刘思谦面对这些传统的命题，对其合理的部分，理直气壮，毫不含糊地为之辩护，为之张扬，但又不忘把它置于现代意识的格局和境界中加以审视。

她热情地呼唤：崇高既没有泯灭，神圣也不会死去。崇高走过了一条曲折的路，美的历程同人类进步的道路同样坎坷艰难，但它还是火，还是风，还是河，而是火就会燃烧，是风就会呼啸，是河就在流动。

刘思谦的整体是感情型的。但她的理智又是极其清峻的。她将新时期与以往时期小说的崇高美作了如下比较：

一、文学的崇高不是以往任何一个阶段的重复，而是在一个新的时代开始了崇高审美价值的重造。美的内容和形式都发生了变化，有旧质的扬弃也有新质的融入。这即是由意识的贫穷愚昧落后而激发出来的变革意识。

二、新时期文学的崇高美，正在摆脱以往的单调和苍白，呈现为不同的层面和形态。即使是最普遍的那种“艰难伟大的美”，也在发生变化。它不像过去的理想主义为了理想忘了现实，而是理想烛照下的现实。执着的理想和意识的历史感悟强化了作品的批判锋芒和历史意识。

三、新时期小说崇高美在形态上的一个根本的变化，就是出现了数量可观的悲剧崇高。文学悲剧意识之觉醒，一方面是对过去那种虚妄的理想主义和盲目的乐观主义的反省，另一方面，民族振兴的理想和实现理想的路上种种变换着脸谱的阻力，从正反两极启迪了作家的忧患意识。

在《小说创作中的悲剧观念》一文中，刘思谦进一步区分了新时期文学之于传统文学的三种新的悲剧体和悲剧观。一种是“独特的英雄悲剧”的出现，刘思谦把它的特征归结为“目标本身的虚妄、荒诞与无价值”“强权政治造成的人的整体荒谬可悲的生存方式”。另一种是“普通人的生活悲剧”“其性质是正常中的反常、合理中的不合理、本来不应该发生而发生了、本来能够解决而没有解决的悲剧”。这种悲剧的美感形态区别英雄悲剧的崇高体、而属于优美（秀美）体。再一种是“受环境制约的性格悲剧”，甚至是“个人的性格力量存在着限度”“是个人与环境的合力所致，是内因与外因相互作用的结果”。

刘思谦所作的这些理论概括，是以艺术的审美和鉴赏为坚实基础的。她很善于从文学形象和文学现象中找出美学个性和美学特征，并自然地赋予它理想的形式。

不是有人怀疑甚至否定刘思谦，怀疑甚至否定一代中年评论家的艺术审美能力吗？刘思谦们，一代中年评论家们，还不至于穷途末路，山穷水尽，他们仍有着深厚的活泼的再创造能力。他们并不故步自封，轻狂虚无，武大郎开店；他们面向的，是文学批评观念的现代意识、理论意识和整体意识，他们一定会有新的长进，新的作为！

1986年6月24日—9月15日，西安—广州—北京—天津

注：本文论及的评论文章，只限于1986年6月前报刊公开发表和出版的。

方方及方方作品感应的记录

感应导言

我有一颗敏感的心。人世间哪怕一片流云，一个亮点，一汪清泉，都会在这里牵起风暴，拥起金轮，激起波澜。

我敏感的心，又是不完整的。过早地失去血缘的亲情，后天知识营养的不足，心灵世界超负荷的运转，使这颗心缺损。

在和方方仅有的一次相遇中，我这颗敏感而不完整的心，迅即发生了效应。像是一颗陨落的星，它在我往后的记忆中，留下了无法抹去的轨迹。

也许，方方不曾感到有任何反向力的压迫。感谢方方小说的出版，使我有可能袒露自己的心，并希冀在袒露中得到修补和完善。

方方，您意识到过隔膜吗？

1983年夏，《人民文学》在辽宁金县举办创作读书班，我有幸应邀出席。金县海湾的绵延，金县姑娘的俊俏，像天边迷人的彩霞，常在我浩茫的思绪空间闪烁。荏苒半月，我还结识了新的伙伴，这其中就有您——方方。

但是，我总觉得有股神秘的力，在阻遏着我与您接近……

究竟是什么呢？呵，气质！有棱有角，有声有形的气质！

人以群分。气质是一个最强劲最活跃的因子。人们会聚一起，各个以独特的气质站立。只不过，有的人，能与不同气质的人和平共处，机巧地采取容纳的政策。

我的内在世界，敏感、丰盈、坚强（有时果决得近于冷峻）；我的外在世界，明朗、热挚、友善，极少有诗人那种特有的激烈和狂暴。在生活交往中，感情上，我是偏于坦诚、通情、节制的一类人。我明显地不喜欢把脸、把心包裹起来的人，也与过分外露的人亲近不起来。

方方，您是特别外向的人。您高声地说话，敞开嗓门地大笑，走路办事一路风。痛苦、抑郁、冷寂、孤独，远离于您。您没有思想的樊篱，没有心灵的围墙，似乎也没有情绪的节奏感，您是一个主观世界真正实现了自由的人。

在创作读书班这个小小的人群里，您也有自己的“圈子”——朋友。您爱与湖南来的青年作家叶之蓁、聂鑫森、张新奇等一起讨论问题，上商场，散步，下海湾游泳……你们在气质上有共同点。还有，你们有过一段大致相同的经历。命运曾把你们抛入底层，你们依靠亢奋的精神抗争，终于在文坛发出了虽不算强大，却是有力度的声音。而今，你们怎堪沉默，怎会拘谨，怎须约束?

望着你们乐天的一群，我心中忽然冒出一个戏谑称谓：“大篷车”人!

虽然，我与工人、农民、战士做过伴侣，甚至有过三个月黄埔港码头搬运工人的战旗式历史，但是，底层生活的磨炼，没有销蚀我“高洁”的气质，甚至没有改变我“文弱”的外形。气质的差异，把我与您隔开了。而同时作为编者的我，未能主动与作者的您交换意见，不是奉公守职的行为。

临别前的一个傍晚，创作读书班的多数同人，信步海滩。遥望着那即将沉入大海的夕阳，我忽然萌生出要补救一点什么的念头。我叫着您的名字，说要给您拍照。您爽快地答应了。回来后，照片洗出了，我才发现，您的躯体被一片黑影所笼罩，唯有您的眼像星星一样晶亮。我稍有犹豫，还是将照片寄给了您。您回信说：虽然背景暗了些，但还是喜欢这张留照。我思忖着：您真的愿意站在这一片黑影之中吗?这与您明亮的性格和心理色彩，多么不谐和呵!难道，您不认为这是生活的过失投下的阴影吗?

方方，您曾带来了一个信息……

这个信息，使我与您之间的距离一下子缩短了。它的契机，是一封简函。

1983年岁末，我忽然收到从汉口寄来的信件。拆开信，里面只有这么一行字：见到方方，她问起您，还说，喜欢您写的文章。原来，是广东电视台的一名编剧，到汉口参加全国电视剧题材规划会议。信是他发来的。

方方，说实在的，读了这封信之后，我的心绪并不好，甚至憎恨起自己来：在金县，何以会产生那种狭隘的隔膜感呢？而且那么顽固。您是不喜欢人与人之间隔膜的，尤其是人为地树起的隔膜的“墙”。——这是我后来读您的小说了解到的。

这封信，虽不是我们之间的直接对话，但它传达的一个信息，终究是怡人的。我力图打破评论文字呆板的写法，才刚起步，您就给予了信任和鼓励。由此，我联想到，不同气质的人可以相通。作家与评论者也可以相通。只要他（她）是真诚的。人——并不是单一的无生命的概念符号。

方方，您被理解是幸福的

我所指的，不只是对于您本人，还有对于您的作品的理解。

您一定不知道，我有一个写作习惯：文章执笔前，是绝不看人家的同类文章的。我担心“先入为主”有意无意地接受别人的思想意志的渗透。我愿借助唯一的媒介——作品，获得一种新鲜感。也许，它不一定成熟，但都是真实的，珍贵的。

可这一回，读了您的小说集《“大篷车”上》，却破除了我坚守的写作惯例。因为卷首堂皇地屹立着於可训的《序》，我不能视而不见！

拜读了这篇《序》，我这个向来在思维以及将思维形成文字上充满出奇的自信力的人，竟产生了一种无法超越的感觉。

於可训的名字，我是陌生的。从他自己的介绍中，知道他与您是“大学隔年级的同学”，是你们“这一代年轻人”。他对于您，对于您的作品的理解和评判，是那样准确，那样透彻。作为一个作家，作为作家心血结晶的作品，还有什么比被理解更幸运，更高兴的呢？方方，您真的找到了一个“知音”，虽然他现在可能还不是公认意义上的评论家，但他却比我们这些跻身于评论界的人高明。

方方，您的作品已经显露出来的全部特征，於可训几乎都捕捉住了，而且叙述得那样明朗、生动。

关于您“在创作上最早表现出来的一个突出的特征”，於可训作了这样的表述——

> 这确实是一个内涵极为丰富的社会层……当代青年的这种矛盾和神奇，对文学来说，本身就具有一种经久不衰的吸附力。
>
> 她因此几乎全部创作，或者说收集在这个集子里的全部作品，都一无例外地在关注着他们的生活；他们的并非十分公平，或者说并非像雨露那样均匀洒布的命运；他们的虽则健全，但也不无缺损，虽则嬉笑怒骂无不快意尽情，但也难免孤寂和空落的心灵；他们在生活的旅途上或跌或撞，或走或跑，难免歪歪斜斜，但却日见坚稳的脚印。

关于您的创作发展脉络，於可训作了如下判断——

> 从《“大篷车”上》《啊，朋友》到《班头儿》，她初涉文坛，为她的同代人献出的是一组从取材到立意都不能不说是别具一格的短篇佳品。
>
> 《在O形的跑道上》……这一篇却应被看作是她在创作上开始一个转换的表征：“O形跑道”不管她是否真正挖掘到了这个象征物最深刻的底蕴，但她确实是从这儿开始，向纵深去开拓当代青年生活中某种带有最高意义的人生哲理性。
>
> 我把《墙》《那乳白色的房子》《看不见的地平线》，都归入她的这一类作品。
>
> 现在，她已经把她的眼光投向更广阔的社会层。……也许，从《大水退却之后》开始，将是她在创作上又一个转换的新里程……她终究要为更多的人所理解、接纳和欢迎，这是一定的。

我简直变成文抄公了？在我的写作史上，这也是首创。方方，您想象得到吗，我不这样做，就无以表达对一位陌生的友人的敬重之情！原谅我吧，没有自己思想意志的可怜的文抄公！

下面的文字，是什么呢？呵，於可训思想的重复，也许，是延伸……

方方，您触动的是一根时代的神经

您也许始料不及：一篇《“大篷车”上》，文坛上就站起了一个方方！小说发表后反响之广泛，竟至1982年全国优秀短篇小说评奖，选票仍名列前茅！结局很不幸——落选，这与它当初获得成功一样，都出乎您的意料之外。评奖是一个标准，但并非绝对价值标准。不是有人因“遗珠之憾”，而要编选《拾珠集》出版吗？《“大篷车”上》在新时期文学的长廊里画出的一道漂亮的抛物线，光彩照人。

方方，您由诗歌转向小说创作，起因于偶然；您的小说处女作《“大篷车”上》的写作，也是因一种偶然的触感引发的。可见，您的写作“主观目的感”并不明确。然而，您成功了。您思索过它的前因后果吗？

其实，这并不神秘。一切染上神秘色彩，显示神奇力量的事物、态势、契机、基因……一经用历史的尺度加以测试，其本质的内在因由就无以掩藏了。

方方，因为您的作品，触动的是一根时代性的敏感神经，这就是您的作品造成反响，由此您的名字也转而为受到关注的全部奥秘。新时期的文学创作，在您的这部作品问世之前，还无人涉足这个领域。您是开拓者。而一部开拓性的，富于创造活力的作品，要胜过一百部平淡无奇，老调重弹的作品。

1982年，我国新时期的文学，已经从“伤痕文学”“反思文学”两大潮流，转向以反映现实变革及社会其他广泛层面的生活为主！而青年文学，仍以“文化大革命”中的知青生活为主潮，只不过，题旨在掘进，思想在升华。而您方方，却适时地（准确地说，是历史为您提供了一次机遇）将人们的注意力引向了被历史贻误过、而今又登上了历史舞台的一代青年工人，后来，您又把这种描写扩及到了整个待业青年。青年问题，在任何一个时代都是敏感的问题。今天我国的青年，由于明显的历史和现实原因，注进了相互矛盾的各种素质。这样，您面对的就不仅仅是属于您熟知的那几个人物，而是一个现实时代。

《“大篷车”上》引起不小的轰动之后，我才去读它的。之前，我真担心是由于您的偏激引起的逆反心理造成的社会效果。还好，您既没有藏匿您的笔尖的锋芒，又把握准确。

您的经历帮助了您。您对您笔下的人物太熟悉了。熟悉到只要把他们移植到作品中，就具有明确无误的真实性。而这真实性之中，往往就包含了判断的真理性。您着意写的是他们的个性，殊不知，里面却容纳了现实时代的许多基本特征。

他们——构成了您笔下独特的人物系列。他们的主要成员有：《“大篷车”上》“误增国”的公民“电喇叭”“化肥”“车钳刨”“屠夫”，《啊，朋友》中的青工阿歪、吴显显、“一行”长生、“七仙女”齐仙玉，《班头儿》中的大桥，《安树和他的诗友们》中的待业青年吴文玉等。

方方，您在他们身上发现了什么？

喜怒无常中蛰伏着对社会、对人类的爱恋之情。“文化大革命”中荒诞的政治，催发人民讽刺、幽默的才能成倍地增长。也悄悄地改变着一部分人正常的性格、心理形态。您笔下的人物系列，他们稚嫩的心灵，过早地受到非人道、非道德的政治的挤压，使他们变得玩世不恭，放浪形骸。既嘲讽谬误，有时也不免讥刺真理。理智的力量，感情的相通，最终将他们心中的责任感重燃。

懦弱的自卑情绪里屹立着一颗强劲的自尊之心。爱、尊严、价值，在我们这个时代被贬值过，当它们重新获得全社会的认可和尊重时，您笔下的人物系列，又处于现实生活中的卑微位置，没有堂皇的知识，没有显赫的职业，甚至维系现实联系最重要的纽带——职业也被割断了。以致不时发生一种无可名状、无法排遣的空寂感、失落感，这种情绪一旦超越了极限，另一种相反的情绪——在社会、人生中顽强地寻找自身位置的自尊心，又倔强地升了起来。

正直感、正义之心，同情心，赋予了侠义的形式。当人民的正当权利不能受到法律的保护，并运用法律争得和行使的话，作为符合大多数人的公德利益的一种变形（补充）手段——侠义精神的出现，就是不可避免的。您笔下的人物系列，扶持弱小，救助危难，无不以“哥儿们义气”作为共同的精神信奉。

概括地说“美，存在于扭曲中”。这就是这一组人物系列的特定的性格、心理质素，它受制于一定的历史时代的政治的、哲学的、精神的、伦理的时尚。您树立这类形象，不只是在于说明“扭曲”中存在“美”，而在于希冀变“扭曲的美”为“健全的美”。

方方，您的贡献正在于此。您真像一位高明的医生，面对一个复杂的生命机体，只剔去脓溃，保护活体，愈合伤口，而不像庸医那样，加剧脓溃，损害活体，扩大伤口。这样，您也同时赢得了生活中与您笔下同类人物的尊重和信任，并促进社会予以他们更公正的评判和更丰厚的礼遇。

方方，您的小说，也纠正了我的一个偏见！无需讳言，在生活中，我不喜欢那类落拓不羁的“大篷车”式的人物。我总觉得他们给我们周围环境带来的“嗓音”“废气”太多，破坏了安详、宁静、和谐。您的小说写了这类人物，并信服地让我看到其扭曲的另一面——天然的美，潜质的美。据知，小说可以改变一个人的信仰，培植一种新型的性格，但未闻可以祛除植根于一个人气质、个性之中的偏见。谢谢您，方方，您关于人，人的层次，人的层次的质量的哲理思想，给予了我深切的教诲。是呵，一个充满活力，生机的社会，不能缺少“大篷车”式的人们!

方方，您不赞成脂粉气过于浓重

您没有发表过这种宣言，也没有类似的艺术主张。我是从您的描写才能作出肯定判断的。文如其人，这显然与您的气质有关。您反对过于拘谨、约束，这不仅表现在您的生活态度上，也反映在您的作品中。

现在的女性作家，多趋于心理现实。她们在感受和描绘人物（尤其是女性）情绪的历程，以及心灵的奥秘时，堪称杰出。然而，她们当中相当一部分作家，当转而像男性作家一样，心理现实的运动附着于客观现实的轨道，抑或直接驾驭社会、人生的环境，往往就显得捉襟见肘，力不从心。新时期的女性作家，如果不能从“自我”的情绪天地走出来，那是很难造就更多一些与男性并驾齐驱的大作家、大手笔的。脂粉气浓重，是女性作家所长，也是其短。

方方，您在对人物进行客观描写时那种游刃自如的才华，是值得推崇的。在这一方面，您堪与男性优秀作家媲美。我希望您切不可将属于自己长处的东西，轻率地抛弃掉。您的脂粉气少，似不擅长细腻地展示人物微妙、缠绵的心理现实，但您在观察和描绘人物的客观现实时，仍是细致的。而这，不正是属于您的创作特点吗?

您的客观描写才能，我以为主要不是表现在概括大的社会、人生背景，也主要不表现在对人物外部世界的描摹刻画上，而在于对话，在于对话所引起的思想性格的冲突。您与我国古典话本小说、说书的文化传统，有深厚的渊源关系。现在的小说，女作家的许多小说，是少于对话的，而能写好对话的，更少。您的人物对话，写得精彩极了，有神形并妙的奇特效果。甚至可以说，有时，您的一句人物对话，就撑起了一个人物性格。

试想一下，《“大篷车”上》这样一个特定的环境，如果用心态描写，那一定很沉闷。现在，您将“大篷车”上的氛围，“大篷车”人，写得纤毫毕现，气韵十足，令人忍俊不禁，仰仗的就是对话。凡是写人物的，人物性格的，人物性格冲突的时代契机的，您几乎都采用了对话。只有必要的人物关系交代及某些情节转折，才用简洁的叙述法。

您写他们的自卑感——

“……什么工人？化肥！看见你，只让人想起沤在地里的大粪，你能干什么？肥田！你呢？杀猪的，屠夫！成天同嗷嗷叫的又脏又臭的猪结伴为伍；还有你，车前跑，名字叫得有鼻子有眼的，像那么回事。我说句顺口溜你别见怪：‘三十六行，板车为王，肚子拉大，脖子拉长。’……”

您写他们的自尊感——

“什么车前跑，我的大号是装卸工。装卸工是什么？社会主义建设的先行官！……”

“说我是化肥，像大粪。伙计，你恐怕没见过化肥吧？”……“白的，像雪一样。看见化肥想起什么？知道不？就该想起你碗里白花花的大米饭！……”

“……屠夫怎么样？三月不杀猪，上至当官的，下至你老兄，都会馋得流口水。告诉你，我们亲爱的城市人民要吃肉，非得找我们不可！……”

您这样写对话，不需冗长的铺陈介绍，用语极短，人物的气质、个性跃然纸上，身份、教养乃至经历也可窥其大概，甚至可以从中谛听到时代轨迹在人物身上发出的撞击声响。

恕我直言，方方，注进您血脉中的男性气质多于女性气质。您观察和感受生活的心理运动，更多的是男性的尖锐、泼辣，而不是女性的温柔、缱绻。这使您有可能避免一种倾向：过于看重心理情绪本体的咀嚼，而忽略了造成心理情绪的客体——环境的影响，有时简直就忽略了客体本身，从而造成创作视野和境界的局狭、单一。而您一开始就将眼光直接投向现实本身——现实中活动的各种人和事，这样您就有可能走向开阔、丰腴。虽然，您还没有完全走到这一步，但您有这种素质，就为您提供了可能。

方方，您现在不只是崇拜艺术直觉

关于女性作家的艺术素质，我划为四大派：直觉派、修饰直觉派、升华直觉派、理性直觉派。但无论哪一派，都不能离开直觉，这是符合唯物论的。此外，就我国现实条件而言，纯直觉派恐难存在。但在艺术思想和艺术主张中，更崇尚直觉，反对理性过多的干预，则大有人在。

那么方方您呢？我以为归入修饰直觉派较为适宜。您是器重直觉的，但您的直觉又是经过主观意念修饰、加工、增删过的，可是，又没有升华到具有很大的概括性，很高的典型性的水准。经您修饰过的艺术直觉，反映了时代、社会、人生的某个侧影，但非时代、社会、人生的本体。您开始认识到这一点，就开始走向广阔。您现在已经从这里起步了，前景是可以预期的。

您的作品个性很强，因为您的艺术直觉敏锐、准确、极富形象性；而您的作品也有明显的弱点，这又是您的艺术直觉的派生物，或可称之为天然的寄生物。艺术直觉的利与弊，就是这样同时在一个作家的创作中起着正反两种作用。具体到您的作品，我以为主要表现在三个方面：

人物类型化。从单篇作品看，这个问题不突出。但几部作品中的人物形象聚合到一起，就可以明显地看到类型化的痕迹。形态上无拘无束、自由自在的“自由派”色彩；思维方法上以反为正；行动逻辑线索上自卑与自尊相反相成，最后走向自省；形象内涵上“扭曲的美”也是一种社会形态的“美”。个性化的，又是类型化的，人物形象潜质上的这种矛盾，与艺术直觉上处理不好单一与多元、同一与歧异关系有关。作家进入生活状态之后，首先是直觉摄取的形象素材，并呈现出鲜明生动的特征，但往往又被单一性、同一性所掩盖，由此，作家必须过滤、筛选直觉摄取的形象素材，找出它们相互之间多元、歧义的一面，这样，进入形象创造时，才不至于重复别人，也不重复自己。鲜明生动之物，一般来说都是有特点、特征的，但不一定是唯一的。

手法单一。将两种鼎立的精神潜质纳进胶着状态，中间插进一个突发性的事件，促使矛盾趋于缓和，并有利于健康、进步的事物。《“大篷车”上》人物精神状态的变化，仰仗于一篇与其有瓜葛的人物在报纸发表文章所掀动的波澜；《呵，朋友》中丁洁对阿歪等青工认识上的转变，仰仗于观看世界杯足球赛时民族情绪的感染；《班头儿》中的大桥最终走上文化轨道，仰仗于女友在感情上掷下的筹码等。矛盾易结不易解。人物或人物自身思想性格的对立，直至推到极端，通过强化一个事件或一种情绪推动解决，是轻便之路，但效果不一定理想。这里，作家同时面对两个问题：当获得的直觉还不足以推动矛盾的解决，需补充和更新直觉；当直觉可以使矛盾顺理成章地排难，又必须认真谋篇布局，寻找个性化的又符合内在逻辑线索的直觉。

底蕴不深。您创造的“大篷车”式的人物系列，有特殊的认识价值。可以说，在新时期的文学中，是您最早给予了他们公允的评判、褒贬，为他们正了名。然而，这些形象的底蕴仍嫌开掘不深，还不具有很高的典型概括性，原因即在于您过多地依赖于对这些人和事的熟悉，尚未完全将这种直觉升华。

如果您同时从纵的方面，不只是传达而是直接揭示这种精神个性产生的历史的时代的条件；从横的方面，不只是客观地展示而同时考察这类青年的前途命运与社会、国家之间的血肉联系，那题旨的容量和启示意义要比现在更深刻。而今，您只是勾勒了一个“大篷车”式的人物系列，而不是创造了一个“大篷车”式的人物典型。这是颇有些惋惜的。但我仍寄希望于您。新时期的文学画廊不可缺少这种典型。

方方，我知道，您是很有股拼劲的人。《“大篷车”上》为您赢得的声誉还没有完全褪尽时，您又在向一个新的层次进取。而且，“主观目的感”是明确的。您不仅依靠直觉，还自觉借助理性“认识和克服自己的浅薄，慢慢走向纵深”，并收获了果实。

标志您创作上新的层次进取的主要特点是什么？我以为在于题旨的单一性被题旨的普遍性所取代。您着眼的，仍然是当代青年生活，但层面加宽了；您体验的，仍带有自身的浓重印辙，但和广博的人生体验开始吻合了；您注意的，不再是某一个具体的社会问题，而是人类某种共同精神缺陷。您撩开它，用心在于疗救。因为患者并不完全清醒。

于是，您笔下出现了一堵“墙”（《墙》），一条“O形跑道”（《在O形的跑道上》），一幢“白房子”（《那乳白色的房子》），一条“地平线”（《看不见的地平线O》）。

方方，为何您这一层次的小说，每一篇都要以具体的物象作题？是您诗人习惯的思维特征的启示？抑或是，人世间有更含蕴、更奇妙之物，使得您非用象征手法不可？告诉我，您心弦的音阶为何调拨向这里！呵，原来您看到了历史的因袭在催化新的惰力，悄悄锈蚀着人们的灵魂！您担心它会像病毒一样蔓延滋生，危害人类的整个躯体。于是，您一改小说创作中最初时期那强劲、明朗的色泽线条，新添进一缕忧虑、郁悒、阴云。

“墙”——像无形的风。空气。光。人与人之间为什么垒一堵坚厚的“墙”？隔断了心灵的相通，感情的交汇！

“O形跑道”——没有起点，没有终点，循环往复。人为什么会像没有生命和思维的机器人一样，在“O形跑道”上不停息地运转？磨损着人类的开拓和创造精神？

“白房子”——四面封闭的墙。人为什么一旦回到象征富有的“白房子”，精神就开始萎缩？精神沦为金钱的奴仆。

“地平线”——透明的光带，流星的轨迹。遥远的神奇的地平线。人为什么一旦不能寻到象征理想、激情的地平线，就那样容易变得俗气？不再作崇高的精神向往？

方方，您将这么多的人生思考抛掷读者面前，您也就将自己的炽热之心交付给了他们！看得出，您是焦灼的，但并不悲观。您的人物结局安排或暗示，都透出一束理想的亮光。人类在为提高自身精神素质的道路上，将艰难跋涉，不断完善。形象的象征寓意，通达人生永恒的哲理，这就是您赋予这个层次的小说的根本特征。

方方，当人们正在注目着您的探索新的成功时，您又将自己的视野和思绪，引向了更博大的社会、人生。

从1982年《“大篷车”上》问世起，至1984年，您总共才发表了十四五个短篇和中篇小说。然而，您却树起了代表着鲜明递进层次的三个标志：为当代“大篷车”式的青年形象画像；揭开人类精神素质中的病毒；而今，您又在着意勾画大千社会、人生的众生相。

一个作家，只有具备了高屋建瓴地解剖社会、人生的思力和才力，才称得上完全成熟。方方，您现在还远不成熟。但是，您的新的努力，预示着您的创作成熟期的开端，则是无疑了。在此期间，您的作品有《大水退却之后》《寻找的故事》等。

我无法猜测，您写《大水退却之后》时，是否意识到它将在您的创作中占有的特殊位置。我以为，这部作品，至少显露了您创作上三个方面的变化：一是过去那种仅仅属于您个人经历和个人体验的色彩隐退了，代之而起的是对社会层面作俯瞰式的客观描绘；二是过去隐约显现的对于生活严峻、犀利的穿透力，得以充分展示；三是艺术表现上，您依然保留了惯于用对话创造性格及展示性格冲突的特点，但在结构人物关系，情节的某些安排，较之过去单一、简约的处理，要富于变化些，也充实些。

方方，我怎么也想象不出，当您越过青年题材，笔的锋芒首先竟无情地指向了不正之风。其实，权力对人格、人性、人情的腐蚀，并不是新鲜的主题。您深感痛切的，在现实的人生中，权力的意识已经渗入了某些人的骨髓！对权力转化为实用价值的依附，会在某些人身上膨胀到极限。于是，为了推出一幕利用国家商品进行利己主义交易的丑剧，您刻意安排了事件的背景：一场水灾尚未平息；事件的因由："瓜分"二十五条被大水浸泡过的床单；事件的主要人物：执掌现实社会微薄权利的人们——电影院售票员云云、菜场卖菜的杨大嫂、煤店卖煤的老孙头和小子，以及卫生院的程大夫。甚而，您将丑剧发生的地点，命名为美丽街，大概也是挖空心思吧。美丽的街名不副实，精神垃圾堆积！

方方，您将一个极为尖锐，带普遍性的社会问题，借助如此细小的环境、事件、人物加以展示，题材的轻浅与立意的深厚浑然一体，再一次证明了您在对现实人生进行客观描写时所拥有的才气。但是，这部作品也有明显的疏漏之处。

我指的是，您的主人公恒茜对矛盾结局的处理。当她处在主人的位置，陷入漩涡不能自拔，竟自己掏钱购买了两张正品床单，然后揉上混浊的积水，以应付要挟。我以为，这种过分的戏剧化的夸张，矛盾解决的真实性程度反倒要打折扣。方方您是否感到生活中这类问题过于沉重，而产生一种心理超重的反应呢？

不瞒您，方方，在读了《寻找的故事》之后，我这种忧虑增加了。您的这部作品，触及到舆论问题。舆论可以改变一个人的本来面目，这在现实生活中已经得到证实。但我觉得，您在把握人为树起的"英雄"在寻找"普通人"的真实"自我"时的心理状态及实际行为，拥戴或蔑视"英雄"的人物的现实作为方面，因有些漫画化的夸饰而失去尺度，反而感到"假"。我的这个看法，可能强加于人吧？

关于现实性题材的写作，我始终坚持一个看法：较之其他非现实性的题材，它更应坚定不移地信守真实性的原则。因为你写的人与事，及至问题，离现实的人很近，如果不慎露出了斧凿、牵强甚至虚假的痕迹，怎能取信于读者？

方方，您是以率真、质朴为读者所认可的，您的这种宝贵的素质，也要随伴您的创作终生。这是我所殷殷祈求的。

感应不会终结

今天是农历正月初三。天空灰蒙。细雨霏霏。寒风吹拂。然而，自然气候的无常，并不能遏止人们因节日而膨胀沸腾起来的兴致。唯有我，独自锁在房内，只任思绪流淌。

我不知道，方方会怎样看这篇文字？不至于以为是一种“神经质”式的呻吟吧。我不安，可我仍期待着感应的回音。我记起方方前几天的来信：她正在以即将发表的中篇新作《十八岁进行曲》《夏天过去了》为主干，编辑第二本小说集的出版。

方方，一俟拜读完您的新著，我就着手“感应的记录”续篇写作。一定的。

1985年农历正月初三于广州南方日报社六号楼

注：《“大篷车”上》，长江文艺出版社1984年7月出版。

为了辉煌时刻的到来

——黄蓓佳创作的评判与预想

> 每个人一生中都会有一个辉煌的瞬间，为了这个时刻的到来，必须有一个漫长的、寂寞的、艰苦困顿的准备过程……我呢？
>
> ——黄蓓佳

我没有见过黄蓓佳。我是在读她的作品、她的文章认识她的。我有时想，这也许较之通常客套的交往，能更真实、更准确地识别一个人。

坦诚——人类最美好的品行之一，伪饰——人类最丑恶的品行之一。并非每一个人、每一个作家都是坦诚而不无伪饰的。

黄蓓佳是坦诚的。她毫不避讳自己性格上的弱点和心灵深处的矛盾痛苦。在许多读者眼里，她是一个拥有六十多万字作品的精神富有者，是中国作家协会会员中仅有的五位年龄不足三十岁的女性作家之一，是有着自己的读者群的颇具声名的青年作家，是深受孩童喜爱的“黄蓓佳大姐姐”。然而，黄蓓佳怎样估价自己？

> 我第一次发表小说是在1973年，到现在已经整整十年了，可是我仍然对自己今后能否把这条路走下去感到惶然。
>
> 十年回头一望，走过的路程举尺可量，而前途依然是茫茫无边。我又常常想，当初走上这条道路是不是一个误会呢？

以上摘引的话，如果不是白纸黑字见之于公开发行的刊物，我们也许会对它的真实性提出质疑。

有彷徨，有不安，更有自励，有追求，这就是现实生活中的黄蓓佳——

一经上路之后，就好像双脚穿上了魔鞋，你不由自主地要往下走，走，一刻不停，直至精疲力竭，倒地而死。

黄蓓佳把自己文学旅途上不时浮现的这种矛盾心境，谓之“雨巷的憧憬”，这是十分恰切的。也正是在不断的艺术创造中，作家找到了心灵的归宿，甜美中掺和着苦痛。

解剖别人，更要解剖自己，一代文学宗师鲁迅定下的这条立世为人的法则，具有永恒的意义。傲才欺世——那不是大家的风范，小有名气而不知轻重——那是小生产的水准，庸常作华彩——那是唯心者的虚幻心理，以己之得排斥众家之长——那是“绿林”中盛行的狭隘思想。

在当代光华灼灼的女性作家群中，如谌容、张洁、宗璞、黄宗英、张抗抗、王安忆、铁凝、陈祖芬、舒婷，她们都有过自己文学的辉煌时刻。黄蓓佳的思力、才力现在还不足以构造文学的大厦，但她在不停息地拼搏和奋进。因而，我们在对她走过的一段文学道路作出较为公允的评判之后，可以预想，注入她血脉之中的那种永不满足、坚忍不拔的极宝贵的精神素质，一定会使她在并不遥远的日子，迎来自己文学上的辉煌时刻。

一

在新时期的文学中，爱情、婚姻、家庭及其引起的种种观念变化，道德标准、审美标准、价值标准的重新审度，成为作家愈益关注的创作题旨。女性作家，在维护妇女的权益和争得彻底解放方面，较之多数男性作家，她们的主张和实践更为果决、坚实。她们用自己饱蘸着浓浓的血和胆汁的大笔，描画着现代社会女性的完美形象——追求感情的高洁、爱的权利、女性的尊严、人格的独立、事业的进取。从而将中国女性升华到一个崇高的境界。女性作家所作的这种追求，我们完全可以从我国社会的现实经济发展、对外开放和精神运动的联系中，找到其起因及存在的合理性。它也从一个侧面，反映了我国社会文明程度和精神素质的提高。在艺术上，她们彻底摆脱了对男性作家的依赖和仿效，在观察和反映世界，尤其是在从微观的角度反映人的内在感情、情绪、意识，心理变化方面，日益显示出独特的个性和风格。

黄蓓佳的爱情小说，从崇尚精神上的和谐，到踯躅于新旧道德观念之间，及至探索爱情生活中的人生价值，也勾勒了我们时代这个方面意愿追求的痛苦诞生的缓慢历程。作家在取材上，不从历史的反思，或令人瞩目的社会性问题着眼，而注重爱情本身的价值观念及在人们精神生活中的位置；反映的深度和力度，虽不及那些轰动世间的爱情名篇，但有的篇章，确写得极好，极美。读它时，像是欣赏一首醇美的诗，一支恬静的曲，一幅含蕴的画。从中获得美的享受，精神的陶冶，心灵的纯净。如果追踪作家的创作踪迹，她最早的一批儿童文学作品，就是充分表现爱与理想的追求，只不过是借助孩子的童心表露出来罢了。“爱情是电，它（事业、理想）便是雷。电闪雷鸣，构成人生中丰富多彩的交响乐。”——这就是黄蓓佳写作这类题材的宗旨。

《去年冬天在郊外》是作家最好的短篇之一，也是她的爱情小说最成功的一篇。男女主人公凡音和莱娅感情上的呼唤、感应、和谐被描绘得淋漓尽致、韵味十足。音乐是世界语言。哪里有音乐，哪里就有知音。凡音和莱娅正是在音乐的寻找和共同创作中，发现了对方，认识了自己，共同弹奏出生命柔美、温馨的和弦。人物关系的依托——交响乐《湘夫人》的创作贯穿情绪跌宕的始终，被物化，具象化。作家在人物关系结局的处理上，掷下了几个不谐调的音符。他们最终没有结合，外部原因，是莱娅已经有了“朋友”——但他们又从没有真正爱过；内部原因——是莱娅性格上的倔强，她追求精神和意志力的平衡，不需要带上一丝怜悯和同情的色彩。这样的结局，一般读者是不会满意的。但它确实又合乎作品中提供的规定情境和人物思想性格发展的逻辑线索。作家赋予作品更深刻也更耐人寻味的寓意，莱娅从命运的结局安排中，悟出了真谛：在以后的生活历程中，“她要用一颗真诚的心对待周围一切，喜欢的，不喜欢的，一切听从心的召唤”。这样，大大扩展了作品的意义和价值。莱娅未实现的意愿，在作家的中篇小说《请与我同行》中的女主人公修莎身上，变成了坚强有力的实践。此前，作家在观念上曾一度产生偏离轨道的现象，这就是中篇小说《终曲》中男主人公“哥哥”形象的出现。

《终曲》是黄蓓佳的第一个中篇。可见，作家并非采取了轻率态度。因此，实事求是地探讨其成败得失，不无裨益。

从纯艺术的角度看，《终曲》像是一朵淡雅的兰花，通篇含蕴着诗美、散文美。尤其是人物的心境，人与人之间的感应写得十分纯净。作家的才气充溢字里行间。但是，这个作品发表后，客观的效果与作家的主观愿望并不一致。何以如此？我以为关键的因素在于：形象所体现的审美道德观念发生了偏差，影响乃至破坏了这种艺术美的享受。作家以同情的笔调来描绘自己主人公的爱情悲剧，但是，我们在对形象的整体作了冷静剖析之后，就很难激起这种同感。“哥哥”不爱巧巧，却接受仅仅建立在感恩知报基础上的婚姻形式；与此同时，他又把自己的全部情爱，奉献给了琦；后来，当他陷入不可自拔的巨大痛苦之时，甚至不惜一度中断与琦的联系，来维护与巧巧的婚约。这样，他同时面对两个女性，既损害了琦，在另一种意义上也损害了巧巧。显然，作家是想雕塑一个复杂的有个性的灵魂，“哥哥”与琦的结局安排，也暗示了作家的某种倾向性。但是，它与作家对这段生活反省所体现出来的整体的审美评判，则相悖逆。即是说，由人物自身心理性格逻辑编撰的这部人生大书，是不太可能添上这“光彩”的一笔的。作家给自己出了一道创作难题：如何正确认识和处理新旧道德观念的依存、变异及转化。但终由思想的不缜密，也许还包括当时整个社会舆论对此尚未趋于定评这个因素，因而，把握的尺度失准。此外，作家对美的追求，又不自觉地忽略了环境的力量。并非一定要写时代环境决定爱情命运，但它的投影、渗透，却是或明或暗、或强或弱存在着的。像《终曲》这样一个较为纯粹、颇带田园牧歌风味的爱情故事，而且是发生在“文化大革命”那样的岁月，虽然精美巧致，但其生存的土壤不丰腴。

据知，作家后来对这个作品也不甚满意。但她没有在这个领域却步。在这类题旨相对寂寥的阶段，她又拿出了自己新的中篇力作《请与我同行》。这部中篇在作家“心里盘缠了整整两年”，也是作家“自己最喜欢的一个中篇”。

《请与我同行》着眼于爱情，但它题旨所展示的意义，已经远远超越了这个范畴。女主人公修莎从小失去父爱，很快又失去母爱，她的生命，像一条河流，不断地碰撞、回旋、涌荡，一刻也没有停息寻找和选择，寻找和选择生活的导师，感情的依傍，事业的支柱，同时也在寻找和选择自己，培植和扩大“自我”的人生价值。她生活中的第一个引路人和同行者，是她的姨父——他最早帮助修莎建立起事业追求的基地，然而，在卑俗观念的嘲弄下，懦弱地退却了，没能够再与修莎在事业上结伴跋涉；第二个是封雨——他在双方事业上还毫无建树，感情的蕴藏量还极其贫瘠的情况下，过早地触及了爱这个神圣的主题，这是修莎所不能容忍的；第三个是向松涛——这是使她第一次萌动激情，并为之痴迷的第一个男性。他不乏才气，甚至具备某类思想家偏执的气质，但他把自己的发展建立在扼抑对方个性的前提下，自尊而又自私，修莎最终毫不犹豫地推倒了已经建立起来的感情堤坝；第四个是杨森林——这是一个既强大又弱小的灵魂矛盾体，修莎在经历了寻找和选择的种种痛苦之后，在事业的追求和创造中，变得更加成熟、坚执，她将生命的热能输送到杨森林的躯体内，使之重新燃起火焰，但在生活的归宿上，他们没有合一。作家以优美、抒情的文笔，电影画面式的视觉语音，展开了修莎寻找到同行者时诗一般的情境，并用间叙，将上述几回曲折的寻找穿插期间，这种艺术结构，增添了作品的情趣和厚实感。作家避免了《终曲》中的弊端，注意开掘感情发生及异变的依据和条件，依傍现实环境，联结人生大树，从而，将爱情的主题升华。修莎执着追求生活、爱情、事业、理想目标的坚强个性也得以站立。修莎即将步入社会之前所作的寻找和探索，对于尚处在未成熟期的青年是更富于启示意义的。

《请与我同行》的发表，表明作家在这类题材的处理上，注意把握生活的本来意义，避免把感情孤立于社会环境之外而偶像化，也避免把感情的内涵抽空而律令化。然而，就是黄蓓佳中篇创作中较好的这一部，不足之处，也是显而易见的。它仍然超不过同类题材中已经发表的那些名篇，尚嫌平面地再现这类生活，而缺少一些独创性。现实生活中提出的爱情、婚姻、家庭的伦理主题，远比我们文学作品中所表现的要丰富、复杂、尖锐得多，发展变化的程度也疾速得多。从现实生活中提出的问题寻找新的文学形象，也许是这类题材作品突破的一个关键。我们期待着黄蓓佳在这个领域开辟新的领地。

二

> 直到去年（1982），准确地说是在十月份以后，不知怎么的我忽然对我以前的作品感到一种强烈的不满足。我希望能找到一种更好的表现形式，用以述说我对生活的观察、感受、理解和认识。

黄蓓佳何以那么肯定地把对自己的创造的不满足，定在1982年的10月份，人生的、感情的、创作的环境等因素是什么，我们不好妄测。但有一点是准确无误的，她不满足自己，不满足什么呢？“有很长一段时间里，我写了不少‘情绪小说’，这似乎很适合我的文笔和气质，我甚至觉得我的创作只能走这一条路不可了。”作家要学会理智地清醒地审视自己，这是一个生动的例证。唯如此，黄蓓佳才有可能突破自己。

关于“情绪小说”，我国文学界和文学批评界曾有过争论。我的基本意见是：一、“情绪小说”是作家感受和反映生活的一种形式，允许作家在这方面建立自己的风格；二、“情绪小说”不是写个人卑微、琐细的欲望，而应该与某种特定的社会情绪联结起来；三、“情绪小说”不能排斥更不能代替形象创造，形象创造、典型创造——仍然是文学创作的重要规律之一。

《雨巷》公认为黄蓓佳“情绪小说”的代表作，也是作家短篇创作中反响较大、争议较多的一个作品。有意见认为：《雨巷》是黄蓓佳小说创作的一个“转折点”，不无道理。但这里所谓的“转折点”，我认为，准确地说，是标志作家艺术上的驾驭能力和成熟程度，有了一次很大的突破，如果从作品思想价值和审美价值的整体来看，又有可挑剔之处。不太赞成这部作品的同志，一个基本的立论是：主题“蒙眬”。其实，艺术上的这种感觉，是由作品主题的多义性引出的。小说以戴望舒的著名抒情诗篇《雨巷》为意境，男主人公“他”、肖珊及与“父亲”之间微妙的感情纠葛为纽结，并予以强烈的反差对比，展示出生活与感情的多层次、多侧面的丰富内涵：人与人之间的距离感；朝思暮想的情感追求可望而不可即，瞬间的交往却灵犀相通；感情并非等同单一的性爱；每个人只能认准并站在自己的位置上生活；人对于自己辉煌时刻的“潜意识”的憧憬，以及因挫折而可能带来的幻灭感。应该说，作家在艺术地再现人物这种种复杂、奇妙的情绪时，是达到了很高的造诣的。她能将抽象的情感和思维活动，赋予可感可触的形象，物我交融，情境交融。然而，遗憾的是，作家在再现这种种感受时，并未准确地把握和深刻地认识它，使之集束到一个焦点上，散射开来，放出光彩。问题不在于是否写了人与人之间包括感情上的各种差异，而在于这种种差异的转化及其可能发展的方向完全没有暗示出来，而作家对此又没有细微的分析和鉴别，这样，必然要削弱作品的思想认识价值。另外，肖珊作为美好事物象征的社会内涵与审美内涵也没有充分拓展，缺乏确切的质的规定性。黄蓓佳在很长一段时间，写了不少这类“情绪小说”。她还有一些小说，即使有人物勾勒，故事依托，但也是以“写意”为主的。如她的知青题材小说中较好的一篇——《公墓》，着墨点并不在于精心刻画场长、老贵等的美好形象，而是通过他们某些社会行为的粗略再现，寓意在人们心中建立起“公墓”的人，他们的精神品格才是永存的。由此而引起读者的许多联想和思索。《在水边》最后给予伪善者程力毁灭性的一击，也是以女主人公宁静因外在环境压迫带来心绪的反复悸动作为铺垫，才可能收到寓静于动这种效果的。公正地评价作家的“情绪小说”，可以认为：作品中所表达的种种情绪，并没有超越时代和社会，它从各个角度以及不同的程度上，表达了现实生活中人们的某种意向和要求。但是，它远不能说是广阔的、深邃的。时代的典型情绪，社会的急切吁求，在黄蓓佳这类作品中的反映还是较弱的。作家对自己这类小说的不满足，也许正是发端于此，而力图从思想、内容乃至形式上，寻求新的艺术表现。

从“情绪小说”到注意形象创造，这是黄蓓佳创作上的一大进步。在黄蓓佳的“情绪小说”中，也出现了各类人物的影像，但他们毕竟不是以典型的“知名度”留在读者的记忆之中的。情绪的沉积和波及，大大超过了形象本身的力量。而由情绪的显现转向形象的创造，代表作则是中篇小说《这一瞬间如此辉煌》。有意见认为：这是黄蓓佳小说创作的又一“转折点”。我赞成这个意见。并且对这篇小说在黄蓓佳创作中的地位，估计还要高些。

《这一瞬间如此辉煌》中的苏老师，是黄蓓佳小说中的第一个有着鲜明个性和普遍典型意义的形象。苏老师是我国声乐的开拓者、权威，有过自己事业的辉煌时刻。当生活的潮流继续向前推拥的时候，她内在思想性格中保守、消极的一面浮升了，执迷地沉湎于过去，把自己包裹在日趋黯淡的光环里，孤傲自负，对新思想、新的改革充满抵触情绪，终至走向了自己原来献身的艺术事业的对立面。因袭的负担，葬送了自己，也妨碍了别人。作家洞察并揭示了广泛存在于现实生活中的这个悲剧因素及其积聚过程，着笔于艺术界，触及的却是整个社会。苏老师形象的创造，对于我们今天正在进行着的光辉而艰难的改革，知识更新频率加速的现实生活，有着警醒的作用。小说还通过这一引发的矛盾，写了几个各具个性，有着不同思想见解、追求的人物形象，如明子、卫伟、倪老师，以及小枝、汪老师等。在黄蓓佳以往的小说中，是很难列出人物的画廊来的，而这部中篇，为作家建立自己的形象系列，作出了开创性的努力。这篇小说在作家已经发表的五部中篇中，也是思想和艺术最为成熟的一部。作品中的情绪和人物，不再是作家身边某些具体生活感受的简单“复制”，而是在较为深广的社会背景上所作的概括和开掘，折射着时代精神的光照。在艺术表现上，堪称为一部构思精致、剪裁得当、结构严谨，心理描写细腻、准确，文笔简洁、流畅的中篇佳作。而作家在同一时期写的另一部反映外事生活的中篇《秋色宜人》，虽也表达了作家努力开拓新的生活领域的进取精神，但又明显地感到未能细加咀嚼和思索。写得过实，刚刚裸露出来的矛盾的复杂社会内涵，被过于冷静的客观生活现象描摹所淹没。作家惯有的想象思维的腾飞，在这里仿佛被扼制住了。

当我们探讨黄蓓佳小说中形象创造的得失时，还发现了一个独特的文学现象，这就是贯穿于作品之中的“自我”形象。有一种说法：《这一瞬间如此辉煌》的发表，标志着作家从“自我”走向现实主义。这种评判，我不以为是完全恰切的。黄蓓佳的“情绪小说”，较多地表现出一种对生活的“自我”感受，但它又与外部世界发生着这样或那样的联系，包含着现实主义的成分；但作家有时又不能深刻地认识这种“情绪”，不能更集中地反映出时代、社会的典型情绪，因而又不是充分现实主义的。当作家意识到这一点，她就力图加以突破，从更为客观的生活画面中，展示时代、社会的发展意向，使自己的创作具有饱满的现实主义的真实力量。作家创作思想上的这种变化，在融注着“自我”影像的艺术形象中，得到了有力的证明。肖珊——明子——修莎——嘉嘉，就是作家笔下一个发展并逐步完善起来的“自我”形象整体。如果你熟悉作家的生活经历，完全可以从这些人物及其发展线索中，找到与作家生活同步前进的轨迹。黄蓓佳生长在靠近长江边的一个小县城。中学毕业后又到扬子江口的一个小岛插队落户。打倒“四人帮”后实行的第一届全国统考，被录取到北京大学中文系读书。毕业后分配到外事部门工作。学生——知青——大学生——外事工作人员，这就是黄蓓佳的生活之路。她是靠自己的奋斗，在文学领域中争得自己的人生位置的。因此，她笔下的这些女性，都有着像她这样一代青年知识分子的许多共同质素：佼好的外在形象，有细腻而丰富的感情，有独立不羁的个性，富于幻想和创造，有坚定、执着、崇高的精神和事业追求。肖珊是这个形象整体的一个胚胎。《雨巷》中肖珊的形象，是通过流贯全篇的男主人公的神往之情折射出来的，淡远而高洁，就像是一朵缭绕飘飞的云朵。她作为一种独立存在的审美象征，反映了作家追求雅尚的心灵境界。明子形象的再现，较之肖珊，容量和内涵更充实、丰富得多。她像肖珊一样，同是大学生，颇有才气，所不同的是，她不具备肖珊那种欧洲中世纪皇后般的风度和气韵，而更多一点质朴，有一种澄澈无瑕的纯净感、透明感。作家为创造这个形象，提供了肖珊不能与之比拟的一种客观环境。她有明确的艺术见解和艺术追求，主张艺术的心心相印和融会创造，明确地将自己艺术生命的“辉煌瞬间”定在二十五岁。这样，苏老师艺术上的独断专横和保守僵化，给明子登攀的道路投下了一道浓重的阴影。明子惶惑不解，有痛苦，但她为了辉煌时刻的到来，有足够的勇气辟开荆棘。由于作家将明子的形象置于现实生活变动的潮流之中，因而，具有一定的典型意义和强烈的真实性。反映了新一代青年的进取和开拓精神。明子在作品中是作为辅助性的人物出现的，环境加给她的反向力，尚嫌不够沉疴，她的所思所为，仍不免带有作家某种理想的成分。又一个大学生——修莎形象的出现，给黄蓓佳作品中的这个形象整体，注进了新的成分和含义。理想附着了坚实的大地，不再是一种想象，也不再是一种幸运。它是浓浓的血和汁液，编织的生命彩虹。作家以浓重而略带抒情色彩的笔调，真切地再现了修莎抵达爱、事业、理想彼岸的艰难困顿的奋争历程。“广积而薄发”。显然，修莎的身上，有作家自己大量的生活体验的储存、积累，因而写来酣畅、丰润。所欠缺的是，修莎的排他性——对封雨、向松涛等的观念和行为的否定，其特定的社会性和时代特征仍不够鲜明。这说明作家在从历史的角度，时代的内涵，社会的心理方面，把握自己笔下的人物，还可以提出更高的要求。《秋色宜人》中的安倩，是作家这个“自我”形象整体的一个过渡性的“裂变”形象。她把搁置专业，改行从事外事工作，看作是命运的不公正安排。但当她深入到生活的里层，就不仅仅领略到人生的况味，也品尝到人与人之间亲善友好之情。这也是从一个侧面，反映了作家对自己所处的特定生活环境认识的转折。令我们欣慰的是，时隔不久，作家又在《我们去摘秋天的果实》这个中篇中，创造了嘉嘉的形象，将人物的命运与时代的趋向、社会的情势联系了起来。因此，她较之肖珊、明子、修莎、安倩的形象，现实的精神光照要耀眼一些。嘉嘉也是一个个性和主观色彩极强的青年知识女性，她提出的凤凰山风景区山道设计方案，那笔直而上，如同踏着彩云步入天堂的视感效果，反映了一种社会性的审美心理需要；她为理想实现而进行的不懈努力和斗争，又总是受着现实社会种种条件的制约。作家虽未取剑拔弩张的矛盾直接冲突、激化的写法，而着重展露人物所引起的心态起伏变化，但我们仍可以从作品舒缓、轻巧的节奏中，感受到两种社会意志、精神状态和审美要求对立的严重性。“……创造为什么总被一些意识不到的东西绊挡着呢？有没有可能让想象插上翅膀自由飞翔？”嘉嘉的慨叹和吁求，也是作家心灵深处的呼唤。小说的结局，倏然升起斑斓的彩霞，看似对女友嘉嘉的抗争无能为力的阿苏，作出了惊人之举，使形势一下为之改观。作家给自己笔下的生活画面平添的暖色调，反映了作家对现实持积极健康的态度。作家越来越注重面向广阔的社会和人生，她的创作一定会有新的出色的贡献，这是可以期待的。

以上论及的，是黄蓓佳创作实践的两个主要方面。读她的作品，还可发现其多方面的才力。博览使她的知识面较为宽广。她对音乐以及与艺术有关的建筑、园林、设计等专用知识，那种熟悉的程度，那种描摹真切的能力，令你叹为观止。作家并非浅薄之辈，不是为了附庸风雅而炫耀知识，这是由人物本身的气质和文化素养所决定的，由此而创造的一种艺术氛围也是合乎作品规定的情境的。反省和开拓，使作家的创作有可能不断地提供新的生活场景和画面。她的不少作品，都是在自我反省中爆发灵感的。她相信在一个更高的层次上回首往昔，会获得更真实的人生真谛。在读大学时，她写知青生活；大学毕业后，才抒写大学春秋；现在又由过滤生活，到直接感受现实社会运动的节奏。她由儿童文学，而短篇，而中篇，也表明她的才思源流丰富。作家的文学素养比较深厚，她的语言虽说不上已经形成了自己独特的风格，但仍属于当代女性作家中，语言较纯熟的一位。文笔优美，富于想象，感染力强。而且，多数小说，因其题材、内容的不同，形式、技法、语言方式也有所变化。作家说她较喜欢罗曼·罗兰以后二十世纪的现代文学作品。因之，她的小说，从语言、情绪到节奏，更接近现代读者的欣赏要求。

写到这里，我想起了《去年冬天在郊外》中女主人公莱娅的一段心理活动：

她希望有一天……她的名字也印在“文学奖”的得奖名单里。

我也把以上的话，看作是作家对自己的文学未来的一种憧憬。并由此，想到了以下的话，奉赠于黄蓓佳：

只有在人生的背景上来研究人物的性格，才能写出优秀的和杰出的作品；

只有不断拓展思想的蕴藏量，才能跻身于大手笔的队列；

只有想象思维高高升腾，才能把生活升华为艺术；

只有创造出区别于别人的新的艺术形象，才能自立于文学之林。

1984年5月22日于广州南方日报社六号楼

注：《在水边》，福建人民出版社1984年9月出版；《这一瞬间如此辉煌》，福建人民出版社1984年12月出版。

落潮之后是涨潮

航鹰，原名刘航英。我无可想象，她的父辈，何以将“航”与“英”这两个方块汉字“联姻”。

她署名发表作品时，将“英”改为“鹰”。一字之差，名字飞起来了。

航鹰真的飞起来了。这就是连接着她的作品的名字，在广大的读者中间飞旋开来。

航鹰，这个极富动感的响亮名字，却在一个庄重的时刻，失落了。1985年12月在北京举行的中国作家协会第四次会员代表大会，在列举新涌现的有影响的女作家名单时，航鹰的名字没有出现。

这次代表大会，是对近十年的新时期文学，所作的一次历史性的评判、估价和总结。航鹰名字的遁迹，显然不是一种疏忽。

我执笔撰写这篇文章，无意就此褒贬的公允与否进行争辩。我看重的，是作品的自身。

航鹰是相伴着《金鹿儿》《明姑娘》，翘首于当代文坛的。作品最初的风貌，色彩的明朗，内涵的明净，倾向的明晰，令文学界舆论一律。

殊不料，航鹰在一片热情的赞扬声中，却另辟新径，涉足于伦理道德领域，发表了《前妻》《丧事——〈前妻〉姐妹篇》，后来又发表了《东方女性》《倘若房间没有第四堵墙——〈东方女性〉姐妹篇》，她的作品的稳固支点，突然发生了倾斜。并由此成为当代文坛女作家中继张洁之后，有争议的第二号“种子选手”（谌容的一些作品也颇具争议，可极少见诸公开的文字。对张辛欣、遇罗锦、戴厚英的一些作品，因为是在一个特定的时期，升级到点名的“政治批判”，故，未列入正常的“争议”作家之列）。

争议不足畏。批评不足惧。困难之处，在于鉴别的细致、准确，评判的公正、精到。

航鹰是这样一位作家，她立足于历史土壤的结合部。思考过去，也思考现在与未来。她试图找到我们民族文化、民族道德、民族性格、民族心理的历史承继性，又找到它的现代贯通性，并把这二者“嫁接”起来，创造一种东方式的，有着自己的历史属性和民族属性的现代伦理道德规范。

航鹰创作上所达到和未能达到的，都给予了当代文学这种探索的珍贵启示。这就是属于她的价值。

航鹰将创作的一个基点移到伦理道德领域，思想的准备和艺术的准备，一开始似乎都不是充分的。这可以从作品中对道德描写和评价的直观色彩得到印证。

所幸的是，作家创作题材上转变的这个契机，却与当今世界文学的一个重要潮流，也与近一年来中国新时期文学曲折新进的一个独特文学趋向，有着内在的逻辑联系。

这个重要的文学潮流，在世界范围内，就是一些国家的民族文学传统，在与以现代社会意识要求为精魂的现代主义的结合中，创造了新的文学生命实体。

这个独特的文学趋向，在今天中国新时期文学的发展中，经历了三个发展阶段：最初的表现方法和表现手段的模仿、借鉴和吸收；进而表现方法、表现手段和观念、意识的互相渗透；及至现在的一批以二三十岁为主的“寻根派”青年作家，从民族文化心理的深厚渊源中，寻找与现代社会意识、现实人生主题的沟通和融合。

而作为世界文学和今天中国新时期文学这个重要潮流和独特趋向的一个大的支脉，从道德审美的背景，来观察和评判人物的精神意识和个性形态，形成了一种道德探索的历史主义深化和现实主义开拓的倾向，并注进了心理辐射和哲理思考的因素。

严格地讲，“寻根派”的探求，道德的探求，在新时期文学中，现在还只能说看到一种发展前景，还没有形成足以与其他文学潮流抗衡的强劲、稳定的文学潮流。至今，也仍未出现驾驭道德题材的大作家，和堪以立足世界文学之林的杰出作品。也许，文学自身的和现实的条件还不成熟，还需要酝酿和准备的时日。

但，这不应该妨碍有志于此的作家的追寻。

潮落了。它在不可逆转的衰竭之前，将最后一次显示力量……

航鹰在伦理道德领域初试锋芒之后，再将她的一篇小说命名为《东方女性》，显然，是在一种自觉意识的支配下，希冀创造出“东方”女性家族的形象系列，进而对“东方”道德——我们民族的传统伦理道德规范，作出整体的、概括性的、论断式的评价。它的重点，又主要不是囿于传统伦理道德的历史存在，而是它在维系、行进和转变轨迹中的精神载负、磨难，是它在现代社会意识强有力的冲击下，萌生的新的伦理道德的审美观念。

也许，最初蛰伏作家创作动机中的强烈意识，是要捍卫“东方”传统的伦理道德美，但是，艺术描写的相对独立性，现代社会意识自身的演变，导致作品的形象客体，与作家的自在主体，发生具体分离的现象。

中篇小说《前妻》，是航鹰的第一部伦理道德作品。它的主人公——前妻王春花，也是作家“东方”女性家族的第一位成员。

王春花是封建包办婚姻制度的牺牲品。在漫长的孤苦节守的生涯中，她却表现了惊人的坚忍、刚毅的品格和意志力。后来，当前夫的家族有求于她，她完全可以为补偿巨大的自我牺牲，实行一次冷酷无情的“报复”，而她却不计前嫌，超越自己，为维护前夫现实家庭的安定和人伦之乐，施以人道的援助。王春花作为一个普通的劳动妇女，她不是从文化教育的背景上，而是直接从民族传统文化道德的深刻影响中，线式地论是断非的。

小说结束，作家笔墨简练却催人泪下，描绘了王春花的婚姻悲剧在八十年代重演的一幕，对残害妇女的封建包办婚姻，显示了强烈的愤慨之情，并由此领悟到具有重要社会学、伦理学意义的历史经验。

在我们这块无边无垠的土地上，几千年封建文明的堆积层实在是太厚、太厚了，五四以来几十年的开垦，实在是太短太短了……

作家既批判封建包办婚姻制度，又批判封建伦理道德观念，在双重的批判中，实现对劳动妇女葆有的人性、人情美的歌赞。应该说，作家的这个创作意图，在王春花的形象上得到了很大程度的体现。

倘若，我们再进一步对王春花形象的整体，进行理性的冷静的剖析时，最初阅读作品激起的情感冲动开始冷却、沉积，以致不得不正视这样一个现实，形象所固有的伦理道德观念的力量本身，及其与作家直接诉诸作品的道德批判外力，有某种内在的冲突。

王春花站在一个普通劳动妇女的位置上，作自我超越，不只是民族传统的美德和人性、人情美的爆发力，也还有残存的封建理论道德观念在起作用。她的宽恕、仁爱、敦厚行为的根基，通向封建节守观的朽树。“离婚不离家”，成了她精神生活的一个重要信条。甚而，包容了“传宗接代”这样一种生物性的血缘要求。王春花作为两种道德观念的二元复合体，作家对她身上的病毒，同对其无私奉献的过分挚爱，以至生出含混不清的怜爱，这样，必然为“现代文明的不谐调音”——“二十世纪的声音”，留下频振的空间。

航鹰太偏爱“传统美”了，太执着于人们对“传统美”的追求了。有时，为了加重生活的亮色，为了突出人物崇高的精神格调，她会在情不自禁中将生活滞重的一面失落，人物中应予抛弃的德行操守也加以容忍。

而一旦她愤怒地发现现实的丑恶，似乎又有一种精神本原的力在支配着，毫不犹豫地转向民族传统的文化道德，从中寻找抗衡的精神武器。正是在这种抗衡中，因情感的失控，理智的被冷遇，作家伦理道德中的裂痕，也就裸露得更明显些。

航鹰写完了《前妻》，目光触及了现代家庭结构中的种种观念的变化、更替和对垒。她看到的第一个直接层次，第一个表面层次，也是一个最底层次，是金钱利益对人的渗透和腐蚀。这可能就是作家创作中篇小说《丧事——〈前妻〉的姐妹篇》最初萌发的意念。

在形象的创造上，《丧事》中的前妻“她”，与《前妻》中的前妻王春花，是一个“重叠”。所不同的是，前妻“她”的精神意识和伦理道德倾向，是借助女儿的现实行动传导出来的。而由于女儿直接站在人生舞台的中心位置，她也就不再仅仅是母亲的影子形象，而是母亲本体形象的再生和创造。

女儿面对的是一场关于财产继承权的争夺。

女儿遵守母亲生前的遗训，置充斥着世俗污浊的“闹丧”于不屑，并在与父亲的前妻及儿子道德、人性沦丧的疯狂追逐的对比中，显出精神格调的超脱、免俗、辉煌。

前妻和女儿，与后妻和儿子，在财产继承权的问题上，现代伦理道德观的分野，泾渭分明。可是，当作家进一步寻找这种对立的民族文化传统根基时，既没注意从整体上把握现代家庭结构衍变的丰富格局，也未能准确地认识现代意识和传统的伦理道德观的共同支撑点，以致对甘愿承受封建伦理道德规范折磨的精神苦难，表达了一种近于病态的歌赞情绪。

作家于民族传统的伦理道德规范的审视基点是什么？

一、“封建道德中的‘孝’，有我们民族传统的精华”。

二、唯心主义者哪怕虚无的“精神寄托”，胜于唯物主义者的“金钱物质”享受。

三、“尽孝”“这种风俗尽管是一种愚昧和迷信，但却体现了我们民族的宽厚忠恕仁爱的胸怀”。

于是，仅仅与父亲有“生物性”关系的前妻的儿子、女儿及至儿媳、孙儿一辈，采取了一系列的节守孝道的行动：

“重孝”披戴；

跪磕“孝子头”“孝妇头”；

如同“敬神的圣物，捧还一盒骨灰修‘衣冠坟’……”

而这一切，都是发生在后一辈的年轻人身上，这是多么的不可思议呵！

由于形象描写的力量，《丧事》中的女儿，作为航鹰“东方”女性家庭中的第二位重要成员，她是将《前妻》中王春花旧道德沉湎的一面，包裹更深了。

因此，当作家不加分析地由此廓大为对“中国古老的母亲，大地的母亲，生下一代又一代农民儿女的母亲”幽怨般地赞美，而作家同时发出的也正因其蒙昧落后，才造成了我们这个发展缓慢的国度的理智审判，变得怎样软弱无力！

主观意图上应予肯定的，却被形象描写的客观意志否决了，这就是艺术描写的奖惩辩证法。

及至后来，作家将物质利益的追求，作为人生观和道德观对立的主要背景来展现，并由此对“世道人心的变化”，作出论断式的评判时，这种认识上的误差就更大了。

> 金钱是一个高利贷者，人们占有它越多，对它的欲望就越大。它在给你物质满足的同时，把你推下精神上永不满足的欲海。
>
> ……精神狂热，带来了物质的贫穷；物质的贫穷带来了拜金主义；当他们获得现代化的物质享受以后，随之又会受到新的惩罚——精神的苦闷空虚，无法排解的苦闷空虚……
>
> ——《倾斜的阁楼》

这个思想，还贯穿在作家诸如《地久天长》《自由的野鸭》《“白衣少女”》几个作品中。

“世道人心”确实在变：物质灭绝主义走向了对立面，人们给予物质利益在生活中一个确定不移的位置。对物质消费的正常需求和渐序提高，包括对生活方式的多样化要求，是人类认识和人类生存实践的一个历史性的进步。拜金主义的潜在危机，不容忽视。但物质利益的本身，并不是世俗暗流的罪恶渊薮。离开了我们现实时代的契机这个大背景，一般地否定物质利益，一般地认为物质消费追求必然导致拜金主义，而崇尚清贫，崇尚柏拉图式的精神消费，不是现代意识和现代道德的评判准则。物质富有，可能精神贫困；精神富有，可能物质贫困；还有物质与精神的双重富有或双重贫乏。从更高的质的价值来衡量，人类精神上的高级追求，是永远甚于物质追求的。——这就是物质与精神二者对立之统一。

航鹰最初伦理道德题材小说创作的经验教训在于：道德作为一个历史的过程，作为一种历史的积累，不仅紧密地联系着巨大的社会变动，也深刻地影响着人类的精神意识和民族的思想面貌。为了坚守一种民族传统的伦理道德观，倘若带上过于浓烈的主观色彩，就可能造成褊狭。唯有站在各种时代思潮、观念之上，作综合的理性评判和审美思考，才可能最彻底地摒弃传统道德中的糟粕部分，也才可能最有效地承继传统道德中的精华部分，进而发展和创造新的道德观。

“伦理道德”——我们民族的圣物，也是我们民族的忌物，因而，也是我们这个时代具有法律约束力的重大争议的论题。

在“伦理道德”中，尤以爱情、婚姻、家庭问题最为敏感，最易触动社会各个阶层、层次人们的神经。

今天，新的道德观在不断增生，旧的道德观在不断更新。处在新旧道德观的历史结合部，并谋求新的平衡的作家，鉴别真伪成为他们创作上的一道不可小视的难题。但有志于这类题材创作的作家，则必须毫不犹豫地进行鉴别。

在新的道德观念中，哪些是以公众利益，经济和文化的进步为内核的，哪些是它的异化物？在旧的道德观念中，哪些是与现实时代合理要求吻合而需发扬的，哪些是逆历史潮流应予弃舍的？以感情为基础的性爱，在人类生活中占有什么位置？如何争得自身爱情的权利，并为人类大多数所尊重？萦萦困扰于作家的，正是道德观中的这种凝聚力和裂变度。

潮落潮涨之间。潮落的一面是浓重的阴影。潮涨的一面是明亮的线条……

标志着航鹰在道德观念把握上的第一个重大的进步，是她的中篇小说《枫林晚》的问世。

《枫林晚》的成功，仰仗于作家带血的极深沉、深厚的体察，和浓重、浓郁的艺术笔墨，展示了“东方”女性家族中又一位重要成员——贺望蓝向封建伦理道德决裂的艰难历程。这种决裂，以人物二十年的精神磨难为代价。

贺望蓝与《前妻》中的王春花、《丧事》中的“她”，是同时代的人。前者在旧道德的海滩搁浅了。后者则抵达了新道德的彼岸。

贺望蓝丧偶后，从中年到老年，她心中潜在运行的爱情，一次又一次呼之欲出。但她只把生命的光华奉献给自己的儿孙，而将自己的感情闭锁使之愈益钝重锈损。最终，她的感情连同她自身，都被不肖子孙嘲弄了。

钟爱的为之奉献过光和热的，得不到回报，而真诚的爱和呼唤，又没有勇气去承受。双重的羞愧，逆反的道德背负，使贺望蓝连生存的希望都要熄灭了。看来，那具有象征寓意的艳丽的小鱼山，那翘首伫立的“鹤望蓝”之花，那经了一秋又一秋的火焰般燃烧的红枫，那生命和爱的绿洲，要凋谢了，枯黄了。作家用电影特写镜头的强烈视觉形象，反复突出贺望蓝那双在叶隙间来回推动儿童车的双手，她推走了春的嫩绿，夏的浓绿，秋的黯绿……最后“从白皙丰满变成枯槁苍老”，从而在低吟浅唱中，更加重了爱情悲剧的艺术氛围。

但是，奇迹出现了。小鱼山，鹤望蓝，红枫，生命和爱的绿洲，复活了。

这是爱情无穷期输送活力创造的复苏奇迹，是一代人所赋予的理解和尊重产生“合力”创造的复苏奇迹。贺望蓝同时挣脱了“节守”、非“反哺”、“年老不婚”这三道绳索，从封建伦理道德沉重压抑的精神状态中破壁而出，欣然而不无苦涩地接受了老花匠杜芒种的感情要求。在伦理道德的严格规范中，作为一个有独立意志和人格尊严的人，站立了起来。

贺望蓝的形象出现在航鹰的作品中，具有独特的意义。作家不再把因封建伦理道德羁绊带来的无休止的精神苦难，当作“美德”“精华”“文明”来颂扬，而只看作是与之决裂必经的逻辑过程，不是它的结果，也不是它的目的。在广义上说，贺望蓝作为新旧道德转换的一个过渡性的人物，她的行动实践，属于新道德范畴。严格来讲，她又不具备多少以现代经济运动为条件，开放的现代意识为精髓的现代道德的萌芽因素。因之，她的道德观的转化，还不具有质的突破意义。

潮涨了。它以惊心动魄的气势，拥抱坚挺的海岸……

在航鹰“东方”女性家族的成员中，具有道德观转化质的突破意义的，是她的中篇小说《东方女性》中的林清芬形象。

从作品发表的年限看，《东方女性》稍早于《枫林晚》，但从作家道德观演变发展的内在逻辑及创作主旨来看，则是《枫林晚》在前，《东方女性》在后。

小说题名为《东方女性》，表明作家立定要把自己的女主人公纳入“东方”道德规范的强烈主观性。我们的许多评论者，也是沿着作家的这一创作意念，进行“东方”道德规范的诠释和估价的。

这是作家的不幸，也是作家的所幸。不幸与所幸之间，没有不可逾越的鸿堑。

因为，林清芬的形象一经诞生，就是一个独立的社会存在，不再是作家完整意义上的附属物，或某种主观意念的标本了。作家的不幸，是她的创作意图的单纯；作家的所幸，是艺术形象自身突破了她的创作意图，走向了广阔、驳杂，有了时代标志性的内涵。

林清芬——作为航鹰“东方”女性家族成员中的第一位现代知识女性，她实实在在地反映了整个现实社会道德意识的变动要求。新旧道德的历史结合部和寻求实现新的平衡过程中的一切巨大的和细微的，浮层的和潜伏的矛盾契机，都高清晰度地显现了出来。她的价值，不在于她与旧道德决裂时付出的巨大的精神代价，而在于她毕竟更新和正在完成自我向现代道德观的转化。

林清芬的形象诞生在八十年代中期中国的土壤上，而非更遥远的未来，仅此，也是值得庆贺的。

第一，现代社会发展进程中才较突出存在的——“第三者”问题，是林清芬思想剧变和冲突的架构。

作家越过“东方”道德、传统道德的篱笆，将伦理道德题材中常见的家庭内部仅限于男女双方离异、背弃、反叛或重新结合的矛盾，即婚姻的离异性或不可离异性搁置一旁，而让“第三者”径直闯入家庭内部，并及至引起婚外感情、婚外性关系。这是一个棘手的问题，是一个法律的问题，是一个舆论为之哗然的问题，是一个极易身败名裂的问题，也是一个可以回避的问题。航鹰都让它进入了自己的创作主题，不能不认为是勇敢的。

第二，面对真正的“第三者”已经出现在家庭内部的残酷事实，林清芬不取惯有的法制惩处和道德谴责的手段，而宁可实施道德的感化。这不是“东方”道德、传统道德中的“忍从”和“宽容”等信条所能容纳得了的。

作家令人信服地揭示了女主人公道德观念蜕变的心理逻辑线索。这个逻辑，就是主体受制于客体。

林清芬并非超凡脱俗的宗教徒。这个一向柔顺的知识女性，一当感情受到另一位女性的亵渎和欺凌时，竟会变成一头暴戾狂怒的狮子。理智陷落了。唯一搏动的神经是报复的感应——告发，公之于众，撕毁罪恶者的名誉。

我自己就是一团火，忌（嫉）妒心和复仇心如同两根火柴，轮流在心里摩擦着，点燃成喷射烈焰的火枪……

然而，当她开始行动之后，不曾料到会面对又一种也是残酷的事实：人们的聪明才智，想象力，在两性关系问题上，病态般被最疯狂地刺激和最充分地发挥出来。更有甚者，还把它纳入你死我活的“阶级斗争”的黑洞去。“第三者”从人身、人格，及至她生命历程中全部贡献于社会的，都被埋葬。精神坍塌了的“第三者”，剩下唯一可供选择的出路，就是以死来洗涤自己灵魂的污垢。

林清芬不得不进行又一次心灵震撼般的搏斗。

母性的爱和女人的恨，像两把钝齿锯子交替锯着我的心，撕着肉，滴着血。最后，无以匹敌的母爱战胜了忌（嫉）妒心。不能让她死！

在这里，女主人公的理智最终被唤醒，包括了对自身家庭的地位将在社会上急剧跌落的忧虑。在仍然盛行“株连”政策的当时，这种“利己”的考虑，有某种现实存在的合理成分。在这种特定情形下，维护其他家庭成员的正常利益不被侵犯，是第一位的。

林清芬在拯救“第三者”的肉体和灵魂过程中全部感情的波纹，细微的闪念，胶着的心境，到后来，人间的友爱和温情，医生的人道精神，成为她处理这突发事件的主导力量。这已经深深地注进了道德的思考和道德的评判。

道德是一个历史范畴。甚至是一个时间概念，一个空间概念。当一种合乎审美要求的道德观，在一个特定的条件和情境下，成为妨碍另一个更高审美目标的实现时，就需要有新的道德观来代替。

林清芬以友爱、温情、人道精神为行为实践基础的道德感化，已经具备现代道德观的属性了。也是更高层次的一种道德。

在“第三者”方我素及新一辈中的余小朵，林清芬实施道德感化，为促使其从悬崖返回，恢复一个正常、健全人的思维和心态功能，提供了一个良好的引导环境。放纵生活，放纵感情，最后必然受到生活和感情的双重惩罚。她们忏悔了。

我之所以如此详尽地引用女主人公心灵搏斗的材料，是想澄清一种批评意见：作品的描写重心，不是“第三者”出现的过程，而是如何把握“第三者”已经出现的结局。因此，作品也就不是要回答某些评论者所提出的诸如“为什么会出现‘第三者’”“‘第三者’能不能出现”等问题。因为，这是较之对待“第三者”已经出现的更为复杂微妙的问题。

也许，我们至今未能给“第三者”以一个确定性的“法”的概念和准绳，作家的目的旨在劝善。而不愿在深入所谓“第三者”远不那么划一化、简单化的解剖中，磨砺创作的锋芒。

第三，林清芬自我反省的意识活动中，包含现代道德观念的内容。

不少评论者对女主人公予“第三者”人道的精神，抱有反感。对林清芬在心灵搏斗的间隙萌动的自我反省、自我批判的心理因素，更是不能容忍。并由此武断地认为作家在策动和鼓励“第三者”的合法存在，默许“通奸自由”“一夫多妻”“一妻多夫”的乱伦行为。这种情绪，我以为是偏执的，局狭的，也是不公允的。

诚然，林清芬的所作所为，都是在突发事件引向极端的情形下发生的。它突出了人物的理性力量，道德力量，职业力量。对“第三者”的存在本身，无论是女主人公，还是作家把握的总体道德倾向，都是持批判和否决态度的。据此，林清芬进行自我反省、自我批判，恰恰升华了自我，升华了她的道德审美价值。

林清芬的自我反省、自我批判，尽管不那么痛快淋漓，但毕竟看到了与丈夫之间在感情意识、性格心理、个性气质上的差异。由于这种差异未能及时得到修复和织补，以致造成精神联系上的贫血症。她自嗟自叹：“在没有留意时，似乎已失去了一些什么。”失去了什么？失去了女性的自我。失去了女性的温情。失去了女性的抚爱。

不是有许多社会学家和青年朋友在探讨现代家庭的稳定性吗？我想，除婚姻中的爱情、感情这个主体不断输入新鲜活力之外，正常的、健康的多层次、多声部的精神生活，则是现代家庭稳定的一个重要因素。

夫妇之间，尤其是精神上的自我调节、互为调节、主客调节失去平衡，双方的爱非但得不到滋养、补充、更新，反而愈益稀薄、淡化、消失，变成一架没有任何追求，任何理想的单纯的消费机器，这样，精神需求的长期强制性的压抑和幽禁，就可能摧毁精神自身。不幸和悲剧也就不可避免。

从《东方女性》的实际看，作家对这方面的描写也只是稍加触及。倘若，将女主人公的自我反省、自我批判与“第三者”的出现带来的精神折磨相交织，对精神异变者的动机不过多地停留在情欲的追求上，而作出更准确更多层面的开掘，林清芬形象的道德审美价值和社会价值会更上一层楼。

航鹰试图借助一个现代事件的处理，完成“东方”的、民族传统的道德、美德的理想楷模的雕塑。殊不知，这里却孕育着、生长着现代意识、现代道德观念的嫩芽幼树。这也许是作家所始料不及的。

现代意识、现代道德观念的出现，不是未来性的问题，而是一个现实性的问题。正如落潮之后是涨潮。它的到来不期而至，却是必然的。

航鹰新近发表的中篇小说《倘若房间没有第四堵墙——〈东方女性〉姊妹篇》，所作的正是催生现代意识、现代道德观念更健壮地生长的一次艺术尝试。可以说，《东方女性》的这种追求是不自觉的。它的姊妹篇的创作则是完全自觉的。

作家一改以往单一突出一个女性形象的写法，用几乎同等的笔墨，创造了三个女性形象。“东方”女性家族的阵营，蔚为壮观。

色织厂党委副书记——潘解放。

这是一个与知识女性林清芬大相径庭的形象。是《东方女性》中赵科长形象的规范化，有更大的概括性。长期扭曲的政治生活割断了她与社会、与家庭联系的纽带。她奉行人与人之间的“距离学”。她的全部职业“道德”，精神寄托，就是对人的“阶级斗争”的出奇敏感和责任心。在道德观上，她固守没有感情的婚姻，过着一种只靠蛋白质供应热能的清教徒式的生活。她的令人厌恶，在于她还要求别人效仿。谁想逾越这道壕堑，她就会不露声色地运用权力和巧施心计，置叛逆者于内外交困的绝境。她无才无学无识，在这个舞台上，则不愧为“将才”。

色织厂技术室未正名的技术设计干部——金楠楠。

这又是一个“第三者”。较之《东方女性》中的方我素、余小朵，她活动的背景放在了前台，也充实些。她是商品交换婚姻的敌视者。也是以家庭的社会地位、身份为衡量标准的不平等的爱情的反叛者。她处在精神上被屈辱被损害的位置上，幻想在现实世间创造现代爱情的奇迹。当她与女友王者蓝交往，发现其父王愉根的爱情的巨大不幸和心灵的枯竭，就以一个勇敢的“现代解放女性”自居，毅然闯进王愉根的生活。这个不平等爱情的叛逆，她在奉献自认没有任何功利目的的忘我之爱时，却是以凌驾、主宰、救世主的另一种不平等的爱出现的。她扮演英雄“拯救”般的现代爱神、“女侠”，“为平庸的生活涂上一层令人瞠目结舌的奇特色彩”。这样，奉献一开始，就伴随着先天不足，就潜伏着危机。在现实环境锋利如剑的审判面前，加上潘解放权力的挟制和反复，是那般的不堪一击！她和王愉根都成了殉葬品。她重新回到她曾为之挣脱的精神牢笼。爱，沉沦了。

因为“第三者”，作者对金楠楠的“介入”，较之方我素、余小朵，显然在批判的同时，多了一些同情和理解。合理吗？方我素、余小朵面对的夫妇双方，爱的根基还没有折断，只是露出了点点斑痕；金楠楠面对的夫妇双方，爱的大树已经萎枯，不可能再抽枝发芽。因而，方我素、余小朵作为“第三者”的存在，既违反纪律，也违反道德的原则；金楠楠作为“第三者”的存在，同样违反纪律，但从道德的原则来衡量，则有某种合理性。如果承认“只有以爱情为基础的婚姻才合乎道德”“也只有继续保持爱情的婚姻才合乎道德”，是我们可以共同接受的原则，那么，金楠楠将对人的感情、人的精神权利的尊重，放在了一个重要位置，并使之有可能被重新唤起，她的行为就有了合乎道德原则的一定的合理性。作家的同情和理解，正是基于这样一种现代道德观念的认识。应该说，作家对所谓“第三者”所作的这种具体分析，较之《东方女性》，历史观、道德观都前进了一步。

但是，金楠楠不可能从根本上承担起改造旧道德，哺育新道德的重责。

美术学院油画系教师——王者蓝。

真正获得现代爱情道德启示的，正是她。王者蓝在家庭内部生活没有发生变乱之前，她的道德素养、道德观念、道德准则、道德水准，与金楠楠同步运行。后来，她同时面对并非处在同一地平线上，然而又都是不幸的三种爱情婚姻：自身处于屈从地位，一切以男方利害关系为利害关系的“爱情”；父亲王愉根在战争时期由组织决定的、服从的、报效的、主仆式的婚姻；金楠楠在相互之间并无多少真正的理解、契合和吸引情况下发生的，事实上又一种不平等的爱情。这后一种爱情，还带有畸形的成分。王愉根无爱的婚姻，值得同情；但他不思进取，不思寻求新的高尚、广博的精神寄托，则不可取。面对金楠楠的爱，他却一直被道德的负罪感扼住了心灵，内心隐秘处虽也有过某种萌动，但无可逾越的心理障碍，使他无以挣脱。小说写王愉根与金楠楠被迫“私奔”，这个行动不仅过于戏剧化，简直如同闹剧，离我们现实生活的可能性有多么远！爱情的价值被模糊了。王者蓝正是在这种种比较中，冷静地作着哲理的思索跋涉，才改变了原来爱情道德观的起点，深信金楠楠与父亲之间在道德准则、生活方式、文化教养、心理条件，乃至最细微的起居饮食等生活习惯方面，存在着深刻的差异，即使双方“背着道德的十字架忍受着”，他们之间“也没有了爱情”。她告诉金楠楠的结论是：

“谁都代替不了谁，谁都有自己的生活逻辑。”

“你应该和我一样等待，说不定还会遇到你真正爱他，他也真正爱你的人，爱情是可遇不可求的。”

这里，作家通过王者蓝的体验，总结了现代爱情观中的一条重要原则：“你真正爱他，他也真正爱你”——即“互爱”。单恋、单相思不是健全的爱。

我们注意到，《倘若房间没有第四堵墙》，较之《东方女性》，在以下五个方面，艺术描写进一步得到深化和强化。一、没有爱情的婚姻的悲剧性；二、“现代解放女性”寻求爱情的悲剧结局；三、人物之间道德观对立的尖锐程度；四、精神意识上的深刻差异；五、对待两性关系病态心理的恶化。航鹰在艺术描写上所作的这种种努力，表明她对道德观念更新的艰巨性有清醒的认识。在我们这样一个“国情”的国度，以爱情、婚姻、家庭为内容的伦理道德观，相对来说，进步和发展要迟缓得多。谁触及它，招致的麻烦也特别多。这也就是文学创作中这类题材不太发达，不太开阔的主要因素。

现代爱情道德观要从旧的传统意识的束缚中解放出来，必将付出精神上和肉体上的沉重代价。这个代价，可能有价值，也可能价值不大。但新的爱情道德观终将在艰难辗转中，一步步确立、完善起来。这是航鹰所传递于我们的一个信息。

航鹰是痛苦的。航鹰也是乐观的。

大潮内。潮的流量、流速、流向，永远处在变化之中……

王春花、前妻“她”、前妻的女儿、贺望蓝、林清芬、方我素、余小朵、潘解放、金楠楠、王者蓝，是航鹰笔下“东方”女性家族的第一个群落。作家赋予她们的历史任务，是在对立的道德观的格斗中，在血与火的煎熬中，告别旧的道德意识，催生新的道德意识。她们一群的存在，具有观念开拓的意义。但即便是她们之中的先行者，也不能代表现代道德的全部内涵。

构筑现代道德坚实基础的新的历史任务，则落在航鹰笔下“东方”女性家族的第二个群落身上。

虽然，这第二个群落成员的阵营不整，显得势单力薄，而且她们身上体现的现代道德内涵，也没有超过其他女性作家笔下创造的形象，甚至并不都具有纯粹意义上的道德观的冲突，但毕竟勾画了现代爱情观的一个轮廓。

这第二个群落的两位主要成员，就是作家两部中篇小说——《地久天长》中的真真和《倾斜的阁楼》中的韩玉霞这样一正一反的形象。当然，也还包括短篇小说《自由的野鸭》中的唐君，《林荫道》中没有名姓的即将出嫁的那位年轻姑娘。

这些形象，提供了现代爱情、婚姻、家庭伦理道德观的几个极重要的信条。

精神的依傍——确立感情、爱在爱情、婚姻、家庭生活中不可动摇的位置，是人类历史上伦理道德观的一个重大进步。

在旧时代，感情的因素，爱的因素，从爱情、婚姻、家庭的总体状况看，地位是卑微的，次要的。尤其是建立了婚姻关系之后，爱情的分量越来越轻，实惠的、生物性的要求越来越重。现代爱情、婚姻、家庭伦理道德观，将感情、爱的位置强调了出来，突了出来，使妇女在人格上得到尊重和保护。这是合乎人性的。

精神的依傍，精神上不容分割的联系，感情的滋润，互爱，是促使爱情、婚姻，家庭这部庞大机器正常运转的轴心。损坏了它，就会生锈，卡壳，直至瘫痪。

《地久天长》中的女主人公真真，在丈夫面临逆境时，不是逃避责任，更不是离异，而是风雨同舟，共同肩负起苦难的重压，在感情生活中给予丈夫母亲般的抚爱，被她的丈夫礼赞为“真正的中国式的女性”。

爱的稳固和发展，需要夫妇双方共同的爱护。爱护得越精细，离心力越小，向心力越大。

真真的特定身份是演员。她有广泛的社交，有众多的朋友，感情燃烧熠熠如火，澎湃奔放如涛。这种外向型的女人，是生活中许多男子接受不了的。真真的丈夫对此取豁达大度，甚至连出国前妻子曾提出要买化妆品这类事情都记挂于心。真诚的谅解，博大的胸怀，深厚的信任，反而稳固和深化了感情生活。夫妇之间的精神达到和谐默契。爱处在一种温馨的情绪氛围中。

遗憾的是，在《倾斜的阁楼》中的韩玉霞那里，面貌则完全是另一种样子。这个只有初中文化程度的普通女工，也是在艰难岁月长大。可惜，她在接受灰色、世俗、市侩的人生道德哲学方面，出奇地成熟了。她是出污泥而被染。爱情、婚姻、家庭，变成她无节制的物欲主义的盘剥基地。何谈感情！何谈爱！谁栽种苦树、谁收获苦果。正常的家庭秩序无以维持，走向崩溃，不是坏事。韩玉霞自食其果。

《自由的野鸭》中的唐君呢？她的身份要比韩玉霞高贵，但同样是一架生活消费机器。由于她还滥用西方思潮，又是一架生理消费机器。她活着的现在死去了，活着的过去也被埋葬了。初恋时尚存的神秘感、梦幻感，褪走了它的绚丽的色彩，变成没有生命气息的苍白影子。曾痴迷苦恋于她的轻曼幽邃的过去的年轻军人唐斯民，则远离她而去，重新到生活中寻找爱的飞流瀑布。永恒的爱，必须有永恒的活力，必须不断自我更新，自我升华。否则，你将失去它。

自我价值的实现——与事业相统一的爱情，是现代婚姻质量和女权地位提高的一个重要标志。

今天中国的家庭，夫妇双方中有一方，或孩子，要有所作为，有所成就，往往是以牺牲女方的事业追求为代价的。这里自然包括物质经济条件不足，传统文化道德心理影响等其他方面的原因。但这毕竟是冷酷的。严格地讲，这种家庭也是不完整，有很大欠缺的。

现代女性，尤其是知识女性，渴望爱情，也憧憬事业。有时，如果不能两全其美，宁可成全事业，而丢失爱情。这充分反映了现代知识女性的自立自强意识，对人格的独立的不可遏止的激情和坚强的意志力。女子，只有同时在思想、事业、职业、人格、爱情、兴趣几个方面，获得与男子同等的创造性劳动，才能从根本上实现与男子的平等。

航鹰在《地久天长》中塑造了一对在事业和爱情上都获得成功的夫妇形象，寄寓的正是这种理想主义。

萧大夫在医学上，事业的双翼已经起飞。他为使当儿童演员的妻子真真在体型和心灵上都保持“童真”，即便在动乱的岁月，也没忘记帮助她在心中培植演员的梦，不让它在荒野中凋零。及至妻子生了孩子，则执拗地不让她哺乳，而由自己承担人工喂养的重责，目的旨在使妻子保持舞台的青春生命，实现自我的社会价值。妻子一开始并不完全理解。原始的母性、母爱在真真的心中躁动，但她还是服从了丈夫。在冷冰冰的铁的自然法则和事业需要之间，她选择了后者。她重新理解了丈夫。爱情进入了一个新天地，新境界。

高尚的信仰和志趣——现代爱情、婚姻、家庭常新常爱的一条强劲动脉。

在我国家庭内部，知识女性不仅追求精神的依傍，而且使这种依傍具有崇高性。因之，她们在择侣和建立家庭之后，都十分注意精神的格调和共同的人生志趣。在这个意义上说，它是充分“东方”性的，也合乎社会主义的本质。

平庸、庸碌、苍白、贫乏、虚飘、轻狂、实用，不是现代知识女性所需要的精神色彩。

萧大夫在与真真热恋期间，就坦诚地告诉她：“男人的心不能全给女人，我只能把一半给你，一半给病人！”给医学！给事业！真真曾为此感到委屈。后来，当她对丈夫的事业有了了解，懂得和理解了它的神圣和庄严，心中悠然升起一种充实感。连那象征着手术大夫精神色彩的天蓝色，它的恬淡，透明，宁静，也成了她生活中最喜欢的一种色彩。她自身作为演员的自我价值的实现，也使夫妇之间精神上的联系有了坚实的纽带。

韩玉霞和她的丈夫梁根柱之间，在婚前选择的时候，后者对前者庸俗的市民气虽有所感觉，但更多地出于感情上而非理智上的谅解，将这种感觉冲淡了。爱情一开始就藏有隐忧。婚后，隐忧变成后患。韩玉霞与梁根柱，精神信条和精神格调，陷入严重的对峙状态。

这种对峙，集中在处理家庭与社会两者的关系。

梁根柱是一位建筑工人。他的思想操守，却远远超过了一个普通公民的责任感。面对地震的废墟，为重新营造大地的森林，人类的摇篮，他将个人、家庭的利益置之度外。奉行“只信自己，信钱，信过日子”的人生信条的韩玉霞，自然无法理解丈夫的献身境界。始之以温情、性爱作为抵御的武器，不见生效后，发展到以“经济制裁”、肚皮惩罚、“拒于门外”等手段施以打击。这一切，都是在清醒的理智驱使下进行的，更显其非人道。作品有一段精彩的描写，写梁根柱对韩玉霞在无情地刺伤自己之后，仍坦然进入梦乡时的视感：“……她的大眼睛就是在沉沉酣睡中也没有完全闭紧，而是留着一条细缝，眼球在里面轱辘辘地转动，似乎在警惕什么或是盘算着什么。她那蓬乱的鬈发铺散开来，脸颊泛着油光光的桃色。半张的厚唇显得更加鲜红，丰满的胸脯均匀地起伏着，一只玉石般晶莹润腻的胳膊曲在枕上，微屈的手指好像要抓取什么……这个非常富于女性特点的睡美人，如果是在新婚燕尔之夜，他将会涌起一股怎样炽烈的冲动，但是现在，对他却失去了诱惑力。”美是受主观意识支配的。信仰的深刻差异，志趣的深刻差异，导致审美观的异变，导致婚姻的破裂。人的心理机制、情欲有了思想和理性的控制，生物性的诱惑不再是不可抗拒的。

有评论文章认为：《倾斜的阁楼》属伦理道德的范畴。这不反映作品的实际。它主要不是表现爱情、婚姻、家庭中的道德对立，而是人生观、人生哲学的对立。作品在揭示这后一种对立时，也有失分寸之处。这就是将精神信仰的分野放在与物质利益水火不相容的位置。人只有在首先顾及社会利益、他人利益的这个大前提下，考虑个人、家庭的利益，才是合理的。但完全不顾及不尊重个人、家庭的利益，盲目地不加分析地膜拜清贫，不是马克思主义。因之，梁根柱作为现代青年效仿的人生样板，可能会有某种缺陷。此外，作家在表现这种对立的观念时，也显浅了些。

《林荫道》中那位即将履行婚姻手续的年轻姑娘，由偶然接触无意识的灌输，发现自己心灵的空落，精神的苍白，素质的低能，而坚决否决了“现代爱神由金钱铸成”的观念。重新唤起对生活的诗意美的追求，在提高爱情婚姻质量的努力中，走出了第一步。

大潮外。潮连接着大海，大海是更为浩茫、深邃的……

爱情、婚姻、家庭的伦理道德问题，为历代的作家所瞩目。这类题材杰出的优秀的作品，都有一个共同的特点：它既尖锐地触及了伦理道德自身，又超越了它自身，展开了更为广泛，更为深刻的社会、人生问题。这即是说，作家不是单纯站在道德的角度，而是站在整个社会、人生的大背景上来观察道德问题。

航鹰的努力，使她在这类题材创作的这一个层面的贡献，优先于其他女性作家。这是她对当代伦理道德题材创作的独特贡献。

从题材的开拓领域来看，是她第一次正面写了“第三者”引起的伦理道德冲突的这个“禁区”；也是她第一个写了因父母的离异，造成孩子的心灵创伤，以及老龄问题。当然，她不是完全从“问题文学”的角度来切入题旨，而是着重探讨“美的毁灭与复苏”、人生的和感情的价值问题。

《枫林晚》是航鹰中篇小说中艺术上最完整、最成熟的一部作品，也是她的小说中内涵最为丰厚的少数作品之一。

《枫林晚》着墨的重心，是贺望蓝与杜芒种挣脱封建伦理道德枷锁的精神磨难历程，但他们赖以存在的生活场景、人生背景却广阔得多。小鱼山虽小，只是老人休养生息的一个场所，但这里，连接着他们走过来的外部世界，又在这里创造一个以老人为中心的社会。在这里活动的每一位老人，都有一部属于自己的人生经历。只有在生命的黄昏时期，他们才有可能坐下来认真回味，思索，反省。怎样走完人生的晚秋晚冬？怎样使精神永葆青春？怎样实现人生新的价值？怎样争得人生新的幸福？

感谢作家航鹰，她以那支大有灵气的笔，充满情致地打开了每一位老人人生大书的一页，并不主观地、外加地引出各自人生的经验——那么质朴，又那么透彻。

谭爷由于无节度地溺爱儿子，结果酿成悲剧。他的经验是：“天下当父母的，可不能把孩子往死路上疼啊……”

做冰棍买卖的于奶奶，一生视钱为神，吝啬反被吝啬误，全部存款化为纸浆。她的经验是“‘不要把钱看得太重了’”“‘花了再去赚！’”

在城里大户人家生活过的侯奶奶，一生存钱、藏钱、防人偷钱，连孝顺的儿子、儿媳妇也被视若逆贼。她以反诘的形式总结的人生经验是：“难道人是为了钱活着？”

方奶奶与方爷爷相依相傍着走进人生的晚程，他们的经验是：“团团圆圆，和和美美。”

瘦赵爷的经验是：“‘应该得到的不失掉，非分之财不希求。’”

胖赵爷的经验是：“‘难得糊涂。’”

八旬高龄的京剧琴师老陈爷的经验是：“‘纵浪大化中，不喜亦不惧。应尽便须尽，无复独多虑。’”

小鱼山老人社会的主要成员，是普通阶层的人们，他们根据各自的生活经历，在各自认识的起点上，作出的人生的精神经验总结，是充分具象性的，又含有真理的成分，尤其是带推理性的警言，更显其机智。这恰恰符合我国悠久传统影响下底层人们的文化心理素质。

当然，作家如果就写到这种程度，也无不可。但总感到这个老人社会还欠缺点什么。什么呢？是理想。是人生博大思想的光照。

航鹰为此安排了一个人物——原出版社社长郑社长的出现。他给这个老人社会投射了一束耀眼的光芒，将普通阶层人们的人生经验，作了思想的纯化和推理的升华。航鹰在处理这个人物时是谨慎的。她没有让人物扮演使人望而生厌的空洞说教者的角色，而是让他在融会着自身惨痛的人生体验中，展开思想的翅膀。

郑社长是一位博学多才，有深厚文化修养的人。他通身透着一种儒雅气，那隆起、宽阔而秃顶的智慧前额，像朝霞一样闪耀着橘红色的光。他在年富力强的岁月，用自己的天赋、才智，为作家的始发登程，扬帆四海而劈波斩浪。当他生命的晚岁，命运赐给他著作一部长篇历史小说的机遇时，却又礼让给了一位几乎有着同等史料积累的无名之辈。然而，就是这么一位智者、仁者，家庭生活却极其不幸。他以近于母性的宽厚的爱，将一个个孩子培养成大学生。但最后自己却被孩子遗弃了。孩子甚至最后要在出版继承权问题上，向他进行最后一次剔骨抽血的榨取。作家为了增强人物心境的动感，还反复用黑人歌手罗伯逊演唱的浓厚沉慢如同涛声的《老人河》的旋律，来渲染人物情绪的苍凉和悲壮。

郑社长从老人社会其他成员直觉性强的人生经验，及自己切肤的人生体察中，提炼出一系列极富深意又极为精彩的人生信条。有的，堪称为格言。

“如果现在的年轻人在对父母的冷淡和离弃方面学会了西方道德，但同时又在依赖父母特权，盘剥老人的劳动，争夺老人的财产方面膨胀了东方封建道德，那将是多么可怕的事情……”

——这是关于东西方道德的比较。

“人的一生就是和时间竞赛。时间是直线向前的，稍纵即逝的……生活，分为时间的生活和价值的生活，人活着，就要多做几件有价值的、有意义的事情。”

——这是关于人生价值的思考。

“仙鹤为什么是蓝色的？为什么总是翘首仰望？因为它渴望着蓝天，它要振翅飞翔！到什么时候，人也不应压制自己的天性，自己的权利，自己对美的追求！”

——这是关于人的感情追求的权利。

贺望蓝与杜芒种迂回百折之后的结合，正是在这“无情的权利”的神圣教诲中，获得勇气的。

“枫……在该落叶的时候慷慨而去，为新的绿色让出位置。但在落叶之前枫树会蕴足了全身的血液，升华到叶子上去，做一次总的，最后的爆发，染红了寒林，染红了秋天，染红了心灵！”

——这是关于人的生命最后途程进击的勉励。

赋予人物的理想色彩，赋予人物诗意的想象和激越的情怀，是航鹰艺术格调的主要追求之一，对此，评论界褒贬不一。

不错，航鹰是一位主观性、主观意志很强的作家。但是，你读她的小说，宁可相信它的生活真实性，而无视它的意念假设性。她所以成功，是因为她在用生活的存在证实和阐发某种意念，而非用意念去宰割和肢解生活的存在。她年少时独特的身世培植起来的心的敏感，她对于生活神往般的诗意理解和联想，她对于美丑反差强烈的执意褒贬，为她的作品提供了艺术的气息和氛围。她有时不免失当，也恰恰在于她笔下的生活的存在，还不足以成为意念的载体。在作家前期的一些作品中，有时因为激情，因为观念，而忘记了现实，忘记了人物自身的生活逻辑，以致造成色调的单一和心理矛盾雕刻的粗疏。后期作品，她不因为有过这种缺陷，抛弃激情，遗忘理想，而是注意加大理念、意念（主要是道德探索）的生活场景和人生背景，加宽人物各种关系联系的纽带，使之增加艺术美感的力度和广度。可以肯定地说，航鹰在抒发主观意念，喷吐激情上，主要方面是可嘉的，是为许多读者所认可的。

《枫林晚》的成功，证实了现代小说发展的一个普遍趋向：愈来愈排斥生活场景、主题、主人公、情节线索、矛盾纠葛、时间空间的单一、净化，而走向丰富、复杂，走向多义性、象征性和不确定性，在更高的层次上把握社会和人生。

在《枫林晚》中，作家在艺术个性上的全部追求，得到了最充分的展露。如戏剧的冲突手法、电影的视角语言、绘画的色彩和阴暗对比的引进，诗意的想象和主观抒情性、象征性（自然之物有色彩感，有生命的气息，有时会成为一部作品，或一个人物精神世界和性格特征色调的底色）、哲理性，艺术的节奏感，艺术氛围的分明、强烈，叙事描物、人情世态的真切、细致，结构的讲究，幽默的质素等。

航鹰的短篇小说中，艺术上的上乘之作是《宝匣》《名角儿》，名副其实的短篇。尤为《宝匣》，由写习以为常的证券配给的情状，高度浓缩了一部历史，又开辟了题材的新生面。它未能荣获中国作协1984年全国优秀短篇小说奖，实属“遗珠之憾”。

中篇小说《红丝带》在艺术的成熟和思想的深度上，虽不及《枫林晚》，但它仍是航鹰作品题旨较为宏阔的一部，艺术感染力也极强。作家用精细、冷色调的笔墨，倚助色彩多元变化的象征性，在凝重的诗的意境中，将一个孩子心灵的创伤和成人后的变态心理，写得令你为之战栗。

本来，作家完全可以把这个素材，处理成一个纯伦理道德的作品，以回答在今天中国社会和中国文学还少为人问津的父母离异对孩子心理发展影响的问题。但是，作家较之对此一般地作出肯定或否定的道德评判，更为关注这种离异结出的苦果——孩子的心灵裂痕。

“红丝带”在作品中，是作为强烈的象征物存在的。这就是它殷红的滴血的颜色，象征着爱的失落。

女主人公雪妮由于从小失去父爱、母爱，渐渐滋生一种固执的孤独感、孤僻感，真实的自我关闭了。长大考上美术学院后，衍延为颜色的“偏食症”，即使画明亮辉煌的暖色，也饱含着深沉的忧伤。她成了同学心目中的“冷”雪妮。走上工作岗位，她又把自己居住的环境全部用冷色调的画，装点成“冷库”，以表示她对世间的失望。尤其在恋爱婚姻上，更有一种不可理喻的恐惧，怕重演父母的婚姻悲剧。

生活自有它的逻辑。败枝枯叶是创造新的生命和美的原料。雪妮的生活中闯进了青年教师秋实——作家笔下又一个带理想色彩的人物。他要用生命和爱的原色，调配出辉煌的暖色，唤醒她冷藏的心。然而，猝不及防的爱，使她无法分清：不期而至的爱情，是在修一座堂皇的宫殿，还是在修一座死寂的坟墓？“红丝带”的浓重阴影仍牢牢系在她的心间，她却无法逃脱爱的逻辑。她接受了生活的暖色。女性的柔情，母爱的柔情，灿若红英。

小说最后一笔，奇峰突起，六年后，雪妮的女儿苹果，当由她第一次独立地选择颜色时，仍是那殷红的、晶亮的“红丝带”。她心灵的感应，仿佛有一种不可抗拒的冥冥命运之力，昭示着她未来家庭生活的不祥。但她懂得了：

哦，生活，感情，人，应该是美的，而美是全颜色的。

她赞美了红色，赞美了“红丝带”。那是飘在她女儿头上的一团火焰，一抹晨霞，一簇鲜花。

作家也完成了作品“美的毁灭在一旦，美的复苏在一瞬”的主题。它的广泛的象征寓意，超越了伦理道德的启示。它可以是政治的，社会的，人生的，人际关系反常的一种回照。

1985年9月22日于广东罗浮山白鹤观

注：《倾斜的阁楼》，中国青年出版社1984年出版；《东方女性——道德伦理小说集》，人民文学出版社1985年出版；《倘若房间没有第四堵墙——〈东方女性〉姐妹篇》，《青春》文学丛刊1985年第2期刊登。

为张欣和张欣的小说而作

人生真难呵。

人生真累呵。

你想成就一点事情（事业），你就得背负起沉重的十字架。

女性尤甚。

我第一次听到张欣的名字，是与全部最不友善的字眼联系在一起的。

张欣不是一名有十五年军龄的军人吗？军人不是有铁的纪律吗？张欣不曾是军队医院的一名护士吗？人道精神不是医护人员最重要的职业道德吗？张欣不还在军队文工团从事过专业创作吗？歌赞军人的心灵美不是军队作家的天职吗？

我无法想象张欣，更无法想象关于张欣的种种“传闻”。

“传闻”总是与谣言相伴，与诽谤相生。——我脑子里忽然闪过这个念头。罗织的罪名借助鼓簧之舌传播，不正是某些职业谣言制造者的惯技吗？我为不相识的张欣难受，不平。

我真担心中国文坛尚未生长起来的幼芽，又将成为一个屈死的冤魂。

在我们这个仍然重舆论而轻实证的社会环境里，张欣果然遭逢厄运。

她想从部队转业到地方一家期刊，谣言堵塞了她的路。

一家晚报好不容易接受了她，也是碍于谣言，只把她安排在资料室从事“剪刀加糨糊”的简单劳动。

谣言没有把张欣压垮。她对谣言不屑一顾，不为人言所累，不想依赖解释活着。戏称谣言为痞子运动，是末流之辈所为。与此同时，她的作品一篇接一篇问世。我把这看做是她无声的却最有分量的抗议，抗辩，抗争，抗衡。

我暗自为她庆幸。

但我依然没有想去真正结识她。

我一如以往站在远距离观看她。

我有我的人生逻辑。

张欣有自己的文学界朋友。对于一个像她这样已经获得了友谊，获得了帮助的年轻女性，我是绝不可能再趋前亲近的。

然而，当1986年夏天，当和我合作办期刊几年的几位同行离去，独独留下我出任某职务时，我则请他们只向张欣转达一句话：

你过去是——现在仍然是我们刊物的朋友。

一日，接到中国作家协会广东分会和广州市文联的联合通知，拟讨论广东几位女作家的作品。其中，在发表的数量与发表地域的广度上远甚于他人的张欣的著作目录表吸引了我。我忽发奇想，冒昧地给张欣寄去一函，表示一定要写写张欣小说论。

再往后，我和张欣有了有限的几次对话。

我发现，原来远距离中的张欣竟然变得近了。

真正读懂张欣的人格、品格、情调、意趣、心态，则是在拜读了她发表的全部作品之后。

真不曾料到，张欣写得如此高尚，如此宽容，如此充溢着理想的色彩。她本应该写得严厉，写得冷漠无情，写得疾恶如仇，甚至尖酸刻薄。人世给过她许多不公平，她同样回报于人世，人们可以理解她。

那些在精神个性上长期或时时处于压抑状态的女作家，她们借助种种社会问题，伦理问题，表现出一种强烈与社会抗辩的女性意识、女权意识，勇敢而坚定地维护和捍卫人格尊严。张欣的小说，从整体意识和品格全貌衡量，女性意识，女权意识极为淡化，她不是纯粹站在女性的位置，而更多的是从人生的角度，观察和把握人在某个阶段的生存状态。他们的困惑，他们的认同，他们认同中新的困惑。

张欣创作伊始，并没有意识到作品中依托的人和事仅仅是生活的一个载体，也没有完全意识到从人类的整个生存状态来把握人生的阶段性，因此，作为她透视生活的两翼之一翼的反映部队文工团生活的第一部中篇小说《此剧哪有尾声》，就明显地可以看到旧有创作模式的束缚，表现在人物关系的结构上，政治的因素造成的对立格局过于强烈，有着习惯性地将复杂的生活简单化的弊端。但是，我们仍然不可以把张欣的这部小说纳入成功或非成功意义上标准的“改革小说”范畴。因为，改革作为一个历史过程，一个必然历经的阶段，张欣并不以政治利益、经济利益作为评判生活的唯一尺度，她毕竟多少触及到了改革背景下人的心理现实。历史的变动，首先总是以观念和社会心理的承受力来检验。也可以说，首先遇到的是固有的价值观和道德观的挑战，是心理、心态的固有平衡受到挑战。在《此剧哪有尾声》中，作为平衡历史变动带来人际关系格局复杂变化的人物，依然是那个大半生取所谓“嘻嘻哈哈，从善如流”的毫无棱角和锋芒的“维持会长”式的“中间人物”——留任团长曹申。张欣将这样一个人物作为自己的主角，既是一种历史意识的复写（顺应或逆历史潮流的人，在政治、人事格局无法摆平的时候，而往往像“地球一样圆”的人，就会被作为双方可以接受的人物“主宰”历史），也是改革现实并非普遍也绝非罕见的事实。然而，这部作品的价值，更在于写出了现实对曹申的校正与再造。他的性格心理、观念与意识和历史变动的吻合。他起用一个曾被历史和世俗冷落，但在气质上和艺术上有一种成熟美、完整美的女演员宛如冰，致使剧团过于冻结的心理氛围崩溃，因历史变动而产生的“惶恐症”像洪水般涌来。曹申由此得到了他从未得到的，也失去了他早应该失去的。甚至在生命的暮年，才真正获得了妻子姗姗来迟的爱情。妻子只喜欢“在命运的前面碰得头破血流但仍不回头”的真正男子汉，而厌恶那种“躲在‘随和’的罩子里求个平稳”“没有追求的艰辛，也没有得到快乐”的男人。当然，这部小说里人类生存状态的基本形态主要是改革背景下一种政治意识的对峙。心理、心态、价值观、道德观的分野毕竟线条粗重，有一种艺术描写上缺少细腻的块状累积的感觉。

同样以部队文工团生活为题材的第二部中篇小说《遗落在总谱之外的乐章》，极淡薄而又稍点化了一下的改革背景，仅仅作为人物全部思想行为变异的一个契机。剧团仿照社会普遍实行的业务竞赛办法，使两个曾在情感、爱及其方式上发生抵牾的青年男女演员区诗平和俞晓，一起控制了舞台的中心。而剧团决定“下马”的命运，又将原有格局中全部不和谐的音符集束捶击，人的精神状态处在危及生存的崩溃边缘。而正是在把握命运变奏的转折时刻，张欣将自己这类题材小说的旨意向前推进了一步，并显示出她的小说一个较为稳固的人生意识和审美趋向。这部小说突出人生命运变奏时刻人际关系新的调整、沟通带来新的心理平衡，及所产生的瞬间和谐，和谐使人的聪明才智最大限度地释放。他们都只属于现在，属于两小时的舞台告别演出。区诗平不计前嫌，与俞晓主动和解，生命变得不可分割，刻骨铭心，并憧憬着生活会是诗的戏剧演出的继续；赤裸的真诚化解了以往总是带着厚厚的伪装注视自己和别人的得与失的狭隘，阮利蓓自己写的角色体验，奉献给了主角竞争胜利者的俞晓；乐队马指挥理解了另一位主要演员阮利蓓“无偿”的爱，并将这种爱化为聚合着力量的指挥；学院派作曲家老黎与海派作曲家何六奏出了奇特而又美妙的和弦。相互威胁，相互防范，相互的不谅解，如同坚冰一样溶化。每一个人都作为一个完整的人被人理解。这部中篇最后一节“末日颂”写得极美，悲剧心理与昂扬激情相融，艺术氛围与人生之旅的爆发力相汇。这是一个净化的世界，没有风，没有雨，有的是阳光、长虹、棕榈、梅花鹿、象牙白的马蹄莲……表面看来，人物的意志力、精神力量、才华，宽广博大、无边无际的心灵之爱只是在属于现在，只属于艺术的“忘我”旗帜下集合起来的，实则触及到了个体与社会、个体意识与群体意识关系的命题。这是一个在今天易于被遗忘被冷漠而又有着敏感度的命题。在一定条件下，集体感、群体意识同样可以显示出个体所具有的那种强劲的生命力和凝聚力。而在个体与社会、个体意识与群体意识的调节中，人性的善，良知，对集体的眷恋，相互之间的情感缔连与交缠，责任感，道德感，才能更坚实地生长起来。正是在这里，张欣小说显示出了有着教诲和扬善特征的人生意识和审美指向。寄托了对人的生存状态的理想主义成分。由此，也暴露出了张欣对人生认识的单纯性。

张欣中篇小说中写得最好的两部：以部队文工团生活为题材的第三部中篇小说《投入角色》，作为张欣小说题材两翼的另一翼的写部队医院生活的《白栅栏》，已经看不到具体的政治事变或社会事变的背景。张欣只写她极熟悉，极深切的人生体验、体察。张欣艺术创造的自由度和艺术才能得以较为充分的展示。现实生活中的张欣，是过得极超脱的，甚至有点独来独往。她并不像某些想象力亢进的人所想象的那样极热衷于社交活动，有极广泛的社交圈子。这也恰好说明她并无强烈的社会参与意识和参与动机。张欣这部分已经拥有或准备再深入掘进的人生体验、体察，能与人的整个生存状态有确切不移的默契、共感，也不失为一条创作路子。

《投入角色》不以改革生活为导向，但处处让人强烈地感觉到现代社会特殊氛围，及其共时性的一个基本特征：竞争机制和竞争意识在生活各个领域的渗透。而这又不是作为一种概念，或一种观念人为地树立在小说中的。它融合在鲜活驳杂的心理流程中，重新排列组合的人际格局中，细微真切的道德角逐，甚至极隐秘的意识与潜意识中。而且，人物真、善、美的评价，与生活的习俗观念相违背，与整个生活发展的态势又极合流。为竞争一出戏的主角，曾在同一空间保持大致生态平衡的三位年轻女性都“投入角色”，各自为“拥有舞台”塑造着自己的人生世相。其中，丁小曼这个人物写出了深度。这个深度是由人物意识的多面性体现出来的。对“女一号”石佩兰维护自己的人生“世袭”领地，丁小曼与鲁周周、秦梅结成抗衡的统一战线；然而，一旦参与竞争，又在内心深处对鲁周周、秦梅处处防范。她不想损害她们之间的友谊，但又想借助某种不利于朋友的带偏见的舆论来减少竞争的压力。因此，她心里总是藏着一双眼睛，藏着有时令她自己也不寒而栗的秘密。丁小曼凭直觉信赖鲁周周的人格尊严，但她传统型的观念与竞争的需要，又宁肯相信鲁周周所谓不检点的“八国联军”真实性，从而造成对鲁周周“控制使用”的局面。她预感到这只尚不鸣的鸟总有一天会啼破天。秦梅小有手腕，仅仅是为了维护些微利，丁小曼仍感到不安，秦梅未婚先孕的假象令她幸灾乐祸，及至后来“不经意”的“告密”，则几乎将秦梅推入绝境。而那位人格高尚，学问深厚，对人生有真知灼见，超越世俗，无私地想在做人做戏方面完善她的琴师齐汝光，丁小曼又看成这是感情上对她有所企求，是爱的释放。在理想、事业与机遇、时境发生矛盾，人生位置的确立发生冲突时，丁小曼这个以当歌唱家而不是歌星为人生目的，孤独为心态主曲，内在世界与外界保持隔离状态，以“清、纯”自比，不愿泯灭自我的年轻女性，作为人的潜在的弱点、缺陷全部浮出了水面。有着竞争状态下人的许多根本性的特征。她不能脱俗，不能从浮名中脱颖出来，在一次竞争中愈益变得冷硬的心，又时时与对友人的忏悔、负疚、痛苦的心理交织一起。甚至冷静地意识到了自己的某种邪恶。传统意识与现代意识、“善”的意识与“恶”的意识，如同两条粗大的藤蔓，缠绕着并不足够具备心理和实力准备君临现代竞争环境的丁小曼心灵之上。而作为她的主要竞争对手的鲁周周，却在曲解、不信任的全逆向环境中修复和匡正了自身的品格。稍纵即逝的瞬间出现的不利因素，使鲁周周失去了占据舞台中心位置的可能，在残酷地认可这个现实之后，她可以大度地为丁小曼补台；尤其是她勇于为秦梅的所谓“隐私”袒护，表现出一种极大的宽容意识，更赋予了现代女性的宝贵素质。鲁周周生活得极其洒脱，毫不拘谨，更不去压抑自己，让心闷出淤血。她将维护人格的平等与尊严，视作人生最高信条。当然，张欣在创造这类人物时，并没有意识到要将他们从完整意义上——具有现代观念、现代性格、现代气质的现代人去把握，而过多沉浸在传统道德美的意识审视中。

及此，可以对张欣创作主体的审美基本特征作一概括：普通人的人生体验、个体经验与带着传统道德美的理想主义为其两支。这在她的另一部以部队医院生活为题材的中篇小说《白栅栏》中，表现得更为充分。张欣审视人生的戏剧，并不急于改变民族文化心理的素质与结构，她只摹写一种人生的现状，人生的态度，人生的观念，借助看来并不刻意编织的故事，自然地流露，自然地领悟。以往创作模式中那种惯有的将人生经历、个体体验仅仅切割成适合某种政治功利或社会功利的需要，以至破坏了艺术创造的现象不复存在。这里，个体经验只伴随主体创造意识的发挥而发挥，审美意识的明朗而明朗。人生的种种矛盾、困惑、病态现象，只是在与整整一个时代沟连贯通时才具有特征性，在历史的连续性中可以找到它的印记，并以人的完整的思想、思维、心绪、心理形态固定下来。小说主人公乔克林护士，就是这样一个主体与客体壁连的生存形态。在外部，她面对的是有严重的精神分裂症者蒋卫东，他因为太想当英雄，竟然发展到自己点火烧车间而又自己奋不顾身、大义大勇地救火，他在轰轰烈烈中“新生”，也在轰轰烈烈中“毁灭”。这里，有获悉身患血癌却有了如愿以偿的死亡满足感的“二号八”姜德海，他仅仅因为更正过乔克林教授父亲关于病人的“误诊”，后来就戏剧性地成了所谓“三种人”。他甚而失去了全部的亲情之爱，妻子只把他当做没有生命的“石头”。这里，有高位截瘫患者神经健全的年轻姑娘黄晓晓，她名义下的“父亲”——医院黄主任，因指腹为婚的悲剧而精神上长期感到压抑，以至失控，越出人伦道德规范，她为此憎恨过，岁月流逝，心灵随之成熟，更为“父亲”对她奉献的全部挚爱与灵魂的痛苦折磨而予原谅，理解，甚至愿意付出正常的同等的爱。黄主任却一生都在赎罪，直至男人的气息一点一点地在消失，在蜕变。乔克林不仅面对由病理上灵魂上各种缺陷、不幸构成的一个病态社会，更令她无法忍受的是，还要面对医院丑陋不堪的人际关系，面对自身暂时无力超越的职业的窘境。实习医生涂开贵和护士胡宁缺少起码的人道主义医德，却可以将“爱”当做商品，进行交换和谋取私利。在人生的志趣上，乔克林并不喜欢医生的职业，职业与人生意向的矛盾横亘在她情绪、心境的天国里。这里，张欣将生活中一个极普通又极普通的矛盾暴露出来，使她的这部人生小说更能触及社会的神经。在我们国家，由于种种条件的限制，职业选择的自由极其有限，当一种职业的确立成为既成事实，人的境界将引向哪里？张欣将乔克林推到了读者面前，让这个不无痛苦的艺术形象点染了理想主义的色彩。她虽然不钟情自己的职业，但她懂得做人的最起码的准则，懂得作为一名医护人员的职业道德。可欣慰的是，张欣并未将这种道德意识简单化。因为病人的病态心理并不简单化。乔克林正视病人病态心理的精神克制也不简单化。蒋卫东、姜德海、黄晓晓并非一开始就将自己的灵魂袒露在乔克林面前，姜德海直到死后才揭开了灵魂的秘密。这里的媒介，就是对乔克林取得信任。乔克林也不奢望拯救他们的灵魂，她只是站在人道的立场和合乎道德的人的角度，承受他们的袒露，让他们在袒露中解脱。成为他们隐秘心灵世界的一盏明灯。她对涂开贵、胡宁的厌恶和不恭，更多是出自职业的良知。当乔克林的情绪处于环境压迫下最低点，甚至叫喊过医院是一座“集中营”。但在职业选择、人生志向与职业道德、社会责任感发生剧烈冲突时，乔克林总是选择了后者。在当今道德视野道德规范中，张欣如此理直气壮地赞美一种传统意义上的道德观和审美意识，这也许是这部中篇在卫生界特别受到青睐并获奖的最重要的原因。

张欣的短篇小说，绝大多数篇章都没有离开这个题旨和审美意向。只是，人类生存范围稍有扩大，切入的角度稍有不同。一类写如何做人，褒扬高尚的情操与人格，如《绛红色的披肩》《你，牙齿一般洁白》。前者写瘫痪女儿凤儿由对继母的误解，造成情绪、心境上的对立，造成“遗弃感”。原有的负罪心理变成了怨愤。继母于老师劳役般的忠诚服务，尤其是不以此作为向社会索取某种名利的脱俗心理，终于消弭了两个心灵的隔膜。后者写个体户姑娘鲁晓丹为维护自身人格、精神格调的又一种脱俗。这仍然是在误解与偏见的眼光下显出光彩的。一类是写爱情的道德信条的。如《美娟》《初次尝到寂寞》《别把诺言当真》《痴情的绿》。还有一类小说写人的心理判断的落差，更强烈体现了张欣这种人生态度与人生意识。如《杂症》《愿我们再同窗》《女人不全是维纳斯》。

张欣的短篇小说，价值较高的是《本色》与《挽唱》两篇。前者拓开了一个新的人生主题。后者艺术上比较成熟。《本色》是一篇仅四千字的短篇小说，但有一定的容量。小说主人公朱贵发揭露生活中的某个阴暗面，丝毫不出于某种功利目的，更非钻营，落井下石，仅仅是为了维护自己最起码的生存需要，他全然是按照自己的做人起点来评判生活的。《本色》将张欣其他小说中追求人生的淡泊、普通、恒稳的意识，在这里升华为人的本来生存状态，本来面目，人的本性来认识。“全色才是对的。”人要按本色生活。这就是张欣提供的生活哲理。张欣的小说，构思上较少冲击力，较少奇峰突起，甚至不无重复之处，人物面目总是从暗处走向明处，从审“丑”始，审“美”而终。《挽唱》构思上的上乘与人物的内蕴是一致的。不仅仅是一种形式、技巧，而是作品主体的外化。这部小说同样突出了反世俗的情绪，主张回到普通人的纯真中去。张欣巧妙地将人物两条情绪线的强弱变化糅合一体，歌手大奖赛中的明争暗斗损害了马铁原有的艺术圣洁感，反倒唤起了她生活在普通战士中间真情的怀恋，最终毫不犹豫地放弃了歌星的梦，宁愿当一名与战士心相通的普通歌手。这类题材的小说不易驾驭，张欣则写得特别真挚，没有煽情、虚妄的毛病。她获得“中国女兵征文”奖是合情理的。

爱情题材，在张欣的小说中占的比例不大，但有自己的特点。她既不去捍卫性意识、女权意识为基础的现代性爱观、情爱观，也非玫瑰梦式的纯情故事，或与某种更具体的历史背景毗连以实现其功利目的。张欣的爱情小说，离不开她总的人生命题，离不开人格的完善，道德的完善，情操的完善。中篇小说《马齿苋·马蹄莲》中的玲玲，当她的人生还未趋向成熟时，她试图努力去适应与接受她尚无法超越的不平等的婚姻，而一旦获得了真正的爱，虽然承受着世俗舆论的压力，也坚决起来割断不平等的婚姻纽带。在可怕地发现新爱中也注入了丑恶的功利目的，则抛弃痛苦，正视现实，果决地舍弃一些别人看来最为优越的社会条件和生活环境，回到普通人的位置。在这里，张欣大胆地揭示了现实生活中男女两性之爱为一种无情事实、无情差异！女性一旦爱起来，可以奋不顾身，义无反顾；而男人的爱却往往渗进了太多的杂质，有时软弱得不堪一击。在《不要问我从哪里来》这部新的中篇中，张欣再一次坚持了这个观点：男人需要刺激，需要不间断，不重复，不陈旧的刺激；而女人不同，终身在寻找，寻找爱情，寻找温情。《马齿苋·马蹄莲》的反叛爱情，叛逆者的自画像，虽然称不上充分意义上的现代意识，但却是在不折不扣地捍卫人格尊严与道德尊严。另一部中篇小说《回环之梦》歌颂了建立在非正常基础上的爱遭受人生磨难时，女性伟大的同情心、怜悯力，无私、纯真的援助。罗建心与赵玉如，在各自的夫妇生活中都不是健全的，他们追求共同的爱，都是以不让家庭解体为前提，恪守着某种传统的道德意识。罗建心不希望孩子没有爸爸、赵玉如深知作为一个女人成为被人讨论的中心所带来的将是无边的烦恼与灾难。赵玉如的爱情哲学：大张旗鼓地去追求什么的女人其实什么也追求不着。她不想为此付出昂贵的代价，宁可偷偷地相爱，也要在社会保留“合法存在”的家庭实体。张欣不忙于将他们推入现代反叛的爱情道德观轨道，也许，她对现实看得更透彻。尽管小说结束暗示罗建心与赵玉如的爱将走上正轨，但仍然可以作出多元预测。小说中魏风的权力报复，只是爱情与利益冲突时的一种助力。张欣所着力表现的是，当男方被突如其来的人生灾难所侵扰，女性巨大的心理承受力，坚忍不拔的意志，甚而作为护士职业的人道精神。她们并不具备高深的思想与复杂的头脑，却能在关键时刻挺出自己柔弱的胸脯。她们决不把已经贡献和牺牲了的作为一种交换甚至榨取同等价值的手段。自然，她们的难言隐痛在于既要寻找新爱，又没有足够的力量改变并不美妙的现状。小说中另一位被外界误认为“浪漫”的女性刘萍萍，她给予罗建心作为朋友的无私的友情，更扩大了小说的人生内涵。刘萍萍的人生信条之一，既是朋友，无论其发达（顺境），还是倒霉（逆境），都是不可更改的朋友。《回环之梦》写出了中国当代普通女性在挣脱传统意识初始勇敢而又怯懦的双重心理，最后复归人性善、道德美。

在张欣反映爱情、婚姻、家庭生活的作品中，她的中篇小说《不要问我从哪里来》无疑更重要。第一，由以往反映一种较为单一的爱情、婚姻观念，而趋于多元和复合；第二，由以往较为单一的两性爱关系切入而进入对一个家庭错综纠葛的情爱关系的总揽；第三，在题材上，由以往较多地依据写医院写剧团两个生活扇面，而廓大为都市生活的层面；在写法上，依然依据传统的框架，但结构上以多角、多对人物关系为自我中心构成人物关系的网络，较为充分地揭示出都市社会家庭生活中那隐藏着复杂怪异、最不为人知的病态现象，但又不将人物变态心理、荒谬感推向“丑”的极境，仍然保留了其纯美的一面。这种种努力，有助于张欣不断丰富自己在读者中的创造形象。在现代社会，功利的权衡仍然是婚姻的重要尺度。达丽华与老干部丈夫白鹏、年轻秘书三者之间情爱错位，在最终选择优越的生活还是“平庸”的生活面前，达丽华终于丢掉了后者而认同了前者。她奉行等值婚姻，在突发变故中寻求聪明的解脱。可是，命运却带着轮回的色彩。今天，她的私生女儿与她的亲儿子白晓鹏再一次发生爱情错位。这是一种不可能实现的爱，然而白晓鹏并不知道自己的身世背景，这种柏拉图式奇异的情爱显得如此热情洋溢，如此富有美的质感。病态也成了一种美。白晓鹏的父亲白鹏却为了在生活中永远树立“清清白白”的形象，极端恐惧揭开家庭的这个“秘密”，他的道德评判是依据维护或损害自己形象，而不是是与非。达弟与田根才、达克与冉冉的婚姻带有明显的政治和权力功利色彩。爱情、婚姻的不幸，改变着人物的生活信条、行为准则与生活方式。达弟以封闭来求与田根才感情、心理、生理的平衡，在淡化家庭、淡化婚姻的构想失败后，又陷入对老教授自我冥想的单恋中。达克与冉冉的关系处理，张欣则写出了一定层面的复杂性。当年冉冉是作为“拯救”这个政治上破败的家庭走进来的，达克从未激起过爱，但当冉冉自己原有的家庭在又一次政治浮沉中跌落，冉冉自己也陷入人生的困境，达克却出于人性与人道，明确宣布：他们最终要分道扬镳，但不是冉冉遭逢困境的现在。达克不愿意以同样政治的功利来裁割与冉冉的关系。作为进入这个家庭的唯一外部成员——农村姑娘秋菊的形象，涉猎了进入都市社会后文化心理的改变。张欣这第一部反映都市生活的小说，多少有点接近长篇小说的构思，各个人物从纵的角度都可以立传，横向的交织也可以自成章节。现在，触角的广泛伸展受到挤压，势必影响细部描写，影响透明度，影响深入开掘。此外，无需讳言，在都市小说中，还不能说有突破性的进展。

由此，想到了张欣小说的弱点。最为突出的，就是过于规范。缺少异端，缺少叛逆精神，缺少充满无穷奥秘的心灵挣扎过程的艺术揭示。主体世界对客体世界的模拟、憧憬，客体真实的主观雾化、幻化都还不丰富，还少奇思妙想。人生的总生态相不够完整，从文化，从人的总生态观察、把握、评价人生，也还缺少一种宏阔感与深刻震撼的力度。追求写实，容易失去锋芒；审美的理想主义，会导致生活认识的简化。初读张欣的小说，有一种舒展自如的快感，甚而不时为她的才情发出赞叹，但细细深究下去，又不期然地生出一种遗憾，总感到缺少一点特别耐人寻思、反复吟味的东西。在生活观念与文学观念上，如何汲取现代社会精神、现代品格去观照自身积累的个体体验，去探索现代生活的流变，似乎也没有完全成熟。

最后，必须谈到张欣的语言特点。在中国当代女作家中，张欣的文学语言虽未独树一帜，也没有形成完整的文体与语体风格，但却显示了一种驾驭较为纯熟的才华和生动活泼的再造力。张欣可以写那种基调忧郁、悲怆，抒情性强，具有诗的意味的作品，如《遗落在总谱之外的乐章》《不要问我从哪里来》；也可以写那种质朴无华，重白描，构思、手法、语言简练的作品，如《本色》《别把诺言当真》；也可以拿出具有象征性、写意性，旨在创造一种艺术氛围的作品，如《痴情的绿》；也可以写心理流程为主体，又有现实行为观照，每一个人就是一个叙述角度的作品，如《投入角色》《白栅栏》。尤其是女性作家少有的那种淡泊中显尖锐、调侃、幽默的语言点化能力，让人看到一点张洁的影子，但又不同于张洁。张洁更冷些，更苛刻些，张欣则要暖些，温情些。其中，在人物刻画上，时时地似乎又不刻意地采用了不少“文化大革命”的流行语言，往往收到入木三分的效果，显示出一种带着承继性的历史感，一种具有渗透力的历史意识。在人物刻画上，张欣还常常冒出一些充满着人生智性、灵性、悟性的语言，夸饰与想象的奇特直至变形，极为生动微妙，令人忍俊不禁。从这个角度来说，张欣的语言有着某种男子从容不迫、洒脱飞扬的特点。自然，女性的柔媚与婉约也镶嵌在字里行间。

最近，张欣写了一篇关于自己的创作《永远不说满意》的文章。她是清醒的，不过高估价自己，也不轻率贬低自己。她只要坚毅地前行，不断超越自己。

1988年4月30日 于广东从化温泉北溪3号

新颖嬗变

——试谈张梅

在二十世纪八十年代末期广东新进的青年作家中，张梅是突出的一位。

青年女作家张梅的小说，就其总体面貌而言，是在完整的改革开放氛围笼罩下，以现代都市生活的形态和都市文化意识作出反映的。

超越性，是张梅小说本体的对象化；潇洒自由，是张梅小说的个性特征。

张梅对人类生存状态，尤其是精神生存实况中共有的话题与命题，特别敏感，也特别细腻，而且能从容自如地将自己人生特有的体验、天赋的气质和独特的个性特征投摄进去，作形而上的追求。

张梅的观念形态、生存方式与艺术写作，基本上是现代进行式，传统的成分，被吸附、溶解与改造、改进。她不为某个固有的巨大影子束缚住，在一种沉闷的创作氛围中挣扎。而是常常出手不凡。超越现实，又不脱离现实，探求一条新颖嬗变的写作路子。读她的小说，你会亲切地感受到作家人生与写作心态的松弛、自然。她是真正有感而发，不作无病呻吟之状。我想，她也一定十分厌恶矫揉造作，不太可能容忍作假。

她写得十分诚实，货真价实，既不敷衍生活，也不演绎生活，更不会用欺诈与伪证来愚弄读者。是自身人格与文品的映照与升华。

没有情感的丰硕收获，没有感悟的激烈碰撞，张梅是不愿用空白的思维来填塞空白的稿纸的。

气质带有天性，也是一种天分。倘若先天不足，完全靠后天的修炼是难以归“真”的。

张梅的艺术质地特别，首先缘于她的先天气质。

可庆幸的是，张梅人生经历的准备，艺术功力的准备与思想理论修养的准备也比较充分。她不属于那种只凭借天分，而思想与精神格调幼稚甚至苍白的类型。

据知，她的童年与少年时代十分缺陷。过早丧失母性的抚爱，令她生出寄人篱下的离愁别绪。童年与少年时代的体验，是人生宝贵、丰富而又有特殊价值的财富。它将影响一个人一生的情感、性格与心路历程及其特征。

诚然，张梅在她青春的年龄就获取了沧桑感。

高中毕业后，当了三年知青，体恤了同一代青年许多极端重要的人生经验与人生判断。在工科中专毕业后，又当了七年工人。1985年报考出版社，凭自己的实力走上编辑岗位。

张梅人生经历中的二律背反现象，也是十分生动有趣的。

她出身于“上层”家庭，但生存与朋友的圈子，却是八十年代初期一批所谓“文化流浪者”。因为机遇，因为制约，这些人大都没有在正规的文化岗位上。但这又是身份、气质、素质上一个特殊生存群落。在这里，张梅索得了人生的“原生态”物质，又补充了思维张力、见解新颖、心理开放的营养。

生活中的张梅大大方方，落脱不羁，甚至很会“享受”生活，爱好广泛。也读了不少书，尤其还能潜心读一点理论书籍。我一贯的观点，作家涉猎书籍要宽阔，甚至大可读一些杂书、奇书，除外，还要有理论、理性意识。具备这两条，并非为了炫耀，为了给自己的作品涂抹油彩，而是自然融入创作全过程的每个环节，不只是一种指示意识，更是整体的诱发意识与溶注意识。这样，思维的起跑线就有了相对高度。

张梅不纯粹模仿西方现代派，也不简单地模拟生活，或只作形的粗糙改装，缺乏想象与概括的中介，写法又十分老式、陈旧、一成不变，而是试图将艺术作出某种变革，也注重形式美。近期，她的小说生活化、世俗化成分加重。如中篇小说《蝴蝶和蜜蜂的舞会》。这与她前期发表的中篇小说代表作《殊路同归》鲜明地烙印上“先锋”“实验”小说的品格，是不尽相同的。

我依然希望看到张梅的小说，精神实质是现代观念、现代思维与现代价值取向，但在文化渊源上，又让你领略到民族性、国民性的内蕴与氛围。

张梅近期获奖短篇小说《温教练》不足一千五百字。张梅居然可以写得这么短，居然可以写出一个有性格、有神韵的人物，居然还可以将你的思索与情绪引入文化思考与生命价值的层次。

《温教练》是对知青生活的一段回忆，却没有知青文学惯常的粗犷线条，但你又可以从小说人物的生存状态与精神状态中十足地感觉到了那是怎样一个压抑自然、压抑人性、压抑智慧、压抑成熟的时代！连一切行将破土的幼嫩而新鲜活泼的思想、情感都将被扼杀！温教练成了“沉默”的一个符号。

张梅并不以抑郁的叙事形态来把握人物，她的笔触依然那样轻盈，那样简洁，不刻意渲染，艺术感觉上又布满表层明朗而内里失落与痛楚的氛围。

温教练其貌不扬，目不斜视，绝少与人交流，独进独出，身影孤单。为了强化他的“沉默”性格，张梅还注重采用细节，如吉他悬挂墙上则从未弹奏，常常早晨独自一人站在空荡荡的球场投篮，耳膜隔绝女队员出赛前的歌声等，更加入木三分。

正是这样“第一个让‘我’体验到沉默的人”，内心却流动着“灵性”“人情味”与对事业的“热爱”之情。

一双黑黑的大眼睛鹿一样灵活的“后卫”，因不爱与同性女孩子玩，却喜欢混男孩子堆，而引起一串“流言蜚语”。对此。温教练取个性与人生方式保护的态度。

出生广州西关破落大家庭的高中锋，由于人生与爱情的早熟，反而令温教练更加“怜香惜玉”，另眼相看，与之切磋探讨。

小说穿插这两件小事，其间，不时渗入他对异域亲人的怀念与悬想，温教练“沉默”的性格具象化、情绪化了。然后，笔锋转向自然美景的一串叠句描写：清远美丽，北江清澈见底，飞霞山秀气逼人，以及浮动在江面的秋天的雾。性格、情绪与大自然相映成趣。

尽管这是一个小短篇，但很有立体感与层次深入感。小说最后引动的是关于生命意义的思索。

落魄之人与落魄之群，将生命奉献于一个阡陌空间的一种往返复始的运动（篮球），但它的生命价值却是崇高的。为此，张梅写下了如此洋溢着激情而又富哲悟启示的话语：

哪个懂得，在公社的泥地篮球场上投入两分和在奥运会上投入两分意义是相同的，同样是一种体育精神，同样是一种生命生存和竞争方式。

现代意识的观照，如同一支火炬，将一股往昔近于平淡无奇的生活，映照得光彩夺目。真理的启示是：重要的是参与和竞赛。

也许，张梅的文学命运不太好，也许缺少种种机遇，作品的价值没有完全被文学界所认知，所界定。但张梅潜质很好，潜力十足，只要不断处于人生与心理健全的状态下正常发挥，也还可以写得更勤勉些，完全有可能在广东作家中引领风骚。

张梅小说观念与形式，意象与方法之间的吻合，语言与文体的个性的追求，在广东作家中，也是突出的。

1991年11月4日急草于广州区庄村——东山湖畔

纤夫与犁铧

对梁凤莲的赞赏，首先感动于她执着的文学精神和文学精神力量。一提到梁凤莲，一想起梁凤莲，眼前马上会出现大河上的纤夫，田野上的犁铧形象。整整十九年间，她甚至负重般地坚持文学写作，没有间隙的停顿，十三本著作，三百万字，何其容易！身为人母，身为人妻，在艰辛的创作中，还完成了文学博士学位的进取。值得尊敬。

对梁凤莲的肯定，还在于她是广东乃至全国可以驾驭多种文学样式的极少、尤其是极个别的一个女作家。二十世纪八十年代，她写散文、短篇小说；二十世纪九十年代，她写评论，写随笔、写传记文学，写长篇小说；本世纪这五年，她写学术理论著作，又写新长篇。欣慰的是，在每种文学样式写作里，都有自己的代表性作品。散文为《远去的诺言》，学术研究著作为《岭南文学的文化见证》，小说代表作就是今天的《西关小姐》。作为一种价值的认定，她还五次获得广州最高文学奖项及海内外其他文学奖项。有一点可以断言：将来研究岭南文化，岭南文学，广州人文传统者，一定会阅读与研究梁凤莲和她的理论著作与文学作品。一个写作者，勤勉一生，有活着的人与后世人记住，哪怕是一个符号，哪怕是一种文本，哪怕是一份文字档案，可以了，足矣。

梁凤莲的文学价值，在于在双重构建和整合岭南文化与岭南文学中，也在探索自己的生存及艺术上的突破。可否作如下表述：在岭南文化的背景下，寻求岭南文学的血脉、底蕴与根性；其中，广州人文传统又是其核心，为此，创作了一个西关小姐形象，本质意义上的一种西关文化与形象，广州文化与形象。是充分地域的，怀旧的，感伤的，凄美的，又是在与新文明的接壤中，呼唤创造现代文化、情性、个性魅力的广州城市新人文、新形象。作家也在文学创造的再生与重塑中，衍传与张扬自己的生命力，挑战生命的极限。

岭南文化、广州形象的一种新的文学表达与叙述，我们有理由期待梁凤莲，期待所有与此相关的研究者们、写作者们。

作为中国的一座发达大城市，广州需要更强壮的文学和更知名的作家。京、沪、粤文化三足鼎立，也应有京、沪、穗文化三足鼎立。

2005年11月2日即就广州

才华闪烁

新时期以来，纪实、传记、报告文学一直笑傲文坛，中长篇小说也数尽风流。而短篇小说，近几年显然被批评家与读者冷落了。

文学史上，长篇名著与长篇巨匠不少，短篇名著与短篇巨匠却不多。

短篇小说是人生高度凝练的艺术，高度浓缩的艺术，高度删繁就简的艺术。

它非但不排斥丰富、内蕴、深刻，而是必备的品格。

优秀的小说之作，在一定程度上体现了广东文学新的追求，弥补了某些欠缺与薄弱环节。

而且，你将发现：它的作者，多来自有深厚文化传统和文化教育相对发达的地区。有的已经有了相当的知名度。

小说家们的着眼点，是现实与人的关系变动、调适和升华。由此观照一个特定时代民族的意识、心态与情致。

艺术上，追求意味、底蕴与深层思索、深刻性。

其中，《城市与女孩》，是现代思想观和艺术观较为完美结合的代表作。是都市文化的拓展、延伸。

作者：乔雪竹。

一个才华闪烁，知名度颇高，已步入中年的女性作家。

在国内高潮迭起的众多女性作家中，乔雪竹形成了自己独特的艺术个性与风格：遒劲藏于纤弱，傲岸寓于凄惶。

乔雪竹还是一位两栖型的作家，同时在小说、电影文学剧本创作的两翼，都有重要收获。她在电影界的影响，并不逊色于文学方面。

乔雪竹对自己曾经生活和拥有的这块土地——内蒙古草原，大兴安岭，怀有宗教徒式的热恋之情。但土地的母题已被生命的母题所超越与高扬。生命因压抑而扭曲，而变形，但生命内在的张力，爆发力，乃至原始的野性，则是不能抗拒的。生命的母题借助人物生存的土地空间和命运展现自己的轨迹，走向，归宿。

乔雪竹的电影作品，除初始着墨于救活意识（如《十六号病房》）之外，仍然突出与延续小说中的生命母题。只是在视觉形象的审美作用下，更富色彩感、空间感、动感与综合艺术魅力。如《森林中的头一个女人》等。

前几年，她南迁深圳，更年轻的时候生活在江苏南京，现在的生存基地则在北京，每年只是探访式的，有时是闪电式的回来一下。但聪颖的天资，富有的艺术感悟力，依然常常令她在短暂的行程中，倏然冒出火花、亮点、灵感与智性，看似出人不意的偶拾，却华光初照。

《城市与女孩》不正面写城市，不涉笔这座东方二十世纪八十年代初期崛起城市的任何外部形态，也不铺陈商品经济的正负效应，但你却从中可以清晰地感觉到它的脉搏、血流与生命的律动，它的宏阔的时代背景与社会心理场景。

深圳——个时代的象征，中国未来社会一种走向的起始，世纪性的“移民”与多元文化交汇的窗口。这座城市，或者说以这座城市最有代表性的广漠中国大地的一角，正在诞生具有现代色彩的一种新型的观念、新型的思维、新型的价值取向、新型的时代风尚，新型的历史习惯与秩序（生产、生活与生存方式），并迅速聚生起来。

乔雪竹艺术地，不经意地将这个廓大的背景，融纳进题旨意识与人物关系组合及命运之中。

从世界短篇的成败而论，这几乎是唯一的成功“模式”。“小题材大境界”“小人物大世界”，这就是短篇创作的规律。

简化背景，又不隔离时代，这正是短篇创作的难度与难点。

乔雪竹由土地的母题，演进为生命的母题，生命价值的母题。

深圳是“梦”寻者的“天堂”。是寻找生命本位和生命价值实现的个性化世界。本位观与价值观是深圳公民人生的重要支撑点。

由乡村文明、农业文化向都市文明、工业文化转换；由纯洁而沉沦，直至彻底沉沦或新的觉醒；由自为的或意识模糊的灵与肉、精神与物质的“奉献”，尔后独立或寄生；新的生产力和生产关系，新的经济文化的代表者，创造具有现代特征的思维、观念与价值，创造新的生活……这种种价值观的支撑点，使深圳特区这部时代交响诗，具有浑厚、激越，也带着苍凉、悲壮的多层面色彩与多意向蕴含。

像无数“打工仔”“打工妹”一样，《城市与女孩》中的“女孩”，也是随大潮兴起加入南下劳工大军的。她涉世之浅、之单纯、之诚实，几乎看不出有什么人生准备。琼瑶的小说，成了她判别好女孩与坏女孩的尺度。她匆匆寻找，尚来不及选择，等待的竟是“陷阱”。在命运的转折关头，又恰是自立走势，使“女孩”迅速脱离不幸，在文化的进取中更新自立。

小说结语，含蓄点题，给予一种提示：

> 我真的感谢这座城噢！为它保有这样一个女孩，这样一块钻石。噢，谢谢！

城市与人同在，城市与良心道德、理想与追求同在。

只有那些抱有偏见与主观臆测的人，才认为深圳这块实验地，只有“恶”的生长、积聚与膨胀，只有“恶”全部以道德的牺牲为代价，才能换取历史的“进步”甚至智慧、智性也是有毒的才华。实验的基因中就包含着资本原始积累的“罪恶”，包含着“原罪”。

这种显然倾斜性的价值判断，并不公正、客观。

正是在这块特殊的土地上，由于一次历史性的机遇，带来了现代经济的变动，观念的变化，造就了新型的现代人和现代文化文明。活生生的人不再是抽象的符号，活生生的个性不再是强暴意志的附属物，活生生的生活不再是某个一成不变的刻板公式的假托，活生生的创造与追求不再是违背人性与天良的所谓“道德”的牺牲品。而且，这种人、个性、生活、创造与追求，已融合在公众利益、他人利益、社会利益之中了。日益显示出蓬勃的生命力与历史前行的精神。

乔雪竹几乎是以母亲般温情脉脉的心境与情怀，注视着深圳这块土地。

甚至对“丑陋”进行鞭笞时，也显得十分节制。她可能担心，过于严厉、苛刻的谴责，连同创造、萌芽本身，一起毁灭。于是，她的笔触小心地探索着，她的情感判断受制于时代的理性。抚爱、珍惜、保佑之情徜徉字里行间。正是这座具有现代理性与现代价值象征和崇拜意识的城市，“罪恶”也在净化。小说中以“骗”为生的人物黄大姐，也因感动于一对银婚夫妇的真情，在潜意识作用下，将一对真钻石戒指奉送。今天，这块土地已经走过了孩童时代，正走向她的青年、壮年，向人格与生命的成熟和完整大步走去。

《城市与女孩》接近于一部象征体、隐喻体小说。“城市”是商品经济的汪洋大海，是各种文化与观念撞击的敏感雷区与震带。生力、活力与惰力、破坏力俱生俱灭。置身其中的“女孩”没有被淹没，遭受雷击与震中的灭顶之灾，而是浮游上来，超脱出来。“城市”与“女孩”互为依存，互为因果，代表着一个民族与群体孕育与创造新生命的开端与过程，预示着未来的希望。

乔雪竹素描式的勾勒，一改以往浓重的情绪与画面色彩，对环境、氛围、人物、对话、细节，不时有机智与狡黠的笔墨，更不直诉主题，唯其如此，更给予读者与批评家开垦联想与思索的天地。小说明显的破绽，恰在于没有将这种留下的想象延伸。“女孩”的命运大可不必与一个具体的“恶”的化身人物“黄大姐”直接联结。如果只是提供一条命运发展的线索，艺术感觉的整体美不会因为情节的过分巧合而有所缀断。

我如此推崇乔雪竹的作品，绝不是随意地简单地为“外来户”（或“客籍”）作家歌功颂德。艺术地渗透生活的能力，恰是广东作家需要学习与借鉴之处。也恰是广东二十世纪八十年代末期新进青年作家的一个重要成就。

都市文学的出现，不仅仅是题材意义与观察点的转换，更是一个生存空间、生态环境、价值取向与人文意识的过渡。都市文学的中心仍然是人。是人在与经济、商业、物质文明活动中，心态、人伦、品格、观念、思维向现代意识的迈进。

1991年11月4日急草于广州区庄村——东山湖畔

第三辑

欧阳山及其创作断论

一、两种事实引起的思考

说来也巧，我们这些对欧阳山及其创作素无研究的人，只因一个偶然的机遇，才执笔撰写这篇评论文章。惶恐之余，略感慰藉的是，脑子既是一片荒芜，而一旦开垦起来，就易获得一种独特的，新鲜的印象。我们未曾料到，对像欧阳山这样一位有着半个多世纪创作经历的老一代作家，我们的研究工作竟如此落后、无力。

一、“文化大革命”前，直至近几年出版的十几种由大学或个人编著的现代文学史教科书，对欧阳山大革命时期、左联时期、抗日战争时期前后整整二十年的创作，几乎都不予论及。显然，这不是一种疏忽，而是包含着编著者的评判态度的。只有极个别编著者，如刘绶松，在论及《高干大》时，才有这样极简略的评价：“欧阳山远在第二次国内革命战争时期，就开始了他的创作生活，而且取得了相当丰富的创作成绩。”还有极个别人的文章，如李何林，把欧阳山列入左联时期小说方面“最杰出的代表”作家之一。再如汪应果，认为欧阳山左联时期“开始崭露头角”。但对作家的创作实践，都未曾作具体分析。

二、“文化大革命”前及近几年出版的现代文学史教科书，除中国人民大学、中南七院校等极少数编著者，把欧阳山的《高干大》与别的作家作品合在一起开列专节论述外，大都只在综述这一时期的创作成就时，略加评介。

三、国内至今仍无一篇全面研究和评论欧阳山创作实践的具有学术价值的文章，亦无作家的评传，似乎也没有这类学术讨论会。广东虽有三两人较为关注欧阳山的创作，但多只涉猎一两部作品。倒是日本的一位叫多田正子的女士，在东京大学中文系就读时，写了一篇《关于欧阳山的创作》的毕业论文。

四、迄今仍不见有欧阳山文集或选集的出版。

这是一方面的事实。另一方面的事实：

一、欧阳山是老一代作家中尚健在，还有创作活力的一个。他的产量颇丰，共出了十二个长篇，五个中篇，十一个短篇集，一个中短篇集，一本诗集，一个散文集，一个诗歌散文集，一个小说散文集，五个剧本，两个翻译长篇，及尚未成集的几十个短篇、散文和报告文学，还有散见于报刊的一大批文艺短论、杂文、文艺回忆录等。

二、"左联"时期，欧阳山与鲁迅的关系密切。从1927年至1936年，鲁迅先后给他写过二十几封信，直至病重期间仍寄书两封。鲁迅对欧阳山的创作，有直接影响。

三、在延安时，欧阳山发表《活在新社会里》人物特写，毛泽东同志亲笔写信为他"新写作作风庆祝"。延安整风运动和毛泽东同志的教诲，对欧阳山的创作道路有着巨大影响。

四、欧阳山的作品一直有争议。尤其是《三家巷》《苦斗》发表和出版后，从1959年至1965年，在全国十几种报刊上，持续了长达七年之久的广泛争论，这在我国当代文学史上是罕见的文学现象。

五、"文化大革命"中，欧阳山及其作品，是江青及其御用写作班子"上海批判写作组"，利用《红旗》杂志，点名批判的为数不多的几个作家之一。

这两种尖锐对立的事实，就是笔者在做案头工作时获得的最初印象。为之惊诧，更引起了许多思考。首先，我们感到，我们的评论界、大学文科、学术界，对"五四"以来的几代作家，仍缺乏全面的、综合的考察和研究。既不注意从纵横结合，从历史和现实的联系中进行研究。更欠缺比较研究。新出版的几种现代文学史教科书，有的不仅编写体例完全照抄过去的版本，少创见，甚至不及"文化大革命"前的研究水平。其次，我们对现代作家和作品某些方面的研究，如沈从文、萧军、萧红等，还落后于香港和海外。再次，在现代作家和作品的研究问题上，一直存在"左"的影响。尤其是对他们的早期创作，或后来发生的某些变化，往往不是采取历史的、具体分析的态度，而是极易将复杂的文学现象和创作实践简单地加以肢解。像巴金这样一代文豪，亦不曾幸免。还可以列举，如郁达夫、徐志摩、戴望舒等。

愿现当代文学的研究，不断有新的开拓，这就是笔者写作这篇文章时的心情。

二、不能抹去的一段历史

欧阳山在现代文学史上占有什么地位？这个问题是不能回避的。过去的教科书和文章一般不论及作家二十世纪二三十年代的创作，这里有认识上的原因，也反映了我们的研究水平问题。其中一点，就是对作家这个时期的创作思想及其带给创作的影响，缺乏具体的、细致的、深入的分析和论证。

近些年有文章认为：欧阳山的创作阶段划为初期（二十世纪二三十年代）、中期（二十世纪四十年代）、后期（中华人民共和国成立后）。笔者的意见是：欧阳山的创作可划为四个阶段：二十年代中期至三十年代初期，三十年代初期至四十年代初期，四十年代初期至四十年代后期，中华人民共和国成立后。后两段，划分比较明确，各方面的意见容易一致。前两段的情况就要复杂得多，歧义也很大。

对欧阳山二三十年代的创作持不可分论者，主要认为：作家这一时期总的思想倾向，没有超出小资产阶级范畴，因而反映到创作实践中来，一方面在思想内容上是小资产阶级的东西，在艺术形式和语言上是严重的欧化。

实际情况如何呢？

先看二十年代中期至三十年代初期的情况。欧阳山是在大革命初期结束贫穷的流浪生活开始文学创作活动的。促成他这样做，主要有三个因素：童年的坎坷经历，大革命的环境，五四新文学和欧洲文学的影响。他不像五四时期崛起于文坛的一代作家那样，大都出身于中产阶级家庭，有的是书香世家，有的还出国留过学，能较快地接受新思想新思潮，并具有较高的文学修养。欧阳山的童年是黯淡的。他几乎被当做社会的弃儿，在最底层的各种人们中间挣扎着长大的。随着年岁的增长，他在思想和文化方面所受的影响更是纷陈驳杂。当他开始用有限的识字水平，嚼啃着各种文学书籍，这其中既有五四精神优秀代表作家的作品，也有反五四精神的文学作品。人家介绍给他读的第一本刊物就是《礼拜六》。这是当时鸳鸯蝴蝶派最风行的一本刊物。欧洲文学作品中追求个性解放、个人反抗、个人奋斗的艺术形象，对他也颇有吸引力。后来，他一度被卷进大革命的浪潮，但对文学的兴趣毕竟大大强过于政治，便自己组织“广州文学会”，主编《广州文学》周刊，后又扩展为“南中国文学会”，出版《广州文艺》周刊。在此期间，作家还与鲁迅、郭沫若等人偶有接触，他们的为人立事，文学见解，对欧阳山产生过有益的影响。但它是微弱的。纵观这个时期，作家还未形成一种固定的思想，更没有建立起某种明确的信仰，他的世界观、人生观、社会观和艺术观，还是一种多元素的复合体。这样，表现于作家笔下的东西就呈现出纷纭复杂的局面。作家尚不善于过滤和提炼，更多的是描摹生活，客观地记录对生活的直观印象。他既看到社会的龌龊与罪恶，又发现生活底层人们中间存在的高尚和良善；写小资产阶级知识分子的愤懑、抗争、幻想，也写他们的抑郁、哀怨、失望，乃至歇斯底里的灰暗情绪；写两性之爱的纯洁，又常常不免落入性生活的自然主义描摹；写劳动人民的凄苦、坎坷和不幸，又把出路置于人性反抗和自我解放的旗帜下。这些作品，既是生活原型原态原貌的复制，又是生活变形变态变貌的折射；既给人以情趣和鉴赏上的审美作用，又往往带来精神上的某种灰暗的色调。作家1924年发表的处女作《那一夜》，就是这个时期这种思想和情绪的代表作之一。作家是怎样写出他的第一部作品的？因为生活中“不可理解的矛盾”给予他的“灵魂以极大的抑制”，使他的“思想没有正常发展的可能”，把他和他“周围的一切搅成极度的狂妄混乱；结果，带着忧郁的、怀疑的浓厚色彩，接受了稍稍能汲取虚伪的、慰安的、有毒素的玄秘性的东西”，而写出了这篇“极其幼稚的小说”；这是“拿自己的幼稚可笑的悲观底分泌物，把整个世界涂成一种空虚的丑相”。此后，作家于1927年发表的第一部长篇小说《玫瑰残了》，也是这一时期作家思想情绪的代表作之一。大革命失败后，作家成为职业小说家，仅两三年的时间，就先后出版了《桃君的情人》《莲蓉月》《你去吧》《爱之奔流》《密斯红》等长篇，以及短篇集《仙宫》《流浪人的笔迹》《再会吧，黑猫》《光明》《钟手》《人生底路及其他》。这些集子中的多数篇章，都是作家这一时期多元素复合思想的投影。

很明显，如果拿欧阳山这一时期的创作与五四及至与欧阳山同时期出现的优秀作家相比，无论在思想的深度、色调、情趣，艺术表现的民族传统感，以及艺术功力上，都暴露了作家极大的弱点和局限性。据此，对欧阳山这一时期的创作虽不宜评价过高，但也不能一笔抹杀，它在我国现代文学史的早期篇章中，对认识当时的社会，是起了多棱镜的作用的。

欧阳山走完这一段创作历程，才二十岁刚出头。他没有止步，更没有倒退，而是跟随呼啸前进的时代，进行着更执着更有价值的追求。因之，当作家步入第二个创作时期，即三十年代初期至四十年代初期时，情况就大大改观了。主张欧阳山二三十年代的创作不可分论者，却认为作家三十年代初期直至到延安前这一个长时期，创作思想和创作风格与二十年代都无甚差异。其实不然。

首先，作家这一时期的创作思想较之二十年代，有了相当程度的进步。大革命被葬送于血泊之中，使作家进一步认清了社会的罪恶和人民的深重灾难。他一方面在现实环境的重压下感到苦闷、彷徨、窒息，另一方面又在孜孜不倦地寻求思想武器，探索光明的真理。当时关于普罗文学、大众文学的论争，使他初步接受了马克思主义启蒙思想和文学的影响。他主办文学周刊《幼稚》，后又发起组织了秘密的“广州普罗作家同盟”，主编以方言文学为旗帜的《广州文艺》周刊，开展革命文学活动，并因此遭到国民党反动当局的通缉和追捕。这个时期的最初阶段，标志着作家创作思想、创作题材变化的，是1931年发表的描写工人斗争生活的长篇小说《竹尺与铁锤》。虽然这个作品在艺术上并不太成功，但作家有意识地开拓自己的创作题材，将笔锋转向工人劳动群众的斗争，直接揭露帝国主义和国民党反动派的罪恶，不能不说是思想上的一个大进步。随后，作家创作的粤语中篇小说《单眼虎》及其他一些粤语短篇，虽然只停留在用方言写作来实践对大众化的认识上，但作家希冀有更多的普通工农群众能读懂自己的作品这个良好愿望，是应该充分肯定的。更何况，这些作品在当时一定的范围内，还是起了某种有益的作用的。不久，作家来到当时反对国民党反动文化围剿的中心——上海，参加了“左联”，并直接受到鲁迅的教育和帮助，思想上更加明确趋向无产阶级革命事业，在创作实践上，具有突破意义的，就是这个时期的第一个短篇集《七年忌》（1935）的出版。在这个小说集中，笔下的主要人物都由小资产阶级知识分子转向普通工农群众和下层人民；由原来主要着墨于人物被凌辱和抑郁的精神面貌，变为突出人物的反抗精神及其对人生执着和倔强的性格。由于作家确信“人生意义”，因此，这些作品“具现了各种光明的文学作品的真实性”。之后再出版的短篇集《生底烦扰》《鬼巢》《失败的失败者》《流血纪念章》，中篇《崩决》，中短篇集《青年男女》，虽然在思想和艺术上成就参差不齐，但它们有一个共同的特点：沉重、阴郁的画面中，不时闪现出一缕希望的光亮。这是作家的理想之光，是人物的心灵之光。其中1936年出版的中篇《崩决》，堪称作家这一时期最优秀的代表作，可与同时期其他作家的优秀代表作相媲美，在第二次国内革命战争时期的创作中，都有重要的地位。《崩决》通过广东水灾中逃荒农民悲剧的淋漓描绘，较为深广地展示了国民党统治下旧中国的黑暗社会图景。它表明：作家越来越注意开掘作品的社会内涵。

其次，作家这一时期的创作风格较之二十年代，亦有明显的变化。以往的教科书或评论，几乎都不加区别，不加分析地认为作家这一时期作品的艺术形式和语言，也是严重欧化的。其实，与作家的创作思想变化相适应，艺术表现上更具有现实主义的力量，长于白描，语言也较为通俗明快，较之二十年代作品那种十分明显的欧化倾向，应该说有了可喜的改观。当然，作家这一时期的创作，从总的水平来看，思想深度还不够，反映社会的生活面还不够广阔，形式和笔调仍有欧化的痕迹。如长篇《战果》，就写得比较晦涩，艺术上也比较粗疏。

由此看来，将作家二三十年代的创作一刀切，显然是不符合实际的。同样，在现代文学史的教科书中，论及大革命前后涌现出来的第二代作家时，避而不谈欧阳山及其创作，也是很不合适的。欧阳山二十年代中期至三十年代初期，尤其是三十年代初期至四十年代初期的创作，在现代文学史上，是有着重要地位的。作家在这个时期的努力和追求，为后来创作思想和创作风格的根本转变奠定了基础和准备了条件。

三、关于《高干大》的再认识

欧阳山到延安后，于1946年写出著名长篇《高干大》，标志着作家创作思想和创作风格完成了根本的转变。《高干大》不仅在作家的整个创作经历中，就是在现代文学史上，都是有着特殊地位的一部重要作品。它与同时期出现的其他作家的优秀代表作，构成了延安文艺座谈会以后，文坛群星瑰丽的光辉局面。可是，在“文化大革命”前和现在出版的相当数量的教科书中，这个长篇只是在概述里提到一笔，评价也不高。对其价值的认识，亦只有极个别的编著者，如中国人民大学编的讲义中，看得比较深，评价也比较中肯、公允。

要正确估价《高干大》在现代文学史上的地位，主要看它较之以往和同时期出现的其他代表作，究竟提供了什么独特的贡献？以为主要有以下几点：

一、这是我国第一部也是当时解放区仅有的一部直接反映农村合作社题材的作品，而同时期的其他优秀之作，则是以减租减息、建立民主政权、反奸锄匪、土地改革为其主要内容的。

二、与同时期的优秀作品主要写农民与地主的矛盾，以及反对封建意识的斗争不一样，《高干大》将反对革命队伍内部“左”的教条主义、官僚主义和主观主义作为其重要内容和主要情节贯穿线，还触及到了带社会主义性质的矛盾和斗争。这不仅在解放区的文学中，就是在现代文学史上的作品中也不多见。

三、高生亮的形象有着鲜明的时代特征和典型性。他不仅具有中国农民一般的传统美德和优良品格（也包括其局限性），更主要的，他是当时历史条件下新生活内容的开拓者和新人的形象。这里集中体现的是他的宝贵的创造精神。他密切联系和紧紧依靠群众，以群众利益为根本利益，实事求是，不拘泥于现状，不拘泥于书本，不拘泥于一时一地的现行政策，按照事物发展的内在规律和群众的需要，创造性地进行办社改革，终至将一个濒临于崩溃边缘的合作社，更新为一个生气勃勃，有着光明前途的合作社。

四、《高干大》出版后的十几年间，版本多至十几种，印数达五十多万册，这从当时的出版水平来看，是一个可观的数字。1948年，华北地区还把它列入区级干部的读物。对后来的土改和合作化运动，都产生过有力的推动作用。并先后被译成俄、捷、匈、英等国文字，介绍到国外。

五、《高干大》这部小说透过艺术形象所提供的思想，对于今天仍有着巨大的认识价值。农村合作化运动，是继土地改革之后，我国农村一场带广泛性质的社会主义革命。难能可贵的是，作家透过这场经济改造和变革的认识和描写，较早地洞悉到了“左”的思想的严重危害，并借助艺术形象，提出了破除这种“左”的思想的正确途径和方法。这无论对我们回顾所走过的道路，还是对今天的四化建设，都有着深刻的警诫作用。

这里顺便谈一下，以往和现在的教科书，在论及《高干大》的不足之处时，意见都是一致的。有些则不能苟同。认为《高干大》后半部写反封建迷信的篇幅过多，以致影响了结构的集中和情节的连贯，未能使反对“左”的教条主义、官僚主义、主观主义的斗争贯穿情节的始终，这个意见是对的。但由此引申出写了这方面的斗争，就无助于主题的开掘，则是偏颇的。特别是在当时情况下，反封建迷信作为小说情节发展的一条辅助线索，恰恰开阔了作品反对“左”的教条主义、官僚主义和主观主义斗争的历史内容，使之呈现出更为复杂和广泛的社会背景，这正是有助于主题深化的。其次，认为写了群众和高生亮迷信等落后思想，就是削弱作品中人民生活环境的真实发掘和表现，也是不能令人信服的。其实，构成整个作品典型环境氛围的，不仅此一端，它所着力渲染和表现的人民群众对办社改革的强烈愿望和迫切要求，正是生活最本质的一面，因而它也是艺术真实的。还有认为小说夸大和突出了高生亮的个人作用，他的智慧和才能，以至超越了党和组织的力量，这种评判更是站不住脚的。不正是高生亮的创造精神，才体现了党和群众的根本意愿、要求和利益吗？而且在作品的人物关系设置和具体描写之中，高生亮并不是目空一切的，也不是全能全智的神明，他自身所暴露的弱点，正说明了这一点。至于说小说中高栓儿与任桂花的爱情描写多余，没有什么积极的教育作用，也是简单化的看法。只能说，这条情节线与整个斗争没有坚实地扭在一起，但它对于反衬高生亮的形象，丰富作品的社会内容和艺术境界，仍然是有益的。

四、仍有争议的鸿篇巨构

《高干大》出版后仅两年的时间，我国便进入了社会主义新的历史时期。五十年代前期和中期，作家又先后完成了反映新民主主义革命时期广东革命战争题材的中篇小说《英雄三生》《红花岗畔》，以及反映农业合作化题材的中篇小说《前途似锦》。前两个中篇，可以看成是作家进行《一代风流》鸿篇巨构创作前的一次试笔。作家宣称：《一代风流》试图反映1919年至1949年整个新民主主义革命时期“中国革命的来龙去脉”。可见，能否正确评价这部鸿篇巨构，直接关系到作家在当代文学史上的地位问题。

这里，首先有必要对1959年至1965年在全国范围内开展的《三家巷》《苦斗》的讨论作一基本估价。对此也是没有必要回避的。否则，既不利于总结三十年来文艺批评的经验教训，也不利于对作品本身作出公正的评判。这断断续续长达七年的讨论，应分为两个阶段来看。从1959年至1963年的讨论，属正常的文艺批评范畴。当时，持各种意见的几方，是在平等的基础和争鸣的空气下，进行批评和反批评的。但到了1964年4月以后，情况就大不一样了。首先一个变化，是把前一段正常的讨论逐步纳入批判的范畴，并公然宣称“这就是一场严肃的阶级斗争”。另一个变化，是持肯定意见的一方，几乎被无形剥夺了充分发表意见的权利。再一个变化，是由于当时“左”的严重影响，不仅越来越趋于对作品采取全盘否定的态度，而且带有某种围攻的性质。其中，不少报刊连续组织工农兵、青年、学生座谈，以及发表个人署名文章，控诉作品的毒害，声称作品“在客观上帮助资产阶级同我们党争夺青年一代”。一些有影响的评论家在这场争论面前，亦不幸陷入了“左”的教条主义式的批评泥沼。虽然，这种批判，与“文化大革命”中“四人帮”及其御用写作班子的批判，根本目的不一样，但不能不认为，这种严重“左”的倾向，确实为后来触目惊心的政治宣判提供了条件。

直到最近，新出版的几本当代文学史教科书，对《三家巷》《苦斗》这两部作品，尤其是在论及到具体问题时，这种认识和评价仍然分歧很大。如《当代文学概观》在肯定这两部作品的同时，又提出了一些似乎互相矛盾的看法。它指出周炳的形象在中华人民共和国成立以来优秀长篇小说的主人公中，是“独特的，罕见的”“具有普遍意义的”，但又认为“总的来说，周炳形象的塑造，不能说是十分成功的”。而就这一点进行具体分析时，诸如周炳形象的深刻性、外在美与内在美、性格的发展、爱情描写，以及作家对周炳弱点缺陷所持的态度等问题上，许多又都是重复过去否定者的批评意见。可见，这两部长篇的创作实践及围绕它所展开的讨论，涉及文艺创作和文艺理论、文艺批评中的许多重大问题，因此，今天继续进行探讨，仍是有益的。

关于典型性和时代精神。持否定的意见认为：《三家巷》和《苦斗》没有正面和直接描写作为当时历史时期本质、主流的重大历史事件和阶级搏斗，只是从侧面写了周炳所生活的特殊环境和独特的生活经历、生活道路，因此不能反映当时的时代精神，没有典型意义。这种把个性与共性割裂和对立，把本质等同主流、共性的文艺批评观点，在三十来年的文艺批评中几乎没有断绝过，亦给创作实践带来过极大的危害。典型化的核心问题是个性化，反映某种本质的形象越个别，就越典型，越真实。抽掉了个别的共性，就只能是共性，而不是个别的共性。《三家巷》《苦斗》巨大的文学价值正在于：它提供了一个特定的具体的生活环境——三家巷；它提供了一个独特的复杂的艺术典型——周炳。《三家巷》中周、陈、何三家所分别代表的工人阶级、买办资产阶级、官僚地主阶级，及连系着的区家所代表的城市手工业阶级；《苦斗》中又增加了胡家所代表的贫农阶级；《柳暗花明》中还扩展了代表反共卖国的国民党当局利益的李家和国民党军队利益的张家，以及与这七家相互关联着的各个社会阶层、集团、势力、人物，他们之间错综复杂关系的变化、纠葛、复合、分化……构成了当时社会一幅活生生的图景，展示出阶级关系变动和阶级矛盾、阶级斗争发展的态势。作品虽未正面描写重大历史事件，但它激起的波澜，总是会在三家巷各种人物的心灵空间找到回音。活动于这个环境之中的中心人物周炳，通过真实地描绘这个环境及整个时代潮流所给予他的影响和冲击，展示出其艰难的改造历程及性格发展和形成的历史必然性，从一个侧面概括出了那个时代一个普通知识青年所走过的生活道路。应该说，作品所提供的这个环境和人物形象，既是极其个别的，又是充分典型的。它所折射的时代精神也具有独特的光彩。

关于周炳形象。持否定的意见认为，这个形象“杂质太多”“性格分裂”“双重人物”“精神负担太重”，是“贾宝玉式的”，充满小资产阶级情调和气息的人物。回顾中华人民共和国成立以来，凡是文学作品中稍一出现这种类型的人物，就会引起争议和贬谪，这种批评的观点和方法，正是导致文艺批评本身及创作庸俗化、简单化、公式化、概念化的一个重要原因。周炳形象的成功，正在于写出了他精神世界的复杂性、感情的丰富性和浓烈的人情味，及其所赖以产生和存在的历史的、环境的条件。构成周炳外在和内在性格和感情特征的，主要是五大因素：美貌、痴情、正直、思索和对革命的执着追求。美貌是先天赋予他的，也体现了作家的美学理想。痴情乃至感伤，有时甚至歇斯底里的疯狂，正是三家巷这个环境所带给他的消极一面。正直则是他所依附的那个阶级所培植的一种美德。思索和对革命执着追求的精神，是那个历史环境和时代潮流冲击的产物。作家的创造力和胆识，不仅在于写出了这样一个植根于二十年代土壤之中，交织着复杂性格和感情的矛盾混合体，更主要的是生动、真切地揭示了人物摆脱剥削阶级思想羁绊，逐步向崇高精神世界登攀，最终成长为成熟的坚强的无产阶级革命者的转变过程。作家这样写人物自我改造沉缓、蹒跎，但毕竟伴随时代前进了的历程，正表明作家对自己主人公所持的正确立场和态度。唯如此，作家才“选定了经过几十年的观察、体验、研究、分析得来的人物周炳做……主角”，“既没有把他当做英雄，更没有把他当做理想，既谈不到歌颂，有时还有些非议”，但“同意他继续革命，把整个改造过程走完”。

关于爱情和人性描写。持否定的意见认为：《三家巷》和《苦斗》根本不是写所谓“中国革命的来龙去脉”，而是“儿女风情史”，是“爱情至上主义”，是“鸳鸯蝴蝶派式的爱情小说”，甚至贬称为“新《红楼梦》”。他们主要依据于周炳先后与区桃、陈文婷、陈文英、胡柳、胡杏几个女性关系的描写。现在，不妨依次作一简略分析。周炳与区桃，二者的爱情是建立在对纯朴劳动和自由美好幸福生活的向往和追求之上的。虽然，由于当时男女主人公年龄的局限，尤其是女主人公如一片云彩倏然消逝，他们尚来不及卷进社会和革命的漩流之中，这种爱情所包含的社会内涵还不那么丰厚，但他们爱情的基调是纯洁的，健康的，坚贞不渝的，具有普遍劳动者感情的质朴美。说区桃只有“林黛玉式的病态美”，是不合乎作品的描写实际的。相反，作家把区桃当做“有价值的、美丽的人”来描写，在作品所赋予的条件下，倒是达到了预期的目的。周炳与陈文婷由于区桃的牺牲，周炳的心灵一片虚无，宣称“继承表姐区桃未竟之志”的陈文婷，成了他狂热追逐的对象。当革命倒于血泊之中，周炳仍沉溺于爱情的梦幻之中，对陈文婷抱有幻想，以致付出了血的代价。周炳在与陈文婷的关系上，充分暴露了其思想感情上严重的资产阶级和小资产阶级的缺陷。作家写这些，并不是为了歌赞他。后来，当他从血的教训中逐步醒悟过来，便坚决斩掉了这种感情上的丝连。到了《柳暗花明》，陈文婷企图再一次利用旧日的感情来“征服”他时，就不再奏效了。这说明周炳在革命实践的过程中，不断在洗涤自己思想感情上的污垢。周炳与陈文英，二者根本无所谓共同的感情。虽然周炳当时处于因革命失败的苦闷彷徨之中，但在陈文英赤裸裸的肉欲挑动之下，没有产生丝毫的邪恶念头，始终保持着对革命炽热的向往之情。这说明周炳的精神世界变得更为丰富，情操变得更为高洁。周炳与胡柳，二者的爱情，较之与区桃，显然，有着更丰富的社会内容。首先，他们的爱情基础是共同的革命志向和在革命斗争中发展起来的深厚感情。胡柳是一个带传奇色彩的农民女英雄形象。其次，周炳在与胡柳的关系上，表现了广阔的胸怀。当时赤卫队中，有几个人同时钦慕胡柳，周炳出于同志的情义，压抑自己内心的感情之火，直到胡柳明白无误地表明爱他时，爱的波澜才无法深锁他的胸间。再次，胡柳牺牲后，周炳没有重复区桃牺牲时那种绝望的伤感情绪，而是更坚定了革命的信念。周炳与胡杏，前两卷只是埋下了一颗感情和爱情的种子，尚未萌发，直到最近出版的《柳暗花明》，周炳与胡杏虽感情至深，但因处于艰苦卓绝的斗争环境之中，仍只以纯真的“兄妹关系”相称，将爱情置于革命利益之下，深深潜藏于心扉之中。爱情至上主义论者还认为，小说写了周炳的外在美，用外在美代替内在美，并作为抵御阶级斗争的一块盾牌。欧阳山宣称，他是要把他笔下的男女主人公写得很美的。这是作家的审美要求和审美趣味，无可非议。争论的焦点在于，这种外在美究竟在人物的对应关系中起了什么作用？从上述分析可以看到，小说赋予周炳“美男子”、区桃“黑桃皇后”、胡柳“黑牡丹”、胡杏“翻生区桃”的神韵风采，与其内在的光彩是统一在一起的。周炳的外在美，虽为敌对营垒中的某些人物（如陈文婷、陈文英）所迷恋，以至带来过某种缠绵悱恻的感情纠葛，但他最终既没有倒在买办资产阶级小组陈文婷和陈文英的怀里，也没有被陈文雅等所“俘虏”，何来调和敌对阶级矛盾之说？作家笔下人物的性格，尤其是感情世界呈现出复杂性和丰富的生活色彩，就往往被不加分析地斥之为“人性论”“性格分裂”，这也是我们文艺批评中长期存在的一种“左”的倾向。

当然，发表这些意见的目的，绝不是说对欧阳山的鸿篇巨著要舆论一律。文学史告诉我们：有价值的作品，往往争议愈多。而在争议的过程中，又不断发现和认识其价值。笔者认为，《一代风流》至目前共出三卷，其中《三家巷》最为出色，这也是作家半个多世纪创作中的“领衔”作品，是中华人民共和国成立以来十几部最优秀的长篇小说中的一部。尤其是它出版后所引起的长时期的争议，更证明其在我国当代文学史上，有着特殊贡献和地位。

五、没有争议的艺术才华

广东文艺界的同志都知道，欧阳山的作品，从来都是有争议的，且不说他二三十年代写的那些作品，即是作家在进行鸿篇巨构余暇时偶尔为之的几个短篇，如《乡下奇人》《在软席卧车里》《金牛和笑女》发表后，无一不引起争议。没有争议的，只是作家的艺术才华。“文化大革命”前讨论、“批判”《三家巷》《苦斗》时，有一种意见认为：欧阳山的艺术才华，像陀思妥耶夫斯基的才华一样有“毒”。但在作家有才华这点上，则不予否认。确实，《三家巷》的创作，证明作家的艺术才华已经发展到了峰巅，艺术风格得以确立和形成。当然，这也是有一个历史发展过程的。可以说，作家最初的创作，已经显露和包容了他后来形成的艺术风格的许多重要因素。如地方色彩和地方风情，作家二三十年代在广州和上海写的作品，主要是反映广东农村和城市的生活，民俗风尚，世态人情，写得惟妙惟肖。又如人性、人性美的雕刻，作家这个时期写城市小资产阶级知识分子的作品，肖像美的描摹，内心的刻画，人性的开掘，人情的生发，就十分细腻、真切、动人。甚至周炳对人生的执着追求和倔强的个性，都可以从作家这一时期的许多人物身上找到影像。《高干大》的创作，标志着作家创作风格上的一个根本转折——既向过去欧化的影响告别，又向民族化和群众化作新的探索。这部长篇在艺术表现上，主要是吸收我国古典小说的优秀传统，如白描，直叙，以人物为中心展开情节，结构井然，层次分明，首尾相顾。语言上，吸收陕北方言谚语，并加以改造，使之口语化，活泼生动，形象性强。这部长篇第八章《发展》中写农民入社交股金的情节，王德贵、刘老婆、曹根福三人因怕露富，各编谎言，终又合一的性格，就写得妙趣横生，神态逼真。情节的巧致安排，是我国古典小说和戏曲的典型结构方法。从这里，我们可以清晰地看到作家在艺术风格上的一个发展和形成的脉络——从二十年代严重“欧化”，至三十年代转为通俗易懂，再到《高干大》初具民族特色，直至《三家巷》完成了独具个性的民族风格。现在，就重点以《三家巷》，并连及《苦斗》《柳暗花明》，探讨一下作家的艺术风格。

试图通过《一代风流》的五卷，即《三家巷》《苦斗》《柳暗花明》《圣地》《万年春》这样长达一百几十万字的长篇巨著，表现“中国革命的来龙去脉”，这是欧阳山的创作意图。作家为此酝酿长达十七年的时间，投进了全部的生活和艺术积累，艺术气魄是恢宏的。但是，它毕竟不是历史教科书，编年史，也不是政治讲义。作家为实现自己的创作意图，精心设计了一个完整的艺术构思和艺术布局。这即是以周炳的思想性格发展为中心，以革命与爱情（欧阳山说：“如果主人公获得幸福的爱情，那么小说也就要结束了。”）为两条情节发展的基本线索，交织三家巷这个特定环境中活动的特定人物之间错综复杂的爱情、婚姻、家庭、亲朋、邻里等社会关系，从他们各自对生活道路的选择中，映照出时代的侧影和革命运动某些本质的特征。由于作家宏大的艺术构思以这样一个表现角度为依托，因此，在进行具体描写时，就舒展自如，纵横捭阖。那一幅幅具有诗的气质的爱情生活抒情小景，那一幅幅浸润着南国风情色彩的田园和城市风俗图，与重大的历史事件的勾勒交相辉映和烛耀，既提供了人物活动的广阔场景，揭示了性格的深刻社会内涵，又开拓了丰富的艺术境界，在精雕细刻中显出民族气派。

过去有的评论文章曾正确指出：《三家巷》等作品在描写起义、战斗场面得益于《三国演义》《水浒传》等优秀古典小说；而在人与人的关系，特别是深入到人性、人情描写时，又常常使你联想到《红楼梦》的某些篇章。我们认为，从整体来看，小说中正面斗争描写，只有少数章节写得有声有色；而写人情世态，却处处妙笔生花，色彩缤纷。有不少章节的描写，简直可与《红楼梦》中最精致的描写媲美。如《三家巷》第二节《卤莽的学徒》中七夕乞巧，第十二节《人日皇后》中郊游，第十三节《迷人的岁月》中周炳与区桃同台演《孔雀东南飞》，第十四节《画像》中周炳为区桃绘肖像，第三十九节《夜祭红花岗》中周炳祭英灵；《苦斗》第四十二节《翻生区桃》中胡杏与白兰花对话，第六十三节《西水图》中胡杏水底捞簪剪纸；《柳暗花明》第一百零二节

《知名知情和知心》中的陈文婷三次致函周炳等章节，状物写人，简直就是一篇篇深情绵邈、绰约绮丽的散文。这里，思想与生活的融会，几近极致的艺术境界。

作家的描写不仅能将人物在特定情境下的情绪和心理，借助优美抒情的文笔，渲染得淋漓尽致，充满诗情画意，而且将其糅合于南国的习俗风尚之中，使之具有风格画的特点。如《苦斗》第六十节《后继与前仆》中写胡杏从奄奄一息中复活过来后，对自由的憧憬和向往，对生活的渴望和执着追求，就是通过人物情绪流动伴和着南方习俗的一系列动作——螺冲洗澡，用菖蒲、柳枝插门，沙煲熬龙眼、黄皮叶水洗头、茶油涂发，铰“钟馗”像等，丝丝入扣地烘染出来的。第五十六节《一个谜》中写胡柳面对几个男性爱慕，又是通过具有南方风俗特点的铰“独马”“孤鸥”“关公夜读书”三份剪纸画来宣示自己的不同心境和态度的。作品中俯拾皆是的关于七夕、人日、端午、中秋、除夕、花市、婚礼乃至服饰、吃喝、玩赏等描写，都是一幅幅精雕细镂的风俗画。

欧阳山独特的艺术风格的建立，与他的语言风格是分不开的。在语言的运用上，作家主张取“东南西北古今中外法”：以中今为主，以民族语言为基础，吸收方言、古语、外来语，将其“精华糅合起来，造成一种丰富多彩的、使群众喜闻乐见的现代文学语言”。《三家巷》等作品，就是实践作家这种主张的成功范例。在现代语言方面，运用了大量新鲜的、传神的活的口语；在民族传统语言方面，主要是吸收古典文学名著、诗词和戏曲中生动、贴切的语词和语汇；在方言方面，重视能体现乡土人情、习俗风尚等南国色彩的语言；在外来语方面，则注意借鉴其语言表现中的感情色彩和细腻雕琢。总之，广取博采，和谐而不驳杂，明晓而不艰涩，形成了作家自己特有的语言风格和语言色调。不仅写人绘景，文情并茂，而且叙述故事也极讲究辞饰文采，诗情画意。语言形象性强，感情色彩和地方风味浓郁，简洁、练达、准确。有时一字一句，一言一语，都能升华到奇妙的艺术境界，显得气韵高雅，大气而富于诗意。过去的评论文章，在论及欧阳山的语言风格时，多只强调其承继和发展民族传统语言的一面，而忽略了他对各种语言（其中包括外来语）的融会、改造和运用，这不完全符合作品的实际情况。

1982年6月10日于广州南方日报社六号楼

《商界》再辩

1988年第三、四期《当代》杂志连续用两期连载了钱石昌、欧伟雄的长篇小说《商界》，引起了文学界的广泛关注。随之主要是来自“北派”的“非认同”与保留，以及“南派”的批评，更多的是“沉默”。有感于此，三个月后，我撰写发表了长达逾万字的《〈商界〉初辩》一文，从文学的历史纵向坐标与现实横向坐标比较中，充分肯定了其思想与艺术上独特的发现、独特的价值与独特的位置。

1991年，当第三届茅盾文学奖结果公布时，我曾在多个文学公开场合说过一句话：《商界》的落选，是茅奖评选的一个失误，后来又说是茅奖评选的一个历史性错误。

整整二十年过去了，当广州市文联举办“改革开放与广州文学论坛”，希望我就《商界》的价值进行再认识和评价时，我欣然接受了这个任务，可称之为《〈商界〉再辩》。

社会主义商品经济的“预言之作”

在《〈商界〉初辩》一文中，我使用“开拓之作”“拓荒之作”的评价予以褒奖，今天，在再辩中，我要说，《商界》是中华人民共和国成立六十年第一部正面反映社会主义商品经济的“预言之作”。

在当代中国，商品、商品经济、资本、市场经济是一个迟来的实践，理论上的认定，更是一个迟来者。

在《商界》诞生之前，现当代中国文学史上，只有两部长篇小说作品，堪称与之关联，即茅盾的《子夜》，它主要反映资本原始积累的血腥与罪恶，还有周而复的《上海的早晨》，写民族资产阶级接受社会主义改造及计划经济与之同化。前者文学价值上是一部名著地位，后者同样具备历史认识价值，但艺术整体水平显然要弱。

早在二十世纪七十年代末八十年代初，广东著名经济学家卓炯就提出了社会主义商品经济的概念，被称为广东乃至中国商品经济之父。二十世纪八十年代中后期酝酿诞生的《商界》，从文学创作的实践上，证实了它的艰难启动与演绎经历，在当时卓炯提出的商品理论并未在学界及社会形成大的影响时，无疑为一部“预言之作”。

在艺术表现的形式与文本上，《商界》并不标新立异，依然循例典型的传统写作，但却在计划经济向商品经济转换这个大时代背景下，重点突出商品经济中的“人”以及人与人之间主体的经济行为关系，并通过跌宕起伏的商战，回避与淡化惯有的政治色彩与权力角逐，从而完成了人物现代理念与现代人格与现代人性的转化，最终以悲剧的格调、悲剧的样式与悲剧的结局来祭奠。展示了当代性作品的现时性与共时性的文学魅力。

反文学思潮的“叛逆之作”

二十世纪七十年代末八十年代初，当“伤痕文学”与“反思文学”两股思潮慢慢褪去它的光环时，文学界又冒出了新的思潮，即“寻根文学”与“现代派（先锋、实验）文学”。“寻根文学”产生了作为其光荣载体的优秀作家与优秀作品，但它最后没有深入下去，有点强弩之末的感觉：“现代派（实验、先锋）文学与它的生存土壤一样，极其贫瘠与脆弱，从未形成过比较完备的文学形态，今天，如果不是追溯历史，人们可能已经把它遗忘了。”也许它唯一的成就，是朦胧诗的显赫一时，是留下了两个同样显赫一时的名字：北岛与舒婷。

此时，岭南作家们在干什么呢？他们没有迫不及待匆匆去追踪这两股文学思潮，而依然是坚定地将目光投向现实的大地。

岭南作家的当代性写作，有自己的优良的传统。“文革”前十七年，欧阳山的《三家巷》展示了民族民主革命波澜壮阔的情景，以及极精致的人性、情性描绘，曾经风靡国人。之后陈残云的《香飘四季》，珠三角人民建设新农村的热切愿望与岭南水乡风情的天然汇融，也成为岭南文学不可多得的代表作之一。中间还插进了于逢的《金沙洲》，尽管作品更多地带有那个时代的“同一性”观念，但作家对现实变动倾注了较大热情，仅此，还是可爱的。这部作品会成为岭南文学史研究的一个读本。至于后来的《无产者》的写作，显然是一部不成功之作。它与生活的理念与未来的行进离得越来越远。

钱石昌、欧伟雄两位青年作家，承继了岭南老一辈作家主流文学的写作传统，置其他文学思潮于不顾，在商品经济运动与秩序初始阶段，敏捷地感觉、感悟与把握它，写下了新时期广东反映改革开放现实的第一部长篇新作。也是中国当代文学最早抒写改革开放开局历史的最早长篇力作之一。

这里顺便再重申当年的一个看法：《商界》改编成电视连续剧之后，曾热播一时，为岭南电视剧赢得全国的声誉，作出了自己的一份贡献。但纵观中国电视五十年，或改革开放三十年的电视剧，能被国内业界与社会认可的广东精品电视剧，仍然是《公关小姐》《外来妹》《情满珠江》《英雄无悔》《和平年代》五部。《商界》电视剧只能算是半部成功之作。

岭南文学当代性品格形成的“扛鼎之作”

由欧阳山、陈残云，中经钱石昌、欧伟雄，尤其是后来长篇作家不断贡献新作、力作，岭南文学已经形成了自己较为完备的形态与特征。毫无疑义，《商界》出现的价值与意义，是不可磨灭的，是其中当之无愧的一部“扛鼎之作”。它也明显区别于中国早期以至一直延续的以“官”“权力”“政治”为本位转换的“改革文学”。

现在，可以对岭南文学当代性品格作如下概括：

一、不特别回望历史和注重历史人物，不刻意揭示民族的种种劣根性与历史积沉的痘痈，也不只是置于现代社会新的经济与文化背景、环境与氛围，而是直面时代的变迁与进步。

二、现实变动与固有传统不再是唯一或主要的冲突性主题，更为关切的是现实自身的运转与冲突以及由此可能产生的新的劣根性与痘痈，显现批判的锋芒。

三、社会活动的中心是人，政治与道德的评判不再是唯一的准绳，人生、人性、人文、精神、价值的优胜劣败及其趋向是其根基。

四、创造一种具有时代新质的民族性格与人文性格，包括在观念、思维、意识、精神、心理、气质上的深刻影响，由此呈现出的主导性与多元性。

五、岭南特有的地域色彩和风情，与现实人们在生存空间与精神层面追求带来新的元素、新的审美的融合，艺术上追求天人合一，又极具现代性、时尚性、前瞻性特点。

2008年9月19日17:53于广州青龙里盈泽苑

含蓄美　意象美

黄康俊在南方文学一块特有的土地上经营。那是北部湾畔的一片大海，是海与人、自然与人、人与人的跌宕、冲击与汇合。是典型的“本土生活”。

黄康俊的艺术思维却是开放型的。在与大自然的默契中，营造一种现代生活韵味，充溢着象征色彩，造就生机与活力。

他不同于北方作家对“海”的世界描摹，线条粗重、苍劲、炽热，但也不乏力度与热烈，似乎更多是南方的柔情，南方海的柔性。力度与热烈，也是在柔情、柔性的氛围中浸淫开来。极善于将画面、情绪、故事组接、砌入，冷静而又张弛有度，形成艺术的整体效果。

《七月水鼓岛》很难用规范的观念进行概括，但它的精华与最动人的部分也是明晰的：这就是深藏其中的丰厚的人性内容。

小说开始部分，“大众化”的故事又有所铺张，这是短篇小说创作的大忌。视角与视点的取舍，仍然是短篇小说最主要的技巧之一。但往后，则慢慢读出味来，越走向终结，味儿越浓。

小说略去人与海生存殊死搏斗的硬性描写，略去人战胜或被自然力吞噬的精神境况，只关注人在与自然力关系调整中的情感与心理流程，直至导向人性的思考。

海盗大蟹强洗心革面之后，却在一场台风之后失踪，妻子七婶从此离开陆地迁入孤立的海岛。在高高的陡岩上，悬挂起一盏渔灯，照亮航道，更是对亲人回归的一种期待与召唤。

无言的期待，无限的召唤，直至痴将雄性海鲎当做男人供养。

终有一天，黄色月牙印的海鲎也失踪了。

雌鲎雄鲎，决不独自离开，相伴相随，双双厮守。

七婶还要等待下去，翘盼下去，那男人，那人化了的屈尾鲎……如同当年，摇艇泊靠水面，遥望锁闭着丈夫的监狱那扇高高的窗口，虽然她永远无法看见小窗里的亲人。

小说在对这些画面、情境与人的心理进行抒写时，幻化为一种诗意，一种感觉，一种情结，一种意念，一种氛围，创造含蓄美与意象美。

《七月水鼓岛》还用一种环状交织的结构，穿插人物，穿插故事，增加命运感的悬念，深化人性的主旨。

在大蟹强与七婶之间，穿插情感与情感意向潜藏不露的二叔这个人物，让友好、善意与真挚的爱恋之情向往荡漾，反衬七婶的“贞洁”与自我麻木，更添一层悲剧气息。

最后偶然性的写法，屈尾鲎不幸被来访青年夫妇的友伴烹饪了。更能引发读者向新的人性层次思索。

北来的大兴安岭姑娘的看法：“不就是一只鲎啵，海里多的是。”

海边土生土长的新郎则回答：“海里的鲎再多，也不再有属于这个女人的了。”

至此，小说的意象、意蕴与意境，几可达到出神入化的地步。

是否，传统文化与传统价值，更解人意，更懂人心，更了人性，更明事理？现代文化与现代价值有不可忽视的竞争中的残酷、冷漠、无情的一面？这是小说结局的导向吗？

黄康俊也不能重复自己。不重复自己，才能超越别人。黄康俊相当一个时期，创作的根基仍将立足“本土文化”，但一定要在思维、观念与价值取向上，始终与现代生活、现代文化板块、现代都市意识交错、对接，才有可能不断更新自己。

湛江盛产小说家，据说，还盛产诗人。新时期十几年来，湛江为当代广东文坛，输送了一个又一个有才气的青年作家与诗人。我有时想，是“贫穷”（经济相对的不发达）造就了文学？是雷带自然力撞击了理性思维？是传统的某种基因在起作用？我一时无法结解。但终究是反映了一个地区文学发展的可观态势。

1991年11月4日急草于广州区庄村——东山湖畔

作家的良知与正义感

今天，我只打算想安安静静地做一个坐而不论道的嘉宾。但是，张启雄是相识二十多年的朋友，做哑巴显然不合适。

刚刚走进这个空间的时候，突然发现有这么多大学教授和学者，不免有一点怯场。自然，启雄不需要有这种受之有愧的战战兢兢。在江门特别是鹤山市会员作家中，有几个人可以荣获具有全国性意义的文学奖项呢？这其中就有张启雄的名字。启雄出身于教师之家。教师的职业是神圣的。今天出席研讨会人员的主体结构，本身就具有某种庄重性，是对作家张启雄写作才华和写作实力的一个理论的证明，并且具有一定的学术价值。

从终极意义和本质上来说，启雄是一个情感主义者，是半个羞涩的、内敛的情性主义者。哀痛、忧郁、沧桑，风雨雷电的情感风暴是启雄写作的根，也是他心中挥之不去的魔鬼。我曾对启雄说过，当你进入一种特定的生活形态，特别是一种写作状态时，总有一种初恋的感觉，执着、痴迷，甚至忘形，绝对排他，不顾一切。感情永远不会枯竭。

今天讲作家的良心和批判精神，可能是一个奢侈的话题。当面对一种特定的时空，面对一种特定的权势，面对某些伪命题，作家是附庸，是懦夫。启雄早期以及中后期创作有一个意念或意像始终贯穿其中，即生活状态、生存环境、精神心理的异常与扭曲，乃至个体生命的病态，成了他创作的出发点与判断尺度。人性、良知、天地人和谐顺其自然成为主体与结局。现代主义的先锋性和艺术手段、艺术特有的气质则是它的载体。人性的善恶、精神的优劣和生命的高贵与卑鄙，正是在批判性的锋芒中透视出来。这也正是作为一个作家的良知和正义感。我非常欣赏五邑大学文学院一位老师，对此称得上是一个经典评价：“卑微的反抗。”即使“卑微”，也是一种“反抗”。明天晚上，香港特首的三个竞选者最终会有一个结果，它将会给我们带来什么样思考，什么样判断，什么样的心理状态呢？

最后，对张启雄这样一个作家作一个表述：在五邑大地，张启雄是一个可以区别出来的有个性的作家。下面是一句期望和祝愿的话，希望张启雄在岭南大地成长为一位特立独行、有气象、或加一个“大”字——有大气象的作家。

我曾给张启雄第一部中短篇小说集《添公纪事》写了序言，题目是《缘分是什么》。其中写道：“缘分是慷慨的，又是吝啬的，它不可能赐予任何人，而只给予生命真情性息息相通的人。”我非常珍爱朋友之间，特别是在相遇和相识中，在感情的发烧和兴奋期的那种缘分，我相信每个人都有这种经历，也坚信和张启雄这种带点虔诚的感觉，友情一定可以延续下去。也同时祝福他的儿子在这个变异的社会，灵魂、心灵、精神健康成长。

2012年3月24日于鹤山

注：本文是在张启雄小说集《噪音》研讨会上的讲话

拥有自己的一方圣土

一

何继青，一个纯正的侦察排长，一个经受过前线战争枪林弹雨洗礼的标准军人，一个身上永远铭刻下战争印记的战功荣立者，正当起步向辉煌的军人之路进取，却突然逆向大回环，坚毅地踏上文学之途。他最初萌发的人生意识，是想用枪和刺刀，向曾为他，为他的家族制造灾难的罪恶宣战；他越来越强壮的生命意识则提示，唯文学，才是他人生价值的存在形式，是他坎坷命运的忠实侣伴，是他永葆超然脱俗心态的宁静港湾。于是，当军队首长严肃地要他在军官与小说家两者之间作出选择时，他确认自己更适合当小说家。

二

在当今强盛的军旅作家群中，写下了何继青的名字。他拥有自己的一方战争文学圣土。在毫不掩饰的创造个性竞争面前，何继青将战争极大地“主观化”了，成了他“自己的战争”。

何继青属战争主观感觉派（战争文学的这个流派，就整体而论，尚未形成）。但他也十分注意战争与历史，与现实社会的深层联系，既用战争的眼光看战争，又从战争中探寻社会。何继青南线战争小说的类型，有写意与写实之分；小说的嬗变阶段，则没有严格的划分，两类小说平行发展，交叉出现；极个别的作品，将写意与写实融合，主观感觉与社会剖面毗连。写什么，不写什么，怎么写，何继青不依据时尚，不依据经验，只依据心理流程，依据感觉状态。

三

战争文学的第一个命题，是与人性、人的情感的沟通。何继青早期的一个精致的短篇《溶洞》，就是从战争文学的这第一个命题切入的。两个中国士兵和一个越南妇女、一个孩子，在溶洞偶遇。他们相互之间最初的戒备、警惕，是两个对立民族、国家战时状态下的一种心理投影。当中国士兵作出准确判断，他们面对的是非战争的因素——孤寂无援的普通越南妇女和孩子，人性、人的情感、人道的本能机制，成为主宰双方关系的唯一尺度。为了彻底消除越南妇女的疑虑、恐惧，不被所谓“侵略性”“非正义性”的宣传所萦绕，他们宁肯让受战火重创的躯体在溶洞外僵死。越南妇女最终也用同样的虔诚、挚爱，悼念不再复生的中国士兵。小说中的观念、意识、情性，全都是借助人物予对方行为（动作）的主观感觉传递出来的。通篇没有哪怕是一个字的对话。正是战争背景、氛围下人物主观感觉的对立、对应，沟通了双方的人性、人的情感。

《溶洞》最初显露了何继青南线战争小说的创作个性和基本特征。作家的视角窗口，非战争本身，而是战争环境中人的主观感觉和人的心态。它的高度凝聚、浓缩，以及可能发生的突变，毁灭、破裂，重构、再造。

四

之后，《遥远的黎明》的发表，标志着何继青的南线战争小说，进入了诗意的主题。这是何继青创作历程中的一部重要小说，也是给他在军旅文学界带来声誉的一部小说。小说的男主人公“他”，英雄主义的意识与柔似流水的情爱同时萌生。十八位大学生姑娘集体签名给前方战士的一封信，竟变成了一只多情的手，骚扰、折磨着“他”日夜不宁。“他”希望像月宫里的秘密一样也有爱的秘密。“他”想象：大凡心里珍藏着某个秘密的人总是幸福的。“他”选择了一位叫“黎明”的女大学生通信，作为“他”情感宣泄的导孔。何继青以恬淡含蕴的笔致，描绘了主人公感情潜流明暗起伏、强弱升降的曲线。而黎明祈求于“他”的，则是向“他”索要一朵盛开在阵地炮火中的小花。女大学生并不切实际的幻想，在“他”的心中却如岩雕般神圣。“他”的思绪、情感全部凝聚到了这里。战地“小花”被“他”热烈的爱的渴求意念化了，真实存在的只是映着溶溶月色、形同小花的一汪露水。花——非花——一汪露水，物象与幻象的交错，叠印着主人公主观感觉符号的旋转。这种战争环境下几近超然、疯狂的奇特的心态，也是现代军人战争审美意识的一种转换。殊死搏斗，血洒疆场，不再是现代军人价值观的唯一概括。他们也同时要求实现作为一个有灵性，有人的各种追求、欲望的生命价值。男主人公蒙眬的爱情意识，由唤醒尔后幻灭，虽然不免带着某种悲凉与虚飘的色彩，但他却必定为现代社会与现代人心理所接纳。

《遥远的黎明》是对美好情愫的心灵感觉探微，尽管这可能要以死亡为代价。但年轻的生命没想到去感觉死亡。

五

如果面对生命的真实剥夺，生命的实体实际上已经死亡，而又不甘愿于死亡，那么死亡的感觉会是怎样？《冷月亮》（《作品》1987年第8期）揣摩了这种死亡的感觉，以及死亡感觉中生命脉搏的强烈跳动与生命意识的勃然兴起。战争文学的时间和空间范畴，严格地界定，应该包括战争酝酿、战时状态、战后医治创伤这样一个全过程。《冷月亮》的环境是战争背景下的后方医院。主人公“他”清醒知道自己的生命肉体即将消失，而外界却对“他”严守死亡的秘密，主客观的巨大反差，反倒引动了“他”延续自己生命存在的渴念之情。他血管里流淌的年轻血脉，还要奔向更远的山梁江河。这种心态，使变形、扭曲成了“他”唯一的表现形式。他与病友打赌，一个星期内一定要给毫无情感基础的欧阳护士一个“吻”，这既要证实自己的活力、智慧，自诚、自尊、自信，也要证实自己报复的快感，捉弄残存生命的荒谬，死而复生的征服欲、成功欲，更要证实那个永恒的耻辱的失恋记忆存在。“他”顽强地聚结生命的力量，甚至让智慧之光重新闪耀，是要在生命最后的一息，回报虚伪地愚弄过“他”的真诚的爱的另一位女性。“他”在生与死临界线上搏斗留下的混合、杂乱、纷沓的种种感觉，借助“吻”这一特定行为，表现得离奇、荒诞，又极其逼真。月亮——“另外的月亮”——“冷冷的却很美丽的月亮”，是主人公美与丑、尊严与自卑、辉煌与渺小的矛盾心态的拟人化。这是一首对年轻而可爱的不幸生命的挽歌。

《墓碑上的白纱》却写了一种模拟的死亡的感觉。全篇仍然没有一句对话，依然没有主人公的名姓，依然只有叙述的代称主体“他”，旨在突出人物的感觉、心态。感觉、心态是因出征前，在《新华字典》一样大小、形状的一块木牌上填写姓名地址，以便阵亡后便于和家属联系引发的。往日轻盈的杨木木牌忽然变得沉甸甸，连掉在地上的声音也是发木发闷的，以至加剧了本来紧张的空气的浓缩。当“他”审视、掂量手中的木牌，忽然发现面前犹如竖起一座墓碑，感觉到的是唯石质才有的冰冷的洁白。虚拟的死亡的感觉，反而让“他”坦然了。然后，“他”如同为自己书写碑文一般用精美的魏碑体工整写下自己的姓名地址。这之间，小说又穿插了主人公对不被理解的情爱的留恋与追想。“他”真希望恋人那个曾热烈得沸腾的声音和声音里充满的鲜艳光色，能在出征前拥抱住“他”的心身。

何继青的南线战争小说，浸润着浓厚的悲剧意识，它是与苦难、不幸、遗憾、幽怨、生命价值等联系一起的。但不能由此一般推论何继青有着所谓反战意识。他的战争观基点，是把战争看成人类为解决生存与冲突必不可免而采用的一种手段。但他并不推崇战争，甚至回避对战争作出整体评价，他只关注战争中具体的人、人性和心态。他的南线战争小说的基调是健康的、动情的，并不灰暗。《冷月亮》极力沟通人类心灵的共同符号。主人公的恶作剧，是在等待道德审判的悲凉气氛中出现的。因为“他”可能损害的是一颗真诚、纯情、善良的异性灵魂。而欧阳护士一旦知道“他”早已将死亡当做太阳挂在自己的天空，并且纹丝不露时，欧阳护士原谅了，理解了“他”的行为后面潜藏的复杂的人生命题与意识。《墓碑上的白纱》的主人公最终感触到的也仍然是木牌的神圣价值与沉重的庄严，而不是死亡对一切的毁灭。悲剧意识是何继青南线战争小说的一条强劲的血脉。

六

何继青对战争中人的心态，不仅能作横切面的驾驭，并且能作瞬间的传神描摹。《只不过是一瞬间》中的姜汉民，一个农民出身的年轻士兵，平时因品格优异而受到排长偏爱、信任，他第一次上战场，在向敌人发起进击的瞬间竟无法控制陡然而生的颤抖、慌乱、惶恐，招致无穷期的追悔。年轻士兵终年累月，不分昼夜，用沉重的疯狂的劈砍老树根的劳动来惩罚自己。人物没有语言，只有单一、单调的形体动作，却凸显了人物一种独特的气质，他对瞬间误差的自我折磨、忏悔，以及并不明朗的期待。那响彻山涧野谷的沉闷的劈砍声，与年轻士兵耻辱的瞬间记忆，咏叹调似的反复出现，构成了诗意的情绪氛围。这是灵魂悸动的回声。是人的内心世界最深沉的矛盾节律运动。为要洗刷深深烙印在心灵的耻辱瞬间，他在折磨、忏悔中整整等待、憧憬了三年，可得到的是新的征战前的一纸复员命令。他带着无限的惆怅，灵魂流血的痛苦，返回家乡之路。然而，他正是在坚韧的自持中，真真实实地完善了自己的人格。也许，这里还透露出一个信息：何继青南线战争小说与中国农民命运的某种联结。

七

何继青的战争心态小说，创作主体的意识突出，闪耀着独特的艺术锋芒。一旦将战争与人、与人性沟通，进而与历史、与现实社会沟通，他的战争文学则又拓垦出一块新地。

《十八岁正当年》将视野移向社会。社会的繁复，依然通过一位年轻军人的眼睛透视出来。透视的聚集点是丑恶。丑恶是权力淫威的恶果，淫威的权力用阴谋来编织网络，将美好缠死，将光明摁灭。才华是美好与光明的皇冠。丑恶、淫威、阴谋全力以赴攻击的目标，是才华。小小的古城，如同幽灵般的封建城堡，厚实，残破，压抑得大地喘不过气来，连江水、夜色都死一般躺着。小小的一个县武装部长，强横地置刚正不阿的父辈于死地，还任意宰割用苦难的汁水哺育出的儿辈。可堪造就为杰出画家的青年段汉诚，为了维护人格的尊严，用孤傲、冷峻、倔强的品格与权势对垒。他是为希望、为追求而生存的。他每一次希望，每一回追求，权力的锁链都将他死死捆住。段汉诚的姐姐为了帮助弟弟挣脱古城的魔影，甚至不惜想以年轻女性的宝贵贞操作为代价。这与征召新兵的年轻排长小方因异性美产生的纯真的感觉式的幽情，与因段汉诚强烈自尊的秉性造成的习惯性"伤害"心理恰成反照，更铺染了悲剧的色彩。小方一旦领悟过来，面对权力化、实用化而日益凝固、坚冷、残酷的现实，愤然长啸："为什么权力总是属于个人，而不属于人民！不真正属于人民大众？！"权力，至高无上的权力，改变和主宰一切的权力，难道这永远也是今天走向明天的真理吗？年轻的军人，用满腔的青春激情，撞击这古城封闭的权力城墙。显然，他最后仍不得不借助权力——主持正义、公道的权力，才拯救了他的同龄人段汉诚。小说最不可掩蔽的光华，是将悲剧的意识大胆深化。在那个以从军为最高价值标准的年代，人间的不幸者是为了谋求一条生路，幸者则是为了向人生更多地索取。然而，不幸者和幸者都未料到，他们尚未接受最起码的军事训练，就被命令直接开赴生与死的战场。命运嘲弄了谁？首先嘲弄了那些不想付出任何代价而必须付出代价的幸者；命运也许还嘲弄了不幸者，他们是一些各有专长，本可在别的领域创造更大人生价值的青年，他们并非天生的军人，但他们一旦成为军人，唯有一腔热血报效祖国、民族。这里小说的悲剧意识，不是战争的死亡毁灭，而是生命价值的个体与群体的冲突。冲突中对丑恶毫不留情的进击，社会批判的锋芒和强烈的平民意识。

八

生命价值的个体与群体冲突的意识，在《十八岁正当年》中仅冒出了一点火花。在《明天开赴战区》（《昆仑》1987年第5期）中，则燃起一片大火。成为贯穿全篇的主体意识。这里的主人公又是一位年轻的画家，一位已经穿上军装，同时又被中央美院油画专业录取的硕士研究生。苏洁生的生命价值属于艺术世界。苏洁生的灵魂属于绘画，他只有在色彩与线条构成的世界里，才充满新鲜的活力和自由，才激情洋溢，生命的原色才放射出奇光异彩。可是，他的将军的岳父陈轩却要把他塑造为一名真正的军人，一名将军。而命运的主宰与被主宰的冲突，恰恰首先是在他将军的岳父陈轩和一度曾离开他的妻子陈力力那里拐了个弯。在权力的角逐中失势的陈轩，看到女婿突然被改任师属侦察连连长，并被裁决立即送上南线战争前沿，才在自省中，认识到女婿的真正价值所在。他的以残酷方式保持对丈夫独特的爱的妻子，也为扭转这不公平的裁决奔波在权力的漩流中。苏洁生也终致面临将要重新改变他整个命运和人生的裂变。他酷爱艺术，却要他抛弃艺术；他珍惜生命，却要他愚弄生命；他愿意为心爱的事业牺牲，却收回了牺牲的权利。小说为他麻木冻结的灵魂寻找发泄的裂口，特意安排了这样一个细节：他变态般转到炊事班，将全部发泄的力集中于寒光闪闪的刺刀，风雷般刺向一头一头肥壮的猪。及此，何继青将现实生活中一个尖锐的矛盾亮了出来：苏洁生是作为一个军人更能实现人生的价值呢？还是作为一个画家更能实现生命的价值？按照正宗的观念，在高于一切的民族和国家利益面前，牺牲一个人的才华，甚至一个天才微不足道，更何况军人的天职就是服从。但是，一个民族，一个国家，拥有千万普通的士兵何其容易，造就一个天才，一群高智能儿，谈何容易！作家的倾向是明朗的，不避讳的。他的聪明，更在于将一个容易被误解的命题，通过血肉丰富的形象创造及人际关系的沟通，合情合理，丝丝入扣地展示。这表明作家开放性的人生观念和文学观念。自然，作家仍然给自己的命题加上了保险系数：一是这种殊情并非发生在民族和国家的危亡时刻，要将任何一个天才也送上战场；二是苏洁生仍然遵照军令——明天开赴战区。不过，苏洁生还是有所感慨，也许同时是何继青的感慨："如果战后上帝还给他拿画笔的机会，他一定要以金黄和鲜红为基调表现强大的悲哀和忧郁的欢乐。"悲哀是强大的，欢乐是忧郁的。何继青年轻的人生摇篮中，盛着如此沉重的悲剧意识！也许，生命的自我价值在实现的过程中，就已经孕育了痛苦。何继青完全用现代人的眼光，来认识人生，来理解人生。因此，他的作品才那么富于人情味，人性的意识。在这一点上，可以说何继青是完全了解现代人的生命真谛的，懂得现代战争的力量除了根源于正义与非正义之分，更坚无不摧的是现代军人生命价值的自我实现，是战争中人的心灵默契。作家大胆写了战前举行的一场婚礼。这样做，不但不会涣散，反而会加强战争的凝聚力。战前三个战士未经准假离开连队一昼夜，一个只是为了洗一个干净澡上战场，一个只是为了陪女朋友看一场内部电影，一个是想体验可能是人生第一次也是最后一次对女性的吻别。而正是拥有权力和拥有高等享受的年轻气盛的背景人物——新组集团军副军长盛延安，不理解而漠视普通士兵、普通人的人的合理需求。盛延安讥讽这争得人心的种种做法，是“浓厚的封建清官意识”。他的战争观：人，只是战争的无生命的机器。因此，在决定苏洁生去从的高级会议上，抉择者们个个显露出自己的嘴脸与心态：由新闻干事出身的集团军政治部主任取舍的标准，不就仅仅是否具有妙笔生花的新闻价值？副政委兼纪委书记的原则不也是“宁愿牺牲一个艺术家”何妨？而自认不具备保持中立所需的高超政治手腕的政委，却懂得在权力斗争中精心探测双方力量的对比，把赞成票投向了盛延安；至于确认有政治家的远见卓识，料定陈轩还将受到重用的师政委吴浩智，便把砝码移向了陈轩。《明天开赴战区》将权力的斗争渗进了军人价值与生命价值的冲突，它要昭示于我们的正是：现代社会的现代战争，倘若无视人，无视人的价值，无视人的合理欲望，那将留下无穷的历史遗憾，无穷的历史悲剧。而战争的最终目的，不是毁灭人性、人的价值，恰恰是要捍卫人性、人的价值。

九

在何继青已经发表的小说中，文学价值最高的作品是《绿色的南方雨》。而正是这部作品，似乎被文学评论界忽略了。这部作品，最充分地表现了作家的艺术个性，具有博大、深邃的内涵。也许，有人会把这部小说仅仅看成知青伤痕文学的延续。这是一种误解。小说写一个由知青而战士的“我”对爱情的执着追求，以及第二主人公宝第在另一种意义上的爱，由此构成相互间的冲突。“我”在枯竭的知青命运之路，失落了青春年华，甚至失落了真诚。心灵的血液流向荒野，筑起一座坟穴。纯洁无瑕，恬淡微笑的乡村少女小囡的出现，才在“我”死水般的生活里搅起了瞬间即逝的光芒。“我”在梦中最初萌发的也是罪恶的感觉，甚至当灵与肉的最初结合，也还留存着报复生活的阴影。然而，纯真、纯情、纯爱终究洗涤了他心中灰冷、阴暗的色彩。“我”开始真诚地爱，爱生活，爱人。后来，“我”和小囡的同胞哥哥成了战友。当宝第知道“我”和妹妹相爱，竟然怒不可遏，用拳头击碎了战友之间的亲密友情。小说的故事如果仅仅是这样一个框架，那在读者的心中是不会激起洪波巨澜的。何继青采取两条故事线索平行发展的写法，情由淡到浓，观念的对立由和缓到急剧，最终让“我”与宝第的冲突在生死交织的战场石被惊天般地爆发。心灵之间不化的冰山，源于不同生命之流的命运之路，以为永不会重合与相逢，却结结实实地把他们的命运奇迹般地挂在同一条充满死亡的小径上。在南线战场，“我”和宝第的战友都被敌人的炮火吞噬，唯剩下他们俩。他们同时面对一种忧虑，一种恐惧，一种威胁：不是来自自然的破坏，来自敌人的攻击，而是来自自身。军营和平生活时期因对爱情观念理解的分歧造成的隔膜、分裂，在只有一方可能延续生命幸存下来的特殊境遇下，双方之间的关系会不会被推入深渊？人本身毁灭生命的能力远远大于自然毁灭人的力量。战争净化人的灵魂，也能把人变成魔鬼。战争塑造人性又毁灭人性。战争把人的个性、感情、思维推向极端：善、恶、美好、龌龊、仁爱、残酷。何继青淋漓尽致地发挥了描摹战时状态人的心态的艺术才华，即将战争外部环境、形态借助感觉立体再现，更将“我”与宝第在特定的战时状态下互相戒备的心理写得极其逼真，如寒风般冷森。飘零纷乱的记忆留下的空白，黑色瞬间灵与肉的泯灭感，凝固的夜暗占领全身的恐惧，恍若隔世的残断的而又顽强的生存意识，对生存威胁神经质般的敏感与误会，敌女兵形象飘忽出现而共同勾起对小囡的情思……他们共同抵御外部恶劣环境对生命的侵蚀，却无法最终冲决观念的对立，这是比肉体消灭更要深刻的人间悲剧。宝第让生命一点一点熬尽，极其残酷极其痛苦地进行自我折磨，只是为了换得“我”的生命，借助“我”来实现一个死者对生者的唯一愿望：离开小囡，割断与小囡的爱。他的不可动摇的信念依据是：乡里姑娘一旦离开了土地，嫁给了城市人，身上那点招人喜爱的东西就不存在了。一个在战场上置生死于度外的勇士，一个将生存希望奉献给别人的崇高道德者，他对土地的理解，对爱情的理解，对人的理解，却是一个多么悲哀可怜的境界。何继青将一个一面是崇高，是无与伦比的圣洁，另一面又是麻木、僵硬的灵魂雕刻般地送到了读者的面前，谁能不为之啜泣，为之痛楚，为之战栗呵！宝第形象是民族灵魂斑斑锈损的写照！何继青在别的作品中稍稍触及的农民士兵、农民意识、农民文化观念的题旨，在《绿色的南方雨》中被强化了。宝第由农民变成军人，生活的环境和位置、身份都改变了，但他对小囡宗教式的“爱”，却代表一种旧有的意识、观念、爱憎、情感的顽固存在。作者从民族传统文化的深层意识，找到了民族凝滞、固守、僵化的源流。然而，更深刻、更不可饶恕的悲剧在于：有着对现代爱情的理解，有着现代文化教养的年轻军人的“我”，最终也为了维护一个不可抗拒的传统观念——死者生前的意愿不可违抗，弃小囡而去。在某种意义上，“我”是“宝第”形象的补充与深化。在实质上，“我”的所为，也是良心道德的毁灭。因之，仅仅鞭挞宝第的灵魂是不公正的。“我”的忏悔，是一种更严厉的灵魂的自我鞭挞。何继青在创造宝第和“我”的艺术形象时，既有历史意识的眼光，又有现代意识的眼光。他既从历史意识的角度剖析这两颗灵魂，又站在当代意识的高度来观照这两颗有着根深蒂固的古老封建意识的“国民性”特点的灵魂，表现了作家强烈的反传统的现代理性意识。进入人的本体层次的剖析，使这部小说的思想审美内涵超越了战争文学的价值范畴。给予《绿色的南方雨》在何继青的作品以更高层次的评价，概源于此。他的那几篇写得极精致、极漂亮的战时心态小说，称得上是当代战争文学中的几朵美丽的小花，而《绿色的南方雨》不仅有着忧郁的感伤抒情性，有着诗意的描写与境界的创造，还有深沉的人生底蕴，鲜活的当代意识，它毫无愧色地可以看作战争文学中的一座精雕。

十

某些当代小说，只关心人的意识，人的心理，越来越漠视生态环境与自然风景的描写，更难得看到生态环境、自然环境与意识环境、心理环境融合一体的作品。难道，被现代物质文明破坏了的生态环境、自然环境，也要被从文学的领地驱逐出去吗？其实，人对自然的热爱与留恋，有时甚于对人自身的热爱与留恋。何继青的南线战争小说，并不对生态环境、自然环境作静态的写生，而将其极大地主观化、意象化、命运化，是心灵色彩的闪耀，是心理曲线的回旋，这使他的心态小说产生一种和谐、协调感，给他的非心态小说也营造了一种恬淡、清纯的物象境界，表现了作者的绘画才能。尤其对色彩的感觉，更显得聪颖。他可以潇洒地让色彩在作品中流动起来。无声的画面里有声音的旋律，无字的画面里有诗的节拍。他一般不对自然景物作细小的、入微的工笔线描，而善于作块状的整体的涂抹。《绿色的南方雨》中出现两种自然景观：绵绵不尽的绿色的南方雨，荆棘丛生的南方亚热带野生植物林。前者与男主人公“我”对小囡爱的缠绵、追思、忏悔的心理情绪相吻合。连他感觉小囡身姿旋出的旋律也是绿色的，笑声里饱含着鲜亮的绿色。灵与肉结合的瞬间感觉是绿色的沐浴。外物与内蕴、自然物象与心理意境在这里浑然天成。后者与“我”及宝第置诸死地而后生的心态相协调。在色彩的感觉上，以绿为底色、原色，也不时变幻着天蓝、铅灰、橘黄、橙绿，天蓝的枯燥，铅灰的沉淀，橘黄的辉煌，橙绿的明净，以点染心境流动的色彩变化。而这种种色彩的变化，都镶嵌在生态环境、自然景观的框架中，带来画幅的动感与质感。在何继青的作品中，用得最多的一种色彩是紫色。神经纤维、肌肤、血疤、月色、雾、星星是紫色的或紫红色、紫黑色、金紫色的。《遥远的黎明》中，男主人公消弭对周围世界的全部感觉，唯一存留的就是溶溶月色映照一汪露水幻化出的一朵战地小花，它是淡淡的紫色，可以轻盈地托起流动的爱的旋律；《冷月亮》中的主人公在生命的肉体行将死亡的前夕，他凝视面前的一片天地，呈现的是紫色，紫色雄浑悲怆地漫开层层忧郁，忧郁使“他”的灵魂聚结、怒吼、咆哮；《十八岁正当年》中的小方对古城的第一个感觉就是漫空里飘舞着深紫色的柔纱，对段汉诚年轻的姐姐美的奇思妙想，也是发生在紫色的夜；《明天开赴战区》中的苏洁生离开中央美院招生考场返回军营后一个雨夜的清晨，进入眼帘的第一个直觉：就是开满山峦的野花呈出辉煌的淡紫。紫色象征高雅、润泽，也象征沉重、晦暗。正是这种双重性格，使得作家偏爱紫色了。何继青对色彩的敏感，也使他把握叙述客体的不规范的语言方式，与其对战争独特感觉的精神主体一致。他的诗人和画家的气质强烈地渗透进画面、色彩，并造成主观感觉的多重性与多层次，在语言的表现上，则是复合感的长句的运用。即使纯粹叙事写人，也时时揉进色彩、声音、线条的主观感觉，产生视觉联想、物象缀合等多元效应。遗憾的是，何继青并未将语体的个性，推进到文体的创新。语体、文体都应是作家心灵、心境、心态、性格、情性、禀赋的外化和延伸，他应以最纯粹的自我方式体现出来。何继青尚需要从文体的突破中找回自我。

十一

何继青的成名作是中篇小说《横槊捣G城》。这是他依据1979年参加南线战争实战的经历写成的。这部作品发表，使何继青的名字当之无愧地从一名部队业余作者，进入当代中国军旅作家的行列。这时候何继青的战争文学观念，整体上仍然是传统规范的延续。然而，也正是这部成名作，展示了何继青驾驭战争文学的才华，可以看到他注入传统战争文学的一些新的质数。在写南线战争的作品中，是何继青第一个正面写了一次重大战役的全过程，显得气度不凡。他也歌颂英雄主义，但既不是传统观念上的悲壮的英雄主义，更非那种浪漫色彩的英雄主义。他的英雄主义观，是同苦难联结在一起的。政治的不幸，人伦之爱的贫穷，情性的压抑，以及为此所作的改变付出的代价，都使这种英雄主义烙印上苦难的色彩，有一种社会型军旅文学的独特的形态。小说中塑造的几个性格丰富的军人形象，大多与此关宏。师部作训参谋季泓，一个军事天赋很高的年轻军人，是背负着沉重的政治十字架（父亲三十年的右派冤案尚未昭雪），残酷地剥夺自己恋爱的权利，携带着近于赎罪的心理战死疆场的。师首长警卫员李小龙，是带着未曾报答被父亲遗弃的寡母的养育之恩、之爱，又遗憾无穷悄无声息地在战场上结束了年轻的生命的。炮连连长毕可彬，以一种独特的方式爱着他的妻子，而他在要给予妻子更多的爱的时候，战争却夺去了他的生命。毫无疑义，这部小说的成功，与成功地创造了高级将领——嵩山精锐师师长秦龙的艺术形象关系极大。它突出了秦龙作为跨越两代战争——革命年代的战争和和平年代的战争的军人性格魅力，军人气质魅力。他不仅有老一代军人冰冷如铁般的坚毅、严明、果决、雷厉风行、毫不懈怠的品格和作风，还有着现代军人必备的知识、素养、观念和心理准备。为实现自我意志、抱负和军事才华，他甚至不惜与他周围不协调的人际关系发生碰撞，表现了强烈的人格尊严和自主意识。小说赋予这个人物最动情的描写，则在于当理智延伸到情感世界，秦龙在自我抑制、自我战胜、自我超越时痛苦的矛盾心态。为了绝对掌握战争进程的主动权，实行铁的军队纪律，就成为他主宰战场的神经中枢。他先后两次给了自己的警卫员并不很正确的纪律处分，是他理智控制的产物。但他作为诗人气质的内在感情世界，又使他为对战士深切的爱所冲击。小说最后一幕，写秦龙专程路过烈士李小龙的家门口，命令全师部队下车，列队，正步从这位英雄母亲居住的草屋通过，干部行举手礼！战士行注目礼！这震撼着大地心灵的脚步声，为高级将领秦龙崇高而丰富的情感世界，抒写了令人难忘的一笔。

十二

何继青的每一次成功，都是他调整一次战争文学观的结果。《横槊捣G城》是他登攀的第一个阶梯。后来有了《遥远的黎明》《只不过是一瞬间》，同时有了《十八岁正当年》《明天开赴战区》，有了《绿色的南方雨》，他登攀上了战争文学的第二个阶梯。这期间，他是声名赫赫的解放军艺术学院文学系首届学生，与同样是声名赫赫的李存葆、莫言等人同学。他终于找到了自己表现战争的独特的感受角度，和属于自己的战争文学观。因而，他也就拥有了自己的文学世界。何继青下一步，将探讨战争文学中文化意识问题，也将同时开笔写两个系列。一是“花村系列”，写南线边境姑娘与边防战士在文化意识上的同构与碰撞；一是都市文化系列，写一个拥有浓厚的中原文化意识的军人，进入开放的现代都市文明之后文化意识的同构与碰撞。有理由相信何继青将登攀上他的战争文学的第三个阶梯。何继青很自信，自信得有时令不熟悉他的人感到愕然。需要提醒何继青什么呢？在当代军旅文学作家群中，何继青还算不得树大根深。何继青要有这种“紧迫”意识，“忧患”意识，进行超越自我的艰辛前行的足够准备。当何继青有一天从内含、观念到艺术到文体，都称得上真正、彻底属于“自己的战争”的战争文学，创造生命主体的艺术个性，才会辉煌灿烂。战争文学观的更巨大的解放，战争文学的大作家、大作品才可能诞生。

1987年12月26日于广州区庄村

南方：漂泊着的精灵

——我感知中的郭小东

除了他那个具体的生存空间外，郭小东给更为广阔的外部世界，传达的是一种温顺。也就确立了一种处世风格。社会回报他几乎以同等的温情。

他的脸部常常带着笑容。甚至在电话声中，也可以聆听到。当然，那不属于俊男秀女灿烂辉煌的笑。

我不曾想到（准确地说，在执笔这篇序文之前），郭小东少年时代会有过那么一段巨大的情感创痛与悲怆意识，以至于如此深刻地影响着他的精神方式，影响着他的文学创造与文学批评。他是在一种异常残缺的人生环境，从精神到肉身的自我极端修炼中，完成人生的改造和文学的准备，走向文学，经受文学洗礼的。

“南方的忧郁”。这是郭小东的一种理性概括，也是一种社会精神形态的概括。他并为此作了练达的注释：“文学的根底是人生的艰难。”

知夫莫如妻。郭小东的夫人陈冠女士在为他撰写的一篇代跋，标题就给人雷电触及之感：《请把你的忧郁给我》。

陈冠写道：“我隐约看见一个深藏着的飘忽不定的忧郁的精灵，总是漂泊，总也寻找不到永恒的家园。像‘雨’一样，从地下到天上，又从天上到地下，总也找不到归宿。”

读后，心境极不平静。既为郭小东有这样一位如此具有才情的夫人高兴，也为陈冠博大而虔诚的自我牺牲，为广东文坛女性天空遁隐了一颗天然去雕饰的明珠而深深遗憾。

难怪，郭小东那样推崇流浪者的文学！漂泊者的文学！

据说，“忧郁”甚至孤独、冷漠、惶惑，是世界性的精神流行症。是喧嚣、涌动、纷繁的现代商品经济运动的一种精神色彩，是高度工业文明的物欲、物化淡薄、淡漠了人情、人性。

郭小东的“南方的忧郁”，一部分属于历史，属于历史刻骨铭心的痛苦记忆和沧桑感。更大一部分属于南方生命体自身的激剧而深刻的演变。由于天然种性、经济能量、社会律动、观念形态、文化色块诸种因素的差异，带来了人伦、人性、人格、性格、心理契合和悖反的矛盾复合状态。更由于对现实的不完整、不完美、不完善，及至障碍现代文化文明进步而产生的愤懑、迷蒙、焦虑之情，从而在外表豪华富足的生态环境下，显示出人生的悲凉、悲壮感，形成了一种新型的精神现象。

这样，郭小东式的“南方的忧郁”，就绝不纯粹是咀嚼个人的痛楚与心灵的裂变，而有了形而上的意义，将个人与现实、现实与民族命运的忧戚联结了起来。由“南方的忧郁”的精神形态的认知，走向现实与人生的批判意识，是郭小东文学批评的一个重要特点。

在“经济文明和精神文明”“生命本相与生存境遇”“现代生命与精神危机”“时代忧患与人生忏悔”“历史陈迹与现代精神”‘精神冲突与文化压迫”“现实与理想”这样一些迫切的现代哲学和文学的主题面前，郭小东关心的是人类普遍的精神状态、心理启悟与人性深度。他试图对现实和人生作出超前意识的导引。人类自身不断克服负面的影响，最终抵达现代文化文明的彼岸。

现实与人生的批判意识，往往借助于强悍的带血泪的人生体验、经验，更有力度也更富深情地体现出来，这是郭小东文学批评的又一个重要特点。甚至可以说，人生的体验、经验，创造了郭小东现代文学语言的哲学方式和人格力量。

郭小东前期的文学批评，仍然保留着传统的现实主义和古典文学文论的色彩。八十年代中期以后，他似乎十分坚决地甚至整体地借鉴了东西方现代哲学思想与批评观念，有所感悟地实践于他的文学批评，而对于西方文论文体中严格意义上的科学主义阐释学和其术语的运用又不十分看重。

原型批评的影响，神话意识、再生意识、情结意识的引进，是他最初这种类型文学批评的第一个层面。

往后，他越来越崇尚和履行感觉和主观批评。作品仅仅是某个中介、媒体。因了感觉和主观而对作家作品的感悟、灵感、激情，更直接逼近其风貌和精神气质。他自身的人生际遇也竟然成了评判作家作品的一个不可或缺的依据。常常不去顾及全面全貌，而从某一点切入，确定某一个特定的、出其不意的角度，然后情绪化淋漓尽致地加以发挥，推上极致的境界。人物、主题蕴含的生命哲学、命运感知、悲剧意识，变成阐述生活、评判历史、现实、社会、人生的聚焦点。归根结底，这是一种文化人类学，人文意义上的美学批评。

自然，过分的情绪化、主观化，过分的个人遭际与现实感觉扭结，也易带来批评命题、逻辑、层次的不完整、不清晰，甚至可能出现散漫、零乱的状态。

感性强于理性。不时有思想的火花迸发。但最终要辉映出一片耀眼的大火。

1986年，郭小东认知“南方精神的再度崛起”。这是他对广东文学、文化理论建设的一个重要贡献。

1990年，他从广东文学创作的新成果中受到鼓舞，高声欢呼“南方并没有遗忘”。

郭小东像广东文坛少数几个最早摇曳这面旗帜的人一样，南方文化精神和南方文化意识也是他文学批评的灵魂。

“对北方文学形式盲目崇尚以及用北方文学量度框架南方文学”的时代应该终结。郭小东宣称：“只有深刻地把握住广东，才能走出广东。”

在《商界》，他发现了深寓南方革命精神的“南方忧患模式”。

在《天堂众生录》，他从作家审视农民的生命进程，探寻到“放大了南方农民的种性”。

《你不可改变我》对于广东文学的创作意义，在于“默许了广东首先萌动着的南方特区现代文明所有的种种人生形态和精神方式……”

对于能体现南方文化精神和南方文化意识的几种代表性的文学形态：都市文学、特区文学、特区军旅文学乃至潮汕文学的某个局部，郭小东都能从作家作品对现实世界描状的宏阔视觉、文化意向、精神内容与方式，以及感知方式、把握方式、叙述方式上，寻找到沉实的负载，这也是他最为关切的理论命题，是他文学批评价值取向的一个重要依据。

晚近时期，郭小东清醒地意识到，由于经济流通和商品意识的强烈渗透，传统文化与现代文化的巨大落差，以及观念形态的量变与质变，现代南方正在强劲地生长起“人文新质”“新的人格和人性意识”。这正是广东作家和批评家所要着力发现和弘扬的。

他甚至从历史的渊源进行追索：百余年来广东近代史，是南方精神和南方文化的“血脉”“根”和“沃土”。

郭小东也是目前广东文坛极少数几个作家、批评家两栖型的人物之一。

他有很高的文学天赋。灵动飞扬，是他思维的特征。文无定法，语言、文体、格局的非规范，用生命的意识注入自己的文学世界，令他近几年的文章，才华横溢，极自由极个性化。

你无法设想，它会是出自一个长期在大学任教的教书匠之手，几乎看不出一点“经院哲学”的种种弊端：刻板、僵固、贫乏、心如止水。

郭小东的文学与人生的命运幸而又不幸。得到的与付出的不完全平衡，但也不至完全失重。他是广东最早破格提拔的唯一一位三十五岁以下的大学文科副教授，是民选投票的广州“十大杰出青年”之一。当然，按照他的才华，他的才华质量，他所奉献于社会和人类的精神财富，可以处于社会与生活更中心的位置。但历史没有为他提供这种机缘，让他获得更好的命运，甚至是社会某种普遍的弱点有意无意地遮蔽了他的光焰。

但郭小东毕竟不是那种因机遇、命运尚未出现大转机而始终无法调适自己，以至精神状态不可逆转地萎缩困顿起来的人。在他刚过不惑之年以后，对现状更能持一种平静、冷观的态度。相信郭小东还要“期待”下去，哪怕最终导致没有任何漂亮结局的“期待”，千古文章还要做下去，终生寄情寄意寄绪于文学，不也是完整并非黯淡的一生吗？

“无所谓苍白也无所谓辉煌，对于每一个以不同的方式谋生并负载着理想的人们来说，活着就已经是一种成功了。”郭小东将继续实践他的人生信条。

郭小东本质上是一个文化型、精神型、才子型的人物。他对精神情感十分敏感，对痛苦和悲剧的感受也特别强烈，甚至有苦难感，有时又会对生活，对情感表现出一种童真与少男少女式的清纯。而一当发生周折，他会茫然找不到并不复杂的答案。这也反映了他人生与文学创作心境上的双重性。

深刻的痛苦造就了作家、批评家的郭小东，深刻的痛苦还将升华他吗？还将导引他登临神圣的艺术殿堂吗？我不知道。

一个将智慧和情感的乳汁奉献给了历史的记忆和亲人的怀恋，奉献给了文学，奉献给了人类的人，他的创作生命之泉必定会汩汩流淌，变成瀑布、激流、浩瀚之海……

1992年3月17日于广州东山湖畔——广东大厦

3月22日改定于江门银晶酒店

注：《转型期文学风度》，香港新世纪出版社1992年5月出版。

爱情是不允许遗失的

——致青年诗人程毓霖

年少时期热烈阅读诗歌，学生时代站在舞台中央朗诵过无数著名诗篇的我，今日，几乎不再读诗了。是诗的花瓣开始凋零，还是自己的心和情走向了枯萎？诗歌堆积了太多的无病呻吟，纷乱杂陈的色块、物象、表征，乃至精神，在摧毁人们本就可怜兮兮的那一点激情、想象和创造。还有不可思议的，诞生过永垂不朽的伟大爱情小说、爱情悲剧、爱情诗歌的文化国度，新的伟大爱情诗作，你去了哪里？为数不多的经典爱情诗流行或民族民间歌曲，可以长驱直入征服千百万歌迷和存有初级乐感的人，为何我们号称上千上万的诗人们，不能创作出几首在青年和大众中同样可以传诵和经典起来的爱情诗篇呢？上帝创造男人和女人，女性就是人类巨大创造力的源泉、动力和对象之一，是男性永久读不疲倦的一部人生大书。爱情，爱情故事的动人传说，更带来人世间无数心灵的澎湃与激越，和更为生生不息的生命创造与繁衍。

当代物质商业社会，价值在贬值，爱情的价值也在迅速地被残酷掠夺。有一句流行语，什么时代了，卿卿我我，太奢侈太豪华太浪费太神经病了。唯有实用实惠实在，唯有欲，不是情，不是情欲灵肉的和谐，更不是情欲灵肉与生命价值的一种提升。不多的爱情诗，也是失血的苍白和木乃伊般的空洞，唯一缺乏的是生命血肉的细节，生命活真的感觉，生命乳汁的滋润，以至生命形而上唯美逻辑的渗透与链接。

新近，慕名去了一回新疆，果然不虚此行。在行将结束行程与新疆生产建设兵团作协的座谈会上，我讲了两段话：世界上还有一个国家让我有重新拜访第二、第三次愿望的，那就是澳大利亚。中国还有一个地区让我有重返第二、第三次的欲望，那就是新疆。新疆之行，收获了美丽、收获了友情、收获了想象创造的无限性，对我的人生与文学经历都必将产生重要的影响。在天地连成一线的辽阔新疆，你会感到生命的特别渺小，你也就会懂得享受生命的阳光雨露，你又会感到生命的极其博大，你也就会愈加珍惜生命的呵护、爱和创造。

西部的新疆，真是一个可以产生伟大情思空间的土地，一个可以盛产生命和爱情神话与童话的地方。上苍很恩宠，赐予了新疆一个极具诗意诗性的珍贵自然和人文博物馆。当你行进在茫茫戈壁，穿越连绵天山山脉，突然，你意识到，生命神奇地超越了、净化了。当你毫无任何心理准备，因现代高速公路的出现，无情地“消失”了一座“音乐名城”——达坂城和达坂城的姑娘时，你会出奇的伤感和泪流。千里迢迢，远足巴音布鲁克的天鹅湖，面对天山晶莹的积雪，你会特别兴奋，简直是伟大的芭蕾舞剧《天鹅湖》的绝妙翻版，博斯腾湖源流上斑驳的孔雀河，都给人即时和悠远的遐想，甚至想入非非。天鹅、孔雀公主，是新疆大地屹立在我心中的两座爱情女神。难怪，新疆歌舞构成了中国西部文化特有的律动和底蕴。经典情歌中的经典歌词，像“我愿做一只小羊，跟在她身旁，我愿那细细的皮鞭，轻轻打在我身上”“你要是嫁人不要嫁给别人，你就嫁给我，带着你的嫁妆，带着你的妹妹”“古丽，古丽，在哪里？你在我心中……”历久不衰，几乎家喻户晓。

正是在这样月光似水的柔情与洋溢心境下，在返回广州的乌鲁木齐候机室里，应朋友之托，轻轻地翻开了青年诗人程毓霖即将交付出版的诗集《女人如烟烟如花》。我只在一个朋友聚会的场合见过作者一面，当我一页一页阅读着，仿佛诗人向我走得越来越近，越来越清晰，甚至不期然地在想象和创造一个更真切的诗人自我。感谢诗人冥冥之中的一个信息传递，诗人关于爱情的言说、情结、意蕴，竟是我曾有的一种亲历，一个刻骨铭心的记忆。诗海中，这部爱情诗集，只是轻舟一叶泛起的粼粼波光涟漪，但她是真情体验的，动情相约相知、相思相恋、相守相望、相依相靠的一份爱。

程毓霖的爱情诗，没有矫饰和伪装的杂质，也非只有燃烧、灼热滚烫之类成分的少男少女式诗风，更不进入疯疯傻傻、痴痴狂狂的纯野性精神形态，写得好纯，好纯净、好纯洁、好纯美，是美学审美意义上的美。现代爱情诗的基本特征、质素，明丽、精粹、节奏感强、朗朗上口，不少是可供公众社会朗诵之作，淡淡的，轻盈盈的，有品位、有意蕴，读后让人流连忘返，摇荡起爱的双桨。在她的诗作中，还有好几篇是关于音乐的，音乐“如同是一世的知己，便驻在了心中”，正因为这方面的修养，使得其中的诗歌具有音乐性和乐感，无论是句式、结构、色调、韵律，有的就是可以直接谱曲的优美歌词。当然，宝贵的是她的诗具有现代爱情的品质。

爱情的发源、历程、归宿，为什么爱，为什么不爱，深爱你的人更爱你，你爱的人更懂你……诗人的爱情观崇尚天赐与机缘。一次偶然的相识，几次轻柔的问候，一句话，一个眼神，撩人魂魄的不可言说的情愫，诗人细致入微地抒写着偶遇、邂逅、缘分在爱情中最不可抗拒的神秘力量的启动。无垠沙漠两粒沙子相遇，茫茫大海两个水滴相连，无缘何来相会？诗人由衷地歌唱“天赐良缘”：“谁也不知道为什么”“在爱的面前／根本没有任何理由”，大千世界，芸芸众生，“既然上天让我选择了你”“既然缘分让我们紧紧相拥／就不要让爱擦肩而过”“美丽的爱情／和美丽的梦一样可遇不可求”。

“拥有的只有现在”，是现代爱情坚持的一个价值信条。《不要问》这首诗，我尤为偏爱看重的诗作之一。它是对传统爱情观念的一个挑战，一个告别。相爱了，相爱就是存在的理由，“不要问你我的过去／面对现实的是我和你”。诗人宣称：“真爱无罪。”诗人梦幻般地展示爱情现在时拥有的浪漫画图：“亲爱的/只是这么简单的一个称呼”“有你的日子／才能读风／读云／读月”“我想抱你在每个季节里”，就会掀起生命的面纱，投入全身心的爱，不是柏拉图，不是少男少女式的朦胧，诗人歌颂的是结实而富有天使般想象的爱。

爱情是美丽的，相爱的男女各自展现给对方的是一生中最美丽的花环，就如雅典奥运奖牌获得者，戴上橄榄枝花环那么秀美。若干年后，橄榄枝花环可能是唯一挥之不去的美丽记忆。作为青年女诗人，程毓霖将女性“至诚至真的情”中的翘盼、期许、渴望、向往、仰慕等元素及情境描绘得楚楚动人：“从心跳开始的爱情”“从眼热开始的爱情”“天真或带媚态的眼波”“半嗔半软的语调”“羞涩的隐秘”“梦幻般眷恋”“高傲的心被征服”“像天堂鸟一样温情”“将我的美丽与柔情好好珍藏”“唯一我是读懂你的女人”……乃至“缠绵”“抚慰”“宠爱”“善解人意”等情状，甚而要求亲密爱人轻易不要改变她喜欢的“习惯”，“那个姿态/那些话语/那种笑颜”，阅读时都能令你情不自禁，跃跃欲试。都描写真切，极具动感。

写到这里，我想起作者“后记”里有类似的话：诗人正处在人生最美丽的时刻，诗篇只是写给自己看的夜阑之作。至今，我不知道诗人的年龄，但肯定是年轻的，也不知道诗人的人生包括情感的经历。但是，有一条应该是无可置疑的：如果只是情感扭曲的状态，而没优越乃至一点辉煌的心境，是不可能写出这般如歌的情诗。另外，我揣摸，从诗中流露的某种“伤感”、“叹息”，甚至“批判”，又读到一个可能处于青春年华过渡期女性那一份对爱之权利的执著、坚守和捍卫，那不可磨灭却实实在在流逝的岁月在心灵吁求上的印记与痕迹。诗人的爱情观是现代的，又决不突破传统的某些规范。

诗人有一首诗，名字叫《唯一的浪漫》。唯一的“浪漫”是奉献给“唯一的选择”“唯一的爱”，不熄不灭的爱情，“一生只有一次”。“它永远为一个人所有/没有谁/能踏进一毫一厘”，为了爱，“即使要用整整一生的时间”，也会义无反顾地向爱之岸走去。在许多年轻人看来，这太不可思议，太天方夜谭。对爱的忠贞忠诚忠实，这也是诗集给我最强烈最为震撼的一个感受。

伤痛了，伤害了，失去了，离去了，“独坐爱情之外”“负约的恋人”，山盟海誓“常在月黑风高日丢在墙外”，面对爱的背离、背弃、背守、背叛，诗人表达的是一种罕见的宽容和忍耐，虽然“惧怕美丽成为谎言”，但“哪里没有不带雨的云”，只有独自品尝寂寞、孤清、伤痛，千万别用绳索相依。这里，对失恋女人唯一的拯救，就是给自己自由飞翔的空间，如风一样洒脱，给“女人的独立”。由此可见诗人所持的开放型心态，不像现实生活中那些经受了爱情曲折的女性那样落魄、无助。但失去了至爱，女人在感情上变得“吝啬”起来，也是必然的。

知道程毓霖上过大学，但不知学什么专业，接受过何种文化的郑重教化和深刻影响。当我还沉浸在诗人咏叹调式的开篇爱情诗时，延读诗集下一章，实在惊讶不小，诗人竟然可以由爱进入几乎全方位探讨女性的话题。那沉甸甸的哲理、哲思甚至哲学的情结，令她这个篇章的散文诗体写作，闪现理性的光泽。格言式的提升，更使这部分诗作的色调凝重起来。似乎，诗人借此在“规范”“示范”女性的一个完整完美：个性的、特别的，又有着共同的质地、品格，一个既悦目又悦心的女人。

此前的一首《一切》，诗人对人生的潮起潮落就有一个哲性的概括。只不过用了诗句的排比：“一切的存在都显示着消失/一切的消失都预示着存在。”

对情缘又是一种破解：“情缘是一种天赐的偶然。”生存和情爱的哲学本体思索，使这组诗有了人性、情操、品格的灵魂。

女人与泪与酒与烟，是现代女性不可回避的一个关注。关于女人的泪，诗人给了一个古典美的证明：“没有泪水女人就像商场橱窗里的模特儿。”关于女人与酒，则是一个现代版本的诠释：“女人喜欢饮酒/是因为酒很浪漫。”往后引申出一个绝对精妙绝对智慧还混杂着一点黑色幽默的经典诗句：“男人喝酒后会想不同的女人/女人喝酒后大多想最深爱的男人。”我想，男人抗议，女人欢呼，一定的。这种诗句朴素、平民化，又沉郁得非重拳出击不可。关于女人与烟，诗人这样表述，女人如烟，烟如花，女人比烟花更有诱惑。故，女人的存在，本身就是现实的一个精彩。

再读下去，更见知识白领女性诗人一颗高贵的女儿心，追求现代女性创造性的典雅美。诗人写道：女人的思念总与爱恋相随；女人的魅力／永远需要一个背景／这背景除了漂亮/还需要聪慧；有风情的女人/既可浪漫一时／也可灿烂一生，女人的风情，是骨子里生就的一种韵味；女人的性感，成之于内而形之于外，先天之外亦得后天一点一滴地经营与释放；女人的优雅可以看到一种文化教养，优雅和幽默，都暗含着一种对世俗的抗争：女人味还是一种风度、优雅、韵味和修养。

程毓霖的爱情诗更感性、更自我些，关于女人的诗更理性、更直接些。纯粹从个人的角度，更希望看到她多写一些爱情诗，写更好一些的爱情诗。今天，中国优秀的爱情诗太少，杰出的爱情诗人更是凤毛麟角。中国也应是一个需要爱情、爱情诗哺育和熏陶民族和人民性情的国家。爱情是不允许遗失的。相信经过进一步的历练与淬火，程毓霖的爱情诗或其他诗作，能奠定自己在诗坛的地位。甘霖一定能育出一片繁茂的爱情诗林。

2004年国庆节23:47写于广州

注：这是一篇评论体散文。此文入选《文学新书评》（2004—2005），社会科学文献出版社2005年6月第1版。

历史：曾在这里停顿，然后大步前行

——电视连续剧《情满珠江》创意纪略与抒感

这并非一部历史巨著，却渗透着深刻的历史意识，预示着一个新时代到来的辉煌。历史，曾在这里停顿、沦丧甚至倒退。《情满珠江》的主创者们，在回首曾布满阴霾的历史画幅时，没有陷入感伤、悲哀的情绪而不能自拔。历史，有它自己的逻辑线索；历史，有它自己的运行规律；历史，有它自己的开端与归宿。这是任何个人意志所不可改变、不可动摇的。布满阴霾的历史画幅，孕育着希望，萌发着生机，透露着曙光。历史必将大步前行。

历史的批判锋芒，对历史的改造与进取所表达的巨大热情，历史中的人在大跨度的时空观念中，沉凝而又潇洒地展示它的跌宕起落，时代的暗示、预兆和话题，在人的命运中交错，在人的感情漩流中契合，在人的观念中裂变，从而构成了这部作品独特的基调、旋律与艺术魅力。

《情满珠江》主创者从策划到进入写作、制作阶段，理性的意识十分清晰，这必须是一部艺术作品，人生甚至人类的主题，又必须从中感应到时代脉搏的跳动，闪耀着当代生活的斑斓色彩，格调、品位相对要高，又能赢得可观的受众面。

主创者的主观构想与策划意识，从播出效果检验，在专家与普通观众两个层面上同时得到认可。《情满珠江》是幸运的，它适逢了社会、民心、艺术一个将更加开放的时机。播种、耕耘是艰辛的，因此，收获是应该值得庆贺的，值得欣慰的。这必将激励一切奉献于艺术创造的人类文明特殊的一群，有更远大的理想和抱负，即使披荆斩棘，历经磨难、磨砺也决不回头。

一个想拥有辉煌的民族，必将拥有辉煌的文化。人类在物质更富有的同时，精神的文明，文化的文明，永远是至高无上的。

看重自己，珍惜自己，创造自己，历史会记住你们的名字。

《情满珠江》展示历史的廓大、宏阔与深厚，时尚与时代的价值取向，人的命运、情感及观念的走势和结局，与人的生存生态环境、背景作三大板块的设计，是一个重要依托。

这是一个历史化、人生化、命运化、情感化了的巨大时空与三大地理地缘板块，是城乡、工商贸农和新旧人际关系的纽带。广州、珠江三角洲、香港，在当今走在改革开放前沿，参与世界大经济市场循环的广东，本身就有着质的规范和典型的时代和人文内涵的特征。

历史从这里发端。国家、民族一个特殊年代的一个特殊群落在这里起始。从广州走进珠江三角洲农村，“文化大革命”中的城市知识青年开始了人生的第一个里程。电视剧以总导演王进式的简洁、洗练、明朗而并不刻意渲染的画面，让你谛听到了那个时代一群青年男女的哭泣、痛苦、挣扎、彷徨……时代在受难，生命在受难，灵魂与心灵、观念与价值在受难。正是在这块物质与精神双重贫穷的土地上，为后来走进时代大变迁、大改革的这些城市青年（包括农村知识青年）成熟或不成熟地准备了观念、价值、道德取向乃至心理的条件。这个时空时段会给观众留下突出印象的人物，有谭蓉的失去与“奉献”的要全部索回，淑贞的人世间对于女子最不幸、最痛苦不堪的苦难偏偏降临于她。两个女性的苦难，由同一个时代的浊流、污染、残忍、丑恶所造成，然而，她们的人生信仰、人生之路却迥然不同，背道而驰。

三大地理地缘板块，代表着传统文化与现代文化，农业文明与工业文明、现代文明的冲突、扬弃与转换。经济运动、经济变革最强劲地推动着观念形态的变化。经济与观念的变革，展示了现代南方工商文明、观念文明、文化文明不可阻遏的雄风与神奇的魅力。在引导当代中国的潮流与时尚中，有时是无与伦比的。作为经济与观念变革主体的人，在历史大变动的格局中，从原来的起点与背景，各自寻找、扮演、确立着自己的人生走向、位置，道德倾向、行为规范，重塑自己的人文品格、灵魂与心理。在某种意义，也为建设与完善当代新型的人际关系与民族品格，注进了新的内涵与新的质素。

在历史背景的延伸中，在当代工商精神与南方文化的浸淫中，始终突出人，突出人的命运，突出人在新的生存环境与历史责任中产生的正负效应，突出人的离合与重组，从而完成了一系列有神有形、神形兼备，有情有性、情性融合的人物形象。这也是《情满珠江》的一个主要艺术成就。

从艺术的完整性、层次感与深度来衡量，当首推谭蓉。我们在策划这部电视连续剧时，明确提出：要创造当代中国荧屏上第一个坏女人的形象，而且是现代的。历史的罪恶，锈损与肢解了这颗灵魂，商品的负面，使她的人性变得越来越险恶、丑陋。谭蓉形象的创造，必须流注较浓重的历史色调，必须有充分足够的心理逻辑层次的演进。演员表现上，含而不露，温而不火，得体适度。让观众在一集接一集的观赏中，逐步看清她的占有欲、征服欲、报复欲、权力欲的积聚与膨胀，她的极端的两面、虚伪、虚假、虚饰的品行的剥落，唤起观众的厌恶与憎恨的情绪，达到“审丑美”的艺术效果。毫不夸张地说，普超英在扮演这个角色时，有超水准的发挥，也是她艺术形象创造上的一次重要突破。谭蓉形象的结局，创作时曾设想过不一定是现在失败的结局，目的是想引起观众对改革仍可能面临种种严峻考验的思索，最后考虑到观众的接受习惯心理，以及历史进程本身无数雄辩事实的证明，这类人下场必然凄惨，必将失去一切，包括亲情、友谊、爱恋……是历史的法则作出无情的惩罚。

越良在这部电视连续剧中，是一个颇有韵味的形象。策划时给这个人物定位：对历史不取主动精神，也不给生活创造麻烦、不幸与不公平，试图超越现实，逃避世俗，用“上帝”的信条约束、禁忌自己，洁身自爱，拯救自己也拯救别人的灵魂。然而，现实却给他开了个冷冰冰的玩笑，他对初恋的情人，对新婚的妻子纯洁有时甚至不成熟男人单纯的投入，却与他的信仰观、人生观、道德观相悖与对逆。生活的法则同样给善良者以教训。扮演越良的演员张天喜，一改“硬派”戏路，演得那么温文尔雅，感情变化那么丝丝入扣。本色创造与性格（角色）创造竟然达到了这样出其不意的艺术效果：如果一开始并不十分注意，你甚至可能不会发现，那个越良就是银幕上常见的雄壮的张天喜。

从策划和主创者的角度，我们希望在《情满珠江》中创造几个历史跨度很大，时代内容与时代精神概括性很强的新人形象。

关注点自然首先投向第一号女主角淑贞。她带着厚厚的历史积垢和心理阴影，被动而不是主动地推向时代的大潮。她经历了从农村到街道工厂到乡镇企业到大集团公司的规模产业与经济形态的历史与人生之路，在顺应与把握历史的进程中，最终扔掉了历史的因袭与卸下心理的沉重荷载，成长为一代有头脑、有见地、有文化、有教养的新型企业家。观众也许会对这个形象的创造不十分满足。我们在进行原创时，提出一定要与《渴望》中的刘慧芳区别开来，是一个真正恪守传统美德又勇于走出痛苦、沉重与创伤，又真正具有现代思想观念与作为的新人形象。我们曾设想赋予她改革背景下的几个大事件、突发性事件，显示她的作为与才干，但由于生活库存的贫乏，现在，除了设计淑贞拯救香港合资企业这个行动，给人物增添了灿烂的一笔外，人物的行动性、事件性、情节性仍嫌薄弱。

其他几个参与和追踪时代潮流的人物，都希冀他们在思想意识、人生价值的涵盖面上，有相当的代表性。

必成是知青年代的优秀者，比同年代的许多青年要高出许多。但当他面对一个巨大的商品经济竞争的新时代，他的志向、抱负、才干与过于自负、自信，挫折时心理防线又脆弱的缺陷并存，无法调整和修正的结果，成了溺水者。

越美这个人物十分有特点，她在“大逃亡”中进入香港，接受的完全是西方式的教育和文化，但她在生存的那块农村土地上得到恶，也得到善，善依然存留在她的心间。两种生存与竞争的价值观，同在人生的旅途中发挥作用。但理智、良知与道德，始终是她生命的主导成分。她对谭蓉直觉上的天然准确及基本性的认识，要比周围任何一个人都要深刻。作品的结局暗示，她将成为她居留的另一个世界的优秀者。

也许在所有的人物中，我们给予麦坚的观念诠释是最明晰、最苛求的。完成一个农民知识青年向现代知识青年，青年农民——青年农民企业家——现代青年企业家，农业文明——工业文明——现代文明的转变。这个人物，寄寓着主创者的切肤之感：汪洋大海式的农民中国，每前进一步，都要付出代价，但必须义无反顾、毫不犹豫，迈出向现代工业文明、现代文明进发的坚实步伐。

何欢，原创意是想塑造一个与淑贞对应的农村新女性形象，终因功力不足、生活不足，将这个人物固定在一个局狭的生存空间，无法给角色与演员提供施展才华的广阔天地，以致留下了艺术创作永难弥补的欠缺与遗憾。

全哥形象的创造，难度很大。现实生活已远远走在艺术前面，在今天的珠江三角洲，一大批优秀的基层党政负责人在领导着大规模的经济改革。没有他们，今天改革的成就会逊色得多。我们试图创造一个超越小生产者，超越狭隘土地观念的、身上夹带（散发）着书卷气质的新一代基层党政领导干部形象。观众在荧屏上看到的全哥，有那么一点意味，但还不特别出色。我们的文学与影视剧，这类形象的创造，甚至不及早期苏联的文学水平。

相对次要的人物太子昌、必娇，观众看到的是南方现代城市青年的某种生存状态与精神面貌。更次要的人物朱时懵，是一个信息人物，媒体人物，他飘忽不定的行踪，来去匆匆的影子，折射出时代跃动的某种声音、痕迹、印记，如果将他生活中的全部细节串联起来，就构成了一条历史线索。这个人物给全剧增色不少。

人物不是观念的符号，不是“类型”的代码。《情满珠江》始终将人物置于经济与观念的双重变革中，展开人物命运、情感、爱、家庭、家族（梁、林、张三家的设计，更易进入剧情，更能描绘人物的生存动态）的万千变化，透发出浓郁的人性与人情美，从中领略现代南方工商文明、观念文明、文化文明的发展与壮实，社会生活与现实人物的完整性与丰富性。

《情满珠江》是敢于直面现实、接近生活的主旋作品，又有相当的可视性、可看性。这种探索，表明主创者们对当代性、教化性与现代电视传媒手段的特点及受众心理，有独到的认识与理解，有轻松淋漓的驾驭。

《情满珠江》是继《公关小姐》《商界》《外来妹》之后，对广东电视剧再现当代生活的优势、深度的一次艺术总结与弘扬，是广东电视剧坛的一部重要之作，有广泛全国影响之作。

1993年的中国文化史，将记载着广东，广东文化界的创造与贡献。

1994年广东的春日，暖洋洋的，我甚至闻到了春日阳光湿润、清新、温馨的气息。

1994年元月13日晚急就于广东电视中心25楼

第四辑

南方文化论纲

近些年来，伴随着广东在国内地位的日益上升，有一个论题，一直在我的思维场储存着、活跃着，非得用文字整理出来不可，否则，无法安宁。而今，值此第四本文学评论集《历史会记住这些名字》出版之际，以“跋”的形式，来完成这个搁置多年而又不断挑起思绪的话题，即是：关于南方文化的总体思索。

区别于各种地域类型的南方文化的主体精神与基本特征

南方文化首先是但又不仅仅是一个地域地理概念，更是一个历史概念和人文概念。它鲜明地区别于其他地域地理类型的文化。

南起海南岛，东至辽东半岛，还只是中国沿海经济发展战略的一种构想与初具成效的实践。显然，关于沿海大文化圈的设想，尚未形成一种质的规范的新型文化形态。

以广东为典型代表的南方文化，既区别于地域地理意义上的大南方文化，也区别于大南方文化中的“海派”文化，区别于以“京派”文化为典型代表的内陆文化、中原文化，区别于港台文化，区别于海外华文文化。

广东文化有种种别称：“岭南文化”“岭南文派”“珠江文化”、“珠江大文化圈”等，我想用一个规范的统一的概念，即南方文化，或以广东为典型代表的南方文化。

由于传统的基因与力量，更由于近代、现代、当代政治、经济、文化、教育的不停顿变动，南方文化最终健全与完整地形成自身的主体精神与基本特征，从而也打破了“中原文化中心论”大一统的文化观。

在古代，岭南远离政治、经济、文化的中心。近代史上，广东不仅是政治的一个重要策源地，也是民主与科学思想文化的重要基地。到了当代中国，更成了改革开放的前沿阵地，经济改革的综合试验区，传统文化与现代文化、东方文化与西方文化的交汇点。从洪秀全始，中经康有为、梁启超、孙中山，一个多世纪以来，构成由南向北的综合辐射力。同时，也形成了广东大的人文环境与人文景观的基本特点：政治昌明，经济发展，社会稳定，文化宽松。

南方文化就其本质而言，是开放式的。既对整个世界开放，也对中国内陆开放。不太追踪和迎合非正常非历史契合性的虚拟的“潮流”“思潮”，勇于和善于求真求实求新。一方面，它既保留了民族文化血缘、亲情的历史联系与渊源，具备民族文化吸纳、同化与扬弃的能力；另一方面，更具有个性的差异，形成了自身独立的文化精神品格与文化人格力量。地域性与超越性，时空性与超前性，个性与时代趋向性相结合是其基本特征。

广东处于商品经济、市场经济比较发达的地区，主体意识、个体意识必然相对活跃、强烈，主体意识、个体意识中的竞争性、探索性、创造性也必然耀眼夺目，加之没有奉行不切实际不合时代潮流趋向的“左”的严厉的文艺政策，由此形成一种“各自为主”的创作与理论批评的自由状态与自由心境。但又不因此去扼杀客体意识、群体意识，反之，主体意识、个体意识非但不去损害反而要与大众、人类的共同利益吻合，由个体而群体、由群体而社会，提高全民族的综合素质和现代文化文明。从而，也构成了南方文化开放性与兼容性并举的特点。

南方文化代表作家、代表作品的被忽略及其歧见，恰好证明这种文化生存形态的现实存在

在已见到的关于文学史的教科书、著作中，对广东文化尤其是广东文学的评价，总体来说是偏低的，论者和著述者在价值判断、取舍上，确实忽略甚至忘却了文化、文学在地域地理上的差别，在文化精神的实体、主体、风貌上的差别，在文化传统和现代意识上的差别，加上北方批评家未能从整体上以及从当代中国文化、中国文学这个参照系上来认识、把握、估价广东文学，也不

可避免产生偏误，造成这种评价不十分准确、不十分客观的一种现状。

这里，仅以当代广东文学几个巨头的重大作品的命运为例来加以说明。

欧阳山长篇巨著《当代风流》的第一卷《三家巷》，周扬同志在全国第三次文代会上的报告将其列为中华人民共和国成立后优秀长篇小说之一。但当时的批评界对《三家巷》采取的态度不甚热情。及至后来政治上的极“左”思潮兴起，《三家巷》首当其冲，延续了长达七年之久的挞伐，定性为“典型的资产阶级反动作品”“黑作品”。一直到粉碎“四人帮”之后，《三家巷》政治上恢复了名誉，文学上也给予了肯定，但是，《三家巷》的文学成就与文学批评界给予它的估价和地位仍然是不相称的。这不能不看成是对最充分体现了南方文学精神品格的一部代表作所抱有的偏见与狭隘情绪。

同样是反映同时代革命历史斗争的长篇小说《红旗谱》，则被文学界推到了至高至上的地位。《红旗谱》无疑是当代中国一部杰出的、优秀的大型作品，但从两部都具有相当高文学成就的作品的迥然不同的命运，可以看出南方文学在某些批评家眼中被忽略、被冷漠的现象。

秦牧与刘白羽、魏巍、杨朔，并称为中华人民共和国成立后十七年中的散文四大家。刘白羽、魏巍、杨朔的散文，更贴近时代和现实生活，对新时代、新生活及其创造者们，怀有强烈的歌赞激情，同时也形成了各自鲜明的艺术风格、个性。但由于历史的局限和作家自我生活观念与价值评判的限制，尤其是杨朔的散文也有对生活认识的唯心论与非理性的缺陷。而秦牧的散文，由于海阔天空式的想象，珍珠式的历史知识的串联，其间或许单纯却并不博大的哲理式的思索，以及对历史所持的一种较为冷静的观察，加上汇融了极其浓郁的南方风情，所以能站立在浩大的中国当代散文园地，独立卓然成为一大家。但十七年中的文学批评，存在着一种“抑南（秦牧）扬北（杨朔）”的不正常现象，褒贬差异很大。认为秦牧的散文广博而不精深，充满地域地理风情色彩而欠缺丰厚的时代内涵，这样，就不是从作品的精神主体和作家的个性风貌上作一种客观的、平等的价值判断。在极“左”思潮泛滥时，《花城》的命运与《三家巷》一样，也被判定为“典型的资产阶级、小资产阶级作品”。

陈残云与同为南方作家的周立波（主要是短篇小说），在南方风格风情描写上，在明快、轻盈的基调的把握上有共同点。周立波享有崇高的文学地位，而陈残云（包括他最重要的代表作长篇小说《香飘四季》），则未能得到更公正的评价。

文学作品本身的价值与价值的评判、取舍，在不违背大的原则、方向的前提下，不能只有一种样式的文学批评及文学审美的同一标准、尺度。作家作品的风格、个性，尤其是地域地理因政治、经济的变革带来文化形态、文化品格、文化精神、文化观念和文化意识的变化，及由此引起作家创作风格、个性新的差异，尤应进入批评家的批评视野。

新时期以来，广东文学在创作的走向上，它的初始阶段，顺应了当时整个中国的文学思潮，在“伤痕文学”尤其是知青文学方面，作出了重大贡献。其中一些优秀之作，当之无愧地可进入当代知青文学的重要作品之列。

然而，广东文学创作界和理论批评界开始更清醒地意识到自身的价值，恰恰是在于那些体现了现代南方文化形态、文化品格、文化精神、文化观念、文化意识的作品。而这至关重要的一个转折点，并没有引起当代整个中国文学批评界的特别重视，在广东不少批评家中，也未能给予足够的关注。

“刘西鸿现象”与“《商界》现象”，足以佐证。

尽管有极个别北方作家、批评家推崇刘西鸿的小说，但仍然没有充分意识到刘西鸿的创作及由此引起的“刘西鸿现象”在于它体现了一种具有新型的现代南方生活观念和文化精神。刘西鸿笔下的人物，只有在南方改革开放前沿地带，才可能孕育和具备那种精神气质与智慧风貌，洒脱，独立不羁，个性突出，强调了自我价值选择的自由度，以及审视把握自己命运的独立性，作家创作心态的放松，思维的创新，小说人物、心理、语言的现代人韵味，语言句式规范的破除，显得随意散漫，都给广东文坛带来一股清新气息。

关于“刘西鸿现象”的价值，不在于分清她的创作成就究竟有多大，缺陷有多少，而在于她真正体现了一种新的创作走向，在于她提供了创作心态上的一种自由度。

关于钱石昌、欧伟雄的长篇小说《商界》，北方批评家写了一点文章，但评价不高，持所谓“冷观”态度。这种批评，因为离开了《商界》所赖以诞生的特定的现实社会环境，以及它所体现的一种文学价值取向，这种批评就是一般性而非超越性的。

《商界》是当代中国文学第一部正面反映商品经济现实命运的重要作品。小说中的人物及其关系的调整、重组，反映了现代社会商品经济变动的复杂性、趋前性，人物在这种变动中建立起了现代生活观念、现代人格、现代人伦人性，从而，将纯粹地域地理意义上的南方文学引入现代南方经济意识及其所引起的观念变动的深入层次。谁也没有认为这部作品已达到很高的艺术成就，更非完美无缺。而某些北方（也包括南方）批评家的不幸却在于将作品中最富开拓创造意味的那种宝贵素质忽略了。

在报告文学的写作上，广东作家也体现出一定的独立意识。

新时期报告文学开创时期，是对名人的一种“崇拜”，广东这方面没有在全国影响太大的作品。当走向对人的价值、人的生存生态环境关注时，广东的报告文学作家既独立于题材上的“明星意识”之外，又不在生存生态环境题材上趋同，而将目光投注自己脚下正在开垦、开发、开放的现实大地，热情讴歌新型的人物及其业绩。在写作方法上，寻找一种集团军式的、系列式的、大面积式的对一个地区、一个行业的改革开放现状及其发展趋势作总体把握。

题材取向、审美取向上的大一统思想，在南方受到挑战。

为南方文化的发展与强壮，提供优良的外部环境

四十几年来，广东在文艺思潮、文艺运动中，曾两次扮演过引领潮流的角色。这与广东处在政治、经济、文化的一个较为特殊的位置与氛围有很大关系。

六十年代初期，当我国的文艺方针政策再度发生严重倾斜时，周恩来总理、陈毅副总理选择广州，于1962年3月召开了全国话剧、歌剧、儿童剧创作座谈会。周总理对前往广州的在京话剧、歌剧、儿童剧作家讲了一次话，陈老总在座谈会上也讲了一次话。这两次讲话和这个座谈会，中心题旨是在检讨正反经验教训的基础上，重申党的知识分子政策和文艺、文化政策，纠正“左”的偏向，是创作和理论上的一次勇敢的拨乱反正，在全国产生了相当强烈的震动和积极的影响。当时之所以会选择广州作为基地，不能说是偶然的。从客观条件来说，陶铸同志主持中南局的工作，提供了思想文化领域相对开放、稳定的政策环境。由此，广州作为全国三大文化中心（北京、上海、广州）的地位

得以名副其实的奠立。有了与文化中心地位相对等相适应的社会化政策化的实践，引起了全国文艺、文化界的注目。

打倒“四人帮”初期，全国的首要任务是政治上、组织上的拨乱反正，对中华人民共和国成立后十七年的文艺如何评价尚未有结论，没有完全解冻。而广东，同时在文学上的拨乱反正先走了一步，不仅否定了“文艺黑线专政”论，还在全国第一个彻底否定了“文艺黑线”论，对“文化大革命”中有影响的、政治倾向严重不良的两部作品“发难”，被全国誉为发射了两颗“中程导弹”。正是在这种背景和气氛下，当时尚未正式平反和复出的文艺、文化界的几位巨头——周扬、夏衍、林默涵、张光年等纷纷南下，云集广州。广东文艺界当时以自己政治上的敏锐、思想解放者的勇气，而瞩目全国。

中华人民共和国成立后，广东几任主持宣传文化工作的省委领导，都实行一种清明、开放的思想文化政策，颇有政绩和口碑。文艺、文化界一直相对稳定，没有出现大波大折的现象。

陶铸同志长期身任中共广东省委和中南局的主要领导，虽然不直接分管文艺、文化工作，但始终十分关注文化建设，关心知识分子命运，与许多文化人交了朋友，休戚相关。他本也是一位政论式的散文作家，崇尚历史、人格与道德力量。

吴南生同志与文化界、文化人的关系也很密切。打倒“四人帮”之后，广东引领文艺潮流的行动，如果没有吴南生同志的胆识与气魄，没有他的直接领导和参与，是不可想象的。正是在这种情势下，广东才迅速地恢复了创作的生机，迅速组织起了专业文学创作队伍，建立了“鲁迅文艺奖”基金。

任仲夷同志作为当时省委的主要领导，主要精力集中在抓政治和经济的建设上，但又十分注意文化问题，而且将二者放在同样世界新格局和历史背景下进行考察，从根本上寻找改革开放的时机与出路。广东处于两种文化、两种制度的临界点上，一方面要实行思想文化开放政策，另一方面又要有某种选择和控制，据此，任仲夷提出了“排污不排外”，也就是“有所引进，有所控制”的总体方针，这既是文化的，也是政治的、经济意义上的。这样，对外来文化、港台文化以及商品经济冲击带来的正负面影响，就有了一个正确、客观的尺度。既扶持、弘扬民族文化的精华，又积极借鉴、吸收外来文化的优秀成果，同时在现代文化中找到进取与开拓的人文新质。

杨应彬同志在任期间，提出了抓“拳头”产品的思想，对于推动和提高广东文学创作的质量产生了积极的导向作用。

黄浩同志主持思想宣传文化工作，正值国内外的政治气候处于一个相当复杂的时期，他坚守辩证法思想，清醒地把握局势，分析情况，寻找对策，这样，保持了思想文化政策的连续性与稳定性。并提出了发展社会主义文艺较为完整的思路。这即是`一个根本任务：发展艺术生产力、繁荣文艺，是社会主义文艺工作的根本任务；三个为主：以马克思主义为主导，以社会主义为内容、民族形式为主体，以“两为”方向为主流；三个规律：艺术规律，文艺创作规律，社会主义文化艺术发展规律；三个抓：抓根本性建设，抓宏观决策，抓思想引导；两个关系：繁荣文艺与整顿的关系，繁荣文艺与深化改革的关系。强调文艺的社会主义方向，强调主旋律的原则，但更强调在整顿中建设，在深化改革中着眼于创作与繁荣。并将这个整体思路付诸实践，以抓点与树立典型的方法，带动全局创作。1986年3月，协助省委主要领导，召开了“广东中青年作家创作研讨会”，对推动广东的文学创作，发挥了可观的作用，形成了创作的一个高潮，出了一些好作品，尤其是长篇小说有了新的建树。之后，又亲自抓了庆祝中华人民共和国成立四十周年重点作品的创作，收获颇丰。建党七十周年，又出点子，抓反映广东改革开放背景生活的长篇电视连续剧创作。

新任中共广东省委书记谢非同志，1986年3月，亲自主持了“广东中青年作家创作研讨会”。在硬件建设方面，抓了广东博物馆、广东美术馆、广东星海音乐厅三项主体工程。1992年2月，又亲自批示提议在纪念《在延安文艺座谈会上的讲话》发表五十周年之际，召开一个以“深入生活、反映生活、服务人民”为主题的文艺创作经验交流会，并发表了《改革开放时代需要更多文艺作品》的重要文章。

南方文化正从创作群体、创作实践与理论批评各个方面体现出来

经过四十几年来的风风雨雨，广东文艺队伍没有出现明显的断层现象，

后继有人。许多在国际、全国、本省和外省获奖的作品，大都出自他们之手。

中华人民共和国成立后十七年中，广东形成了四支有实力的队伍：延安时期后又随军南下与留在广东及从香港、东南亚回来的归侨作家；广州军区以诗人为主体的作家；二十世纪五十年代末六十年代初崛起的一代小说家；在《金沙洲》《三家巷》讨论、争鸣中造就的一代文学批评新人。

新时期以来，除省直队伍（省作家协会文学院是一个主体）外，又形成了广州市、深圳市、广州军区四个新的创作群体。他们各自都有独立的创作力量，有自己的文化特点，有可观的创作成就。

广州市的创作体现了改革开放大背景下现代大都市的文化意识与特征。注意在经济、文化的氛围中将眼光投注于现实世界的变动。市民、市井、世俗的乡村型的城市文化心态，开始让位于真正现代城市型的都市文化心态，但又不是纯粹西方城市文学主题的演绎。

深圳市出了以刘西鸿为代表的一代文学新人，以及由此引起全国关注的“刘西鸿现象”，表明作为南方文化重要一翼的特区文化形态正在形成。

现在广州军区作家的创作主体是“外来户”，又面对广东这块土地的现实，文化观念与文化心态都处于“转型期”过程。“特区军旅文学”作为中国当代军事文学的一面旗帜与当代文学的一个理论口号，正在以自己有力的创作实绩，得到认可。

四十几年来，广东的文学创作，曾先后出现过三个高潮时期：五十年代中期，五十年代末期六十年代初期，新时期（这十几年中自然还有发展的不平衡时期）。

新时期十几年的广东文学，是中华人民共和国成立以来非常活跃、影响很大、成果不少的一个时期。从发展的阶段和趋势看，是稳定的，持续前进的。我们曾经有过在全国领潮流、领衔的文艺作品和文艺批评理论，更重要的是，我们加深了现代南方文化的自主、自立意识，具有这种文化形态、文化品格、文化精神、文化观念、文化意识的创作与理论批评，正在日益茁壮成长与成熟起来。这正是新时期广东文坛最富成果和最重要的建树。

这里，有必要重点论及深圳的特区文化现象。

深圳是目前国内移民最多的城市。移民城市，往往是最聪明的城市。以美国为例，可称得上是一个人才与智慧的移民“联合国”。澳大利亚也是世界上移民最多的国家之一。日本、德国是第二次世界大战的战败国，但由于特别重视吸取世界最先进的科学技术文化知识，向全球高价购买“脑（袋）智（慧）”，很快又从废墟上站立了起来，成为当今世界经济强国、大国。香港是世界金融、商贸的重要中心之一，也是人才、智慧互通有无的一个地区。

深圳特区文化首要和最基本的一个特征，也是移民性。人口结构，93%以上是外地人，而青年又占了总人口的70%以上；文化结构，本土文化根基并不深厚，虽然有某些素质与特征构成，但终究未能形成一个很稳定、很强劲的中心，这里成了各种文化涌入的广阔“市场”；语言结构，广东客家方言、潮州方言、广州方言为三大语系，普通话为其统一语言，外语（主要是英语，还有日语）作为开放社会所必备的一种重要交际和智力工具，也在扩大自己的接受对象；知识结构，本土知识层基础十分薄弱，引进内地高级知识分子六万多人，但绝大多数移民的文化知识水平不高，出现断层；法制结构，被称为“内地的香港”，按国际惯例实行管理，参与国际商品市场的循环与竞争，顺应世界潮流导向，制定文化引进三十多条法规。

深圳特区文化的第二个基本特征，是边缘性。处在环太平洋的一个特殊位置，是一种窗口式的地域地理环境。对外是“窗口”，对内也是“窗口”，经济结构是一种网络式，多种经济形态、经济成分并存；三资、合资、独资、个体企业占了60%以上，又以市场为重要运转机制，占90%以上，社会结构、社会规范包括政治形态、观念形态、人伦关系乃至生活的行为方式，突破了原有的单纯的结构，较充分体现了过渡时期的种种特征。

深圳特区文化的第三个基本特征，是交汇性。由于地理、经济、人口的原因，这里成了各种哲学思潮、社会思潮、文化思潮的集合点。

深圳特区文化正是在这种移民性、边缘性、交汇性的差异与认同中，在新型的社会生活形态的孕育与生长中，找到了自己独特的位置与价值取向，既不完全同于内陆文化，也不完全同于港台文化，而更具有新兴的现代文化的开放、创新、容纳、多元、大众的品格，以及为商品经济相适应、相发展的新型现代人际关系、人伦关系与现代人的特点。民族文化为渊源，现代文化为主体，多元文化为个性，即是特区文化的区域性特点。

特区文化是在本土文化、内陆文化、香港文化、西方文化的碰撞、融合中，产生的一种新质文化。要提高特区文化的地位、层次与品位，还必须加大其历史的容量与现实的涵盖。1997年后，香港回归祖国，香港与深圳直接对接，会形成内陆文化、特区文化对香港文化的冲击与影响，世界华文文化也会在民族精神与人类精神这个更高的层次上有更多的趋同性。

深圳是座年轻的城市，也是年轻人特区人的城市。未来社会必将更加电视化、广播化、报纸化、电讯电脑化，世界之间的距离日益缩小，深圳应该也可能为中国和人类的经济、文化建设作出突出的贡献，增强它的辐射能力与覆盖面。

在广东，文学批评队伍一直比较完整，实力也相当雄厚。老中青三代批评家的结构早已形成。第一代以萧殷先生为代表；第二代是在关于《金沙洲》《三家巷》的评论、争鸣中形成；第三代是新时期考入大学、八十年代前后出现的一代年轻批评家。遗憾的是，文学批评之外，其他艺术门类尚未形成队伍。

除了上述谈到的打倒“四人帮”初期，广东批评界在文艺思潮、文艺思想上的拨乱反正为全国作出过重大贡献外，六十年代初期，萧殷先生在《羊城晚报》主持的关于《金沙洲》的讨论，以及由此提出的“典型论”新观念，在全国也有广泛影响。八十年代中期起，广东文学理论批评界在追踪了全国的种种思潮和范畴之后，开始意识到：应该形成自己独立的体系、个性与文化特点。要有自己的理论主张、理论口号和批评实践。这就是“独立的南方文学批评品格”。由此，区别于以中原文化为内核、为尺度的大一统批评。

新时期以来，广东文学理论批评界的主要贡献在于：

1984年11月，广东省作家协会《当代文坛报》召开“文学与改革”座谈会，在全国率先探讨了商品经济运动中文学的地位与价值，以及由商品经济运动所引起的人生、人际、人伦诸关系的变化、调整与新型关系的缔造；

1986年3月，由中共广东省委召开的“广东中青年作家创作研讨会”，老作家吴有恒提出了“建立岭南文派”的口号；

1986年5月，省作家协会《当代文坛报》在深圳召开“文学与现代文明”研讨会，第一次提出了“广东文学必须反映广东现代文明”的理论主张与创作指向；

1986年，郭小东认知“南方精神的再度崛起”；

1990年，张奥列倡导“南国都市文学”；

1983年，我提出了广东文学“走出五岭山脉”的口号；

1989年，我提出了“建立‘广派’文学批评”的主张；

1992年，我提出了“强化南方文化意识”的思想；

广东理论批评家还探讨过“知青文学现象”“刘西鸿现象”“《商界》现象”等。

这种种努力，表明理论批评界旨在建立起一支与“京派”“海派”批评相鼎立的文学批评劲旅的决心。

南方文化是一面耀眼的旗帜，但不是唯一一面旗帜

举起南方文化的旗帜，更能增加广东文坛的凝聚力，更能在中国当代文化劲旅、流派的竞争中，奠定自己的格局与地位。但是，这并非要广东所有的作家，都必须集合在这面旗帜下，听从号令，造成新的大一统局面。每个作家完全可以根据自身的主客观条件，寻找最适合自己的文学选择。当然，南方文化的精神品格，仍是生活在这块土壤上的所有作家、艺术家所共同追求的。

南方文化还欠缺什么，还有什么遗憾，我认为，在于经济发达的地区没有能拿出最优秀的虚构文学作品。

这是值得深思的。

是经济与文学的分离，经济与文化不能同步？

经济的变动，必然带来思维、观念与价值取向的变化，但不一定就带来高层次文化的建设。文化文明进步与发展，较之物质的发展还迟缓些，需要经过一个与现代商业精神、工贸文明既排斥又相融的一个长过程，需要对人的心灵世界、人的命运、人与外部世界联系更热切的关注，才可能有所建树，才可能形成自己独特的高层次的文化形态与文化风格。这也是极富现代感的一个世界性论题。

自然，掌握经济命脉的人，置高层次文化建设于何种地位，是一个关

键。许多经济发达的地区，重视教育、体育，重视广义上的大文化，包括大众传播媒介与种种消费文化，而对高层次文化建设，往往缺少总体构思、布局与规划及实施的政策、步骤。这种气候，必然制约着包括文学在内的各种高层次文化建设的发展。

是商品经济严重干扰与侵蚀着文学的情绪?

经济发达，必然商品经济与市场经济发达。文化建设包括硬件与软件的某些部分，也纳入了商品范畴。这里既有商品大环境的冲击，也有文化商品小环境的刺激。尤其是，当文学等高层次文化建设意识在整个社会得不到关注时，这种冲击、刺激甚至伤害的情绪会更强烈。文学最终成了圈子文学，成了个人而非全社会的事业。文学的奋斗、抗争，有时就会声音变得极其微弱。

还是文学家自身出了毛病?

中外文学史上，许多杰出的作家、作品，都诞生在那些贫穷、落后甚至政治黑暗的国家、民族与时代。经济发达，并不等于文化发达。这是经济与文化的二律背反现象。但经济高度发达与繁荣的地区，也可能诞生优秀的文化与优秀的作家。文学与文学家自身是一个决定的因素。

南方现在经济发达的地区，都是实行特殊政策的结果。但缺乏深厚的教育背景与文化传统，都市文化与高层次文化底子薄弱。优秀作家、作品，大作家、大作品的出现，需要丰厚的文学土壤，需要宏观的人文环境，需要作家自己面对商品大潮，不为“物欲”所侵蚀的精神掘进，要更热情如火地参与和关注现实的变革，厚积薄发，跃上思想、情操与艺术的制高点。

期望经济特区和珠江三角洲，为展示南方文学、南方文化的新风姿、新风采，作出与经济发达同步的贡献。

1992年6月4日于广州区庄村——东山湖畔

请不要丢失和遗忘南方

关于“南方文学”的口号

经济的杠杆，推动着观念结构的变化。这个普通而又永恒的真理，日益为多数人所认可。

物质的进步，要用精神的丰富作补充。人们越来越厌恶单一，单色调，单线条。

社会主义文学理应缤纷多彩，“曲高和寡”，应改为“曲少和寡”。

“南方文学”口号的提出，有人贬责为“标新立异”：文学即文学，还分什么“南派”“北派”？

“标新立异”似乎也要“正名”，恢复它褒扬的本来含义。“标新立异”象征着一种创造精神和品格。

“南方文学”的口号，作为一种主张，自有由其衍延、发展及存在的合理性。

一、历史渊源。从近代史看，许多重大的革命运动，都发端于南方。二十世纪二三十年代，上海是全国革命文化的中心。现代文学巨匠，多出生于南方。南方革命和南方文学两面旗帜，几代中国革命者曾引以为骄傲。

二、现实状况来看，我们有跻身于中国当代文学先进行列的作家：张弦、陆文夫、高晓声、鲁彦周、周克芹、何士光、古华、韩少功、叶蔚林、莫应丰、陈国凯、罗达成；

我们有自己的女作家群：上海三王（安忆、小鹰、竹林）及黄宗英、戴厚英、程乃珊，金陵三钗（黄蓓佳、乔雪竹、苏叶）及范小青，福建的舒婷，四川的傅天琳，湖北的方方，广东的黄虹坚；

我们有全国量级的评论家：陈辽、李子云（晓立）、潘旭澜、李元洛、陈美兰；

我们有被公认的地域性的作家群：潇湘作家群；

我们有全国瞩目的刊物：《收获》《文汇月刊》《上海文学》《花城》《钟山》《萌芽》《青春》《中篇小说选刊》《报告文学选刊》。

三、改革得风气之先。经济特区的设置和开放政策，为迟缓发展的中国建设事业注进了兴奋剂，也为文学的拓展和改造提供了现实的条件。

我国几个经济中心（尤其是商品经济发达的城市）都在南方，城市的改革，加快了现代都市文学由小木屋转向巨型建筑的进程。

南方农村是半自给自足的小农经济向大规模商品生产过渡的策源地。新时期农民文学的丰碑，从这里垒起基石。

毗邻台港澳，东南亚，是东西方文化交流的一条主要通道。外来文化有益、合理的部分，正在融入我们民族文化的血脉之中，走进民众生活之中。

南方作家艺术表现上细腻传神所长，正在形成某种共同发展的趋势。

较之强盛的北方文学，南方文学之短是显而易见的——

笔致所及，深厚与力度都不足。正面、直接反映恢宏改革的力作还甚少。北方作家群触及现实主题的作品，及时性与深刻性都走在前面。

评论落后于创作，缺乏组织，不像北方评论家那样有气魄、有胆识、有权威。

四、加快发展步伐，现在要做的是树起南方文学的旗帜。建立"南派"艺术风格。

南方评论家携手同行，面对当代文学，既及时评判南方作家作品，又对北方作家作品发表有独立见解的论断。附庸作风是可悲的。

中国当代文学学会是目前南方最大的一个学术团体（较之北方的中国当代文学研究会，影响、号召力、权威性都逊色），尚需改造。不要局限于大学，要沟通与作协，刊物，文学出版，报纸、电台、电视台文学新闻、副刊的联系。要定期组织高水准的关于当代文艺思潮、创作思想、文艺批评、作家作品及比较文学、美学的讨论会，理论与实践并重。

"南方文学"是一个总的口号，像是一条大河，它应该有许多支流。如

“岭南派”“江南派”“潇湘派”“海（上海）派”……可与北方文学中已经形成或正在形成的“山药蛋派”、“荷花淀派”、“京（北京）派”、“高原派”（或西北高原文学）、“北大荒派”（或松辽平原文学）……竟相生辉。

1984年7月31日于广州南方日报社六号楼

南方，母性的河

我生于江南，长于江南，但是，地缘与地极的灵觉，总是将我向往、崇尚与眷恋的经纬，通向南方的广东。

我报考大学的第一个志愿，是南方的高等学府——中山大学。

在一个几乎一切都异化，大多数人遭逢不幸的年代，我大学毕业有幸分配的第一个单位，是《南方日报》。

十二年后，我主动要求调动工作的第一个新岗位，是有岭南特色和海洋风味和当时享誉全国的《花城》杂志编辑部。

南方精神，南方观念，南方意识，南方文化，南方品格，日益强健着我的肌体、心理和灵魂。

南方，哺育我成长的母性的河。

然而，南方，南方，你曾被淡化过。

当南方经济还不够发达，中原文化意义上的北方文学，几乎成了判别艺术真伪、高低、深浅的唯一界尺。

南方，南方，你也失落过。

当南方经济平地崛起，呼唤相应的南方文化的声音，显得那样微弱，那样缺乏共鸣。

南方，南方，你甚至被压抑过。

当南方经济和南方文化展示双重活力，北方文学的批评标准似乎依然君临一切。

《商界》（长篇小说）在北方批评家眼中的失宠，是一个明证。

《公关小姐》（电视连续剧）只在北方观众中引起普遍反响，又是一个例证。

《弯弯的月亮》（流行歌曲）先在北方传唱开来，再反馈回南方，更是耐人寻味。

《潮汐》、《太极印象》、《箩与竹》（现代舞）同时获得南北专家、观众好评，则是正证与反证、验证与否证的极端例子。

物质与观念的美妙现状，是否必然要产生相应的文化精品呢？

南方，不应是经济的巨人，精神的矮子，文化的矮子。

我们需要活泼新鲜、琳琅满目的消费文化，更需要建设高层次的文化，和同等需要的高层次文化引导。需要树起南方文化的支撑点。我们要有南方的交响乐，南方的芭蕾舞，南方的话剧，南方的影视，南方的史诗与巨著。

广州，非得强化大都市意识不可，非得强化大都市文化意识不可，非得有代表这种意识的重大标志——具备物质感的空间不可。

广州，中国南方文化艺术的“维也纳”，中国南方文化艺术的“巴黎”。什么时候，千呼万唤始出来！

南方对自身的生存状态、生命意识、观念品格、精神个性，以及整个历史过程中的人，要充分孕育、积蓄和升华。南方不是封闭的南方。经济上，它的商品率与市场率，已加入内外经济循环，并成为经济生命线上举足轻重的一支力量；文化上，更呈开放之势；观念与价值的范畴与取向，在急剧的蜕变中，已具有强烈的现代性和某种超前性与人类性。这里，正是高扬着民族和国家的“主旋律”与“最强音”。

南方的生活观察，心灵体验，人生感悟，审美视角，决不要离开这块厚土。它提供了多少创造的激情、诗意与画面呵。

此时，我们北方的一些批评家，却在极力推崇一种所谓“原生态”的“新写实主义”，要求将审美意识的真实触角完全庸常化，从而至少是无意削弱了对生活客体存在物再创造的生力。历史巨大背景的观照不见了。现实大潮激越的变动冲淡了。与国人的情绪何以同步？生活的敏感点何处寻找？最后，作为表达崇高而无比美妙的理想的文学自身价值也大大倾斜了。即使描写不幸、痛苦和悲剧，也应该在现实的“阵痛”中进行。“阵痛”的代价是换来指示未来生活走向崭新的观念、价值、信仰的诞生。否则，历史怎能在真与假、善与恶、美与丑的合力撞击下前进呢？

南方更要强化自己的批评意识与批评准绳。南方批评家仍然没有从北方文化、北方文学许多固有的观念中独立出来。从而丧失或淡化了人类至为重要的一种品格——独立性：独立的思考、独立的见解与独立的判断。南方不仅在创作，还有批评，一定要面对与首肯自己生存的土壤，在正确借鉴传统（包括中原文化传统）和吸取外国一切优秀文化成果的基础上，逐步形成特有的生活观念与特有的创作、批评观念。它应该是不折不扣属于南方的，属于现代南方的。

而今，如果谁还要轻易地将北方文化、文学的标准来褒贬、界定甚至规范南方的创作与批评，如果我们自己面对即使不十分成熟，但才气横生，或十分优秀地再生、想象与创造了新型南方生活形态、南方生活观念的作品，也不抱热情洋溢的扶植态度，甚而挑剔诸多，幼树何能长成参天大树，创造岂不要胎死腹中？

在近现代，曾诞生过洪秀全、康有为、梁启超、孙中山、黄遵宪、冼星海、叶挺、叶剑英等一代政治思想军事文化巨人的广东，没有任何时候会像今天这样，为我们提供了一次如此神圣的历史机遇，真正有可能造就新一代南方的经济学家、南方的政论家、南方的新闻评论家、南方的文化学家和南方的批评家了。

南方，母性的河。你一定会哺育出一个强壮的南方经济与南方文化的新生儿！

1991年8月9日于广州区庄村

强化南方文化意识

1983年，我提出了“走出五岭山脉”的文学口号，这是一个“向外看”的口号，寄望广东省更多作家作品跻身于全国优秀行列。

1989年，我又提出了“建立‘广派’文学批评”的口号，这是一个“向内看”的口号，旨在构筑广东文学批评独特的形态、品格、风貌与个性。

这也是我自身文学思维与文学观念的一种调整。

近两年来，我更将关注的主体直接投向南方文学的建设。先后撰写过《转型期的南方军旅文学》《南方，母性的河》等文章。并将以“跋”的形式，为正在编辑交付出版的第四本文学评论集《历史会记住这些名字》，写一篇关于南方文学总体思索的文章。由于我目前所处的职业位置，有关南方文学的思想还将推及整个南方文化，为此，曾与戏剧界、舞蹈界、出版界进行过有关探讨。

以下是不容置疑的事实：

以广东为典型代表的南方文化，已从原来地域意义上的大南方文化中区别与独立了出来；

以“京派”为代表的中原文化，以“海派”为代表的大南方文化，以广东为典型代表的南方（岭南）文化，形成了当代中国文化的三个主要潮流；

广义上的广东南方文化，发达，琳琅满目，已在幅员辽阔的中国大地产生了强力冲击，覆盖面越来越大；

狭义上的广东南方文化，高层次文化，还未形成大气候、形成整体效应，还不足以与“京派”“海派”文化鼎力竞争、竞赛；

南方文化，伴随着无可抗拒的改革开放大潮的进一步兴起，现代商品经济运动的进一步发展，对外思想、经济、文化交流的进一步扩大，以及自身的传统基础与现代品格的过滤、演化、升华，将更加强健自己的筋骨与丰满自己的血肉，将更加使地域性与超越性、时空性与超前性、个性与时代趋向性紧密结合。

当前文学理论界概括的所谓“新写实小说”“新市井小说”“新历史小说”“三新”小说确实覆盖面广，可称为近几年整个中国文学的一个大潮。但今天仍然站在南方的角度呼唤南方文学，第一郑重呼吁北方评论界不要遗忘南方，要关注南方这块热土；第二郑重呼吁广东评论界不要丢失南方，丢弃南方文学。南方商品经济运动及其社会变革，带来了观念的变革，必然要求在政治上扮演一种角色，显示一种力量，这就是南方文学可以生存与发达的先决条件。我不同意只有生产力极其落后与政治黑暗的地方才能产生不朽作品的说法，我认为在高度经济文明的地方同样可以产生文学的伟大作品，共时性当中有某种永恒性，这不是个人主观臆想，它会在现实与发展中得到证实。这也是一种地缘的差异，而南方人与北方人在气质上也有差异。北方作家具有强烈参与政治意识，其在政治舞台上呐喊以及对各种权利的欲望，比南方人强烈得多。过去认为，文学的本质是反叛传统与现实的，我想这不应成为一个绝对的命题。南方文学不只是站在对现实完全反叛和批判的立场上，同时也是在参与创造新生活过程中，在面对一种新的社会机制的完善与健全的实践中，找到自己的人物、典型及情节，找到一种艺术的参与方式。以王朔为代表的“新市井小说”，是以士大夫心理眼光与意识去看中国的现实，用扭曲与变异的方式来反映不能直说的东西，这类作品看后使人感到“更累”，而没有像有的评论所说那种“身心愉悦”的感觉。对于“新历史小说”，我认为历史只有历史或改变历史的。但每一种文学形态都应有生存的空间，对“三新小说”也要抱一种宽容的态度。

至于具有南方特色的文学作品，应首推欧阳山的《三家巷》。进入新时期，如孔捷生的《南方的岸》等，堪与当时文坛佳作交相辉映。伤痕文学有陈国凯的小说。此外还有吕雷、林经嘉。新时期中、后期开始有了变化，刘西鸿是南方文学一个过渡性的代表人物，是对先锋文学（实验文学）的一个补充，也代表了特区文学的一种趋势或说是南方文学的一种特色。还有一个引起反响的是粤西的黄康俊。此后便是《商界》，成为我国反映社会主义商品经济活动的开拓之作。近期值得一提的还有郭小东的《中国知青部落》等。近年来，能够体现南方文学特色的文学形态有特区文学、特区军旅文学和都市文学，尽管还未有颇具影响力的作家作品，但其表现出来的文化新质，却正是作家、评论家们所要着力发现和弘扬的。所以，还是要呼唤我们的南方文学，要以新生活的改革者与参与者的面目出现，去发展南方文化的价值观，建立起南方文化的新体系。

可以预言，广东作为改革开放的综合试验区，经济特区的设置，珠江三角洲现代经济的崛起，经济形态、观念形态、生活生存形态代表着一种时代的走向，文化形态也必将显露出更多时代趋向的主体精神与基本特征。

广东理论批评界、创作界、新闻界、出版界要自觉强化南方文化意识，并为南方文化的战略发展出谋划策，积极行动。

意识到并肩负时代责任的人，时代将加倍馈赠与回报。

1992年1月20日于北京远望楼宾馆

走出五岭山脉

我崇尚理智，但更看重感情——尤其是在某种境遇下。当青年作家伊始将他编好的小说集《黑三点》交给我，说“你给写个序吧”时，我的脑际迅即掠过一丝忧虑。我知道，在现在，为同辈人出版的作品作序，仍是忌讳的事情。伊始以一个作家的敏感，马上察觉到这一点，但他没有劝慰，甚至没有多说一句话，只是眼里透出一股热灼的光。我与伊始只有极少的几次接触，但我的心灵感觉告诉我：他是一个对信仰、事业、生活有执着追求的人。他这次的提议，看来是不可更改的。迎着他那热灼的眼光，我握住了他的手，真诚地回答：“好吧，我答应你。”伊始微笑着：“谢谢。”我忙纠正说：“首先应该谢谢你。”为什么不是这样呢？正是他，将人类精神生活中一种美好的素质和禀赋——信赖和尊重，赐予了我。信赖、尊重、平等、谅解、互补，是我处理人与人之间关系的一个准则。

这么多年，由于居住条件的限制，我逐渐养成了一种写作习惯：夜深人静，伏案执笔前，会信步登上集体宿舍的大平台，遥对浩渺神奇的苍穹，久久地凝视。每当这种时候，一道古老的试题，仿佛从那远天的尽头飘然而来：“春花，夏阳，秋月，冬雪，你喜欢什么？”我的回答总是：“我爱秋月。”春花虽艳美，但我嫌她太娇嫩，易于凋谢；夏阳虽璀璨，但我惧她太暴烈，难以承受；冬雪虽白洁，但我厌她太单一，过于冷漠。唯有秋月，她是那般的姣好，那般的明朗，那般的纯净，那般的和谐。只有面对秋月，我的心才会出现宁静。我的思绪和想象力，也才会在宁静之中，而不是在剧烈的爆发之中，开拓、伸延、丰富……

此刻，我的思绪已经远远越过了一个具体的作家，一部具体的作品，而是扩展到了新时期广东涌现出来的中青年作家的一群；并由此寻觅到了三十年来广东文学界所走过的轨迹，它的起始、发展、变化、落涨。于是，一个久已蕴蓄于心但尚不成熟的想法，倏然变得明晰了，我找到了我这篇《序》的题旨，也是它的题目——

走出五岭山脉

“文化大革命”前的十七年，广东的文学创作在小说、散文、诗歌三个领域，都有一些在全国影响很大、声誉颇高的老中年作家、诗人。二十世纪五十年代末六十年代初，又冒出了几个写小说有才气的青年苗子。可惜，他们的才气尚来不及诱发和升华，就很快被兴起的狂风恶雨吞蚀了。“文化大革命”期间，老作家被剥夺了创作的权利；只是到了后期，以广州地区为主的一批知识青年为了生存，也是为了实现自己的文学梦想，执拗地、也不可避免地带着“左”的印迹，闯进了小说创作的天地。粉碎“四人帮”之后，这一批人，加之几个写诗、写散文、写报告文学较有成果的新人，成为广东文学界最活跃，最富有生气的一支力量。这种文学现象，不仅广东有，全国亦然。勃然兴盛的一代文学，与其说是作家心智和才华的迸发，毋宁说是处在巨大转折历史时期的全民族意志和信念的驱使。我们如此诚实、善良、勤劳的人民，在短短的十年间，遭受了巨大创痛，又经历了蕴含着希望的伟大的历史性变革，而作为最敏锐地感应着时代和人民情绪变化的文学，不予以反映是不可能的。在广东，以陈国凯、孔捷生、杨干华、吕雷这些名字为代表的中青年作家的一群，是作出了自己的贡献的。他们的几个最优秀的作品，将当之无愧地写进中国当代文学史册。

当我的心的屏幕不断地映现出这些明丽的画面时，另一种色彩的画面也随之出现了。广东中青年作家的一群，较之力量雄厚的北京作家群、湖南作家群，较之最负盛名的那批领衔作家，要嫩弱许多。他们作为一个整体，在五岭山脉以外，影响还不大。广东有志气的中青年作家，要把走出五岭山脉，在全国越来越具影响，作为自己文学攀登的目标。在这方面，一定要有大家子气，不要小家子气。如果有谁把这一点也指责为“名誉熏心”，我想，这点志气，这点欲望，只可有，不可无。这就是我由伊始，由广东中青年作家的一群及其创作实际，所时时萦绕于心的一个问题。

在广东的中青年作家中，伊始虽不属最出色的那几个人的行列，但仍不愧为佼佼者。他是有才华的，更是有潜在力的。不知道作家自己对这后一点是否意识到。如果这种潜在力，一经开掘和点化，使之染上时代的光泽，作家创作上就可能出现腾飞。这种潜在力，在作家不算丰厚的产量中，已初露锋芒。这即是，作家的多数篇章，总在艺术上作着自己的追求。

读伊始的作品，你就会发现一种奇妙的创作现象：客观的描写始终超越主观感情的渗透。即使偶有流露之处，也是附丽于人物、故事之上的。作家的作品，多取材于海南生活。海南岛，这是作家的故乡，他在五指山下，万泉河畔，生活了十几个春秋。有如许多作家，对于这曾养育过自己的土地和人民，对于这常常唤起自己创作诗情和灵感的生活摇篮，总是抱有无限眷恋之情。只要一铺开纸页，这风土人情就会在笔端闪动、流淌。似乎毫无疑义地，作家自己的生活经历将横亘于作品之中，处处烛耀着作家自己的影像，我们也将从这里，聆听到作家心灵的回声。然而，作家最终创造出来的，却是一个比自我要丰富得多的外部世界。冷静的思索和描摹，替代了热烈的抒发和喷吐。有时候，你简直无法置信，作家提供的那些生活画面——放风筝、墟市、弄蛇……奉献的那些人物——蔡老干、李老仔、贯海石、阔嘴佑……是他那三十几岁年龄的人所能驾驭的。作家对旧时代的种种习俗和民族风情，对生活于底层的、市井的五花八门、三教九流式的人物的熟悉及描绘的真切、准确、生动，确令人惊叹。正是在这种种描写勾勒中，我们领略到了一个多色彩、多层次的外部世界。现在，不少青年作家和青年作者趋向于袒露自己的内心世界，我以为，只要这种内心世界的表现，不是与外部世界完全脱节或相排斥，而是多少都承受着时代精神光华的映照，就不能说是违背了艺术创作规律。文学是形象的艺术，感情的艺术，审美的艺术。形象的描写与感情的融注，始终是在审美的意识中进行的。青年作家伊始坚持自己的艺术创作道路，始终用心智和目力来探测客观世界的人和事，作家的倾向融和与渗透在情节、场面和人物的行动及意识之中，使之焕发出一种严峻的现实主义的客观描写的力量。这正是作家之所长，是作家自己艺术个性逐步形成的根基。

人是客观世界运动的中心。作家既然注重于外部世界的描绘，就不能不把创造人物形象作为自己艺术上最高的追求。这本小说集中的每一个作品，都是写人，突出人，以人物创造为中心的。显而易见，人物创造是作家的精诚所至，并开始显露了自己人物形象创造上的鲜明特点。大千世界生活着的各种各样的人，千差万别，作家在自己的创作实践中，注意和重视了人物性格的复杂性。他对于“把一个有血有肉的人，抽象为几条干巴巴的概念”，有一种天然的厌恶感。但是，作家又不是为复杂而复杂，将人物性格、心理上各种对立因素人为地、杂乱无章地拼凑在一起，而是较充分地注意了特定环境的冲击所带来的人物性格复杂的合理性、可信性及完整性。在这方面，应该说，作家的分寸感是掌握得好的。《黑三点》中蔡老干的形象，尽管有争议，但我始终认为，这是作家笔下写得最好的人物之一。即使再过若干年，只要一遇到或想起放风筝的场景，蔡老干这个人物就会浮现在眼前。你在歌赞他的时候，也许不免会生出某种遗憾之情，但你绝不会忘却他。因为这样一个几乎近于赤贫阶层的底层人物，他性格中的种种复杂因素，自贱与自尊、自恃与软弱、自私与责任……在那样一个特定环境下，由于两种利益要求的尖锐冲突，裸露得那样充分，那样真切，那样细微。作品中有几处描写，真是神来之笔，惟妙惟肖，可感可触。

在人物创造上，直露的对立面，既是复杂，又是含蕴，从伊始的创作实践中，我们可以看到，作家在追求人物性格创造的复杂性的同时，还追求其含蕴。他希望自己笔下的人物，给人以更多的回味和联想，以社会的、人生的哲理启示。集子中写海南人及边塞人物的几个作品，给人以艺术的创造性的享受的，是《阿斯塔那看墓人》。作品中带点传奇色彩和神秘感的人物艾海买提，仿如一座大理石雕塑，深深地也是坚实地占据着我们思维想象的空间。艾海买提是一个极有希望、极有学问的阿訇，忽然变成了阿斯塔那看墓人，于是，人们关于他便有了种种猜测、传说，美好的、动情的、恶浊的、污秽的皆有。当我们尚未被作家巧妙的艺术构思，引领进艾海买提所建造的知识殿堂时，我们不也以为，是一种冥冥的命运在主宰着主人公吗？作家始终没有正面写人，而是写物（壁画），写物中引出的人生格言、座右铭，以此作为人物人生经历和遭际的注脚。这样，一个具有鲜明象征寓意的人物，立在了面前，引动着我们去追索、探询……艾海买提的人生之路是怎么走过来的？他将怎样走完未竟的人生之路？他可能重新回到他起始的人生位置上吗？我们的思绪，由于人物丰富的蕴含而绵延不绝。

在人物创造上，还必须提及作家中篇处女作《斗殴》中的两个人物——阔嘴佑和翻三番。这两个人物的出现，预示着作家越来越重视人物形象的社会内涵和现实性。在同类题材中，作家这个中篇所选取的角度，是独特的。如何看待"文化大革命"中犯了一般性思想错误的人？这是一个非常尖锐的现实问题。作家不仅写了，而且把握得那么准确，光有艺术家的勇气是不够的，还必须对历史有深刻的体察，对现实有敏锐的感应。在那样一个特定的历史条件下，不少人由于自身的弱点，加之不可抗拒的历史意志的主宰，跌入了错误思潮的泥沼，虽不能说是必然的，但情况确实极其复杂极其微妙。问题在于，当新的历史条件已经出现，应当如何对待自身的这种失误？阔嘴佑与翻三番在历史的位置发生互换变化之后，前者潜藏的弱点部分反而扩大了，后者却能审慎地做人，用理智与良知来表明自己的醒悟。作家紧紧抓住历史的变动，来揭示人与人之间关系错综复杂变化的一个侧面，从而增加了作品社会内涵的深度。此前，作家写的另一个短篇《捕捉龙虾的季节》中的老海贼的形象，也是在现实关系的变动之中，折射出人物性格的光彩的。同样地，当作家对自己笔下的人物缺乏精细的观察和深刻的体验，而只是用近乎新闻的手法获得生活素材时，人物就不可能在有力的开掘之中，显示出他的力度和社会的内涵来。如《阿德力西》，人物的经历横跨几十年，轻描淡写，缺乏感染力。

在广东的中青年作家中，伊始的文学语言功力较为深厚。这也是他的一个突出的长处。从目前的创作现状来看，语言问题，仍是一些作家，尤其是文学青年亟待解决的一个问题。从伊始作品的语言来看，他主要受民间文学、传记文学、章回小说的影响较深，追求一种朴素而又老练、纯净而又带点野味，口语化、个性化的特点。《斗殴》采取传统小说的结构，故事性强，叙述语言绘形绘声，有棱有角，从而加强了作品的色彩，易于抓住读者的心理。《卖蛇药的人》的语言，更接近民间说唱文学，注重对事件、人物描绘的夸饰，更直接诉诸读者的听觉。《海甸异人》则用通俗小说的语言，轻松、诙谐、俏皮。但处理不好，会给人油滑的感觉，也可能与现代读者的欣赏要求会有距离。《捕捉龙虾的季节》中人物的对话，简洁、明快，具有鲜明的个性。值得称道的是，作家在处理另一类题材，则完全运用另一种语言，如作家唯一的一篇爱情小说《在那日出的地方》，知识分子味就很重，甚至带点贵族气息，语言讲究色彩、意蕴。这篇小说在手法上，也全然不同于其他小说，而只是在同一环境下，通过两种人物情绪的流动、意念的剪接、画面的对比来抒发作家的强烈的感情波流。这里，人物和故事都是服膺于某种情绪和意念。这说明，作家在处理不同题材时，不仅可以运用多种不同的艺术手法，也可以驾驭不同的艺术语言。这正是一个作家走向成熟的标志之一。当然，就我个人的欣赏角度来看，倒是希望作家能在借鉴我国传统小说语言的基础上，注进新生活新时代的活力，以形成自己独特的统一的语言风格。这只是一种想法，不一定成熟。

有自己的艺术追求和艺术个性，这是一个作家存在的前提条件。但要成为一个在全国范围内有广泛影响，思想和艺术都成熟的作家，条件是更多方面的。现在，广东相当数量的中青年作家还走不出五岭山脉，原因也是多方面的，在目前，我以为主要是三个方面：

一、在感应时代和生活轨迹的变化方面不够敏锐。既是思想上的不够敏锐，也是感情上的不够敏锐。一个优秀的作家，对历史的进程，对生活的每一阶段和环节上的巨大变动，对整个社会的心理状态和需求，都应始终保持着敏锐的感觉和高昂的激情。新的历史时期。我国经济、政治、思想、文化领域的内部结构和外部结构，都发生了急剧的深刻的变化。尤其是我们广东，由于它所处的特殊位置，这种变化的迅疾和深刻，有时超越了多数人的认识程度。它的许多探索性的试验，代表着历史前进的方向，代表着未来中国社会蓝图的构想。特区的设置，就是中国大地上二十世纪末的一个伟大试验。对此，我们的文学的反映是薄弱的，迟缓的。虽有所涉及，但尚未出现较成熟之作，更无正面反映这场气势磅礴的改革的鸿篇巨构。新时期广东农村的经济结构及其生产发展，带给城乡、海内外以及人与人之间关系等方面的变化，从全国范围来看，也是较早较快的，然而，令人惋惜，它的具有力度的雄浑旋律，在我们文学的乐章上，迄今只出现几个微弱的音符。是艺术上驾驭不了？有这方面的因素。但思想水平不高，激情不够，恐怕是一个更主要的原因。因此，广东的文学创作要有一个大的突破，首先是作家的思想水平要有一个大的提高，感情的蕴藏量也要极大地丰富。如果在三五年内，我们仍拿不出这方面在全国反响较大的力作，那将有愧于广东人民，有愧于广东这块充满生机、活力和无限创造性的土地。以社会学家的责任和诗人的激情去爱生活吧。

二、缺乏深度。这不仅指反映现实变革的题材，亦包括其他各种题材。一个毫无思想光彩的作家，是不可能写出具有深度的作品来的。读一些广东中青年作家、作者的作品，总有点浅露的感觉。原因何在呢？一是视野不广。一些作品的题材窄小、单一。有些作者，写来写去，总是那样一种生活，一类人物。有时，仅仅是从某一个极具体的生活现象出发，未经反复积累，反复酝酿，反复择选，就繁衍成篇。这样，缺乏生活广度的扩展，势必影响典型化概括的程度，削弱作品的内涵。作家的目力，只有触及整个社会，注意观察各种类型人物生活的纵面和剖面，他们的性格气质、思想情绪和心理状态，才能揭开灵魂的秘密，从中传达出时代和生活的声音。二是开掘不力。如果说，评论家的责任之一，是评判和发现作品的认识价值和审美价值，那么，作家则是评判和发现生活的认识价值和审美价值。评论家把作家这方面已经表现出来了的才华加以肯定，把潜在的才华加以诱发；作家则把生活中裸露出来的价值加以提取，把潜藏的价值加以开掘。发现生活，是作家最可宝贵的素质之一。所谓作品的力量、力度和亢奋的内容，恰恰是蕴含在作家对生活的深刻认识和发掘之中，植根于整个作品的精神气质之中。对生活不作艰辛的深入开掘，只满足于对生活现状的一般再现，恰恰是我们的一些作家、作者的致命弱点。

三、知识的素养不丰厚。这不只是广东作家、作者队伍，已是我国整个作家、作者队伍的现状。王蒙指出"我国作家的非学者化"的问题，"这是一个严重的事实。如果不正视和改变这种状况，我们的文学事业确难得到更上一层楼的发展"。王蒙的这个意见，对我国新时期作家队伍的建设是一个重要贡献。我们的一些作品显得那么干枯、单调、凝滞、苍白，除了欠缺浓烈的情愫，生动的描摹，深邃的哲理，还有就是缺乏丰厚的知识。知识积累不足，那么，生活经验的融会、贯通，思想和哲理的开掘、生发，艺术联想和想象的拓展、升腾，文情的汪洋恣肆，艺术表现和技法的丰富、圆熟，都可能受到限制。所谓才华、才气、大器之才，无一不与一个作家的知识素养相联系。马克思之于狄更斯、恩格斯之于巴尔扎克、列宁之于托尔斯泰，他们不仅从这些文学巨匠的杰出作品中看到了思想的价值和认识的价值，还从中学到了哲学、社会学、经济学、历史学、伦理学、心理学、美学以及自然科学等多方面的知识。毫无疑问，我们并不赞成离开作品的实际，滥用和炫耀知识。但是，一部反映社会和人生的作品，必然包容着作家自己的生活体验和学识水平。生活、思想、技巧注入了知识的汁液，艺术的生命力才能延续、久长。可以断言，思想浅薄，不可能出大才、大作；学识寡陋，也不可能成就大才、大作。一个时代的文学的成熟，是以巨人作家和巨人批评家为标志的；而巨人作家和巨人批评家，又是以恢宏的思想、精湛的技艺和广博的学识为标志的。

在古远时代，五岭山脉的高峻，曾阻遏南国与辽阔的中原、山明水秀的江南、莽莽的北疆的联系。到了近代，由于物质文明的进步和发展，它再也不是不可逾越的了。广东有志气、有作为的中青年作家，也一定能逾越精神领域的“五岭山脉”，以自己的优秀作品，走向全国。

1983年立秋匆草于辽宁金县园艺旅社，1983年立冬订正于广州南方日报社6号楼

注：《黑三点》，花城出版社1984年2月出版。

续谈“走出五岭山脉”

《作品》《当代文坛报》编辑部决定以广东的中短篇小说创作如何提高、突破为题，充分展开讨论，下面谈谈我的意见。

清醒地回顾——历史

究竟如何估价广东小说创作的队伍？这是我们讨论问题的一个前提。因此，有必要作一个纵的考察。

“文化大革命”前的十七年，广东在小说、散文、诗歌、理论批评以及戏剧、电影文学、儿童文学、杂文几个方面，都有全国性影响的代表作家和代表作品。小说方面，领衔的有欧阳山和他的《三家巷》，陈残云和他的《香飘四季》（他编剧的电影《羊城暗哨》、《南海潮》也拥有众多的观众），吴有恒和他的《山乡风云录》（他的杂文、札记也写得十分漂亮），以及部队作家肖玉的长篇小说；散文方面，领衔的有秦牧和他的散文集《花城》《艺海拾贝》，杜埃的《丛林曲》（他还有理论批评和小说方面的建树），岑桑的随笔性的散文集《当你还是一朵花》，以及林遐、杨石的散文；诗歌方面，领衔的有部队诗人韩笑、张永枚，以及韩北屏、韦丘；理论批评方面有萧殷、黄秋耘、楼栖、王起；戏剧电影文学方面有部队的赵寰、梁信；儿童文学方面有黄庆云、郁茹；杂文方面有老烈、牧惠、贺青。广东作家中，还有少数几个多面手，能驾驭多种文体，如秦牧、陈残云、萧殷、杜埃、黄秋耘、岑桑、沈仁康（他的文学论著《抒情诗的构想》，影响较大）。在五十年代末期和六十年代初期及更早一些时候，小说方面，又先后冒出了程贤章、余松岩、王杏元、杨干华、陈国凯、金敬迈等几个地方和部队的青年作者。程贤章、余松岩的一些作品，生活气息浓郁，地方色彩鲜明，文笔质朴，但也写了若干过于趋向政策的作品；杨干华、陈国凯刚刚开始发表作品，根基是正的，但思想上和艺术上都还不成熟；唯有王杏元和他的长篇小说《绿竹村风云》、金敬迈和他的《欧阳海之歌》，在全国才较有反响。在散文方面，青年作者陈焕展的努力有所成效，此外，连同儿童文学、杂文方面，则几乎没有再出现显露才华的青年作者。理论批评方面的情况要好一些。在萧殷同志的关注和影响下，有了像黄培亮、易准、李汝伦、黄树森、饶芃子、蔡运桂，以及杨樾、张绰、易征这样一些颇具才力的中青年理论批评工作者。大学方面，像中山大学陆一帆、吴文辉、黄天骥、金钦俊几个人，当时在理论批评战线，也是生气勃勃的。公正而论，“文化大革命”前的十七年，在文学的各个领域，力量最雄厚，人才最集中的还是诗歌界，除了上面提到的，部队诗人还有柯原、向明、章明、西彤、杨渡、殷勤、西中扬、果报（郭光豹）、叶知秋、姚成友，地方诗人有黄宁婴、芦荻、黄雨、欧外鸥、野曼、沈仁康、李士非、欧阳翎、梵杨、谭日超、郑南等。

列举上述事实，旨在说明：“文化大革命”前广东的小说创作力量，除少数有成就的作家外（其中多为二十、三十、四十年代就开始写作的老作家，其中有的因历史的原因，而被剥夺了创作的权利），从整体来看，基础是较为薄弱的。这既反映在质量上，也反映在数量上。

其次，还需要指出的一点是，当时的一些中青年作者的创作，还有一个后天不足：以政策作为创作的出发点，以中心运动作为汲取创作素材的源泉，结果，随着政策的变化，中心运动的转换，这一部分作品日渐丧失其生命力。当时的一些中青年作者，如果现在来编一本反映那个时期生活的小说集，就十分困难。

“文化大革命”期间，广东的小说创作的恢复，是1972年、1973年始，以广东人民出版社文艺编辑室和广东省文艺创作室举办的各类知识青年创作学习班为标志的。后来，省、市文艺创作室还招收了部分学员，集中加以培训。这样做的结果，是发掘和扶植了一批人才。如现在活跃于文坛的孔捷生、吕雷、洪三泰、伊始、方亮、岑之京、王文锦等，都是那个时候开始创作的。一些业余作者，如唐亢双、谢金雄，写出了长篇，艺术实践上得到了较大锻炼。陈国凯、杨干华、程贤章、余松岩，以及部队新人瞿琮等，也十分活跃。陈国凯的小说《大学归来》被诬为“文艺黑线回潮”的两个代表作之一（另一个是陈残云的散文《重访水乡》），受到严厉指责和批判。虽然，他们那时的创作不可避免地留下了“左”的阴影，但现在检视起来，总的情况还是比较好的。除了极个别的作品，多数作品在政治倾向和思想倾向上没有发生重大的偏差。有一些作品，现在还站得住。这里一个重要原因，是当时广东的一些老作家逐步出来工作，他们对极“左”的文艺路线、文艺思想有自己的看法，在不同程度上采取了抵制的态度（如萧殷同志1974年在清远创作学习班上关于否定“三突出”创作公式的著名讲话、陈残云对批判《重访水乡》的反批评等），而且，他们的这种思想、态度，直接影响和渗透到了中青年作者的创作思想和创作实践之中。这一时期的种种努力，为后来粉碎“四人帮”，广东文学界的思想解放运动，以及小说创作的突进，准备了思想条件和积聚了力量。

粉碎“四人帮”至党的十一届三中全会召开前后一个时期，广东文学界一直站在全国文学界思想解放运动潮流的前列。它的代表性的行动是四个会议：1977年7月和10月由中共广东省委召开的全省文艺创作会议，1977年12月广东省文艺创作室和《南方日报》编辑部联合召开的批判“文艺黑线专政论”和“文艺黑线论”（后一论，当时全国尚未有这种提法）座谈会，1978年12月的广东省文学创作座谈会，1979年8月中国作家协会广东分会在顺德召开的贯彻三中全会精神的座谈会；两个恢复：全国第一个恢复文联，第一个恢复作协的活动。思想解放运动的直接成果，首先是从创作和队伍两个方面解放了生产力，开创了“创作活跃、队任扩大”的新局面。散文、诗歌、报告文学、电影文学、儿童文学方面，都出了一些新人，有的则以成熟的姿态崛起。而发展最快，规模最大的，还是小说创作队伍。正是基于这个事实，经中共广东省委批准，作协广东分会于1979年7月建立了以中青年为主的、从事专业创作的文学院。其中，主要是小说作者，达二十余人；写小说的女作者，也形成了一支小小的队伍，如黄虹坚、丁小莉、何卓琼、陆北威、曾应枫、陈茹、李兰妮、黎珍字、张黎明、伊妮、吴丽嫦、刘西鸿（《花城》1984年第5期发表了青年女作者刘西鸿的处女作《月亮，摇晃着前进》。这部中篇小说，在探讨当代青年生活方面，思想和艺术上都颇具新意。作者起点高，有才气，有较大的潜在发展前途）。有些写诗的，也转为写小说，如沈仁康、谭日超（当然，是不是所有的人都这样做，值得研究，关键要看本人的条件。如洪三泰、筱敏等，我不以为这种转向就是好，他们可以而且能够在诗歌领域更有作为。这种看法是否正确，还有待实践的检验）。新时期广东的小说创作和队伍的扩大及发展，超过了历史上任何一个时期。

广东中青年作家的一群，真正能在全国打开局面，有较大影响的，还为数甚少（秦牧同志在1983年度广东省“新人新作奖”颁奖大会上说：关于广东文学创作的估价，有人说是上游，有人说是下游，我的看法，是中游。我完全赞同秦牧同志的这个意见）。总之，这支队伍年轻（指创作的经历），有活力，也较为刻苦，愿意上进，但远不是成熟，有大手笔大才气的，他们需要同时从思想上和艺术上经过艰苦的磨砺，才能突破自己，走出五岭山脉，走向全国。

冷静地估价——现实

究竟如何估价新时期广东小说创作的成就？这是我们讨论问题的又一个前提。据此，可以沿着新时期整个文学发展的轨迹加以追寻。

“伤痕文学”是打倒“四人帮”之后新时期的第一个文学浪潮。广东的作家是作出了贡献的。陈国凯的《我应该怎么办？》《代价》，孔捷生的《在小河那边》，以及杨干华的《惊蛰雷》等，就是当时风靡全国或颇具影响之作。他们的名字，也是随着“伤痕文学”的浪潮而为广大读者所熟悉的。

当新时期文学进入第二个浪潮，一方面是“伤痕文学”的演变和改造，一方面是“反思文学”的出现。“伤痕文学”刚出现的一个时期，是以暴露“文化大革命”中的黑暗面为基本特征的。后来，就不仅仅是暴露，而是带上思辨的色彩，在更完整、更准确的意义上写人，再现那个时代人与环境的关系。作为“伤痕文学”重要一翼的知青文学，它的发端、变异，遵循的正是这样一条历史逻辑。知青文学大体经历了三个发展阶段：写“文化大革命”中的伤痕；历史地看待上山下乡运动，既审视社会，也审视自己，人不再仅仅是环境的消极物，他们从养育自己的土地和人民中间汲取营养，肩负起社会的责任；在社会生活的各个领域寻找人生的位置和价值。在广东的中青年作家中，孔捷生最早认识并实践了这一点。《南方的岸》触及了知青返城这一社会现象，并通过人物命运的抒写，从中找到了正确的答案。为人们重新考察几千万知青上山下乡，尔后又大规模地返城这一历史现象，提供了新的认识价值。他的《普通女工》，则传达了一代知青命运发展的新信息：他们承受起历史的创痛，寻找人生的位置和价值，脚踏实地开始创造新生活。其他一些以青年为题材，写得较好的作品，如孔捷生的《姻缘》《因为有了她……》，吕雷的《海风轻轻吹》，伊始的《在那日出的地方》，张雄辉的《挣脱了十字架的耶稣》等，都反映了处在历史转折时期的一代青年的新的精神风貌。当文学的第二个浪潮行将消退，第三个浪潮即将涌来的间隔期间，一种新的文学现象应运而生了。它的一个重要特征是：虽也触及到伤痕，但人物活动的整个场景却是新时期，作家着力开掘的，是人物在历史新时期中对生活、理想、事业执着追求的精神气质。他们从历史的纵深处走来，带着历史加给的伤痕；而一旦回到了生活运行的正常轨道，却能砥砺自重，与民族、人民一道承受着历史的苦难，又一道肩负起历史的重责。他们含辛茹苦、坚忍不拔、奋发有为的精神品格，反映了整整一代人的思想境界的升华。黄虹坚的《桔红色的校徽》，就是广东中青年作家中反映这一历史现象演变的代表作。在以对"文化大革命"前十七年历史生活再认识为特征的"反思文学"方面，广东的中青年作家似乎没有拿出什么作品，这是有欠缺的。

新时期文学的第三个浪潮——以奋进和改革为主旋律。屹立在波峰浪巅之上的主人公，有时不免带上悲剧的色调（这是由生活本身的复杂性所决定的），但他们所代表的时代发展潮流，却是不可抗拒、不可逆转的。因之，仍给人以积极进取、昂扬向上的力量。具体到广东，触及到三方面的题材：一、反映各条战线的改革，如吕雷笔力深沉的佳作《火红的云霞》，林经嘉的《选举》，何卓琼的《总工程师的日常生活》；二、反映特区生活，朱崇山、谭日超等已经开始了这方面的努力，并初见成果；三、反映广东农村巨大而深刻的变革，除杨干华有所为之外，似乎相当薄弱。

新时期的文学大体经过了这么三个浪潮。此期间，作为贯穿整个发展阶段的，还出现了一个重要的文学现象：爱情、婚姻、家庭伦理道德观念的新探索和新认识。这种文学现象的兴起，完全可以从时代的经济发展中找到它的物质和精神联系方面的原因。在这个领域，陈国凯的《我应该怎么办？》《代价》轰动一时，此后，没有再出现可驻足国内、声名赫赫的作品。

现在，可以对新时期广东的小说创作讲一个概括性的意见了。在追寻时代的步履，在作品的数量和某些题材创作的质量上，水准超过历史上任何一个时期。由作协广东分会编辑、花城出版社出版的《越秀丛书》，至今年，共出版广东中青年作家十二本集子或合集，其中，十本是小说集，加上收入《潮汐文丛》的陈国凯、孔捷生、杨干华、沈仁康的四本，工人出版社将出版的丁小莉的一本，共十七本，大体上可以反映出这方面的成果。但是，一个不容讳言的事实是：在这超百篇的中短篇小说中，有很大社会容量，有相当思想深度，有圆熟艺术表现力，真正在社会上产生了广泛的、重大影响的作品还不多。

热烈地憧憬——未来

文学向哪里提高、突破？恐怕首先是一个追踪时代的问题。现在一讲起文学与时代的关系，似乎就是重复服务于政治，图解现行政策，“写中心”的教训。其实，这些恶谥并非文学所固有的，它只不过是极“左”政治、极“左”文学批评的扭曲变形。我们的时代，不是要抛弃文学，而是更需要文学，这绝不是一个过时的命题，而是一个有永恒生命力的主题。

问题在于：文学究竟如何反映时代？

一个时代的特质，是由一定的物质条件及其所造成的精神运动来决定的。它的概括表现形式，即是最大多数群众的情绪、要求、愿望和意志。文学倘若不能最充分地体现这一点，就不能说反映了时代。此前文学界有一种论点：认为超越时代意志的作品才是永恒的，而反映现实变动的作品则是没有生命力的。这是不正确的。永恒的生命力植根于丰沃的现实土壤之中，现实的巨大变革会造就伟大的作家和伟大的作品，这是为历代文学所证明了的。如果说对广东的小说创作有什么不满足或不满意的话，我以为首先在于：反映时代的足音不力。在涉及我们党和国家发展前途的一些重大问题及其变化方面，如农村向大规模商品经济过渡、城乡结构的变化、干部层次和结构的更新、知识分子的历史作用、企业改革和管理、对外开放、青年道路等，我们没有拿出什么有较大影响力的作品来。

最近，我为《花城》撰写了题为《走出五岭山脉——兼序伊始小说集〈黑三点〉》一文。文章由广东新时期涌现出来的中青年作家，论及了如何有更多的作家、作品走出五岭山脉——即走向全国，具有全国影响的问题。并结合广东的小说创作实际，谈及了“感应时代”“加强深度”“丰富知识”三个问题。这里，着重结合反映时代的问题，再补充谈几点：

一、感受力。在文学史上，一些作家思想和艺术上尚未臻于成熟，但因得风气之先，有锐敏的感受力，而写出了有震撼力、社会影响很大的作品。《班主任》《伤痕》《我应该怎么办？》《三千万》等，都属于这类作品。在新时期的改革中，广东得天独厚，得风气之先，这本来为广东小说创作新的突进提供了现实的条件。可我们的一些作家在这方面的感受力却比较弱。广东的经济特区，广东农村商品经济的发展，从全国范围来说，都是走在前面的。我们的一些作家，还没有自觉地把自己置于时代潮流的中心位置，从变化的现实生活中汲取创作的激情，与人民的情绪共感共鸣。有的甚至还用旧的观念，或停留在五六十年代的水准上，去看待迅速变革的社会现实，看待这种新的探索和创造。作家的头脑是一面聚光镜，它应最迅速地将时代变化的各种信息、色调、节奏、音响集束起来，反映代表时代潮流的人物和事物。

二、理解力。感受了的东西还要理解，理解了的东西才能更深刻地感受。所谓感受和理解生活，首先是感受和理解创造和驾驭生活的人，人的思想、观念、行为，人与人之间的关系。新时期的变革，带给人的一个极其重要的变化，就是对许多价值观念和道德观念的重新审视、认识和更新。我们的一些小说，写的似乎也是一种新的生活，但反映出来的却是一种旧的观念，甚至是封建的糟粕。秦牧同志最近在几篇文章中，都严厉地抨击了封建的新道学，这绝不是无的放矢。至于站在极左的角度来评判生活，更是为人们所唾弃。在当前，作家理解生活，最重要的是理解新时期出现的新的观念，新的价值标准和道德标准，新型的人与人之间的关系。唯如此，我们的创作才能深入生活的里层。

三、概括力。这个问题，较之前两个问题，在广东的一些中青年作家中，似乎是一个更突出、更急需解决的问题。驾驭一两个人物，一两个生活场景，显得得心应手，写得也机智、聪明，富于个性和情趣，但要同时驾驭几个人物、几个场景，并要在历史与现实的巨大画幅上，在复杂的社会环境（人与人之间的关系）中加以展现，则时有力不从心的情况。文学是单纯的，是复杂的单纯。现实生活提供了极其丰富、极其复杂的人物和故事，倘若没有较高的概括力（不仅是艺术表现力，还包括思力），我们就无法写出有典型性的人物和巨大社会容量的作品来。纵观广东三十年来的小说创作，能登上文学史殿堂的作品，数量不多。概括力不足，是一个极重要的因素。作家能绘画出一幅生动逼真的艺术肖像画，或摄下生活中一个精湛的特写镜头，也是一种才力，但决不能满足于此，而应以反映整个时代和社会的影像的高标准来要求自己。

四、想象力。过去，我们多谈诗歌的想象，较少强调整个文学都需要想象。构思和角度是文学创作的中心环节和贯穿线索，但是，它的羽翼又是想象。想象，最充分最有效地将文学的各种艺术机能发挥出来，使生活素材得以丰富、延伸和升华。所谓“妙笔生花”，所谓“灵感”，实则是想象使创作呈现出神奇瑰丽的艺术景象。一个作家，想象才能的高低优劣，对作品的水准影响甚大。有些作品往往给人直观的感觉，只是某种生活现象的实录或再现，其中一个极重要的原因，在于缺乏想象。生活积累、思想深度、文学素养、知识面积、思维训练都可能是想象的触发点和媒介。我们今天所处的时代，人民群众表现出空前未有的历史主动性和创造性，改革精神是时代的灵魂。文学要出色地完成反映时代的任务，离开了想象，是不堪设想的。多一些想象，少一些枯涩，这是对作家的共同祈愿。

广东的小说创作究竟如何提高、突破，涉及的问题很多。希望能进一步深入讨论。

1984年4月25日整理于广州南方日报社6号楼

三谈“走出五岭山脉”

问：您对本刊关于“文学的试验”的讨论，有何看法？

答：《作品》《当代文坛报》也有类似的讨论，我原来寄予很高的期望。期望这场讨论能达到，甚至超过由作协广东分会在六十年代初期组织的关于《金沙洲》讨论的水准。既有“论战”的气氛，又有求实的态度和理论的深度。当讨论结束时，由萧殷主持撰写的关于“典型论”的两篇文章，对我国社会主义时期的文学理论宝库，是一个重要贡献，得到了全国文学界的认可。目前开展的“广东的中短篇小说创作如何提高、突破”的讨论，情况不大令人满意。文章发得不多，“交锋”的意见也少。尤其是欠缺真正有研究、有比较、有分析、有深度的立论。现在，一些中青年作家中确实存在一种盲目状态，断定广东创作的整体水平，已经进入了全国先进行列。我以为，广东的文学创作想有一个大的提高和突破，打破目前这种较为停滞、沉闷的格局，从盲目走向清醒，光靠作家的自省和检视，看来是不够的。还需要“舆论”，需要触及痛处的“批评”，造成一种创作情绪上的“危急感”，坐立不安，才可能奋起直追。同时，我还隐隐约约感到有一种风气，不那么“正”。一部作品出来，就唱赞歌，谁要表示点异议，作者的脸色就不那么好看，创作界也群起指责“不合作”。这种风气长此下去，不及时加以纠正，不仅堵塞言路，也会窒息创作。不健全的环境培植不健全的人。没有正常的讨论、争鸣、批评的空气，创作上就可能出现畸形的现象。

从这个角度来说，《文艺新世纪》创刊伊始，即将这项讨论列入第一“选题”，这是有眼光，也是有勇气之举。也许，它的直接成果不在于讨论问题的质量，而在于讨论本身所可能产生的影响。不仅评论家，也希望作家，共同来关注这场讨论。

问：您如何评价伊始的《被呼唤的文学与文学的呼唤——关于文学的试验》一文？

答：还是不用“评价”这个词语好。谁写文章，都应是取平等的态度，阐明自己的某种意见。

伊始文章的基本立论是：我们的文学，“同剧烈变化着而又迅速更新的社会生活相比，它明显地落后了、陈旧了”。这个观点，从一般的意义上来说，并非不能成立。可惜，作者没有沿着这个思路展开、深入下去，尤其是少触及广东文学创作的现状。在论证时，逻辑方面也有欠缺。

以形式的试验，来论证反映现实生活创作的不力及逐步积累起经验，不是问题的症结。因为，广东中青年作家所面临的迫切问题，首先并非一个单纯的艺术形式问题。这是其一。

其二，把丰富的、迅速变动的现实生活，纳入、切割到某一种形式——以现代手法为主，或“熟悉的传统美学成分，揉进新的艺术手段”之中，也欠妥。因为，即便以反映改革为主色调的现实生活，形式可以也应该是多种多样的。某一种具体的形式，本身也在变化、发展、丰富。

当然，伊始的文章在从宏观的角度，探讨新时期文学中，以吸收现代手法为主要表现手段和表现形式的创作，有不少精辟的见识。对于那些鼓励个人脱离社会、疏远现实的作品，他的愤激之情也是跃然纸上的。作者的情绪，表达了一种庄严的责任感。

问：那么，您认为广东文学创作的“突破口”在哪里？

答：关于所谓“突破口”的提法，我以为不宜绝对化。每个作家，主客观条件——生活积累、气质、个性、禀赋、素养、经历不一样，不可能，也不需要他们去共同追寻一个什么“突破口”。前此，《作品》《当代文坛报》举行讨论会时，多数意见认为，“突破口”应选在反映特区生活的题材创作上。我想，这也只是一种良好的愿望和祈祝。这类题材的创作如果突破，无疑会给广东的文学创作在全国带来声誉。然而，这是一个更为困难的课题。要求所有的作家，都拥挤在这一条道上，我看是走不通的。

问题是否可以这样提出：从寻找广东中青年作家共通性的问题入手，这些共通性的问题找准了，也就可以说找到了创作的“突破口”。

今年《花城》第五期、《作品》第八期，分别刊发了我的两篇讨论文章：《走出五岭山脉——兼序伊始小说集〈黑三点〉》《续谈“走出五岭山脉”——在〈作品〉、〈当代文坛报〉座谈会上的发言》（这次回答你们的提问，也可以说是《三谈“走出五岭山脉”》）。据说，在一些中青年作家中引起了不满。他们反诘：现在全国都走“进”五岭山脉，怎么会是走“出”五岭山脉？这里，我无需作太多的解释。这显然是两个不同范畴的命题：走“出”五岭山脉，系指广东的中青年作家及其作品如何走向全国，有全国影响；走“进”五岭山脉，系指全国各地人士，来广东感受和交流实行开放政策、办好经济特区的实践经验。

在我撰写的这两篇文章中，分别从“感应时代”“加强深度”“丰富知识”，及艺术表现力（感受力、理解力、概括力、想象力）几个方面谈了意见。这些意见，是在充分肯定了广东中青年作家这支生产力及其创作成果的基础上谈的，方式也是委婉的。评论界也包括作家中的一些朋友对我说：你的文章提出了问题，还可以谈得更尖锐些，率真些。我对我的朋友们说：表达意见的方式不是最重要的，最重要的是能否触及问题的关节所在。自然，我的意见谈得宽泛了些，也温和了些。这次，我借你们《文艺新世纪》采访的机会，想把意见明朗起来，集中起来（这里，插一点闲话。在这场讨论中，秦牧是老作家里态度最鲜明最坚决的一个。他对问题看得透彻，也很尖锐。对每一个作家，每一部作品，能不受别的外在的和客观的因素影响，实事求是地加以评判，这是十分不容易的。秦牧这样做了。他的为文，如同他的为人，客观、公正、率直、磊落。我是非常敬重他的）。

广东中青年作家的创作要有一个大的提高和突破，同时包括了解决思力和才力两个方面的问题。思力，是指思想水准和深度；才力，主要指艺术表现力。两相比较，浅薄——则是广东一些中青年作者的致命弱点。这样说，可能更会引起一些人的愤怒。但情绪归情绪，情绪不能代替理智、理性和事实。

伊始的文章特别指出了一种创作现象：写“纯个人的悲哀和快乐、忧郁和热望”“对外部世界持一种可怕的冷漠态度，一味沉浸在个人感情的深井之中”。根据我的观察和认识，这种情况，在广东中青年作家中没有代表性，更不存在以激化的形式出现的现象。而较为普遍的情况是：简单复制某些具体的生活感受和内心感受，透视的角度窄小，思想的光照黯淡；艺术表现（主要是构思、形式和语言）上缺乏创造性和审美情趣。过实、过平、过于拘谨，而非纵横捭阖、含衡包容、张弛有致。读起来总使人感到寡淡、浅显，难以激起情绪上的颤动。如果再深究一步，思想上的浅薄和艺术的才气不够，在很大程度上又与理论素养、知识面积不深厚、不开阔有密切关系，很难设想，缺乏这样一些主观条件，怎么可能出现创作上文思如海、灵感迸发、想象腾飞的奇瑰景象？一些反映特区生活及商品经济活跃的作品，也触及到了新的生活节奏，新的心理现象，新的人物关系，新的观念变化，但像一个不那么高明的建筑师一样，只有局部的美，而没有整体的和谐的美。作家不大注重或曰不善于在一个时代大的生活切面和角度上，对素材进行大幅度的删削、概括、提炼，在历史的和现实的认识高度和深度上作整体的把握和支撑。

这里，我想介绍一下贾平凹的经验。今年9月上旬，我在西安与作家作了一次长谈。其中，他提到创作上这样一个现象：他认为包括他在内的陕西一些中青年作家，生活积累较之北京作家群的不少作家要丰厚。但何以又往往是后者，写出了社会容量大、反映广泛的优秀之作呢？他分析说：这其中一个极重要的原因，就是北京作家群处于一个较为特殊的生活环境，思想敏锐，一些并不丰富的生活素材，经过他们的思想过滤，想象补充，艺术升华，就成为力作。贾平凹主张写得超脱些好，不要与生活太接近，生活素材不一定重大，但一定要开掘，饱和着时代的信息量。贾平凹前期的创作，虽未与时代大潮吻合，追求一种主观上的诗意感受，确也写得极富生气，极富情趣，极为精美。后来有一个时期，他的创作处在彷徨阶段。最近，他连续发了《小月前本》《鸡窝洼的人家》《正月·腊月》三个中篇，个性没有变，风格没有变，格调没有变，还是那样明朗热情，取材角度依然偏重婚姻伦理道德，但巧致中融进了时代的血脉。他终于从峡谷走了出来，眼前一片开阔、怡然的境界。贾平凹的创作道路，在中青年作家中有一定的普遍性。青年女作家中，比较突出的例子是王安忆、铁凝，她们的创作也经历了从前期的单纯美到后来走向丰厚美，由美但并不深刻到深刻美的过程。广东的中青年作家，可否认真研究和借鉴一下他们的创作经验呢？

广东的女小说作家，也算得上有一支小小的队伍，但我们现在还没有出现像张抗抗、王安忆、铁凝这样的女作家。黄虹坚称得上是广东女作者一群中的出类拔萃者。从目前的状态看，似乎只有她可能最早一个跻进全国量级女作家的行列。她是“老五届”大学生。在这一层人中，有全国影响的作家是辽宁的金河和达理夫妇，山西的韩石山，北京的孟晓云，以及《四个四十岁的女人》的作者胡辛。但唯有黄虹坚，第一个写了以“老五届”大学生为主要表现对象的中篇小说《桔红色的校徽》。在黄虹坚的创作道路上，这是一次突破。这个作品，在全国也有一定影响。她现在正全力以赴构思一个以深圳特区（主要是蛇口工业区）为主要生活素材的中篇小说，我们祈祝她成功，跃上一个新的层次。在反映现实生活方面，我们要有自己的蒋子龙、谌容；在反映历史思索方面，我们要有自己的张贤亮；在反映爱情、婚姻、家庭的伦理题材方面，我们要有自己的张洁；在反映市井民俗生活方面，我们要有自己的邓友梅……在驾驭和开拓生活的各个领域方面，都出高手、强手。这是每一个广东文学工作者，也是大多数广东读者所盼望的。

问：您认为广东的中青年作家目前面临的问题是什么？

答：有无生活这个问题，不要泛泛而谈。首先要弄清楚，什么叫生活？过去有的认识是狭隘的。认为只有阶级斗争、生产斗争、科学实验所谓“三大革命运动”才是生活，只有到工厂、农村、部队生活才叫深入生活，这是不全面的。我们讲的生活是整个社会的生活，整个时代一定阶段的生活，乃至社会最微小的细胞——家庭生活，还包括作家的内心感受、社会民情等等。这样的生活才是完整的而不是残缺的生活，作家应有这样广泛的生活面。

一般地说，广东中青年作家生活不丰厚，这不能服人，也不是问题的症结。因为他们大都在基层，许多人还有自己的生活基地。问题的症结是感受生活，理解生活的问题。作家不是为了创作去找生活，也不像新闻记者那样有时为了某个特定的选题去生活中找例证。而现在我们有些中青年作家就是这样，到了某地、某个生活点上，就急于搜集故事，悉知事件发生过程，找模特儿，当然，这也是需要的。但作家只这样“掌握”生活，或者完全采取新闻记者获得生活的方式，就会有欠缺。作家要用心，用内在世界，用思维器官去感受生活中千差万别、错综复杂的节律、信息、色彩，并把它融化进自己的血脉之中，才是从整体上感受了生活。

有了正确感受生活的态度、方式、途径，那么，对于广东一些中青年作家来说，更重要的是理解生活。尽管你搜集了生活中的许多故事、事件、人物类型，但不理解它，不能从形象和思想的结合上把握它，就只是复述生活，看不到这种生活透视着我们时代什么样的生活场面、生活信息和生活色彩，那你反映的这种生活就不可能给人带来启示。新时期文学与十七年比，很多作品注入、融入了作家哲理的、理性的思索，这是一个时代的特征。形象突破思想，突破世界观的局限，这在文学史上有先例。但不能由此得出结论，作家可以没有思想引导，没有理论武装。

你对生活感受了，理解了，但能否表现出来，不仅有思想理论水准和修养的问题，还有艺术表现力的问题。不少作品读来清淡、寡味，引不起感情共振、共鸣，确实有艺术才气的问题。艺术表现力上的问题，具体到广东中青年作家身上，主要是构思、形式、语言这三项。先讲构思。大作家与小作家、大才气与小才气之间的差别，首先表现在构思上。天津的《小说家》搞了十五个作家的同命题小说，是一场思力和艺术才力的竞赛较量，是有创造意义的。艺术之为艺术，之比生活本身更具有吸引力，更能令人梦牵魂绕，原因在哪里？就在于经过作家概括、升华的生活比生活实际更美、更完整、更深刻。如果你写的东西与读者听到的、看到的、体察到的处在同等甚至更低的水平，读者怎么会感兴趣呢？再讲形式。应该鼓励多种探索、追求。过去有把内容和形式的关系强调到绝对化的偏向。并不是一种内容只能用一种形式表现，可用多种形式，纯形式美不一定好，没有形式美也不见得好。女排最近到香港参加超级赛，北京的美容师根据她们每人的脸型、身材、气韵，设计了适合她们各自特点的最新的发式，运动员也讲美容，何况艺术品呢？还有语言。广东有部分中青年作家，语言似乎还没有完全过关，读起来平淡无奇，不能给人一种美感。比较好的是孔捷生、陈国凯、杨干华、王杏元、黄虹坚、吕雷和伊始。要提高艺术表现力，语言是极重要的。作家不仅应是整个社会、整个知识阶层中最有思想的一部分，也应该是最会运用语言的一部分。

关于理论素养的问题。广东中青年作家在理论上究竟拥有多少财富，有多少理论上的准备？未专门调查过。但理论素养不足，这个问题在不同程度上存在着。以前只谈学习马列主义理论，现在，整个时代和社会生活发生了巨大变化，马克思主义理论本身在丰富，在发展。此外，作家还应学一点和懂得一点社会主义经济学及美学、社会学、心理学、信息学、系统学、未来学。大作家是大思想家，优秀作家是优秀的思想家，这是个真理。十八九世纪俄罗斯的不少大作家，都是民主战士、思想家。思想浅薄、无理论素养的人，完全凭对生活的感受，就能写出杰出的、优秀的、深刻的作品，可能性不大或者说非常困难。作家有一定的理论素养，表现生活的深度和力度就会出现新气象、新面貌。应鼓励做开放式而非封闭式的作家。多吸收、积累多方面的知识。搞文学的人，要懂名著、文学史、批评史，各时代作家生活的环境、背景，在知识上兼收并蓄、包容含汇。我们不可能要求所有的作家都成为学者，但所有作家都应有一定的学问、学识水平。有了这些丰富的准备，作家的创造力量将是难以估量的。

广东是否已经出现了一个在全国有影响的作家群呢？我认为现在还没有。全国公认的是北京作家群、湖南作家群、陕西作家群（现在也出现了间隙的停滞）、北大荒作家群。江苏有可能形成一个站立于全国的作家群。为什么广东未形成一个有影响的作家群？从单个讲，全国公认的有影响的作家、作品数量不多；从整体讲，整体的水平不是处在各方面先进的地位。只有在思想的水准和深度、理论的素养和准备、生活的积累和丰厚、知识的多能和深厚、作家艺术个性和风格的多样（包括艺术才能）等方面都达到了先进水平，才谈得上形成了一个作家群。

要产生在全国有影响的作家群，我以为最少应具备以下几个条件：一、对创作要实行坚强的、有力的、有抱负、有作为的领导。领导创作的有关部门要进入情况，进入创作的现状，对如何指导创作应有个总体规划。湖南作家群的成长、成熟与领导层有很大关系。他们的人才的发现、培养和保障，都有一些切实有力的措施，并对创作中的共通性的问题进行有益的讨论，对不足、缺陷部分也主张展开同志式的、平等的、实事求是的批评，这对创作是有力的推动。不仅是作协，有关的领导部门及新闻、出版、电视、广播都要支持作家创作。二、要敢于树尖子，鼓励创作上的“冒尖户”。对在全国有成就、有影响的中青年作家要“重奖”，通过树典型、树标杆的办法使大家看到奋斗目标，带动更多人去登攀。三、作家本身要有志气，在理论素养、生活积累、艺术表现力方面要有大的突破，或者说在这方面真正动动“手术”，来个“综合治理”，从狭窄走向开阔、从单一走向复杂、从浅陋走向深刻，创作才能打开新局面。四、作家与评论家，创作界与评论界要同心同德、协力相携，为广东作家群走向全国而奋斗。二者之间要多交流、通气，共同探讨创作上的成败得失，不要光说褒扬的话，也不要光说贬抑的话，不要骄娇，也不要泄消。

问：您认为广东的中青年作家中会出大作家、大手笔吗？

答：这个问题我没有好好想过，准确地说，脑子里曾闪过这个念头，但考虑不成熟。现在，我只能回答到这样的程度：近期看不到这种前景；但广东这块土地，一定会孕育和诞生大文学家。在中国近代史的几个重要阶段，广东一直得风气之先，成就了一代伟人——大革命家、大改革家。现实的今天，广东在全国处于一个特殊的位置上：最早实行开放政策和设置经济特区，毗邻台港澳、东南亚，商品经济发达，引进先进技术、先进文化便利。在这块土地上，不只会出大企业家、大管理家，还理应出大理论家、大哲学家、大作家。至于在历史进行过程中哪一个具体阶段出现，这取决于多方面的综合性的主客观条件。“不想当元帅的兵不是好兵。”广东的中青年作家，应该具备向大作家、大手笔登攀的志气和精神状态。

1984年11月4日急就于广州南方日报社6号楼

（这是作者答《文艺新世纪》记者问）

期盼广东文学评论再次涨潮

广东文学评论在全国前列

问：你从二十世纪七十年代末八十年代初就开始活跃在文学评论界，经过这么多年，现在你对广东文学评论在全国文学批评中的位置有何评价?

答：现在对广东文学评论的地位估计有三种看法：一是认为处于全国文学评论的下游位置，一种是中上，这可能是多数人的一种看法。而我会给它稍微高一点的评价，应该说是处在全国文学评论前列的一个位置。关于一个地方文学批评的地位我觉得应该看两点，第一是有没有领袖人物，或者是有没有代表人物。再一个就是它应该要形成一个群体，或者一个团队。如果只有领袖人物领军人物，没有可以形成话语权的群体，那就很难说它是一个文学批评先进的省份。

问：所以你认为广东的批评界在不同时期都形成了群体，也把从二十世纪五十年代以来的广东评论家分为四代人。

答：广东第一代批评家现在差不多都已离世了，他们的时代是从二十世纪五十年代到刚改革开放的七十年代末八十年代初。其中萧殷先生我认为他是一个艺术启蒙型的批评家。黄秋耘先生既是作家也是批评家，是一个感觉型或感受性的批评家。还有楼栖先生，他是一个学理性的批评家，在中国现代新诗的批评里，是有地位的。

第二代的代表人物，我觉得有饶芃子、黄树森、黄伟宗。饶芃子是理性思维与感性思维融为一体的评论家。她最突出的成就是比较文学研究。黄树森是诗情型的，即兴、随意性的批评言谈，充满智慧。黄伟宗在对欧阳山和对珠江文化研究上是作出了贡献和努力的。

我和李钟声是作为第二代第三代之间的过渡性人物。我们两个人的贡献，被称为在二十世纪八十年代中期，基本完成了当时处在发轫期与盛期的广东作家的研究和批评。之后，我的目光主要关注全国的文学创作与批评。由作家出版社刚刚出版的《谢望新文学评论选》（上、下册），可以从中找到它的轨迹。

第三代是从八十年代末到九十年代的这十年。包括郭小东、陈志红、钟晓毅，还有已出了国的张奥列、殷国明，后来调到北京的张柠及已去世的程文超。郭小东是一个跨文体的批评家，有前卫性；而且他是秉笔直书，敢于言说，不平则鸣的。陈志红对女性文学的研究卓有成就。钟晓毅主要关注港台文学，并有理论成果。还有如蒋述卓和他的弟子们，在建立第三种文学批评上是有建树的。这代评论家在文本样式、思想理念上更多保留了传统的精华，同时也引进了现代的文本。陈剑晖关于散文史论及研究，在国内已形成影响。艾云特有的女性思辨性笔记式学者型的评论，也具个人风格。

第四代是以谢有顺为领军人物，他是九十年代末到二十一世纪初的代表性人物。他是思想型的，能在对作家作品的探讨中，看到关于世界、人类、国家、民族命运的思考。我曾说过，如果一个作家，读了你的文学批评，可以增加他对社会对人生对国家对民族对世界人类这样的母题的感悟，就可以说批评超越了写作超越了批评超越了文本的。像谢有顺这个年龄层次的更多批评家，现在基本是处于一个生长期，他们用文本的实验，来证明可以走得多远，来证明在广东在中国的文学批评界可以达到怎样的一个位置。前些日子从浙江引进的有全国影响的年轻批评家洪治纲，增强了广东批评界的实力。诗歌评论也开始在营造一种理性的氛围。温远辉审美本性的诗评是其中突出的一位。

岭南批评不是封闭的地域批评

问：回顾历史，广东文学批评曾经都有哪些产生过影响的理论建构？

答：二十世纪五六十年代就是萧殷先生为代表的，典型论，那是影响了整个中国的。还有是七十年代末期八十年代初期，广东批评界打响了反抗“四人帮”文艺路线的第一枪，主要不是理论的意义，而是批判的意义，对整整十年极左文艺统治路线的否定。改革开放的这三十年，大概有这么几方面：一是我提出的“走出五岭山脉”。这里是两层意思，一是向外看，广东文学创作必须要放在中国文学的视野里观察，另一个就是广东的文学作品和作家，应该有更多能走进全国优秀行列的大作品，体现经典性。第二是建立“岭南文派”，建立“广派”批评，这是一个向内转的口号，建立一个流派，要有自己的文化传统，更彰显这里政治经济文化的原在性。第三，广东是最早提出建立都市文学和知青文学研究的。广东处于经济改革前沿的先行者形象，都市文学理所当然要先行，要反映广州、深圳作为大城市的历史进步，留下的步伐和声音。知青文学虽然我们这里不是最发达的地区，但也是最早研究知青文学、形成知青文学批评理念的地方。第四，建立第三种文学批评等。

问：你一直强调“广派”批评，地域文化对文学批评有怎样的影响？

答：岭南文学、岭南流派不是一种封闭的地域文化，也不是一种封闭的地域批评。它对外吸取了海洋文化、外来文化、港台文化的精华，对内是传统文化的一种延伸，又在现代改革开放进程当中吸取了新的理念，这才变成了现在的岭南文学、岭南批评、岭南文化，这也就是它区别于其他文化的特点。

期盼广东评论再次涨潮

问：在2007年12月底《作品》杂志社主办召开的“广东文学评论前瞻与发展座谈会”上，你的结语是“期盼广东文学评论再次涨潮”，为什么会有这样的呼吁？

答：现在是一个比较绝对的经济社会、物质社会，精神的价值、文化的价值在贬值。而做理论研究、批评研究的人，不说默默无闻，至少也是寂寂无闻。他们不能发出多少声音，即使发出声音也没有引起更多关注。但是，如果认定了文学批评写作，还是要沉下心来，虔诚面对，将自己对这样一种写作的热爱和激情投入进去，我想还是可以写出好的文章，成为好的批评家的。

问：这是你对新生代批评家们的一种期许吗？你认为现在做批评家应该具备怎样的意识与品格？

答：当代批评家应该具备的意识与品格，一个是国际意识。写作是人类性的，如果写作跟人类的民主、自由、发展、生态、法制这些母题脱节的话，你就不是地球村的人。一个作家不具备地球村的意识，就很难超越自己。同样，如果一个批评家只有很单一的学养学识，只有一种背景的教育和文化，他的眼光也可能是狭窄的。

还有就是国家眼光。作家应该为祖国和人类的进步写作的。如果批评家都不关注国家的历史和发展以及重大的事件、前驱人物，就很难成为可以超越自己的人。批评家最重要的使命不仅是发现自己，更重要的是发现作品和作家，发现人类精神层面上的独特东西。

批评家要坚守知识分子的立场。现在许多人“知识分子”的身份淡化了，甚至遗忘了。如果我们的批评家变成了传声筒，只会对别人的观念进行复制，批评是不能给人惊喜和独特感觉的。要坚守独立人格和批评立场，好处说好，坏处说坏。

问：对现在的批评写作，你有什么建言？

答：批评的写作也应该与时俱进。在批评的问题、批评的文本甚至语言方式上，每一个批评家都应该有自己的面孔，是别人无法代替的。一定要在所有的批评范式和类同当中，区别自己。这种区别不是从写作文本开始，而是从精神开始。精神、心灵、心理，阅读和感受文本的时候，感受和精神的判断就是独特的，这样才能区别于别人。所以我说要更多地吸收世界的思想资源和文化资源，尤其是从独一无二的大师当中吸取写作的材料。同时坚守自己特立独行的文本写作样式，既可以是纯理性的，散文的，甚至借用虚构文学、电影电视的画面语言，可以是千变万化的，这是属于文学写作和批评的原生态。

我反对现在一种类型化的批评，同一个批评套在哪一部作品和哪一个作家身上都可以。创作是无序甚至纷纭、不可预知的。一个好的批评家应该能通过文本的解读，发现作家独创的价值。

2008年3月于广州汇美商务中心四楼

（这是作者答《信息时报》记者陈川、实习生袁奕雅问）

第五辑

作家，你需要什么

当不能借助虚拟文字的奇思妙想，表达心灵的渴求或失望，情性的憎与爱，我就会不期然地拿起散文的笔。

我主要写文学评论，作品与人物，成了我发表对人生的见解和社会的评判，对人类走向、命运的关切的中介。

但这种方式，毕竟有很大制约，尤其是当它用以直接展露和宣泄自己的主观感情时。

自然，一个好的批评家，如果有了创作的直接体悟与经验，则易于与作家与作品沟通，从而减少隔膜。

所以，这几年，在文学评论、报告文学写作之余，散文逐渐成为我介入人生、社会，抒情寄意的一座重要桥梁。

在中国当代文学史上，诗歌与散文有自己辉煌的传统。在当代，反而日益失却了它的光芒。有时，甚至会让你联想到失血患者的形象。

难道：

诗歌与散文的巨大智性，只能依存于小农经济、小生产者经济、自然经济的土壤？

抑或：

一个巨大的社会动荡，一种残忍的思想和精神的压迫，才能诞生如日中天的灿烂的作品？

一切优秀的、杰出的文学，都联结着国家、民族、人民休戚与共的伟大情怀，都是整个人类巨大悲欢离合的共有感知、共鸣与提炼。

作家是在用心灵的颤动，用生命的汁液在写作。唯如此，才可能成就为民族文学的代表，成就为世界性的大作家。

一个不了解自己时代、民族和人类共同利益、感情、磨难、进取的人，一个不具备神圣庄严的历史沧桑感与忧患意识的人，一个不具备人性、人道精神和充满爱心的人，一个思想与精神苍白的人，一个对整个世界封闭、陌生、无知而缺乏热情的人，不可能成为一个好作家。

今天中国十几年的改革、开放及其历史性的巨变，甚于中国两千多年文明史的进步与发展，这并不是夸张的说法。

国家、民族与人民的愿望、意志、利益如此紧密地结合在一起。政治、文化、教育、科技、法律、精神风尚、伦理道德、观念价值与商品经济、市场经济的大潮交织、碰撞，如此艰难而又如此完整地磨砺与铸造着当代中国人新型的形象。

当代中国，是一个开放的中国，是一个与全球对话、对接，参与其中的中国。

当代中国文学，理应也完全有可能产生大气磅礴的史诗巨著，可以从最深刻、最深入的层次意义上来揭示来表达民族的灵魂与气韵，展示人性的真善美与假恶丑，可以叙述和直面对世界生存和发展的独立思考、判断、发现和选择。

作家有责任有义务采摘自己脚下这块大地丰硕的果实。创造出代表自己时代，又具有深厚文化渊源的文学精神瑰宝。

现代人类渴望物质文明与富足，但不能成为物质文明与富足的精神奴隶和乞丐。不能是物欲的巨人，精神的侏儒。

作家，保持心灵的纯洁，胸怀的博大，自身人格和道德的完整，具有永恒的魅力。

作家，历经人生的磨难与向往精神的呼唤，是最经久不息、最具震撼力和爆发力的创作源泉。

作家，追求文学古典意义上的人文主义精神、理想、激情与浪漫，悲剧性质的崇高美，艺术上独特的创造和个性的发挥，是终生不息的追求。

作家，是想象力。作家创造的才华，即是想象的才华。

由此，反观散文创作的弊端，更是一目了然。

小家子气、流俗、虚假、程式化，是当今不少诗歌与散文的通病。

毫无兴味，毫无敏锐触角，毫无价值的烦琐、屑碎，不要说在读者心里激发情绪、情感的轩然大波，甚至也引发不起丝毫涟漪。更看不到思想与理想的投入，对历史对社会对人生深邃、透彻的思考和理解。不同凡响的、新鲜活泼的发现和见地，借助理性与情性的完美结合产生的杰出篇章，更是凤毛麟角。而一些所谓的“哲理性”，只是极肤浅又无创意的代词。而非哲学观念意义上的独树一帜。

矫揉造作，虚情假意，极端的矫情与煽情，盲目空洞的自大，令人呕吐的悲切，真正亵渎了人类最伟岸最美妙的情愫了。

美文散文成了一种无生命血肉的模式，也是一害。作品渺小，反映了作家心灵的渺小。

散文有最大限度的创造自由。最不拘一格。延揽万物，容纳纵横，天马行空，无处不在，无处不往。不知什么时候，诗歌与散文的题材变得如此窄小和局限，更不能容忍的是“新八股”的出现。千人一面，千部一腔。文学艺术最活跃的生命细胞——独特性和个性越来越萎缩了。思想、思维、情感和心灵的开放性也干涸了。

每一个人在世界上的存在方式不一样，对世界的感知方式和表达方式也必然不一样。作家的责任和创造性的想象才华，就是要将这种种自我存在方式和表达方式迥异之处写出来，才可能最充分地走向真实与个性化。

愈个性化，就愈真实。真实的也必然是个性化的。

散文本来无所谓规矩与方圆。就是目前业已成型的几大类散文，每一个作家也应该从中区别开来，不可丢落自己。

最大量最普及的莫过于游览、游历、游记类的散文了。自然地理风物风情，是作家体察与感知的主要对象。面对大自然的哺育或惩罚，每一个人的视觉不一样，心灵的撩拨、悸动、感悟，此时此地与彼时彼地的心境心绪不一样，由此形成的主观化倾向也不一样。即便是最纯粹的客观描状，也必然烙上主观情绪与想象印记。而今，这类散文对客体的描写已显得木讷，主观化情绪也十分滞涩。什么时候，才能读到多一些神采飞扬，或沉郁散淡，或浸淫着千种风情的散文新章呢？

访问、叙事纪实一类的散文，更多是一次现场行为的原始记录。看不到作家自己发现和选择生活的主动性，更难看到挥洒自如、酣畅淋漓的笔触。

纯粹的人生化散文，多从细部掘进，真挚动情。但往往又流于记事的唠叨，情绪的狭隘。从微观走向宏观，从细微走向大千，既不是空泛、空洞无物甚至无病呻吟的情绪口号，也不是牵强附会的思想引申、延宕，而是要从中看到作家自己精灵的闪回，找到自己人生与人类沟通的联结点，创造一种保持作品内在力量的情绪氛围、精神气质，令人产生一点感悟、警醒。或震撼人心，催人泪下，或赏心悦目，通达乐观。

至于政论、论辩式的散文，尤为思辨性强，内涵恢弘，形式洒脱的散文体大制，甚至某些带学术色彩或以学术著论为本体的散文，在我国当代散文园地，更是奇货可居了。散文题材的不开阔，散文作家视野的拘谨与观念的滞后，制约着这种自由形式的发展。我真担心它会离读者、离人民越来越远。

散文创作新的契机，在于散文观念必须来一个大调整。我们首先必须正视这个严峻的事实。

1992年9月1日于广州区庄村

1993年3月12日改定于西安金花饭店

文学不死

在一个绝对物质、经济、商业、市场的时代，崇高的精神与文化日益在弱化在贬值。有人宣称，作为其载体之一的纸质文学，衰落的趋势不可避免。甚至认定：文学已死。

我却更愿意说，也断言般相信：作为陪伴人类的一种重要精神形式，纸质文学虽然面对主要是电子媒体的尖锐挑战，更有来自人类自身选择的严峻考验，但是，文学一定会在不断与自然与社会与人自身关系的调整中，扬弃与创新，获得新的活力，顽强生存下去。

如果真有什么文学的“救赎”，唯有作家自己。世界与中国的历代及当代名著，还在影响着今天人们的人格、品质与心理趋向。名著、大著意识及其坚毅追求，仍是今天作家最可宝贵的品质。如果有一个数量的作家都能写出自己的成名作、代表作、名作佳篇，当代中国文学将是另一番瑰丽景象，读者就不是疏离而是愈加亲近文学了。

文学，究竟是一种什么样的写作？

文学是生命的写作。她来自灵魂，从内心出发，发乎情性。亲历、经验及此巨大想象，是其源泉。人性、信念的高扬或伤痛，是抵达文学的生命之路。

文学是人类性的写作。和平、民主、自由、平等、法制、人权、和谐与发展，是当今人类的母题。不能与人类的理想、理念、命运血肉相依，共同驰骋，无法进入世界文学的殿堂。凡杰出的国家的民族的文学，也一定是人类性意义上的写作。诺贝尔文学奖，不是文学的圣经，但她对人类过往与现状的观察、思考和评判，许多是勇敢诚实的。

文学是文本创新的写作。这是人类很高的一种智慧。有的就是颠覆性的开创。没有极致甚而反叛的个性和艺术性的写作，苍白无疑。差异性的创造，才可能增添文学的趣味、魅力与征服力。

文学在关爱人类自身中永存。文学在批判人类自身中永生。文学在升华人类自身中永恒。

文学不死！

2006年10月22日18:16写于三江边一间小屋

“冰心散文奖”获奖感言

我是一个缺少足够写作能力与才气让自己可能获得文学大奖的人。作为衡量文学的一种价值标准，对于所有公正与权威的评奖，我依然怀抱敬畏之心。

写作三十年，第一个十年主要从事文学评论写作，曾获得“首届中国当代文学研究表彰奖”，这也是我最早获得的一个具有全国性意义的文学奖项，至今，我仍然保留着这张因岁月推移而慢慢变得发黄的纸质证书；第二个十年，从事电视传媒工作，我的一篇电视论文，获得了“第五届全国广播电视学术论文一等奖”；第三个十年，也就是今日，我非常感恩地站在了“第三届冰心散文奖”获奖高高的台子上。

我真诚看重这个奖项。此前，一个个散文奖项尘埃落定。唯独对“冰心散文奖”，似乎感觉与它之间有某种冥冥之中的缘分和约定。在别人也包括自己不经意的时候，冰心先生却悄然来到你的身旁。《珍藏起一个名字：母亲》这部散文集，于我，是人生经历磨难后对亲情、友情、爱情和人类良知的永恒回忆与铭记。

尽管现在还有显然是蛮横的一种说法：巴金与冰心是现当代文学中“文笔很差”的两个作家。这里，我坚定而虔诚地要说：我为自己能与冰心这样伟大的名字联系在一起深感荣幸。巴金与冰心都是天才型作家。他们拥有批判与自我批判精神的巨大人格魅力，有着如同辽阔海洋一般涌动的才情。他们不仅属于他们自己那个年代，也烛耀着无数后来者与前行者。最近，烟台冰心纪念馆的建立，是对冰心先生大爱灵魂以及所有喜爱与尊敬她的人的一个告慰。

我刚刚完成了一部手机短信日记体长篇爱情小说《中国式燃烧》。说来可笑，这也是自己的小说处女作。如果将来有一天设立一个全国性的巴金文学奖，我同样以一颗战战兢兢的心，期盼与之牵手。

评奖不是唯一的。获奖也非永垂不朽。作家肯定不是为获奖而写作，更不可能是为获奖而活着。但对一个作家而言，获奖自然是件快意的事情。请允许我以获奖者身份道一声：感谢“第三届冰心散文奖”的所有评委们。

天才不是自封的。更不是靠无聊的炒作与廉价的颠覆可能成就的。尊重历史事实的人，尊重他人劳动创造成果的人，才能获得他人同样的尊重，也才可能获得自身心灵的安详与救赎。天才源于超凡脱俗的智慧，也来自坚忍不拔的意志力和谦恭精神。

2008年9月6日17:51写于鹤山市碧桂园凤凰酒店

2008年9月9日23:16改于西安市未央区草摊镇新桃花园山庄

并非期冀的，却收获了

——我的文学评论之路

我心中有一块小小的墓志铭，我不知道它上面将要镌刻的文字。

我是情感主义者。在幼小的时候，它已显示出了敏感、细腻、丰盈、深蕴的态势。唯有情感，于我，是早慧的。其他秉性，都是迟慧的。曾有过幻想，机械师的梦、演员的梦、军人的梦、歌唱家的梦，但最终都没有转化为顽强的自立意识和行为实践，没有生长为生命的大树和森林。

十六岁，直到十六岁，命运的太阳才走进了我的荒漠的心的领地。我高中一年级的一位同窗学友，把我的生命之船，导向文学的港湾。作家的梦，小说家的梦，成为引领我生命进程的最辉煌的坐标。

又过了二十四年，进入了“不惑”之年的我，竟没有写过一篇小说。冥冥的命运之神，把我这颗星，纳入了文学评论的轨道。它依然那样黯淡，却在发着微弱的光。

我认可目前所处的位置。我有时会像宗教徒一样劝诫自己：超脱吧，失去的不复再来。但作家的梦，仍像我年少时刚刚寻觅到它那样，有“恋人”一样的巨大诱惑力。梦，不褪色的梦！

我也许能预测生活，预测他人，却不能卜知自己的未来。我不知道我心中树起的一小块墓志铭上，将会写下什么：无迹可寻的空白碑文；一段有歧义的文字；功大于过的评判；创作与评论平分秋色；也许，终生写不出一篇小说……

祈求的，没有收获；并非期冀的，却收获了。难道，这也是“命中注定”吗？

我无法论断。

十四岁一篇未面世的《五朵金花》影评，我不知道，它竟是我文学评论写作的最初源头。

中国人的生活节奏是缓慢的。像山民，永远都在背负着什么，无法行进得更快些。较之物欲，中国人对精神的需求，似乎更简约。即使情感丰越，富于激情的人，也少有外露，多以内涵的形式存在，在心灵世界形成博大的潜流。但追求、渴求不会停止。一旦出现某种契机，就会喷涌出来。

在二十世纪五十年代、六十年代初期，人们的精神生活主要是接受政治思想教育，以及在连绵不断的政治运动中“净化”自己。其他方面，常常被忽略，甚至弃置。人的精神上的完美，包括思想的健全，人格的独立，情操的高尚，知识的丰富，兴趣的广泛，个性的特别。缺少哪个方面，都是残缺不全的。悲剧在于，我们并不自觉，更甚者，视不全为“美”，为“崇高”，为“楷模”。

当时年少的我，精力主要用于功课，做品学兼优的学生。我的家庭，没有什么文化背景。那时，我的生活导师还没有出现。我的个性形式非常苍白。仅有的业余爱好，是自哼自唱，有时常常是自己编曲作词。对“情歌”，我有一种天然的接受和鉴赏能力。还有，喜读写“才子佳人”命运的书。

1959年国庆十周年庆典期间，电影《五朵金花》放映，我的情绪一时癫狂到顶点。我接连买票看了五场，为了听那情歌，也体验那情境、情意、情……我如痴如醉。对作曲家雷振邦，我简直是顶礼膜拜。

在相当长的时间里，接受了那么炽热的英雄主义、理想主义教育之后，面前突然出现了那么美，那么动情，那么轻松的一部喜剧电影，我第一次产生了要用文字传达自己情绪的冲动……

由《五朵金花》，我想到在这之前看过的几部反映少数民族生活的电影——《山间铃响马帮来》《神秘的旅伴》（后来还有《达吉和她的父亲》《冰山上的来客》《刘三姐》《阿诗玛》），虽然这里面也有激烈的东西，但更多的是一种民俗的美，风情的美。再由此，我想到了我们同时代的青少年，还接受了文学上另一方面的重要影响，长篇小说《青春之歌》（后来还有《红岩》）曾给予我们世界观和人生观的深刻影响。我的联想在跳跃，我的笔在挥洒，像母亲怀揣自己心爱的新生儿一样，紧紧地搂着我思绪的记录，用青春的肌体暖烘着。我期盼着天明，期盼着投掷邮箱，期盼着报纸发表。我毫不战战兢兢，自信力在支配着我。

我的期盼失败了。我的自信力第一次在现实面前被折断。我投寄的那家"日报"，杳无音信。

人常常被一种神秘而神奇的外力牵引着，向哪个方向发展，不向哪个方向发展，带有很大的机遇和偶然性，尤其当一个人尚未完全意识和掌握自己命运的时候。谁能料到，今天，当我追寻自己走过的文学之路时，十四岁时一篇未曾面世的《五朵金花》影评，竟成了我文学评论写作的最初源头呢?

理性思维在非自觉意识中磨砺，我不知道，这就是存在于我身上的另一种文学潜质。

十六岁，当文学成为我生命和理想的坐标时，我对自己的精神格调和情操，有一种崇高的规范。我要告别以往多半是平庸的生活。于是，我将自己相当大的精力，转向了潜心阅读伟人、名人的传记文学。我倾其所能，凡当时已经出版了的，而在我居住的那个中等城市又能找到的，都不放过。

也许熏染太深，我内在的一种模糊意识忽然变得明晰起来。我竟幻想当政治家！人的思维、意识、禀赋、志趣，可塑性会如此之大。当一种外力的冲击强大到无法抵御的时候，它就可能改变一个人的个性形式，政治家的意识，就是在伟大、名人传记文学的影响下，顽强地抬起头来的。

是啊，我刚刚开始行进在文学的大河上，殊不知，眼前又忽然拓开了一条浩茫的政治大河。而且，似乎不去弄潮一下，就无以排解。在人类历史的进程中，文学的力量显得那么微不足道，而政治，则是一种最强劲的力量。杰出的优秀的政治家，于国于民大利。我钦慕他们高瞻远瞩的预见性，吞吐包容的博大胸怀，精湛严密的理性思维，气象万千的智慧才情。

然而，幻想终究不是现实。政治家的梦，是遥远的。文学家的梦，要亲近得多。我，从意识的歧异之路，返回了正常运转的生活轨道。但，我没有放弃作为一个优秀人格必备的素质、气质的培植。

中学时代，我一直任班干部。高中一二年级，先后执掌班级副班长、班长重职。借助这个位置，我锻炼了一种决断能力、活动能力、组织能力、逻辑能力和口头表达能力。当时我们学校有一个很好的制度，每逢周末下午，都由班长出面对一个星期内全班的思想和学业进行总结和评判。前一个晚上，我就会躺在床上，辗转反侧，将许多情况聚合、过滤、归类，最后抽象为带有规律性和论辩色彩的结论，并展开它内在的层次性、条理性和逻辑性。我的讲话常常受到欢迎。有那么一点“大人物”的清醒、敏捷和雄辩的特点，还有那么一点带诱惑力的情绪和色彩。我们学校还举办演讲比赛，由学生自己撰文，自己上去即兴发挥。我也是其中的活跃分子。

今天，当我回顾我走过的文学之路时，我承认：我最早的理性思维的锻炼，是从这里开始的。当然，我并不知道，这就是存在于我身上的另一种文学潜质。更没有料到，当它获得某种机遇时，竟会成为我思力和才力的一个支撑点。

我的生命和理想坐标再一次偏移，我不知道，它离我抵达彼岸却只有一步之遥。

1964年8月29日，我孑身一人，进入高等学府——中山大学中文系就读，一辆解放牌大卡车，把我们一批新生载抵校园。我环顾四周，脑际迅即掠过一个想法：校园是幽美的。校园是森严的。环形红砖绿瓦大墙，仿佛隔断了它与喧嚣的外界的联系。

十九岁年轻的我，十九岁年轻的大学生的我，青春的活力像春潮一般在澎湃。多汲取一些知识的营养，是这一时期生命对我的召唤。大学一二年级连绵三个寒暑假，我都没有返抵故乡，而是留校攻读。

后来，并非出于任何十分明朗的契因，我驻足于戏剧、电影领地。或许，是大学中文专业这个门类鲜有人问津？或许，中国的戏剧、电影评论家太少？或许，我的气质中潜藏的艺术细胞有待开发？或许，是各种朦胧情绪和意愿综合的产物？总之，我进入了角色。

我读元明清的戏曲剧本，“五四”以来的话剧、电影剧本。中华人民共和国成立后的话剧、电影、歌剧剧本，及至读我国有成就的剧作家和学者这方面的史著和论著、论作，有田汉、夏衍、老舍、欧阳予倩、陈荒煤、张庚、李健吾、马少波、刘厚生、周贻白、王季思、郭汉城、董每戡，以及程季华、袁文殊的。而后由国内类及国外，凡历史上著名的戏剧理论及作品，我都找来读。古希腊四大悲、喜剧家（埃斯库罗斯、欧里庇得斯、索福克勒斯、阿里斯托芬）的，莎士比亚、莫里哀、易卜生、果戈理、歌德、莱辛、席勒、普希金、高乃依、博马舍、亚·尼·奥斯特洛夫斯基、冯维辛、王尔德、萧伯纳的。此外，斯坦尼拉夫斯基、布莱希特的论作，也有涉猎。当时，并没有任何人引导我这样做，低年级也没有这方面的选修课，研究生也只有戏剧一类，而没有电影类的。

我试图越过常规，走自己选择的路，而且下决心走通它。可惜，好景不长。聂元梓的一张“马列主义”大字报，宁静的校园像着了魔一样，所向披靡的“革命”主宰了一切，主宰了每一颗平庸的和高尚的心。

文学的坐标，再一次发生了偏移，由小说创作转向戏剧、电影理论，但我不知道，它离我将来要从事的文学评论事业，只有一步之遥。

大动乱中，我在马克思主义的论著中寻找灵魂的栖息地，我不知道，这事实上是在为我后来走文学评论之路铺垫理论的基石。

风起了，浪来了，谁也无法抵御。我们这一代人在“号召”面前，历来表现得绝对驯良和盲目，使我们丧失了独立思索和判断的能力。从整体上来衡量，整个“文化大革命”期间，我的思想认识，都没有彻底摆脱“左”的路线和束缚。

唯有可告慰的是：一、我没有损害过任何一个具体的人；二、我有机会全面拜读了马克思主义以及先于和同于他们时代的思想巨人的论著。

我是信从“师道”的。我不赞成那样不文明对待老师的做法。因此，

“文化大革命”初期，我就采取了保守而非激进、温和而非剧烈的态度，并一如始终。后来，我先在一个“中性”组织待过一段，也只是打打笔墨官司而已。1967年夏，我所在的“造反派”群众组织委派我进市区办一张文艺小报，前来的还有外校的一位同学，地点在某文化单位的一个院子里。直到1968年夏，工宣队、军宣队进校时才离开。

此期间，“文化大革命”已进入高潮时期，而我却关门做起“秀才”文章来。我有一种前所未有的“超脱”感。

时间，以生命燃烧为代价的时间，重又握在了我的手中。我的视线，移向了院子里的一间颇气派的图书资料室。因为我和它的管理员大姐熟悉，有幸随时潜入内里。但这位大姐和我订了“君子协议”：只借出政治书籍。据说这是这家文化单位的“造反派”定下的法规。

这样，除了应付办报之外，其余时间，我都用来读“政治”书籍，“马恩列斯”的著作，普列汉诺夫、赫尔岑、谢德林、伏尔泰、孟德斯鸠、卢梭、康德、黑格尔、费尔巴哈、培根、赫胥黎、丘吉尔、罗斯福、戴高乐、甘地、纳赛尔、恩格鲁玛，还有赫鲁晓夫、铁托、格瓦拉、乔治·马歇尔等的书籍。由此，我获得了对马克思主义的基本认识，以及关于人类思想成果发展及异变的一个轮廓的了解。

一年的耕读，原来的意愿，只是想借此寻找灵魂的栖息地，不至于荒毁人生。我不知道，事实上这是在为我后来走文学评论之路，铺垫理论的基石。

我永远怀念这座院落，怀念陪伴过我的办公住房，和房前的大榕树。浓密宽阔的榕树荫带，遮蔽和阻隔了尘世的喧闹，使我的心获得知识的润泽。

当我执笔撰写文学评论文章时，我不知道，我是在选择可能成为终生的事业，在一步步树起自己的理性形象。

A. 倘若没有“军代表”先后两次的恩赐，我的生活道路可能完全是另一个样子。

1970年8月，在延长了一年毕业分配时间之后，我们凄惶地等待着扫地出门。当时，“要说服城里干部和其他人，把自己初中、高中、大学毕业的子女，送到乡下去，来一个动员”的“最高指示”已经下达。

我们已定8月12日离校，8月8日公布分配方案。据传，我当时的去向，很可能到广东韶关地区任教或在机关从事秘书一类的工作。

然而，幸运之神翩翩降临了。

省革委会宣传战线按照当时革委会首脑的指令，为使新闻队伍更年轻化，匆匆决定从全国几间大学选拔一批学生，中山大学文科是一个重点。带队进校的，是到《南方日报》“支左”的一位“军代表”。

据悉，这个文案是5日才到的。距8日最后公布方案，只有三天。

三天，却改变了一个人一生的进程。

中文系推荐了我，“军代表”审核后认可。我被分配到南方日报社。而后，一呆十二年。

在接受了一年“再教育”之后，我们返回报社，回来路上那一天，正是林彪“九·一三”事件突发的当天。我们的命运，面临着又一次考验。

当时到报社第三采编组（理论、文艺两个组合署办公）文艺组实习和待分配的，有我和另一间大学的一位同学。按惯例，新来的大学生一般都要先下到地方记者站，从采写地方新闻锻炼开始。而我们两个，决定二者留一。留谁？

组里负责人将其他成员及他们自己对我们的看法，向当时主管全社编辑业务的“军代表”作了汇报。关于我的评价：专业本科生，灵活，业务上手快，个性强，恐难驾驭。有的同志反对我留下。对另一位的评价：非专业本科生，老实，听话，业务还行。“军代表”也是一位很有个性的人，在听了汇报后，言语简洁明了：“我现在问你，这两个人，到底谁有培养前途，谁可堪造就，谁将来可以在文艺部接（业务）班？”连续三个反诘，带有很鲜明的情绪色彩。文艺组负责人回答：“是谢望新。”“军代表”一语作结：“那就行了。”我就这样戏剧性地被留在了后来独立出来的文艺部。其间，除了有一年参加“基本路线教育运动”外，我在文艺部，整整待了十个年头。

公允地评价：这十年，为我最后走上了文学评论之路，向这个专业方向发展，提供了稳定的对口工作环境。

是啊，人对自己的命运往往无能为力，而听任别人的主宰。遇上心地宽阔、善良、公正的人，你就算有运气。

我将终生感激这两位“军代表”所赐予我的恩惠。如果大学毕业后，我没有分配到报社，或者，后来没有留在文艺部，也许，我的生活道路完全会是另一种样子。

B. 我再也按捺不住，第一次举起了文艺评论的“投枪”

林彪事件发生后，几万万人从狂热中冷静了下来，对自己的思想和行为重新作出审视。这是自“文化大革命”以来，人们的情绪第一次处于低潮时期。也就是在这一个时间，诞生了张志新那样反抗“文化大革命”的先驱者。它预示着人民群众新的觉醒将改变历史的进程。

我，也总有一种被愚弄的感觉。热情、才思，都被历史嘲弄了。原来并不多的那么一点激情，随着这震骇世人的一声“爆炸”，黯然失色。我的目力，由对整个大背景演变的关注，转向了文艺界。我开始大量阅读“文化大革命”期间发表的作品，越是读得多，越是不安。那叫什么艺术创作啊，简直就是宣传品。我在寻找一个缺口，寻找可能表达我对当时文学创作情绪的缺口。

1974年8月，我即将奔赴广东番禺县参加“基本路线教育运动”前夕，撰写了一篇批评长文。并征得部里主管领导的同意，发排了小样，但终未获通过发表。用现在的观点来核准，这篇文字不无缺陷，甚至有谬误。但文章指出当时创作中存在的一个普遍现象：地方干部被人为地作为军队干部的对立面，是极错误的一种创作指导思想，应该说，还是切中时弊的。

1978年10月，这篇文章公开发表。此前整个“文化大革命”期间，我一直保持沉默，再没有署名写过一篇评论文章。1977年、1978年两年，我依然极少动笔。我在等待。更确切地说，我并不知道我将从这里起始，走上文学评论之路。然而，这一时期，又确实可以看做是我文学评论的思想准备期。

C. 抗衡的激情把我推上文学评论的舞台，但“目标”的自我感知还不清晰

批评文章发表后，像是突然爆裂的火花，在文坛闪耀了一下。而我并不因此“得意忘形”，失去理智的平衡。在我看来，这是顺理成章的事。我只是有很多话要讲，有很多情绪要喷吐。也许压抑得太久，沉默得太久了。它不纯粹属于个人的，而是一代人的。

1979年、1980年两年，我们整个国家进入了拨乱反正时期，文艺战线也处在拨乱反正时期。我的大脑也处于反思和反正的高度亢奋状态之中。并驱迫自己把思索的积淀、观照、评判诉诸文字。我先后执笔撰写了《“四人帮”利用文艺反党的三部曲》《社会主义文学的批判任务》《要塑造形象，不要塑造偶像——关于无产阶级革命领袖形象塑造的断想》《革命现实主义传统的恢复与发扬——为“伤痕文学”辩》《社会主义文学的反封建任务》《关于“干预生活”与“写真实”》《文艺批评要加强艺术分析》《关于敏感及“放”与“争”》等文章，对涉及文艺创作的许多重大的创作思想问题，毫不隐讳地阐明了自己的观点和主张。

写这些文章时，我有一种挤压感，内中有公民的责任感在起作用，但更多的是为情而言。我不将淤积于心的情绪表达出来，就无以安宁。这一时刻，可以称为我文学评论的发轫期。

D.《文艺报》朋友的帮助和引领，促成了我走文学评论之路的决心

这是一个值得永远怀念的美好之夜。人的一生中，值得永远怀念的一瞬间，第一印象，一个人，一件事，与他的整个生命年轮相较，实在是比例过于悬殊。

1979年夏的一天上午，《作品》编辑部给我来电话：《文艺报》刘锡诚同志来穗，约今晚见您。

是夜，我在广东省第一招待所见到了刘锡诚同志。他的个子很高，皮肤稍黑，眼睛很有神采，眉宇间透出一股耿直、诚挚、不精于世故的神情。我的第一印象在说，这是一位可信赖的兄长式的人物。

锡诚说，这次来广东，是为《文艺报》“文学新人”栏目组稿，决定广东先介绍两个人，一个是陈国凯，一个是孔捷生。《作品》的同志很友好，透

了一个情报，说您写了一篇关于陈国凯的评论文章，他们已安排发第九期。我向他们要了原稿来看，基础不错，只是稍长了些。我提出改由《文艺报》发，《作品》的同志很痛快，答应了。

这时，我不知为什么，一改往常的谈吐自如，面对锡诚的话，我也是默然不语。

锡诚接着向我谈了他对当前全国文学创作和文学批评的一些看法。我主要是倾听，间或插入一些意见。

我记得他临走时送给我的话：你很敏锐，年纪又轻，只要刻苦（他说这句话时，声音很重、很沉），搞文学评论，可以成才。

锡诚对我的评价及关于我的事业前景的预见，言简意赅，引动起我内心世界一个长时间的回旋波流。我实际上已经开始了文学评论的写作，但要否从一而终?

在我的性格中，有这样一个特点：越被人所理解，越被人所器重，我越要争气。我不能辱没了那些对我寄予热诚希望的朋友。

我作出了在这个领域试验自己力量的决定。

我开始寻找我的文学评论写作的位置。我是编辑，业余时间有限，集中在某一个领域作战，搞系列文章，成果会大些。

于是，我选择了广东作家论的写作。目标集中在对新时期有贡献的老中青三代广东作家作横向考察，并兼及历史上创作成败得失的纵向比较，主要探讨每个作家的创作个性和创作特点。由我执笔及与另一同志合作的文章，论及的广东作家多达三十几人，已结集为《岭南作家漫评》，由花城出版社1984年10月出版。

1981年、1982年两年，是我文学评论写作的开拓期。

E. 提出“走出五岭山脉”的口号，志在让文学评论的写作走向全国

当广东作家论的写作接近尾声时，我在思考下一个目标。我不属于才思敏捷、才气横溢的那类大家。但我也不愿做目光短浅、畏缩怯懦的小家子气似

的人。我既然已认定了写作事业，就不愿再只囿于一个地域，我热烈地期待自己的文章“走出五岭山脉”，视野能囊括新时期的整个文学创作，并提出自己的评判。

命运再一次给我提供了新的机遇。锡诚始终在关注着我的进步。

1981年春，《文艺报》开拓新路，举办第一届（1977—1980）全国优秀中篇小说奖评奖读书班，后来发展为评奖的初选小组。从全国各地选一批中青年文学评论工作者，云集北京，读作品，探讨问题，写文章。目的旨在培养人才。我有幸被邀请参加了后来被称为“黄埔一期”的第一届中篇读书班。

北京此行，是我自1970年起参加工作后，第一次作为文学界的成员离开广东的。当列车通过五岭山脉时，我忽然生出一种激越跳腾的思绪：我的事业，我的文学评论，是否也要随着肉体的逾越地界，而走向博大，开拓新境呢？

“黄埔一期”读书班，将作为我生命年华中的美好记忆，永远保存下来。

北京的冬日，是冷漠的。但我们同窗好友，济济一堂，心却是火热的。在我所生活过的集体里，还从来没有过像它那样温情、谅解、民主、通达，没有世俗纷争，没有捣鬼拆台，唯有的，是在学术问题上，探讨的赤诚相见、互为补给。如果人们都将精力、时间用于公益事业，用于学术发展，而不是无事生非、明争暗斗、妒贤嫉能、排斥异己，关心别人的“隐私”甚于一切，我们这个社会会安宁得多，人的心境也会安宁得多。我们生活中的悲剧，不全然由错误的政治、政策造成，人际关系的不正常，心术的不正，不坦荡，不友善，也是一个不可忽视的重要因素。

“黄埔一期”结业时，每人必得交一篇文章。我们像小学生一样认真准备应考。“考卷”交上了，由唐因同志坐镇审决，阎纲、锡诚分别初审。当阎纲告诉我：我和另一位同志的文章，是第一批被审准通过时，我紧张的神经一下子松弛了。未来的路，仿佛已经清晰地显示了它的走向。

幸运之神再一次来叩门。

新创办的1982年第二期《当代文艺思潮》在“评论家简谈”栏目里，“就当代文学问题”，约请我撰写“答编辑部”的文章。并在第三期刊登笔谈作者照片。这是我首次在国内报刊刊登照片。我把这次礼遇看得与参加“黄埔一期”的读书班同样珍贵。这是引领我的文学评论写作“走出五岭山脉”吹响的第二次嘹亮的号音。

1983年以来，我以全国重点作家的创作为主要评判对象，论列的作家近百人。并以此为基础，编辑了两本文学评论集：《浪潮之外的孤魂》《落潮之后是涨潮》。

这一时期，可以说是我的文学评论写作的持续发展期。

我深知自己，不会成为大器的评论家，但确实在塑造自己的评论品格及评论个性。

我曾谈到，评论家与作家之间是有距离的。其中一个方面，就是个性锋芒的黯淡。真正在整体上形成了自己独特的评论风格的评论家，为数不多。多数情况，只是在某个局部，有时会闪射出耀眼的个性光彩。所谓评论个性，是由思维特点、文情气势、主客调节、审美意识、写作心境、评判方法、语言色彩等因素构成。评论家唯有多元地、多向地、立体地展示自己的种种文学质素，才能造成一种迥异于他人的，又自身和谐一体的评论风格。力图突出自己的个性，这是我写作文学评论时坚守的一条重要原则。

我追求什么?

独立的人格力量和精神风骨。我最鄙夷的，是那种飘忽不定，随风摇摆，模棱两可，不置可否，实则是软骨病患者的所谓理性思维家。而为了某种权欲和嫉贤妒能的满足而写作，更是我所深恶痛绝的。为了维护真理的客观性和纯洁性，为了人类的尊严和惩恶扬善，决不出卖人格——这就是我所奉行的人生信条。理论家大义凛然的勇气和独立判断的原则坚定性，一刻也不可舍弃。在各种社会思潮、文学思潮，乃至人际思潮涌来时，不仅对主潮和非主潮的倾向保持独立性，对作家，也要保持独立性，评论家不是作家的附庸，应声虫，更不是卑躬屈膝的奴婢。在学术问题上，要不卑不亢，礼尚往来。如果仅仅是出于纯粹水准上的判断错误，可以理解，也可以谅解。可怕的是：主观的明白无误地要去适应什么，以致不惜将真理的旗帜撕成碎片。

纵横捭阖的开阔思维。我总希望自己下笔时洒得开，不拘谨，没有绳索的束缚，有一种宏大、灵动的气势、气韵。文情飘逸、思辨谨严。写得过实固然不好，离开具体物象作“客里空”式的神游也不足取。着眼点可以是具体的作家作品，但思维概括、比较、延宕，又纵横捭阖，联想丰富。最后下判断，进行表述，则处理好“宏”与“约”的关系，结论简洁、明晰、准确。

由文学现象论及政治，论及历史，论及现状。作家写作的目的，是以评判社会和人生为宗旨的。评论家在判断作品时，也是以整个生活为其对象，通过评判作品来评判生活，纵论天下。我不希望自己的文学评论写作，陷入纯文学现象的理念评判而不能自拔。既有对文学自身评判的直接性。又有由此延伸对整个生活评判的超越性。要显示出思想家的睿智明晓、社会学家的机敏达观、历史学家的捷畅深沉、心理学家的精细审慎，这是我心之向往的。

把握作家的创作个性。作家，每一个人，就是每一个创作个性。评论家的一项重大职责，就是准确地找到每个作家奇异的创作特征。不仅要把他们已经显示出来的创作个性找到，还要将他们潜在的艺术气质找出来，指示某种探索的发展方向。要激励作家发展自己的创作个性。和所谓评论家一样，最可悲和最无聊的所谓作家，也是没有属于自己生命形式的声音和色彩的。

将直觉、情绪、主观色彩直接移入评论。评论是一项高度理智、理性的思维活动，一直排斥直觉、情绪、主观色彩。以往对文学评论的写作，最多只要求（甚至只讲究）写得有文采，似乎这就是评论个性的一切。再则，评论家在同时运用概念和形象，运用逻辑和情绪进行思维时，并不是一道无可逾越的鸿沟。理智、理性和文学性、艺术性之间可以相通。我正在做这方面的试验，把直觉、情绪、主观性直接引进整个评论写作的思维过程。理智、理性的判断，也借助这个过程准确地体现出来。并在作家与评论家、作品与作家之间架起一座桥梁，从中找出他们各自独特的经历、性格、气质与作品、评论个性之间的内在联系。

理想与现实之间，往往有很大跨度的距离。现实的努力，是为了缩小与理想的距离。在文学评论写作的个性追求上，我愿兢兢业业。

1985年8月12日广州南方日报社六号楼

写于参加工作十五周年纪念日

1989年8月17日广州东山湖畔订正

与数字“3”链接的命运

进入黄昏之年，回望走过的人生，无论过程有怎样的杂陈纷乱，都一目了然了。

忽然一日，天机泄露，发现自身的命运，竟与数字“3”链接，不禁愕然，惶然。

生与死，是人生第一道永恒的主题。

守护生命，首先是守住自然生命。肉体消失了，只有极少数伟人、名人、英雄与他们的思想、精神、灵魂的财富永存。

我的自然生命，有三次差点被剥夺：五岁时，在母亲故乡水塘边几乎溺毙；1987年8月13日11时25分，在五台山佛母洞山崖脊梁遭车祸险些身亡；1988年农历七月初七20时45分左右，在广东省斗门县磨刀门海湾，失足掉进大海，差点丧命。

民间千百年流传，大难不死，必有后福。能吗？可预期吗？死亡，天地神人都无法预测与决定它的时间。对无数人而言，只祈求平静安然地终结就好，千万不要折腾，那样痛苦，那般难看。何况，还有死得重于泰山与鸿毛之分呢。

长寿，必须健康，否则，苦呀，苦自己更苦了家人，甚至他人。故，我一直赞成“安乐死”！

命运指向，是人生又一道永恒的主题。

每一个人，自有其命运的逻辑线索、走向与归宿。只是，无论顺境抑或逆境，有的，你顺应了，有的，你改变了它，有的，你无法抗拒。

人世间，受命运福佑者三生有幸。不少人，或是与好运、好机遇擦肩而过，或是被邪恶的强权强势所践踏，成为命运的奴隶一路走到黑！“反右”、“文革”就是反人性反人道反人类的极端历史行为。搁置、埋没、扼杀人才，那是一个时代、一个社会不可饶恕的过错。

我及我的亲人，曾三次试图主宰个体命运的选择及改观：二十世纪六十年代初，叔父突然决定送我当兵，异想天开要改变家庭家族贫弱的地位，首轮体检就因体重不足斤两迅速出局；高中毕业前夕，与一位同学友人擅自决定不报考大学，准备返回故乡从教同时一边写作，结果被祖母的权威干预作罢；九十年代末遭逢突如其来的人生重大变故，曾考虑辞职，到社会打工，做自由撰稿人，终因担心无法养活自己，也是对家庭的不负责而放弃。

自然生命之外，还有一个政治生命！

我曾接受三次入党发展对象的裁决，结论：第一次，有上进心，但离一个共产党员要求还有较大差距；第二次，有进步，但还要继续接受组织考验；第三次，一只脚进了党的大门，另一只脚还停留在党的大门之外。

从大学一年级开始写入党申请书，经过十八年的努力与坚持，终于走进无产阶级先锋队，成为执政党中国共产党光荣的一员。做公家人，是今生今世不变的约定。套用一句时尚话：“没说的。”

在中国现行体制与国情下，政治生命也往往与从政联系一起。所谓仕途之路，也曾遭受三次挫折：高中二年级当学生班长（戏称“学生官”吧），因与班主任在理解与借鉴鲁迅问题上的分歧，导致高三时不能连任；二十世纪八十年代中期，拟出任一家出版机构更高一个行政级别角色，又因匿名“告状”中止；1998年12月30日“突发事件”降临，几乎演变成颠覆性灾难。

命运行进中即使委屈，即使不顺，甚至“滑铁卢”式的重创，无须哀叹命运的不公，也不要怨艾，以致仇视报复，更不可诅咒。冤冤相报，以“暴”制“暴”，何时了结？如果是自己的错和失误，理当自省。我曾冒出一个想法：与害过自己的人进行自然寿命的较劲，一定看着他们一个个先走。现在不这么想了，命数由天。过好自己得了。人生不可勉强更不允许强求自己。正如不是所有的人能从商，也绝对不是每一个人可以从政的。要学会认命，更要懂得感恩。对于所有曾经给予帮助，尤其是磨难时期鼎力相助的人，我永远怀着虔诚的敬意与感恩之心。

我命运中的三次重大转机都有贵人相助，而每一回又都是三人“团队”组成：第一个团队是三个军人（包括有军人背景）的恩人，选拔我进了省级党报，留在了大城市机关本部，力荐加入中国共产党。第二个团队是三位高层与较高层的领导人，由于他们的赏识、器重与力主，正儿八经当了一回传媒官员，成就了一种事业。其中的一位后来因病不幸离世，我一直深情怀念着他。有时，会在梦里飞升天堂寻找，相会，倾诉。第三个团队是三位同属一个生肖的小人物，他（她）们给了救赎般的温暖。

“忠臣”“贵人”是几千年中国社会出现频率最高的两个关键词。优秀、拔尖、突出人才，没有人发现，欣赏，认定，举荐，起用，甚至破格重用，你可能永远没有机会走到历史舞台的前面。不只是道德评判上，更是法律保障下公平公正用人机制，才有可能让湮没于民间或已浮出水面的人才一个机会。“民意测验”“招考”“公选”“任期制”，应成为当代变革社会新的“关键词”。

这里，要特别提到一个人，即香港凤凰台总裁刘长乐先生。在我遭逢人生重大变故不久，他曾考虑接纳我进凤凰台工作，虽终未成功，但我一生都要谢谢他这一份恩典。我对朋友说过：刘总裁是佛相，他有一颗菩萨心。他的麾下人才济济啊！其中，有的就是命运中的“落难者”！不幸者，弃儿。

其实，权力生涯在自然法则、年龄秩序面前，最终也会变得脆弱。日落让位于日出，年轻的，生气的，总是有希望的。

情感生命，包括亲情、爱情、友情，而其中爱情，则是人生最丰富最富幻想最浪漫也可能是最苦涩最痛楚最易受伤害的另一道永恒的主题。

我的个体生命与三地关联：父亲是江苏省金坛县高头村人，母亲是江西省南昌县高梧谢人，出生地是江西省兴国县北门外。

我有三个母亲：生身母亲，这是一生中都要珍藏的名字；继母，这是一个要强迫自己遗忘终也丢不掉的名字；祖母，这是一个比母亲还要母亲的全部完美意义上的母亲。现在，只有跪拜在她的坟头上，我的心才会宁静些。

有三个姐妹：异父同母的姐姐，继父继母家的姐姐，过早夭折了的同胞妹妹。这是我一生挥之不去的一个痛。还有三个异父同母的弟弟。

我曾在一篇散文中这样评价自己：人类的许多特质、美质，于我，都是迟慧的。唯有感情，于我，却是早慧的。

青春发育期年少的我，曾有过对三位异性的朦胧情愫（准确地说应该是心理上的喜欢）：小学时代的一个生动女孩，中学时代的一个含蓄女孩，大学时代的一个明朗女孩。

她们都是某个审美层面上的美丽女孩。也许，她们一生中都不曾有这种感觉上的反馈。但于我，她们仍然是生命中不会缺席的一个美好记忆，一个跳动的音符。青春岁月雕刻的青春偶像，与数字“3”链接的命运，不因时光流逝在剥蚀。

记不得是哪位大作家在回忆录里写道，童年时竟在向上爬树过程中感觉与宣泄青春冲动。这绝不是什么罪过，亦非“原罪”。

至于说到高贵的爱情，尤其是对一些人而言敏感的感情规范问题，也许只有上天才能公决，个人良知才可以对问了。

世界上在任总统，似乎只有法国的萨科齐离婚。究竟是他们夫妇两人或是其中的某个人感情出了问题，或是囿于别的什么缘由，也只有他知她晓了。有一点可以肯定，塞西莉亚是一个奉行自由独立的女性，她似乎不适应也不愿意生活在公众光环尤其是传媒的聚光灯下，唯有舍弃。这里，既非政治联姻悖反，也不是什么道德范畴的问题。

事业追求，事业生命，是人生第四道永恒的主题。

世间绝大多数人，都是平凡人，在平凡岗位上做出业绩，同样有事业的成就感。伟人、名人、英雄是人类的精英。他们对事业生命的光华，有一种执著忘我甚至偏执的追索。我自己，只能说是一个勤勉努力珍惜时间的人。写作上哪怕有天才的亮光一闪也好，可惜上天没有恩宠我。

由文学起点，中经影视见证，再回归文学，也是一个与“3”的相连。

文体的驾驭，主要是三项：文学评论、散文、刚出发的长篇小说写作。

没有在同一条江，同一条河，同一个海，同一座高原，跋涉过三次。唯有五台山，登临三次：第一次是对佛教圣地的朝拜，第二次是应邀采风写作，第三次是从车祸鬼门关生还“还愿”再来。

人生难料，岁月无情！还会有多少个“3”，这可爱又神秘又悲怆的“数字”！又还要活多少年，还能活多少年，还想活多少年？

入粤逾四十年，是个“老广”了。“老广”中意“3”这个数字，说它与“生”谐音，“生猛”即是活力、创造与再生。

即将褪去所有身份的符号，大概只余下一个作家头衔，不奢望有晚晴的光焰，写作总还是要坚持的吧。当然，是为祖国和人类的进步继续写作。

一生中，我最敬佩两个作家：代表“俄罗斯的良心”的苏联伟大作家索尔仁尼琴，中国古典情感型伟大作家曹雪芹。

每日清晨，我点燃由“3”结构的一炷香，祝福与数字“3”链接的命运，它最后的乐章与旋律：是加法——健康快乐进取，而不是减法——病痛苦难沉沦。

2007年10月21日于羊城青龙里盈泽苑

2008年元月21日修订